中國詩學的關鍵流變

宋代“江西詩派”

林湘華　著

韓山師範學院配套經費資助

（項目編號：20FZWB077）

目　録

卷　壹　前　言

一、研究現况 ……………………………………… 003

二、研究立場 ……………………………………… 008

（一）詮釋學的反思——建構知識的準備……… 008

（二）解釋架構取代操作"方法" ……………… 011

（三）以歷史課題的對爭與辯證發展作爲

解釋路徑 ……………………………… 013

（四）文學作品具有符號性與文化性…………… 015

卷　貳　"江西詩派"："典範"網絡下發展出的"符號表現"型態的詩學
——本書解釋架構及義界

第一章　歷史定位："江西詩派"是一個"典範"網絡的歷史

形成 …………………………………………… 021

第一節　問題的緣起：研究義界的困惑 ………………… 021

第二節　"典範"——從本質界定轉向"典範"研究 ⋯⋯⋯ 024

一、"典範"與"典範"的優先性 ⋯⋯⋯⋯⋯⋯⋯⋯ 025

二、從本質界定轉向"典範"研究 ⋯⋯⋯⋯⋯⋯⋯ 033

第三節　作爲一個"典範"網絡的"江西詩派" ⋯⋯⋯⋯ 043

第二章　理論型態:"江西詩派"是一種"符號表現"型態的
　　　　詩學 ⋯⋯⋯⋯⋯⋯⋯⋯⋯⋯⋯⋯⋯⋯⋯⋯⋯⋯ 052

第一節　卡希勒—蘇珊・朗格的符號論美學與"符號
　　　　表現" ⋯⋯⋯⋯⋯⋯⋯⋯⋯⋯⋯⋯⋯⋯⋯⋯ 052

一、"符號論美學" ⋯⋯⋯⋯⋯⋯⋯⋯⋯⋯⋯⋯⋯ 053

二、"符號表現"的内涵 ⋯⋯⋯⋯⋯⋯⋯⋯⋯⋯⋯ 054

第二節　在"符號表現"觀照下的江西詩學 ⋯⋯⋯⋯⋯ 062

第三章　實踐基礎:江西詩學的實現基礎是句法默會致知
　　　　的方法意識 ⋯⋯⋯⋯⋯⋯⋯⋯⋯⋯⋯⋯⋯⋯⋯ 080

第一節　"默會之知"的認識架構 ⋯⋯⋯⋯⋯⋯⋯⋯⋯ 083

第二節　"技""道"辯證到"句法"、"活法"等"心法"的
　　　　方法意識 ⋯⋯⋯⋯⋯⋯⋯⋯⋯⋯⋯⋯⋯⋯ 087

一、詩歌一家之學的"技""道"對諍 ⋯⋯⋯⋯⋯⋯ 088

二、"句法"之學的認知架構提供了江西詩學實踐
　　的方法共識 ⋯⋯⋯⋯⋯⋯⋯⋯⋯⋯⋯⋯⋯⋯ 093

三、"心法"的觀念族羣——江西詩學的實踐基礎 ⋯⋯ 100

第三節　結語 ⋯⋯⋯⋯⋯⋯⋯⋯⋯⋯⋯⋯⋯⋯⋯⋯ 108

卷　叁　前"江西詩社宗派"期
——從"古文運動"到黄庭堅詩學

第一章　"人文反省"——從儒學的"客觀化"到人文主體的

自覺:"道""意""文"人文語境的形成 ……………… 119

第一節　從儒學"客觀化"到人文主體的自覺 ……… 120

一、"道"的"客觀化"與人間性 ……………… 120

二、從"内聖"到人文主體的自覺 ……………… 130

第二節　人文自覺下的"文"——人文制作與文化

符號 …………………………………………… 135

一、主體性與"道"、"意"、"文"語境 ……… 136

二、人文自覺與"符號化" ……………………… 143

三、"文"爲"文化符號" ………………………… 148

四、以"指符—意符"爲中心的主體表現——人文

符號非自然符號 ……………………………… 154

第二章　"形式覺知"——詩歌藝術形式的探索 ……… 162

第一節　中晚唐的轉變 ……………………………… 165

第二節　藝術形式的探索 …………………………… 169

一、藝術必要的框架——正視"詩"爲一專門之

"技"的運作 …………………………………… 169

二、形式創造的主動性 ………………………… 175

三、由"語工"造"意新"——詩歌是"有意味的

形式" …………………………………………… 178

第三章　在"人文反省"與"形式覺知"的歷史條件下——
　　　　"主體表現"與"形式表現" ···································· 185

　第一節　古文運動的"典範"內涵——"道—主體—
　　　　　文"模式的建立 ·· 187

　第二節　從"成體之文"到"成體之詩"——古文運動的
　　　　　典範效應 ·· 205

　　一、文化處境與詩文合流 ··· 208

　　二、"成體之詩"與符號意識 ····································· 211

　第三節　"道—創作主體"與詩歌"所表現"的反思——
　　　　　"主體表現"性格 ·· 218

　　一、"格高"、"格卑"的批判 ··································· 219

　　二、偏重"指符—意符"的人文書寫——強調
　　　　主體心靈抽象的能力 ·· 224

　　三、表現"解脫心境"——表現情感價值、心性
　　　　人格等綜合理解 ··· 227

　　四、小結 ··· 235

　第四節　"創作主體—文"與"表現力"的反思——
　　　　　"形式表現"的性格 ·· 236

　　一、"形式覺知"之後 ·· 236

　　二、"用意精深"與"警拔"、"隱括"——詩歌是
　　　　"充滿意味的形式" ·· 241

　　三、"寫物之功"與"圓成"、"渾然"——"明晰生動"
　　　　與"完整而單一"的符號創造 ······························ 245

　　四、"以俗爲雅"、"以故爲新"——表現力的突破 ······ 253

第五節　結語——在黃庭堅詩學之前 ……………………… 258

第四章　黃庭堅詩學——一個"符號表現"的理想典範 ……… 260

第一節　"符號表現"——"作品—(表現)—人文
價值" …………………………………… 261

一、黃庭堅"道""文"的辯證綰合 …………… 261

二、符號表現的詩學型態 ……………………… 265

第二節　"句法"是一種"心法" ……………………… 283

一、"句法"是詩人默會之學的自覺 …………… 283

二、"句法"與心性工夫 ……………………… 294

第三節　"典範"成形：山谷詩——示範性的成就 ……… 298

一、多重用典 ………………………………… 299

二、即"古雅"即"精純"——鍛鍊精深就是人文
創造 ……………………………………… 305

三、"詩"與"史"的辯證——議論精深與歷史的
存在感 …………………………………… 312

第四節　結語 …………………………………………… 316

卷　肆　"江西詩社宗派圖"與後
"江西詩派"時期
——"典範"的成形、固著與異化

第一章　呂本中"江西詩社宗派圖"——"典範"的賦名、
精鍊與廓清 ……………………………………… 325

第一節　"命名"——"江西詩社宗派圖"與詩學典範

網絡的成形 ………………………………… 326

一、詩歌專業典範的定位 …………………… 327

二、典範的學習核心——黃庭堅作爲“示範性的
過去成就” ……………………………… 331

三、廓清江西詩學義界並凝聚山谷詩學信念 …… 333

四、“賦名”也是“標題化”的開始 …………… 335

第二節　典範的精鍊與廓清(一)——融會“波瀾”與
“冶擇”的符號表現 ……………………… 337

第三節　典範的精鍊與廓清(二)——“活法”是心法 … 342

第四節　典範的精鍊與廓清(三)——區隔客觀體製
之學並延緩句法的異化 ………………… 351

一、對抗“意”的窄化 ……………………… 352

二、對治形式化、文本化 …………………… 355

第五節　結語 …………………………………… 373

第二章　後“江西詩派”時期——典範内部的活動與變異 …… 374

第一節　“典範”内部的變異——從“宗黃”變成“學杜”
以及從“杜—黃”詮釋方向中抽離出的
“江西體” ……………………………… 374

一、從“宗黃”到“宗杜” …………………… 375

二、“杜甫—黃庭堅”的詮釋路線與“江西體” …… 380

第二節　“四靈”的反撥——“正典”的需求和“指符—
參符”的取向 …………………………… 385

一、詩學“晚唐”——要求文學的“正典” …… 385

二、“捐書以爲詩”的客觀化傾向——從人文傳統

　　　　　到自然物理的存在 ················· 390

　　第三節　陸游和楊萬里——出入於江西詩派的反省 ····· 398

　　第四節　結語 ·························· 401

第三章　"典範"的危機與轉化——嚴羽與方回 ········· 403

　　第一節　嚴羽:"典範"的根本決裂 ············· 404

　　　　一、詩歌本質——美感價值與客觀體製 ······· 405

　　　　二、"不可共量性"——由"熟參"到"妙悟"(從辨

　　　　　　識各家體製到把握美感價值) ········· 413

　　　　三、小結 ······················ 419

　　第二節　方回:"典範"最後的詮釋者 ··········· 421

　　　　一、"一祖三宗":詩歌正統與正典的建構 ······ 421

　　　　二、《瀛奎律髓》:奠定"江西格"、"江西體" ····· 424

　　　　三、小結 ······················ 435

結語 ······························· 436

附錄一　蘇黃詩學本體論之比較——文學的"意"與"道"

　　　　等價值中心之比較 ················· 439

　　　　一、前言 ······················ 439

　　　　二、蘇軾詩學中的言意關係與文道觀 ········ 440

　　　　三、黃庭堅詩學中的言意關係與文道觀 ······· 452

　　　　四、結語 ······················ 467

附錄二　前"江西詩派"詩論中"道""文"關係的發展 ····· 469

　　　　一、前言——詩論中的人文反省與形式覺知 ····· 469

二、歐陽修"道""文"分立的論述 ⋯⋯⋯⋯⋯ 470

三、蘇軾"文"與"道"俱的一致 ⋯⋯⋯⋯⋯⋯ 475

四、黃庭堅"道""文"的辯證綰合與符號表現的

型態 ⋯⋯⋯⋯⋯⋯⋯⋯⋯⋯⋯⋯⋯⋯⋯ 483

五、結語 ⋯⋯⋯⋯⋯⋯⋯⋯⋯⋯⋯⋯⋯⋯⋯ 496

參考文獻 ⋯⋯⋯⋯⋯⋯⋯⋯⋯⋯⋯⋯⋯⋯⋯⋯ 500

卷 壹

前 言

一、研究現況

江西詩派（"江西詩社宗派"）爲宋代勢力最龐大、綿延最久遠的文學社羣，而爲宋代詩壇之代表。所有與宋詩相關的研究，無論正面或負面，都必須牽涉到這個文學集團。

在古典文學研究的長流中，"江西詩派"這個議題，應該得到什麼樣的定位？到目前爲止，它還是公案一椿：

1. "江西詩派"是一段文學史的公案

準確地說，"江西乃觀念之社集，非實存之聚合，故能爲當代文化之具體反映也"①，江西詩派是宋代文化的表徵，是薈萃宋人詩學認知的心理投射。於是，在文學史上的"江西詩派"，常常就被等同於"宋詩"，就被宋人詩歌作品以及宋代詩壇的點滴現象涵蓋了。莫礪鋒的《江西詩派研究》就是這樣的作法，即在此立場下，針對宋代重要詩人或曾與"江西詩派"有過交涉的詩人的作品，從事風格分析。

應不應該以作品風格來追認江西詩派的成員？楊萬里已說過"以味不以形"，江西詩派的本質要素爲何？是"人"（詩人的交遊）還是"詩"（作品風格或詩歌主張）？從呂本中"江西詩社宗派圖"的觀點來看，應是前者。作品分析能不能符合此種實況？更基本的，選擇作爲代表性的詩人，又是依據什麼樣的風格標準被擇取的？

---

① 龔鵬程《江西詩社宗派研究》"自序"頁4。

這標準又符合宋人江西詩派觀念的實質嗎？

　　作爲文化的表徵、理想的投射，“江西詩派”自有其不能等同於詩壇表象的内涵，自有其某種主體性格，它是否只是宋代有名詩人作品的集合，由宋詩的點點滴滴聚合而成？缺乏這層反思而依附於宋詩的“江西詩派”，難免不成爲附影之罔兩。

　　其次，在“江西詩派”混同於宋詩的研究下，更加深了原有的矛盾表象，例如：范温、惠洪、陳與義和曾幾，這些山谷“句法”的稱述者或名詩人爲什麼未列入宗派圖，他們能否被稱爲“江西詩人”？又韓駒等人不樂入派，應否算作詩派中人？以及楊萬里、陸游早年皆出於江西詩派，與江西淵源之深還勝過陳與義，而誠齋體又被認爲是吕本中“活法”的最佳實現者，何以在後人眼中，反不被追認入派？

　　2.“江西詩派”是一段文化史的公案

　　龔鵬程《江西詩社宗派研究》立足於文化社會學，以吕本中“江西詩社宗派圖”爲研究重心，以宗派觀念統攝江西詩派之研究。結合了中晚唐以來三教文化、社會組織的分析，根據江西詩派與宋文化契合的内外因素，探討了宗派圖的淵源及性質，江西詩人詩學觀念及創作特徵，吕本中的批評意識等等，把江西詩學的研究導向文化蘄向和創作目的的思考。特別是對吕本中“江西詩社宗派圖”的文化内涵，詮釋詳審，因而於此提出了一套具有歷史縱深及文化社會内涵的研究，打開了文學研究的視界。

　　吕本中之家學號稱“中原諸老一二百年醞釀相傳者”，宗派圖必有其傳承所據，應能相當程度反映北宋江西詩人活動之實況。但宗派圖在宋人（包括列名其中者）自身當中便已引起許多争議，且南宋詩人對江西詩派的界定又與宗派圖有所出入，因此，宗派圖所代表的"宗派"觀念,是否足以涵蓋江西詩派横亘南北宋二百多年蔓延派生的動態發展?

吕本中"宗派圖"雖爲其中一關鍵點,然而以吕本中的觀點(特別是"宗派"的架構)來詮解宋代江西詩派的狀況,而未就"江西詩派"在宋代詩人觀念中的演變、發展作一歷時性的考察,恐未足以盡"江西詩派"之全貌;而吕本中本人的論點,也難以解釋江西詩論的多方發展。更何況,即使以"宗派"觀念指稱江西詩派的吕本中,論詩也多"不以江西爲矩矱",其中所代表的意義,值得探索。

吕本中之後的南宋詩壇,"人人勾牽入社",江西詩派仍然勢力龐大地發展著。宗派圖之後的發展,以及哪些詩人才能夠被稱爲(或有資格被追認爲)江西詩派的詩人,方回"一祖三宗"之説與宗派圖觀念的牴牾,這些問題,還等待繼續解釋。

3. "江西詩派"是一段"詩派"觀念的公案

江西詩派,雖然是詩歌社羣以"門派"指稱的源頭,然而其運作實際卻迥異於詩壇分門別派的觀念和活動。由於是一被追認的觀念社集,其內涵全不同於後來所謂的"詩派",故而當後人以"派家",以學派、風格流派等觀念一概指謂時,都成了問題。且問題還不止於此,更複雜的是在宋人自己的觀念中,就存在著種種歧異,致使詩歌主張的層次與位階混淆難辨。

例如:如果"瘦硬生新"是江西詩派的主體風格,如何又能兼顧"流轉圓美"? 如果"瘦硬生新"、"流轉圓美"不是決定江西詩派的風格規範,那麼它們指的是什麼?

又如:"詩派"在宋人觀念裏的演變:從"文學集團"(蘇、黄文學集團到以黄庭堅爲首的文學集團)到"宗派"(吕本中"江西詩社宗派圖")到"風格結盟"(楊萬里"以味不以形"之説爲代表)的觀念演變。這當中，對詩派構成條件的認知，"人"的因素逐漸淡泊，而詩論及風格論的決定因素逐漸重要，直到後人，遂以"句法"、"奪胎換骨"、"點鐵成金"或"瘦硬生新"等特徵來認定江西詩派。江西"詩派"，究竟該如何定位？

4. "江西詩派"是一段文學美學上的公案

"江西詩派"，作爲宋詩風格的代表，它開啟了後世唐宋詩之爭的源頭。這些爭議，擴展了宋詩藝術形式、美學型態的討論，甚至，挑戰了傳統詩學抒情本質的成見，在抒情表現的主流觀點之外，正視詩歌議論、炫學競技、價值反思等種種理知判斷的表現。

一些著作從這些面向探討宋詩獨特的性格，打開了相關的課題，如張高評《宋詩之傳承與開拓》《宋詩之新變與代雄》、龔鵬程《詩史本色與妙悟》、張毅《宋代文學思想史》、韓經太《宋代詩歌史論》、周裕鍇《宋代詩學通論》、程杰《宋詩類型特徵、詩意本質及其歷史內涵》等等。

這些宋詩整體性格的研究，或者著力於文化美學，或者追溯思想淵源，從宋詩本體、審美價值、創作心理、風格偏好、藝術法則各方面，探討宋詩學的面貌及成因；或從作品實踐入手，討論宋詩如何"追新求變"，如何"新變代雄"、"自成一家"，與唐詩分庭抗禮；或從詩論主張，探究宋人到底是重形式、重格律，還是重視人格涵養，對宋人的法度、義理還是品格胸次等說法，提出具有歷史同情的解釋。這些著作中，甚至能夠針對相關課題，透過觀念流變的考察，透過作品形態比較或詩學理念的宏觀，進行價值本體的探索。

這些通論式的著作，提供了宋詩整體理解的前景，也是我們今天研究宋詩的基礎認知。這些成果，或在宋代詩學的基礎上描述了江西詩派的面貌，或解釋了江西"爲何是""如何是"宋詩的代表，爲本議題建立了相當重要的基礎。然而,對於"江西詩派"這一整個大公案,這些研究,似乎還有些言猶未盡。

它們或者在美學上,抽離了宋詩經驗形成的實質過程,致使宋詩作爲一專業詩學的歷史演化,被化約成宋代文化美學的部分縮影;或者注目於各個觀念語彙與文學傳統的演變,忽略了宋詩學內部觀念間交互折衝與支援而產生的意義場域。在此之下的"江西詩派",雖然已經打好了觀念基底,却還未能血脈具足、知所從來地明晰呈現。

其實,上述這四個面向的疑團,也正是本題有待綜合的四個向度。

現今我們所需要的是如何直接面對完整而明晰地詮釋"江西詩派"這個議題。如上所述,宋代詩學研究已有的成果已相當豐碩,對於本題,在每一個環節上都提供了充足的資源,然而我們還沒有把握到這一迷宮的全景。真正的問題在於統合。

歷史現象的源頭(包括歷時性的"原因問題"或共時性的"形式問題"),是多源的。過去的研究,幫我們把每一個可能的源頭澄清,在這個基礎上,我們看到一羣意義豐富且相互啟發的研究標的。然而這不分層次的多源(甚至多元)却同時也是讓我們耽溺於迷宮每一個局部的陷阱。一些問題之所以遭遇瓶頸,正是因爲在這迷宮中,失去了它們的意義聯繫。

迷宮的竅要就在於找出"預見"總體意義的"完形"。今天真正的挑戰是,如何將這些多源的解釋,整合爲一個整體而相互支援的意義網絡,供吾人有機而統一地理解與把握。猶如跳出迷宮之上,鳥瞰全景,經由涵蓋所有向度的瞻視,獲致一總體格式塔("完形")的理解。透過整合過的重新定位,一些遭遇瓶頸的問題,才能取得意義聯繫,重新打通問題發展的血脈。

　　但這種把握不是涓滴聚合而來的,不是摸著石頭過河一個挨一個可以得出的。它是一種整體融貫的洞察力,得之於一種意義隱晦但先在的洞察。俯瞰迷宮,首先不是尋察細部動線,而是整體意向想像、完形目的的把握。事實上,這樣的瞻視,它源自於一種意義重構的準備。①

二、研究立場

(一)詮釋學的反思——建構知識的準備

　　就好比俯瞰迷宮,也必須胸中有某種設準,某種"預見"的期待,才能"有所得";涵蓋一切向度的瞻視,如何取得意義內涵,而不至於茫然無對,就在於它本身就是一種已有內建視域的"預見"。也就是,瞻視之前,心中已有某種建構的準備。

　　這種建構的意義,就如同阿圖塞所説:"我們所認知的歷史或世界觀,不是現成的給予,而是知識的建構。"內建的知識準備決定了眼界,決定了理解;換句話説,是學得了"屠龍之技"才看得到"龍"。是有了前理解的"視域"(horzion),才有了言説的實在性。胸中的想像圖像,決定了我們瞻視過去的眼光。

　　這個想像圖像,這個前理解的視域,這個先在的準備,便是吾人當代真實的存在境域與傳統文論情境相互的解釋與詰問,是以代表當代人文主體自我詮釋的文本閱讀經驗、思考語彙與之鳴應相求的理解。歷史一去不返,我們只能用當代真誠的閱讀經驗、文

----

　　①　這所謂的"意義重構",並未變動或否定各環節的意義內容,在此種全新的觀照下,以往的研究成果並未揚棄,正如"迷宮"自身的內容完全沒有變動,但是在意義已完整了然於胸的俯瞰下,每一個環節都打開了全新的定位,展開了不同的聯繫。

化體會來打開這些傳統文獻所有可能的文化涵義。但所有可能亦非漫無邊際，文化材料本身便有機而整體地自成一活潑而性格完整的符號系統。端看我們如何把握這符號系統，如何以當代人文主體與之鳴應相求。在此"預見"的期待下，重構我們的意義格式塔，瞻視所研究的論題。

"江西詩派"，是歷史進程中思想文化文學詩學重重履覆的轍跡，而不光是一羣歷史事實現成的給予。我們有的是：歷代的創作、作品、相關的評論與材料等等，有歷代詩人對他們自己時代創作的詮釋，還有他們這種詮釋的選擇對後續作品產生的效應，在這重重的覆蓋之下，沒有能夠涵蓋一切資料的"證據"。

這些雜遝的轍跡，等待我們的詮釋，而這種詮釋能力，存在於能否發現這先在於江西之前而足以籠罩預見江西之發展内涵的"意義之場"，以及與這意義之場相互辯證以致於形成江西具體面目的歷史條件①。只有在這種整體意義脈絡的完整賦形下，才能獲致古典文論價值本體的理解。② 也只有在揭示這種關係文論整體性格的本體解釋後，所有個別的觀念和文本，才能在其有機的位置中重現其意義功能和彼此之間的交互運作。

---

① 這所謂先在於江西的歷史條件或"意義之場"的"預見"，並不是意味著江西之發展有其因果先在的必然性，相反的，它必須要扣緊著江西發展的經驗實質；換言之，它也只存在於江西的實際樣態中。就像一幅畫不到完成，誰（包括畫家本人）也不能夠斷言它定然是什麼樣子，然而它之所以爲一件藝術品（謂有表現力）而不是塗鴉之作，必有著某種"先見"，可以據此理解其表現，但不俟其成形，吾人不可能去把握這一畫作的"先見"。也就是説，這意義之場在認識邏輯上雖是先在的，但它必須扣緊著既成的外顯的形式而存在。

② 關於如何理解及重建傳統文論，龔鵬程提出了應相應於詮釋學上"方法性"、"語言性"及"本體性"三種層次的方法，而透過方法上的知識訓練、語言掌握，最終要獲致的，便是能夠闡明傳統文論意義與價值的"所以如此"、"何以至此"的"本體詮釋學"的理解。詳見氏著《詩史本色與妙悟》第一章"二、重建中國文論的方法"，頁8—12。

　　而這個意義之場的發現，等著我們以內含當代存在視域、文化省思的"前見"去探求。在這個"前見"裏，一切中西文論，一切古今思想，只要趁手的就是好工具，只要能打開意義場域、合理解釋問題的，就是適用的知識。

　　本書視江西爲一從古文運動追溯下來的"典範網絡"，其原因在此。在當代閱讀經驗與思考語彙的詰問下，把江西詩學看作是一套"符號表現"的"典範"，在這樣的圖像下，重構往昔的研究成果，重整它們內蘊的文化涵義。在這個格式塔的瞻視下，省視它令每一個面向、每一個環節如何環環相扣的總體指向，看出令每一個個別觀念有機發展彼此聯繫，每一個議題從何處來、往何處去的目的性，看到這種種如何層次不同却融貫一致地走向完整而獨特的歷史形成。

　　在這研究中，作爲起點的，不是江西詩派"實際上"是不是一個典範網絡，作爲詮釋基礎的，不是要先證成江西詩派"事實上是"一個典範網絡，而是筆者選擇以一個典範網絡來看待"江西詩派"這議題，作爲本題建構的基礎，以進行進一步的研究。就好比我們設定了一個"子午線"的觀念來理解地球的運轉，而這與子午線是否"實際地"存在並不相關，也無須先內在分析地"證成"子午線的存在才能運用它，重要的是透過它能否滿足我們把握地球運轉的需要。

　　只有選擇哪些線索去進行觀察，採取哪些方法梳理、解析所得的認知，運用何種理論去概括、闡釋其中內涵，沒有絕對的"事實"，"事實"只存在詮釋當中。有單一的"事件"，以及纏繞的這事件相關的一連串可能的詮釋。我們面對的是詮釋的選擇與判斷。這種選擇與判斷，就是知識的建構。

（二）解釋架構取代操作“方法”

本書卷貳的三章解釋架構，便是爲建立這意義之場而作，希望透過這個解釋平台，預作一番理論概括，完整把握本題的想像圖像。

“符號表現”的“典範”，便是本書所設定的意義之場。

這就是本書所關注的，以“符號表現”的“典範”爲預見的界域，可以獲致對江西詩派什麼樣的實質的理解（這些實質的理解，就透過卷叁以下具體的歷史解釋來印證），從而在這個基礎上，建立起一套有效的文學的美學型態、文學的歷史形成的認知。因此，本書透過這個解釋架構的提出（“卷貳”），並以具體的歷史發展來印證它的解釋功能（“卷叁”至“卷伍”），透過它獲得一個文學型態有機而整體的認知，這種認知足以讓我們解讀“江西詩派”獨特的歷史形成，並延展地認識到與其前後典範網絡的延續性及差異性何在，足以解釋歷史的接軌。

在這個意義下，本書所運用的“典範”、符號論美學、“默會致知”等理論，不是一般所謂的西方理論的“方法”運用，不是可適用於各課題的普遍的“操作方法”①。

在此，哲學理論所扮演的角色，如哈伯瑪斯所言：“哲學的基本

---

① 當代將西方理論運用在文本詮釋時，往往只停留在“工具”的層次。我們一般想到的資借西方理論作爲研究“方法”的，往往是像結構主義所謂“二元對立”這樣的能夠直接操作以解析材料的“方法”。這樣的“方法”其實算不上方法，它們只是一種邏輯架構，一種程式而已，將材料套進這些程式中進行分析（input），就會生産出某些分析歸類的結果（output）。往昔學者在運用的時候，使用這些“方法”常常就像是一道單純的“工具”一般，在解釋中往往缺乏作者與文本與方法三者的辯證意識，不是透過研究者詮釋立場的觀照反省而產生的解釋，也不是文本脈絡自發的需要。嚴格說起來，方法學直接的對象應不是文本，而是研究者，方法學應提供研究者反思、採取解釋立場、觀照進路的依據，而方法，是在這之下産生的。

概念不再構成一種特殊語言，尤其是不再構成一種同化一切的系統，而是提供對科學知識作重構式利用的手段。一種其能力僅限於關注基本概念之清晰性的哲學，由於它的多語性，將在元理論層面上發現一些令人驚訝的相互融貫。"①哲學理論在此，不是具體理論方法的套用，或把詩歌詩論納進這些哲學理論裏來解讀，而是提供研究者自省的方法，提供研究者採取研究策略、解釋進路等等思維應用、評估與判斷的依據，一種重構的準備。這些代表後設思維的哲學概念幫助我們：一是運用精確的分析，讓這些詩學觀念更顯豁、更明晰，能夠更清楚地判別各問題的定位，以及它們發生與形成的來龍去脈；二是提供聯貫各種解釋的渠道，讓這些分屬各層次各局部的理論主張等內在的思路聯繫起來，形成一可以整體把握的完整的詩學樣態，打開詩人"應當要說的"、"可能要說的"詩學更豐富的內涵。以這種思維需求的立場取代傳統的"方法"應用，較不會產生理論比附或套用的危機。同時，這樣的立場，也使得我們建立的這套解釋架構，比較能夠作爲理論與觀念（特別是西方理論）運用於文化詮釋的平台。

　　不同時代、不同文化中的辭彙、語式背後所代表的是異質的閱讀經驗、異質的文化成見，它們之間的"不可共量性"應該被正視。但不可共量性並不代表不可溝通，異文化、異典範間的不可共量性正是打開深刻反思與理解的契機。關鍵在於對這種溝通的反省能力，以理論充實後設思維而非直接應用的能力。如上所述，這些理論，是爲意義重構的準備，在進入實質的文化詮釋之前，建立一個釐清理論與觀念作用機轉的平台，藉助一個對這種異質性很清楚

---

① 《事實與格式》，童世駿譯，"前言"，頁 1。

的、有助於建構完整圖像的平台，可以提供一個後設思維運作的位置，透過理論邊界及功能的闡明，避免讓西方文論率然架構在傳統學術上。這樣的平台，或許有助於讓傳統學術和語彙"心安理得地"接壤於當代思維語彙，甚至就進入當代思維裏，並且使得解釋傳統文論的語言，不再孤立或附身於西方文論，得以融入時代詩學完整的文化涵義中，獲得相應的理解。

（三）以歷史課題的對諍與辯證發展作爲解釋路徑

在解釋架構建立了想像圖像、總體意義指向之後，接下來是如何進入内部問題實質的解釋，也就是選擇歷史解釋的進路。

面對"江西詩派"在兩宋的影響力以至於奠定了詩壇中一個旗幟鮮明的典型，首先必須解釋黄庭堅詩學被時代接受的"合理性"。一種總體圖像將會決定解釋詩學相關課題發生與形成的"合理性"，決定可以接受的解釋動線。解釋歷史如何會發展至此的"合理性"，這就是學者所謂的"處境分析"："研究者對於歷史上那些行動者，他們所身處的環境與行爲，找出試驗性或推測性的解釋。這樣的歷史解釋，必須解説一個觀念的某種結構是如何形成、爲何形成的。……嘗試重建行動者身處的問題環境，並使這個行動，達到'可予瞭解'的地步。"①

在"符號表現"的總體圖像下，本書以"人文反省"與"形式覺知"這兩股風潮的辯證發展來解釋江西詩學，而"挑戰與回應"，便是這個辯證歷程所以發生與形成的動力因素。

選擇對諍課題，觀察其辯證歷程來展開解釋路徑，是爲了幫助我們跳脱二分法的思維，跳脱以特定理念指稱歷史發展，以助於找

———

① 龔鵬程《詩史本色與妙悟》，頁 12。

出歷史內部演化的機轉,解釋歷史"合理性"發展方向的思維。這樣的辯證發展,就像個人"個體化"的過程,面對生命種種衝突的課題,而以能夠融攝(而非解消)這些二元性作爲每一階段成熟的指標一樣;文化實體面對時代條件的挑戰,在現實情境與歷史期待的交詰對諍中,在無限可能而有限選擇的辯證過程裏,必須融攝每一階段緊張衝突的課題,建立自身完整的性格與定位,具體實現自我。文化史就是這之間成功或失敗等具實的經驗歷程,而文化的成熟就取決於該階段能否辯證地消化這些對諍的課題。

詩學發展到宋代,亟待解決的問題是什麼?是"文"與"道"的新關係。

"中唐的哲學突破,使得知識階層更深刻地體認到文與道的關係,而有文以貫道、文以明道、文以載道、文以達道、作文審道、因文明道、因文見道、文本於道、文原於道、文道並重……等各種講法;但另一方面,'小詩妨學道'的體認和理學家跟文學家的長期爭執,也在這個時候出現。這種情況,顯示了文與道的問題,已不再是'文心雕龍'式的問題了。他們對這一問題的處理,也不是'文心雕龍'的延伸或發展,而實在是面臨著一個新處境與新問題。"①

這種文道的新處境,源自"人文反省"與"形式覺知"兩股對諍的課題。前者是整個文化環境的趨向,後者則是詩歌在中晚唐之後特別的成就。這兩股風潮是這時詩學特有的歷史條件,循著這兩條對諍的線索,可以凸顯從中晚唐到黃庭堅詩論,詩歌觀念演變的歷史互動,凸顯這時期詩學在對應歷史挑戰下,發展自身獨特性格的過程。從一種時代的挑戰與歷史的接受這樣的宏觀來看,這

---

① 龔鵬程《詩史本色與妙悟》,頁 13。

兩條脈絡預設了文化成就的"合理性",決定了宋代詩論内在的取向。"江西詩派",正是詩學因應歷史挑戰的"果"。江西的流佈,則代表了詩學主體應接歷史挑戰的選擇。至於環繞著宋代詩學的許多問題,包括江西詩派、反江西的主張或其他"言""意"關係、"文""道"關係等等,採用這種解釋動線,也較能獲得意義連貫的瞭解。

（四）文學作品具有符號性與文化性

要建構上述整體詮釋指向的知識準備,還必須包含對文學作品實存性格的認知。

這類美學性格,最典型的是抒情性。關於傳統詩歌的抒情性格,學界已有豐富的成果;據此抒情傳統而來的,是強調詩歌的情感表現,而在這等主流觀點下,情感表現甚至被視爲詩歌不可移易的"本質"。

此中,也有不少體製聲韻格律等形式研究,但這些研究,或是止於詩歌形式之學的探索,探索其藝術規律;或者將這些體式格律的美感效果、表現目的,一歸之於詩人的抒情自我。在抒情性獨大的局面下,幾乎把詩歌之美與抒情性劃上等號,決定了作品研究解釋與評價的慣性。

相較之下,傳統詩歌另一種不同於抒情的表現型態,另一種存在性格——符號表現①,則冷落許多。

長期以來,"唐詩主情,宋詩主理",幾乎已爲學界的定論,宋詩研究也相當自足地致力於宋詩議論説"理"之長的價值詮釋。然而"主理"的立足點,似乎總是讓宋詩在美學問題上,有些躊躇不定;相對於嚴羽"鏡花水月"、"玲瓏湊泊"的形象境界,更不時要讓人懸

---

① 　本書所謂的"符號性"、"符號表現",採用的是卡希勒—蘇珊·朗格一系的符號論美學的界定,詳見以下諸章。

心宋詩美學那塊渾沌的角落。

　　然而從文化美學來看，宋人却恰恰是最能領會美感內涵的。執著於美學的王國維對此感知甚深："其時哲學科學史學美術各有相當之進步，士大夫亦各有相當之素養，賞鑒之趣味與研究之趣味、思古之情與求新之念互相錯綜，此種精神於當時之代表人物蘇（軾）沈（括）黃（庭堅）黃（伯思）諸人著述中，在在可以遇之。……漢唐元明時人之於古器物絶不能有宋人之興味。"①

　　這樣的宋人，甚至在詩學中充滿了許許多多耐人尋味的"二度超越"的領悟，怎可能滿足於（"情\理"二分思考下的）"主理"的場域呢？那麽，回過頭來，要怎麽詮解宋人這樣的美學呢，特別是那與"主情"的唐詩全然異調的詩歌創作？

　　"符號性"會不會是一個值得思考的立足點？

　　古典文學研究中，首先明白正視文學作品的"符號"性格的，是龔鵬程《文學散步》一書。該書透過作品與讀者的關係、作品與世界的關係、作品自身的意義與形式的問題，闡釋了文學作品的符號性格。② 透過作品形式作用，探討文學的形構基礎與表現內涵之間的關係，對於"象徵"的符號抽象的解說，闡明了作品作爲"有意味的形式"的存在內涵，闡明了作品如何透過符號象徵的作用表現了一個意義世界，也闡明了作品如何是作者形構符號以表現生命理解的活動。

　　從這種符號性來看，更能認識詩歌形式與表現之間非指實、非

---

　　① 《宋代之金石學》，《王國維先生全集》初編（五），頁 2006。
　　② 該書作者並未直接用"符號性"一詞指稱這作品的存在本質，然而這些觀念，以及作者所援引的卡希勒、蘇珊·朗格等説法，正是本書"符號性"觀念所本。關於該書所揭示的文學作品的"符號性"及"文化性"，詳見筆者《文學是什麽？"——從龔鵬程〈文學散步〉説起》，收入"異端與開拓：中國語文教育國際研討會"，2002.12.6‐7。

直接對應的關係，以及作品超越情理分立、統合知情意的美學意義。以此掌握宋人的符號意識，或更有助於探察宋詩"主理"表象下深蘊的美學內涵。特別是，在古典詩學傳統裏，詩歌作爲士人社會的代表，文化性格自是不可忽視的考量。而符號性遠比抒情性更能與此種文化性格相容，更能夠有彼此辯證發展的可能，更能夠說明詩歌表現人文創造的深刻意涵。這種符號意識與宋人文人社會的文化認知間，在時代條件的期待下，所産生的對諍與反饋，更是觀察詩學歷史形成的關鍵。要把握宋代這個典型的文人社會，符號性應是比抒情性更好的選擇。

在西方詩學裏，也有一部分的傳統，把詩歌視爲"高度智慧的結晶，緊湊而濃縮，超乎其他一切次級學問。艾略特以一首長詩《荒原》便總結出一大半二十世紀的時代精神"。[1]　這種精神，就是一種比較強的符號意識。當然，中國詩學有其不同的原生傳統，自不一定會特別強調這種符號性格。然而，當我們在中唐以後的詩歌，特別是傑出的宋詩中，也看到了這種表現睿智的意圖，這種符號象徵的寫作能力，這種種抒情表現難以解釋的美感時，是不是也能反思傳統詩學中這一美學面向？

特別是"表現"與"象徵"，這是我們説明詩歌創作時常用的觀念，相對於以往情感表現的解釋慣性，從"符號性"這一面向，對這兩者還可以抉發更豐富的内涵，理解不同的心理架構、不同的藝術認知。詩歌美學要有進一步的推進，這種種，值得更充分的探討。

---

①　南方朔語，見林德俊《用讀者的方式讀詩——訪年度詩獎得主南方朔》，《聯合副刊》2006.02.15。

卷　貳

"江西詩派"："典範"網絡下發展出的
"符號表現"型態的詩學

——本書解釋架構及義界

在這一卷建立解釋架構的三章裏，所謂"典範"，是用以定位"江西詩派"的觀念位階與歷史形成；"符號表現"，則指其文學型態的實質內涵；"默會致知"，則爲江西詩學所以實踐的內在動力，這個"符號表現"的典範網絡所以能歷史地合理實現(而非僅爲理論主張)——所以相應於此一文學型態而得以支撐的心理架構與方法意識。

"江西詩派"，由它各層次的相關觀念與價值信念所形成的一整體網絡，在詩學的歷史發展上，具有某個時期中具有主導意義的"典範"的地位；而它的理論與實踐內涵則呈現爲一種文學的"符號表現"型態。前者，是它的形式條件，在一代文化環境下的歷史定位；後者，則是它的詩學內涵，決定它整體內在理路的屬性，決定這整套脈絡發展所設定的前提，決定它所開放的議題，決定它的獨特地位。而在這兩者之間交互作用的動力因素，則是宋人一種"心法"的共識——默會之學的自覺。

第一章 歷史定位:"江西詩派"是一個 "典範"網絡的歷史形成

本書用"典範"來解釋江西詩派的歷史形成,亦即把"江西詩派"視爲宋代詩學"觀念箱子"的表徵,一個形成於歷史接受與羣體詮釋的觀念箱子。在此定位下,對這網絡之形成歷程與所開展出的内涵樣貌的研究。

以"典範"網絡來定位江西詩派的義界,它的意義在於將文學現象及其内在觀念的歷史發展視爲一個"合目的的關係網絡",幫助我們從事整體的把握,但這網絡同時也是没有絶對邊界的,它只存在於詩人與此時詩學情境的交互反饋中,這也是典範不同於"系統"思考之處,它更要求"江西詩派"與宋代詩壇互動的詮釋。

第一節 問題的緣起:研究義界的困惑

思考江西詩派的歷史形成,暫時先用以下質疑作一個開頭:

首先,關於"江西詩派"的界定,在宋人當中,至少有三種代表性的觀點:(一)吕本中"江西詩社宗派圖"的觀點——這是以"人"的活動爲界定標準。(二)楊萬里"以味不以形"的觀點——這是以作品風格或創作傾向爲界定標準。（三）方回"一祖三宗"之説——這則是以創作上的繼承關係作爲界定標準。

這三種界定標準的不同，代表了對"江西詩派"的三種認定，代表了"江西詩派"觀念史中的三種説法。同時，它們也都是屬於後人對此一文學社羣追認的結果，而非此社羣本質上的規定。

標準不同，對江西詩派的實質和其中成員（及其地位）的認定也就有所歧異。例如：在第三種説法中，陳與義被追認入派，並且和陳師道一起與黃庭堅的地位並列，而黃庭堅的宗主地位被抽換掉了，換成杜甫，而且被賦予更嚴格的繼承關係。陳與義如何地從不入派，到"亦江西詩派而小異"（嚴羽説法），到"三宗"的地位，是"江西詩派"觀念演變一個最顯著的例子。

三種判準認定了三種性質，這三種界定又互有齟齬。長久以來習見的作法是：三者都接受，却没有爲它們安排一套具備理路層序的解釋架構。缺乏一套能夠整合這三種説法的解釋架構，使得學者可以任意擇取其中一種界定，來研究"江西詩派"，却無法對其他兩種代表性的觀點給予完整的解釋。而這些歧異和矛盾，就是長久以來一些迷團的根源。這些迷團，包括了"江西詩派"成員的指涉，杜甫、黃庭堅孰爲宗主？吕本中、陳與義、曾幾、韓駒、楊萬里的資格和地位？包括了"江西詩論"的内容，有無特定的風格傾向？是句法？是活法？還是無法？是"奪胎換骨"、"點鐵成金"？是"無一字無來歷"，還是"意在無絃"？嚴羽對江西詩派的批評，在創作上又具有針對性嗎？還是只是崇唐的格調之争？

　　其次，從觀念史的演變來考察宋代"江西詩派"，至少應有三個不同的時期：（一）以黃庭堅爲首，酬唱往來的詩人社羣。此爲初期"江西詩派"的概況。呂本中宗派圖所列成員即爲此時期主要之參與者。（二）但"宗派"觀念則是呂本中追加上去的。而這個觀念，却普遍地影響了當時及後人對江西詩派的認定。以宗派圖觀念來看待江西詩派算是中期"江西詩派"的定義。（三）呂本中的宗派觀念，對一個本爲開放性的社羣有了限定的作用。呂本中宗派圖，具有將"江西詩派"的觀念從開放性社羣轉變爲封閉性社羣的傾向。此舉具有規範詩歌創作方向和限定成員身份的作用，影響了南宋詩人對江西詩派的認定。當時相關詩人（如韓駒）不願入"宗派圖"的反彈，部分反映了對這種作用的抗議；而後人對宗派圖的爭議或説法（如曾幾、陳與義甚至呂本中本人應不應入派，或反對傳宗傳派），正説明了江西本質上原不是一封閉性的社羣，因而在宗派觀念的籠罩下，如何解釋和認定一些重要的詩人，便成爲南宋詩人爭訟的議題之一。這也反映了以封閉性的"宗派"觀念認定江西詩派是後加上去的。同時這樣的限定，也對詩派的宗旨和成員，具有標籤的作用。於是後來詩人開始認爲，江西詩派有意地延續、發展特定風格、特定主張。楊萬里"以味不以形"的説法與這時期的觀念有關。以後更衍生出以風格論來界定江西詩派，並且以這類型的創作成就來追認"江西詩人"，如方回"一祖三宗"之説，便是此時期的代表。而此後，後人對江西的批評，更多是源自於對這些風格、主張的異議而來。

　　這些疑點並不足以概括全貌，但它指出了如何綜合掌握歷史動態中各種層面的解釋，應該是本議題首要的考量。爲此，本書採取了"典範"觀念來架構這一整個歷史解釋。

第二節　"典範"——從本質界定
　　　　轉向"典範"研究

　　以上關於研究義界的困惑,是一個歷史觀照的起點,在這些問題的思考下,本書採取"典範"的立場,取代本質界定。本書所謂"本質界定",指往昔的研究,習慣先把議題視爲自明而有固定義界的對象,以此展開探討。譬如視"江西詩派"爲一已知而明確的對象,討論"江西詩派"的詩人、"江西詩派"的主張等等。

　　然而從以上的疑點,我們知道,"江西詩派"並非一個定義明確的指稱,包括"江西詩社宗派圖"在這個流變的觀念羣組中,其功能與定位都值得進一步發抉。

　　本書所謂典範研究,便是倒轉吾人的思考,把"江西詩派"視爲歷史發展的産物,它的意義與内涵就流轉於其形成的歷史動態。"江西詩派",是一代典範形成的過程與結果。

　　以一代"典範"來定位"江西詩派",首先是確認其歷史位階,不是風格型態等分門別派的"宗派",也不僅僅是人爲的、既定的團體;"江西詩派",具有某種時代的表徵性、概括性。其次,"典範"本身就是歷史的多元(多源)綜合,不是來自任何先在而單線的源頭。"江西詩派",不能化約爲黃庭堅的詩學觀念,不自限於呂本中的"江西詩社宗派圖",它是詩學承接歷史條件並與之辯證周旋的過程與結果。

一、"典範"與"典範"的優先性①

1."典範"是什麽

"典範"(paradigm)是孔恩(Thomas S. Kuhn)在《科學革命的結構》一書中提出,用以解釋科學社羣發展的重要觀念。以往的科學史,常把科學的演進視爲一道真理逐步朗現的過程:科學家透過每一個新的科學"發現",推翻了前人的錯誤,剔除了一次次試驗中阻礙科學進步的"非科學"的因素,經由知識與技術成功的累積,形成了我們所見的科學的樣貌。這就是孔恩所謂的"科學累積發展史觀",它也是一直以來,支持著科學知識是"進步"的、客觀的、理性的,這種種信念的認知基礎。有別於此,孔恩代之以"典範革命"來解釋科學史的演變,透過對常態科學具體的歷史描繪,在"典範"模式的觀照下,他揭示了往昔科學史認知的誤區,一些科學研究中被忽略的特質,並得以解釋在過去所熟習的科學史的認知中許多令人費解的情況。

孔恩以一種"共時性"的發展模式取代往昔"歷時性"的、累積式的發展模式。也就是說,不再像過去"科學累積發展史觀"那樣,強調科學發展前後今昔的關係,而是更關切某一個時期、某一類科學社羣,他們成員或意見間"內在的一致性",這些意見或成員之所以能被視爲同一個科學社羣的內在合理性。在孔恩運用"典範"的觀念,觀察了科學如何變化,描述了"常規科學"的型態,以及典範

---

① 這裏的"優先性"指的是"典範"對於一個專業領域的支配與權威,比起所謂的規則、制度、甚至價值、結構等,都更爲優位。比起其他,它是決定一個專業領域認知、學習及發展更爲關鍵的動力因素。參孔恩《科學革命的結構》(*The Structure of Scientific Revolutions*,程樹德等譯,臺北:遠流出版社,1998.02)。

移轉的原由之後，科學史呈現了與往昔完全不同的面貌。

　　"典範"一詞，便是他用以指稱一個專業領域內的社羣所共享的一種網絡式的組成，這種組成裏包含了價值信念、一般法則、理論模型、方法、制度結構、技術操作等等從抽象到具體各個層次而難以切割的成素。典範中各個層次的信念（觀念上的、理論上的、工具上的、方法論上的）共同形成一個强固的網絡，身處典範網絡中的社羣成員習得了這一門知識"應該是"什麼樣子，其中包括了這門知識與世界的關係，包括了這領域衡定實踐成功與否的價值標準，包括成員之間應有的交流方式等等。"典範"就是一個專業社羣所以取得其內在組成基礎的共時性的學習網絡。①

　　在這種實踐與學習的意義之下，"典範"優先於一切的規則、模型或信念。是典範指導了常態科學的研究，維繫了一個研究傳統的通貫性，並且面對革新的危機。科學的型態取決於"典範"這樣既定的"觀念箱子"，這樣的觀念，超出了過去對科學所謂以自然事實爲判準的想像，也涉及了科學史中非"客觀中立"的成分，大異於一般所熟習的科學的學科理性，以及以具決定性的規則、假定或成果作爲科學演進之基礎的成見。

　　孔恩的科學史觀與卡希勒文化符號哲學裏對人類知識體系的發展的看法暗合。他們都傾向於將學科的歷史視爲一自足的解釋

① 孔恩"典範"的觀念包含了兩種意義："一方面，它代表一特定社羣的成員所共享的信仰、價值、與技術等構成的整體。另一方面，它指涉那一整體中的一種元素，就是具體的問題解答把它們當作模型或範例，可以替代規則作爲常態科學其他謎題的解答基礎。……'典範便是示範性的過去成就'."（《科學革命的結構》，頁234）此處介紹的主要是第一種定義，而其實第二種定義（"示範性的過去成就"）已包含在這之中了。本書用以指稱"江西詩派"或"古文運動"的"典範"觀念，也包含這兩種內涵。

體系，是當時代的人們對應當時的自然與社會條件，尋求認知所建立的一套自爲完整而可辨識的解釋系統（卡希勒所謂“符號體系”的建構）。孔恩的研究揭示了：科學，與其他文化符號的創造一樣，也是一套人類建構以理解世界的解釋系統。在“典範”的觀念下，自然科學不再獨佔著絕對客觀的地位，“科學史”也和其他學科的歷史一樣，依舊是一個歷史選擇與羣體詮釋的結果。簡單地説，科學史的演進，也就是科學理論間誰“更能解釋”的共時性的競爭，而不是“客觀真理”本體論式的歷時性的“進步”。

2.“典範”的性質

“典範”代表了一個專業領域格式塔的視域。

“典範”不是一種知識“系統”，因爲它不是由知識間的邏輯或理論關係聯繫而成，典範之內，也未必具有一套共通的規則或觀念的基準。典範的形成，是憑藉著社羣成員透過具體實踐或實際操作所習得的一種“默會的知識”（tacit knowledge）①。組成這套典範的各種學習範例之間未必有共通的原則，它們之間的聯繫在於一種吾人學習各種事物時的所倚賴的“族類的相似性”（family resemblance）②，在這個由組成分子間重疊、交錯的類似性所形成的網絡中，社羣成員得以學習、交流以及辨識這一典範系統。所有

---

①　科學家的成就需要憑藉其“默會的知識”（tacit knowledge），也就是經實際操作所獲得的、但無法明白地用語言表達出來的知識。見伯藍尼（Michael Polanyi）《個人知識》（*Personal Knowledge*，許澤民譯）。

②　關於“族類的相似性”，本是維根斯坦解釋吾人如何認識一詞組、指認同一類事物的認知特性，現在孔恩則引用這個觀念，以説明典範內各種成素之間的聯繫關係。（《科學革命的結構》頁 93—94）簡言之，這種“族類的相似性”就像“樹葉”、“椅子”等自然族類一樣，彼此之間各有部分相似，却不見得能從中抽取共同的條件或成素出來，好比一集合{A、B、C、D、E……}，其中 A 與 B 在某種意義下相關，B 與 C 又在另一種層面上相關，又 A 與 D 可能是極爲不同的，B 與 E 是互相抵觸的……如此，但吾人仍能辨識出他們是同一類的集合（如“椅子”、如“樹葉”）。

的典範，就是一種内斂於該活動的有機運作之中而共享其目的或功能的研究。

這就是孔恩建議用"學科基質"（disciplinary matrix）來指稱它的緣故。① "每一族類都是由組成分子間重疊、交錯的類似性所形成的網路所構成。……源自某一常態科學傳統的各種研究問題與技術，彼此間的關係與上面所説的自然族類的成員間的關係，十分相似。這些問題與技術的共通之處，並不在於它們符合某一套明顯的、或可以找得出來的規則與假定……事實正相反，這些問題與技術，各自與這一科學社羣認爲是屬於既有成就的那些科學資產的某一部分有關連，這種關連或源自相似、或源自兩者之間的模仿關係。"② 對於既有的具體成果的學習，優先於後來被概括出來的任何規則指導。在本書中，這些典範共識所依據的具體成果，就是韓愈的文體改革之於古文運動，黃庭堅的詩歌創作之於"江西詩派"。它們就是典範成員所默會地模擬仿效的對象，任何特定的規則、技法或風格，也都是從它們的某些面向抽取出來的。這也是爲何稱"典範"是一個不可具體範限的"網絡"或是具開放性的前引模式，比之以"結構"或"系統"指稱它更爲合宜的緣故。

對於專業研究的指導，"典範"扮演了一種意義層次的安置的功能，把先典範時期衆説紛紜且各具同樣重要性的觀念，作了

---

① "'學科的'（disciplinary），因爲它指稱一個特定的學科的工作人員所共有的財產；'基質'（matrix），因爲它由各種種類不同的元素組成，每一個都需要進一步界定。所有或大部分我在本書中當作典範、典範的成分、或具有典範性質的團體信守對象，都是學科基質的組成份子，就是因爲這樣，它們形成一個具有功能的整體。"（"後記-1969"，《科學革命的結構》，頁 242。）

② 孔恩《科學革命的結構》，頁 94。

一番消化、整理或捐棄，而形同一個"觀念箱子"般地形成專業的界域。這個界域包括了抽象的價值、信念、理論，引導實踐的制度、結構，以致於具體的技術操作等等，而這個專業社羣所能接受的問題也因此受到制約。這就是爲何孔恩把在典範之下的常態科學，比喻爲像棋局這類的已經設定好前提並且確定有解的"解謎"活動。

這個"觀念箱子"並非毫無偏失，它無法完備地籠罩一切，甚至也無法解答另一些更精細、更複雜的問題，然而因爲它能夠解決當時大部分被承認的問題，因而佔據了某種專業規制的優勢，止息原先百家爭鳴的狀態，使得專業的學者可以在這普遍認同的基礎上，進行更精確、更深入的探索，這也是爲何科學看來是持續地"進步"的原因。

但這個"觀念箱子"也不是一個就此僵固而界域分明的結構，在主導著專業研究的同時，它也是新的研究進一步精鍊與廓清的對象。專業領域內的專家循規蹈矩地安於可靠現狀的常態研究，擴大了典範應用的範圍，推闡更爲細微精密的解釋，典範因此吸融了更多的理論，也更鞏固了它在專業領域的勢力，以及對非我族類的排拒力。

以上是典範在專業領域裏的正常運作，也就是孔恩所描繪的"常態科學"的情景。而專業領域的危機與變遷，同樣也是由於典範的運作。

科學革命産生於一些遵循原來的"典範"網絡無法解決或解釋的異象。在習於可解之謎的常態研究中，"典範"愈是強大，在此中出現了不可解的異象便愈是突出。危機，激發典範的革新。當愈來愈多的異象是原有典範無法消融的時候，便導致革新的迫切需要。而這種典範革命是徹底的,在革命前後的新舊典範網路是不相容的。由"典範"轉移所產生的科學革命,不僅是革命前後解答問題的方法不同,更根本的是,在憑藉著"典範"所指導的新的專業認知下,科學界所藉以區分可以接受的問題、提問的方式、可以認可的解答等等的判準,也都不同了。

"科學革命其實就是把科學家用以觀察世界的觀念網路(conceptual network)予以更新。"①也就是説,一個新的觀念箱子取代了舊有的觀念箱子,重新賦予原來現象新的解釋和意義,即使許多原有的理論依然保有其原來的面貌,依然保有原來的運作,但現在它們的内涵、功能和地位都已不同了。新的觀念箱子將重新決定它們的定位,重新決定專業領域内值得關切或可以接受的問題。②

不同典範的差異,是一種"不可共量性"的差異,也就是一種格式塔式的差異。孔恩强調,在兩種不同的典範之間,他們所使用的概念、模型、從具體的操作方法直到抽象的價值信念,都具有不相容性,具有不對等的内涵(這同時也意味著,如果不同時期或社羣所使用的觀念或模型,具有延續性,或是不需更動其涵義而能夠爲兩者所共享,就不能視爲兩個不同的典範)。這種"不可共量性"的差異,成爲理解不同"典範"網絡重要的關鍵。"不可共量性"顯示了典範網絡的支配性,以及理解一個典範網絡所必要的格式塔式的心理準備。

---

① 孔恩《科學革命的結構》,頁 156。
② 典範革新其實是一種整體理解網絡的轉變,一種包括價值、觀念、操作程序及典範運用等等的格式塔式的轉變,而不是漸進式的累積成果,或理論與自然本體關係本質式的改變與替換,關於這個分辨,詳見孔恩是書第十章"革命是世界觀的改變"及十一章"革命無形"。

3. "典範"的運作

基本上，"典範"是一個共時性的觀念，在這觀念下的研究，主要探討在一專業羣體內，維繫這整體關係及使之産生變革的成素，以及這些成素在其間如何作用，使得這系統形成怎麽樣的一種型態，使其有別於其他的獨特性格，包括它的關注層次、思維架構、處理方法、價值信念、以及衍生的問題的界域等等。尤其是其"不可共量性"的觀念更傾向於一種斷裂的歷史觀，這種共時性的研究，比較不著重這網絡在歷史發展前後間的連續性，歷史因素的傳承及其因革損益等等。這也是孔恩《科學革命的結構》一書的創見，他一反傳統上視科學研究的模式與科學史的樣貌是一代代客觀"真理"接力式的傳承與累積，從共時性的觀點，提供了科學史的新視野。換句話説，"典範"觀念也給科學研究建立了新典範。

更重要的是，"典範"的啓發，不僅及於科學哲學及科學史，當它延伸到其他學科領域中，也造成了巨大的迴響。"典範"推翻了歷史是現成的，歷史中的人作爲客觀參與者在原有的基礎上疊磚砌瓦這樣的觀念；轉向關注實踐者的認知與大環境中的實踐成果交互影響的效果，這種循環效應，推移了學科焦點，轉變了論述境域，衍生了新的問題，改變了價值信念，出現了不同的行動模式，産生了迥然相異的實踐意義，而在這全然不同的實踐意義下，歷史論述已經置身於一套新典範之中了。

在這種研究中，無論是研究對象的架構，相關成素之間的關係，都遠較"系統"、"意識型態"等開放的多。維繫典範內部各層次、各組成分子間的關係的，未必是某些核心或公認一致的規則，這就是孔恩引用維根斯坦"族類相似性"以説明的，學科工作者如何透過典範中各種具體規則和模型的操作,透過價值信念、論述模式、技術操作等多方面的共享,習得對這學科基本的專業認知,領會本門學科應該是如何的樣貌。這樣的學習過程,就如伯藍尼所謂的經實際操作所獲得,但無法明白地用語言表達出來的"默會的知識"(tacit knowledge)①。這也就是相對於任何公設、模型、規則等構成要素,典範自身在決定專業認知、指導研究工作的優先性。

典範優先的觀念,也說明了許多在缺乏公認的規則,或自明的前提的情況下,社羣成員仍然可以辨識所屬典範,仍然具有在這典範下學習和交流的共通基礎。對本書而言,這有助於吾人解釋:在眾說紛紜的定義下,詩人仍能確認"江西詩派",指認其間的成員,儘管這些說法所根據的標準不一,彼此有些出入,却全都能夠被接受。以下幾卷的探討將作爲它的歷史印證。

"典範"雖是一種共時性的觀念,但這並不影響在這觀念下的研究中有關歷史方法的運用。對於一典範網絡的歷時性的形成與成熟、內部規範的確立過程,歷史條件的考察仍是不可避免的。本書的研究方法中對即包含了歷時性形成過程的探討,因爲在本書範圍內,這些歷史因素的考察也是屬於這典範網絡內部成素的研究。

最後,關於其他學科,孔恩自己也同意"典範"觀念廣泛的應用價值。"因爲這些論點本來便借自其他學科。文學史家、音樂史家、藝術史家、政治發展史家,以及其他許多人類活動的史家,早就以同樣的方式來描述他們的主題。以在樣式、口味、制度結

---

① 詳見伯藍尼《個人知識》、《意義》(*Meaning*,彭淮棟譯)。

構方面的革命性斷絕現象做歷史分期的依據,是他們的標準方法之一。"在這些人文學科早已發展出的觀念成就上,孔恩認爲,"一個具體的成就、一個範例便是一個典範"這樣的觀念,則是他的重要貢獻。"我懷疑:假如繪畫可以看成彼此模範而不是以符合某一抽象的式樣(style)準則來製做的話,藝術上圍繞著樣式觀念的一些著名的困難就會消失。"①較諸傳統的風格、制度或結構等等觀念,對於某些專業領域的發展或具支配性的内涵,"典範"意圖提供更爲整體却更貼切的歷史觀照,以及對此更爲豐富的解釋。

本書以下的運用,希望稍可印證這樣的説法。

二、從本質界定轉向"典範"研究

透過"典範"觀念建立的解釋路徑,本題先建立這些思考:

1. "典範"要同時觀照到文化議題裏"哲學的"及"歷史的"兩種面向的交互作用。

任何文化成果,我們可以從兩個面向來討論它:一個從它的發生過程,著重歷史條件的考察,如傳統"辨章學術,考鏡源流";另一種是所謂的品質内涵,著重在研究對象本身自覺的目的、理論效益,以及由此所開出的理論的自我轉化的問題。這兩個面向,就像歷史主義史家蘭克(Leopold von Ranke,1795—1886)的説法:"僅有兩條途徑可以獲知人類的知識,一是經由特殊事物的感覺,一是經由抽象的思維;前者是歷史的方法,後者是哲學的方法。"②這兩條途徑幾乎成了我們這個時代人文研究的"經"跟"緯",我們的研

---

① 孔恩《科學革命的結構》,"後記-1969",是書頁269。
② 轉引自黄進興《歷史主義與歷史理論》,頁58。

究方法幾乎就是在向這座標的兩軸尋求定位和認同。這也就是常見的"內在理路"\"社會學面向"、"共時性"\"歷時性"等進路的區別。

　　然而這兩者，無論是爲求理論能夠系統化而一致的解釋因而疏離了歷史的生態，或爲歷史描述的縝密而失去文化理論的完整概括，都是一種理解的斷裂。這種區分所代表的研究上的分裂，將難以解釋理論主張與所存在的境域彼此聲氣相通的關係，使得兩者都不免於是一種"分析"的架構下對歷史知識的"支配"，而未能達到詮釋學上的"周旋"，如加達默爾所謂"歷史的綜合"的成果。

　　"典範"觀念也不同意這樣的區分。在"典範"的觀照下，一個專業社羣的形成與運作，由於它不是一個純粹理論優勝劣敗或歷史現實推進的問題，而是一種羣體詮釋與理論功能對話的結果，不應落入"內在論"或"外在論"式的區分。

　　誠如前文所說，在"江西詩派"觀念的發展中，"江西詩派詩論"的理論內涵和"江西詩社宗派"的歷史動因，是很難二分處理的。"江西詩派"，也是宋代詩壇與它的觀念產物之間互相"周旋"的結果。以這種文化課題的研究來講，文化思路中基源問題的選擇與解決方法，依然是受制於歷史挑戰與文化條件；而所謂的歷史挑戰，往往也就是對上一時代理論問題懸而未解的部分所遺留下來的現實困境的承接。"江西詩派"這樣的文化課題，是歷史現實與知識理論糾結共生的產物。

　　在典範觀念的考察下，本書將這時期歷史條件所引發的緊張或難題，視爲一個時代"最想解決"的問題，以之解釋"江西詩派"成爲歷史選擇的決定因素。而在這種解釋中，可以彰顯哪些詩論或主張能夠成功地應接歷史挑戰，能夠圓滿解除這種緊張，能夠因解答或合理解釋而將此難題收伏於其學說之中，成爲這個時代的貢獻。以歷史動態的探索，呈顯這些詩論獨特的時代內涵。同時，在這典範形成的歷程中，在這因應歷史挑戰以及被接受的過程中，在典範所主導的發展方向下，詩論因其内在目的性的一致，觀念羣聚的互通，形成某種特別的文學型態（本書稱之爲"符號表現"的型態），這就是它獨特的理論創獲，也就是内涵價值。如此，不僅觀照了一個文化趨向的"勢"所必然，也同時明瞭了其"理"當如何。

2. 不再從"累積式的"詩論主張或創作成果理解這個詩壇的觀念社羣，不再以本體論或本質論式的觀念看待所謂江西詩派的詩論。轉而以"典範網絡"的知識生態觀照江西詩派及其相關詩論。

"江西詩派"是一個被追認的觀念，這個觀念所涉及的相關成素，並不是既定或一致的，因此本題首先就遇上了一個定義與範圍界定的問題，在上述"研究義界的困惑"裏，筆者已指出傳統對這問題的研究，常無法解釋"江西詩派"在觀念史中多樣而矛盾並存的樣貌。光是各個（傾向或贊同江西的）詩人詩論主張的累積，不足以説明在一些明顯的互相牴牾中仍存在著一個完整的"江西詩派"的觀念社羣，更無法説明它如何還持續地發展出後續的"江西詩論"，如前述呂本中、楊萬里、方回三種不同的認定標準。然而在"典範"的意義下，可以解釋這些不同的界定標準，而不妨礙它們究竟同屬於一共同接受而可辨識的網絡。

典範的優先性可以解釋，縱然整個南宋對於江西詩派具體的成員、專屬的理論、句法的規範，一直存著種種疑義，但這些並不影響詩人們能夠辨識"江西詩派"、學習"江西詩派",並且認定其主盟詩壇之地位。

但這也不代表執取其中一種標準就足以概括其他。這就是本研究要繼續探討的,這些不同觀點在"江西詩派"典範網絡發展中的角色與內涵,以描繪這一典範脈絡的形貌。

在運用"典範"網絡來解釋"江西詩派"這一多樣並存卻可明確辨識的觀念社羣時,"族類相似性"及"不可共量性"是必要的認知。在以下幾卷的歷史印證中可以看到:"族類相似性"有助於吾人接受這些表面的矛盾現象而整體察照,而在"不可共量性"的制約下,"江西詩派"的觀念也不至於漫無邊際地涵蓋宋代詩壇的所有現象。在這種理解的基礎上,更進一步地,探索它像生命體一般有機多變卻指向合理目的的發展動態,擺脫"江西詩派"被"標題化"①以來過於化約的認知,幫我們接起斷裂的意義脈絡,重現這個文化觀念蘊藏在歷史互動中的意義情境。

3. 從"典範"的眼光來說明"江西詩派"如何不是一個風格流派,而是一個詩學消化時代條件的過程。

例如,在典範形成與轉移的眼光中,我們才能更清楚:在黃庭堅之前,詩話所呈現的諸詩學觀念如何具有一種"先典範時期"各得一隅的創造力,而黃庭堅之後,它們又如何自然地形成一套自爲網絡的思考。

"典範"的地位,使"江西詩派"所以異於後來以風格流派稱名的文學社羣。

---

① "標題化"指對象被命名後,宛如貼上標籤一樣,涵義易趨於固定與窄化的作用。"江西詩派"標題化的過程,詳見本書"肆、'江西詩社宗派圖'與後'江西詩派'時期——'典範'的成形、固著與異化"。

　　如上所述，某一個典範之所以能夠獨擅勝場，是因爲它與其他可能的典範相較之下，最能夠解答當時該領域内最想解決的所有問題。① 從中晚唐以來到宋代，從文化承接了古文運動的“文道”思考以來，文化裏的“人文反省”與詩學的“形式覺知”就一直處在彼此對靜而尋求定位的處境中②，黄庭堅正是因爲他的創作與詩學論述(本書所謂“道—創作主體—文”的“符號型態”的詩學)能夠圓滿地回應這一時代的挑戰，凝聚一代共識，而能在成就二次古文運動、樹立宋代文風的歐陽修，與更具原創性的蘇軾之間，脱穎而出。

　　又從這些面向看來，黄庭堅最重要的詩學貢獻並不是提出最具創意的先見，和他的詩歌一樣，他的許多觀念和説法都可以溯至前人，然而在一種總匯式的影響力上，却無人得出其右。如果按照傳統的(成果累進式的)研究方式，以詩論的創見或詩歌藝術性的獨特成就來講，實在很難解釋在蘇軾之後的黄庭堅與“江西詩派”在詩學歷史上的巨大投影。

　　然而從樹立一個詩學專業的主導網絡(所謂詩歌“傳統”)這樣的“典範”地位來看，便得以合理解釋：以黄庭堅爲宗祖的“江西詩派”的相關觀念網絡，雖不能涵蓋一切已有的詩學觀念或現象，却如何提供了一個專業的“觀念箱子”，以作爲後學者持續探索詩歌的根基，並透過它們匯聚詩歌的專業論述，産生了宋代詩學深刻的

---

　　① 　孔恩《科學革命的結構》，頁132。
　　② 　“文以載道”、“貫道”或“明道”的優位，都只是文化理念上的理想之詞，當它與已有成熟的“形式覺知”的詩歌創作遭逢時，並没有那種風行草偃的戲劇效果。這從當時詩歌創作批評與論述的許多矛盾可以看出。這種緊張之所以没有那麼明確，是因爲文化主流的權威與共識，詩學也期望能融入文化大趨勢，然而正因爲在詩學實踐裏它不是那麼地天經地義，當時詩論的複雜面貌反映了這種浮動的反思。詳見本書“叁、前‘江西詩社宗派’期——從‘古文運動’到黄庭堅詩學”。

反思。

在典範的觀照下，"江西詩派"代表的不只是某類創作風格的集合，還代表著將過去詩學思想觀念重新消化的革命性的過程，包含整個價值核心、詩學信念、技巧運作，以及由此衍生的詩壇所關注的課題、用以討論問題的思考範疇、決定是非的判準，因這些轉折而產生的意義效應等等。①

以典範來看，江西詩論不僅主導著有宋一代詩壇的專業論述，它同時也是這些論述持續精鍊與廓清的對象。也正是因此，才產生了"句法"的異化、"典範"內部的澄清與"標題化"（呂本中）、新的課題的挑戰（嚴羽），等等豐富的現象。"典範"作為一種無具體疆界的"網絡"，一種方向性的、開放性的"模式"，更能夠說明江西詩學在長久的觀念歷史的發展中，非系統性的擴展與深化的情形。

4. "典範"或可部分地解釋，為何在長時期的關注中，除了詩話或詩話總集式的著作外，詩歌理論系統性的專著一直不曾出現的原因。

孔恩提到，在"典範"形成後，由於有著羣體共享的"典範"，在普遍能為專業領域接受的共識下，學者們就會以這"典範"為起點，從事更深入的研究，專業研究不必再建構基點以導引其他觀念，將直接針對典範網絡中值得關注的問題繼續深究。由於學者不必重新構築起始的基點，專書式的著作就不再是同領域

---

① 嚴羽《滄浪詩話・詩體》把"江西宗派體"列在"以時而論"，與所謂"建安體"、"正始體"、"晚唐體"、"本朝體"等並列，此等皆泛指籠罩一時的詩風而論，而不是像"西崑體"那樣，放在"選體"、"玉臺體"等風格體製的分類中。代表了宋人心中的"江西宗派"不是風格或理論主張可以概括的，這可以部分地支持本書以共時性的"典範"觀照的作法。

內增進專業威望的要件，反而是只與專業讀者共享的、深化專業見解的工作才是要務，也就是繼續在典範網絡的基礎下深入廓清與精鍊典範的工作。在常態科學，這就是論文取代專著作爲研究成果的情形。

這倒提供了我們一些思考："詩話"看似無系統的論述形式，難道不正是立基於專業讀者的氛圍下形成的？不正是植基於某些專業共識的默認，詩人才沒有必要從事像《文心雕龍》這樣"擘肌分理"、"彌綸羣言"的犖犖大著？反倒是詩話裏語錄式涓滴閃現的見解，產生了持續拓展典範的應用（杜韓詩歌的地位正由此而來）、淬煉理論精要的成果。

同理，也是要到出現了對於原來典範的根本否定，或是顯著的危機，才又有了寫作專著的必要，如嚴羽《滄浪詩話》、方回《瀛奎律髓》。①

這也是爲何本書認爲嚴羽《滄浪詩話》才足以作爲挑戰江西這"典範"的標幟，而在它之前詩話裏對江西詩派的種種質疑，則只能屬於典範內可被接受的異常現象，也就是激發典範革新前的危機。

5. "典範"也解釋了"江西詩派"與整個時代的詩學課題的羣聚性與範限。

在主導時代社羣的專業理念的同時，"典範"也發揮著另一面"隔離"的作用。在"典範"之下，不屬這網絡族羣的問題會被

---

①　這其間當然不是完全沒有專著的出現，然而比起上述兩書，它們幾乎都被視爲附從於典範下的初學指導，而沒有凸顯精闢見解的意圖，呂本中《童蒙詩訓》，姜夔《白石道人詩說》，便諸如此類。這正印證了上述所言：在典範的共識之下，專書往往只是充任教科書式的教學工具，而不是作爲專業的研究。

擱置、放棄或轉換，這也包括過去的一些標準的問題，讓後學者專心於所屬典範網絡下"可解"的或認可爲"專業"問題的研究。①

例如，"客觀體製論"的問題。這是六朝文論的重點②，晚唐詩格詩式雖然是牽率比附，但也可算是其餘緒，一直到蘇軾以及門下張耒等人，無論是"隨物賦形"、或强調文章整體的"理"、"勢"，都還具有這種以作品爲中心的客觀藝術規律的傾向③。然而當詩學上的"江西詩派"形成之後，在這種主體意識極濃厚的"符號表現"的典範的專業趨同之下，客觀體製論被排出了主流之外。當然這也是經歷過了初始的王安石、陳師道"本色"、"當行"的諍議，范溫、惠洪對"句法"理解的歧出，以及吕本中以"江西詩歌宗派"正名典範，以"活法"説精錬之，等等一連串的過程。這之後，詩話裏雖也有"隨物賦形"、"本色"、"當行"的説法，但都是附從於典範主流下的零星説法，並未發生顯著的作用，一直要到嚴羽"辨家數如蒼白"，對江西這典範提出根本的挑戰，客觀體製之學的立場才又受到重視。

用上述典範革新的觀念，我們或許能進一步理解嚴羽詩論獨特的意義。嚴羽對後來明清詩論的影響，反映了宋代詩論與明清詩論間存在著某種徹底的變革，甚至使兩者許多觀念間具有"不可共量性"，從這個典範革新的觀念再追索下去，或許明清詩論與宋代詩論間差異之内涵，將更能顯豁。

---

①　孔恩《科學革命的結構》，第四章"'常態科學'是解謎活動"。
②　參考龔鵬程《〈文心雕龍〉的文體論》，《文學批評的視野》，頁 105—119。
③　參見本書"附錄二《前"江西詩派"詩論中"道""文"關係的發展》，《中國古典文學研究》第九期，2003.06，頁 147—172。

6. 相較於我們過去常以"奪胎換骨"、"句法"這些"規則"作爲"江西詩派"的必要條件,以確認江西詩派,再由這些條件去比對、去找出"江西詩派"還有哪些值得探索的成素;現在換成以"典範"來透視"江西詩派",更能夠解釋這些規則間令人費解的不一致、不相應,甚至有許多無規則可套却不謀而合的現象(最典型的就是陳與義,不專學江西却名列"一祖三宗")。

這是因爲對專業社羣的仿習和認知而言,"典範"更優位於一般所謂的規則、技術指導、甚至信念、制度等等,也更爲全面①。所謂規則規範等等,是典範形成之後,在相關的共識中抽離出來,用以更明確地指導後學之用。② 爲此,"規則"便具有將部分共識"標題化"使其易於辨識、易於摹仿推演的作用,然而相對的,它也因此而存在著因過於化約而窄化了所屬典範的問題。除了規則之外,價值信念、規範、制度、技巧,也都是從"典範"當中"抽離"出來的。

當我們在爲"奪胎換骨"、"點鐵成金"的"本義"爭論不休時,便在"江西詩派"整體的觀照上,失了準頭。當我們費力地解釋"句法"的時候,當我們爭執是"瘦硬生新"還是"流美圓轉"才是江西風格的時候,我們忘了,這些規範、風格、技巧都是被抽離出來的,比起整個有機運作的典範網絡,它們是相當片面而僵固的。我們忘了,它們都只是"江西詩派"這個觀念箱子的"一部分"。我們不能從這一部分、一部分地重組一個有機的生命體,一個具有合理目的的動態發展網絡。

---

① 孔恩《科學革命的結構》,頁95。
② 孔恩《科學革命的結構》,第五章"典範的優先性"。在這種觀點之下,傳統文論所謂的"文成法立",更有一番深刻的涵義。

當然,這種抽離是不可免的,不止在最初形成觀念的時候,在尋求深入理解的時候,我們確實有必要資藉這些能夠辨識與分析的成素。真正的問題在我們的立足點。討論這些規則不是"不正確",但重新站回整體,才能"恰當"地看待局部,才能深入理解一個有機體動態發展的内涵。誠如孔恩所説:"典範與自典範明白地抽離出來的任何一套規則比較起來,典範可能更爲重要、更完整、更有約束力。"①

7. "典範"内部"族羣相似性"的觀念,幫助我們理解宋代"江西詩派"詩論在長期歷史發展中不同層次(分屬於價值論、方法論、風格論、操作工具各方面的信念、規則、風格、技法等)的結合。

這些不同層次的論述並不是系統地或在同一個前提下發展出來的。例如,後面將提到,在這個以"符號表現"爲主的典範氛圍中,還是不能擺脱傳統"言志"説的權威,而使得此一典範環境中存在著不同的批評標準。②

然而這並不影響它們存在於同一個典範中,並不影響在這典範中居於主導地位的還是"有意爲文"的符號表現,只要這個歧異不是(在此社羣的意識中)決定性的衝突,不是典範當中必要而不能處理的問題,它都能夠獲得安置,與其他規則相安無事地並存。況且新規則的産生和不同規則的同化,正是"典範"意義下社羣應有的活動,江湖詩人就是一個典型的例子。③

---

① 孔恩《科學革命的結構》,頁95。
② 例如,在張戒秉持"自胸襟流出"的"言志"説的權威下,吕本中不得不接受"子美詩有不可學"的説法,不得不承認杜詩非黃庭堅能到(張戒《歲寒堂詩話》卷上,丁福保《歷代詩話續編》,頁463)。
③ 江湖詩人裏有同情江西的劉克莊,有批評江西的戴復古,推崇江西的方岳,結合江西與晚唐的姜夔(張宏生《江湖詩派研究》,頁213、265),但他們都没有動搖江西詩論大部分的共識。

　　江湖詩人，在江西詩派與晚唐詩風之間的模糊地位，應該如何看待？在典範之下，這類現象或許可以得到一合理的解釋及定位。

第三節　作爲一個"典範"
網絡的"江西詩派"

　　那麼，在典範的觀照下，"江西詩派"會是什麼樣子？轉換視角後，我們看到的是："江西詩派"這個觀念社羣，是一個以黃庭堅詩學爲仿習對象①所結合成的一個詩學的典範網絡。透過詩壇對這套詩學學習默會的認可，詩人們取得了創作的默契，並且在這種羣體效習中，產生了"江西詩派"的實質內涵。②

　　這個典範網絡的組成包含了：屬於內在觀念或基礎認知的"文"、"道"、"意"、"法"、"技"、主體表現、形式覺知、"工夫"、"韻"、"味"、"句法"、"活法"、"技進於道"……外顯爲信念主張層面的"文以明道"、"文與道俱"、"無一字無來處"、"波瀾"壯闊與"冶擇"工夫……價值目標的"平淡而山高水深"、"不煩繩削而自合"、"流轉圓美"、"格高律熟意奇句妥"……方法意識的"遍參"、"悟入"……作品表現風格取尚的"瘦硬生新"、"不工不麗"……結構、制度層面的"詩社"組織、"詩話"的論述形式、"江西詩派"的稱名……規則、程式層面的"奪胎換骨"、"點鐵成金"……具體技術實踐如《瀛奎律

---

　　①　這便是以黃庭堅作品與主張爲"示範性的成就"的"典範"學習。
　　②　在這種意義上，即使"江西詩派"是日後呂本中"江西詩社宗派圖"爲其正名才產生的指謂，然而它的實質內涵早在被追認之前，在黃庭堅以及認同他詩學的社羣裏，已經奠定了。

髓》所提示之"法"等等。

重要的是，這幾個層面的組成，並非是觀念系統性的推論關係，否則無以解釋這整個網絡裏能夠包容的各種層次差異與表面矛盾，如上述"瘦硬生新"與"流轉圓美"。它們的組成是以"族類相似性"的方式，透過實質的學習、交流與仿效，在歷史中逐漸形成的結果。①

在典範優先的原則下，沒有標準詮釋或公認的規則，並不影響典範的成立與運作。相反的，這些不同的詮釋或規則，正是從典範當中抽離出來的結果，成爲典範網絡的構成要素。由於這些規則是從典範當中抽離出來的，因此，個別而孤立地實踐這些規則或理論，往往遺失了整個典範脈絡原有的遠爲豐富的内涵，更糟的是，斷裂扭曲了不同規則與理論之間的關係。②

而"典範"研究便是重新就這個具有合理目的性的有機體本身來看待這個有機體。我們研究的直接對象是"江西詩派"這一典範網絡。

這種周遍而完整的觀照，才不至於造成一偏之失。例如，江西詩學對於詩歌技術操作的層面有相當的關注，如果我們以這樣一個特點，按照過去常用的單線的歷時性的比較，自然它顯得較以往的文論要有加倍的形式自覺，便很容易對它加以"形式主義"的指稱。然而，以下幾卷將看到，在典範共時性的觀照下，"江西詩派"並不是"形式主義"的，也不是以"道"爲主宰、或所謂"實用主義"、"擬古主義"等等的，就這網絡整體來看，它其實更具有一種像蘇

---

① 宋代詩話語錄式的散漫結構，正是這種學習交流最佳的實踐場域，它提供了最直接的認同與回饋的傳播效應。

② 如本書卷肆所談的句法的"異化"的問題，就是詩人的認知出了這樣的問題。

珊‧朗格符號論美學的那種"符號表現"的傾向。

這種網絡整體的觀照,有點像是一套文化邏輯在詩學中的體現[1],像詹明信(Fredric Jameson)(對"現代主義"的)"文化邏輯體系"的觀念一樣:"有一種普遍的看法是不恰當的,即認爲現代主義總的來説是可以任意選擇的:作家可以採取它,也可以摒棄它,可以吸收或借鑒它的某些部分(一般所謂的現代派的技巧),而捨棄它的别的部分。……現代主義是一個特定的歷史階段,它自身是一個完整的、全面的文化邏輯體系,因此,從現代主義中抽出某部分或者'技巧'來借鑒是没有意義的,彷彿現代主義的'技巧'是中性的,没有價值問題的因此可以不考慮别的因素如思想和形式上的和諧和功能而加以借鑒。"[2]

同樣的道理,在典範網絡當中,雖然經由"族羣類似性"所組合的規則與規則之間没有必然的聯繫,然而它們全置身於典範整體功能網絡之中,普遍地聯繫著一些價值立場,而不可被孤立地看待。也因此,獨立討論"句法"的技巧,個別討論"奪胎換骨"、"點鐵成金",或"瘦硬生新"、"流轉圓美"的風格,或"句法"、"活法"的規則,是行不通的。不能夠再一一從這些規則或主張出發,將它們組合起來以詮釋"江西詩派",相反的,"江西詩派"本身才是産生這些主張的意義結構的基礎,要重新就"江西詩派"這個典範網絡著眼,

---

① 正如同"現代主義"擴及了一整個時代的文化邏輯在建築、文學、音樂、繪畫、舞蹈許多藝術面向的個別表現,因而産生了建築上所謂的"現代主義"、文學上的"現代主義"等等。同樣的,"江西詩派"其實也是同一套宋代文化邏輯在詩學上的獨特表現。然而在這套文化邏輯之中,它除了與總體文化聲氣相通的内涵外,也負載著它來自詩學傳統的歷史條件和挑戰,也就是在這文化氛圍與歷史條件的相互回應下,産生了以"江西詩派"爲表徵的獨特的詩學典範系統。

② 《現實主義‧現代主義‧後現代主義》,詹明信《晚期資本主義的文化邏輯》(*The Cultural Logic of The Late Capitalism*,陳清僑等譯,頁 277)。

才能理解這些主張的內涵。

在這樣的視界下，我們將看到這樣的"江西詩派"：

1. 黃庭堅詩學是江西詩派"示範性的過去成就"

如上所述，對於黃庭堅詩學的精神認同，才是"江西詩派"實質內涵的源頭。呂本中"江西詩社宗派圖"所列的成員，都有推崇山谷詩學的傾向，或是以詩歌與黃庭堅朋輩往來，或是曾以作品向他討教而獲指點稱許者，在當時已隱然形成以黃庭堅為主盟的詩人羣體。

在這種示範性的"典範"的認同之下，詩學的基礎思維與課題有了定性，也有了明確的典型可供揣摩，使得本來已存在的"文"、"道"、"意"意識獲得強化，並且由於這些議題在山谷詩學之中得到更好的處理，遂被引以為理想模式而勸服了整個詩壇，形成一時風尚。

2. "古文運動"是江西詩派典範所迎對的"歷史前見"

山谷詩學之所以能勸服詩壇，形成一代風尚，關鍵的理由是：最能夠容納並且處理當代詩學最在意的許多問題。這也是探索"江西詩派"總體脈絡聯繫的關鍵因素。找出這些問題，便是我們藉以觀照江西詩派發展內涵的重要線索。

文化的緊張常是歷史挑戰的結果，前一個時代理論遺留的問題常化身為當代現實的困境。當時詩學內部的緊張主要由兩個問題所引起，即"人文的反省"及"形式的覺知"，而它們的源頭來自"古文運動"。黃庭堅詩學最大的貢獻便是能夠成功處理了這個歷史的挑戰。

這種發展當然不是有著明示的目的的發展，因此我們也不會在詩論中找到直接的答案。這種歷史的挑戰與回應屬於非明示的

"歷史的合理性"。

　　宋代"江西詩派"如何應這"歷史的合理性"而形成,吾人借用伯藍尼對於科學如何朝向一個非明示的方向發展的解釋:"科學的進步可以解釋爲潛在意義與問題之場中一個意義斜坡的運作所喚起的發展。因此,我們可以認爲,真實的科學發現之所以可能,是由於我們直覺到我們的自然知識具有一個更富意義的組織,而這組織來自我們周遭整個潛在意義場中意義逐漸加深的斜坡。所以,我們於尚未明知之事(因爲我們尚未發現它)的知識(預測、直覺之知)足以使我們能夠設定一個好問題,而開始採取雖是摸索性的,卻也是有效的解決步驟。"①

　　"江西詩派"這一典範網絡在歷史中的形成過程也有類於此,它也是在一個尚未明知的歷史氛圍中逐漸形成的;而所以造成這樣的詩學發展,並不是具體事件或某些歷史活動的單線導引(即使本書認爲古文運動對這網絡有很重要的文化示範的"典範"作用,也不意味它是一個絕對的"因"),更不是一羣宋代名詩人連綴而成的歷史事實的偶然,而毋寧更應視爲一種潛在(但非先在)的意義之場在因應歷史條件下的逐漸朗現。

　　這種潛在的意義之場,便構成了歷史發展的"合理性"方向,也就是"無目的的目的性"。

　　由古文運動而來的"人文反省"與"形式覺知"的對諍,便是這

---

　　①　伯藍尼《釋義》,頁218。該書中伯藍尼提出:任何一種知識的發展都有賴於先在的種種"默會致知"的成素的支援。這不僅存在於人文知識,連同科學在內的人類整體的文化架構,都是如此。而伯氏亦由此而論證:即使是科學知識,也和藝術或宗教等人文知識一樣,都是受著某種意旨追求的目的所引導,雖然這種"意義之場"在各種學科知識間的實際表現並不相同,但任何人類知識的發展都不可免地有其預設的意義方向,並且對各學科實際的判斷產生影響。

文化環境裏潛在而主導的意義之場。在本書，古文運動所造就的文化氛圍，以及它本身就是一個成功的文學典範①，這兩件事，就是一個詩人在其專業領域內必具的直覺，也是一個時代人物敏於探索的歷史"前見"。

在這歷史前見的默會氛圍及影響效應之下，詩人自然地探索著這個歷史條件，而逐漸走向這個無預見的預見，無目的的目的性。

黃庭堅詩學，在這因應歷史挑戰以及被接受的過程中，在意義之場的方向下，開展出某種特別的文學型態（本書稱之爲"符號表現"）成功回應了這歷史前見。

山谷詩學對這些問題的解答將成爲這個典範網絡在非系統組成當中的"內在合理性"，成爲典範包容著衆多歧異中的通貫性。"典範"因爲成功地解答了這些問題而被時代接受，同樣地也因此而成爲精鍊或拓展典範等後續發展的方向指標。在黃庭堅奠立詩學典範後，江西詩派依循著這個成功的模式，繼續著無目的的目的性的探索，拓深拓廣典範的疆界。

本書觀照典範網絡後續動態的眼光，所依據的也是這個"歷史發展的合理性"。在這一種意義之場的歷史"前見"的眼光下，"江西詩派"更深刻的歷史輪廓及文學內涵才能浮現。本書將循著這些問題與典範的回應所開出的脈絡，沿路展開典範網絡的動態內涵。因此，在討論江西詩派這個詩學典範之前，我們必須先瞭解作爲文體改革典範及揭開歷史挑戰的"古文運動"，以及它所帶來的歷史前見如何具體地走向"預見"的成真。

---

①　"典範"本身就是由仿習而產生，因此"古文運動"作爲一個文體成功的示範，對於同一文化中的詩歌領域的影響效應是可想而知的。

3. 吕本中——"宗派圖"的標題化與"活法"説的規範化

關於"江西詩派"的界定,在其發展中,有許多的差異,其中一個關鍵,是衆人對於吕本中"江西詩社宗派圖"的看法。

採取"典範"研究的立場,改換我們的視角,則必然也改換了吕本中"江西詩社宗派圖"的地位與功能。在"典範"的觀照下,"江西詩派"的觀念,既非指特定的成員,也不是指特定的風格或執某些規則而創作的社羣,而是"典範網絡下被建構出來的"代表這典範的"符號"。①

這"符號",不是一個觀念從無到有的創立,也不是對現成的、既定的"事實"的指稱,它代表的是一個"提示",就像有些符號具象地提示了我們某些抽象的存在物,特别是它能夠幫我們把一些錯綜複雜或尚未成形的觀念整合起來。"符號"是對一羣經驗或現象抽象化統合的結果。經由符號的抽象作用,這些雜多的經驗或現象,統一在一個完整的符號形式中,組織並賦予一個合目的的、系統的、可以理解的序列或層級,由此,這些經驗或現象得以被明確地認知,並因此而能夠獲得理解與解釋。這也就是符號化的作用。

---

① 在此,必須强調這個"符號"所指的是胡塞爾所説的"表現符號"。胡塞爾區分符號有兩種:一種是"指示符號","通常爲一些名稱,它們清楚地屬於一個對象,但是對於這個對象並沒有進一步地表明其特性";另一種則是"表現符號",它們"進一步地將對象與概念聯繫起來;也就是在心理與意識的生活中,將對象的特性表現出來。"參見林信華《符號與社會》,頁 5。在宋人的質疑中,凸顯了衆人對"江西詩社宗派圖"這符號認知的不同:韓駒、徐俯的不滿,以至於後來如劉克莊等人的疑惑,都顯示出他們是將它視爲"指示符號",指示某種清楚的事實或明確的成員關係,而沒有把它看成是一個重在聯繫某些觀念、凸顯某類特性的"表現符號"。這個符號的創造者吕本中,不管有意無意,目標並不在作爲"指示符號"。宗派圖"本無詮次""率意而作,不知流傳人間"的緣故就在這裏。宗派圖不是一部"實錄",它是吕本中詩學理念的理想投射,是一個涵藴了多層次而複雜的概念内容的"表現符號"。相對於此,後來的"詩派"的觀念是一種指實的、具體的"指示符號",指向一般確定的詩派、詩社的共同活動,如"常州詩派"、"神韻詩派"等等。

　　呂本中對"江西詩派"的"正名"，正是透過這個符號，整合了往昔（以黃庭堅爲中心的）某些相屬的詩學認知，並能夠在這"符號"的提示功能下，繼續不斷地進行意義的反饋及再投入。整個宋代江西詩學的觀念就是在這種"詮釋循環"的過程中進行著，踐行著"典範"網絡內生生不息的定型、變異與重新整合的過程。

　　以我們所轉換了的視角，重新審視宗派圖便是如此：現在，諸如"東萊作‘江西宗派圖’"（曾季貍）和呂本中自己所説的"近世欲學詩，則莫若先考江西諸派"這些説法，將不再像以往把它們看作是一些既成事實的指涉、現成狀態的指示，而轉爲正視宗派圖的積極性，把重點放在呂本中創造的主動意義來講，這件事就成爲："呂本中創造出‘江西詩派’這個符號來代表並發揮當時詩壇和詩學的一些觀念及價值觀。"

　　從動態的典範發展來看"江西詩社宗派圖"的符號内涵，也就不把它們視爲一羣客觀事實的序列，而將看作是一些觀念羣組，透過宗派圖這個"表現符號"而聯繫起來；以這個符號，呂本中聯繫了從黃庭堅以來，宋代詩學已經在發展著的諸多觀念，而藉著這個符號化的作用，統整這些觀念族羣，使其被明確而整體性地認知，成爲一套可以系統地認知、比較和評論的標的。

　　而一直以來集中在"江西詩社宗派圖"的種種質疑，在此視角的轉移下，可暫且獲得擱置，在探討了"江西詩派"網絡動態發展的内涵實質之後，自可明瞭這些疑點所代表的詩學意義。

　　轉換研究的視角，從被建構的符號的角色來觀察：不再追問這"符號"所指涉的成員，不去追問"江西詩派"究竟指向哪個具體現實的客體；而從這符號的功能、所發揮的詩學作用，探討："江西詩派"，作爲文化生活中的一個具象符號，它的符號化的作用，它的發展的歷程，如何地賦予了它真正的内涵。我們應追尋的是，在整個歷史建構活動下的"江西詩派"這個文化符號的涵義。

　　符號與其所表徵之間，是一種不即不離的關係。與其對它從事實體論式的追究，倒不如把握這個符號被建構的過程，詢問這個符號活動的涵義，方能執其兩端以得其中。也就是說，把（吕本中的）"江西詩社宗派"視爲一個文化符號，表徵了一時文化的内涵。然而，就像本書强調的，它是一個被建構的文化符號，是一個符號建構活動的結果，這個符號所表徵的不是一個單一的行爲或先驗的觀念，這個文化符號不僅成於吕本中一人之手，它是一個歷史動態活動的結果。

第二章　理論型態："江西詩派"是一種 "符號表現"①型態的詩學

"江西詩派"是古文運動以來典範網絡發展的詩學結果,而内在地展現爲一種具有"符號表現"傾向的美學型態。黄庭堅詩學正是以這種美學型態,完善地回應了"人文反省"與"形式覺知"對諍的歷史挑戰,成爲一代典則,建立了"道—主體—文"的創作模式,創新了"意"的内涵,形成一套深具主體性與符號性的詩學型態;並在"江西詩派"這個詩壇共同參與的"典範"作用下,引領了一個時代的風騷。

第一節　卡希勒—蘇珊·朗格的 符號論美學與"符號表現"

關於創作的理解,卡希勒—蘇珊·朗格一系符號論美學(semiotic aesthetics)的基本主張是:藝術家創造了一個完整而統

---

①　爲彰顯江西詩學具有像符號論美學這般富於符號性與表現性的性格,並與傳統言志緣情等表現論區隔,本書以"符號表現"指稱江西詩學與符號論美學的表現型態。所謂"符號表現",也就是符號論美學所謂"藝術作品是人類情感概念的表現",以卡希勒—蘇珊·朗格一系爲代表,特別是蘇珊·朗格《情感與形式》(*Feeling and Form*,Susanne K. Langer,劉大基譯)書中的觀點,下詳。

一的情感形式,以象徵地表現他對人類情感的理解;所謂的藝術作品便是表現創作者情感概念的單一符號。簡言之,藝術創作就是一種符號表現,也就是用“象徵情感概念的符號”來界定所謂作品的“形式”。本書所謂的“符號表現”或“形式表現”即取自此義。符號論美學和“江西詩派”,雖然原生的意義脈絡和文化內涵實有不同,然而以一個理論方向較爲接近的“符號表現”型態來看“江西詩派”,對於這個典範脈絡理論關連性的合理發展及内在旨趣,更能明晰而完整地把握。從這個型態,也才能看出,“江西詩派”的典範網絡所應該包容以及開展出來的理論主張是哪些,以及與之有“不可共量性”而受到排擠的理論主張又是哪些,作爲吾人歷史解釋的依據。如此,在這些詩論價值與功能的等高線浮現之後,“江西詩派”的歷史輪廓將更明晰。

一、“符號論美學”

在卡希勒哲學裏,“符號”(symbol)指的是——人類抽象的某種方法。符號活動是人類所以能夠認知、掌握經驗世界的基礎。人所認知和掌握的客觀世界就是符號所建構的世界。人之所以能夠掌握經驗世界,即是運用符號,對生活進行簡化和處理。人的生活,對世界的理解,必須透過符號的建構,把知覺、想像、情感、思慮、記憶、回憶等等一切紛紜經驗過濾、整理、形構,賦予經驗材料以可以把握和思維的秩序。

因此,“符號”並不是經驗內容本身。人類的生命經驗複雜多變,又往往充滿矛盾、模糊,唯有透過符號形式的統合,方得以辨識、把握。因此,作爲抽象方法的符號本身,既不是它所象徵的本體,但也離不開這本體,符號所呈顯的“只能是”這被表現的本體,經驗本體也"只能由"符號呈現。這種關係是：

$$a \neq A，但\ aRA$$
$$（a：符號；A：本體；R：象徵）$$

在卡希勒百科全書式的文化哲學裏，"符號"活動是人類自我解釋、自我塑造等文化創造的基礎。

　　符號論美學，承繼了這樣的"符號"的觀念，認爲：所謂藝術創作，就是藝術家藝術家創造了一個完整而統一的藝術符號，表現其情感概念。

$$藝術符號 \xrightarrow{表現} 情感概念$$

藝術就是人類情感符號的創造。在人文創造活動的項下，藝術創作就是符號表現。[①] 在藝術中被創造出來的就是"符號"，別無其他。

二、"符號表現"的內涵

（一）"符號"、"藝術符號"、"情感概念"

"符號"、"藝術符號"和"情感概念"是符號論美學最基本的認知。

1. 所謂"符號"。

首先它不是本體，但本體必透過它才能被把握、被認知，如上

---

　　① 以下的術語或觀念都是就"符號論美學"而言。這些術語在美學上有很多不同的用法，但只有在符號論美學的界定下，它們的觀念才符合本書"江西詩派"的詩學型態，讀者務必審慎分辨它們在此處與其他用法的不同。

述"aRA,但 a≠A"的關係。它是本體的形式抽象,本體必須藉由這形式抽象,才能成爲可理解的對象。符號與本體間是象徵關係,不是"指示"也不是"反映"。在藝術作品中是爲表現而非表達的作用。吾人必得藉由符號以把握本體,就必須洞察符號與本體間的象徵關係,但這種洞察不能純由分析、推論而得,這是一種所謂形式直覺的洞察。

其次,在符號論下,"形式"不即是"内容"。符號論雖然承認,藝術作品確如形式主義者所謂,是一個"有意味的形式",但不同於形式主義認爲形式即是作品的所有内容即是所表現;符號論美學認爲雖然我們對作品内容(經驗本體)所能把握的除了形式,別無其他,但兩者是象徵關係的同一,非本質上的同一。此外,較諸克羅齊等直覺美學論者,符號論美學更爲正視形式是作品不可或缺的必要條件,更爲强調形式對於作品的決定性。

2. "符號"(symble)不同於"信號"、"記號"(sign),符號的功能是"象徵","記號"則是"指示"的作用。

"記號"指向確定的、具體的事項或狀態、行動,也就是所謂"指示"的作用;然而"符號"所指涉的目標則往往是不確定的,旨在傳達某種意味或内在涵義,因此,"記號"往往與代表物是一一對應的,而"符號"則否,它通常蘊含了多層意思,是"表現"抽象概念的形式。"符號"與本體的代表關係不同於"記號",它不是簡單的指示作用。簡單地説,"記號"對應著可限定、可指實的事件或狀態;而符號指涉的是已經抽象化而蘊含更多涵義的"概念"。

3. 一件藝術作品不是直接地對應著、指示著某類情感,而是抽象地表現了多重生命經驗的複合統——"情感概念"。

作爲藝術"所表現"的,是蘇珊·朗格所謂的"情感概念",不是全然感知性的情感,也不是認知性的理念,而是綜合了人類一切生命經驗,包括知覺、意識、感情、思慮、記憶等等的綜合理解。藝術,就是對情感的處理。

4. "情感概念"是藝術作品特有的内容。"藝術品的内容就是情感的非推理式概念,它通過形式——我們看到的外表直接表現出來。"[1]

藝術的目的在使充滿情感的人生對象化,而能夠感知和理解。[2] 這個目的透過只能由形式表現的情感概念來達成。

全然主觀的情感與經驗等感性資材私密、模糊、雜亂多變、充滿矛盾而不可捉摸,心理意義上的"自我"也是如此。它們不是自我理解的直接對象,而有待心智的完整統合,在經由可理解的形式"客觀化"之後,方能被把握、被認知[3],這就是所謂情感的"概念抽象"的意思。在這種意義下所謂的自我理解,已不是個人獨我論式的封閉私密、不可臆測,而是開放的、可交流的、可把握與理解的,這就是"客觀化"、"對象化"的意義,在這種人類彼此之間可相互同情與理解的意義下,它同時也就是人類情感的理解。[4]

5. 在符號表現的觀念下,作品不是用來直接指示情志的内容,不是個人情感的流露,不是自我表現。而是情感經過概念抽象了的形象性表達。和抒情表現的觀念不同,以符號表現的立場,藝術作品並不是直接作為情感的抒發。情感,作為所表現的模糊而無邊際的質材,並不能直接被把握、被理解,它必須透過形式的整

①　蘇珊・朗格《情感與形式》,頁 98。
②　蘇珊・朗格《情感與形式》,頁 433。
③　此處的認知並非狹義的智性的認識的意思。
④　藝術作品的"表現"之所以不是"情感表現"或"自我表現",另一個原因是,它們都不足以代表藝術所獨有的特徵。蘇珊・朗格《情感與形式》,頁 35。

合，真正被表現的、被直觀把握的，是"情感概念"。藝術作品所蘊含的，是被形象化了的客觀的情感概念。藝術是情感的客觀化。透過概念抽象，藝術所表現的是一種藝術家所認識到的人類普遍情感，藝術家對人生的理解。藝術形式的内涵，就是再現人類内心生活統一性、個別性和複雜性的概念。

6. 藝術符號的作用，即是透過形式化的抽象表現，把握内在生命的感知和理解。

透過概念抽象，藝術作品創造某種表現形式，爲我們理性直覺進行了具有生命力的抽象。透過這樣符號創造的格式塔，喚起我們對於情感、生命力和情緒生活深刻的洞察，這就是藝術作品。①

7. "情感概念"的觀念更凸顯了創作主體心智的主動性。

在把握内心統一性，展現總體人格，以及使生命經驗客觀化、對象化成爲人類情感的理解的功能上，"情感概念"的内涵遠豐富於抒情表現或自我表現；較諸後二者以藝術作爲既成的情感的流露或自我個別經驗的反映，視創作爲符號活動，不斷地進行人格再塑造、情感理解再創造的"情感概念"，更凸顯了心靈的能動性及整體心性主動創造的精神。

8. 藝術符號不同於語言符號，它不是推論式的符號。藝術符號被形象地創造與感知，藝術中符號所表現的"情感的概念"，是非推理性的概念。作品是一種形象的表現，訴諸感官知覺而存在。

9. 藝術中的符號是單一的。藝術不是一個符號體系，每一個作品都從頭開始一個全新的有表現力的形式。

和語言作爲一個符號羣、符號體系不同，一件藝術品，往往是

————————————

①　蘇珊・朗格《情感與形式》，頁148。

一個基本符號,它雖包含各種可分解的因素,我們可以透過這種分解發現它的細膩之處,却不能通過這些因素合成的方法創造藝術品。脫離藝術品,這些因素就不存在了,它們只能出現在一個整體形式中。①

(二)"表現"、"象徵"與"直覺"

藝術符號與情感概念之間,是一種象徵的表現關係,而這種象徵關係的把握,則是透過形式綜合的直覺。

1."表現",是藝術的基本功能。藝術,總是有意在表現些什麼,也就是所謂作品是"有意味的形式"的意思。

作爲有機整體的藝術形象成爲一種情感符號,其一切面向:形象、輪廓、節奏、色彩、運動……都較未經抽象的自然物包含了更多的内容與意味。"符號性的形式,符號的功能和符號的意味,全部溶爲一種經驗,即溶成一種對美的知覺和對意味的直覺。"②藝術品本身應有其完整的意味,甚至觀衆在尚未能辨識其主題前便能感知到。③

2.和語言傳達信息的功用不同,藝術作品是"表現",而不是"傳達"。如果只是傳遞信息的話,"語言"也就夠了。生命的内在衝突,不可避免的混亂、矛盾,種種複雜的感受和互爲交織的作用,是語言無能爲力的。語言是推理形式的符號體系,由於這種推理形式的符號體系的内在(邏輯的)結構,決定了其表達含義的明確和固定。語言的邏輯性,恰恰只能强調事物的區別,而無以表達生命中相互交織相互溝通的種種無絶對界限的狀態。語言無以完成

---

① 蘇珊・朗格《情感與形式》,頁 247。
② 《藝術問題》,頁 32,轉引自劉大基《人類文化及生命形式》,頁 255。
③ 蘇珊・朗格《情感與形式》,頁 98。

情感的表達,内在生命的把握。符號的基本功能,在於將經驗客觀地呈現出來供人們觀照、認識和理解。藝術這種表現性符號,爲人類情感的種種特徵賦予了形式,從而爲人類實現了内在生命的表達與交流。

3. 與一般"表現"的涵義不同,符號表現既非情感的肆意流露,也非神秘莫測不可理解的"自我"的反映,符號表現就是形式表現,是感性經驗經過概念抽象的形式表徵。詩歌是符號表現,不光是情感的自然流露,透過形式我們才能感知内在生命種種實存的内涵,而不是瞬時萬變、盲目而斷簡殘篇式的體驗。因此,它的"表現",就在形式之中,作者的自我把握及生命理解就在形式之中。形式的創造活動,"同時就是"生命理解的孕育過程。

4. 藝術形式本身是抽象之物,然而它又具有自己的内容。這内容便是經過了抽象處理,而可稱之爲"客觀化"的情感價值。藝術作品創造了一個"有意味的形式","有表現力的形式"來表現它。藝術符號是明確表現情的抽象符號,對作品而言,沒有不透過形式的表達,這就是所謂"有意味的形式"的意義。在這意義下,藝術創造,就是符號的創造。作品所創造出來的,除了符號,別無其他。"作品的情感就是作品的思想。"①情感概念由形式直接呈現,表現不能離開符號,意義就在形式當中。

5. 符號與本體的關係,關鍵就在"象徵"。

藝術象徵,是一種飽含意蘊的概念抽象,對作品涵義的理解,必得透過符號形式的完整感知與把握,本體一切的涵義只在形式之中,沒有脱離形式而可以探求的涵義。但形式又不即是一切,它

①　蘇珊・朗格《情感與形式》頁98。

與本體並非同一。以"符號"形式表現"情感概念"的"表現",是一種"象徵"的表現方式。"象徵",也就是一種經由形式的直覺的綜合,一種格式塔式的抽象的方式①。相對的,對於作品的感知與理解,也必須透過對形式的直覺綜合的作用。

"符號表現"與那些主張形式本身就是內容的形式主義者最關鍵的差異,就是"象徵"的功能。脫離了象徵的關係,就沒有符號,就沒有心靈的概念化整合的活動,無以說明與形式創造同時進行著的主體生命理解的拓展與情感價值的創造。

6. 藝術是象徵性的表現,可以投射出許多對於情感的認識。②正因爲藝術形式不是"記號",不是與現成的情感經驗一一的對應,因此,在藝術創作中,創造無限可能的形式以對生命體驗概念化、符號化的過程,便也就是無限可能的情感概念的創造活動。在形式象徵的創作的同時,也是情感概念的創造。這使得,恰恰不只是藝術家以藝術形式來表現他所曾經經歷的情感體驗,而更是,藝術家借著熟練的符號運用,表現一種新的情感的可能性。

7. 在形式表現的意義下,藝術作品,不是對情感的刺激,而是對理解力的喚起。在藝術的感知與理解中,理性與感性不是對立的,而是綜合一體的。審美體驗所代表的是人類精神所能達到的深度。藝術的享受在於偉大啓示的快樂。"偉大藝術的快樂就是

----

① 在《情感與形式》一書中,蘇珊・朗格曾多次使用"象徵"來説明藝術作品"内在符號之内的、有機的、完形結構"的符號表現關係,但這個"象徵"不是西方文學史上與象徵主義有關的象徵理論。象徵主義所謂的"象徵",有其特殊的限定,與符號論美學在一般意義上使用的"象徵"不同。象徵主義強調"事物背後隱藏的唯一真理",強調詩歌只能"暗示",這類神秘色彩與朗格符號象徵的意義是有所抵觸的。她所用的"象徵",是卡希勒符號哲學下的"象徵",如上述本體與符號間的"象徵"關係,旨在論述符號與内涵的表現關係是多層次、非限定的、有直觀與抽象的性質。

② 蘇珊・朗格《情感與形式》,頁 432。

領略那種由藝術創造的具有全部表現力的或美的形式。"①在這意義上,一件藝術品的情感價值更多地在它的智力水平,而不在於其基本含義。② 即使是哲理詩,也是在表現作者認可的態度後的情感價值和種種想像,所表現的是體驗的深度,而不是哲理的創見或智力的深度。③

8. 無論涵義如何豐富,每一個符號象徵都是單一而完整的概念形式。不像語言是由概念羣組接合而成的系統,作品本身就是一個獨立自足的概念形式,它的象徵內涵,都是就整體而論的,不能夠分析、推論而致,而要求對完整清晰的表現形式的知覺。藝術直接呈現於人的知覺,通過訴諸直覺的意象,表現人類生命的理解。同樣也必須透過形式的直覺與想像,才能對藝術形式所傳達的情感概念作整體的把握。

9. 直覺,是一種基本的理性活動,是情感、想像、感知交融一起的有機體。藝術直覺不是一個漸次由簡單到複雜的過程,而是針對每一個有表現力的形式的直接把握(頓悟)。藝術符號是單一的符號。在這整體形式的直覺把握之下,一切個別因素的分析才有意義。藝術審美感受就是一個由直覺開始,"通過沈思漸漸對作品的複雜含義有所瞭解",而揭示出其含義的過程。④

10. 但直覺並非即是表現。直覺是人類認識的基本能力,它還必須通過某種媒介與外在事物相聯繫,這就是形式。透過這種形式的處理,人的認識才能系統化、完整化,這種媒介、這種形式的

---

① 蘇珊·朗格《情感與形式》,頁 471。
② 蘇珊·朗格《情感與形式》,頁 433。
③ 蘇珊·朗格《情感與形式》,頁 250—251。
④ 蘇珊·朗格《情感與形式》,頁 439—440。

處理，就是藝術符號。藝術直覺就是藉助藝術符號對人類情感的直接判斷。這個觀念也是"符號表現"和克羅齊等"直覺即表現"的根本不同。①

第二節　在"符號表現"觀照下的江西詩學

在符號表現的觀照下，吾人得以觀察"江西詩派"典範在其"道—主體—文"的象徵關係中呈現了什麼樣的美學性格。在以下幾卷的歷史展開中，將可看出：過去我們所熟知的，諸如宋人豐厚的人文內涵，敏銳的形式認知，以及與此相關的種種議題"道器"關係，"言意"觀念、"寫意"、"工夫"、"境界"等等議題，是如何合理地歷史形成，以及如何形成理路上彼此共生的典範網絡，典範正是作用於這些議題的互動與傳播的"論辯境域"（discourse）中。

這個"符號表現"的典範性格，大致如此：

1. 文化中"道"的"內化"與"符號化"使"道—器"成爲符號象徵的關係。②

"道"、"意"、"文"是宋代詩學裏的基本語彙，黃庭堅以一種"道—主體—文"的辯證型態完善地處理了它們歷史的對諍，形成了整體的象徵關係。這個過程是在宋人"道"的"內化"和"符號化"的文化環境裏完成的。

從中晚唐以來，在"合理的人間秩序"的歷史使命下，"道"的議

---

① 在此之前，形式主義者忽略了情感價值的問題，持直覺說者又無法說明藝術實踐的問題。符號論美學算是對這兩個問題比較能解釋周全的。
② 以下幾點的歷史說明詳見下卷。

題，從形而上的本體論，落實到人間秩序的建構，“道”被定位爲文化傳統、人文創制的成果；又從事功等政治秩序演變到“內聖”“外王”互爲表裏的論辯境域①；在“外作器以通神明之德，內作德以正性命之精”②的宗旨下，一方面是“道”如何以人文秩序開展與把握的“客觀化”的問題，另一方面則是在士人的文化主體意識下，神明之德如何踐行爲人格生命的“道德性命”的問題；這兩條路，在宋人寬廣的文化視域裏，前者引申出道的人文“符號化”，後者則成了工夫、境界等心性“內化”意識的發源。這些思維落到了文化上，“道”的論述不限於“道學”嚴格的義理範疇，在文化中的意義也不止於“道德性命”的狹隘範圍，而是以一種“內化”的認知與“符號化”的意識普遍存在。③

在“內聖”的文化氛圍下，“道”的內化具有以心性主體爲本體取代形上本體或客觀規律作爲宇宙現象之決定者的傾向，發展成以主體生命層次的理解定義“道”④，“道”，內化爲心性主體。韓歐提倡師道，“以教傳道”，以至於程頤以“真儒”之存續決定“道”之成毀，均是道內化爲人格理想的結果。

因此在詩文寫作等文化領域中的“道—文”的關係，就成了創作的心性主體（而非抒情主體）與“文”的關係。同時這也把“道”的議題帶進了創作主體中，除了“工夫”、“境界”的思考，也包括了“心

---

① 當時“道學”的論辯境域的演變，見余英時《朱熹的歷史世界——宋代士大夫政治文化的研究》（臺北：允晨文化，2003.06）“緒説　三、古文運動、新學與道學的形成”。

② 王安石《周官新義》卷八，《叢書集成》本，頁 119。

③ 這種“內化”的主體意識，不限於“道學”，包括佛教，這時從“真常之教”發展出來的天台、華嚴、禪宗，都有修行主體優位的傾向，特別是最具實踐意義的禪宗。

④ 此處的“理解”，並不是就狹義的智性的理知而言，而是包含了知情意及踐行等全人格意義的“理解”。

法"、"密旨"等行道之要方。"道—文"之間就不純粹是形上本體與寫作的關係(用布拉姆斯的話來講,是"世界"和"作品"的關係),創作主體成了當中的關鍵所在,更像是"作者"與"作品"的關係,但這"作者"又是具有很特別的代表意義,以至於在下文所謂的人文創制的"符號化"之下,在創作中被"概念化",而特指像"情感概念"這樣的主體意義。

在文化領域裏,還有著"道"以人文秩序來把握的"客觀化"的問題,韓愈的"教道合一",便是文化中道的"客觀化"的始覺。古文運動作爲一個成功的典範,成功地以"象徵"的關係達成了"因文見道",遠遠超越了過去"文道"觀只是"言道"的功能,文章在這裏,以一種象徵符號的功能,達到以"人文創制"的角色表現、把握"道"的理想。"道—器"關係也跟著轉變了,"符號"與"象徵"充實了它們新的內涵,取代了往昔本末、先後等二元的、指示的代表關係。

2. 詩學正視詩歌形式的符號功能而形成"符號—(表現)—情感概念"的"言意"觀。

除了文化的角色,詩學也有它專業領域的一面。在上述"道—器"的符號象徵關係中,"文"的形式意義獲得肯定,詩人得以正視中晚唐以來詩歌形式變態百出的豐碩成果,文字探索成爲與文化創制相濟相成的一體創造,能夠同時融通文化的需求及歷史發展的事實。

山谷詩學的成功,就在於他"道—主體—文"的詩學型態與內涵,在文化上最能應合這"內化"與"符號化"的精神,在詩學專業領域裏又最能面對詩歌形式的積極作用;在兩者的統合下,在"道—主體—文"型態的整體融會下,成了一種特別的"意—言"關係。

這時的"意","道"所內化的主體的"意",以及人文創制的

"言"，兩者近乎上述"情感概念"以及象徵"符號"的關係。全人格的生命理解的"意"，與象徵符號的"言"，兩者之間"情感概念"與"象徵符號"反饋的關係，益爲凸顯詩歌創作與人格涵養的互濟，以及形式創造如何闡發"道"之意義場域，以致於原屬"道德性命"範疇的"工夫"、"境界"等觀念，很合理地在文學寫作中實現。

此所以江西詩學裏充滿了諸多主體涵養的觀念，却在"象徵表現"這根本的藝術思維下，全然不同於理學家"言道"之詩論，也突破了往昔所"載"之"道"的窠臼。符號象徵所表現的是作品中什麽樣的情感、想像、思致的綜合能力，它們將展現給領會力，給情意我，而不是給認知心，作品的"所表現"不是與文本相關内容或資訊知識平面地對應的。於是這種心性綜合能力更爲凸顯個別作品當中創作主體的差異性，以及形式在這種"客觀化"過程中的中介角色所帶來的對主體心性的轉化功能。

這樣的"因文見道"，形成宋代詩學特有的形式"表現力"的反思型態，在這種創作反思裏，才産生了"技道"、"悟入"、"圓成"、"平淡而山高水深"、"無入而不自得"等形式與内涵深刻的辯證思考，也形成了江西詩學一套以"表現力"爲判準的詩歌評斷方法。

3. 作爲詩歌"所表現"的"意"是一種綜合生命理解的主體意識，而可包含多重情感容許不同表現風格。

這種表現型態，雖然也是屬於重視"作家—作品"關係的表現理論，但江西詩派這種符號表現型態的"所表現"，與"言志"、"緣情"等情感表現是不同的。[1] 在這等"言意"觀下的"意"，不只是情

---

① 劉若愚説明中國文學中的表現理論時，指出其表現對象："或認爲是普遍的人類情感，或認爲是個人的性格，或者個人的天賦或感受性，或者道德性格"（《中國文學理論》，頁 135—136），本書則以代表古典詩學之主流的"言志"、"緣情"總括之。

感主體,也不是一般所謂的"自我"的涵義,它包含了知情意的綜合領會,是被形象化了的客觀的情感概念。

基本上表現論都凸顯了主體的地位,然而情感表現論者由於多主張作品是強烈情感的流露,是作者隨物宛轉的"自然"反應,或是偏向於表現自我既有而有一定對應的經驗、感情、想像等,在言意關係中常强調它們自發、直接、不可外化而難以把握的性質,如陸機《文賦》形容寫作的應感之會"來不可遏,去不可止"的情景,或劉勰"意翻空而易奇,言徵實而難巧"的説法,情感表現論往往視"所表現"是單一而無法掌握的。

符號論美學則主張:藝術是人類情感"符號"的創造,這種表現,不是"反映"自然世界的刺激,不是"呈現"實際情感,"符號"活動不在於反映或呈現一個既定而現成的内心狀態,而是情感經過概念抽象了的形象性表達。透過概念抽象,藝術所表現的是一種藝術家所認識到的人類普遍情感,藝術家對人生的理解。[①] 在藝術中被創造出來的符號,是創作者内在生命的客觀化。藝術家藉著藝術符號的創造,藉著藝術符號形式化的作用,訴諸形象感知、意識、理解並把握内在紛紜多變的生命體驗,在符號創造的同時,藝術家也推進了自己對世界的理解,擴展了自己的生命境界。符號表現就是生命理解的自我展現。

這樣的"所表現",既較情感表現論更全面(因它還包括了創作者情感、經驗、想像、回憶等等包含感性、知性、精神等向度),也强調了主體解釋世界並統合全人格的情感經驗的能力,以及由於强調人格統合活動所凸顯的符號創造與創作主體性的關係。

---

①　蘇珊・朗格《情感與形式》,三、四、五章,頁 33—101。

　　從“詩言志”以來，古典詩學的抒情傳統，一樣也是重視作品能“表現”，但對於詩歌作品應該要表現的，却是不同於符號表現的情感表現。情感表現重視詩歌的抒情作用，認爲好的作品是情感的自然流露，作家在於能夠創造一個適當的載體來承接這相對的情感，傳統上包括詩“言志”説、“緣情”説，都代表了這一類觀念。

　　“言志”説和“緣情”説等情感表現，所要表現的内心世界，指向原發的自然感情。因此這種“表現”，是個人性情、個性、想像、願望、意圖等純任自然而單純的流露，作品是創作者在此種真情流露下任其激發或反映的成果①，是心靈、個性所代表的自我的傾訴或表白。由於强調是一種情感的“自然”流露，這種創作的原動力，便不完全屬於主體的能動性，而在於某種情感或經驗是否足夠强烈或豐沛，以致於它們能自發地噴薄而出。② 於是往往承此而强調激發，强調事件或外物等所遇之“境”足以動人，尋找這類啟發所以興發的源頭，如江山之助、物色之感，或是在社會意識較濃厚的情况下，强調慷慨愠鬱的倫理情境。但道理都是一樣的，創作所表現的人格或個性是静態而既成的。

　　而這時主體主動的心智作用則放在塑造一個適切的載體。由於認定作品與感性人格是實體式的直接對應，認爲寫作旨在提供與這抒情自我同構的管道以“真誠地”流注實際的情感，情感性質與書寫形式是直接對應的，在此種“真實”的觀念下重視的是作品與抒情自我同質的表現，這便也限定了書寫載體的性質。

---

　　①　在這種詩歌的界定下，一篇作品是“爲情造文”還是“爲文造情”，會被看作是一個重要的問題，然而這問題在宋人“符號表現”的氛圍裏，却没成爲大問題。
　　②　陸游對詩文的看法便是一個典型的例子，詳見本書卷肆。

　　這種載體,就如艾略特所説,去"發現一個'客觀對應物'"①,以對應此種情感。所以也就産生了客觀體式的規範,不同情感類型應對應不同的體式風格。産生了作爲這情感載體的風格和體式適不適當的問題。例如堅持詩歌的抒情性所産生的"詩"與"非詩"的問題,因此,諸如描寫、敘述、議論等等,都成爲"非詩"的成素。

　　韓愈"不平則鳴"的説法,很可以代表這一類的抒情表現:"大凡物不得其平則鳴。……人之於言也亦然。有不得已者而後言,其歌也有思,其哭也有懷。凡出乎口而爲聲者,其皆有不平者乎!"②"喜怒窘窮,憂悲愉快,怨恨思慕,酣醉無聊,不平有動於心,必於草書焉發之。"③歐陽修"窮而後工"説也有類於此:"凡士之藴其所有而不得施於世者……内有憂思感憤之鬱積,其興於怨刺,以道羈臣寡婦之所歎,而寫人情之難言,蓋愈窮則愈工。"④

　　抒情表現,强調一定的情感内容,所表現的抒情"自我",也是一個以自然情感經驗爲主的自我,站在抒情主體的立場,創作一定具有某些特定的情感内容,作品形式必定與某種情感内容對應,如韓愈所謂的"利害必明,無遺錙銖,情炎於中,利欲鬥進,有得有喪,勃然不釋"⑤,因此就會懷疑佛家"空""静"的心境是與創作相悖的。同樣的,在此種抒情表現的觀念下,在同一作品内,對於不同類的情感也有排拒性,否則無以維持整體風格的統一。

---

①　艾布拉姆斯《鏡與燈》(M. H. Abrams: *The Mirror and the Lamp: Romantic Theory and the Critical Tradition*,酈稚牛等譯),頁 29。
②　《送孟東野序》,《韓昌黎文集》卷四,頁 136。
③　《送高閑上人序》,《韓昌黎文集》卷四,頁 158。
④　《梅聖俞詩集序》,《歐陽修全集·居士集》卷四二,頁 295。
⑤　《送高閑上人序》,《韓昌黎文集》卷四,頁 158。

　　與此相對的,恰恰就是蘇軾所反駁韓愈的"欲令詩語妙,無厭空且靜。空故納萬境,靜故了羣動"①的說法。創作之所以"空故納萬境,靜故了羣動",正因爲作品不是特定情感的載體,而是一個表現情感概念的"符號"。"符號",是諸多複雜情感經驗經主體二度轉化②的結果。

　　這時的作品,不對應於單一的情感,它是抽象地綜合了主體所理解的種種經驗、想像、感知,已經涵蓋了種種矛盾對立之經驗的綜合統一的理解,這種綜合抽象也就是符號論美學稱之爲"直覺"的作用,而這種理解也可以説是主體對人類生命體驗的把握。在符號論美學裏面,創作主體透過藝術符號所表現的,就是這"情感概念",它所蘊含的也就不是單一而排它的原始情感本身,甚至它的表現型態,也是可以不具任何情感樣貌的"空"與"靜",但這並不意味它排除了一切情感經驗,相反的,這是主體運用直覺地統合了所有豐富複雜的情感經驗而體現出的統一完整的理解。因此,"空""靜"反而還因爲它對這直覺統合能有"虛室生白"的增益,這種修養使得主體更能感受涵融更豐富更複雜的生命經驗,更能提升抽象直覺的觀照,而在此一型態的創作上比起豐沛的情感具有更積極的意義。

　　此所以蘇軾會強調創作上"我心空無物,斯文何足觀。君看古井水,萬象自往還"③。在情感之上,更加強調能統合這一切的心智的主動創造的作用,對於"所表現",詩人所關注的不只是某類特

---

　　①　《送參寥師》,《蘇軾詩集》卷十七,頁 905。
　　②　所謂"二度轉化"並没有漸進或間接的意思,只是它更強調了主體創造力在其間的主動作用,而不是被動地承受或反映而已。
　　③　《書王定國所藏王晉卿畫著色山水》,《蘇軾詩集》卷三一,頁 1639。

定的情感或强度,藝術創造更等同於人類心智如何深廣地理解人生的能力,也就是所表現的情感"品質"的問題。在强調"心"的主動作用下,在符號活動的二度轉化下,允許將描寫、議論、推理、敘述等等内涵融入詩歌的感性形式中。對文化社會氛圍下的"江西詩派"而言,這種情感概念的品質,就是滿懷人文素養的創造性的理解,也就是他們常稱的"意"。①

同屬於創作者内心世界的外化,但由於對這"内心世界",亦即"所表現"的面向的界定不同,也決定了情感表現和符號表現論者的不同,並因此決定了他們將更爲在意作品的"所表現"還是"能表現",也決定了作品"表現"的方式。符號表現,這種聯繫著作者主體理解和統合能力的"表現"觀念,才會發展出詩歌形式創造與主體人格修養能在當下一體形塑的詩學的"工夫"的觀念。② 這也就是"江西詩派"詩學網絡有別於過去抒情傳統的新的典範性格。

4. 符號、象徵以及直覺綜合的意識——江西詩學正視詩歌形式的表現觀念。③

宋人的"道—器"觀和"言—意"觀是對於"文""道"問題一個更

---

① 關於"意"在宋人詩論中的不同涵義,特別是蘇軾用以指稱主觀審美體驗、黃庭堅用以指稱得以客觀化的情感概念之不同,請參見"附錄二"《前"江西詩派"詩論中"道""文"關係的發展》第三、四節。

② 黃庭堅反對蘇軾"披襟受矢"式的"好罵",正反映了此種主體表現與諸如"不平則鳴"之類的情感表現之間不同的立場。

③ 這時期的"形式覺知"不同於六朝時的客觀文體論的立場,並非一種獨立於作者之外的普遍形式或歸納式的藝術規則的講求,因此也不是一般集中於"作品"本身的形式主義式的立場。相反的,這時的"形式覺知",由於是由拓展表現力的挑戰而來,更注意到個別作品與作者本身"意"的交互關係,更集中在文本自身的脈絡以及語言使用中與毫釐之差的"意"的契合,而對於"意"的感知和語言的使用更爲精確敏鋭,而至於有"鍊字"、"鍊意"等等講求,不同用字下有著對人格内涵牽一髮而動全身的整體差異(詳見下卷),因此屬於一種關注"作者—作品"關係的立場。

澄澈的反省。

從符號象徵的視角來看,過去的"文"、"道"如何結合的問題宛如一個假問題:"在哲學上常常發生的是把環節性質的某物當作是片段,把它當作可以從它的整體與其他部分中分開的東西,從而提出一個虛假的哲學'問題',像是'此一整體是如何地被構成起來'。對於這種問題的真正解決方法並不是開始想辦法去把那些分離的部分組裝起來,而是直接回到問題形成的本身,指出被想成分離開來的部分是環節而不是片段,它本來就不應該被視爲可分開的部分,更不用談如何把它組裝起來。"①"文""道"關係就是這樣的問題。

從表裏一體的符號象徵關係來看,傳統的"文""道"論述一直就是這種思辨混淆的產物。即使它們通常是披掛著根深葉茂、閎中肆外等貌似有機而内外一體的論述,然而諸如"文"與"道"孰輕孰重的選擇、"文""道"如何是内外本末的關係,甚至"文"如何"載道"、如何"貫道",等等思考方式都表明了:在這長久形成的視域裏,早已經習慣性地將它們視爲可分的二元實體來比較,把它們當

---

① 羅伯・索科羅斯基《現象學十四講》(Robert Sokolowski, *Introduction to Phenomenology*,李維倫譯),頁 47。此處關於所謂"片段"與"環節"的觀念,很可以來説明這兩種"文""道"思維的根本差異:"一個整體可以稱之爲一個具體者(concretum),一個可以存在並顯現自己,而得以被經驗爲一具體個體的東西。一個片段,一個可獨立部分,也是一個可以成爲具體者的部分。在另一方面,環節就不能成爲具體者。環節不論在什麼情況下被經驗到,都是搭著其他的環節一起;它們都是以與其他部分組合在一起的方式存在。即使如此,我們還是有可能就環節本身來加以思考或討論:⋯⋯當我們就其本身來討論環節,它們是抽象者(abstracta),它們是被抽象地思考著。我們之所以能夠這樣地談論抽象者,之所以能夠抽象地談論,是因爲我們能夠使用語言;正是語言使得我們能夠把一個環節從它所必要關聯的其他部分與它所屬的整體中分開而單單就它來處理。然而跟著這個能力而來的却是一個危險⋯⋯"(頁 46—47)。

作是"指示"關係（如以指指月）的兩端來比較。

　　但是在江西詩學的符號表現觀念下，"道—器"就是"本體—符號"的象徵關係，"言—意"就是"符號—情感概念"的象徵表現；符號，作爲概念的表現，不是像記號一樣作爲實際事物的再現；"文—道"關係也一樣，它們不是"記號"和"實體"這種二元分立的關係，不是内容表達式地指實地對應，而是使抽象本體得以表見，得以被把握的表裏依存的象徵關係，是"符號—本體"間的一體不分的象徵關係。

　　宋人重視以人文創制爲代表的文化傳統，黄庭堅把詩文視爲人文創制的意義，就類似於卡希勒以符號活動界定人類文化的内涵，以符號價值説明人文科學（包含文學與藝術）的特殊意義。無論是"道"、是心性本體、是人格胸襟，這一切的"本體"，都必然在符號活動裏被把握，它們的實存意義是在這種形式化、客觀化的過程裏被保證的。也因此，表現形式的創構和本體的完成是一致的，符號象徵的表現力和情感概念的品質是一致的，只有透過作品感性形式的創造被感知，創作本體才獲得實現。

　　在這種立場下，對作品的關注，因而從"所表現"轉向"能表現"，從過去抒情傳統重視的"所表現"（情感的性質、感人的程度[1]），轉向形式表現的樞紐——"能表現"（主體創造符號的表現能力）。在正視符號功能下，甚至也注意到了"形式"創造對於"情感概念"（宋人所謂的"心性"、"胸次"）的反饋。這就是充滿在江西詩論中的聲律、文字、與"意"的交互關係的討論，所以江西"句法"，首先是感知及攝用符號的能力，並在人文創造的符號意義下，深化

---

[1]　如鍾嶸主張詩歌吟詠情性，又以悲涼爲尚，正是此種情感表現論的代表。

爲人文修養的内化實踐。

符號之所以能夠表現不可限定、不可指實、不可分析、不可量計的"本體"，關鍵是"象徵"。

在許多不同的理論、不同的用法中，"象徵"都有些共同的特質，如"一個象徵之能被察覺是在任何可能的意義能被自覺地認識之前；那便是説：一件東西或一件事物它在感覺上所産生的重要性甚於急於去解答它的理由"①。"（奥登）所謂的象徵建立在某些事物之上。而這一事物會對吾人産生一種特別的感覺，在那感覺的一刹那往往不能用常理來解釋它。"②因此常常與神秘或不可理解劃上等號，然而在符號表現裏，它其實就是一種透過形式感知造成的直覺綜合的作用，是人類基本的理解活動，是一切文化形式的根本。

象徵是一種形式的統覺，它從字裏行間的指涉與暗示烘托一種整體的氛圍，以致於涵蓋了一種"完形"（格式塔）式的總體理解，而不同於言志緣情的"寄託"，常限定於一事一情所代表的情感主體或倫理主體等人格的某一面向。

在中國傳統學術中，最具有符號象徵意義的，莫過於"易"學了。《四庫全書總目》卷一"易類"叙云："《易》道廣大，無所不包，旁及天文、地理、樂律、兵法、韻學、算術，逮及方外之爐火，皆可援《易》以爲説。"一切學術，之所以可以"援《易》以爲説"，就在於易"象"本身就是一個象徵的符號系統，比起語言的推論性的系統，它

---

① 姚一葦引奥登（W. H. Auden）的話，《藝術的奥秘》，頁 143。本書所謂的"象徵"（symble），泛指某種普遍而共通的表現樣態（這樣的"象徵"在"抒情表現"或其他的文學型態中均很普遍），或一般符號與本體間的關係，並不是像"象徵主義"那樣專指特定的寫作手法，或代表特定的寫作立場。

② 同上書。

像藝術符號一樣,能夠以更爲明晰而可直觀感知的形式,指涉許多飽含意蘊,互爲辯證而不可指實的認知,綜合爲一個概念整體而不受限定,這對於含藏豐富辯證而只能默會致知的傳統學術而言,是最相應的。

　　"夫象者,出意者也。言者,明象者也。盡意莫若象,盡象莫若言。言生於象,故可尋言以觀象;象生於意,故可尋象以觀意。意以象盡,象以言著。"[1]王弼"得意忘言"的詮釋方法正凸顯了《易》的象徵性,成功地建立了一套象徵的解釋系統,突破了漢儒以來膠柱鼓瑟的解易困境。但"得意忘言"未免太抽離,漠視了文本的符號性。相較之下,在"客觀化"氣氛濃厚的宋代,當歐陽修講"聖人立言以盡象,立象以盡意",就更接近了文本的符號性。[2]

　　這種符號意識,較之視詩文作品爲指示作用的實體,更凸顯作品與作者間像符號與本體般一致而不可分的關係,更爲凸顯本體(無論是作者主體或形上的"道")必須且只能由符號表現,更爲凸顯作品形式作爲表現符號較其自身結構組成具有更豐富的意義實質,更爲凸顯符號內蘊抽象綜合的形式創造力。宋人詩論裏的諸多辯證——形式與內容("道""器")、價值與方法("工夫""境界")、技巧與天然("技""道")、法則與創造(有"法""無法"),往往出自於符號表現的意識。

　　在抒情表現的觀念裏,語言被視爲情感"實體"的載體,寫作的觀念是尋求一恰當的載體來承載特定的情感。六朝文學的文體論,也有這樣的傾向,爲了對應不同類的情感,而有了風格體式的客觀限定。這樣的對應便使文本似"以指指月"式的"指示"的作

　①　王弼《周易略例·明象》,《老子周易王弼注校釋》,頁 609。
　②　關於宋人"道"的"客觀化"氛圍,以及文本符號性的認知,詳見下卷。

用，由於情感的私密性以及指示作用的限制，這時文學中的"言意"觀常是强調"言不盡意"，一種以指指月，而月不在指的喟嘆。①

　　然而符號象徵則是另一種型態，如上所述，它所表現的"情感概念"和表現符號之間不是一一對應，而是抽象不受限的，没有絶對的客觀規範；形式的可能性，全取決於創作者表現的意圖和構思，它的評斷標準全取決於作品自身是否滿足了這主體"表現力"，也就是是否創造了一個明晰而能被完整感知的符號形式，足以充分象徵一種獨特的生命領會。

　　在這種象徵觀念之下，對應的雙方都是無限的，只繫結於一作品整體表現力的滿足。在這當中肯定了符號象徵的功能，肯定了情感經驗可以經過概念化而透過形式來把握，因此它所代表的"言意"觀，自然是"書以盡言，言以盡意"。更爲正視形式經營的功能，正視形式表現的無限可能，以及形式創造對生命內涵的回饋作用。

　　這就是江西詩學的語言觀，在其雕章琢句的背後，有一套符號象徵的意識在。這使得他們的形式講求，全然不同於六朝文體論，也不同於晚唐詩格詩式的格式歸納等純粹的形式興趣。江西詩學是一套全然不同的典範網絡，在這典範下對文字的信念、寫作的思考、價值標的、專業判斷、乃至運作的技巧，都在貌似前人的論述下，推闡不同的內涵。

　　這也是爲何隨著形式的格外講求，"意"也特別獲得重視；因爲它們全是就"象徵"而言的。而宋代詩學裏那麼多"不即不離"、"圓成"、"活法"、"自得"、"道藝"等言意關係的辯證，正是因爲這象徵關係中"言意"交互反饋的無限可能，以及活潑、動態的創造關係而

----

　　①　傳統詩學中"情景交融"的課題，就屬於抒情表現的一類。它們對於本書所謂的"符號"意識較爲淡薄，也較無事於藝術符號在創作中辯證作用的積極考量。

來的。

如此，對應於符號象徵的表現形式，所謂的"句法"，便是——感知及領會符號的能力，而不是客觀規則。相應於符號象徵的抽象而不可分解，它強調了圓成、渾然的形式概括以及默然意會，也就是"直覺"綜合。

"通過某些典型的、已經形成的知覺或'直覺'，對形式本身的認識乃是自發而又自然的抽象；而對某些直覺的隱喻價值的認識，則是自發而又自然的解釋，這種隱喻價值是從這些直覺形式中産生的。"①從"句法"、"活法"到"悟入"，從"句中有眼"、"意在無絃"的辯證到"有定法而無定法"，一再強調這種抽象而完整的形式感知，是不可分解、不可程式規範、不可推論漸次而得的，只能直觀而整一的綜合，它們，都出自這符號表現的信念。

5. 符號表現的意識産生了江西詩學詩歌"表現力"的評斷標準。

藝術創作作爲情感的符號表現，那麼一個"好"的作品它至少有兩個可以提供思考的面向：作者掌握符號形式以處理內在情感的能力，以及作者對於"情感概念"（生命理解）的反思能力。

以宋人常見的才學之爭來講，一個天才所具有的，往往就是明快的直覺——善於明敏地掌握藝術形式以處理內在情感的能力；而一個以學力見長或"思深緒密"的創作者所憑藉的則是——豐富而深刻的情感概念的反思能力。這兩者，就是東坡所謂的"韻"與"才"，劉克莊所謂的"風人之詩"對"文人之詩"，嚴羽"別材、別趣"對"讀書窮理"的思考。

---

① 蘇珊·朗格《情感與形式》，頁 438—439。

當然，在一個形式表現的過程裏，這兩者不僅不是對立，並且還是完整象徵成形的一體兩面。這就是黃庭堅綰合人文内涵和詩歌形式創造，而使得兩造（人格胸襟與表現力）因辯證而融貫的用心之處。①

這兩者辯證關係的思考，其實就是"表現力"——作者如何在創造明晰形式的同時創造了深刻的理解力。表現力的觀念全然依據創作主體和符號的關係，是以個別的創作目的的完成爲評斷標準。每一部作品，只能以"作者—作品"間創作意圖的完整達成與否作評價，所以詩話中對於詩歌優劣的討論，常集中於作者"意"與作品形式（句律、聲韻、下字）如何完善的表現，而不是因爲與其他衆作作風格類型、形式結構的比較。表現力的觀念決定了作品内在的自足性與個別的原創性，對宋人詩學典範觀念而言，黃庭堅的成就是"包容衆作，自出新意"，而不是在既有的文體類型中發揮了特別的長處，在應有的風格規範下表現了突出的内涵。

以符號論美學的觀點，藝術的種種手段，是爲了創造文學幻象的真正要素而採用，它們的運用與創作者的創作目的有著密切的關係。這些要素的需求是不定的，它們只爲一個創作的目的而存在。必要時，一種技巧可以犧牲其他技巧。② 詩歌評賞的重點，在於追問其基本幻象是如何建立和維持的，以及在此之下什麼樣的因素被創造和經營。因此沒有必要爲瞭解詩人之間的不同，而藉助普遍的對比和分類；也不必以相同的標準來評價個別的詩歌。表現力沒有度量的標準，沒有能普遍適用的批評標準。

所以它沒有特定的風格偏好，沒有明確的體製規定，沒有一體

---

① 　見本書"附録二"《前"江西詩派"詩論中"道""文"關係的發展》。
② 　蘇珊·朗格《情感與形式》，頁 327—328。

適用的標準，只有如何創造明晰完整而內涵豐富的形式的問題。即使如宋人衆口同聲的“平淡”主張，主要它還是一種價值信念，而不是風格範式的選擇，是一種表現工夫的極致境界，是表現力達到圓滿成熟的指稱，所以說“平淡而山高水深”，後來如“繁華落盡見真淳”、“雄渾”等説法也是如此。①

從這種“表現力”的觀念來看，除了創作以“自得”爲標的，江西詩學對於作品評價也與客觀體製論有明確的疆界。

客觀論，是一種作品中心的立場：“原則上把藝術作品從（觀察者、藝術家或外部世界）所有這些外界參照物中孤立出來看待，把它當作一個由各部分按其内在聯繫而構成的自足體來分析，並只根據作品存在方式的内在標準來評判它。”②

文學上的客觀體製論者，常將文學裏的語言結構與詞采樣式，視爲獨立而完整的對象客觀來討論，“每一文體，是以其語言樣式之特色而存在的。相同的語言樣式即成爲同一類文體，彼此呼應、關聯，而構成一文學傳統，成爲一文學類型”。而這個文體傳統，也形成自身“類型上的規範及流變”，並作爲“創作時的準則和批評時的依據”③。

這種客觀體製論，認定了：“語言結構一方面呈現了自我合目的的統一完整性，一方面又規範了作品的内涵與風格。”④客觀文體論，關注的焦點在作品本身藝術規律（“理”“勢”）的完成。在客

————————

　　①　這種“平淡”的内涵，詳見筆者《禪宗與宋代詩學理論》（臺北：文津出版社，2002.02）第五章，以及本書下卷。

　　②　M. H. 艾布拉姆斯《鏡與燈》，頁31。

　　③　龔鵬程《〈文心雕龍〉的文體論》對劉勰文體論的討論，載《文學批評的視野》頁113—114。

　　④　同上書，頁115。

觀規律的認知下,作品可以區分出能夠普遍比較的各體的體式風格,以此來予以歸類,並律定它在同類的羣作中的定位,決定良窳。

　　這種評斷依據凸顯了"符號表現"與作品中心的"客觀體製論"的"不可共量性"。此所以呂本中在"句法"異化,偃蹇狹陋的弊病出現時,重以"活法"挽回山谷詩學的正道,"活法"說,正是訴諸"主體表現"("胸中有得"),也因爲突出了主體表現的特徵,在"悟入"、"自得"等表現力的觀念蔚成風氣之後,暫時把尋求普遍規律、客觀體式法則的作法邊緣化,能針對江西句法被扭曲爲特定句式法則之弊,釜底抽薪地減緩了句法異化的趨勢,廓清了江西詩學"符號表現"的性格。①

---

　　①　詳見本書"肆、'江西詩社宗派圖'與後'江西詩派'時期——'典範'的成形、固著與異化"。

第三章　實踐基礎：江西詩學的實現基礎是句法默會致知的方法意識

　　在符號表現的型態下，江西詩學飽藏著我們後來可以用"象徵"、"符號"、"直覺"、"情感概念"等觀念指稱的渾然意識，它們改變了詩學專業領域的基本信念，決定了詩學實質關注的內容，整套詩歌的傳承與學習皆因之改變，作品（如陶杜韓）評價浮沈易勢，整個觀照詩歌的眼光都變了。

　　"符號表現"的美學型態決定了江西詩學的理論方向，而在方法論上支持這個發展目的的，則是江西詩學從"句法"到"活法"，以至於"學詩如參禪"等一整個內斂整合的"心法"架構。從文化理想與歷史條件產生出來的"符號表現"的文學理念，如無一套相應的方法意識作爲技術運作的根柢，則它們仍然只是一羣"主張"，缺乏自我開展出一套歷史事實的實踐動力。心法架構以一種相應的方法意識，提供了典範網絡內學習與傳承的具體情境，扮演著詩學內實質的寫作實踐的基礎，成爲這套詩學典範自發運作的動力。而這個心理架構乃回應"技""道"對諍的歷史挑戰而來。

　　唐代以來詩歌作品輝煌的成果累積了大量的創作心得，特別是隨著形式經營之功而來的"技"的工具理性式的思維，更彰顯了詩歌自爲一專業之學的認知。然而這以"技"爲代表的工具理性，和文化省思下創作的主體意識，也就是宋人心中的"實質理性"①，並不相應。直到黃庭堅"句法"觀念的提出，才解決了"技""道"的緊張，完備了詩歌之"技"的正當性。而詩學中"技""道"所代表的詩歌的技術性與主體性這兩個面向的關係②，也由於句法中隱含的默會之學的架構而成功地融會了。

　　江西句法之學濫觴於黃庭堅，呂本中"活法"說以相關的工夫論論述拓展句法理論，奠定了詩學爲一融貫的辨識力之學的認知，"心法"成爲典範中技術實踐的普遍意識，推進了典範的發展。江西詩派也就是在這默會之學的自覺下，解決"技""道"對靜而完成"技進於道"的歷史過程。句法這種認知架構，並且也爲中唐以來文化思考下"人文制作"的觀念提供了文道整合的心理機制，適可以視爲這套符號表現典範所以自發地運作的心理驅力。③

―――――――――

　　①　"價值理性"，又稱"實質理性"，是對於作爲行爲之目的的價值的理性思考，"一個人如果對一個既定的目的抱著必定要達成的決心，而這個目的本身又是經過仔細考慮之後形成的，則爲了達成這個目的，不計一切代價去完成時，他的行爲所表現的就是價值理性。"（石元康《多神主義的困境――現代世界中安身立命的問題》，載《當代》70 期，頁 18，1992.2.1）"工具理性"，則是一種方法理性，相對於"價值理性"，是追求在特定狀況下能夠最有效率地達成目標的思考，"一個行爲在某一個境況中是最合乎理性的，如果這是在該境況中達成某個目的的最有效率的行爲。這種理性之所以稱爲工具理性，就是由於它只是用來評斷達到目的的工具或手段的效率的緣故"（同上）。在"工具理性"的考量下，可計算、可衡量的機制就顯得很重要。

　　②　關於詩學這兩個面向的歷史淵源和緊張關係，參見本書卷叁第一、二章。

　　③　這種默會之學的心法意識，對於這套詩學所產生的行動驅力的作用，就像是韋伯所描述的新教倫理對現代資本主義的推動作用一樣，它之所以發生作用，並不是行爲者有意的"預見"，而是來自於這種認知心理下，行動與社會性的反饋。一種原屬於"描述性"的知識（默會之學，或"心法"或新教倫理），當它成爲一種信念，成爲一種有自覺的實踐之後，就會產生"規範性"的作用，就會產生社會性的、羣體性的回饋效果（支持人文價值在科學判斷中的地位，或支持"符號表現"的創作批評，或支持資本主義的發展），這就是這裏所謂內驅力的意思。並不是說當時個別的行動者必定能夠"自覺地"掌握、操縱這種關連，但也不因爲它原是一般知識的描述就無涉於對特定型態的行動發揮規範性的作用。

　　從意識到"文"的符號性,把詩歌看作是"道"的人文創制,主體
涵養的象徵表現開始,詩學也跟著發展出"工夫"、"境界"等原本應
屬於心性範疇的觀念,包括"悟入"、"自得"、"換骨"……這些詞彙
進入了詩歌創作和批評的論述裏,充實了這套典範的運作內涵。
而這些存養工夫能夠進入真正的寫作實踐,成為典範內在運作的
動力,實是源自詩歌是"默會致知"之學的認知心理,也就是以"句
法"、"活法"為代表的"心法"架構。

　　如上章所述,符號表現型態中,直覺與象徵等抽象整一的性
質,迥然不同於推論明示的認識方法;而符號與本體間的象徵關
係(象徵的人格或情感概念的位格表現),也都必須在形式與所表
現間複雜的辯證關係中直觀而得。這一切,都超出了傳統詩學的
認知方法。這種抽象綜合的形式直覺,憑藉的是一種不同於一般
知識方法的認知架構。"句法"之學一再強調的,就是這種能力的
自覺。

　　此中,"句法"在整個典範網絡裏扮演的不是一種"方法"的角
色,而是一種"方法論的自覺",這種自覺,支持著符號表現模式必
要的形式直覺,推動了江西詩學典範的精鍊與成熟,完成典範內操
作意識的內在辯證。這種"心法"式的自覺,有著默會之學的認知
架構,由於禪學也具有強烈的默會之學的色彩,因此詩人適逢其會
地運用了許多禪學觀念、術語來表述他們這方法論的自覺,一直到
"學詩如參禪"的共識形成,適可以反映這典範自身一整體而獨特
的詩學認知,"工夫"、"境界"、"悟入"、"換骨"等繫連著具體操作體
驗的觀念,正是"心法"架構下合理的產物,它們彙聚而成的獨特內
涵,使得江西詩學能夠在具體的技術實踐上清楚地區隔出與言志
緣情或格調格律之學等不同的場域。

第一節　"默會之知"的認識架構

　　爲瞭解"句法"之學是什麼樣的方法論自覺，又如何具有融貫"技""道"的合理性，而能夠相應地趨向"符號表現"的實踐。首先，我們藉助伯藍尼所提出的"默會致知"（tacit knowing）的認知架構①來瞭解這類"心法"的方法論內涵：

　　一切知識的取得，背後都充滿著一羣"非明示的致知"（nonexplicit knowing）的成分，知識就是以這種所謂"默會致知"的認知結構在運作。這結構包含了三個項目，即"支援成分"、"焦點目標"和把這兩個環節接合起來的"致知者"。

　　以一個簡單地手持鐵鎚釘釘子的例子來講，當揮鎚之際，我們的注意力放在鎚頭與釘子的撞擊上（這是"焦點意識"［focal awareness］），然而，這並不就是動作的全部，我們的知覺還包含有另一個層次，一個叫"支援意識"（subsidiary awareness）的層次，它控引了包括揮鎚的角度和力度、手掌的移動、掌中的感覺等等，動作者把這一切灌注到揮鎚的焦點意識中。② 這個叫"支援意識"的部分，可能包含了從潛意識、前意識到意識，從細微到關鍵的活動。被統稱爲"支援意識"的這些輔助成分無所不在，然而，它並不直接呈現在我們當下行爲或認知的表現中。

　　就像這樣的架構：

---

　　①　以下對知識的"默會致知"結構的說明，其觀念來自伯藍尼（Michael Palanyi）《意義》一書"第二章　個人知識"。
　　②　伯藍尼《意義》，頁 36。

支援意識──焦點意識

　　　//　　　　　//

身體一切相關的知覺等輔助成分──鎚頭撞擊釘子

在這種默會致知的功能結構裏包含了一個支援上的"轉"（from）和一個焦點上的"悟"（to, or at），兩種意識靠一種所謂的"轉悟關係"（from-to relation）來連結，我們運作知識的過程，就是致知者如何運用轉悟關係成功地把支援成分整合成一個焦點目標。

　　在這個由"起轉意識"（from-awareness）到"焦點意識"（focal-awareness）的整合功能中，致知者經由專注於焦點目標，透過默會的行動，整合了所有的支援成分；一切支援成分的意義充實了焦點注意力的中心。

　　此外，在完成這種轉悟功能的過程中，有一個重要的關鍵是：我們把這些支援知識，"同化爲我們自己的一部分"，我們把自己全心灌注在焦點目標上。"理論也就像眼鏡一樣；你藉著它去檢驗事物，你對它的知識就正是寓於它這個用途之中。你内斂於（dwell in）其中，猶如你内斂於你自己的身體之中，内斂於你用以擴大你身體力量的工具之中。"①

　　在這種意義之下，"致知"成爲一種自我"透過内斂而參與"（participation through indwelling）的行動。

　　相反地，一旦我們把注意力從原來活動裏的焦點意識移開，轉移到構成支援意識的任一成分時，也就是説，起轉意識被焦點意識所取代，原來的認知結構就會被破壞，而不成其整體的意義運作。

---

　　① 伯藍尼《意義》，頁 41。

這便是"意義剝奪"（sense deprivation）。

　　試試看，如果我們在一段流利的演説中，心血來潮地認真考慮起每一個用字和腔調，字字句句咬文嚼字；或者在專注地聆聽一首詩歌時，突然停下來研究起它不合常理的語法時；在閲讀一篇文章時，刻意跳脱上下文思的脈絡，質問起某一個詞句的原始意思……諸如此類的情況，很容易讓我們理解何謂"意義剝奪"。

　　"在對一件事物有起轉意識時，我們看到的這件事物有意義，我們一把注意集中在我們原來只有起轉意識的事物上，當初的意義就消失了。注意力集中於此物，此物就會以其自身、以其硬生生的物體本質面對我們。這是以焦點意識代替起轉意識而發生的意義剝奪。……焦點知識一指向一個作爲支援成分的事物，那個事物就不再是支援成分，而是變成了不同的東西，因爲它作爲支援成分時所具的意義已經被剝掉。所以，在本質上，我們無法把支援成分一一指認出來。"①

　　"意義剝奪"的現象顯示了"支援意識"的本質——不定的、不可指實、完整而不可範限的融貫體。

　　在美學上有所謂"九方皋相馬遺其牝牡驪黄"的美談，對一些非明示推論的知識或能力而言，正是因爲不被這應内斂於其中的融貫體内部因素所打斷，才能獲致其獨到的默會整合。或如禪宗，也有"説似一物即不中"的説法，正是這種默會之知的典型。

　　"因爲我們是'内斂於'這些基本的認定，無法既把注意集中於這些認定，而又不破壞其支援功能。我們在内斂於造成融貫體的細部時，焦點是在融貫體上，而融貫體的細部（即我們内斂於其中的細部）只能被我們看成支援成分。如果把焦點放在這些細部上，使它

――――――――

①　伯藍尼《意義》，頁43。

們各成爲明顯的個體……便是改變它們的現象性格,而我們就會發覺,有了新外表的它們在邏輯上並不指歸——亦即,不會明示或超然地指歸——我們透過内斂的默會推論而發現它們指歸的實相。"①

除了作爲融貫之本體的支援知識外,知覺所專注的焦點知識,也有其積極的功能,這種功能或可稱之爲指點或凝聚整合:焦點知識幫助我們完成一項想像行動,透過這項想像行動,整合了我們生命本有的某些與之相關的知識(支援成分),獲致新的認知成素,或所謂的新知(它可能是新的判斷、新的觀念、新的解釋、反思、或理論意義,可能是具有預斷性的,如科學知識,也可能是屬於解釋性的、反思性的,如大部分的人文知識)。

應申明的是,在這種認知架構中,"支援知識",不是儲藏在倉庫裏等待被提取的原料,而扮演著一個更爲積極角色,它是任何新知所倚賴的"先見"視域(前理解,horzion)的決定者,並且在意義整合的動態行動中,不斷地調整、轉化、傳遞及延伸,決定了新知的格局。正如提出"典範"觀念的孔恩所説,專業知識往往是在具體的技術操作中這樣的默會致知的網絡下形成的。② 所有的典範,就是一種内斂於該活動的有機運作之中而共享其目的或功能的研究。在每一個轉而悟之的整合踐行中,技術操練與支援知識交互反饋,深化而固著了知識網絡的意義内涵。

相較於有明確程序或可以以具體的邏輯端點組合而成的推論之知,這種默會知識,對於主體而言,便在於完成一種"洞識",使我們在一種更爲明澈的意念下,把握了内外處境下那種種迷惑而複雜的觀念或情態,而使我們變得更"明智"。也因此而更具有"融貫

---

① 伯藍尼《意義》,頁 72。
② 孔恩《科學革命的結構》,"後記- 1969"。

性的辨識力"。

這種整合"支援意識—焦點意識"的默會之知的認識型態,莊子和惠施的濠梁之辯(《莊子·秋水》)就是一個很好的例子:

支援意識——焦點意識

//　　　　//

生命意態與所處情境等輔助成分——"儵魚出游"

對莊子而言,"儵魚出游"是一種焦點知識,而"魚游之樂"的領會,是在焦點知識的引領下,凝聚整合了內在不可指實的涵養("支援知識")所獲致。所以當惠子問"子非魚,安知魚之樂",便即是把焦點轉移到原來的支援知識,想要去指實原有的不定的支援成分,也因此打斷了原來莊子說"儵魚出游從容,是魚之樂也"時原有的意義連結。由於這種支援知識是內在而不可指實的,當惠施要透過推論來窮究支撐"魚游之樂"的理由時("我非子,故不知子矣;子固非魚也,子之不知魚之樂,全矣"),便打斷了完整的意義脈絡,造成"意義剝奪"。而對這不應進一步指認的支援意識,莊子回應以"我知之濠上也",也就是最好的答案了。

第二節 "技""道"辯證到"句法"、"活法"等"心法"的方法意識

黃庭堅關於"句法"的論述,引領詩學成為一種自覺"洞察"的能力,一種如上述"融貫性的辨識力"之學的要求。這種默會之學,

支持了"符號表現"中掌握藝術形式與情感概念間不可明示、不可分析的形式直覺；另一方面，這種認識架構足以合理地解決"技""道"的緊張，促成文化涵養與詩學專門藝術的交互深化，產生了"工夫"、"境界""自得"、"悟入"等獨特的詩學觀念，這種心法，使江西詩學成爲"技進於道"的歷史實踐①。

一、詩歌一家之學的"技""道"對諍

盛唐詩歌的顛峰成就，到了中晚唐，進入了一個反省而沉靜的時代，追思盛唐的光彩，詩人尋覓著創作成功的關鍵，在情、景、言、意、境、象等玄妙的美感質素之外，聲律語言等形式技巧的開發，也是詩人注目的眼光。

當文化上主體表現的意識正蓬勃時，詩學自身也開展著詩歌自爲詩歌的專業意識，特別是對於藝術形式的格外關注。詩格詩式雖是簡單而不成熟的經驗歸納，但這些程式化的法則，也代表了詩學企圖建立一套"工具理性"，探求自有的理論指導、操作規則與技術實踐的努力，這與此時作品語言精巧綺麗，韻律工整的要求，都是詩歌意圖超出文化支項的角色，發展出專業價值的號誌。

這是詩歌格律化必然的結果。格律雖是一種束縛，但未始不是一種輔助，格律的規定，反有助於詩歌的認定。它意味著：（在內容可辨識的範圍內）只要具有這類平仄協韻的形式關係的句式，就是"詩"。詩歌的認定，從內在實質（抒情、言志）轉移到體製、規格等形式條件，事實上，這也已經內在地轉變了"詩"的定

---

①　在此"技進於道"指的是詩學實踐過程中形成的默契，而非一先在的理論指導。

義了。

相較於近體詩的規制化，古體詩的寫作離不開情感內容，也就是詩歌的實質內容；而近體詩則未必，只要意義內容是可以辨識的，任何作者可以炮製格律而成詩，當然在此優劣問題要另外來談。這是爲何在形式要求看似更加嚴格的近體詩發展之後，反而詩人與詩歌的量大爲增加①。就某種意義上來講，形式的規範，反而更能明確引領寫作的程序步驟；增加了詩歌可以確認的"客觀"條件，反而是放寬了詩歌可以接受的標準。

格律好比是縱橫十九道的基本棋規，棋規訂下來了，就有根據棋規籌畫策略的取勝之方——"法"。格律不是"法"，但格律訂下來之後，"能詩"的條件就更爲明確了，倚形造勢的條件成立了，客觀法則、因應策略便可應運而生，"程式"既立，便可照章行事，格律這種形式規格的確立，使詩歌具有"技藝"的條件（有明示之方，可反覆練習使精熟），促成了詩歌專業"工具理性"的追求，有程序可循的大量或有效的生產於是可能，在這種目光下，能夠寫詩的人自然地多了。所以，唐宋兩代人皆能詩的詩歌風潮，部分要拜格律底定之賜。

在"能寫"之後，進一步就是如何寫得好的問題了，也就是"有效地"表達或表現的問題。在這當中出現了，致力於某些可明示的方法性的操練，"有效地"達到寫詩的目標，一些寫作指南式的著作反映了這種情形。這當中隱含著詩學裏"工具理性"的意圖，希望藉助規制化，透過能夠精熟而具體操作的實踐，可以保證詩歌成品

---

①　歷史不是單線發展的，此處當然還有其他原因，本書在這裏是以一"技術理性"的"製作"觀念來解釋這一情形。在這個角度上可以彰顯從韓愈到江西，有一段詩學專業觀念從混濁到沈澱的意義。

的穩定生產。

在過去以實質理性認定詩歌的判準下①，詩學很難超越文化價值的籠罩，凸顯專業的獨立價值。任何領域發展成熟的一個徵候便是"工具理性"的出現——在某些特定的基本條件中，追求能夠達到其專業目的的最有效率的行爲。任何一項專業領域，它自有一套運轉的規律，自成一套有效的完成自身目的的方式，有其能與他種領域區隔，並使自身效率極大化的法則。和每一個專業領域必然的發展一樣，詩歌也產生了在它專業的文字之精的要求下的"工具理性"——在詩歌既定的條件（格律、典故……）下，致力於一切有效地追求文字之功的方法。

工具理性的思考，往往走向標準化的、可化約爲特定程序的，有能夠公開明示且普遍適用的方法的，並且意味著在此種程序化、標準化之下可以評比較量的。晚唐的詩格詩式等經驗法則的歸納，以及反映在宋詩裏衆多的唱和競技之作，許多在一定條件下較量高下的寫作，正是以精工爲標的的工具理性式的追求。在宋人"道""技"議題的思考裏，無論是肯定或否定，"技"的觀念，指的多是這種詩歌專業的精工，以及爲達此目的的工具理性的追求。

在能詩者衆，在格律已成爲詩歌寫作的先天條件下，詩歌之所以爲詩歌的專業思考有了新的認知，特別是，格律也引領著詩人專注於形式結構的經營，注意形式自身的美感②，以形式、語言技巧

---

① 詩歌的判準，無論是"言志"、"緣情"等詩歌應表達的情志樣態，或《文選》"事出於沈思，義歸乎翰藻"，或劉勰的"天地之心"，鍾嶸的"感蕩心靈"，相對於格律既定後創作也能夠策略運用作出成品，這些都屬於價值理性的要求，而與"工具理性"典型的形式規範不同。

② 參考柯慶明《中國古典詩的美學性格》"三、'格律'詩的意義"，載《中國文學的美感》，頁117—126。

形成的特殊美感來規定詩歌的專業價值，"詩者文之精"的共識形成，從晚唐的精工到宋初"語工"的普遍意識，詩歌作爲一門專業的學術，有它特有的文字、形式經營之功，凸顯了詩爲一"技"的認知，這樣的晚唐餘緒，成了宋詩觀念的底本。宋初"西崑體"正是這種專業意識的成功典型。然而隨著文化意識的高揚，價值理性的反省也產生了。

在肯定了求"工"是詩歌的基本條件之後，在以"語工"經營"意新"的共識之後，宋人回過頭來反省詩歌在技藝純熟之外還有什麼。詩歌寫作除了表現詩人的專業之精外，他非得且只能透過詩歌表現的目的爲何？ 也就是，詩歌所要表現的實質價值是什麼？

"價值理性"與"技術理性"之爭，這也正是宋人"道""技"之靜的內在意識。一個具體的例子：在人皆能詩的宋代，當詩人從當代的眼光去看王羲之蘭亭修禊詩時，對於當日許多名士竟日不能成詩的情形①，詩人用"持重自惜"來替古人作解，這種"自重"的説法毋寧是反映了"精工"之技已成熟的宋人對詩歌價值實質的要求。從這種意義看來，宋人對韓詩究竟只是"押韻之文"（沈括）還是"天下之至工"（歐陽修語）的爭議，其實也涉及了表現實質對形式規格的反撲。

要求詩歌要能表現價值意識，典型的就是"格高"、"格卑"的問題：要求實質的寫作，有質感的寫作，能表現主體的價值意識的寫作，②而

---

①　"曲水修禊之會，人各賦詩，成兩篇者，自右軍安石而下纔十一人；成一篇者，郄曇王豐之而下十五人；詩不成罰酒者，凡十六人。今觀所傳詩，類皆四言、五言而又兩韻者多，四韻者無幾。四言二韻，只十六字耳。當時得預者，往往皆知名士，豈獻之輩終日不能措辭於十六字哉？"（黄徹《䂬溪詩話》卷十，頁178）。

②　這種價值意識，在宋詩中可以有極多樣的表現，足以展現作者豐富的生命理解，而不應被窄化爲只以指涉倫理或社會内涵爲價值。

不只是符合形式要求、善於運用故實的寫作。宋人的"格卑",指的是被技術理性掩蓋了價值意識而缺乏主體表現力的作品,典型的就是像王安石一些精美之作却難免於"格"卑或缺乏"風骨"的評價[1]。

　　"格高"、"格卑"的分辨,反映了宋人美學上的重要認知——以主體表現爲代表的"獨創性"的意識。[2] 在僅僅指涉客觀體式、技術方法的"法"這類工具理性下,是没有特别的"獨創"的觀念的。那是人人可以公開習得,甚至仿製的。純粹的"法"可以極爲精工巧妙,而不凸顯創作獨特性的。

　　工具理性裏隱藏著"異化"的危機,詩歌專業之"技"亦然。對"格卑"的批評顯示了宋人是以價值意識的失落來看待詩學專業的"異化"問題的,宋人在詩歌專業下處處發抉形式運作的可能,却又同時以一種提防的心態分辨著"格高"、"格卑",在這種分辨中,反映著欲以"價值理性"("道"或主體表現)對治工具理性的意圖。

　　"技""道"的緊張關係反映了詩人對技術理性的質疑,隱含著一個專業領域自覺的發展中價值意識與工具理性的辯證。技術理性與價值理性的渾沌紛擾,在長期的歷史具象的辯證下,逐漸沉澱出一道澄清的光波,那就是後來所認爲的"好的"宋詩或宋詩的理念。與其説"江西詩派"是這個辯證的結果,不如説它代表了這個辯證的運作;而"江西詩派"的觀念發展過程,便代表了這整個沈澱

　　① 蔡絛語,録自《苕溪漁隱叢話》後集卷三三,《叢書集成》本,頁670。
　　② 藝術獨創性的意識可以這麽説:"藝術家要創造的不僅是美的作品,要創造的是獨特的美的作品……不僅因爲這些作品是美的,而且因爲向藝術家和欣賞者打開了前人不曾涉足的美好的天地……不僅由於他們的作品出類拔萃,而且還由於他們在藝術上的獨創,這種獨創鼓舞和引導著他人去開拓藝術史上具有審美價值的新疆域。事實上,首先是這種對獨創性的追求,保障了這種歷史的延續,賦予了意義。"A. Lessing《藝術贋品的問題在哪裏》(鄧鵬譯),載《當代》44期頁31—32,1989.12。

過濾的歷程。那些成功的"宋詩"（的認定視野），就是通過這個過程出來的。在本書而言，就是穿過從古文運動到江西詩派這個典範網絡而產生的。

　　黃庭堅"道—主體—文"的創作型態，在講求形式的專業寫作中融貫了價值意識，解決了"技"的正當性的問題。於是心性之學、存養工夫的觀念進入了創作實踐裏，而這具體的運作便是"句法"之學。黃庭堅詩學以主體表現力完成了詩歌藝術符號與人文主體的辯證，而"句法"觀念便提供了這辯證統合所需的心理基礎。在"句法"這種"心法"式的認知架構的自覺下，"技"不僅擁有正當性，並且能夠實踐地與代表價值意識的"道"融貫，解決了"技"、"道"的衝突，並發展成熟爲江西詩學"技進於道"的認知，宋人獨有的詩歌"工夫"、"境界"、等等觀念，便是在這"技""道"對静到"技進於道"的歷史進程中發展出來的，其内蘊也應當放在這道理論脈絡裏看。

二、"句法"之學的認知架構提供了江西詩學實踐的方法共識

　　歐、蘇所創的"破體"、"白戰"等"以文爲戲"的種種"創作之能"，一方面是承技術理性的發展，對於客觀之法寖假而成習套的反詰，出於對韓詩這類"隨意之所之，無施不可"的"語工"的肯定，進行著技藝純熟而變態百出的挑戰；另一方面，在這類因難見巧的實際操作中，歐蘇獨具表現力的創作成就，也凸顯了另一些思考，而使得詩歌關注的眼光從"所表現"積極地轉向"能表現"：

　　1. 體會到詩歌是一種人工之作，可以人力之工争天巧。在這種人工之中，詩人可以跳出規律成習之外，發揮主動操縱的能力。

　　2. 詩歌精工的講求，即使只是純粹技巧的演練，也能凸顯相

當個別的表現性格,成功的作品必然具有個人獨特的創造性。

這種認知,已涉及後來"心法"的基本意識。從歐蘇以來,這種技術條件被挑戰到極致,證明了詩人之"能",同時也挑戰了在這種規範下詩人的主動性(所有成功的詩人都表現了這種主動性,在這層意義上,可以説明歐詩評價爲何在後來超過梅詩)。這也就是山谷説"要須唐律中作活計"的道理。這種主體能動性的表現觀念,成爲宋詩形式技巧與主體表現能夠兩全的指標,爲後來"心法"的意識鋪路。

但此時"技""道"的衝突猶在,蘇軾《書黃子思詩集後》所説,"盡古今筆法"與"高風遠韻"的此消彼長,正是藝術規律所造就的技術理性與主體表現意識的價值理性的緊張關係,這種緊張在黃庭堅的"句法"理念下被化解了。

黃庭堅"道—主體—文"的型態建立後,創作在專業的形式要求中融入了存養工夫的觀念,在理論上解決了技巧的正當性的問題。[①] 但這還是典範的價值信念的層次,如果在技術實踐層面沒有具體與之相應的、能夠將其合理化的實踐思維,則寫作和主張依然是"兩行",没有自發運作形成典範的動力。黃庭堅"句法"之學正提供了相應的實踐思維,合理地展示:"道"如何透過主體的内化而表現於"文",文字創作如何能夠融入了心性之學的涵養。與禪學、理學同步成熟,"句法"實踐思維也一樣具有濃厚的"心法"的特質[②]。"句法",在這種"心法"的思維架構下,在正視詩歌技藝性的專業能力下,回應"技""道"對靜而成熟地開展出"技進於道"的認

---

① 參見"附録"(一)、(二),以及筆者《禪宗與宋代詩學理論》第五章"'平淡'與'繁華落盡'的解脱工夫"一節,頁 163—177。

② 禪學便是這種"默會致知"心法架構的一個典型,詳見筆者《從菩提達摩到大慧宗杲———一個禪學認識架構的歷史形成》,《普門學報》28 期,2005.07。

識,江西詩學"句法"、"活法"、"工夫"、"境界"、"句中眼"、"法眼"、"悟入"、"圓成"、"識"與"參"的內涵,以及"技"/"道"、"巧"/"拙"等辯證,便是這個歷史進程必然的觀念發展。

黃庭堅的"句法"之學,有別於客觀體製或普遍格式的歸納,它所追究的是在個別表現的目的下能否達到最好的(明晰透徹的)符號象徵的能力,在關於"句法"的陳述裏,詩人所顯現的直覺領會、抽象綜合、不可分析、等等非推論明示的認知①,都呈現一種默會之學的自覺,它可以形同上述"默會致知"的轉悟架構:

支援意識──焦點意識

//   //

情感概念等被象徵的"本體"──　符號形式的抽象化活動

//   //

讀書、治經、格律、作文、治心──　寫作經營、寫作當下的
養性等"致遠千里之資"　　　　構思

//   //

"道"、"價值理性"、心性涵養　──"技"、寫作當下"技術
　　　　　　　　　　　　　理性"的經營

//   //

能將一切"事"圓融消化於胸中的　創作當下意識裏
　　"和光同塵"的素養 ──　"鉤深入神"的專注

如上章所述,黃庭堅以一種"符號表現"的理想模式解決了歷

---

① 見本書卷叁第四章第二節及"附錄二"。

史的難題,然而這"藝術符號—(表現)—情感概念(心性主體)"的型態之所以能夠運作,關鍵機轉在於符號形式與情感概念間"象徵表現"的把握,這種把握,依據的就是"形式直覺"的認識活動。藝術符號將生命體驗抽象化,成爲可以客觀感知的形式,一種完整單一而飽含意蘊的形式,這就是象徵,一種有意味的形式抽象。

　　它之所以是"表現"而非"表達",正在於它所指涉的生命感知或情感與這些形式的個別部分並非一一對應的,而是一種整體的抽象表現,因此,成功的象徵符號不是組合而成的,不是有程序地推論或可明示地仿習的。同時,對讀者而言,作品也不在指示特定的情感,而在於透過藝術形式喚起理解,喚起情感價值。無論創作或欣賞,這一切都不是一般明示推論的認知心理能夠達成的。它是一種形式直覺。這種直覺,是融貫了感知、經驗、想像、情感⋯⋯的有機綜合的行動,藝術創作的完整表現,就有賴於這種直覺把握。在黃庭堅詩學,作品所表徵的心性主體和詩歌的形式創造之間,就是這樣的象徵關係。①

　　因而這種形式直覺,不是熟諳格律、記問典故,或歸納辨析體製風格(如嚴羽之"辨家數如辨蒼白")等明示推論之學可以獲致的。就如同句法的論述脈絡所顯示的,它是一種整全而無法明示的"心法"。就像這個"支援知識—焦點知識"的心理架構,透過"焦點知識"的提撕,凝聚而融貫了"支援知識",形成一整體無間而內斂統合的行動。吾人透過玩賞作品藝術形式(包括其規律、美感、知識內容⋯⋯等等推論或非推論的成素),默會地凝聚了支持這個象徵表現的情感概念,喚醒了"融貫性的辨識力",完成整個形式創

_____

①　詳見本卷第二章、卷叁第三、四章。

造的行動。這就是形式直覺的運作内涵。這個融貫性的辨識力，也就是"符號表現"最主要的目標——"表現力"，創造最能抽象表現主體生命理解的符號形式。

這種默會之學的認知架構，支持了形式直覺，成爲黃庭堅"符號表現"的詩學模式得以運作的心理動因，也就是決定江西詩學典範實質運作的操作基質。

這是它的理論貢獻，另一方面，它也解決了歷史問題，改變了詩歌之學的内涵。在黃庭堅的"句法"思維裏，吾人内斂於其中的支援意識，廣泛地包含了治經、讀書、格律、作文、治心養性等一切人文素養；而具體的寫作經營等符號化的行動則爲吾人當下關注的"焦點意識"。透過焦點意識的提撕，支援意識内斂地參與，凝聚起整合的行動，而完成創作。

在"句法"思維裏，如同上述默會之學"支援意識——焦點意識"架構的運作方式，"技""道"關係就像"支援意識"和"焦點意識"轉悟致知的關係一般，互相支援、互相助成一融貫的行動整體。詩歌創作，表面上看似知識與藝術規律（如典故與聲律）的操作，實際上整個行動却是一種隱含著主體價值意識等不可限定、不可指實的支援意識的内斂整合；在文字經營等技術理性的焦點目標下，含藏著一切吾人内斂於其中並透過焦點目標的提撕而得到融貫整合的整體人格，在專業寫作中具有融貫地實踐人文價值的意義。在這種知識内在不可明示的内斂整合裏，齋心服形、治經讀史以及格律運用，全是一爐治之不可分的整體。

而這種心理架構更重要的意義是：把寫作行動的目標從文本成果轉移到行動質感本身。這類轉悟致知的行動特徵是："即使能把一項整合的認知内容意譯出來，也無法傳達該内容的感覺質地。

你只能躬親感覺這質地,只能内斂於這質地之中。"①意識到寫作是這樣一種不能與行動本身分離的活動,就不可能離開創作主體就文本評斷文本,就文本反省寫作,一切文本都要回歸它所表現的創作質感,都是主體的象徵符號。在這種意識下的寫作與鑑賞,處處指向主體躬自親臨的心靈質性,這便是視寫作爲一種"心法"的自覺。

在"心法"的自覺下,書寫實踐便在格律與典故的熟習外,更爲關注"支援知識"與"焦點知識"間轉悟的能力,這便是技術實作的下手處,而"工夫"便是主體的知情意在這能力的淬煉中重重磨礪、層層蜕變的歷程。

誠然創造符號表現需仰賴文字經營,但寫作活動實質的内涵深隱於技術表象下的運作,這個必要的凝聚過程在唤起全心靈沈潛已久的成果,所謂"句法簡易而大巧出焉"、"平淡而山高水深"、"皮毛落盡真實存"等種種説法,不外是强調創作工夫深具這樣的内斂性質,"簡易"、"平淡"、"拙"、"皮毛落盡",並非意味著風格偏好,而是用以指稱超出文本表象不可以巧拙、難易等形相論斷的内在實質的運作,期許詩人將創作的自覺用於這等工夫的體認上。如上所述,這種磨礪工夫又是意味著學思内化的深度、心智理解的成熟,宋人所以好言杜詩夔州後、韓詩潮州後,黄詩黔州後等等爐火純青的創作階段,便在於認爲一個具高度悟性的詩人,在飽經人事歷練後,融貫學思的磨礪工夫已深,層層而進的境界已達極,不計外在形式較量而專注於極具主體個別性的表現力。

也就在這些深具"表現力"觀念的價值信念上,"心法"這認知

---

① 藍伯尼《意義》,頁46。

心理支持了江西詩學在"符號表現"方向上的發展,提供了這典範完備的方法論基礎。

從黃庭堅到呂本中,在"句法"(或"活法")辯證而渾沌的論述裏,這隱含的認知架構,提供了理想寫作的可實踐性:文字格律與情感概念(心性本體)如何辯證、如何互爲形式象徵;精益求精的文字冶煉如何與"損之又損"的學行工夫同爐而治;在內蘊的信念指引下,方法理性的操作亦能融貫價值內涵的運作。這個"支援意識——焦點意識"架構的運作,是一個包含信念價值等全人格的整合行動,吾人"內斂地參與於"其中的"支援知識",在它不可指實、不可限定的內容中,處處包含了致知者對所處情境與選擇判斷在內的,極具個人色彩而非"中立"、非"客觀"的價值信念。在這種意義下,任何行動不可能是無涉於價值判斷的純技術理性的行爲,科學專業是如此,寫作也是如此。特別是在"道"的自覺的實踐行動下,詩人悟"道"的淺深,既是致知行動的"前見",同時也是這整合踐行的行動的成果,"支援意識"所扮演的致知的積極角色,解釋了創作如何同時也能夠是一種包含全人格的心性淬鍊與專業能力的涵養;而在這種自覺下,所發展出的詩歌創作的種種語彙,便有著與一般寫作不同的內涵。

在這種內斂整合的心法意識中,扭轉了"法"的觀念。"句法",與其說是一種創作"方法",倒不如說它是一種方法的反省,是具有後設的方法論意義的思考。是針對價值意識、主體表現力所提出的方法反省,一種能夠涵具價值意識的創作"方法論",主張能夠表現價值意識的方法論,以此種方法上的自覺,以一種不同的寫作意識,支持了這個"符號表現"的新典範。"心法"式的認知,是這個典範實質發展的心理驅力。

　　“句法”不是方法，整個“句法”思維包含“支援意識—焦點意識”架構兩端轉悟一體的思考，而馭術執篇等方法只屬於“焦點意識”一端。句法改變了創作之“法”直接是習格律、尚典故，可稟經製式、馭術執篇等客觀智識的思考，而主張價值意識也涵蓋於符號創造的能力之中。句法之學，嚴格説來是方法的内在反省而不是價值建構，它不是對詩歌專業領域的價值重建，不是把特定價值安立在方法前面作爲指引，也不是在文化價值與專業方法間建構橋樑，不是“誠於中而形於外”的價值與方法的二元實體的平行對應，而是專業方法自發而内在的自覺。換句話説，主體價值意識，也應該是詩歌創作“必然會”開展出來的結果。

三、“心法”的觀念族羣——江西詩學的實踐基礎

　　黄庭堅這詩學典範，經過吕本中精煉後，從“句法”、“活法”衍生出種種心法式的觀念羣聚，奠定典範内共享的操作基質，並因此完備了“技”“道”辯證的成熟内涵——“技進於道”。

　　首先這種異質轉悟關係的成功，精神專一的“内斂同化”是關鍵。就如吕本中説作詩的“悟入”：“如張長史見公孫大娘舞劍，頓悟筆法。如張者，專意此事，未嘗少忘胸中，故能遇事有得，遂造神妙。”[1]“專意此事，未嘗少忘胸中”，是無始以來藴存胸中的素養——“支援知識”；“遇事有得”，則是在當下專注於“焦點知識”（如公孫大娘舞劍）的身心凝聚作用下，完成致知行動的目的——内斂整合。

　　在這種意義下，行動成功的判準不僅繫於顯而可見的效用知

---

①　吕本中《與曾吉甫論詩第一帖》，《苕溪漁隱叢話》前集卷四九引，《叢書集成》本，頁 331。

識(焦點知識)一端,由於此等書寫活動的目標是創作行動的質感而非文本結果,主體行動的質感又取決於主體內斂於何等豐富的支援知識,這就像呂本中所説的,非僅"冶擇工夫",尚須"波瀾之闊":"冶擇工夫已勝,而波瀾尚未闊。欲波瀾之闊去,須於規摹令大,涵養吾氣而後可。規摹既大,波瀾自闊,少加冶擇,功已倍於古矣。……若未如此,而事冶擇,恐易就而難遠也。"①黄庭堅要人治經、讀史、求諸己,正也是要求以厚實的"支援知識"支撐行動的質感,是站在視作品爲象徵符號,期許最具人文解釋能力的表現力,在這種眼光下責付創作應免於"致遠恐泥"(缺乏人文象徵)的窄化。

而在這之中,治經、讀史的讀法,也有別於作爲效用知識的學習,這所以黄庭堅強調要"能自樹立"、"反求諸己",代表一種理解與内化,這些知識,彼此之間都是任何其他生命活動的支援意識。所謂的"飽參",不僅是廣求經驗知識,宋人用"參"來説詩,正是意識到創作有如參禪的認識架構中必要的生命理解的綜合内斂,②將一切知識内化爲無所不在的支援意識的修養。所以陳師道用全人格異質轉化的學仙"換骨"之説説詩,凸顯這種轉悟行動超出階漸積累之經驗學習的内涵。

這默會之學整個地來説,就像曾季貍所謂"後山論詩説換骨,東湖論詩説中的,東萊論詩説活法,子蒼論詩説飽參,入處雖不同,其實皆同一關捩,要知非悟不可"(《艇齋詩話》)。無論是曾季貍口中的"中的"、"換骨"、"活法"、"悟入",或以下的"工夫"、"境界"、

---

① 呂本中《與曾吉甫論詩第一帖》,《苕溪漁隱叢話》前集卷四九引,《叢書集成》本,頁332。

② 參見筆者《從菩提達摩到大慧宗杲——一個禪學認識架構的歷史形成》,載《普門學報》28期,2005.07。

“平淡”、“繁華落盡”、“奪胎換骨”、“點鐵成金”，都是具有典範内族羣式的連結的，都是“同一關捩”的，它們是“心法”意識裏自發形成的相關觀念，爲專業社羣所共享的心理基質，這觀念網絡的整體性格與其他詩學格式塔式的全然相異，就宛如默會之學與明示推論的經驗之學不同典範之間的“不可共量性”。

　　這種默會整合的自覺，視寫作爲一種熟極而流的操作能力，一種強調以主體心性的“支援知識”與寫作的“焦點知識”的融貫無間爲前提的操作能力。這種默會致知的目的，也不在於一般明示推論所獲致的積累階漸的成果，不是擴增知識的版圖，而是在轉悟整合中獲致融貫性的辨識力，獲致意義飽滿的洞察，宋人所說的“悟”，常指這種飽含意蘊的洞察力[1]。在江西詩學“符號表現”的立場下，創作行動内斂參與於包含總體生命理解的支援意識裏，因此，這種充滿實質内蘊（支援成分）却又澄澹寂然的心理狀態[2]，遂具備了心性修養的澄汰思慮精粹意念的意義，形成刳骨損心却又爲學日益的辯證，這種辯證就是宋人以心性論範疇的“工夫”、“境界”來指稱詩學的涵義。因此，詩學所謂的“工夫”，便超出了謀篇馭術的修習，而是主體情志一體的學思内化的淬鍊，是致知者如何透過焦點知識（詩歌符號的創造），凝聚並喚起支援知識（無所不在而内斂參與的“道”）以獲致總體心性意義上的明覺；作爲焦點對象的作品表現體現了工夫的程度。而“境界”，同樣地也扣緊了主體體證而超脱躍升

---

[1]　“悟”是一種認知狀態，四無掛搭而不著落在任何對象，却並非瞠然無對的空無，甚至連禪宗的“悟”也不是空無一物的“悟”。

[2]　雖然劉勰也説“陶鈞文思，貴在虛静，疏瀹五藏，藻雪精神”，然這是爲原有的寫作知識（“積學、酌理、研閲、馴致”）能夠“使玄解之宰，尋聲律而定墨；獨照之匠，窺意象而運斤”，是直接爲“馭文謀篇”之用的（《文心雕龍·神思》），用本書“支援知識—焦點知識”的架構來看，這種虛静還是只屬於“焦點意識”一端的，是“秉心養術”的準備，並没有異質整合的作用。

的内涵,這種明覺所獲致的新的想像與情態的整體領會,一種自我實現的生命質感,便是"境界"——創造符號的焦點知識與總體人格的支援知識融貫所達成的明覺,它表現於成功的符號象徵。

這樣的學習法門,不僅能夠解釋理學家對江西詩學的接受,更可以理解:詩人在詩法的踐行心得可以和"道"的涵養工夫相提並論,並且這些論述已超出了過去"文""道"論述那種文本内容層次,而深入了主體"位格表現"①的層次,更深化形式與本體的關係。在這個層次上,越過思想的界限,不同的心性涵養在文學中可以有更通透的表現。並且也鼓勵了詩歌鑑賞更精微地洞識其形式象徵,省察詩歌藝術如何地符號表徵主體心性深遠的内涵,宋人所謂的"識",便是如何以融貫性的辨識力透過作品洞察創作行動的本質;"以法眼觀之,無俗不真;以俗眼觀之,無真不俗。"宋詩論述中特有的"解脱境界"之類的説法,便來自此。所謂淵明達"道",所謂誠齋會禪之説,都是這種"法眼"、這種"識"見的産物。

在這類寫作觀念中强調澹然澄浄的意識主要是爲了維持完整的支援意識,以免因分解斷裂而造成"意義剥奪",方能順利完成内斂參與的人格轉化。故這是"無意爲文"之學,在這種"無心"、"無意"的書寫中,有以"拙"相尚的傾向。這"拙"並不是風格偏好,而是一種寫作工夫的自律。

因此"句法簡易而大巧出焉"的工夫,也是放在這種涵義下説的。無論是"拙"、"平淡"或"繁華落盡",都不是指實了書寫對象或書寫方式,而是强調在這種内斂整合的轉悟過程中,必要的凝神於焦點目標、内斂於無所不至的支援意識、而有類於審美中"無關心

---

① "位格表現",見本書卷叁頁 117 註 3。

立場"的專注，講的是一種精純之至無所攀緣，超越巧拙、超越平淡與繁華等風格形貌或客觀現象的直覺，是落在由此展示出的"渾然天成無斧鑿"的完整豐富的表現力説的。這些觀念所指示的是一種"道徵"，而不是風格偏好①。

而這種心境淡泊，也不是瞠然無對毫無情感内容的空白，詩文寫作依然可有紛華多彩的對象，有具體的"焦點意識"所對，只是創作者能夠在完整的轉悟過程中，以融貫的辨識力超越經驗想像之得，完成最富主體心性表現的創作。到了這個時候，一切經驗或想像對象的性相就不是重點了，而在於主體如何融貫地洞察、把握整體内涵的能力，也就是"學以至於無學"的歷程。

因而詩歌的真實"境界"，超越了作品客觀風貌的良窳，而成了一種主體修養的象徵②，黃庭堅："如我按指，海印發光，汝暫舉心，塵勞先起。"③如《華嚴經》裏毗盧遮那佛能於海印三昧中示現華嚴圓融無礙清净法界，作品成就也如主體修養境界的示現，詩歌講"境界"講的就是這種象徵意義的自我實現。

但超越並非是不顧，它還是必須得力於焦點意識、專業條件的著意經營，只是並不以所形塑的作品爲中心，而企圖透過這作品形式的象徵關連掌握創作主體的深厚内藴，只是觀照作品的價值標準不是文本中心而是主體中心了。當然從風格外貌來辨識作品也就不是江西詩學的主旨了。

---

① 參見筆者《禪宗與宋代詩學理論》第五章論宋詩學的"平淡"觀念。
② 是"象徵"，而不是單純的"表現"，這是宋人文道關係與前人最大的分野。在"表現"的觀念裏，人格修養是作品所表現的"前提"、必要條件，而"象徵"則不是這種指實的對應關係，詳見本書上一章"符號""象徵"的觀念。
③ 《題意可詩後》，《宋黃文節公全集·正集》卷第二十六，《黃庭堅全集》，頁665。

　　句法之學是一種能力之學,這種能力只能以象徵的方式實現在位格表現的層次,作爲作品中主體的自我展示的形式。吕本中所謂"圓美流轉如彈丸"者,便是更直接以圓融無礙的能力詮釋句法圓熟的極致境界,是支援知識與焦點知識兩端異質轉悟間的圓滿無間。這種位格表現的操作能力,不限於作品藉何種表達内容、風格範式、體製規格……來自我展示,因此,"圓美流轉"不是特定的風格規範,它與江西詩人常表現出的"瘦硬生新"的風格並不相悖。它可以表現於曲折拗峭的山谷詩,也可以呈現在樸質白道的後山詩裏,或者是明快透脱的誠齋詩,它們只依歸於心法實踐工夫的純熟,瘦硬生新只是初期江西詩人慣常呈現的形式風貌,但不是江西詩學的主要規範。

　　這種認知型態想獲致的是融貫的辨識力而不是具體的想像或經驗感知,這便決定了詩學不是殫思竭慮或浮想聯翩之學①,構思過程所著意的不是具象的想像或物色之助,中晚唐論創作構思雖有如皎然"心淡然無所營"②的説法,但仍是强調要"心入於境,神會於物"以得到想像的内容,這些都還是屬於上述"焦點意識"所要獲致的一端,還是不同於江西詩派以"悟"所强調的完整洞察的能力。

　　這種内化之學,不同於一般記問之學,也没有可交付後學之"法"。内斂整合的"心法"意識扭轉了詩學實踐操作的"法"的思考③,詩歌寫

---

　　①　劉勰論神思所謂:"登山則情滿於山,觀海則意溢於海"(《文心雕龍·神思》),以及陸機《文賦》裏所形容的意興遄發或文思蹇澀的神態,都與這種具象的想像之獲得與否有關。對創作構思的思考,他們與宋人强調洞察、理解的能力大不相同。

　　②　《奉應顔尚書真卿觀玄真子置酒張樂舞破陣畫洞庭三山歌》,《全唐詩》(十二)卷 821,頁 9255。

　　③　在"典範"網絡裏,推動、深化以精煉典範等後續發展的,往往取決於社羣成員在互相承認、互相仿習的氛圍中的實作,而不是什麽超然的通則、理論,這使得主導寫作實踐的"句法"的認知自覺有著決定典範轉移的重要意義。

作不再歸依於客觀體式的仿習、不再滿足於普遍法式的精熟，而關
注於"能力"，一種完全取決於創作主體能否達成完整的内在領會
的能力，使得詩學之"法"成爲一種極具個別差異的表現。由於内
斂轉悟不可指實、不可限定的特質，使得這種整合能力的習得，並
没有任何公開明示的法則可依循。如上所述，這種整合行動成功
與否的評斷，全在其自身表現意圖的完成與否，在個體的具體踐行
中所表現出的主體獨有的"融貫性的辨識力"，即個別作品的表現
力，而不像明示推論的知識一樣有著客觀普遍的比較基礎。"法"，
不再是"文成法立"式的文學經驗的歸納、分類的結果，因而也不是
能夠普遍化，能夠在客觀體式的基礎下比較、勘驗而適用於許多詩
人、許多作品這類的"法"。[1]　如吕本中説"全在涵泳涵養"之意，非
由外鑠我者，這種極具個人色彩的"心法"，蘊含了整體心智涵養有
關的學習，又加上其完整而不可階漸的型態，遂使得在這詩學典範
内"法"的實踐具有類似禪宗法嗣相傳那樣"以心印心"的色彩。

　　不同於客觀體製之學，這默會之學讓詩人把創作的焦點從文
本效果轉移到創作行動本身，關注創作行動本身致知的質感；不同
於博聞强記、典故格律之學[2]，它讓讀者的閱讀目標從文本或文本

---

　　[1]　這類客觀體製下的"法"，即使摹習的方式是針對具體的個別的作品，然而它
們依舊是在一種可普遍化的體式、風貌的模仿意識下進行學習的。參見柯慶明《中國
古典詩的美學性格》"四、格調詩的價值"(收入《中國文學的美感》)、顏崑陽《論"典範模
習"在文學史建構上的"漣漪效用"與"鍊接效用"》(收入《建構與反思——中國文學史
的探索學術研討會論文集》，頁 787—833)。

　　[2]　在可明示推論的記問之學與只許默會心知的"心法"間的差別，就是這種"演
繹"與"整合"思維之間的差別："演繹與整合的這個差異是在於：演繹是把兩個焦點項
目，即前提和結果，連結起來，而整合是使支援者指歸一個焦點。演繹顯然具有一種目的
性的運動(purposive movement)——這目的性的運動是演繹的基本默會係數；但是，演繹
的運作能夠以機械性的方式表現出來，默會整合則自始至終都有意旨(intentional)，而
且，因爲是有意旨的，所以只能由心靈的有意識行動來完成。"藍伯尼《意義》，頁 45。

所"指示"的具有特定内容的情態,轉移到透過形式象徵對完整的創作主體之領會。"法"不再是能夠明示指點的法則,而具有獨許個人默會心知的色彩。陳師道説:"豫章不以詩教僕,僕亦不能爲足下道也。……昔者能仁以華示其徒,而飲光笑之,能仁曰:'吾道付是子矣。'其授受乃如此。"①因此,在此所講的"識",所謂以"法眼"觀,均有賴於個人獨到的洞察——"悟"②:在這種融貫的創作行動中,"法"也不是透過技術演練使技藝熟習的方法,不是能夠"圓鑒區域,大判條例"以稟經製式、執術馭篇的,不是作品形式體製自爲運轉的規則,句法的成功有賴於創作主體認知架構裏轉悟關係的獲致。強調轉悟關係成立所依賴的直覺綜合的能力,使得創作成功的要領也從能夠累積階漸式的技巧熟習轉移到"悟"。學習詩歌寫作,不是摹擬技術、體式進而得體地創作,而在於培養掌握感知與表現形式的悟性。客觀知識的學習仍是一個必要的過程,但只有主體,"悟"才是的關鍵,才是"中的"。

對於"句法"之學最大的誤解,便是把這種本屬於默會致知的能力化約爲能夠明示推論的知識,以爲"句法"是可勘驗、有程序的程式、法則。在完整的"句法"觀念裏,個別句式的認知,甚至某些定理、程式的經驗歸納,都還是屬於不可指實、不可限定的支援知識的一部分,范温、惠洪等所犯的錯誤,便是把注意力移轉到這些個別的支援組成上,指實了某類、某些句式,這些分解的片段便取代了原來應以它們進行"形式直覺"的融貫整合,造成了"意義剥

---

① 《答秦觀書》,《後山居士文集》卷十,《宋詩話全編》,頁 1029。

② 嚴羽以禪喻詩所講的"識",也有關於這種融貫性的辨識力,只是他這辨識力所指稱的是客觀形式體制與風格的問題(詳見下卷),而不同於黄、吕所指向的透過形式所象徵的主體表現力,因此他的以禪喻詩所代表的又是另一種不同的以文本爲中心的對詩歌形式的整合融貫。

奪"的問題：知覺的焦點轉移到部分的支援意識,破壞了原來的意義結構,失去原有的完整整合的内涵。吕本中提出"活法"所規範的,便是矯正這樣的焦點意識的扭曲。要求把包括格律、句式、内容等等的這些細部項目整合起來,重新注入詩歌的理解中,創作主體重新"内斂地參與"於寫作的整體目的及功能中。

第三節　結　語

作爲典範學習操作的基質,"心法"思維便是"江西詩派"的實質規定。

"江西詩派",是一個被追認的社羣觀念,最初,吕本中"江西詩社宗派圖"以列舉黄庭堅和二十五名成員的方式界定了所謂"江西詩派",經此"正名",典範成形,"江西詩派"成了一套詩學典範的標誌,種種從黄庭堅以來的詩學理念自然地匯歸於此,也包括了自此匯集之後後續開展出的相關觀念。其後,典範中這些觀念、理論、主張與實質操作等等總體的演示,又產生了列舉具體成就的需要,於是對於其中成員又有新的追認,衍生出江西本宗杜甫,吕本中、曾幾也應入派,楊萬里是江西"活法"的最佳實踐者,以至於陳與義應贊預"一祖三宗"的地位,等等不同的指認。這也就是後人界定"江西詩派"的困難與爭議之所在。

那麼,就讓我們"循其本"吧。首先,"江西詩派"是一個"典範",它的成員是在這個典範不斷活動的學習境域中被指認的,而不是一個特定的風格流派或既成的文學集團。其次,真正決定典範實質運作的,是成員普遍以之爲基礎共識,以之作爲寫作之必要

條件,並因此形成實際的操作及衡定成就的境域,即本書所説的
"心法"的自覺。因此,"江西詩派"的義界,便是每一段時期這個
"心法"思維的具現。這便是"江西詩派"的實質規定。也就是説,
在不斷變遷的"江西詩派"界定中,能夠一以貫之而作爲研究標的
的就是涵蘊著"心法"意識的"句法"、"活法"、甚至是"無法"等等的
觀念。

　　"心法",便是上文所論述的種種内涵,根據這些内涵(而不再
是以往所倚重的成員或個別觀念),我們能夠合理地解釋環繞著宗
派圖的相關問題,能夠辨識這個典範的總體脈絡,澄清典範不可指
實却能夠判別的可能邊界,以及它活動在宋代詩壇裏的歷史作用。

　　以圍繞著宗派圖本身的問題來説,吕本中《宗派圖序》:"雖體
制或異,要皆所傳者一。"①已明言江西之傳承並非風格體製問題;
又根據范季隨、曾季貍的説法,"宗派圖"本無詮次。這都是符合
"心法"觀念的。如上所述,"心法"完全是個人獨特的領悟及表現
能力的展現,是默會心知之法,没有可供客觀評比的具體法則,只
有是否完成個別主體創作意圖的成功或不成功可言,故也無所謂
高下相傾的問題。若不能從"心法"傳承的觀念上去理解,就會像
胡仔一樣,執實於二十五位詩人等外在表現,質疑宗派圖"選擇弗
精,議論不公"②。

　　如同楊萬里"以味不以形"的主張,體製風格之異,是"酸鹹異
和,山海異珍",各有其貌,非江西手眼所在。真正的江西宗旨在於
把握能夠融貫心性與創作形式的精微而明晰的象徵能力,所謂"調
脈之妙,出乎一手",能"包容衆作,本以新意",所謂"門固有伐,業

────────

①　胡仔《苕溪漁隱叢話》前集卷四十八引,《叢書集成》本,頁326。
②　同上書,頁326。

固有承”，是以心傳心的一家之學，而非任何可以具體交付之“法”。

心法意識一旦生了根，很容易就把寫作與參禪相提並論。孫覿云：“元祐中……江西詩派，如佛氏傳心。”①禪宗本來就是這類心法架構的典型②，在心法思維下，詩人以禪宗傳承的觀念附和呂本中所謂的“法嗣”③，也不足爲奇。在黃、呂“句法”、“活法”、“悟入”等觀念氛圍下，詩人從“以禪喻詩”、“以禪說詩”到“學詩如參禪”的共識，④這個歷程證明了“心法”默會之學的自覺與詩學發展之内在動力的關係。

“句法”之學以方法論的自省，而不是價值重建的方式，防堵宋詩異化的可能。“技進於道”的宗旨是“道”在“技”中，在專業的操作中實踐。整個心法式的觀念族羣，以寫作中人格主體的自覺，完整地支持了詩歌作爲人爲制作的意義。在這種方法論下，也回頭決定了專業領域的評斷標準不是技術之精撰巧構，而是表現力（明晰象徵本體的符號創造能力）之突出。對“思深緒密”的杜詩是這樣看，對“寓意高遠”的陶詩也是這樣看，對蘇軾、對黃庭堅，對所謂“江西詩派”的詩人，也是一樣。

在這意識之中，價值信念與寫作的工具理性已融貫一體，“技進於道”對專業領域一個重要的意義是，在某種程度的自覺下，價值理性的反省亦可以推進促成工具理性的成就，而工具理性的實踐亦能夠涵養豐富價值理性的信念。這種認知心理的文化意義，

---

①　《西山老人文集序》，《鴻慶居士文集》卷三十，《宋詩話全編》頁 2817。
②　參見筆者《從菩提達摩到大慧宗杲——一個禪學認識架構的歷史形成》。
③　詩人以禪宗傳法的觀念比附詩歌淵源的情形，可參見筆者《禪宗與宋代詩學理論》，頁 211。
④　關於這時詩禪交會的内涵及其共通的認知架構，請參見筆者《禪宗與宋代詩學理論》一書。

使得"江西詩派"不僅僅是"詩派"那樣的一個詩人社羣或觀念社羣，而具有籠罩一個時代的典範網絡的意義。在這意義下，江西詩學的觀念演變，代表了詩歌專門之學的意識興起後，與文化情境反省辯證而發展成熟的歷史進程。

　　瞭解到"心法"意識是決定典範的操作基質後，對於往昔"江西詩派"研究中常見的疑難，如"江西詩派"的義界，宗派圖成員的爭議，惠洪、范溫爲何不被吕本中列入宗派圖中，"瘦硬生新"或"流轉圓美"才是江西詩派的理想風格，"奪胎換骨"、"點鐵成金"是否爲其運作原則，諸如此類的爭議，或可在此思考下有一合理的解釋。在這個基礎上，我們才能夠貞定明確的研究標的，探討真正文學史意義的、或是文學型態意義的"江西詩派"。

卷 叁

前"江西詩社宗派"期

——從"古文運動"到黃庭堅詩學

這一卷,要説明以下這些觀念:

1. "江西詩派"是一個"典範"網絡的歷史形成。

2. 這個典範網絡的理想模式是一種"符號表現"的詩學型態。

3. 這個典範網絡以一種默會之學的"心法"意識作爲其心理驅力,也就是典範實踐的操作基質。

4. 這個典範的形成,是詩學回應歷史挑戰的結果。

5. 這個歷史挑戰,便是中晚唐以來文化上"人文反省"與詩學"形式覺知"的緊張關係①。來自文化思潮和文學專門之學的對諍是這時詩學最重要的課題。

6. "古文運動"是詩文領域中可藉以"察於事變",觀照兩者對諍關係的徵兆。同時它又是一個以其文化與文體改革的成果成功回應時代挑戰的典範。

7. 韓柳古文運動,以"道—意—文"的實現模式樹立了文章解決"文"、"道"對諍的典範。

8. 這典範效應影響到詩歌,詩學在自有的處境下,吸收了古文運動的典範效應。逐步深化、凝聚這模式中"主體表現"與"形式表現"的實質內涵。詩學中主體意識、"文"、"道"思考、及"辭"、"意"的象徵觀念更加深厚,"道"與創作主體之間、創作主體與"文"

---

① 這兩個觀念借用自龔鵬程《江西詩社宗派研究》,指稱中唐以降詩學整體特徵中並存之兩種表現。筆者認爲這兩個觀念足以概括這時期詩學的時代挑戰,這兩者,一個是文化環境的要求,一則是詩歌專門之學的時代條件,兩者的對諍是這時詩歌發展的主要脈絡。

之間的辯證省思更加成熟。

9. 直到黃庭堅，其"道—主體—文"的詩學型態統合了詩歌的"所表現"與"能表現"，以一種成熟的"符號表現"的詩歌美學型態，圓融地整合了語言形式與人文主體的辯證。同時在文化期待與藝術成就上滿足了"人文反省"及"形式覺知"的歷史要求。

10. 黃庭堅的"句法"觀念，則是提供了這個詩學型態具體的認知架構，奠定了詩學"心法"式的默會致知的方法意識，成爲日後"江西詩派"典範的操作基質。這就是江西詩學，一個成功回應歷史挑戰的詩歌典範。

要說明黃庭堅與"江西詩派"如何成爲一代詩學"典範"，便得從先典範時期詩壇最想要解決的問題談起。時代的困境形成後，歷史便會自行調節其手段以達目的，也就是歷史"合理化"的發展。本卷所論述的，便是詩學在因應歷史挑戰的"合理化"過程中，如何形成了這符號表現與默會之學的典範網絡。

從詩人的"談辯論域"①來看，這時期的歷史挑戰所引出的核心問題便是"人文反省"與"形式覺知"的緊張關係。前者是整個文化環境的趨向，後者則是詩歌在中晚唐之後專門之學的成就。

---

① Discourse，或譯爲"論述"，"據以指稱：作爲制度、文化或文化實踐領域特徵的思想模式和語彙；一種知識模式或趨勢；藉以區分不同的研究領域；或是用來辨別不同社會羣體或場合的語言。"彼得・布魯克(Peter Brooker)《文化理論詞彙》(*A Glossary of Cultural Theory*，王志弘、李根芳譯)，頁 120。此處借用余英時《朱熹的歷史世界》裏的用法，稱爲"談辯論域"，指稱某些文化實踐領域裏的思想模式和語彙，它們形成了這個領域裏論述的認知基質或慣性，甚或形成一種特有的知識模式或趨勢。本書認爲：詩學獨特的"談辯論域"，是由作爲一切制作的釋義基礎的當代文化環境，與詩學系統的歷史發展，共同造就，這"談辯論域"也就是這時詩學議題、詩歌論述據以成立的意義氛圍。

任何學術不會自外於它的歷史條件，詩學因應這歷史條件的過程與結果，正是這一論題最顯著的線索。"江西詩派"，正是詩學因應歷史挑戰的結果。"天下無雙雙井黃"（楊萬里語），江西詩學的流佈，代表了應接歷史挑戰的成功；在江西和宋代詩壇的動態交接中，進一步呈顯了這種成功所蘊含的理論內涵與歷史價值。

　　"文"、"道"問題，是這個對諍過程的主戰場，它的歷史典型，就是古文運動。以"道"論述為代表的文化反思，和以寫作成就為代表的文學藝術認知，之所以對諍，是因為一直以來，總是把"文"、"道"看作是兩種實體，以討論其本末首從的關係，這樣的文道論述，其實隱含著視"文"、"道"為"工具"與"本體"的關係。即使文論家常用的是根深葉茂這類的有機體般的論述，然而在"文"、"質"孰輕孰重，或者"文""道"相不相稱等等的問題的爭論中，基本上就是以一種二元實體下"工具"與"本體"的關係為前提。對諍源自於工具與本體之間不可避免的對立緊張。

　　一直到古文運動疏通了"文"、"道"的角色，把焦點從兩個實體轉移到兩者互為"表現"的一體的關係上，問題的實質作了一種格式塔的逆轉，這種轉變同時也改變了"文"、"道"各自的內涵（詳見本卷第三章）。

　　古文運動縮繫了文化與文學之間的關係，但"文以貫道"的張揚，也凸顯了"文"、"道"論述中原有的緊張對立，並因此刺激了兩者之間朝向圓融的表現關係所必要的辯證整合。表面看來，"文"、"道"還是常被作為對立的論述，然而在古文運動所帶來的"道─意─文"的文化語境和實踐效應下，文中之"道"，從"道─文"這樣的"內容表達"，轉變為"道─作者─文"這樣的"位格表現”①，無論是創作成果或理論主張，都深化了表現關係的層次，也打開了文道的詮釋界域(詳見本卷第三章)。

以這“主體表現”的認知爲樞紐，古文運動解決了散文這一文體的時代問題，也爲文學改革立下一新“典範”②。和文論一樣，宋代詩論也是在這文化思潮和文學演變相互衝擊與對話的大環境下，在應接歷史條件挑戰下所選擇的結果。從“古文運動”到黃庭堅，詩學也在這“主體表現”的典範氛圍中，逐步深化符號表現的趨向，完成了詩學自身的轉化，參與了一代典範網絡的建構。而它的具體成就就是“江西詩派”。江西詩派，和古文運動一樣，是作爲這個大環境的挑戰下詩文革新運動的“果”而產生的。並且它承接著古文運動這個典範網絡，包括：“道”、“意”、“文”的特殊語境；因爲“道”的人格主體化，形成了詩文中“道—意—文”的主體表現模式；詩文作爲“文化符號”的符號意識；創作的藝術形式及表現效應等等。循著這個脈絡，發展出黃庭堅符號表現型態的詩學：以“符號象徵”的關係整合了詩歌的“道”與“文”；並以文化内化和形式表現律定了這符號象徵的實質内涵，解決了“文”“道”間形式發展與人

————————

①　這裏所說的“内容表達”與“位格表現”，即卡希勒符號形式哲學中關於藝術創作所說的“對象表現”、“位格表達”兩種層次，卡希勒(Ernst Cassirer)以拉斐爾名畫“雅典之學園”爲喻，說明這兩種層次的劃分，並指出它們在透顯人類文化真正的深層向度上，皆不可缺少。參見卡希勒《人文科學的邏輯》(關子尹譯，臺北：聯經出版公司，1994.12)頁69—71，以及其註17譯者的說明。“位格表現”這一層次才是創作者主體的自我展現，主體心靈對世界的獨特的理解。

②　孔恩說明他在《科學革命的結構》一書中所用的“典範”(paradigm)實有兩義：一是指“典範”網絡，即社羣所共享的信念、價值、技術等等構成的整體；另一則是在典範脈絡中“示範性的過去成就”，足以作爲其他問題之解答基礎的具體模範(見是書“後記-1969”)。筆者在此所謂的“典範”兼有此二義，不僅指古文運動立下一個好模範，成爲文學思考仿習的對象；同時也指古文運動在回應歷史挑戰的同時，彰顯了文學上新的成規、新的認知基質、思維架構，這種種形成了一代創作或論述所以滋長的意義場域。

文表現之間的緊張，完成了詩歌一家之學與文化薪向之間的辯證
統一。

　　這一切，是從黃庭堅到呂本中所確立的"江西詩派"典範網絡
的歷史動因。

　　爾後種種宋代詩學特別的議題："技"、"道"（價值理性與技術
理性之間的緊張）的辯證；以工夫、境界律定"技進於道"的"技"、
"道"關係，完成"技"、"道"的統一；詩學中的"工夫"、"境界"、"活
法"、"悟入"等等"道論述"，以及整個"江西詩派"的觀念，便都是在
這個典範網絡中，"符號表現"的理想模式及"心法"的操作基質發
展出來的。

第一章 "人文反省"

——從儒學的"客觀化"到人文主體的自覺："道""意""文"人文語境的形成

本書借用"人文反省"以概括中唐以來文化發展的特徵,這條路程,發源自文化傳統的自覺以及追求人間秩序的合理性,而致力於貫通宇宙形上與人文創制,此即儒學的"客觀化"——開展"道"的經驗實存的內涵。這使得"道"的實質被充實以深具人格主體意涵的"意",在此語境下"道"的存在實同於"意"。

隨著儒學進路由"外王"轉向"內聖",道的"客觀化"由刑政法制民生厚宜轉向文化傳承及個體生命的完成,以人文主體意識的"意",根植於文化環境裏。儒學的客觀化以此促成了文化中人文主體的自覺。在這文化語境下,"文"的寫作,也更具人文制作的觀念,更加強調"文"表徵文化與作者價值意識的功能。在"意"的中介下,"道"以"文"的主體表現的方式一步步走向歷史文化的自我開顯。

在這種"人文制作"的書寫意義下,形成了一個自覺地重視人格主體性與文化符號表現的"道"、"意"、"文"關係論域,"文—(表現)—意"、"文—(象徵)—道"的觀念逐漸浮顯,逐漸促成了本體理解、主體意識與符號形式之間辯證意識的成熟。

第一節　從儒學"客觀化"到
人文主體的自覺

　　本節將要説明：中晚唐以來儒學"客觀化"的追求，使得"道"落實爲人間性的經驗實存，落實爲人格主體的"意"；儒學往"内聖"的轉向，又使得"意"更涵蘊了文化意識及個體實現，也就是("士"、創作者)人文主體的自覺。

　　本章所謂的"人文反省"，指的也就是：在這時的"道"、"意"、"文"的文化語境裏，文學所要指涉的"道"，已擺脱形上詮釋或經典傳統的詮釋，而由這人文主體的自覺所取代了。①

一、"道"的"客觀化"②與人間性

　　"古文運動"在文化上最重要的成就當然是儒學的復興。而這場儒學復興運動一開始的歷史動機，與儒學尋求"客觀化"有很大的關係。也就是以儒學爲代表的文化傳統在當代歷史條件下如何自我開顯的問題。

---

　　①　在後文將要提到的江西詩學所呈現的"符號表現"詩學型態，這就是其中"情感概念"("文"所象徵的本體)的實質内涵與歷史淵源。

　　②　本書用"客觀化"一詞所指稱的是：某種價值本體透過可感知的形式開展，其精神可以完全開顯，成爲人類世界能夠觀照、思維、理解與掌握的對象，這並包括了由此種理解能力而來的對客觀世界的調節、管理、創造與控制等影響力。

　　本書認爲這時期不斷强調"道"與它在政治、文化上的落實，便是屬於典型的"客觀化"的問題。而中晚唐以後的"文道"問題，正是以"道"的如何"客觀化"爲關鍵，是由於文化的尋求"客觀化"而產生。這些全須放在時代"客觀化"的共同趨向中才能相應地理解。

　　被學者稱之爲"人文反省"的中晚唐文化思潮,起於文化傳統的自覺。而此文化自覺之實質,亦離不開當時振衰起弊、重新建構政治社會秩序之迫切需求。① 余英時説:"宋初古文運動自始便將韓愈的原始論旨轉入重建秩序——所謂'堯、舜、三王治人之道'的新軌道之中。"②從古文運動綿延到北宋的文化改革,與"治人之道"是分不開的。

　　而這個以儒學重建人間秩序一個關鍵是起於文化自覺的"道",也就是代表文化傳統的儒學之"道",與理想的人間秩序(政治教化)的關係究竟爲何? 從這個面向來看,這場文化改革一項重要的實踐意義是: 包括政治、社會、教化種種"刑名法制",也就是所謂的人間秩序,與作爲傳統文化之代表的儒學到這時已出現極大的悖離,甚至於在佛教等外來因素的作用下③,兩者之間有斷絶的危機,因此儒者企圖扭轉頹勢,建構代表文化傳統的儒學與人間秩序的關聯,尋求儒學之"道"與人間秩序的意義聯繫。

　　因此,從某種意義來看,這場綿延至北宋的文化改革風潮,其實是在建立儒學與政治教化等"刑名法制"的新關係,彌綸經學詮

---

　　① 　龔鵬程謂此時啟導兩宋先途的元和風氣,乃"藉文化與社會之反省而重建社會秩序"(頁114),而在文化思想上表現爲固有文化之自覺,及歷史傳統之意識。見氏著《江西詩社宗派研究》"第二卷 肆、文化思想之轉變與突破"。
　　② 　余英時《朱熹的歷史世界》"緒説",頁103。
　　③ 　佛教傳入中國當然由來已久,然而它對傳統文化的衝擊,乃至對於主流價值地位的"威脅",直到這時期才有嚴重的影響。無論是北朝佛教與道教的權力之爭,或南朝充滿華夷倫理道德之辨的"形神論爭",都還未造成整體文化的危機感,且這時中國對佛學的消化還未完全,還談不上對文化價值主流的威脅;然而到了中晚唐時期,中國佛學已完成整體的理論架構,宗教組織也普及而完備,這時的佛教對社會價值信念的影響,已遠遠超出宗教信仰、禮制經濟等層次,刻正深入社會的上層建築——文化的主流殿堂之中。也就是這種文化危機感和主流地位的動搖,促使宋代的排佛更深刻地超越韓愈所排之"檀施供養"之佛,而進入到反對"明心見性之佛"。

釋傳統之"道"與人間治道之間的罅隙,以期建構"合理的人間秩序"的努力。"從現代的觀點説,古文運動屬於文學史,改革運動屬於政治史,道學則屬於哲學史……深一層觀察,這三者之間却貫穿著一條主線,即儒家要求重建一個合理的人間秩序。"①這就是"道"如何"客觀化"的問題。

當此之際,價值的本原開始落在人身上。並且在以人事爲主導的眼光下,開出天人關係和宇宙秩序之思考。韓愈(768—824)、柳宗元(773—819)、劉禹錫(772—842)三人往返答辯之"天説"、"天論",可以爲這種思維的代表。《天説》中,柳宗元認爲天地如"果蓏、癰痔、草木"等無知之物,故人事"功者自功,禍者自禍",人應"信子之仁義以遊其内,生而死耳,烏置存亡得喪於果蓏、癰痔、草木邪?"劉禹錫則主"天與人交相勝","天之道在生植,其用在强弱;人之道在法制,其用在是非",而"法"則是"人能勝天之具"。一切自然必"因物而後見",萬物自有其"數"與"勢",這"數"與"勢"便是人所藉以將無形的自然世界客觀化而掌握之的關鍵。人就是能掌握萬物所形之"數"與"勢",而能"用天之利,立人之紀"。②

柳劉兩人基本上都是以"天"爲物理自然,而把價值本原歸諸於人,以及人自身的法度創制之能。③這時所關注的"天",就不是

---

① 余英時《朱熹的歷史世界》,頁79。

② 《天論》,見瞿蜕園《劉禹錫集箋證》以及其内所附柳宗元《天説》和《答劉禹錫天論書》(上海:上海古籍出版社,1989.12),頁138—148。學者常以後來成熟的心性論觀念範疇來看韓柳等人,致認爲這時心、性、情等説法尚屬膚淺,或者認爲柳、劉等爲荀子一派之"唯物論者",然而筆者認爲,心性論體系是後來從道學發展出來的,它未必是韓柳學説的本衷;而韓柳劉等人也没有明確的物質決定論的色彩,稱其"唯物論"有待商榷。反倒從"人間秩序"的重建來看,説他們是重視人事,以人爲本的人文主義或較合於其儒者的本懷。

③ 也就是出自這樣的天人觀念,對於宇宙秩序的思考自是不同於"人文之元,肇自太極"(《文心雕龍·原道》)的立場,當然也就不會認爲"言之文也,天地之心"。

神妙難測而作爲人事本原的天；在這種宇宙秩序下的"道"，也不會是形上超越意義或五經註釋傳統的"道"。反而，它是扣緊人事經驗意義的"道"。

如柳宗元《時令論上》所說："聖人之道，不窮異以爲神，不引天以爲高，利於人，備於事，如斯而已矣。"這種意義的"聖人之道"[①]，一直持續到歐陽修講"六經之所載皆人事之切於世者"[②]，也是如此，是切合於人事，能夠開物成務的"道"。

在强烈的"道"需落實在人間秩序的意識下，學者重新思考"道"與人間秩序究竟是什麽樣的關係，尋求"道"與人間性的聯繫。因此，"道"如何以人間秩序的形式開展自身，這種以經驗實存的形式將"道"對象化、客觀化以掌握抽象不可知的"道"，成爲他們重新思考"道"的問題的起點。

一反六朝以經籍訓詁建構儒學之"道"，中唐以來，幾經審時度勢，反省歷史興衰之"幾"，士人企圖把"道"的理念導向人間現實，要求經典傳統與禮樂刑政等政治設計更爲切實的結合。從

---

① 朱剛在《唐宋四大家的道論與文學》（北京：東方出版社，1997.10）裏提到：從啖助到柳宗元的春秋學裏提出的"堯舜之道"，是在當時士庶階層的抗爭中，庶族爲對抗以"禮"爲主體的士族之學，提出"堯舜之道"，以"本民情以斥周禮"，超越三王與周公之"禮"教，越過周禮所代表的三代之治，而直以"堯舜之道"爲標的，追求"原情革禮"的正當性。見是書"第二章　從啖助到柳宗元的'堯舜之道'"。對此，一方面他們抬高了"道"，"道"的內涵超越了三代代表的禮學，另一方面，這"道"又更切近人事法制。原來禮學本就有通經致用的目的，在名物訓詁之外，也有"參酌古今以措事宜"的經世之用。但從詮釋學的意義來講，經過了兩漢到六朝的士族家學的發展，在註解、訓釋的傳統下的五經中的"道"，已經自成一個封閉的詮釋系統，自成一個從文本到文本間意義遞延的圈子，這當中可以脫離"人"的實踐性，而仍然無礙五經之"道"在文本自身的展開。這也使得"道"的內涵被限定在文本（五經原典與各家注疏所形成的）傳統中。這也可以解釋縱使經學有著"通經致用"的宗旨，文學有著"原道"、"徵經"、"宗聖"的觀念，爲何六朝的文物制度、"文"、"道"關係，始終不曾對"道"產生意義的反饋。這種反饋，包括質疑、批判以及由此而來的新生的能力。而宋人疑經之風重要的意義也在這裏。

② 《答李翊第二書》，《歐陽修全集・居士集》卷四七，頁319。

影響柳宗元及其政治集團的啖、趙春秋學，到韓愈的“教道合一”，這股不同於以往的詮釋風潮，反映了儒學積極尋求“客觀化”的歷史氛圍。

在這種眼光下，“道”不再是高懸的、形而上的指導，從韓柳開始，就有“道→透過人文法制→建立（政治、社會、文化等）人間秩序”這樣的意識。

韓愈之“道”，必與“教”俱。[1] 禮樂刑政，皆是教化生民之道，皆是“相生養之道”。“道”存在於、行於仁義禮智刑名度數之“教”裏，這也就是韓愈“教道合一”的精神。文化中的“道”，“直指人倫，掃除章句之繁瑣”[2]，“道”不再拘泥於名物訓詁的求索中，而體現在百姓所以教化生養之經濟物宜的設計裏。

如《原道》所謂“仁與義爲定名，道與德爲虛位”，這種“定名”與“虛位”的關係，揭示了韓愈所倡之道，必須以一種人文制度上的可實踐性爲具體内涵，“道”與“德”固然是形上本體，然而它必須落實在“仁”與“義”這樣的倫理規範上，這和他用倫常關係等社會性來定義“人”一樣，道的實存是以在社會或政治意義上的客觀實現爲條件的。

宋初學風以講明人事，推闡王制，接上了中唐以來以禮樂刑制、教化人倫爲嚆矢的儒學“客觀化”的追求。宋儒“通經致用”的作法，便是以重視人事器物爲始，迥異於漢魏經學之章句訓詁，六朝學術之文物考辯等等在經籍中求“道”的路數。

這種“道”落實於人間，正如吕温（772—811）所説：“豈徒受章句而已，蓋必求所以化人，日日新，又日新，以至於終身……所曰

---

① 參考朱剛《唐宋四大家的道論與文學》“第三章 韓愈原道的研究”。
② 陳寅恪《論韓愈》，收入《金明館叢稿初編》，頁287。

《禮》者,非酌獻酬酢之數,周旋裼襲之容也,必可以經乾坤,運陰陽,管人情,措天下者,某願學焉;所曰《樂》者,非綴兆屈伸之度,鏗鏘鼓舞之節也,必可以厚風俗,仁鬼神,熙元精,茂萬物者,某願學焉;所曰《易》者,非揲蓍演數之妙,畫卦舉繇之能也,必可以正性命,觀化元,貫衆妙,貞夫一者,某願學焉;所曰《書》者,非古今文字之舛,大小章句之異也,必可以辯帝王,稽道德,補大政,建皇極者,某願學焉;所曰《詩》者,非山川風土之狀,草木鳥獸之名也,必可以警暴虐,刺淫昏,全君親,盡忠孝者,某願學焉;所曰《春秋》者,非戰爭攻伐之事,聘享盟會之宜也,必可以尊天子,討諸侯,正華夷,繩賊亂者,某願學焉。"①這些全是具有具體人事內容的"道",是可以用人文刑制掌握理解的"道"。

"道"需見乎"制度"。以人事與法制表現六經之"義",正是聖人之"道"客觀化的體現②,宋儒從歐陽修的復古開始,便重視立"制度",也就是禮之"義",以人事上的"君臣上下禮樂刑法"③來界定"道"的實踐意義。

如同中唐春秋學的原情斷禮,是爲政治上術兼王霸、守經制權之用作準備;宋人在學術上據《春秋》以斷禮,一是重在追究禮"義",有別於六朝隋唐之考明節文;另一方面又因爲《春秋》是"禮之見於事業者",爲政治建設的範本。④ 宋人與禮制相關的主張,都從探索禮之"義"與聖人之"意"中來,而不再像六朝禮家那般拘拘於名數節文。

---

①　《與族兄皋請學〈春秋〉書》,《全唐文》(十三)卷六二七,頁 8044—8045。

②　余英時:"二程之前,北宋儒學的主要傾向是通過解釋六經以'推明治道'"(《朱熹的歷史世界》,頁 394),意義也在此。

③　歐陽修《與張秀才第二書》,《歐陽修全集·居士外集》卷十六,頁 431。

④　朱剛《唐宋四大家的道論與文學》,頁 82。

　　這也就是歐陽修所强調的：“聖人急於人事者也，天人之際罕
言焉。”①六經爲“道所存也”②的意義，不是因爲先天超越的神聖
性，而是因爲它們是“道”的歷史實踐：“夫性，非學者之所急，而聖
人之所罕言也。《易》六十四卦不言性，其言者動静得失吉凶之常
理也；《春秋》二百四十二年不言性，其言者善惡是非之實録也；
《詩》三百五篇不言性，其言者政教興衰之美刺也；《書》五十九篇不
言性，其言者堯、舜三代之治亂也；《禮》《樂》之書雖不完，而雜出於
諸儒之記，然其大要治國修身之法也。六經之所載皆人事之切於
世者，是以言之甚詳。至於性也，百不一二言之，或因言而及焉，非
爲性而言也。故雖言而不究。”③

　　對歐陽修而言，“道”必即其人類心靈的經驗形式而實存。以
符號哲學來看，“客觀化”同時也意味著“中介化”④，一切對象只有
通過人類心靈的特殊組構方式（如某類思維邏輯或概念）爲中介，
才得以被界定、便辨識、被認知。儒學之“道”，如果不想被高懸在
經學的注釋框架裏，在形而上的五經世界裏被架空，“道”必須尋求
中介，向客觀化開放。教化生養等人間事業在這裏已有著表徵
“道”的人文符號創制的意義。

　　“道”具體表現在法制中，人文法制就是“道”的自我展示。歐
陽修以“行古之教”來“復古之道”，也就是説，經典是聖人之“道”所

————————

　　①　《歐陽修全集·易童子問》卷一，頁 562。歐陽修把“性”定義爲“天人之際”，
仍近於六朝存有論式的定義，這與後來理學家多以心性論言“性”不同。所以站在他重
視的人文立場，才會説“夫性，非學者之所急，而聖人之所罕言也。”無論是歐陽修或理
學家，基本上他們都不傾向從形上存有談“道”的。

　　②　《詩解·統序》，《歐陽修全集·居士外集》卷十，頁 431。

　　③　《答李詡第二書》，《歐陽修全集·居士集》卷四七，頁 319。

　　④　卡希勒（Ernst Cassirer）《語言與神話》（*Sprache und Mythas*），于曉譯，
頁 183。

以客觀化的文本，“行古之教”在掌握這可以客觀化的具體文本或法制，也就是扣緊了文本以及客觀法制來“復古之道”；不再以先天的“道”或“性”的（傳統儒者的）認定來規定文本意義，而反過來，是用這些文化創制來解釋“道”的所有可能的内涵。

當王安石説：“古之聖人，其道未嘗不入於神，而其所稱止乎聖人者，以其道存乎虛無寂寞不可見之間，苟存乎人，則所謂德也。是以人之道雖神，不得以神自名，名乎其德而已。夫神雖至矣，不聖則不顯。……故神之所爲，當在於聖德大業。”①這時已意味著：“道”這本體，不是獨立自存自顯現的，而必須透過某種社會形式，也就是“人之道”表現出來，也就是某種“客觀化”的過程，無論是人事法制、禮樂節文，甚或是王安石所謂的聖人德業，“神雖至矣，不聖則不顯”；而這“人”的德業，也只是“名”，並非“道”本身，“不得以神自名”，也是這個意思。王安石和歐陽修同樣地，把這溟漠虛無不可見的“道”與人間事業的關係，看作是“本體”與“符號”的表徵關係。

如果説，六朝學術，無論是名理辨析探討“道”的形上存有的一面，或是“我注六經”，講求名物訓詁節文大義的經學，都是籠罩在“道”的客觀普遍而恒常的性格下，“道”自在“道”，一切詮釋，只是爲既定的永恒之“道”下註腳；這時期“言不盡意”的認知，正代表了在人朝向“道”的思維中，意識到有限而具體的“人”與形上真理間的隔閡，因此産生了人對真理的認知表達能力的懷疑。

相對於此，中唐以來以人事德業定位“道”的思考，則更有些“道成肉身”的意味，無名無形的“道”只能由人間秩序展現，要在人

---

① 《大人論》，《王安石全集》卷四十一，頁 126。

類創造的人間秩序中完成。這人間秩序與"道"的關係,正如韓愈"仁與義爲定名,道與德爲虛位"這種"定名"與"虛位"的關係,是實現原則與本體的關係。人間秩序,是"道"這本體所以實存的象徵形式。

雖然宋人對韓愈的道論頗多批評,但至少在這時期,宋學的基本走向,的確和韓愈是一致的:將客觀實存而縹緲茫漠不可見不可形的"道"①,以人倫德業或社會政治的設計來具體定位,"道"於是可以透過人文法制得以認知、可以人事地把握、人文地實現。

儘管整個儒學走向後來轉移到了"內聖"的一面,然而,從柳宗元的"輔時及物"②到宋初儒學偏重於政治、文化秩序的重建,以至於王安石以"新學"爲基礎的變法,在以"道"爲名之下,這一條余英時所謂"合理人間秩序的重建"的主線貫串整個了古文運動到北宋道學,這個"推明治道"的一致本衷,意味著"道"是以人所創設的制度節文等來定義的。這原本就是一個以人間秩序定位儒學宇宙觀的"客觀化"問題。換句話説,這時期也是對"道"以人間性的立場重新定義,重新理解的一場風潮。我們所熟知的"文以明道"、"文以貫道",也正是這場風潮中"道"與人間性的聯繫中的一環。

然而我們知道,一切價值,要客觀具現於社會運作時,"工具理性"③的建構是一個關鍵的進程,包括制度、法則、以至於效率的計算等等。但是這時政治上的焦點一開始就集中在價值理性的討論,黨爭、學派的對立所引發的爭論,都無涉於工具理性層次,遠不

---

① 這指的是"道"本體自身不可見不可形,却並非不能透過形式客觀化而體現。
② 《答吳武陵論非國語書》,《柳河東集》卷三一,頁 508。
③ "工具理性"、"價值理性",見本書卷貳第三章。

如這些爭議在價值理性上的深度。學術上，宋儒終於成就了"惟精惟一"的心性論的探討，却没有聯繫著政教法制開出工具理性式的反省，以達到"道"能開展出的對客觀世界的把握。

"外王"的大業後來轉向宋儒認爲是根基問題的"性命之理"，使得原來"政治、社會如何作爲'道'的具體實踐，如何能成爲'道'的自身開顯的形式"，這樣的關注被轉移了，也就是説，使得應該由此産生的"道"與政治、社會相關的自我調控、自動運作的制度、操作效益等等的"工具理性"式的討論被忽略了，在某種意義上，這是一種儒學"客觀化"的中斷。

"推明治道"的本衷，雖未能完成，然而"客觀化"的意圖，却使得儒學更深刻地思考"道"的認知與把握；失去了政治社會的戰場，"客觀化"的目標更偏向於文化，以"師"與"士"等文化主體爲中心，轉向人文"主體性"及"符號化"，以"立言以盡意"的進路繼續開展了"道"的人文實存。這使得，在政治社會層面未能完成的客觀化①，却因緣際會地，在文化層面以"道"的人格内化與符號表現的方式，繼續著儒學客觀化的歷史使命。

────────────

　　①　這種"客觀化"的意識，不僅是伴隨著政治改革而出現在廟堂之上，甚至更普及於地方與民間的社會生活的設計中。如范仲淹首創的"義莊"，張載弟子吕大鈞、吕大臨兄弟建立的"鄉約"，以及倫理道德的意義大於血統的族譜的編撰（龔鵬程認爲唐宋譜牒的變遷反映了宗族觀念從六朝隋唐宗族觀念唯血統是尚，轉變到注重宗族内部之倫理道德，"透過族譜，可以把一個血緣族羣轉化成道德團體；而這種道德團體，不但是構成社會的主要基幹或基本單位，整個社會中的組織關係，也以此道德血緣團體爲模型"。《思想與文化》，頁284），這種種反映了把儒學理念具象地以社會生活型態來表徵的努力。

　　從儒學"客觀化"的角度來看，當作爲學術嚆矢的"内聖"之學推闡至"惟精惟一"的同時，這些"用禮漸成俗"的有意地制度化、普遍化的社會設計，代表的不僅是士大夫由上而下的風行草偃式的濡染之功，更是"道"要求落實人間以求存的努力。如果把這兩面看成是宋學的雙輪，尋求客觀化的路徑以"開展""道"的意識始終不比宋人的"内聖"之學遜色，或者説，"宋學"的内容與形式正是在這兩面的辯證當中開展出來的。

北宋詩文革新運動的實踐基礎便是奠定在這氛圍中，而在以
"文"明道、貫道的標的下，結成人文符號化的成果。這也就是我們
所熟知的文化中"文以載道"、"文與道俱"的真正內涵。

二、從"內聖"到人文主體的自覺

"道"既以人間性爲基礎，於是，在"道"與政治教化關係的思考
中，"人"成了具有決定性的重要因素。這種具有個體實踐意義的
"道"的內涵，由"教"與"師"的地位確定下來。韓愈提倡師道，"以
教傳道"的精神揭示了這個認識，"師"，正是以作爲儒學客觀化的
實踐主體而獲得重視。

"師"，以及由此彰顯的學術的個別性、非客觀仿習的特徵，並
非韓愈的獨見。柳宗元《與李睦州論服氣書》①，舉了操琴與書法
的例子，說明學者就算能依循故書舊譜，孜孜矻矻勤學不已，然終
究因"學無碩師"，爲學"無所師而徒狀其文"，則"其所不可傳者，卒
不能得，雖窮日夜，弊歲計，愈遠而不近也"，卒一無所成。

在這類"師"道的觀念中，凸顯了"學"有其非普遍適用而不可
明示的主體內涵。這種學授的主體性同時也意味著任何文化成果
的學習，不是文本式的，沒有客觀而可取諸文本的法則可交付，
"道"更不是既定地存在於現成的詮釋中，它們無一不是透過主體
實踐開顯出來。韓歐提倡"師道"，以"教"傳"道"的精神彰顯了文
化實踐中人的主體性。②

"道"的觀念當然會決定傳道的作法，然而，方法往往也會回頭
制約了所傳的內涵和價值；無論是文以載道、明道、貫道，儒學之

---

① 《柳河東集》卷三二，頁521。
② 這種主體性爲後來的"心法"意識，以心印心式的師法傳承備下心理基礎。

"道"的内容當然與傳統儒家有其一貫相承之處,然而這時期歷史實踐下獨特的傳"道"的方式反過來也回饋了所傳之"道",也就是開出了"道"的人格化的獨特内涵。"韓愈的'道'不是那種'不爲堯存,不爲桀亡'的天理,不是出於天賦,而是來自師授。正因爲它來自師授,才能保證它以'定名'爲内容,而不僅存'虚位';也正因爲它來自師授,才會出現一個傳承的統緒。"①

所傳之"道"再也不是高懸於天的客觀義理,而是以"師"等人格主體爲中心的人文之道。此種人文之"道",即使是窮究自然物理,也是要藉以解釋人文現象,尋求人的創造力所在,並非有意於將這些自然原理提高爲人文規範的形上指導。同樣的道理,從中唐以來,對宇宙自然的好奇,在人文文本中尋找客觀自然的規律性,都是爲明天人之分、求治亂之道的努力,也應視爲建構人文文本中的"道"的歷程,而不是來自客觀理解自然天道的興趣。上述韓愈、柳宗元、劉禹錫三人的"天人之辯",就是這樣的立場。

在歷經一代學術的隳墮之後,韓愈對"學者有師"的提倡,終於扣緊了"道"與"人"的關係。"道"不再是客觀存在於文本中恒常自明的真理,"道"也將與人("師")之起落而起落。"道"的根源在人身上。人在文化傳統中的主體性凸顯了出來。到這時,廣義的"文"便不再是"天地之心"的自然之文,而更加是人文制作之文。

"師"者的主體意向,儒者的詮釋權,主導了學術傳續的活動。主觀的"意會",成了傳道的關紐。文化傳續是一種攸關個體實踐的活動。如柳宗元説馬融、鄭玄這兩位經學大師只是"章句師"罷了②,可以對照出這時"師"對傳道的意義。

———————————

① 朱剛《唐宋四大家的道論與文學》,頁62。
② 《答嚴厚輿秀才論爲師道書》,《柳河東集》卷三四,頁546。

　　儒者傳承的關鍵不再是六經等客觀文本，而是人"師"，於是以人格主體的"教"傳道代替了以經典傳道。宋代儒學的根本精神，也在這裏。程頤《明道先生墓表》就這麼説："周公没，聖人之道不行；孟軻死，聖人之學不傳。道不行，百世無善治；學不傳，千載無真儒。無善治，士猶得以明夫善治之道，以淑諸人，以傳諸後；無真儒，天下貿貿焉莫知所之，人欲肆而天理滅矣。"[1]學術的成毀扣緊了人，聖學之傳，有賴於人師。所傳之"道"，遂繫於個體人格的完成。"内聖"論域的形成，正與此桴鼓相應。

　　北宋儒學最初和古文運動一樣，專注於"外王"的問題，即"合理的人間秩序的建構"[2]，從韓柳"輔時及物"到北宋道學"推明治道"，主要都著眼於政治秩序的重建。然而，到了神宗，王安石主政之後，已經發展出"内聖"和"外王"必須兼備的意識了。在北宋道學與佛學的對抗、與王氏新學的周旋中，儒學也把自身的"内聖之學"發掘了出來。"北宋釋氏之徒最先解説《中庸》的'内聖'涵義，因而開創了一個特殊的'談辯境域'（discourse）。通過沙門士大夫化，這一'談辯境域'最後輾轉為儒家接收了下來。"[3]北宋儒學在繼承韓愈以來的"心"、"性"討論，或是士大夫"談禪"的風氣中，建立起探索"内聖"的談辯論域。[4]

　　"道"的文化語境也是在這時把"内聖"的涵養涵蓋了進來，進一步拓深了其人格主體的内涵。"性"、"命"等内聖領域中的問題，韓愈、李翺，乃至北宋初期儒者均曾探討，然而這時尚未更積極地

---

①　《程氏文集》卷十一，頁 640。
②　余英時語，《朱熹的歷史世界》。
③　余英時《朱熹的歷史世界》"緒説"，頁 142。
④　以上説法根據余英時《朱熹的歷史世界》"緒説　三、古文運動、新學與道學的形成"。

深論主體具體的人格實踐，"當初佛學只是説，無存養的工夫，至唐六祖始教人存養工夫。當初學者亦只是説，不曾就身上作工夫，至伊川方教人就身上做工夫"①。這也説明了，無論佛家或儒家，"内聖"的完成，都有待"存養工夫"的觀念成熟。直到道學家存養工夫的意識出現，心性主體的自覺才算是成熟。

　　儒釋兩家在這時都有强烈的心性論傾向。客觀的真理，可以透過六經等經典"知類明統"；主體實踐的工夫，則還要提出《大學》格致誠正這樣的實踐要領才行。在這意義下，主體實踐之學取代了知類明統之學，"四書"因此取代了"五經"傳統，成了儒學的新典範。學術關注的焦點從經典轉向修行者、實踐者，也關注實質的修行進境，這也是爲什麼理學家重視"三綱領五程序八條目"等具有主體内在體證程序的《大學》，以及站在實踐者立場上指向道的本體與境界的《中庸》，儒者大談特談在"修齊治平"背後的"格物致知"、"誠意正心"，以及《中庸》"慎獨"的問題。證諸北宋儒者講的"心法"、"密旨"，儒釋兩家都把焦點集中在傳道者的角色上，且重視傳道者作爲一實踐者、修行者的存在，特别關注産生一切行動之意義根源的主體心性。

　　儒學從"五經"時代轉變爲"四書"時代，文化上最重要的意義便是：儒學繼續在尋求"客觀化"的方向下，促成了"道"的人格内化，"道"的實存意義落實在"師"與"士"所代表的人格主體。此舉決定了在文化語境裏的"道"實質就是主體的"意"，"道"在文化語境裏的開顯就是主體心性人格的開顯。

　　"内聖"的人格實踐意味著將抽象的"道體"人格内化，以人格涵養的進境來把握，"工夫"就是這人格化的實踐下手處，而"境界"

━━━━━━━━━━

　　①　朱熹《語類》卷一二六《釋氏》。

就是這人格化的終極進境。"工夫"、"境界"等觀念,必以主體自覺爲前提,宋人的心性論述,彰顯了這個人格主體是包含了知情意,且能夠被理解與反思的心性主體。① 這種人格化,不僅是認知我的理性知識,在宋人"心性"觀念的深化下,貫穿了生命存在意識及情意我的範疇。"道"的人間實存成爲知情意全人格的存在,這使得"意"所代表的人文主體更爲整全,擴展了日後在寫作上這種人格主體的"意"的内涵,並且也爲"意"的反思性等符號性格備下基礎。

另一方面,"内聖"也造就了士人文化主體的意識。北宋儒學復興鼓舞了士人政治主體的信心,建立了"士以天下爲己任"的共識②。士人的自我存在感與社會認同成爲一體,張載"西銘"之所以爲士大夫戚戚相應,就因爲"民吾同胞,物吾與也"充分表現了這種社會存在感,政治角色上的主體意識帶來了"民胞物與"的社會存在感,也帶來了以歷史或社會的主動創造者爲自我實現的期許。士人在政治上的主體意識,也同樣發生在文化領域。

"内聖"的思路使得"道"的經驗實踐偏重價值理性,作爲"道"的主體實存,"意",由本應建構工具理性的刑政法制偏向主導價值理性的文化創造。價值理性的思考,使得士的存在感由社會羣體的認同轉向以文化創造爲己任,儒者功業由法制刑政轉向文物教化③,士人主體

---

① 這一點也就是宋人"立言以盡意"與六朝"言不盡意"的不同。六朝的"意",代表的是形上本體,即使是文學中作爲作者自我的"意",往往也是私密而非理性的,所以"意翻空而易奇,言徵實而難巧",是難以被對象化地反思或把握的。

② 余英時《朱熹的歷史世界》"緒説",頁 18—20。

③ 這並不表示士人不追求政治上的自我實現,基本上,儒者的社會實現,仍然離不開政治這一面,仍然必須在政治環境中完成。士人仍有其政治追求,只是文化取代政治課題成爲士人更深刻創發的領域,成爲更根本的存在意識。這也就是爲何宋人常常強調主體價值不隨政治或其他角色的升沉而移易,而此主體價值又往往是就其文化創造而言。

性由社會存在轉向文化存在，並以文化創制作爲自我價值的實現。

　　"士"的角色一在於他以人格主體的身份體現聖人之道，另一則在於他以人文創制、能"文"而自我實現，於是，以"文"創造文化價值表現主體人格成爲士人基本的自我存在感。因此而促成了"文"作爲人文符號的發展。

　　相較於六朝"言不盡意"的懷疑，歐陽修在《試筆·繫辭說》中反對"言不盡意"的說法，強調"立言以盡意"的立場①，正表明了這時文化語境裏的"道"與"意"已完全被人文創造的內涵所充實，宋人關於"意"的普遍意識，標示了從中晚唐以來的文化思潮，已把"文—道"問題轉化成"文—意"關係，把"文"如何表達"道"的問題，轉化成"文"如何表現人文創造的自覺。

　　這兩者——人格化及文化面向的"道"，便是當時"道""意"的特殊語境，是"士"作爲人文主體的存在內涵，同時也是創作上人文主體的自覺。這種人文主體的自覺，也就是文學的時代條件與要求。

第二節　人文自覺下的"文"——
人文制作與文化符號

　　承上節所述，"人文反省"帶來了"道"的客觀化，隨著儒學由"外王"轉向"內聖"，當韓柳把儒學從傳"經"轉向傳"道"的同時②，文章明道的書寫，從"治"轉向"教"，從頌揚聖人德業轉向聖人之志

---

　　①　《歐陽修全集》，頁 1052。
　　②　葛曉音認爲，這時期的儒學有把"道"的內涵從禮樂制作轉向道德理性的傾向（《論唐代的古文革新與儒道演變的關係》，載《漢唐文學的嬗變》）。

“意”，文化經典從“五經”轉向“四書”，文化社會裏人文主體的自覺，也成就了文化語境裏“道”、“意”、“文”的特殊内涵。在這語境下，寫作中的“意”，即爲“道”的創作實存，並充滿了人文主體的内涵；而“文”，則成了表徵“意”的文化符號。

一、主體性與“道”、“意”、“文”語境

傳統的“道”、“意”、“文”觀念，一來自易傳“立言以盡象，立象以盡意”①或玄學“言不盡意”的反省；另一則來自先秦以來廣義的“文學”觀念裏“言”、“意”、“文”、“辭”的表達關係②，這後來演變成“文\質”、“文\道”等等内容與形式技巧孰輕孰重的爭議。

來自義理的“言意之辨”，主要著眼於對形而上之“道”，人如何能認識與表達。這雖是認識論的反省，但它的結果卻使得“意在言外”成爲文化傳統的共識，成爲各種文化創作中重要的美學範疇。當它進入文學中，就化身成爲寫作中構思與表達的問題，如陸機、劉勰所説“恒患意不稱物，文不逮意”（《文賦序》）、“意翻空而易奇，言徵實而難巧”（《文心雕龍·神思》），因而欲追求“文外曲致”等精妙的傳達。

至於從先秦“文學”觀念而來的“文質”之辨或“文道”之爭，焦點更是在内容或表達技巧的問題，是文學寫作如何能滿足以“道”爲内容、如何以文學寫作作爲“道”的傳續的問題。

因此，傳統中的“道”、“意”、“文”關係，主要還是停留在“表達”

---

① 　王弼《周易略例·明象》，《老子周易王弼注校釋》，頁 609。
② 　如孔子“言之不文，行而不遠”與“辭達而已矣”，孟子“不以文害辭，不以辭害志”等説法，雖非完全針對“言—意”的表達而言，但卻成爲後人討論表達問題時經常引用的論據。

的層面,也就是"文"如何能"達意"、"達道"的問題。"道"、"意"成了作品所描寫、敘述、解釋的對象內容。

即使如陸機和劉勰,他們所謂的"意不稱物,文不逮意"、"意翻空而易奇,言徵實而難巧"等困境,也多還是屬於"表達"的問題。談文體、論神思①,講"思—意—言"的關係,是"意授於思,言授於意";"言"由"意"而來,"意"則是由"思"主導,此處的"意",關乎"理"、關乎"義"②,是臨篇綴慮的產物,却不是攸關作者主體統合、化身在語言形式與情感意會之辯證的"意"。劉勰所講的"陶鈞文思,貴在虛靜",這種"虛靜",不涉及主體人格或精神意態(spirit),而是關於實際寫作上的心智思慮(mind)的虛靜。"積學"、"酌理"、"研閱"、"馴致"都屬於認知之心的作用,還不是創作主體知情意綜合的層次。

卡希勒在他的符號形式哲學中,曾指出任何藝術作品,都包括三種存在之層次:"物理存在"之層次、"對象表達"之層次,以及"位格表現"。③ 這三種層次決定了"作品"(Werk)之所以爲人文的創

---

① 所以説他們還屬於"表達"而非主體表現的層面,除了創作論部分"況乎文章,述志爲本"(《情采》)之類的説法外,《文心雕龍‧知音》一篇更爲清楚。《知音》篇關心的是"文情",識得"文情"是要經由飽覽體式得來的,因此有賴於"操千曲而後曉聲,觀千劍而後識器",殊異於宋人常見的飽學之後玄妙的"具識"的説法。宋人雖講"飽參"、"熟參",但指的是作者情感經驗的綜合能力,並非針對文本,不會對判斷文本"平理若衡,照辭如鏡"的能力這麼肯定,要求必須經過一層昇華,才能"悟入",才能"具識",預設了文本之後某種本質的存在,如符號與所象徵的本質的關係,而強調主體的領悟力;相對於此,劉勰對於"批文以入情"就能"沿波討源,雖幽必顯"這麼有信心,則有文本中心的色彩。宋人當中,要到嚴羽,方有這麼文本中心的立場(參看本書卷肆)。

② 《神思》:"或理在方寸,而求之域表,或義在咫尺,而思隔山河"。周振甫《文心雕龍註釋》,頁434。

③ 這其中"對象表達"與"位格表現",原譯者譯爲"對象表現"與"位格表達",然筆者認爲後者更具有(美學上)"表現"的內涵,爲避免中文意會的誤謬,將其改稱爲"對象表達"與"位格表現",更能符合"表達"與"表現"的概念區分。

作,而不僅僅是自然意義下的"結果"(Wirkung),必須兼具這三種層次的理解才足以透顯人類文化之真正深層向度。前兩種層次,分別指涉作品中的質料成素、對象內容,而"位格表現"則指向"藝術家作為一位格(Person)藉對此一作品之創造而表達出之心境"①。

藉由這三種層次的劃分,可以看出,在唐宋之前文道論述中的"道"、"意"、"文"關係,主要還是著重於把"道"當作是"文"的內容表達之對象,而"意"在其中,也還未指向作者專屬的人格或心境表現,反而比較接近作品所要表達的"道"的玄思;換言之,用亞伯布拉姆斯那套有名的架構來看,這種"道""意""文"的觀念還是集中在"作品"與"世界"之間的關係,相較之下,作為創作主體的"作者"並不是這個論述語境的中心。②

文、道語境,要真正具有位格表現的意識,要正視創作主體,必須是"道"已人格內化成為"意"之後的事。以文化中文章制作的觀念來看,從劉勰仰觀"天地之心"到歐陽修體察"聖人之志"、"詩人之意",正是"道"這個"理體",向著人格內化走來的一段過程。

對兩者而言,雖然"文"的理想性都來自"道",然而,劉勰理想的"道之文"是"道—文"的直接關係,是聖人"原道心以敷章,研神理而設教","聖人"在此,並無主體積極的意義,而是這天地之心落實人間的管道。雖然他也講"道沿聖以垂文,聖因文而明道",因此講"原道"、"宗經",還要"徵聖",但正如紀昀所說,"徵聖"一篇只是

① 參見《人文科學的邏輯》頁69—71,以及其註17譯者的說明。
② 雖然傳統論述中,常有文如其人之類的說法,或如"言志"說這般以文章表達個人志意的主張,然而透過分析我們將會發現,當它們落在"文""道"項下的時候,其內涵往往是直接指向"道"的普遍性如何被表達,而鮮少意識到"表現"中必要的主體的差異性與工夫的中介轉化等問題。這種差異,在與以下對於唐宋以後的"道"、"意"、"文"觀念的解析比較後,將會更為凸顯。

“裝點門面，推到究極，仍是宗經”（紀評）。劉勰到底只有“原道”和
“宗經”。羅宗强曾精確地説明了劉勰的“宗經”，是宗聖人的“作文
之法”①，這種“稟經以製式，酌雅以富言”（《文心雕龍·宗經》）基
本上是一種客觀體製的立場，較無涉於寫作主體與文本傳釋的交
互辯證。

　　劉勰的“原道—徵聖—宗經—敷讚聖旨詳明體要”，由於是把
文本視爲一客觀之存在，像天地等自然本體，因此是一種要本諸自
然、“鎔鑄經典之範”（《風骨》）的客觀文體論的立場②，在這種立場
下，所謂的“文心”，是認知之心；所求的控引情源之“術”，要從“辨
章學術、考鏡源流”汲取普遍體式規制而來，而不是像後來黃庭堅
的“法”，是針對融貫了個別文本的主體如何自我表現而言。正如
學者所説，這種“按部整伍，以待情會”之“術”，“不是用來‘表現’情
理，而是‘控引’情理的”③。

　　相較於此，韓愈以來“文”之“載道”主要屬於義理的、互爲表現
的層面④，歐陽修的詩人之“意”，更關注“道”的文本性與主體傳釋
的交互作用，意味著“道”實存於個體詮釋與客觀文本的微妙辯
證中。

　　歐陽修《詩本義》中詮釋詩經，不守毛鄭正名別類的經訓舊義
的傳統，而直就文本（《詩經》）文義文理之指涉，探求詩人之“意”，
將“聖人之志”與諸儒講説義訓的經師之業區分開來，認爲“聖人之

---

　　①　羅宗强《魏晉南北朝文學思想史》“第七章　劉勰的文學思想（中）——劉勰的
文學觀”，頁 282。
　　②　參考龔鵬程《〈文心雕龍〉的價值與結構問題》、《〈文心雕龍〉的文體論》，均收
入《文學批評的視野》。
　　③　龔鵬程《〈文心雕龍〉的文體論》，《文學批評的視野》，頁 116。
　　④　詳見本卷第三章。

志"與"詩人之意"才是詮釋詩經之"本",正名別類等"太師之職"則
爲末①。又反對繫辭"言不盡意"的説法②,認爲自古聖賢之"意"正
是由"言"來傳達,令後人得以"推而求之","言"以盡其要,以盡其
理。這也意味著所謂聖賢之"意"就在文本中,且只在文本中而別
無文本之外不得指涉的義理。這正是他詮釋詩經時,不依循毛鄭
等訓詁傳統中所預設的先在於文本的義理系統,而重視文義脈絡
自身的融貫一致。這種"求其意"的精神,使得"文以載道"更加扣
緊了文本和傳釋主體的表現關係,扣緊了主體與作品的辯證。

　　學者對此已有明確的認識:"在歐陽修這裏,'師古'、'明道'的
時代精神化作了對創作主體的要求。在此之前,人們重視人之性
格情感、興會意氣、氣質風神等感性因素在文學中的作用……"道"
的自覺標誌人的自覺躍上了一個新層面,進入了一個新階段。新
的人格以人之理性品格的發展和社會角色的多樣化爲特徵,體現
了人格的進一步豐富和成熟。'文與道俱'就是要求把文學創作與
'爲道'的實踐,與人格的修養聯繫在一起,把文學的發展建立在整
體人格的發展上,其實質就是爲了適應中唐以來士大夫社會存在
和意識型態發展的歷史要求。……宋代文論特別注重人格的修
養,重視識見、學問的作用,注重主觀能動性的發揮,注意在藝術的
層面考見人的格調、趣味,這些都反映了文學主體意識的加強。"③

　　在《答祖擇之書》中,歐陽修説"師經必先求其意",就是這種精
神,接上了韓愈"師其意不師其辭"的本表,並且更加地把文道關係
的焦點從客觀對象的"經"書向人格主體的"意"遷移。"學者當師

---

①　《本末論》,《歐陽修全集》卷六一,頁 892—893。
②　《試筆・繫辭説》,《歐陽修全集》,頁 1052。
③　程杰《北宋詩文革新研究》,頁 354。

經,師經必先求其意,意得則心定,心定則道純,道純則充於中者實,中充實則發爲文者輝光。”①“意得”、“心定”、“充於中”、“發爲文”,在“文—道”關係中,凸顯密切聯繫主體的“意”,形成了“道—意—文”的關係②,把文本詮釋從“(天地之)‘道’—聖人垂訓—經典詁訓”這樣一種外於文本脈絡的歷時性詮釋系統,轉爲“聖人之志—詩人之‘意’—文本(詩經)—讀者”這扣緊文本與“意”的關係,扣緊主體領會的共時性詮釋。

“道”的傳續不再是一種經典成規的客觀規範的研習。在過去,“道”既被視爲客觀恒常的存在,那麼,人如何去運用它、學習它、趨近它,基本上對其本質影響不大;相對於此,宋人這種主體實踐更能正視實踐行動的詮釋效應,這詮釋效應對“道”的本質認定將造成決定性的作用。

於是,在傳道的使命中,要緊的不是“道”自身究竟是如何,不是“道”的普遍客觀的自存的内涵,而轉從人的體現道、理解道的層面來把握“道”。這種主體實踐中的詮釋效應,就繫於“意”,“意”成了“道”所以存在的關紐。

歐陽修“師經必先求其意”的名言固不用説,王安石《上皇帝萬言書》也明確指出“法先王之政”,“當法其‘意’而已”。宋人所討論之“道”,唯有表現在人事或法制的聖人之“意”的内涵下,才有實存的内涵。歐陽修:“蓋聖人不絕天於人,亦不以天參人。絕天於人

---

① 《答祖擇之書》,《歐陽修全集·居士外集》卷十八,頁 499。
② 不像劉勰爲文的“天地之心”,是漢以來“順氣言性”脈絡裏的一種被動容受之心;在這裏的“心”已有著心性論中主動涵養的意味,這或許與中晚唐以來《中庸》論述的興起有關。《中庸》論述是儒學心性論成熟的重要關鍵,而《中庸》的討論在歐陽修這時達到高峰。

則天道廢，以天參人則人事惑，故常存而不究也。"① 不"以天參人"，就表明了人事與自然天道不可類比，恰與六朝常將人文活動類比於宇宙自然的態度相悖。② 人事與天道是既不等同又不可割離的，對於那超出於文本與實踐之上的"性與天道"，是存而不論的，但又承認有那一個超越的"道"的存在，並且要彰顯它。在這種立場下，所能彰顯的"道"，必定要扣緊人事法制等文化文本，同時又要具有超越（而非超離）這些文本的形上內涵。"道"離不開這文本所表現（"意"），但"道"與文本又非一，於是，"文—（表現）—意"，"文—（象徵）—道"，這樣的"文"（廣泛的人文意義）與"道"的關係產生了，它們之間類似一種象徵物（"符號"）與被象徵者的關係。

扣緊了這象徵，宋人之"道"，不在言意不到處。如歐陽修所說："《詩》三百五篇不言性，其言者政教興衰之美刺也。"③ 在這種意義下，"道"雖不完全等同於"意"，然而人所能理解的"道"，必是文本與實踐所象徵的"道"，也就是文化文本中所表現的"意"。以"意"求"道"則是必然的。所以歐陽修《詩本義》強調求"詩人之意"，而其方法是就詩三百這文本求其意，一反毛鄭説詩的傳統，擺

---

① 《司天考二》，《新五代史》卷五十九，頁705。

② 這種不以天參人的態度，恰恰就是他們與六朝"原道"觀念的分水嶺。劉勰的"道沿聖以垂文，聖因文以明道"，近於天道的"流出"説，這"道"是天地之道，"心"又近於天地之心。劉勰的文原於道，是文原於自然（羅宗強《魏晉南北朝文學思想史》，頁267），紀昀講："文以載道，明其當然；文原於道，明其本然"（周振甫《文心雕龍注釋》，頁3引紀評），正是劉勰和唐宋文道觀的分野，前者（文以載道）的"道"，是"文"當負載的，重在人文內涵；後者的"道"是天地之自然，流露在"文"中。同樣的，他的"宗經"，也是宗經人的作文之法（羅宗強《魏晉南北朝文學思想史》，頁282），而與表不表現聖人主體之"意"無關。

③ 《答李詡第二書》，《歐陽修全集·居士集》卷四七，頁319。

脱過去講"太師之職"、"經生之業"等預設一個先在的形上本體爲詮釋對象，[①]擺脱了不可知的自然之"道"，轉變爲深具人文創造内涵的"道"，這種種逐漸都彰顯著象徵的作用。

"道"的探討，於是從客觀存有轉移到人格主體；"道"落實於人格性的"意"，探求傳道者之"意"，取代了被認爲是先天存在的"道"的形上解釋。宋人好言"意"，"意"在宋代文化語境裏的複雜豐富，與它作爲"道"的人間實存有關。

由於歐陽修將文學寫作視爲"道"内化於主體後的文本表現，結合了文學原來的"言志"傳統與文化上"明道"的心理蘄向；文化裏的"文"，因而從表達聖人濟世之功業、禮樂之教化，轉爲合於聖人之"意"的個性意向之抒發[②]。並且，這個"意"，已遠超出言志説"詩者，志之所之"的倫理關懷或社會意向的指涉，而指向更廣泛的全幅人格，包含價值判斷、歷史感受，包括美感向度的性情、趣味，包含這整體精神意態的綜合等等。另一方面，"意"能夠以"文"達致這種廣泛的綜合融貫，又來自於"文"的"符號化"的趨向。[③]

二、人文自覺與"符號化"

儒學"客觀化"的實踐方向，由政治社會轉向文化，首先是第一

---

①　參見本書"附録二"《前"江西詩派"詩論中"道""文"關係的發展》，發表於《中國古典文學研究》第九期，2003.06，頁147—172。

②　葛曉音《論唐代的古文革新與儒道演變的關係》(載《漢唐文學的嬗變》)一文，説明韓柳的古文革新的成功，在於將文道論述從贊頌禮樂謳歌盛德轉移到美刺諷喻，可爲佐證。

③　錢鍾書在《中國畫與中國詩》(載《七綴集(修訂本)》)一文中主張"詩言志"與"文載道"不是對立，而是兩種文體的問題；本書則認爲：無論詩文，宋人的"載道"與傳統的"言志"，是兩種創作型態的問題，前者是本書所謂的"符號表現"，後者則是"抒情表現"。

節所論述的"道"的人格内化,進而,在這人文自覺之下,展開了
"道"的"符號化"。

中唐儒學,雖萌生於儒學客觀化的意識,然而在儒佛競争的刺
激下,儒學心性論獲得突破性的發展,"内聖"超越了"外王",以工具
理性的失落爲代價,宋學之"道",終究是走上了價值理性的探討。①

文化上的文道思考,便是在文學書寫的意義上,承繼著客觀化
的精神,而轉化爲文化"符號化"的實踐。

"客觀化",指的是本體在特定時空下的自我賦形,開展爲可被
理解的形式。把這"道"放在人文意義裏來思量、把握,用卡希勒的
話來講,便是"人類精神的自我展示"。對人類文明來講,"符號
化",一向就是最重要的客觀化的方法。語言、藝術、科學、宗教種
種文化符號體系,就是人類精神的自我展現。

符號創造是人文創造的基本形式。符號創造的前提是"對象
化",符號化牽涉到一種主體能將自我對象化的反思能力,而更有
意識地運用符號、創造符號來把握自我、把握世界。"士"在這人格
主體的自覺之後,所萌生的便是如何以其能"(廣義的)文"的文化
角色來進行這反思式的自我實現。

宋初的文化革新,就是在尋求客觀化的意義下,用人文創造把
握文化理想,因而把"道"人文符號化的過程。

---

①　然而,(書寫意義的)"文"所能貫之"道",恰恰也就是在這價值理性的層面。
從文學自身的目的來看,文學本就是以表現或表達某種態度、信守、情意或理解而存
在,因此,文學所能獲致的,也只能是價值的反思,文學作品的存在,不能用工具理性的
效益來衡量。那些要求文學要俾於實用者的偏差,往往出在這裏。文學即使對社會人
生有"用",那也只能是價值理性意義上的,而不是工具理性一面的實用。不過那些批
評"文以載道"的純文學論者,往往也是誤會了,文學固然不有工具理性的實用,但它何
嘗不能具有價值理性意義上的"用"。宋人的文章致用説,如果從價值理性上來説,並
非不合理。

　　在這樣的歷史形成之下，"道"的實存必須且只能透過人文符號來示現，這樣一種符號化的精神逐漸彰顯，而形成宋人基本的文化意識。在一切文化現象中的符號化意識，正是這時期"道"的客觀化顯著的結果之一。①

　　宋人雅愛文物器玩的心態，反映了這種符號意識。它們是宋人在博雅君子的養成中出現的產物。歐陽修很典型地代表了這種"博雅"君子的風範，而他在宋代文壇的地位，也主導了宋人由"自然"的愉悦經驗向"人文"意趣的轉化。這位"六一"居士，首開文人博通文物之風氣，而無論是金石考古、書畫音律，對於這些文物之爲"器"，這種"博通"都有著一種和魏晉的"神解"以及後來清人的專門之學都相當不同的欣賞、玩味的態度，這關鍵就在於宋人眼中"器"濃厚的"符號"特徵。

　　宋人在文物玩味中形成了"寄意於物外"、"寓物而不役於物"的心理，這正是"符號"的特質："符號"不等於本體，但本體必由符號表徵。宋人在乎"物外意"，玩賞器物的感受往往勝於所玩賞的內容，但和魏晉"神解"式的超越思考不同，這種玩味從不離開其具象形式或藝術規律，似又多了一重形式與感知經驗的辯證。

　　"器"成了一種"充滿意味的形式"，透過這形式，（作者或欣賞者）創造了一種情感生命的理解。這也就是王國維所説之宋人"興味"："天水一朝，人智之活動，文化之多方面，前之漢唐，後之元明皆所不逮。""漢唐元明時人之於古器物，絕不能有宋人之興味。"②

────────────

①　從這種立場看下來，像韓愈這樣以"原道"建立儒學的自我定位，以排佛劃清文化上的嫡庶地位，以"道統"爭取廟堂的名器，這種種行動，雖然都還是屬於儒學外在的知識權力的廓清，然而韓柳到歐蘇，這些行動在政治文化的影響，更逐漸地把這場文化運動"符號化"的內在實質發揮了出來。

②　《王國維先生全集·静安文集續編》初編第五册，頁 1997—2006。

這種"興味",表明了在玩賞行動中有一種人文的"再創造",一種透過"器"這符號而把握的人文內涵。

在此,"器"被符號化了,成了一種表徵人文創造的意義形式。在這種"興味"下,"器"的欣賞超出了自然經驗(如觀看山水花鳥般)的愉悦快感,給人"工"賦予了價值,重視文物典籍之可珍,重視文物之爲"器"的人文內涵,內蘊著對於"人爲萬物靈"的人文創造價值的自知。在這個心理基礎上,肯定了各種文化體式的"技"的正當性,肯定了"工巧"等創造價值。

其次,文物之"器"所載負的人文內涵,也不是其歷史"內容",而是綜合概括了想像、情感、精神、意態等等的"歷史感",成了對自我歷史生命的反思觀照。在這種反思觀照中,"器"的玩味,成了一種價值的再創造,一種人類文化的理解。"器"的符號意識,深化了人能將自我對象化以反思觀照的能力[1],人文主動創造的自覺也跟著以符號形式在一切文化活動中根植。

後來,在宋人的"文"當中所要表現的,也正是這超出自然經驗,超出認知內容的精神綜合,本書姑且名之爲"主體的價值意識"。歐陽修的詩文很典型地代表了從自然對象到人文對象的轉化。人體現"道"而成爲人文創造的理解,"文"要表現的正是主體對此獨特的理解。

如上節所述,在"道"的位格化之下,"人"的主體意義大爲提高,如歐陽修明確提及的"人者,萬物之最靈也","人稟天地氣,萬物中最靈"。[2] 在主體意識與社會擔當的輝映下,形成了一種特別的人文自覺的氛圍,更加能夠從"創造價值"的眼光認識各種人爲

---

① 見卷貳"情感概念"一節。
② 參見程杰《北宋詩文革新研究》,頁 198。

制作的内涵，對於各種文化成果別有會心的欣賞，並進而要求在這些技藝創造中呈現"態度價值"。① 這便是後來宋人"技進於道"的心理底蘊，造就了文化生活中成於文游於藝的"博雅"君子的内涵。

在"器"的符號認知中，"人"的興趣出現了，肯定了"人"的"創造價值"和"態度價值"（這是本書所謂積極意義的"主體意識"最重要的成分），"文道"的寫作才不會限於"經驗價值"的層次，把"道"窄化爲經典内容僵化的複述，却没有能力從中煉就主體的人文創造，這便是傳統文道論者"道—文"直接論述的問題。而在"人"的主體的再創造的意義下，把文道論述帶進了"位格表現"的層次，在"道—人—文"的主動創造下，"道"才能以"文"的符號象徵的方式，透過符號創造，不斷地成就當代詮釋，成就"所過者化，所存者神"日新又新的人間實存。

從詮釋學的意義來講，這樣的"文與道俱"，反而在正視文本、正視符號下，開放了"道"的解釋權，宋代三教的内涵由此進入詩文等文化形式之"道"中（包括詩文的内容與表現形式、美學樣態），也因而產生了文學與思想比較豐富而辯證的"表現"關係，而不只是觀念内容的指示與對應的"表達"關係。

這種表現意識，導出了宋代詩文獨特的文化符號的意義：詩文成了"道"的象徵符號，把道學家"文以載道"的"表達"功能轉化爲"表現"與"象徵"，②而擴大了詩文在"必與道俱"的前提下也可以有的海闊天空的書寫内容。相對的，在這"表現"與"象徵"的意

① 經驗價值，創造價值及態度價值，是心理學家法蘭科所提出，用以概括人類所追求的價值。可以説，到後來宋詩所推崇的陶杜典範，陶詩所代表的正是這"態度價值"，杜詩所代表的則是"創造價值"。這兩者，一個實現了創作中的主體價值意識，另一則以形式表現力展現了符號創造的可能。

② "表達"與"表現"的分别，詳見本書卷貳第二章。

義下,"道"也可以不受"表達"的載體(文類傳統)的約制,不受形上的規定,在書寫中擴增了"道"所可能的内涵。

這使得宋人的"内聖"不能以静態或封閉的"義理精微"視之。"符號化"本就是儒學"客觀化"的一個重要環節。"士"透過"符號化"(能"文")的能力而成爲儒學客觀化的中心。在士人向内省視的"内聖"過程中,從來就離不開己身(能夠"符號化"而)作爲"道"的實存之標誌,作爲"道"之朗現的實踐,完全是在道的"客觀化"的意義下走向"内聖"的省察。

在"文"作爲文化表徵、歷史傳承的關鍵功能下,"内聖"與道的"客觀化"是分不開的。因此在宋文化愈趨"内聖"的過程中,"文"的人文符號的角色便愈益凸顯。

三、"文"爲"文化符號"

追溯"文"的語源發展,在最初的"文"的傳統意義中,包含了最廣泛的一切自然與人文的章采,這到劉勰《文心雕龍》還保留了這一定義,故有"文"爲"天地之心"的説法(《原道》);後來"文"逐漸演化,而專指人文創造的一切成果,包括典章、制度、文獻、史籍,甚至一切歷史社會的活動與結果。① 如章太炎(1868—1936)所説,"文章"涵蓋了"君臣朝廷尊卑貴賤之序,車輿衣服宮事飲食嫁娶喪祭之分","八風從律,百度得數",所以"文章者,禮樂之殊稱矣"②。在這種意義下,"文",作爲一切文化成果的具現與表徵,較諸後來

---

① 歷來各家對孔子"文勝質則'史'"的解釋,正有趣地反映了"文"如何地因爲這種人文意涵,而形成與"自然"相對的觀念;或者也是因爲文與"自然"相對的觀念,更使它逐漸凸顯人的主動創造的意義。

② 摘錄自《國故論衡》卷中"文學總略",頁49。

側重書面寫作的層面,更接近"文化符號"的意味。①

從東漢以後,文人身份開始有了專業分化,像王充所謂"能説一經者爲儒生,博覽古今者爲通人,采掇傳書以上書奏記者爲文人,能精思著文連結篇章者爲鴻儒"(《論衡·超奇》);范曄《後漢書》分出了"文苑列傳",使得文章觀念也趨向分化,逐漸地,而有"文辭"(句讀之文)之義②,而有文筆(詩賦\公文)之辨,"文"便常常偏重於書寫成品的涵義,雖然它因爲仍部分地保有上一種涵義,尚具有某種嚴肅性,然而基本上詩文的學習或寫作,已經開始可以脱離文化意義的負載,而形成自身專業體系内的活動,包括成敗良窳的評價、文本的承襲或摹習,都可以脱離作爲象徵符號的地位,發展出以自身爲目的的系統内的各自體製和規範。③ 而形成以文本爲中心的,客觀體製論的專業傳統。六朝以來的文體論,詩文以模擬前作而非以文化經典的意義脈絡作爲創作的基礎,就是在這

① 此正如劉師培(1884—1919)所説:"中國三代之時,以文物爲文,以華靡爲文,而禮樂法制、威儀文辭,亦莫不稱爲文章。推之以典籍爲文,以文字爲文,以言辭爲文。其以文爲文章之文者,則始於孔子作《文言》。……故道之發現於外者爲文,事之條理秩然者爲文,而言辭之有緣飾者,亦莫不稱之爲文。古人言文合一,故借爲文章之文。後世以文章之文,遂足該文字之界説,失之甚矣。"(《論文雜記》,《劉師培中古文學論集》,頁 235。)

② 以上關於"文"從包羅一切典章制度百工律式的"文章",到以有無句讀區分之"文辭"與非文辭之分,到有韻無韻之文的演變,請參見章太炎《國故論衡》卷中"文學總略"。

③ "文",如果作爲文化的象徵符號的話,它就不具本體獨立自存的意義(詳見卷貳所論"符號"的意義);然而,除了這文化符號的意義,它還可以有另一個面向,就是己身作爲完整而獨立的文本(text),作爲已成的書寫成品。那麼,就可以與象徵分開,形成一自身獨立發展的系統,和其他藝術品類一樣,有其本身理勢之必然的自然規律,也有在歷時發展中形成的規則。於是,在這種系統中,成品的優劣評價,其藝術規律或文類傳統便勝於一切。而同類文本形成的傳統便更形重要,這也決定了寫作基礎必須奠定於摹作效習。顏崑陽在《論"典範模習"在文學史建構上的"漣漪效用"與"鍊接效用"》一文中,便説明了像摹習這類的同類體製或風格的摹作效習,在文學發展上的積極作用。而關於"文成法立"的客觀規律體系對於一種文類寫作的重要性,參考龔鵬程《論法》,《詩史本色與妙悟》"附錄二",頁 265—301。

種立場下產生的。

相對於從前作爲文化支項的“文”,在客觀論下,作品主要來自同一體製、同一文類的規範形塑,來自對前人作品的摹習。① 在這種學習的規範作用的制約下,“好”的文學作品,只有客觀體製上“書寫成章”的成不成功,而没有内在經驗與形式交互辯證的表現問題,因此更無求於文化内涵如何轉化爲創作者内在經驗抒寫的問題。這時的文學對文化的需求,主要是客觀形式規製的效習,在這種典範的制約之下,詩文的寫作與文化經驗的傳承是分立的,雖未必對立,却可以是無關的。②

這兩種立場,恰可以唐宋兩代的“文士”(“文學”之士)的養成要求作一“理想型”(ideal-type)的對比。

“唐代印刷術尚未普及,書籍基本上都是抄本,一般人所見有限。科舉又是以詩賦爲主,讀書人皆把主要工夫用於《文選》《初學記》《藝文類聚》一類便於舉業的文藝書籍和典故類書上。”③在唐代士族與進士新貴的養成教育中,反映了“以文學科第,爲一時之榮”的背後知識素養的底蘊。如楊綰(?—777)的疏文論及當時的進士新貴:“幼能就學,能誦當代之詩,長而博文,不越諸家之集,遞相黨與,用致虚聲,六經則未嘗開卷,三史則皆同掛壁,況復徵以孔

———————

① 這種摹習作用,參考顏崑陽《論“典範模習”在文學史建構上的“漣漪效用”與“鍊接效用”》一文。

② 劉勰《文心雕龍》之論“文”代表了一個典型的分水嶺。劉勰“文”的觀念,雖然還停留在“天地之心”等等自然或人文章采的層次,然而在“文之樞紐”後,他真正探討實質的寫作,却不是立基於文本所根源的文化表現,而是致力於各種篇制自身獨立的歷史流變,以及由此而來的“文成法立”式的寫作要求。所以劉勰“宗經”、“徵聖”,所宗的是聖人著作之法式,而不是文化經驗或價值内涵等等。

③ 程杰《北宋詩文革新研究》,頁276。

門之道,責其君子之儒者哉!"①或如李德裕(787—849)所說的相較於公卿子弟(士族子弟)"自小便習舉業,自熟朝廷間事,臺閣儀範,班行准則,不教而自成","寒士縱有出人之才,登第之後,始得一班一級,固不能熟習也"②。

這些說法,其中雖有士族輕蔑進士新貴的政治原因,而熟習吏治也未必就能傳承文化意識,但在這種比較下,也凸顯了唐代文人的代表——進士出身的士人,其知識養成之取向。在這當中,很明顯的,寫作的養成與實踐,和文化經驗可以是不相干的。文士只要透過"當代之詩"、"諸家之集"一類的體製摹習,便可成就"文"名。這樣的寫作,基本上就是處於一種客觀文體論的氛圍。③

即使是陳子昂(656—695)、李白(699—762)的復古之聲,其"興寄"、"風骨"、"慕清真",也只是以《風》《雅》之形制風格爲效習的對象,卻仍不包括表現它們在經史等文化傳統中所代表的精神意涵。這就是被宋人譏爲"作詩之外,他無所知"的工具理性式的追求。④

在古文運動之後,又把"文"拉回到人文制作的本義。如王安石所謂:"文者,禮教治政云爾。其書諸策而傳之人,大體歸然而已。"就在伸張這一文化符號的内涵,也就是宋人常講的"聖人作文

---

① 《舊唐書·楊綰傳》卷一一九,頁 3430。
② 《舊唐書》卷十八上《武宗本紀》會昌四年條末,頁 603。
③ 《瑤溪集》:"唐時文弊,尚《文選》太甚,李衛公德裕云'家不蓄《文選》',此蓋有激而說也。"(《苕溪漁隱叢話》前集卷九引,頁 56)這種偏尚效習文集的習氣,明顯與宋人無書不讀、嫻通經史雜集的風氣成强烈對比。
④ 徐度:"唐之諸子,作詩之外,他無所知也。"(《却掃集》卷中,頁 98)詩文從原本從屬於文化支項到形成一種專門之學,就引發了詩文領域中"價值理性"與"技術理性"兩種不同的要求。宋人的"道"、"技"之辨源出於此。這種"工具理性"式的思考,以及宋人由此反省以致於"技進於道"的貫通,參見本書卷貳第三章。

之本意"。① 因此,古文運動所提倡的文體改革,其實也就是在這廣泛的文化符號的反思下的書寫活動。

文學上的文化復古早有先聲,韓柳始大倡風潮,至歐蘇克竟其功。這個成功的關鍵之一在典範的轉化。在文學的表現論典範下,文化內涵透過"意"而傳承,深化成爲文學創作的內在經驗,而不僅僅是體式成規仿效的對象。② 這也確立了"文"作爲文化符號的角色——"文"是文化具象的表徵。

因爲這一層文化符號的意義,認定"文"的背後永遠有一本體本質支持著,並且是這本體自身的體性決定了象徵符號"文"的良窳。落實到個別作品上,這個本體就是宋人所講的"道",並且在其人文自覺的文化語境裏,"道"的體性就來自於創作主體胸次宅地的修養如何。在人文制作的意義下,在以"文"爲文化象徵符號的內涵下,展開主體的創作表現。形成了一套與六朝到唐以來的客觀體製立場截然不同的主體表現的寫作觀念。

這種人文符號化的範疇極其深廣,如同上節所述,作爲"道"(最廣義的文化)至大無外至小無內的實存的客觀化表徵,"文"不僅在於"發揮皇王之道",也不只是美刺諷喻,在宋人的人文自覺下,"道"的詮釋權決定了公衆生活的走向,決定了一個時代的價值選擇,決定了一切政教制度民生物宜所以踐行的實質內涵,而

① 因此,在此立場下所謂的"適用",也未必是褊狹的實用之意,更契合的解釋應是意味著合於文化表徵之用。這如同孔子說子貢是"瑚璉"之器一樣《論語》,瑚璉並非實用之器具,而因它載"禮"、表徵"禮"的意義而珍貴,特別是子貢所代表的正是孔門更近於後來的"文學"觀念的"言語"一科。因此,用"實用"來認知宋人詩文重"經世之用",就失之於片面了,倒不如說如何"得體"地表徵文化素養才是。如此,也才能理解宋人重視形式表現的意義。
② 詳見本卷第三章。

這個詮釋權掌握在"士"的手中。引領著社會價值智慧的傳承，羣體生命意義的解釋，文者能滿懷"致君堯舜上，再使風俗淳"的自信，正在於"文"的文化符號價值。

"文"因爲作爲"道"的符號，因其表徵的功能，而被提高到無比的地位。由於有著更清楚的符號意識，對於"文"的符號功能的體認以及文人作爲這符號功能的體現者有更成熟而自覺的認知，使得宋人對於文人的角色有更明確的自律：對於詩文能勝任這種"道"的符號的，所謂"文章經世"的功用，則可傲比王侯；相對的，若被認爲隳惰了符號的功能，則爲無用的輕薄文人。

在這種文化符號的意義下，"文"的寫作内涵，有其精神相依的譜系，有其文化内涵的承繼性，以及人文再創造。在這種意識下，文學寫作和强烈的歷史感是分不開的。黄庭堅説寫詩要"無一字無來歷"，便是這種精神的代表。

在此種立場下，"文"被視爲人文創制最高的典型，且具有體用兼資的價值，能"文"，代表了能夠融貫文化之體用的行動力，能夠掌握文化之"體"，將其客觀化、符號化的能力。並能藉此傳遞文化統緒。所以"文章之變，與時盛衰"，就不僅是把文學視爲抒發風俗世情的自然反映，還包括對於文化的積極詮釋與取捨的決定和態度，作爲文學主體的"士"，在此扮演了主動積極的角色，[1]更進一步把"言志"説的抒情主體轉化爲對文化具有積極詮釋、創造能力的創作主體。

在此意義下，"文"本來就是"貫道"、"明道"的，"士"與"吏"的

---

① 關於這種作爲社會實踐基礎，文學所能發揮的文化塑造或轉型的積極意義，另可參見趙毅衡《文化轉型期與純文學》一文，《當代》64 期，頁 76—93。

分野就在其文化意義。"自政事言之,則詩賦、策論均爲無用矣。"①"士"之異於"吏"者,不在任事,而在文化責任之擔負②。在此意義下,科舉考試促成了文人"文"與"仕"合一的生命,也就不該有唐代文人"作詩之外,他無所知"的異化。

然而在就文論文的客觀體製論風氣下,就失去這個意義,是以才會有上舉楊綰等所形容的文士能誦當代之詩,閱諸家之集,而"六經則未嘗開卷,三史則皆同掛壁"的情形,因而認爲是嚴重的異化。即使如李德裕以熟習朝廷間事來論斷士族與寒士之優劣,然而他所謂的"臺閣儀範,班行准則",已不僅僅專屬政事,而其實具有文化典則之代表的禮制典刑之意。此處也可以預見後來宋人的文化氛圍,何以會對於已經成熟的客觀體製論產生了排擠作用。

四、以"指符—意符"爲中心的主體表現——人文符號非自然符號

"符號"與其所指涉的關係,基本上有兩個面向:一是"指符—參符"的關係,另一則是"指符—意符"的關係。③ 前者,"參符"指

①　蘇軾《議學校貢舉狀》,《蘇軾文集》卷二五,頁 724。

②　"文"的定位也反映在科舉取士的主張,具有客觀體製論色彩的王安石主張科舉應廢詩賦,相對的,偏重主體表現的蘇軾則主張科舉不能廢詩賦,這或可部分地佐證本書的説法。又,胡仔《苕溪漁隱叢話》卷四十二引蘇軾"讀書萬卷不讀律,致君堯舜知無術",謂"是時新興律學,某意非之,以謂法律不足以致君堯舜。今時人專學法律,而忘言書,故言我讀書萬卷,惟不讀法律,蓋知法律之中,無致君堯舜之術也"。
　　此外,"士"與"吏"的分別,詳見龔鵬程《儒學、吏學與文書政治》一文,《文化符號學》頁 403—410。

③　英國兩位文學批評家奧敦(C. K. Ogden)和理查兹(I. A. Richards)於 1923 年出版《意義之意義》(*The Meaning of Meaning*)一書,指出一切指物語言的構成具備三個基本要素:"思想或思想之所指"(thought or reference),"指涉或所指涉之事物"(referent or thing),以及"符號"(symbol)。詹明信借用這個模式,以三者彼此關係不同的偏重來説明"現實主義"、"現代主義"、"後現代主義"的差異,以及這種差(轉下頁)

的是感知對象,也就是一般所謂的客觀存在物;後者"意符",指的是概念、意識、想像等種種情感綜合,是人類主體心靈的衍生物。

在吾人以符號來把握世界、理解世界的時候,由於所關注的不同,符號指涉的層面也會有不同的偏重,或把書寫重心放在"指符—意符"的關係上,或致力於經營"指符—參符"的關係。① 在人文主體的自覺之下,宋人以語言符號、藝術符號所把握、所表現的往往偏重於超出直接感知經驗之上的人文反思,這種種本書暫時統稱爲"主體價值意識"的綜合情感。在這些"主體價值意識"的表現下,作品形式指涉的對象,往往超出客觀參照物、直接的經驗感知之外,因此在寫作中,造成了重"指符—意符"而輕"指符—參符"的傾向。這種偏重"指符—意符"關係的符號表現,就是宋人"言意"觀的特質。

在"指符—意符"爲中心的寫作視界下,加上文化意識、人文意識的高揚(見上節),促成了宋人詩文中"對象世界的人文化"②的傾向,大量的人文意象取代了自然意象,甚至把自然意象也轉化爲人文意象③,宋人好"以真爲畫"、"以物爲人"的手法,便是這種寫

(接上頁)異所代表的不同的理解世界、把握世界的内涵。這就是他所謂的以"意符"(Signified)、"參符"(referent)、"指符"(Signifier)三者關係爲統一體的語言模式。這三者彼此的關係,就像陸機"恒患意不稱物,文不逮意"裏"意"、"物"、"文"的關係。本書也試圖借用這樣的區分,以偏重於"指符—意符"關係或"指符—參符"關係來凸顯江西詩學符號化的特質,凸顯宋詩重視主體的符號表現的傾向。請參考姚一葦《藝術的奥秘》頁 121;詹明信《晚期資本主義的文化邏輯》頁 283—287。此外,本書所謂的"指涉",並不是"指示"或"講"一一對應,還包含了"象徵"等抽象涵蘊的關係。

① 以詩歌作品來講,江西詩學,由於重視主體表現,重視人文價值,它的符號塑造,便多偏向前者,以"指符—意符"關係爲主;相對的,重視景物客觀描繪的"四靈"或"江湖詩派",便屬於後者,偏重"指符—參符"關係。

② 胡曉明《中國詩學之精神》第五章第三節。

③ 周裕鍇《宋代詩學通論》,頁 104—113。

作視界的反映。

　　由於不重參符，不重視客觀事實序列，指符與意符的關係便自成一封閉系統，凸顯主體性——"意"，但這也造成了與外在客觀世界的隔閡。這便是"文"成爲文化符號必然的發展，也是任何創作者有意於文化系統的建構時，思維必有的偏向。它也造成了"人文性"與"自然性"的對抗。後來四靈與江湖詩派之反撥，學晚唐的白描工切，代表著以"指符——參符"的關係與之對抗，以致於"捐書以爲詩"，都有其歷史思維的原因在。

　　於是，如何創造人文符號，以主體價值概括現實存有，這種傾向反映在一切文化撰作中。古文運動以來，文化傳統的重新建構，就特別著力於言意關係（"指符——意符"關係）的辯證反省，此時言意觀念的成熟和文化系統的完成是正相關的。這有點像當代現代主義與現實主義的分野一樣，當文化的問題性成爲主導時，"指符——意符"間的關係很容易成爲書寫的中心。①

　　例如，處理歷史的方式。如宋人的史學著作，更爲強調一種歷史價值的真實，而並非客觀歷史事件的真實。如歐陽修《五代史》、《新唐書》、司馬光（1019—1086）《資治通鑑》、鄭樵（1104—1160）《通志》，它們的寫作蘄向，相對於從《史記》"據事直書"到劉知幾《史通》"史之稱美者，以敘事爲先"、"國史之美者，以敘事爲工"（《敘事》），要求"文皆詣實"、"理多可信"，以"直書"爲"實錄"的觀念，殊有不同。

　　關於歷史的處理有三個層次：事件、事理以及價值。宋人所謂的"實錄"，毋寧更重於後二者，"事理"及"價值"的真實。真實不

---

① 　現代主義的這種傾向，參考詹明信《現實主義、現代主義、後現代主義》，《晚期資本主義的文化邏輯》，頁 275—300。

在事件自身具體時空序列的客觀性，而在人作爲歷史主體（從事件中）紬繹出來的，所選擇的解釋，所認可的態度，因此而形成的一套認知主體完整的歷史理解，一套能凸顯認知主體的理解能力的表述。這背後所預設的是，事件的實存其實是存在於作爲歷史主體的"人"的理解中。因此在意的是，作爲"指符"的"言"與這些所表述的歷史理解等"意符"的精確概括，而不在於"參符"所代表的事件事實的具體描述。

不獨是撰史，解經亦如是。如强調解經應以事實爲據的皮錫瑞就批評宋儒解經，"善於體會語氣，有勝於前人處。而其失在變易事實以就其説。……宋儒乃以一己所見之義理，懸斷千載以前之故事，甚至憑恃臆見，將古事做過一番"①。這正是宋人以"意"説經的特色。"善於體會語氣"，體察聖人著作之"意"，指的正是擅長把握言説符號與主體意識的表現關係，把握經典文本中"指符—意符"間的微妙辯證。

經史皆如此，但宋人並非不講求史實，相反地，宋人亦强調"實錄"等觀念，但問題在於對所謂的"真實"，宋人並不停留在外在客觀事件意義上的、對象性的真實，不在於"據事直書"這類史料、史實層次的真實，而在彰顯撰作主體再創造的詮釋價值，宋人追求的乃是"史意"、"史識"的層面。如宋人講歐陽修《五代史記》所謂"跡實録詳於舊記，而褒貶義例仰師春秋"②。這是一種"符號"把握的真實，一種意義詮釋的真實，宋人以一種"指符—意符"關係的真實取代了"指符—參符"的真實。

視經史爲一文化符號體系，透過它以辨識價值、抉發意義。在

---

① 皮錫瑞《經學通論》"一　書經"，頁87。
② 陳師錫《五代史記序》，百衲本《五代史記》卷首。

這個文化觀念的符號象徵體系中，價值内涵遂優先於事實真相。
在這種"指符—意符"關係下，歷史書寫所關心的，是歷史撰作這
"指符"如何表徵主體所理解的人類歷史存有等等價值意識的"意
符"，透過這符號體系去彰顯人類創造符號以自我解釋，彰顯人對
這些事理所採取的睿智判斷等創造價值，以及喚醒生命本質的洞
識等態度價值。歷史乃是以事件爲素材的再創造，歷史也是一種
符號體系的存在，而不是外在現實這種客觀意義上的存在。①

　　整個宋代書寫中，對於"春秋書法"的著意，甚至擴及詩文等寫
作②，也就是根源於這種價值主導的意識。從"指符—參符"這套
事件事實的現實呈現來看，這樣的"指符—意符"系統，確實有"以
一己所見之義理，懸斷千載以前之故事"的嫌疑，因此，相對於此，
主張撰史須"實事"、"直敍其事"的清代經學家強調春秋"爲萬世作
經，爲後人立法"(此即一價值系統)，但却是"不可無一不能有二之
書"，皮錫瑞引王鳴盛論歐陽修五代史曰"歐公手筆誠高，學春秋却

----

　　① 後來梁啟超批評宋代史學："内中如歐陽永叔之《五代史記》、朱晦庵之《通鑑
綱目》等，號爲有主義的著作，又專講什麼'春秋筆法'，從一兩個字眼上頭搬演花樣；又
如蘇老泉、東坡父子、呂東萊、張天如等輩，專作油腔滑調的批評，供射策剿説之用。
宋、明以來大部分人——除司馬温公、劉原父、鄭漁仲諸人外——所謂史學大率如此。"
而稱許："到潘力田、萬季野他們所做的工作便與前不同，他們覺得，歷史其物，非建設
在正確事實的基礎之上，便連生命都没有了，什麼'書法'和批評，豈非都成廢話？"(《中
國近三百年學術史》，頁127)梁啟超站在客觀事實的要求提出的批評，正反映出宋代
史學家獨特的歷史"實錄"的旨趣，對於歷史書寫之"真實"的看法，相對於其他還原客觀
歷史事實的史學立場，特別具有濃厚的價值主導的意識。不獨是寫史的歐陽修、司馬
光，其他充盈有宋一代的史論，都有這種強烈的傾向。蘇門父子的史論，被譏爲縱橫家
言，所突出的也就是他們常以自己的見識和判斷凌駕歷史客觀現象的呈現，對於歷
史規律，對於"應然"如何的判斷，甚於"實然"的考究，都表明了關於歷史的書寫和詮
釋，"指符—意符"關係所建立的價值系統，是要重於以敍事爲首的"指符—參符"間的
對應關係。
　　② 參見張高評《〈春秋〉書法與宋代詩學——以宋人筆記爲例》《會通與宋代詩
學——宋詩話"以〈春秋〉書法論詩"》等文，《會通化成與宋代詩學》，頁55—128。

正是一病"①。皮氏以"經"的地位架高架空價值系統的地位,而以之否定孔子之後任何價值系統的建構,因而強調春秋不可以"史法"視之。以此,自不能容忍宋人諸如"春秋筆法"這樣的價值建構意義下的寫作。

從"道統"到"實錄"、"春秋筆法",這些觀念,都指向一種由價值觀主導的,非客觀(非對象性的)歷史真實的建構。對宋人而言,歷史是主體內在的價值意識。最重"實錄"觀念的史學書寫是如此,由此一端,亦可見其他文化書寫或制作中以"指符—意符"關係爲中心的傾向,如繪畫中的"寫意",妙觀逸想、離形得似的興味要勝於窮形盡相的如實描繪。

這就是宋人歷史感的實質內涵,"詩史"觀念也根源於此。魏泰(約1105前後)云:"李光弼代郭子儀入其軍,號令不更而旌旗改色。及其亡也,杜甫哀之曰:'三軍晦光彩,烈士痛稠疊。'前人謂杜甫句爲'詩史',蓋謂是也。非但敘塵跡摭故實而已。""非但敘塵跡摭故實而已",更重視杜詩把歷史感受精彩概括的能力。這種充滿主體價值詮釋的歷史感受,遠超出歷史敘事之外,要求更深廣的情感綜合,更生動明晰的形式概括,於是把這符號創造的使命留給了詩歌。②

詩史觀念代表了詩歌藝術形式概括與主體價值意識間更成熟的辯證關係,代表了宋人回應歷史要求而來的人文符號的思維。這樣的氛圍,主導了宋人整個撰作的理想型態,它使得宋人的"文",逐漸積澱出一種迥異於客觀體製論的符號表現型態。

符號表現中偏重"指符—意符"的傾向,使得各文化成果有其

---

① 皮錫瑞《經學通論》"四　春秋"頁七十八。

② 關於"詩史"觀念,請詳見龔鵬程《論詩史》一文,《詩史本色與妙悟》,頁19—91。

突出的人文創造的表現,但也埋下了它自身的問題。

在這濃厚的人文意識下,將更加強調寫作的"前文性"。"前文性",是文化豐富積累的成果,並且它關係著一切文化制作釋義的語境。"無可否認,社會生活(爲)文學提供了經驗材料。但哪怕在素材上,任何一種藝術門類,發展到一定程度時,就會出現'文類內轉',即把這門類中,或這個文化中,已確定的'文本'(讀者已比較熟悉的'文本'),作爲素材,也作爲釋義的控制力量。從《詩經》、《樂府》到唐詩宋詞,我們可以看到在中國詩歌這藝術門類中,前文性越來越多,對現實經驗材料的依賴逐漸減少。對讀者'修養'的要求也越來越高。這種前文性,既來自這文類歷史上形成的積累,(詞語、借用、通用象徵、仿作、戲仿),也包括整個文化中其他表意方式(哲學、倫理、歷史……)積累的材料。……前文性,實際上是整個文化傳統,尤其是人文傳統,在文學文本中的呈現方式。"①

從中唐古文運動以來,偏重"指符—意符"的符號系統逐漸鞏固,前文性對於文本釋義的控制力量愈大,寫作對前文性的倚賴愈深。作爲一切著作的釋義基礎,文人共享的認知默契,人文創造的素材,既有的歷史文本更顯重要,形成"資書以爲詩"的必然。從韓愈"點竄《堯典》《舜典》字,塗改《清廟》《生民》詩"②,到黃庭堅的"無一字無來歷",到原本於"樂府聲詩"③的詞也可以讓詞人大掉書袋,宋人人文符號的創作型態,奠定了詩文"前文性"的必要。④

① 《文化轉型期與純文學》,《當代》64 期頁 79,1991.08。
② 李商隱《韓碑》,《玉谿生詩集箋注》卷一,頁 829。
③ 見李清照《詞論》,《李清照全集評註》,頁 245。
④ 宋代之前,尚有許多關於詩歌"用典"的爭議,這反映了此時"前文性"對文本釋義的控制尚留有餘地。然而宋代之後,詩文作爲最正統的人文制作(其他文類不論),無論寫作理念如何變遷,"用典"已成爲不可或缺的基本素養,"前文性"的釋義力量已無可爭議了。

　　“前文性”的偏重,不只在寫作上,也普及於文化環境的其他現象,例如作爲文化傳播之一的詩話寫作。以文化傳統爲素材的再創造,是文化系統不斷再詮釋的新生力量,然而,在“指符—意符”而缺參符的世界裏,也容易産生意義自我封閉的危險。江西詩學,作爲一個詩歌的歷史典範,作爲當代文化的表徵,它的發展實際,也具體地反映了這些特質。

　　“人文反省”的思潮是宋人文學中“道”的内涵、主體意識的深化、符號觀念的覺知等等的文化基礎,把形上本體與文本内容的關係轉變成主體意識與文化符號的辯證表現,鑄就了宋人“道—意—文”的文化語境。這時“文”“道”的對諍,正是在文化延續“客觀化”的方向下,文學將文化傳統内化的過程。這當中,“意”的豐富與成熟以及符號形式表現力的自覺是關鍵所在。在這文化氛圍裏大量被徵引的“意”,表徵了語言形式與本體微妙的辯證關係。在此文化語境下的“文”,則成爲了表現人文主體價值的文化符號。

第二章 “形式覺知”

——詩歌藝術形式①的探索

　　本章借用“形式覺知”以概括此時在文學成果的積累下,詩歌凸顯的歷史條件,特別是作爲一門專技之學的時代要求,這包括了:正視形式構作是詩歌的基本條件,開發形式創造的主動性,追求“傳神”、“鍊字”、“鍊句”等恰如其份的表現能力,以致於在愈益嚴苛的形式探索中,促成了充滿“言”、“意”表現辯證的創作自覺。

　　唐詩是抒情表現的極致,基本上它還保有著人類表達情感、藉詩歌以傳情達意的本能,繼承著從國風以來詩人抒寫情思、表達志意的傳統。在這種認知中,也同時預設了詩歌具有對己(作者)對彼(讀者)情感興發的力量,這種重視詩歌抒發情感以溝通交流的價值②,可以説是一種對詩歌“先藝術”的認知。

　　唐詩所成就的藝術價值,更準確地説,來自於它的抒情性,唐

① 本書所謂的“形式”,並不專指一般所認爲的格律規範或文字經營,而廣泛地包括了作品所以被辨識、被理解的一切形構成素,兼及“結構形式”與“意義形式”二義。“結構形式”與“意義形式”,詳見龔鵬程《文學散步》,頁 79—87。

② 鍾嶸《詩品序》所謂“非陳詩何以展其義,非長歌何以騁其情”,正可以説明詩歌這類吟詠情性、發引性靈以自我表達的價值,也因此以悲涼爲尚,因其動人之故。唐人之長正在此,也所以嚴羽説:“唐人好詩,多是征戍、遷謫、行旅、離別之作,往往能感動激發人意。”(《滄浪詩話·詩評》)

詩已達到了自我表達的輝煌成就,至於把詩歌作品當作藝術對象的認知則尚不明顯①。在中晚唐之後,詩人才開始試著把詩歌當作一種"創造"的對象、心靈"投射"的對象來刻意精思。這也就是藝術認知所必須的對象化與客觀化。中唐的怪奇、晚唐的苦吟,多少出自這藝術性初萌的苦澀認知。藝術性的認知,把作品看作是創造對象的認知,首要的徵兆是敏銳的形式覺知。形式的刻意營造充實了詩歌爲一專門之"技"的觀念,詩歌被放進了藝術的框架裏,可以與一切溝通表達的功能隔離開來,可以作爲藝術成品被獨立地欣賞,可以自成一個完整的世界以無關心的審美態度來注視。詩歌可以作爲一種人類心智的象徵世界(非比喻、非實指的世界)而存在,從外向性的自我表達轉向內斂的藝術精思,詩歌開始成爲一門必須訓練有素的藝術,②成爲沈括所説:"詩人以詩主人物,故雖小詩,莫不挺踔極工而後已。"③

這也是承繼著唐詩輝煌的成果而來的。唐人詩歌情景交融的至境,凸顯了以形象"表"抽象的能力,開展出"技"與"韻"等藝術質素的探索,在這藝術成就的追思中,如果關注點是放在這表象是否能精確而生動地傳達所表對象,那就是"傳神"、"興象"等等寫作的形象性與對象性的問題④;如果所關注的是表象所傳達或呈現出

---

①　近體詩的格律雖然是在初唐完成,雖然它實際地增加了詩歌的藝術效果,也成了寫作的規範,但中晚唐之前,唐人並沒有以特別的藝術功能來看待它,未刻意探索其美感效果。

②　以本書"符號表現"與"抒情表現"的區分來看,在宋代,詩是符號表現的代表,而詞是抒情表現的代表,宋人"以詩爲詞"多,而"以詞爲詩"少,這種情形適足以反映當時以"符號表現"爲典範的文學氛圍。

③　沈括《夢溪筆談》卷十四,頁 488。

④　如杜甫常提的"神"的觀念,"讀書破萬卷,下筆如有神",便多屬於這類表達能力的問題。

來的特殊內涵或指涉,所謂意義效應、感知效果,那便屬於美感體驗或審美價值等主觀感知。

這便是宋人藝術認知的兩個面向:一個是偏向於鑑賞者立場的,關注"味外之味"、"餘意"、"餘韻"等超越文字意象外的美感體驗;一個則是屬於創作論的,深究文字、聲律、語法結構等種種技巧與表現內容("意")互爲辯證的形式表現問題。

魏泰《臨漢隱居詩話》記載了一段他和王安石評詩的分歧,有趣地反映了這兩種不同的論詩觀點:"頃年嘗與王荆公評詩,予謂:'凡爲詩,當使挹之而源不窮,咀之而味愈長。至如永叔之詩,才力敏邁,句亦清健,但恨其少餘味爾。'荆公曰:'不然,如"行人仰頭飛鳥驚"之句,亦可謂有味矣。'然余至今思之,不見此句之佳,竟亦莫原荆公之意。信乎,所見之殊,不可强同也。"在所舉例的詩句中,可看出,對王安石的"有味"而言,指的仍是句式的精確整鍊,或句意的清切新警所造成耐人深思的趣味;而這和魏泰理想中的言已盡而意無窮的,超越文字句意之上的"餘味"的美感體驗是有所區別的。魏泰的詩"意",是在鑑賞者立場所須有的超然文字之外的美感體驗;王安石的詩"意",則是文本中精意鍛鍊的文"意"、句"意"。前者屬於詩歌對讀者所能引起或激發的獨特的體會,後者則屬於創作主體和文本形式的交詰辯證。

前者所著重的"意"是:超越於文字意象之上,存在於作者或讀者等主體的審美經驗,如"餘味"、"味外之味"等。後者所關注的"意"卻是透過形式設計所象徵地表現的情感本體(下文所謂"情感概念"),它存在且只在作品形式中。

前者以蘇軾"物外意"、"奇趣"、"味在鹹酸之外"等詩論爲代表,後者則是黃庭堅及其後江西詩派的手眼所在。宋人在主體之"意"

的關注下，更加在意藝術表現效果，辯證地選擇了後者。蘇軾之後，在江西詩風的籠罩下，對於詩歌藝術特質的關注，總是偏重於創作者立場的符號表現；但在宋人深刻的藝術覺知下，"味外之味"這道潛流始終能夠與宋人的符號表現觀念對勘，作爲宋人對治詩病的基礎藥方，一直到嚴羽"一唱三歎"、"興趣"之説，再次揭示這美感價值的認知（詳見本書卷肆），宋代詩學，正必須在它和江西詩派所代表的符號表現的兩面並觀下，才算是完整地總結了一代詩學的大判斷。

以下論述這個正視詩歌藝術技巧，開啟宋詩主流的形式探索的歷程，以及它爲後來"江西詩派"成熟的形式表現所鋪下的前景。

第一節　中晚唐的轉變

傳統詩歌，專主情性，如章太炎所説，吟詠之能，"情性之用長，而問學之助薄"[1]。此種"不雜傳記名物"，感物言志，風流慷慨之抒情傳統，從六朝到盛唐，有了更精緻成熟的發展。

盛唐詩學的高峰，便是六朝到初唐重視抒情表現所産生的豐碩成果。這時詩歌的獨特成就是情感的興發與相應情境氛圍的渲染，也就是以"情景交融"[2]爲代表的抒情表現。如何以"景"寄"情"，如何透過景物的汰選，營造意象玲瓏的氛圍，烘托承載多層次的情感意趣，産生情思與意象融洽無間的和諧美感[3]，是這時期

---

① 《國故論衡》卷中"辨詩"，《章氏叢書》上册，頁469。

② 當然，這種"情景交融"的觀念也是宋人以後幫他們總結出來的。關於盛唐詩歌"情景交融"的藝術成就，參見羅宗强《隋唐五代文學思想史》、蔡英俊《比興物色與情景交融》。

③ 參考羅宗强《隋唐五代文學思想史》"第三章第二節 追求興象玲瓏的詩境"。

抒情表現的重點。從殷璠"興象"說,到後來王昌齡、皎然等對詩境的形象描述,可說是這種創作成就的總結。

　　"興",是情感的生發與寄託,當然對於以"風骨"爲重的詩人而言,也關係到這情感的品質問題;"象",則是足以烘托情感氛圍的外境,它有賴詩人情感的掌握和形象構作的能力。而王昌齡、皎然等探討的"生思"、"感思"、"取境"、"造境"的問題,更是循著"物以貌求,心以理應"這樣的感物吟志,發憤抒情,而逐漸深化爲如何運用情理相應的表現手法,營造多重美感氛圍,由此而開展了詩歌境界、意境等範疇的認知,使得"境界"、"韻味"、意象與寄託的關係,成爲詩學的重要議題。而由這盛唐詩歌成就所帶來的情感品質、形象創造和美感效果的經驗成果,也成爲此後詩學中關於詩歌本質、關於"是詩\非詩"等思考的基本共識。

　　另一方面,由於這時詩歌視野主要集中在抒情自我與自然景物的交會,相對於此,語言或"心"的積極角色①,在兩者之間少有討論的餘地。無論是從陳子昂到李白所倡導的崇尚風骨反對雕飾的"清真",或其他盛唐詩人貴在自然的創作型態,他們所強調的"真",是情感自然反映的"真",是景物、意象能精確寄託此情的"真",是那情思意象不可分割的整體美感的"真",却還不是後來詩學觀念中能夠主動創造的"心"或語言作爲符號表現的"真"。這時創作所關注的,在"情",在"境",在物象外境與情感經驗的表現關係,在這種表現關係中,語言宛如是透明而現成的,詩人們並不特

---

　　①　格律聲韻的成熟固然是這時期重要的創作成就,然而其詩學意義也就是把這些創作格式固定了下來,王昌齡詩格或皎然詩式中對格律聲調的探討也主要是如此,他們雖然也重視詞采,講求詩律,在其詩論中只是提示這些格式的規定與歸納,並沒有就其中語言或格律的效果作進一步的反思與推進,特別是相較於他們對情感與外境之間"意"或造境、取景的積極思考和創獲,語言在此,更顯得是一現成的工具而已。

別去反思語言在這之間可能有的助長或隔閡的作用，並不懷疑格律聲韻還能夠達到什麼樣特別的功能；而在形象構作上，詩人也是以感知物象、順應外境等協調情景的能力爲主①，並不特別意識到"心"亦有主動地生"境"、甚至扭曲、轉化"境"的能力。此時的"吟詠情性"，純是抒情自我的表現，尚未出現後來高揭主體意識的表現。

在此種情景交融的表現成果外，由杜甫(712—770)開始，引入了另一個創作的焦點："傳神"與語言技巧的問題。②

對於詩歌"寫實"的關注，是杜甫首異於盛唐詩人之處。最初是出於他鋪陳時事的需要，如羅宗强所說："以敍事寫實，杜甫之前已有，如李頎《別梁鍠》。但是只有杜甫出來，才大量的採用這種寫法。這種寫法的出現，乃是寫時事對於表現手法的一種必然的要求。寫時事，用構造意境的方法是難以達到的，意境很難表現事件的面貌，也不易表達作者對事件的評價。而敍事與寫實，却比較容易的做到這一點。"③杜甫的敍事寫實，要求更細膩地過程描述、更明晰的事件評價，如何象徵地表達判斷又不失詩歌應有的美感，這往往不是營造一種不可湊泊的氛圍所能達到，而有待題材的穿插、裁剪，敍述的安排、熔煉，評價的醞釀與透顯，字句的捕捉、刻畫，以期精確地穿透事物的態勢，摹寫其躍然紙上的生命力。

這是形式表現能力的挑戰，這種表現能力也是後來"傳神"(表

---

① 特別是反對綺麗，提倡"清真"的態度，更顯示了對外境採取一種"反映"真實情感的立場。

② 從盛唐到中唐詩學，以杜甫爲代表的轉折作用，請參考羅宗强《隋唐五代文學思想史》第四章一、二節。

③ 同上書，頁113。

現生命態勢）觀念的根基。

　　杜詩的寫作之功凸顯了語言技巧的挑戰。挑戰著更爲具象而細膩的文字表現,凸顯了語言文字在書寫構思中的角色,正視詩歌的形式性以及形式刻畫所帶來的透紙而出的表現力。

　　“到了杜甫,詩歌思想是轉變了,他開始有意的把寫詩當作一種工夫來研究。”①“在唐詩的發展過程中,杜甫是第一個明確追求用字準確、以人工雕琢爲美的詩人。”②也是杜甫,把“神”的觀念首次引入詩歌。③ “他所說的神,既包括著神妙不可言喻的意思,亦包括著與形相對而言的神,即所寫對象的神采。”④對象的神采,就在詩歌語言模擬生命動勢的能力。

　　如何妙不可喻,如何精確傳達對象的神采,透過語言工夫,挑戰以形傳神的能力。杜詩的“一字之工”、“用字深穩”、鍊字、鍊句、佈局謀篇,在在表現了他與盛唐詩人創作意識的差異。而詩歌的語言,它所能開拓的,還包括了聲律、形象的表現力,也是杜甫,在這些方面,拓展了唐人的堂廡。⑤

　　從盛唐的“興象”到杜甫的“傳神”,詩歌從情感寄託、外境與感知的諧美,轉爲強調寫作之“能”,強調了對詩歌形式構作的重視。

---

　　① 羅宗强《隋唐五代文學思想史》,頁 116。
　　② 同上書,頁 118。
　　③ 同上書,頁 116。
　　④ 同上書,頁 116。
　　⑤ 剛開始,或許是寫實的需要,需要精確的傳達能力。但杜詩能夠“上薄風騷,下該沈宋,古傍蘇李,氣奪曹劉,掩顏謝之孤高,雜徐庾之流麗,盡得古今之體勢,而兼人人之所獨專矣”(元稹《唐檢校工部員外郎杜君墓係銘》,《元氏長慶集》卷五十六,頁 174),除了集六朝到盛唐表現風格之大成外,並透過文字聲律的特意嘗試,開拓了拗病奇崛這一路,催發了主體“表現”能力的發展。

語言技巧帶來了“技”的關注。

第二節　藝術形式的探索

這時詩學所關注的目標，在縹緲而玄妙的美感直覺外，更加著意於形式技巧的探討，意圖掌握詩歌之爲文字藝術的實感，更爲認同詩歌符號設計的特質，換句話説，這是詩人更“精確地掌握語言記號之辯證性”①的一個起步。

一、藝術必要的框架──正視“詩”爲一專門之“技”的運作

如果説，宋人的“人文反省”彰顯了主導創作目的的詩歌價值理性的思考，那麼，“形式覺知”這一歷史脈絡則反映了宋人關於寫作效益的技術理性的意識。

詩人漸趨於認同：詩歌是一種專業的技藝。

貞元、元和以來的詩風，亦即後來所謂的“晚唐”詩，成爲宋初（蘇黃前）歐陽修六一詩話以來，詩話主要關注的對象。雖然對這些作品，詩人多半是採取批評的立場，然而這同時也表明了晚唐詩所代表的某種創作型態，正是宋初詩歌特別關注的價值，也是這時宋人論詩的基本條件，界定詩歌（是詩\非詩）的判準。而晚唐詩風所凸顯的，無論是郊島的苦吟、雕琢、描摹物象，或韓愈愈險愈奇的文字之工，正是“詩者，文之精”的專技意識。

---

① 　此語借自蔡源煌《“作者之死”新詮》，《從浪漫主義到後現代主義》，頁255。

　　晚唐五代詩格詩式的繁瑣程式，作詩指南，反映了詩歌對自身藝術法度的探索；宋初的晚唐風潮，雖辭意卑淺却不失精意刻畫之工；西崑體的館閣詩人嚴守對仗工整、音韻和諧；在在反映了詩歌有其作爲一門獨立藝術自身形式規範的要求，甚至如歐陽修所謂晚唐諸子“號詩人者”，雖有輕蔑之意，却更凸顯了詩歌自爲一專門之技的觀念。

　　　　歐、梅言談中對晚唐五代詩歌寫景抒情尤其是寫景體物中的巧思“精意”多表欣賞。……在歐、梅這裏……所舉詩例都是賈島、姚合等中晚唐詩人的作品，這反映了歐、梅等人所受晚唐五代詩風的深刻影響。①

　　宋初詩話所討論的詩歌的美學特徵，往往正是以這些“唐之晚年”的詩作爲範例，圍繞著他們精意刻琢的寫作能力來評論。雖然晚唐也有纖弱卑靡的問題，但這問題却恰恰與元白詩歌明白曉暢的卑俗不同，而是來自力求“精工”而適得其反。

　　即使號稱詩風平易的歐陽修，“始變楊劉體，不泥古陳。然每用事間鉤深出奇以示學者”②。王安石評取《唐百家詩選》，如胡仔所云：“以荊公所選唐百家詩，反覆熟味之，見其格力辭句，例皆相似，雖無豪放之氣，而有修整之功。”③衡諸王安石本人鍛鍊精工的創作，可以看到，直到這時，宋人觀詩論詩評詩主要還是以晚唐這

　　①　程杰《北宋詩文革新研究》，頁 416—417。
　　②　蔡條《西清詩話》，《稀見本宋人詩話四種》卷中，頁 213—214。
　　③　《苕溪漁隱叢話》後集卷十六，《叢書集成》本（九），頁 527。

類工巧爲底本的。① 這種修整之功,也凸顯了寫作的"法度"意識。王安石解字説:"詩,從言從寺。寺者,法度之所在。"②詩歌"法度"觀念在這時的頻繁出現,應與籠罩這時(北宋前期)"晚唐之工"的論詩氛圍有對應的關係。

可以説,精巧是這時宋人心目中首要的詩歌本質。以歐陽修的話來講,便是"語工"。③

於是,"詩者文之精"④的體會,充盈於宋人的論述裏:

> 文章之精者,盡在於詩,觀人文者,觀其詩。⑤
>
> 登文章之籙固難矣,詩於其中,抑又難哉! 劉夢得曰:"心之精微,發而爲文;文之神妙,詠而爲詩。"司空表聖亦云:"文之難而詩尤難。"⑥
>
> 蓋藝之難精者,文也;文之難精者,詩也。⑦
>
> 詩比他文最難工,非功專氣全者,不能名家。⑧

---

① 其他旁證,讀者還可參考黃奕珍《宋代詩學中的晚唐觀》第一、二章。

② 見李之儀(1038—1117)《姑溪居士後集》卷十五《雜題跋》,《宋詩話全編》頁889。

③ 據此來看,真正成爲宋詩之"粉本"的,却是"晚唐"。徐復觀認爲北宋詩人都有"白體"這類樸素雅淡、清新平易的底子(《宋詩特徵試論》,載《中國文學論集續篇》),然而就貫穿兩宋詩論所出現的晚唐論述,無論是批評或贊同,晚唐詩歌的技巧觀念一直與宋人對詩歌本質的反省相始終,甚至發展成(宋人心目中)與"江西詩派"對立的詩學範疇,詳見本書卷肆。關於宋人的"晚唐"觀念,請參考黃奕珍《宋代詩學中的晚唐觀》。

④ 關於宋人對"詩者文之精"的説法,詳見周裕鍇《宋代詩學通論》頁10—15。

⑤ 司馬光《馮亞詩集序》,《溫國文正司馬文集》卷六四,《四部叢刊》本,頁477。

⑥ 周必大(1126—1206)《杉溪居士文集序》,《文忠集》卷四五。

⑦ 趙汝騰(? —1261)《石屏詩序》,明刊本《石屏詩集》卷首。

⑧ 劉克莊(1187—1269)《黃愷詩題跋》,《後村先生大全集》(《四部叢刊》本)卷九九,頁859。

> 詩於文章爲一體，必欲律嚴而意遠。……前輩用心之專，
> 終身不以爲易。……言詩者必以李、杜爲宗，豈非專於所長乃
> 能名家耶。①
>
> 詩貴成，成貴專。……詩者，言之最精者，而可以不專者，
> 能之乎？②

格律嚴謹，是詩歌的必要規範，所以詩歌難"工"，而這項特質
也使它成爲"文之精"。特別是李洪這段話，"專於所長乃能名家"，
充分説明了，宋人的基本認知是：詩歌是一項講求形式條件的專
門技藝。

當歐陽修對當時並不看好的韓詩以其"用韻之工"而愛賞有加
之時，同時也表達了對詩歌形式追求的肯定。特別是，梅堯臣苦心
經營的"刺口劇菱芡"之"平淡"，這種"平淡"，明顯地是由形式刻琢
營造出來的。③

宋人開始正面面對詩歌也是一種文字之"技"，寫作基本上是
一種有待訓練熟習的技術巧構的工作。這種技巧有它同一文類歷
史傳承積累下的美感經驗法則，即文類自身普遍性的要求，也就是
"法度"。

就是夙來才氣如萬斛泉源的蘇軾也要説："出新意於法度之
中，寄妙理於豪放之外。""法度"的觀念，出自對藝術規律的認識。
在《鹽官大悲閣記》裏蘇軾藉酒、食所説的"度數"，同樣適用於藝

---

① 南宋李洪(1129—?)《橄杺詩序》，《芸庵類稿》卷六。
② 舒岳祥(1236—?)《劉士元詩序》，《閬風集》(四)卷十，頁 1。
③ 梅堯臣詩歌的"平淡"風格，顯然和後來宋人所説的"平淡"有著不同的意義，
梅詩"窮而後工"後的"苦語有淡工"，近於韓愈所説的"艱宕怪變得，往往造平淡"，基本
上還是沿襲韓孟詩風"精意刻琢"的寫作型態。

術："古之爲方者，未嘗遺數也。能者即數以得其妙，不能者即數以得其略。其出一也，有能有不能，而精粗見焉。人見其二也，則求精於數外，而棄跡以逐妙。曰：我知酒、食之所以美也。而略其分齊，舍其度數，以爲不在是也，而一以意造，則其不爲人之所嘔棄者寡矣。"①

這"古之爲方者，未嘗遺數也"，其實也就是"技"的觀念。任何技藝，不能脫離"即數以得其妙"，即使主張文章要隨物賦形、自然成文，也必須因循文本本身客觀自在的結構形勢與規律"隨物宛轉"，而不純然能"一以意造"的。

計量"分齊"，也就是作品内部形式結構差異性的安排調度，而形成"度數"，這"度數"，就是一切技藝自有的規律，先天的進路，在詩歌，就是"法度"。

藝術基本上就是一種技藝，不能夠專憑"意造"，捨度數不能言"技"。既是"技"，就必須要透過某些成規的訓練、熟習，並在技術操作中把握那主導涵蓋這些規矩準繩的抽象原理，那原理的美學内涵。詩人開始正視詩歌"技"的一面，隨著寫作技巧被重視，詩歌"技術理性"的一面也逐漸彰顯，而可以（不必附屬於情志或文化價值下）被獨立討論。

當蘇軾講"高風遠韻"的時候，已進入縹緲的美感體驗，但並不意味這些"超然"、"自得"是"棄跡以逐妙"，與法度意識相悖，在蘇軾詩學裏，它們其實是同一觀念網絡而不同層次的思考。詩人必須在知跡以求其妙的意識下，"浩然聽筆之所之，而不失法度，乃爲得之"②。這與他藝術上所謂"常形"、"常理"、"形理兩全"、"了然

---

① 《蘇軾文集》卷一二，頁387。
② 《書所作字後》，《蘇軾文集》卷六九，頁2180。

於口與手"、"有道有藝"等主張是一致的。①

不過蘇軾的話,常止於這種作品自身的形式效應,所謂"理",所謂"形",所謂"勢",呈顯蘇門以整體而綜合的眼光籠罩了客觀藝術效果的認識,而尚未著意於作品內部"字"、"辭"、"句"、"意"等細部質素如何決定表現效果的問題,②"法度"的意識要在後來詩話普遍的鍊字鍊句的討論後,才進入實質的、程序性的、分析式的量度等等技術理性的思考。詩話講求如何安排調度這形式內部的"分齊",以及權衡這些語言文字安排調度的效果,代表詩人認同了:詩歌也是,並且基本上就要是一種"技",一種能夠被"設計"、具有技術性質的、能操作並量度成效的技藝之學。

詩人開始面對:"詩歌"是一種人工的設計,是一種形式技藝的巧構,而不光是自然情感的抒寫,詩歌的成素並不只是情感或文化內容,寫作的對象不只是現成而原發的內心世界,它還有另一個可供好奇探索的形式設計的層面,這個層面是動態而可人爲製作的,甚至是這個層面才足以決定"詩"所以是"詩"。

從這些觀念中,宋人建構起了詩人是一種專業,而詩歌自爲一家之學的專業意識。詩話裏常有的"得詩人之句法"、"得詩人諷諫之體"、"得詩人……",充分反映了這種意識,宋人之好辨體、論本色、説當行,正是出自對這藝術形式的關注,詩歌自爲一專門之學的認知。③

---

① 關於蘇軾對藝術規律的認知與超越,以及他在藝術領域中特別對詩歌有更具創造性的"物外意"、"奇趣"等闡發,請詳見本書"附錄一"《蘇黃詩學本體論之比較——文學的"意"與"道"等價值中心之比較》(載《宋代文學研究叢刊》第七期,頁 161—189,2001.12)第二節。

② 如張耒(1052—1112)、晁補之(1053—1110)等蘇門詩論,就反映了這個傾向。

③ "當行"、"本色"在這典範中的定位,詳見本書卷肆。

二、形式創造的主動性

籠罩著整個宋代的"晚唐"觀念,代表著宋人意識裏感性形式的創造是詩歌的必要條件。形式在這裏並不是一個現成的載體,不是一個等待主體依其先在的情感激發所擇取的適當的表現載體;相反的,它是活動的,能反饋給情感本體的,正視形式構作彰顯了寫作主體更積極主動的能力。

這是詩歌格律化以後必然的發展,沈宋到盛唐,是詩歌格律鞏固定型的時期。這時的杜詩,如羅宗强所説,是"成熟之後的通變,表現爲變化中的完整"①。杜甫豐富了詩歌格律的可能樣貌,在格律規範下運作得爐火純青。山谷詩歌的純熟,首先便是得力於此:"黄魯直自黔南歸,詩變前體,且云:'要須唐律中作活計,乃可言詩。如少陵淵蓄雲萃,變態百出,雖數十百韻,格律亦嚴謹,蓋操持詩家法度如此。'"②

宋人無論如何"用拙存吾道"、"繁華落盡見真淳",終究要"以巧進",如范温稱許杜詩工拙相半,但也"當先學其工者,精神氣骨,皆在於此"③。"工"、"巧"這種語言刻畫的概念,畢竟是詩歌的基本成素,一切精神韻度等審美認知所依賴的形式成素。

體會到詩歌藝術本是一種人工之作,可以工巧之極而至於天全,詩人應該主動面對形式塑造的一切可能:"薛許昌《答書生贈詩》:'百首如一首,卷初如卷終。'譏其不能變態也。大抵屑屑較量屬句平匀,不免氣骨寒局。殊不知詩家要當有情致,抑揚高下,使

① 羅宗强《隋唐五代文學思想史》,頁 118。
② 蔡絛《西清詩話》卷中,《稀見本宋人詩話四種》頁 208。
③ 《潛溪詩眼》,《宋詩話輯佚本》頁 322—323。

氣宏拔,快字凌紙。又用事能破觚爲圓,剗剛成柔,始爲有功。昔人所謂縛虎手也。"①

　　元白到晚唐,詩歌格律化已完全定型,在格律化的工具理性裏擴展寫作生產,追求"文字之功",成爲詩人的基本條件。② 因此更加要求"句奇意精","務以精意相高",以"百首如一首"、"不能變態"爲憾③,這類情形,頗反映在晚唐到宋初的詩話裏。

　　其時早已有出現詩歌純爲逞奇炫技的一路。從韓愈、孟郊(750—814)、盧仝、李商隱(813—858)以來,一連串極盡奇姿異態、"譎怪奇邁"(黃裳[1043—1129]説李賀、杜牧、李商隱)之作相繼產生,或爲戲謔、模擬,或爲假擬、代言,或純爲發揮老杜"當句對"等特殊體製的寫作,或純爲突破文字媒介功能,伸張視聽效果之能事,這些作品,擺脱了與現實意向的直接對應,打開詩歌純粹作爲欣賞對象之存在的新天地。

　　這些其實也就是韓愈"不以文立制,而以文爲戲"(裴度[765—839]語)的延續。"以文爲戲",正指出了這種在體製規範的圈限内恣意揮灑的寫作④,遊戲的自由就在於他是爲活動而活動,其目的就在活動本身。其舞弄腳枷的姿態,雖近乎輕謔,却更心裁別出,展現純粹形式探索的樂趣。如柳宗元説韓愈《毛穎傳》"盡六藝之奇味以足其口歟!"以文爲戲脱離了現實意向的羈束,只爲饜

---

　　① 蔡絛《西清詩話》卷上,引自魏慶之《詩人玉屑》頁 220。
　　② 詩歌爲一專業之"技"及隨之而來的"工具理性"式的思考,詳見本書卷貳第三章。
　　③ 孫光憲(900—968)《北夢瑣言》卷六,引自《宋人詩話外編》頁 6。
　　④ 西方文藝理論裏有一種"遊戲説",認爲藝術像遊戲一樣,是不帶實用目的的自由活動,藝術活動是過剩精力的表現,見朱光潛《文藝心理學》,頁 178。衡諸以下宋人所謂"材力豪邁有餘,而用之不盡"的説法,這類"以文爲戲",可以説是詩人材力過剩的發揮。

足技巧求新求變,人心無止盡的驚嘆的欲求,這類遊戲之作,宋人也説是詩人"大體材力豪邁有餘,而用之不盡,自然如此"①。於是詩歌從專業之技又躍升爲天才的競技場。

晚唐以來,杜韓地位漸高,與宋人能夠獨立地欣賞這類詩歌形式的作意好奇有關。歐陽修欣賞韓愈工於用韻,"因難見巧,愈險愈奇",這種"筆力無施不可"、"天下之至工"的追求,以致於歐王蘇黄也都發展出"白戰"、"破體"、"和韻"、"次韻"、"長篇險韻"、"集句詩"、"吃語詩"種種詩歌競技,在競技中展現作者技高一籌的寫作能力。天才的競技,更肯定詩歌能夠以純粹形式所構築的幻象模式存在,這些詩歌,不必是抒情言志,不定爲感興託諷,特別是在酬唱賡和中,這種競技更成爲詩人專業羣體的聯繫,一種羣體歸屬的標記。

這種以文爲戲,處處挑戰形式技巧的極限,像山谷所説的"要須唐律中作活計"。而形式規則本身,在這類挑戰中,更浸假成習地奠定了愈益嚴格的專業要求:例如王觀國《學林》卷八列舉古人詩歌一篇不嫌重韻之例,説明"古人詩自有此體格"、"如此疊用韻者甚多,不可具舉,意到即押耳"。詩歌不押重韻,幾乎成爲宋人寫作的通識,王觀國舉前人普遍重韻之例,要時人不必以杜詩有重韻爲怪,正反映了宋人詩歌競賽的嚴格挑戰如何竟成了既定的規則。

這些趨勢,肯定了詩歌的本質原是一種"藝",是一種人文巧智的創造,刻意求工,是詩歌的藝術本質之一。所以次韻、賡和更刻意限制,要求長篇險韻、禁體物語,在這因難見巧,以詩歌爲戲的同時,正是認定了"藝"的純熟是詩歌的必要條件,是詩自爲一專門之學的必要條件,詩歌可以在毫無現實關心的形式世界裏獨立存在。

---

① 黃徹《䂬溪詩話》卷十,頁168。

　　然而,弔詭的是,在這種寫作競技中,被凸顯的,却又不是文本或文類的規矩法則,在後來詩話的記載與評論中,真正的焦點落在成功的寫作者身上;同時焦點也不在這些作者的情志或感興,而是寫作能力。在這種種純形式性的逞材效技中,反倒强調了創作之"能"的主動性,而不是客觀規範的强制性。

　　或許是受惠於這種表現之"能"的競爭,鼓勵了詩人進一步突破體製的限制,展現"文備衆體"的才能。歐陽修自身即是一個典型:"(歐陽)公之文備衆體,變化開闔,因物命意,各極其工,其得意處,雖退之未能過。"①

　　這足以說明,這時表現能力的講求甚至還勝過作品客觀形製的界限,因此"破體"、"出位"的寫作成果能夠如此耀眼,②而"以文爲詩"、"以議論爲詩"能夠被看作是創作之"能"而獲得部分詩人的肯定(見沈存中等對韓詩之爭議),它們都源自於形式創造的主動性。

　　來自於寫作競技所激發的主體能動性,使得詩歌寫作表現之"能"取代了詩歌之"所表現",成爲寫作關注的焦點。同時,這一來,寫作的重心,又回到了創作主體身上。③

三、由"語工"造"意新"——詩歌是"有意味的形式"

　　如上所述,達到抒情表現極致的盛唐詩歌,在杜甫之後,開出了形式探索的一路,從此瀰漫成長流,"更覺良工用心苦",然而,這時期

---

①　吳充《歐陽公行狀》,《歐陽修全集》附錄卷一,頁 1337。
②　關於"破體"、"出位",學者論之甚詳,參見張高評《"破體出位"與宋代文學的整合研究——以詩、詞、隱括爲例》,《會通化成與宋代詩學》;《破體與宋詩特色之形成》(一)(二)(三),收入《宋詩之新變與代雄》。
③　由此觀之,實不能以"形式主義"概括這時期形式探索的內涵,特別是後來"江西詩派"的形式講求,也是如此。

對於詩歌形式感性特徵的講求，却是出自於創作主體的表現意識。此種“形式覺知”與六朝客觀文體論或普遍藝術規律的講求有所不同的是：詩歌要在文字格律等形式的探險中，追求恰如其份的表達（或表現）；它是從表現力的探索而來的，與主體的“意”密切相關。也就是説，這種詩歌語言韻律的精研，並非單純地呈現爲好奇務新或韻律諧美等形式技巧的關注，而是有意識地出自於表現力的挑戰。

　　杜詩的探索，不純然是爲了窮究藝術形式的可能性，而是透過創作形式的精細刻畫，啟示了詩歌“傳達”與“表現”能力的問題。“晚節漸於詩律細”①，是爲了達到“語不驚人死不休”②的表現效果。這從他諸多強調有“神”的論述可以看出。這是與從沈約以來一般講求形式規律者最大的差異。對文字表現技巧的自覺，是中晚唐以來的重要趨向，不惟詩風如此、駢文如此，韓柳古文亦如此。

　　元和體，如李肇所言：“元和以後，爲文筆，則學奇詭於韓愈，學苦澀於樊宗師。歌行則學流蕩於張籍，詩章則學矯激於孟郊，學淺切於白居易，學淫靡於元稹，俱名爲元和體。”③此皆包含詩文而言，在這裏，無論是韓孟詩文的聱牙崛奇，或元白長篇排律的窮極聲韻，都被看作一時風氣的代表，而這風氣也就是形式的探索。詩文雖各有不同的發展，然在這時，却具有共同的特徵，也就是對寫作形式的苦心經營。

　　但他們的目標却不是爲純粹形式探索的旨趣。特別是韓孟詩派怪怪奇奇的慘淡經營，無論是表現動感、表現力量、表現色彩、表現韻律，無論寫物寄情，常脱離事物之客觀實際，其光怪陸離的境

---

① 《遣悶戲呈路十九曹長》，《杜詩詳注》卷十八，頁 1602。
② 《江上值水如海勢聊短述》，《杜詩詳注》卷十，頁 810。
③ 《敘時文所尚》，《唐國史補》，《四庫叢刊》本卷下，頁 57。

象,異乎常態的構思,凸顯了在自身主觀心境下對外界景物的獨特觀照。如孟郊説"物象由我裁"①,或如王世貞論李賀(790—816)詩所謂"長吉師心,故爾作怪"②。

這種師心自用的"苦吟"之"苦",不僅在於杜詩一般"語不驚人死不休"的苦心經營,更在於表現主體那曲折拗峭的内在心象,更加凸顯藝術内涵有不可明示外顯的奇思異想的面向。蘇軾講孟郊詩是"出膏以自煮",形象地描繪了這種煎熬心象的苦吟。

這些現象也吻合了當時在詩論中"心"、"象"、"意"、"識"的出現,詩人之"心"不再是被動的承受者,作品不只是物色或情感刺激下的產物,而是"心"更積極主動的造作,"心"不只能反映情景,"心"還能孳生意象,"心"能曲奇致意,"心"能含攝眾識,"心"是在綜合了一切感知、思慮、想像、記憶、情感、理解等種種生命内在活動下的造作能力。

與《文心雕龍·神思》篇比較,劉勰雖然講"神用象通",雖然講"心以理應",然而《神思》篇是描述寫作時意念如何運作的狀況,此"神思"是馭文謀篇的主宰,是面對著寫作客觀作品的精神活動的運作,是在傳統"認知之心"的理解内的精神活動。③ 所以它要藉著"積學"、"酌理"、"研閲"、"馴致"等種種運思來操作寫作過程,藉由以"術"馭"思"的訓練來駕馭情感,這顯示了文體的客觀獨立性,

---

① 《贈鄭夫子魴》,《孟東野詩集》卷六,《四庫叢刊》本,頁 44。
② 轉引自葉燮(1627—1703)《原詩》外篇(下),《原詩·一瓢詩話·説詩晬語》,頁 66。
③ 《文心雕龍》基本上較傾向於客觀文體論的立場。參考龔鵬程《文心雕龍的文體論》,《文學批評的視野》;羅宗強《魏晉南北朝文學思想史》六、七、八章"劉勰的文學思想";其中王夢鷗這段話又更爲具體:"依劉勰的看法:廣義的'文'之概念,與其説是心靈的產物,不如逕説是語言的現象。"(《劉勰論文的特殊見解》,載《古典文學論探索》,頁 161)

以及無論在詩材或詩思上“應物斯感”的被動承受，這種學習、“摹習”，不涉及情意生命的反思綜合過程和主動造作。但中唐詩人論“取境”等寫作的問題卻不是這種意念經營的問題。

在中國佛教的刺激下，文學中“心”、“意”、“識”、“境”等觀念發展成熟之後，創作中的“心”不再只是認知之心，而擴及情志、意向、價值、修養等主宰，並且其主動自覺的能力與外境、意識、感受等有了更細緻複雜的關係。創作中主體與作品的關係，除了如何以“心”御“術”的問題外，逐漸涉及情意內化的修養，而後來宋人會發展出心性論濃厚的“工夫”之說，正肇因於此。

元和詩人的怪奇，將杜詩苦心經營的“傳神”所強調的敘事寫實“表達”能力，轉化為更加主觀抽象的心境“表現”。為著表現力的展現，心性主體有更多的特質與範圍，大幅超越過去抒情表現中所關注的應物斯感的情性主體，被加意凸顯。然而無論是為了“表達”或“表現”，它們同樣都必須透過更特殊的詩歌形式。上述詩人無所不能的寫作競技，為這種表現能力的創發提供了準備。

宋人更透徹地認識到形式與“意”互為表現的關係，從識得義山詩的好處開始。① 王安石：“唐人知學老杜而得其藩籬，惟義山一人而已。”② 李商隱所學到的老杜工夫，不只是律對精切、聲韻，還在於他在韻律之美中的情思綿密、含蘊深厚。宋人在義山詩的賞析中，深深地體會到探幽索微的“意”與鍛鍊精深的“言”之間的表現關係。③ 如楊億所說“措辭寓意，如此深妙”，義山詩的“高情

① 《紫薇詩話》這段話很有代表性：“東萊公嘗言，少時作詩，未有以異於眾人，後得李義山詩，熟讀規摹之，始覺有異。”（《李商隱資料彙編》上冊頁31）
② 《蔡寬夫詩話》，《詩人玉屑》卷十七引，頁362。
③ 劉克莊：“義山之作尤鍛鍊精粹，探幽索微，不可草草看過。”（《後村詩話·新集》卷四）以下佐證資料讀者請參見《李商隱資料彙編》宋代部分。

遠意"與其藝術面貌的"精密華麗"是分不開的。"用意深微,使事穩愜"是一體的,包蘊密致的,不只是形式,也同時是其情感本體。

羅宗強解釋李商隱《漫成五章》之一("沈宋裁辭矜變律,王楊落筆得良朋。當時自謂宗師妙,今日惟觀對屬能"):"在王、楊、沈、宋的時代,詩歌發展面臨的問題,是尋求一種帶規律性的韻律的美。而到李商隱的時代,僅停留在這點上已經遠遠不能滿足了,他要求在韻律的美之外,還應該含蘊深厚,應該深情綿邈。"①

要將"語工"與"意深"融貫一體,要在完美謹密的韻律之中完成含蘊深厚、深情綿邈的,正是西崑詩人的理想。西崑學李,用典繁富、辭藻華麗,也就在於對詩歌包蘊密致即是語言精工之能的認知,西崑的工夫,其實也在開鑿語言容量的縱深,"從這個角度來看,西崑和晚唐其實是一樣的目標,只不過一個是藉層層的使事用典,在有限的文字中疊砌內容的縱深,另一個則藉體物精微,伸展文字運用範圍。這也正如江西的鉤抉深刻和江湖的驗物切近,其實都在同一個大方向上,採取了不同的進路"②。宋初以來,無論是學西崑或晚唐,他們同時都是走在這個以"語工"創造"意新"的道路上。

這時期各種典故、奇語的使用,與麗辭華藻的意義又有不同,目的不在博學地使用各種可以代換的修辭或用語③,而更有一種

---

① 羅宗強《隋唐五代文學思想史》,頁 338。
② 筆者《禪宗與宋代詩學理論》頁 189,註 45。
③ 修辭或用語,還只是針對某一特定的"意",可以代之以更多的修飾,這些多樣的詞彙在不違背作品結構形式(如格律、對仗等)的規範下是可以代換的;然而"精切"的要求則不同,這就是宋人經常討論的,一字之差,作品整個的精神氣度就全然改易。前者像《文心雕龍》《章句》、《麗辭》篇所討論的,專就文章本身的章句而言,以麗句逸韻是否協和文理來取決優劣,或如《事類》篇論用典,主要爲"據事以類義,援古以證今",均不涉及辭句用典與作者之"意"的交互表現與象徵效果,這也都明確地反映了劉勰客觀文體論的立場。

扣緊作者之"意"與作品關係的追求"精切"的用意。

　　這種精切，牽涉到作者文字運用中融鍊意義的能力。特別是在史事或典故的使用中，考驗了歷史理解與文化表現的能力。從中晚唐以來的這種用典、奇語的趨向，反映了文化醒覺的潮流。

　　王安石是第一位洞察杜詩的句律精深與思深緒密不可分割的知音。杜甫所開創的不僅是形式上的探索，後人稱他有"集大成"之功，也在於他在精心裁製的詩律變化中，能更精確而含蘊深厚的表現，接上了盛唐詩人所創造出的意蘊綿邈之功。

　　王安石從杜詩中得到詩中用字的心得："吟詩要一字，兩字工夫也。"①扣緊了"意"，將"意"與"言"的精切對應，表現到極致，"王荆公晚年詩律尤精嚴，造語用字，間不容髮。然意與言會，言隨意遣，渾然天成……讀之初不覺有對偶……但見舒閑容與之態耳。而字字細考之，若經檃括權衡者，其用意亦深刻矣。"②

　　詩話中常討論如何押韻用字，哪些詩句是"的對"，又哪些字、句是無可取代的工緻、切當，對於偶對、聲律等詩歌形式的講求，更加嚴苛、更加殷切，絲毫不稍假借。詠物之模寫、命意之刻畫，"用事之嚴"，處處針對著詩歌形式與語言文字如何恰如其份地表現。

　　於是詩歌寫作更爲凸顯"言"、"意"之間"非如此不可"的交互表徵的關係，驅使語言形構更必須字斟句酌地商兌其表現效應，所謂"鍊字"、"鍊意"，亦由此而來。然而，由於在此關係中，"言"、"意"的關係是互爲變動的，致使用字和表意的關係更爲豐富多變，並只能取決於個別的作品及其內部各成素的相互辯證，而難以有普遍適用的法則，蘇軾講"辭達"爲難的道理就在這裏。

<hr>

① 《諸家老杜詩評》卷一引《鍾山語錄》，《杜甫卷》上編唐宋之部第一册，頁80。
② 葉夢得(1077—1148)《石林詩話》卷上，《歷代詩話》本，頁406。

　　詩人更加關注作品形式的精巧與"意"的容量間微妙的關係，在文字格律題材用典的探索中，發展出每一創作主體無可取代的表現形式，朱弁(1085—1144)説黃庭堅"乃獨用崑體工夫，而造老杜渾成之地"①，是有道理的。宋人對形式表現力的自覺，是透過李商隱式的學杜而來的。

　　蘇、黃也是從這條路入手，他們最初正是在間不容髮的形式規則間轉圜自如，而傲視當世。如呂本中所説："老杜歌行與長韻律詩，後人莫及。蘇黃用韻下字用故事處，亦古所未到。"②只有這樣的形構能力，才能滿足宋人在價值理性的"意"上之創獲，才會有山高水深的境界可言。

　　形式塑造的主動性，鼓勵了詩人繼續向聲韻格律文字典故等形式挑戰，在意思精深的表現意識下，更進一步打破形式規範，把本爲藩籬的格律韻度等也取爲素材，隨意揉塑，任我所用，終於產生出黃庭堅這"一掃古今，(直)出胸臆，破棄聲律……渾然有律呂外意"的創作。

　　在此種表現意識下的形式探索，意味著"言"的開鑿就是"意"的創造，意味著作品是一個"有意味的形式"，"有所表現的形式"。"意"與"言"，在這相互的表現關係中，不斷地往復辯證，不斷地循環深化，構成了宋詩藝術實踐的基調，這是宋人因應歷史成果，對於詩歌自爲一專門之學所認識的内涵。宋詩對唐詩真正的變革，要從這無所不能的表現力開始。

---

①　《風月堂詩話》卷中，頁45。
②　《童蒙詩訓》，引自《杜甫卷》上編唐宋之部第一册，頁284。

第三章　在"人文反省"與"形式覺知"的歷史條件下

——"主體表現"與"形式表現"

"人文反省"的思潮,激起了詩歌作爲文化符號的意識;"形式覺知"的思考,則促成了詩歌是一藝術符號的認知;在上述"人文反省"與"形式覺知"兩時代脈絡的對諍中,出現了"古文運動"這一寫作典範,古文運動凝聚了文化與寫作的共識,建立了一個成功的實現模式,在典範效應下,宋詩應其自身的歷史條件,吸收了韓柳古文"道—主體—文"的模式,分別從"道—主體"及"主體—文"這兩個面向深思詩歌之"所表現"及"能表現",而形成了詩歌不同於傳統抒情表現的"主體表現"與"形式表現"等内涵,這兩個面向,在黃庭堅詩學的完整統合下,終於形成整個宋代詩學"符號表現"的典範網絡。

無論是論詩、論文或論"道",宋人各個文化面向的"談辯論域"(discourse)幾乎都籠罩在"古文運動"的身影裏,整個文化活動裏的"道"、"意"、"文"觀念所賴以支撐的意義氛圍,基本上是在古文運動裏成形的。決定文化走向的因素不是單一的,古文運動的成果,未必足以涵蓋當時整個文學的現象,然而,就一代文化思潮而言,它具體而微地呈現了一種整體文化轉變的徵兆。徵兆的作用,在藉以觀察情勢發展的内在聯繫,以及此中轉折的價值指向。

作爲歷史研究中所謂"察於事變"的觀察點,古文運動是這個文化文學中的"變"的關鍵。它是一個文化氛圍轉變的徵兆。

古文運動,源自文化傳統的自覺,它並且代表了中唐儒學貫通宇宙觀與人間秩序的努力,也就是"客觀化"的文化實踐。由於"工具理性"的偏廢,儒學的進路後來由"外王"轉向了"内聖",然而這個政治社會上"未完成的客觀化",却反倒促成了文化上的"客觀化"——以文化符號的創造,來實現"道"的實存。古文運動便是這個文化氛圍中成功的實踐典範。

在這個文化氛圍中,理學由"合理的人間秩序的重建"①發展出來,這個願景,造成北宋一大學術趨勢。儒學如此,文學、詩歌也不可能外於文化的挑戰,詩文也必須植基於它自己"文以明道"或"言志緣情"的傳統,共赴這"合理的人間秩序的重建"。

與此同時,除了集體文化氛圍的衝擊,文學還有來自自身寫作經驗帶來的突破性的發展。在"形式覺知"的時代成果下,中晚唐這個時期,詩文都開始展開自身出奇無窮的形式探索。尤其是詩歌,格律化已成必然的趨勢,奠定了詩歌自爲一"技"的存在,也帶來寫作形式"工具理性"式的效益思考,相對於文化環境所強調的"價值理性",詩學面臨著如何在專門之學的立場下同時滿足文化理想的難題。②

面對上述歷史條件的挑戰,古文運動立下了一個成功的"典範"。古文運動在創作成果中彰顯了"文—道"的象徵關係、"文"的符號性質、寫作的主體表現力等等特質,並以其文體改革的成功,樹立了示範性的作用。在古文運動的典範效應下,詩學中創作

---

① 見余英時《朱熹的歷史世界》"緒説"。
② 這整個"技""道"對諍辯證的理論内涵,參見本書卷貳第三章。

主體性與形式表現逐漸深化，終至於黃庭堅以成熟的"符號表現"型態達成人文制作與專門之學兩者的統合。詩學規範於是集中在主體"表現力"的問題上，這是江西詩論主要的意義架構，這個精神繼而爲吕本中所確立，後來江西之利與弊、反江西之興起，江西詩論爲容納傳統詩論（如"言志"說）以及同化種種異論的過程中所造成的差異，都源於此。

第一節　古文運動的"典範"内涵——
"道—主體—文"模式的建立

從文學發展來看，古文運動的成就，首在於成功回應從中唐以來的文化重建問題，但除了文化環境的呼應外，它同時又能承接既有的文學成果，開拓藝術性，才是這場文體改革能夠延續下去的關鍵。韓柳透過自身的創作實踐，汲引了駢文已有的藝術成果，擴展了散文所能表現的内涵和能力，使得散文能夠在明道的要求下，展現它更爲豐富的書寫形式，這種藝術成就的開創性，才是中唐文體改革在晚唐五代文風下不致磨滅，而得以在宋代接續發揚的原因。[1]

在此意義下，"古文運動"就是一個透過"文""道"辯證，成功回應"人文反省"與"形式覺知"的歷史典範。

在"文""道"關係的辯證實踐中，古文運動奠定了寫作的三個特徵：

---

[1]　關於韓柳古文運動所以成功的原因，請參考羅宗强《隨唐五代文學思想史》、葛曉音《漢唐文學的嬗變》"論唐代的古文革新與儒道演變的關係"。

1. "文"\"道"(聖人之"意")是互爲一體的表現關係

"文"、"道"對諍,這是文學上早有的爭論。然而在韓愈之前,擁"道"者皆只能從"道"的單向規範來約制文,忽視了文學藝術成就的回饋,造成寫作的自我設限,因此而窄化了"文"所能發揮的範圍,韓柳之前已有文體改革的先聲,但都未成氣候,原因就在此。

騈文很重要的貢獻,是發展了文學的抒情和藝術特徵。① 騈文的發展,是文學形式自覺的成就。在這藝術自覺下,文章除了如先秦散文汪洋浩瀚的託載思想之外,也有肆無涯岸的表現自己的能力。任何文學革新不能漠視歷史進展而走回頭路,古文的改革也必須繼此迎接下一步的推進。

對"文"本身的獨立性以及這種歷史發展成果的忽略,是韓愈之前的古文革新不能開花結果的原因。② 韓愈之前,對於"文"、"道"、對於"復古"的問題,不是單方面從形制體式、便是內容表達或倫理意旨來看。前者形式上的"復古",近於劉勰的"宗經",所宗的是古代經典的體製風格,是古人作文之法,如蕭穎士等人提倡《續尚書》式的古文,這時"所探'古人述作之旨',則無非是'典謨訓誥誓命之書'"。③ 仿古形制的結果,是文體的僵化。

另一種則是內容上的復古,這是以特定的、先在的詮釋內容來定位"道",並以之規範"文",如獨孤及(715—767)"文章可以假道"(道假文章以行)④ 的觀念,或主張宗六經之道的李華(715?—774?)"宣於志者曰言,飾而成之曰文"⑤,這種內容上的

---

① 詳見羅宗強《隋唐五代文學思想史》"第六章 中唐文學思想"。
② 參考羅宗強《隋唐五代文學思想史》、葛曉音《漢唐文學的嬗變》。
③ 葛曉音《漢唐文學的嬗變》,頁 162。
④ 梁肅(753—793)《祭獨孤常州文》,《全唐文》(十一)卷五二二,頁 6728。
⑤ 《崔沔集序》,《全唐文》(七)卷三一五,頁 4042。

“載道”，很典型地把“文”、“道”關係化約爲形式與内容的二元實體的關係①。在這種觀點下，往往以一種經學詮釋傳統的、既定而先在的、外於文本實踐的“道”的成見，如習見的“六經之道”，來約制“文”寫作的領域，因而窄化了“道”可以開展的内涵。

相較於這兩者，古文運動則建立了一種新的“文”、“道”關係：“文”與“道”是“道\器”互爲表現的關係，“文”以“文化符號”的方式表現“道”。如上所述，中晚唐以後，“道”要求以落實於人間秩序實踐“客觀化”，以人文創制實現“道”的經驗實存，也因此，“文”，由於其“人文制作”的角色，而與其他刑名法制等同被視爲“道”的符號，這當中最積極的意義是：“道”是未定的，是表現於一切人文制作中的，極盡可能的文化創造。

明代王褘對“文以載道”的説法，最能從“文”作爲文化所以表徵的必要形式來闡釋這“道”所以形式化、客觀化的“文”：“故文者……曰道之所由託也。道與文不相離，妙而不可見者之謂道，形而可見者之謂文。道非文，道無自而明；文非道，文不足以行也。是故文與道，非二物也。”②“文”是“道”所賴以“形而可見”的符號，“道”則是這符號所象徵的内涵，“文”“道”非二物。

此時，“文”雖不即是“道”，但“文”是“道”的象徵，“道”所以實存的形式樣態。正如錢穆先生説韓柳其實是“即文見道”：“此乃即文而見道，非爲文以明道也。爲文明道，乃後人文以載道之説，仍

---

①　這種“二元”性，也就是把兩者視爲兩種異質而互動的實體；相較之下，在本書“符號表現”（或“形式表現”）的象徵關係中，形式與本體則是同一實體的兩個交互決定的面向，而不是“二元”的關係，而其“形式”或“本體”，也不是個別實體的概念。

②　《文原》，《王忠文公集》卷十六，頁 428。雖然王褘在這裏的“文”，具有廣泛的文化指涉，然而就是這種廣義的人文制作的内涵，適足以凸顯“文”在韓柳等人實踐下的文化符號的意義。

是道與文爲二,而即文見道,則道自寓於文,乃道與文爲一。"①

　　韓柳之前,志尚復古的諸君子,也知"苟言無文,斯不足徵",却只能冀求此二者應"兼之",而不知二者本爲一體的貫通之理,未能體認"文"、"道"是相互決定、相互表現的一體之內外。這是韓愈勝於前人的古文改革之處,正視了"文"、"道"交互反饋的關係,不再是單方面形式體製或主題內容的"宗經"。

　　韓柳的文學成就反過來強調了:"文"的表現力能夠反饋於"道",彰顯、深化"道"的內涵。如他們所相信的"修其辭以明其道"②、"學古道則欲兼通其辭,通其辭者,本志乎古道者也"③。這裏意味著"辭"("文")對於"道"有很重要的表現作用,並且這種表現作用是有著雙向的影響的。要通達古道必須要透過"文",並且要闡明古道也必須藉由"文","文"的表現與理解決定了"道"的深廣。相對於"文"的無限可能,"道"也不是一個既定而僵固的存在。

　　從這裏引申出來的"文",不僅僅是一種透明的媒介,且意味著"文"的能力(而非內容)必然能障蔽或彰顯"道",所以要"通其辭"、所以要"修其辭",就著眼於這語言障蔽或彰顯的作用,以及學者之"文"是否具足傳遞與理解這價值的能力。

　　如柳宗元的"文以明道",是"本之《書》以求其質,本之《詩》以求其恒 …… 參之穀梁氏以屬其氣,參之《孟》《荀》以暢其支……"④,無論是以經典爲"取道之原"或"旁推交通以爲之文",

---

　　① 《雜論唐代古文運動》,《中國學術思想史論叢》(四),頁 40。
　　② 韓愈《爭臣論》,《韓昌黎集‧韓昌黎文集》卷十四,頁 64。
　　③ 《題歐陽生哀辭後》,《韓昌黎集‧韓昌黎文集》卷五,頁 178。宋人説:"古人好道而及文,韓退之學文而及道"(吳开《優古堂詩話》引吳子經《法語》言,《歷代詩話續編》,頁 260),正反映了這種"文—道"關係的逆轉。
　　④ 《答韋中立論師道書》,《柳河東集》卷三十四,頁 543。

都必須要透過文本以磨礪行文的能力以"羽翼夫道","道"的價值不在內容,不在形製,而在是否能夠内化於行"文"的能力之中,成爲足以開顯"道"的寫作表現。

"文"與"道",不再是本末首從的問題,而是在一體的表現關係中如何彼此彰顯的問題。要求"表現"能力,便凸顯了"文"符號構作的刻意講求。如韓愈:"夫百物朝夕所見者,人皆不注視也;及睹其異者,則共觀而言之。夫文豈異於是乎? ……然則用功深者,其收名也遠;若皆與世沈浮,不自樹立,雖不爲當時所怪,亦必無後世之傳也。足下家中,百物皆賴而用也。然其所珍愛者,必非常物。夫君子之於文,豈異於是乎? ……不自於循常之徒也。若聖人之道,不用文則已,用則必尚其能者。能者非他,能自樹立,不因循者是也。有文字來,誰不爲文,然其存於今者,必其能者也。"①或如孫樵所言:"鸑鳳之音必傾聽,雷霆之聲必駭心。……儲思必深,摛辭必高;道人之所不道,到人之所不到;趨奇走怪,中病歸正,以之明道。"②在能"以之明道"的作用下,並不反對文章怪怪奇奇的各種表現方式。這也意味著,在"明道"的能力下,更能接受"文"的各種表現形式。肯定了"文"與"道",表現者與被表現者之間,是能夠互相發掘、互相弘揚的關係。

在承認文道互爲表現的反饋關係中,"道"的闡揚,更加激發各種形式探險,更加鼓勵各式的創作,在這種立場下,才能正視"文"的歷史成果,開放"文"的時代創新,在消化文學既有的成就之後開創"文道"的新局面,所以才能稱得上是"集八代之成"③。

---

① 《答劉正夫書》,《韓昌黎集・韓昌黎文集》卷三,頁121。
② 《與王霖秀才書》。
③ 劉熙載《藝概・文概》:"韓文起八代之衰,實集八代之成。",頁37。

　　在這一體的表現關係中,凸顯了"文"的符號性,"文"與"道",是"A≠a,但 aRA(a:"文",A:"道",R:象徵)"這樣的象徵關係。①"文以明道",就像是符號活動中的象徵者與被象徵者之間的關係,在"文"、"道"的依存關係上,没有符號,也就没有本體;從創作主體自由選擇與價值接受的意義上,符號是什麼,同時也決定了本體是什麼;在這種關係中,符號("文")相對於本體("道"),不再只是工具價值。從包含客觀存在、主體選擇與價值承受的"實存"意義來講,"文",也決定了"道"。"文",是象徵意義的表現"經意",發明經意,這種象徵,是韓愈所説的"約六經之旨以爲文",而不是以六經的内容或形式爲文。在古文運動的影響下,後學者對於"文"作爲符號的意識更加濃厚,對於符號内形式與表現的互動更加敏鋭,終於化身爲宋人豐富的"言""意"辯證。

　　2. "文"所以"明道"取決於主體"自鑄偉辭"的能力

　　在韓愈"修其辭以明其道"的主張中,主體表現的精神已呼之欲出。中唐文學重視主觀感知,因而産生種種怪怪奇奇的題材和技巧,這在主張文章"載道"、"明道"的韓柳身上一樣表現得很明顯。這一點,非但不與其文道觀相抵觸,並且兩者之間還有一共同的心理基礎在,那就是"能自樹立"的精神。

　　韓愈强調用文"必尚其能",强調爲文"不因循"、"能自樹立","若聖人之道,不用文則已,用則必尚其能者;能者非他,能自樹立,不因循者是也"②。與直接宗古人作文之法不同,韓愈

---

　　①　本書所謂的"符號性",是依據卡希勒、蘇珊·朗格等符號論美學的定義,這種符號活動更詳細的内涵,參見本書卷貳第二章。

　　②　《答劉正夫書》,三,頁 121。

"惟古於辭必己出"①,這是他文學復古主張"師其意不師其辭"的關鍵。《新唐書》看到了這一點,説韓愈"深探本元,卓然樹立,成一家言"②。

"自鑄偉辭"的主張,使得寫作在傳統"道—文"的直線關係中引出了"作者"這一層次,形成了"道—作者—文"的關係,寫作主體自身的地位凸顯了出來。要求作者"能自樹立",意味著寫作者涵養文化的能力,以及經此涵養後自我創造價值態度的能力,將是以"文"傳道生生不息的關鍵。

這種内化,也接上了韓柳等作者對身世、對時代等"不平則鳴"的感懷,於是寫作主體的個人意識被凸顯了,"明道"的功業與個人的性情表現遂分不開。較諸前人的文道觀,韓柳的"辭必己出"、"氣盛言宜",更加强調了寫作主體,更加强調創作來自個人情性,强調必先有其個人憤悱勃發不可抑遏的情感充鬱於胸,始能發之於文。

與過去以文載道者强調"道—文"關係,往往跳過創作者個人情感不同,韓柳對個人情性的强調突出了創作者在"道"與"文"之間的地位。③ 就像他們用人間秩序定位"道",用"以教傳道"凸顯人文主體的自覺,以及將"道""符號化"爲人文制作之文,這種種,形成了文化語境裏"道"、"意"、"文"具體的實現關係,"道"落實在

---

① 《南陽樊紹述墓志銘》,《韓昌黎集・韓昌黎文集》卷七,頁 312。
② 《新唐書》卷一百七十六,頁 1347。
③ 羅宗强認爲韓柳論文所謂的"氣","指情性而偏重於情",而不是指文章之氣勢。這個看法同時指出了,韓柳論文强調作者情感的傾向。强調個人情感的抒寫,使得古文在議論之外,也能夠在言志抒情的表現上搶了駢文已有的光采,取得文體競爭的優勢。此外,在詩歌方面,比起"言志"説常强調倫理事態的指涉,韓柳的"不平則鳴"則更爲指向個人情感,更重視寫作主體以及主體自身的情感創造。

行道者身上，人文主體的"意"取代了"道"，在創作中形成了"道—意—文"這樣的關係，在這之間，"文"雖是"道"的表徵符號，但其實質內涵則是行道者的人文主體的表現。

當我們強調韓愈在《答李翊書》中"非三代兩漢之書不敢觀，非聖人之志不敢存"的主張時，常常忽略了他接下來一大段對寫作者的敘述，這段敘述，正說明了從"道"到"文"之間需有一段消化的過程，而不是直接分受的；"處若忘，行若遺，儼乎其若思，茫乎其若迷"的狀態，正提示了主體在這兩者的轉化中"戞戞乎其難哉"的歷程。同時，在這篇文章中，也道出了這歷程是如何奠基於主體"養"的工夫①。

王安石這句話可以爲其註解："孟子曰：君子欲其自得之也。……獨謂孟子之云爾，非直施於文而已，然亦可托以爲作文之本意。"②強調"非直施於文而已，然亦可托以爲作文之本意"，凸顯由"道"至"文"不是直接的挹注，而是透過主體消化創造後的自得之"意"的表現。

相較於前人自限於六經之蝸角，韓愈已隱約指出了一個"約六經之旨而成文"③的內化工夫。由於這主體內化的歷程，"道"與"文"便不再是任何可以指實或直接對應的關係，它更關係著主體與文本表現互爲表徵的過程，這主體之"意"形成的過程，所謂"師其意，不師其辭"的道理就在這兒。經過"主體"這一轉折，"文—

---

① 雖然由於對"性"與"情"的立場不同，韓愈所強調的情感主體，異於宋人更爲全面、更具有反思性格的心性主體，韓愈這裏所謂的"養"和後來宋人的"涵養"之義也大不相同，然而正是韓愈凸顯了"道""文"之間創作主體的作用，才發展出宋人更爲成熟的心性主體與符號辯證的關係。

② 王安石《上人書》，《王安石全集》(上)卷三十三，頁48。

③ 《上宰相書》，《韓昌黎集・韓昌黎文集》卷三，頁90。

道"的寫作關係,從"表達"轉到了"表現",從原先作品的"形式"(表達方式)和"內容"(所表達)這種平板的關係中,拉出了"主體表現"這一層次。

"文—道"的關係從"表達"到"表現",是一個創作觀念革命性的轉變。表達"道",意味著理想道體只能作爲內容指涉對象而表達,"道"與文本內容、與形製有直接的對應關係;但"表現"則不同,"表現",是體證"道"的活動,是把理想境界予以主體位格化以後呈顯的結果,這意味著"道"在內容與形式中有著更爲複雜的交互顯現。這個轉變,引入了創作心性與"道"的廣大辯證,引入了文字聲律等形式體貌與創作心性的微妙辯證。從這裏,開出了創作論兩個面向的思考:一是"道—作者",一是"作者—文"的關係。從這裏,一種寫作的新型態逐漸形成了。

"文"所以"明道",作者"取於心而注於手"①的能力才是關鍵。"自鑄偉辭"的能力,凸顯了創作主體在"道"、"文"之間的地位,把"道—文"關係變成"道—主體—文"的表現模式,奠定了主體表現力的地位。表現力,取代了情志,取代了體製,成爲權衡創作成功與否的主要判準,形成了一種不同於往昔的創作意識、創作活動,也決定了一種新的創作的理想型態。

以表現力爲準的,而不是形製或內容,才是散文能夠取代駢文成爲主流文體的關鍵。六朝以來,駢文已發展出相當豐碩的藝術成果,在文學各個領域中,都可以表現得恰如其份。古文運動前,駢散消長的氣氛隱然形成,駢文也有散文化的趨勢,以順應各種表現的需要,光就文體而論,這時的散文並未具有比駢文更明顯的書

---

① 韓愈《答李翊書》,《韓昌黎集·韓昌黎文集》卷三,頁99。

寫優勢。

以表現力爲宗,而不是摹習古人作文之法,才能在文化復古的需求中,吸納駢文已有的藝術成就,發揮散文奇句單行各種可能的表現能力,取得凸顯駢文外侈內竭的絕對優勢,如此方能接上駢文已經發展成熟的抒情的成就;散文唯有開創自身表現範圍和表現能力,方能迎頭趕上駢文原有的藝術高峰,方能在兼顧"表現"能力與自身藝術特徵下,占有文化與文學的新譜系。

同時,只有當"文以明道"、"文以貫道",不再是傳統聖典內容的觀念申論或形式承襲,而能創造自己獨特的存在形式。並且這形式足以代表、足以凝聚讀者(作者也是)對這背後整體情感態度的反思與再投入,獲致一種總體生命意義上的自我整合,寫作才成爲一種價值再創造的過程,文中之"道"才能真正的復活。

這也是古文運動真正的力量。創作者以"自鑄偉辭"的象徵表現完成這個使命。從一個歷史中的文學活動而言,這個喚起讀者心靈再參與的象徵形式,它同時也融貫了"道"所代表的總體文化回憶,創造了新的想像視境,一個呼應當代情境的人文理解,而足以回應時代環境的挑戰。

3. 在"符號"意識與"主體表現"下的"成體之文"

主體表現的彰顯,使得古文運動不僅僅是文體的變革,更是突破文體畛域、貫穿各類體製的一大變革。

"古文運動"奠定了"文""道"之間"本體—符號"的象徵模式,"文—意"取代了"文—道",決定了兩者的創作關係由"表達"轉成了"表現"。"因文見道"的方式改變了,這也因此改換了整個文章的性格,"文"與"道",産生了一種新的存在樣態,唐宋文形成了一種不同於六朝文的文章脈絡,這就是"成體之文"的書寫性格。①

學者朱剛探討唐宋古文的特質,認爲首先在體製上,它"備而成體","以'成體'之小文而能闡發大道,代替整部的子史,是唐宋古文在體製上的特異之處"②。蘇軾弟子秦觀(1049—1100)已意識到韓愈文學的表現力,已突破了體製風格等"各自名家"的界限,在兼備衆家之好的"集大成"的意義下,呈現了一種獨特的文學型態——"成體之文":

> ……後世道術爲天下裂,士大夫始有意爲文。故自周衰以來作者班班,相望而起,奮其私知,各自名家,然總而論之,未有如韓愈者也。何則?所謂文者,有論理之文,有論事之文,有敘事之文,有託詞之文,有成體之文。……鉤列莊之微,挾蘇張之辯,撫班馬之實,獵屈宋之英,本之以詩書,折之以孔氏,此成體之文,韓愈之所作是也。……然則列、莊、蘇、張、班、馬、屈、宋之流,其學術才氣皆出於愈之文,猶杜子美之於詩,實積衆家之長,適當其時而已。……杜氏、韓氏亦集詩文之大成者歟。③

他所舉的"論理之文"、"論事之文"、"敘事之文"、"託詞之文",每一種不同的情志,都有其對應的體製;就像詩歌有"高妙"、"豪逸"、"沖澹"、"峻潔"、"藻麗",每一詩人有其不同的體

---

① "成體之文"的觀念爲學者朱剛所提出,作者引秦觀《韓愈論》中以韓文爲"集大成"者的"成體之文",來說明這由韓愈所開出的唐宋古文體製上"備而成體"的重要特質。見氏著《唐宋四大家的道論與文論》(北京:東方出版社,1997.10)。

② 朱剛《唐宋四大家的道論與文論》,頁 172—173。

③ 《韓愈論》,《淮海集》卷二二,引自《宋詩話全編》頁 999。

性,也有其代表風格;但這些都是"道術爲天下裂"的產物,只有杜詩韓文,不落於這些框架中,才能以篇什之文,發揮專著無所不包的學術才氣。

張籍曾質疑韓愈所作散文短制諸篇,"多尚駁雜無實之説",爲循俗章句之學,非聖人著述之道。[①] 這顯然是站在文章體製有別的立場,認爲不同的情志表現有其專屬的文章體類,荷載大道之文也應有其文體規範,不是這類駁雜短篇的寫作所宜。

但秦觀所以説韓愈爲"成體之文",恰就是要對立於其他"各體之文",杜詩韓文,所以是"集大成",正是因爲能夠擺脱體製風格的偏限。如柳宗元説韓愈《毛穎傳》:"但凡古今是非六藝百家,大細穿穴用而不遺者,毛穎之功也。"[②]能包容六藝百家之體,馳騁其無所不至的表現力,發揮文章縱橫捭闔,暢述義理導達人情、無所不至之大用。所以這樣的文章,才能"奥衍閎深,與孟軻楊雄相表裏而佐佑六經"[③]。

恰恰在張籍對韓愈的批評中,反映了一種新的載道之文:韓柳文章彰顯了,文體、文類的區分不再是邊界,作品所能表現的範疇,不再受篇制形式等成規所囿限,而任一類文體,也不定對應什麽樣的情志,在"所表現"與"能表現"之間,有了更活潑而多變的可能。在這種關係下,一篇文章所能傳達的,更爲豐富了。

不同於前人就事而發,以措事之宜爲旨歸、抒發一事一情一理

---

① 關於張籍此處的批評,學者常引《唐摭言》所謂"韓公著毛穎傳,張水部以書勸之",認爲是針對這類毛穎之作所發。《唐摭言》之誤,錢穆先生辨之甚詳,並指出張籍批評之深意,乃是時人對韓愈提倡古文之深度懷疑,意即有志古道,當任著書之事,而著書之事,則應如聖人六藝或孟軻揚雄之著作,何以章句雜篇爲? 參見《雜論唐代古文運動》,《中國學術思想史論叢》(四)。

② 《讀韓愈所著毛穎傳後題》,《柳河東集》卷二十一,頁 367。

③ 《新唐書·韓愈傳》卷一七六,頁 1347。

的"篇什之文";唐宋古文的典範是一種直樹道本、發明道理,以理統事,是"將道理説得完整,源流本末俱在一篇之中"①的"成體之文",這也就是全幅展現"道"的"體道之文"。

比較一下唐宋古文和魏晉時期的説理文章,就可以看出顯著的分別。同樣是論辯類的文章,魏晉文章講求就事論理,如李充《翰林論》所謂"研求名理而論生焉。論貴於允理,不求支離"。六朝的論辯文,沿著對象應有之"理"的主軸,徹底分析問題,抽絲剥繭地窮究該事物内在之"理",循著事物本身應有的規律,辨名析理,如劉勰所謂"述經敍理曰論","論也者,彌綸羣言,而研精一理者也","論如析薪,貴能破理"②。這種述經敍理、彌綸羣言,是論述,是推理,是邏輯上從一個端點到下一個端點的思維演繹,所以它不支離。章太炎就認爲六朝文章本於"名理",實勝於唐宋古文,"守己有度,伐人有序,和理在中,孚尹旁達",六朝文精微簡鍊,深達理要,也就是能夠"持論"③。以這"持理議禮"的能力爲標準,這也是爲什麼章太炎對唐宋文深致不滿的緣故。

但同樣的,它的表達也是有限的。在邏輯關係的含藴範圍内,把這一事一義之"理",由部分至部分地,由局部至局部地,步步安立,層層推進,魏晉文章析理嚴密,順著概念内部邏輯分析下去,扣緊"理"的環節,步步穿透,故論辯犀利,針鋒相對。它的形式也是隨著事義的邏輯關係,步步連結起來的,直至了無勝義地貫徹了所有的論點。每一篇論辯,每一篇文章,代表了一個論點的完成,但每一個論點都是"道"(理則意義上的)的一個部分,

① 朱剛《唐宋四大家的道論與文論》,頁172。
② 《文心雕龍·論説》,頁293—294。
③ 章太炎《國故論衡》,頁82—83。

因此,每一篇文章,都是大道之一隅。就形式而言,它也就是這樣從局部累積成整體的架構,而其形式與內容的對應關係,也是單純的。①

但唐宋文不是這樣的,唐宋古文恰恰不是要如此"分理明察"的。唐宋文一篇篇是一個個完整自足的作品,它是"理"的全幅展開。正如韓柳自述其爲文:"口不絕吟於六藝之文,手不停披於百家之編……作爲文章,其書滿家。上規姚姒,渾渾無涯。周誥殷盤,詰屈聱牙。《春秋》謹嚴,《左氏》浮誇。《易》奇而法,《詩》正而葩。下逮莊騷,太史所録,子雲相如,同工異曲。"②或"本之書以求其質,本之《詩》以求其恒……參之穀梁氏以厲其氣,參之《孟》《荀》以暢其支……"③。他們的文章不只是出入於六經諸子,更可説是要包羅六經諸子,以散文短篇成就長篇巨制的著述之功。《文心雕龍·諸子》篇的定義,恰可爲這兩種"文"作一區判:"博明萬事爲子,適辯一理爲論"。"適辯一理"正是魏晉文的特質;而唐宋古文恰似博明萬事的"子"的作用。

但這如何可能? 如何將完整自足的大道全體囊括於一篇短制之中? 或者説,這樣的短文所能完整概括的是什麼?

如何以理統事? 如何將廣大之"道"收攝於一事一物之中? "唐宋古文之能'成體',也在於把文義與大道之間的關係,從部分與整體,轉爲特殊與普遍。"④在唐宋古文體製下理想的"文"、"道"

---

① 在這個時期,雖也講"以一總多",但這種"以一總多"並不是藝術形式意義上的"以一總多",而是形上之理對萬象殊性的以一總多,是理則意義上的,不是象徵意義的。

② 《進學解》,《韓昌黎集·韓昌黎文集》卷一,頁26。

③ 《答韋中立論師道書》,《柳河東集》卷三十四,頁543。

④ 朱剛《唐宋四大家的道論與文論》,頁174。

關係,已不是枝葉和本根這樣的"部分與整體",而是"具體與抽象"、"特殊與普遍"的關係,①這就是"象徵"。不自居於大道之一隅,而得見微知著之功,是什麼樣的表述型態? 只能是"表現",是象徵,而不能是"表達",不能是推論。②

在唐宋文這些短篇雜制中,"文"對"道"的"載"與"明",是透過類似這樣的方式來達成:"觀念的種類應有盡有,抽象與具體、共相與殊相,不一而足,而且,猶如音樂家之樂句,其佈置並不在於使之告訴我們什麼事情,而在於使它們在我們心中所產生的效果合併成感覺與態度的連貫整體,因而生出奇特的意志解放。那些觀念是要供人起反應的,而不是供人思考或討究。"③這就是"象徵"的作用,它所表現的"以一總多"的整體,不是經驗或事義的整體,而是將雜多予以抽象表徵的整體,是抽象整合爲一單一而完整的態度或價值的整體④。

説韓柳古文是一種"成體之文"的意義是:古文運動有意識地創造每一作品完整而獨特的情感態度,散文的作用,不在於論證(如六朝的論辯文類)或説服(如戰國諸子),不在於這類一事一義而明白暢達的認知,相對的,它要透過完整而可感知的形式,以暗喻或啟示,引領我們"想像"一些內涵、"直觀"某種情理之必然,引燃讀者心中關於某種價值的情感態度。將玄深無言的大道具現

---

① 這種觀念的成熟,與唐宋之間"理""事"思維型態的成熟恐怕不無關係。

② 關於"象徵",詳見本書卷貳第二章。

③ 李查茲《文學批評原理》。本書這段話引自伯藍尼《意義》一書(頁138),是伯氏引李查茲描述艾略特詩歌技巧的話,以説明藝術作品如何以此種"象徵"或"比喻"的方式,創造想像的視境,而不是字字可徵的思想內容。本書認爲古文運動在文學革新上真正的內涵,正是將"載道"、"明道"的文學表現由"反映"、"再現"聖人的經典轉向這類"象徵"的觀念,因而打開了詩文創作意識的新局面。

④ 用符號論美學的話來講,叫"情感概念"。

爲文章的篇製形式,以具體的短篇形制展現全幅抽象廣大的義理,
這樣的以一總多的力量,可以豐富深厚如韓愈所説:"多矣哉,古未
嘗有也! 然而必出於己,不襲蹈前人一言一句,又何其難也! ……
其富若生蓄,萬物必具,海涵地負,放恣橫縱,無所統紀,然而不煩
於繩削而自合也。"①這就是唐宋散文海涵地負,放恣橫縱的表
現力。

　　可以説,魏晉的説理文類是一種"表達的"文章,而唐宋古文則
是一種以"表現"爲目的的文章。前者視文章是一種思維與推論的
連結,比較、分析、邏輯推演,以思辯性的觀念表達爲脈絡,從部分
逐漸推導出整體;後者視一篇文章爲一完整的形式,完整地蘊含了
背後的象徵內涵,以態度同情理解等全幅性情展開的符號表現功
能爲蕲向,每一關節同時也就是整體,每一段落都是整體的概括,
在全體美感氛圍的聲息相通中,每一部分都遥相呼應,這就是唐宋
文章常談以"意"攝之的問題。唐宋古文,每一篇文章就是一部完
整的藝術品,是人文情感的符號化,是大道的象徵。"成體之文"奠
定了"文—道"間符號象徵的模式。②

　　在這複雜而辯證的關係中,統攝種種殊性而完成一個完整作
品的,"意"是樞紐。作爲心靈抽象,"意"是統攝一切複雜的感覺、
情感、理解等等的"所表現","意"是主體整合這一切複雜經驗的完
整抽象,可以説是主體對人類情感的理解、情感態度。而這時的
"文",也就是表徵此一心靈抽象的完整"符號"。這"意"與"文"間

---

① 《南陽樊紹述墓誌銘》,《韓昌黎集·韓昌黎文集》卷七,頁311。
② 陸象山(1139—1192)曾比較漢代賈誼和唐代陸贄的奏事之文,清楚地指出這
兩種體製上的本質差異所在:"賈誼是就事上説仁義,陸贄是就仁義上説事。"此外,朱
剛也引劉熙載《藝概·文概》中的話,詳論這種體製變異所意味的韓柳古文"文以載道"
的內涵。參見朱剛《唐宋四大家的道論與文論》,頁171。

的形式辯證，正是唐宋詩文"符號表現"型態的關鍵。

　　如此一來，上文所謂作者如何"取於心而注於手"的轉化能力，具體而言，就是形式抽象的能力，也就是唐宋人好講的以"意"攝之的課題，也就是如何整合地創造情感價值的問題。[①] 在此，對文本而言，由於它內容與形式的關係是更爲複雜而具有辯證性的。像圍棋一樣，如何統攝全局是關鍵，所以文章會發展到講"形"講"勢"[②]，以至於講求種種的佈局與安排，莫不源自這"成體之文"以形式象徵囊括大道的需要。

　　這種納須彌於芥子的意義便在於以完整的象徵形式收攝一切，無論如何複雜的感知、經驗，或衍生出何等的想像、理解，最終都在創作主體情感態度的統攝下抽象爲一象徵表現。也就是在這種主體意識的統攝下，文章作爲一整體道理的抽象表徵，便沒有特定情志需對應特定體製風格的形式界限的問題了。例如文體中的"記"，本是"所以備不忘，如記營建，當記日月之久近，工費之多少，主佐之姓名，敘事之後略作議論以結之"[③]。但到了宋初，"王禹偁《黃州新建小竹樓記》、范仲淹《岳陽樓記》、歐陽修《醉翁亭記》、蘇舜欽《滄浪亭記》雖仍記載有關建造情形，仍未脫先敘述，次寫景，然後議論的基本結構模式，但客觀記述的份額明顯減輕，而人的形象、心情、思想、志趣大爲突現"[④]。更不用説後來三蘇、王安石那些古文名作，創作主體情感態度的表現，遠遠凌駕了文章原該表達

---

　　① 　這種創造情感價值的心靈抽象，便是宋人"心法"的根源。
　　② 　《文心雕龍·定勢》所講的"勢"，是"因情立體，即體成勢"，是某一情志所相應的體式自成之整體風格的"總一之勢"，所謂"循體而成勢"，不是文本內在文理之勢，所以才會有："模經爲式者，自入典雅之懿；效騷命篇者，必歸豔逸之華"，與唐宋文所講之"勢"是不同的。
　　③ 　明·吳訥《文章辨體序説》，頁42。
　　④ 　程杰《北宋詩文革新研究》，頁448。

的事義,也突破了個別文體、個別風格所對應的形式畛域。可以說,唐宋文,已在表現的目的下,突破客觀體製的成法,突破了個別情志與形製風格——對應的關係,追求完整的表徵形式,一種足以統合容攝總體情感理解的象徵表現。

後來宋人詩論文論中諸如"渾然"、"圓成"這類整體性的觀念,正是從這種"成體之文"完整象徵的規範而來。由完整的象徵這表現功能而來的要求便是意與思的收攝的問題,也就是心靈抽象與形式表徵的問題。

在魏晉文章的思辯系統裏不會有這個問題,在客觀體製論裏也沒有這個問題,到文心雕龍所講的"謀篇之術",也沒有討論"意"的總體統攝的問題。① 相對的,從韓柳古文以來,會常常講文的統攝的問題,會常常討論"文"要以氣以意攝之的問題,會發生文章漫無歸宿的問題,就像蘇軾用"錢"所作的比喻:"天下之事散在經、子、史中,不可徒使,必得一物以攝之,然後爲己用。所謂一物者,意是也。不得錢不可以取物,不得意不可以用事,此作文之要也。"②正是出自於如何以篇什之文表現大道而不致流於汗漫無歸的思考。

古文運動,便是以上述這三項特質,奠定了寫作的"符號表現"模式。

---

① 劉勰"登山則情滿於山,觀海則意溢於海"這些的"意",還不是心靈抽象整合層次的"意"。

② 蘇軾這段話是個很好的比喻:"儋州雖數百家之聚,而州人之所須,取之市而足,然不可徒得也,必有一物以攝之,然後爲己用。所謂一物者,錢是也。作文亦然。天下之事散在經、子、史中,不可徒使,必得一物以攝之,然後爲己用。所謂一物者,意是也。不得錢不可以取物,不得意不可以用事,此作文之要也。"(《東坡誨葛延之》)"錢",正是以抽象價值統攝並取代具體、個別而殊異的事物的典型,現在唐宋文以"意"攝之的象徵表現也是如此。

第二節　從"成體之文"到"成體之詩"——古文運動的典範效應

就這三個特徵來講,古文運動在文學上一個很重要的作用是奠定了"道—創作主體—文"("宇宙"—作者—作品)這樣的寫作模式,使得前述"人文反省"與"形式覺知"的對諍,在此一架構下獲得統合而成熟發展。在這個成功的"典範"下,"道—創作主體—文"的關係,成爲宋人文道觀的基本思維。

古文運動的這些創獲,具有"典範轉移"的指標性意義。"典範轉移",可以視爲一種策略調整,也就是一種問題中心的轉移:"以一種新的觀察策略,'再進入'(re-entry)科學系統,並成功地發現以往觀察不到的問題,致使舊策略終爲新策略所取代。"①古文運動的這些新特質,就是如此。它們等於是重新調整了觀察"文道"關係的策略,這種文道關係的新認定,正解釋了過去察覺不到的文道關係,古文運動建構的新文道觀,便是這"典範轉移"的指標。

過去討論"文""道"關係的課題,不管是所謂的"以道爲本"、"重質輕文"等等本末貴賤之説,或"情欲信,辭欲巧"、質文"兩存",或者如劉勰在"原道""宗經"立場下所謂"斟酌乎質文之間"的説法②,它們都反映了一種二元對立的思考,在這種思維下,"文—道"一直處在"不是東風壓倒西風,就是西風壓倒東風"的緊張關係

①　顧忠華《孔恩、韋伯與社會科學的典範問題——從經濟學史的"方法論戰"談起》,《當代》132 期,1998.08,頁 40。
②　劉勰的"徵聖"其實也還是"宗經",見本卷第一章。

中，因此時時得强調主從、本末、先後、體用、輕重、表裏等等的權力抗衡，即使是劉勰“稟經以製式，酌雅以富言”的道文關係，也仍是一種宗經以爲文的單向統御的思考。

但是現在韓愈的“文─道”觀，却是一種“本體”與（賦形本體使成爲實存的客觀化）“符號”之間的關係。猶如韓愈所謂“仁與義爲定名，道與德爲虛位”，虛位之所以爲“虛”，在於“道”雖亘古長存，但它非得開顯一套使自身現形的形制來實現，方能有實存的意義；非得要有“仁”與“義”這些刑名度數或民生經濟的創制，它才能實現而實在。這就是符號與本體不能分解的關係。

“符號”不即是它所表徵的“本體”自身，但它賦形了本體，使本體得以因客觀化而被感知、被觀照、被思維、被想像、被把握或採取態度，成爲可以理解的對象，事實上我們就是在人文創制的這種種符號中才認知了它。沒有（在邏輯上或時序上）先於其已成“符號”的“道”的存在。①

這宛如卡希勒符號哲學裏所説，語言、歷史、藝術、科學等種種人文創設，就是人類社會符號化的解釋系統。“道”因爲化身爲這種種社會羣體的符號系統，才能建構起足以讓解釋、引導、規範、調節、支持等等社會功能得以肆行其上的基礎網絡，成了人得以定位

---

①　過去的“以文載道”主要把文章與“古”道（所以爲“古”的形制、内容）看作是指實的、類似“信號”般一一對應的關係，直接把經典的刑名法制或語言内容用在時文，把寫作看作是古制直接的“再現”或“反映”。這種“學古”，由於未經主體時代理解的消化，遂顯得不合時宜。從韓柳以後到宋初，一樣有這些情形，這是食古不化遂至於迂怪的主因。而韓柳所學之“道”、所復之“古”，則是一須經主體内化詮釋方能實存的本體，須經抽象概括方能表現的文化内涵。排抑“太學體”的歐陽修，“深於性命自得之際”的蘇軾，“祖宗之法不足畏”的王安石等人，之所以能完成詩文革新的工程，關鍵也在於能納復古意識爲有待主體詮釋的文化本體，通過主體的理解，消化古學，創造“博於古而宜於今”的象徵符號，疏通古今，使得“道”由於“文”而獲得創造性的再詮釋而實存於當代。

自我並安行於其上的“路”,這才是“道”之所以爲“道”。

回過頭來,這種“文—道”觀察策略的逆轉,把文道的“道器”關係從二元對立轉化爲本體與符號的“象徵”關係,這種符號思維下,“文”、“道”本身都將起著更積極的作用。這也就是以下要探討的這個新典範的特質。

古文運動未必足以代表這段文化社會的全貌,却具有指標性的“徵兆”的作用,它的“文—道”思考的轉變,代表了這一整個新的典範網絡問題中心的轉移。而整個典範網絡與此相關的價值信念、理論系統、遵行規則、技術操作等等,也就具體地表現在文學的創作指導裏。它們將在以下所要探討的文論詩論中具體呈現,而這些特質也就和上述“文—道”關係的思考一樣,一同構成了這個典範網絡之所以不同於前人的“典範轉移”。

宋詩與古文運動的關係,反映在韓詩在宋代的升騰以及宋人“以文爲詩”的接受過程,它們代表著在一種普遍的文化意識的籠罩下,各類文化品目的界限可以淡化,用一種普遍適用的寫作觀念(元文類),在一種文化典範的意義下,吸收“文”先在的成功模式,使得古文運動對詩學也產生了作爲學習前導的典範效應。

然而這種典範學習的效應也並不是那麼直接的,因爲詩文有其各自的時代條件。這時的“文”雖然有重要的形式突破,但基本上它的身份仍是隸屬於文化項下,可以單純在人文制作的前提下,從事“修其辭以明其道”的文體革新。“詩”則不同,在詩歌格律化之後,在文體規範更加明確謹嚴之後,詩爲一專技之學的角色已不可迴避,詩學必須同時面對作爲一專門之學形式優位的技術理性,以及大環境裏文化反省的使命,“技”“道”兩者之間的對諍更加緊張。即使吸收了古文運動的典範成果,但它比古文要更加曲折地面對歷史的挑戰。

一、文化處境與詩文合流

這個典範效應的歷史發生應是從詩文合流開始的。相較於
"文"傳統上總是"表達"的，詩歌一向就偏重於言志緣情等抒情表
現，因此，當明道的古文也強調表現主體情感時，就讓它與詩走得
更近了。這種表現意識，沖淡了文章的實用性而凸顯了藝術性，這
表現性正是詩文合流的契機。

錢穆先生論韓柳短篇散文的成功，一部分就在於他們變詩爲
文，"刻意運化詩騷辭賦之意境而融入之於散文各體中，並可剝落
藻采，遺棄韻律，洗脂留髓，略貌存神"①。造成了唐宋古文既足以
作爲文化之道的象徵形式，又富有純文學的意趣。在這種以表現
力爲主導而突破體製界限的創作觀念下，便如司空圖讀韓柳詩所
言："作者爲文爲詩，格亦可見，豈當善於彼而不善於此耶？ 思觀文
人之爲詩，詩人之爲文，始皆繫其所尚，既專，則搜研愈至，故能炫
其工於不朽，亦猶力巨而鬥者，所持之器各異，而皆能濟勝以爲勍
敵也。"②爲詩爲文，竟可一憑創作表現力而無分，開啟了唐宋文人
詩文互濟、文備衆體的大家風度。於是，詩文就有了共同面對文化
挑戰的基礎了。在詩文一體的共識下，古文運動的耀眼成就更容
易被詩學汲引，發揮其創作楷模的典範效應。

古文運動的成功，提示了"文"、"道"在象徵表現下，既能夠處
處渾涵至大無外廣袤精微的文化傳統，又能發揮無所不能的表現
力，統攝既有的文學成就。就創作實際來講，古文運動提供了文學

① 錢穆《雜論唐代古文運動》,《中國學術思想史論叢》(四)頁 54。
② 《題柳柳州集後》,《司空表聖文集》卷二,頁 27。

一個回應文化困境並成功開拓藝術性的示範,對處於同一典範網絡中的文類,同樣面臨"人文反省"的文化思潮,又特別敏於"形式覺知"的詩學而言,正是學習與實踐操作上絕佳的典型。這也開啟了宋詩同樣經由這"道—主體—文"的模式,在"成體之詩"的表現型態下,走向"符號表現"之路。

這種以一篇帙發明全幅道理的象徵表現,原是古文運動帶來的散文寫作的理想。如上所述,古文運動所掀起的不僅是一場文類改革,更具有文化反省的意義,在這意義下,一切文化成果勢必也捲入這場風雲之中。以文人的身份而言,古文運動的人文制作的表現意義,也成爲詩人創作"前理解"的先在視野之一。在這種人文制作的視野下,詩,與文一樣具有富含這類"道"、"意"互爲表徵的書寫品格。

也就是在這種立場之下,詩歌也被納入了古文運動的典範之內,詩歌與"道"與"意"的關係,遂有了特殊的發展,上述唐宋古文"成體之文"的理想,也因而注入詩歌創作的理念中,在這特殊的"道"、"意"表現內涵下,產生了宋詩獨特的表現理論與美學義蘊。

韓柳文章彰顯了在"成體之文"與主體表現下,文體、文類的區分不再是邊界,作品所能表現的範疇,不再受形式篇制等成規所限,這使得創作在"所表現"與"能表現"之間,有了更活潑、更多變的可能。不只是文章,包括韓愈的詩歌,也是這種主體表現力的實踐。透過詩文一體的文化影響,透過韓詩的示範,古文運動發揮了典範效應,帶動了有宋一代的詩歌表現。

在這種象徵表現的關係下,符號形式與情感價值之間才有了更微妙、更複雜的辯證;而從這種豐富的辯證關係,宋人也逐漸發展出一整套不同於以往的詩學型態。

　　從宋代歐蘇黃逐漸完成詩歌符號表現的型態來看,在這意義上,韓詩的確主導了宋詩創造性的發展。誠如葉燮所説:"韓愈爲唐詩之一大變,其力大,其思雄,崛起特爲鼻祖。宋之蘇、梅、歐、黃、王,皆愈爲之發其端,可謂極盛。"①相對而言,宋人所盛稱的杜詩,則是宋人在這一整個(啟發自韓愈的)文學典範和價值意識下,被詮釋被擇取而作爲學習的模範。江西詩派的形成便是詩學消化這典範效應的歷史過程。

　　宋末方回自述他受師友陳傑傳授的寫作指點是:"陳傑自堂宗豫章派,一見稱歎,指授甚詳,勉予專意古文及詩,四六、長短句不必作也。"②這類的論述,大約可見古文與江西詩學共享的學習氛圍。而古文運動與江西詩派的關係,更明確地表明在吕本中《江西詩社宗派圖序》:

　　　　古文衰於漢末,先秦古書存者,爲學士大夫剽竊之資。五言之妙,與《三百篇》、《離騷》爭烈可也。自李、杜之出,後莫能及。韓、柳、孟郊、張籍諸人,自出機杼,别成一家。元和之末,無足論者,衰至唐末極矣。然樂府長短句,有一唱三歎之音。至國朝文物大備,穆伯長、尹師魯始爲古文,成於歐陽氏。歌詩至於豫章,始大出而力振之,後學者同作並和,盡發千古之秘,亡餘藴矣。録其名字,曰江西詩派,其原流皆出豫章也。③

這樣的論述,顯示了文化趨向下古文與詩歌互通聲氣的關係,説明

---

①　葉燮《原詩》,頁8。
②　《送俞唯道序》,方回《桐江集》卷三,頁312。
③　趙彥衛《雲麓漫鈔》卷十四引述吕本中語,頁244。

了江西詩派與古文運動的歷史因果。

在這典範效應的渲染之下，一直到呂本中，對於作詩之方，自然地會想到古文運動："學退之不至，李翱、皇甫湜。然翱、湜之文足以窺測作文用方處。近世欲學詩，則莫若先考江西諸派。"①"江西詩派"的創作觀念，與古文運動這一典範，是一脈相承的。

二、"成體之詩"與符號意識

古文運動"道—主體—文"的表現模式，同時也敞開了"道"的內涵，相較於後來柳開、石介等謹守著"文"的特定內容，而越走越窄，僵化了"道"②；歐蘇則以"能自樹立"的表現力，接續了韓柳開拓的成就。

從韓柳到歐蘇，"文"所以能"明道"，真正的重點在能"表現"，文章能表現"道"、彰顯"道"的能力。揭示了以文明道不是內容或形式上單方面學古的問題，而是學者如何創造地"表現"古"意"的問題。如此，才能同時在力求主體表現的宗旨下，得以發揮散文的藝術效果；也在文化使命下，回應了"形式覺知"的時代潮流。

詩歌也一樣，也學著以這"道—主體—文"的模式回應時代的挑戰，在這當中，從散文典範效應而來的"成體之詩"與符號表現的

---

① 《童蒙詩訓》，郭紹虞《宋詩話輯佚》本（臺北：華正書局，1981.12），頁 597。

② 這種著眼於特定"內容"的明道的立場，石介《怪説》（下）是個典型，他批駁楊億的是爲他"淫巧侈麗，浮華纂組"，"使天下不爲《書》之《典》、《謨》、《禹貢》、《洪範》，《詩》之《雅》、《頌》，《春秋》之經，《易》之緐、爻、十翼"（《石徂徠集》卷下，頁 75）。他讚揚韓愈的也是爲其："三墳言其大，十翼暢其微。先生書之辭，包括無孑遺。春秋一王法，曲禮三千儀，先生載於筆，鉅細成羈縻。"（《讀韓文》），認爲他在內容上對三墳五典有"包括無孑遺"之功。相較於柳宗元説韓文發揮了"凡古今是非六藝百家，大細穿穴用而不遺"（《讀韓愈所著毛穎傳後題》）的才能，是更加拘泥窄化了。而歐陽修在詩話中強調"退之筆力，無施不可"，謂韓詩"天下之至工"，又説他"與孟郊聯句，便似孟郊詩；與樊宗師作誌，便似樊文"，莫不著眼於其表現能力而非內容題材。

意識，也烙印在詩學裏，打下創作實踐的基底。

　　如上所述，在以表現力爲宗而突破文類形式界限之後，詩文在共同的文化意識下合流了。既是"文備衆體"，詩文互濟，那麼詩與文的創作也就可一體視之了。惠洪《冷齋夜話》裏記載沈呂王李四人對於韓詩是詩非詩的爭議，正凸顯了這時期詩文界限趨向模糊的狀態，雖然後繼尚有如魏泰或王安石、陳師道等從文體論的立場認爲韓詩"不工"，然而隨著韓詩韓文在宋人心目中地位的增長，論詩如論文的風氣也就形成了。即使作爲具體創作的指引，宋人亦常以文章包羅詩文二者①，傳統的"言志""緣情"，或比興風骨，已不再是詩論的主流，經典著述、義理旨歸等原本屬於論文的觀念，也普遍用於議論詩歌了。

　　在曲盡其妙的表現的目的下，詩歌一樣也泯没了體製的界限，更肯定了"以文爲詩"對於拓展表現能力的作用。

　　　　詩至建安，五七言始生，而長篇反覆，多有所未達，則政以其不足爲文耳。文人兼詩，詩不兼文也。杜雖詩翁，散語可見。惟韓、蘇傾竭變化，如雷霆河漢，可驚可快，必無復可憾者，蓋以其文人之詩也。……彼一偏一曲，自擅詩人詩，局局焉，靡靡焉，無所用其四體，而其施於文也，亦復恐泥。②

於是詩，和成體之文一樣，也要求有淋漓盡致、完整無憾的表現；詩

----

① 杜甫，韓愈即常以"文"或"文章"指稱詩歌（參見劉師培《論文雜記一○》，載《劉師培中古文學論集》），雖然他們有著承襲六朝文筆之分的背景，與宋人不同，然亦有助於理解唐宋文論中以"文章"之法或範例討論詩歌之寫作的觀念。

② 《趙仲仁詩序》，劉辰翁《須溪集》卷六，頁41。

歌一樣,要從各體文類皆能純熟的"文被衆體"的才能,進一步越過文類框架,就在作品中統攝了各體文類個別所能發揮的展現大道之一隅的宗趣。

"成體之文"的觀念就這樣流入詩歌中,後來葉適就是這樣論詩的:"道雖廣大,理備事足,而終歸之於物,不使流散。"①詩歌,竟也成了"成體之詩"了。

這種囊括全幅義理,能直樹道本,以理統事的詩歌,不妨稱之爲"成體之詩"。但它們並不是理學家講述義理的韻文,詩歌仍舊是詩歌,就像韓柳海涵地負的大小文章,都是一個個藝術作品,而不是義理的講誦;在宋人詩論裏的理想詩歌,也只是不同以往表現型態的藝術佳作,而不是三教的著述。

從"成體之文"的文化典範而來的"成體之詩"的認知,一樣要求詩歌能夠突破客觀體式,表現完整的情感價值。這種對詩歌創作價值理性式的思考,使得創作能夠超越體製文類等形式成規,擺脫風格、體式的界限,賦予詩歌更廣博、更豐富的表現使命。議論、抒情、詠物,雅正、靡麗、清綺、悲壯,全應該鎔鑄一體,就像蘇軾所說的"誰言一點紅,解寄無邊春"。主體要能夠創造心靈抽象的"意"統攝一切雜多的情感經驗,在主體情感態度的統合下,綜攝所有短長肥瘠鹹酸衆味而創造作品之"至味"。

因此詩歌和散文一樣要講求安排佈置,才能以芥子藏須彌般的能耐,容納這直樹道本、究極幽微的曲折命意。也就是在這種觀念下,才產生了詩歌需作意安排,或詩歌隱寓著凡例森然、褒貶密

---

① 葉適《習學記言序目》卷四七,轉引自朱剛《唐宋四大家的道論與文學》頁173。

佈的春秋史筆①這類的説法。此所以黃庭堅對後學"多告以《原道》命意曲折",並以此教人作詩;范温所謂"古人律詩,亦是一片文章"②;到了陳善則説詩中有文、文中有詩,詩文"亦相生法也"③,它們都是這"成體之詩"的意識下,以表現力爲主導的論詩風氣的產物。

　　"成體之詩"的典型代表就是"詩史"與"集大成"的觀念。"詩史"之説,原來指的是杜詩敷陳一代史事的手法,所謂"推見至隱,殆無遺事"④、"善陳時事,律切精深,至千言不少衰"⑤、"班班可見當時"⑥,基本上指的都是"寫真不妄"的敘事能力。然而到後來,却更强調其抑揚褒貶、直筆不恕等"敘事以見義"的寫作方式,⑦"詩史"觀念,成了富含主體價值的"表現"意識。⑧ 它的書寫型態,也就像上節"成體之文"一樣,考驗著作者如何將原來長篇巨製才能容納的一代史事,真實、豐富而完整地概括在一首詩歌的篇幅中。同樣的,這不只是形式章法如何安排的問題,更重要的,是詩歌更重視的,"表現"其包容廣大的,足以涵蓋一個時代的,同情與理解的問題。

　　一篇完整的詩歌作品,儘管篇幅再長,總也不能鉅細靡遺地總

---

① 黃徹《䂮溪詩話》卷一,頁 3。
② 《潛溪詩眼》,《宋詩話輯佚》本,頁 318。
③ 陳善《捫虱新話》上集卷一,《宋人詩話外編》本,頁 418。
④ 孟棨《本事詩》,引自《杜甫卷》頁 38。
⑤ 宋祁《新唐書》"杜甫傳",《杜甫卷》頁 67。
⑥ 李復《與侯謨秀才書》,《潏水集》卷五,引自《杜甫卷》頁 159。
⑦ 關於宋人"詩史"觀念,參見龔鵬程《詩史本色與妙悟》"第二章　論詩史"。
⑧ 是"表現"價值意識而非"表達"價值判斷,是透過形式創造象徵地表現價值意識,而不是直接以"議論爲詩"的表達,後人以此爲宋詩缺乏美感價值的口實,其實不然。

括史實,取代史書的作用。因此它所能囊括的、所能盡情表達而又有全幅開展、涵蓋整體的力量的,便是如何"穿透這一歷史事實,而顯出歷史的批判與意義"①的表現能力,詩歌作品便是這樣一種抽象而完整的象徵符號。這樣的詩歌,無論它的內容是什麼,體製是如何,它自身就是一個自足的整體,一個完整的藝術符號。從"道"來看,它便自足地象徵了整體的"道"。

秦觀以杜詩爲與韓文並比的"集大成"之典範(見上節),也有這樣的意涵。它們一樣地凸顯了主體將複雜的材料與經驗完整抽象的能力——鍊"意"的能力。"集大成"的觀念打破了向來情志與客觀體製需一一對應的關係,詩歌也開始要求像古文"成體之文"那樣,在成篇短製中,容納完整的性情性理,因此,它也就不再要求嚴格的體式界限,以及與各種情志嚴格相應的單一體式了。

情志與體式相對應的寫作型態,典型的就是劉勰所謂"因性以練才,摹體以定習"。②

魏晉間人詩,大抵專工一體,如侍宴從軍之類,故後來相與祖習者,亦但因其所長取之耳。謝靈運《擬鄴中七子》與江淹《雜擬》是也。……常怪兩漢間所做騷文,未嘗有新語,直是句句規模屈、宋,但換字不同耳。至晉宋以後,詩人之辭,其敝亦然。若是雖工,亦何足道! 蓋當時祖習共以爲然,故未有譏

---

①　引自龔鵬程《詩史本色與妙悟》頁 24 對"詩史"的解釋。宋代"詩史"觀念的發展,從對杜詩的評價而來,但最初這觀念指的是少陵記一代史事"寫真不妄",或長篇構作,鋪陳史實的敘事能力,到後來却成爲表現能力的評斷。

②　至於唐人詩格詩式,又是脫離了情志與體式的對應,直接就文本對象作經驗歸納,而全然無關乎寫作者的情感或價值意識了。

之者耳。①

　　"專工一體"、"因其所長取之耳",是"當時祖習共以爲然",説明了客觀體製規範正是六朝寫作的基本功,②葉夢得對於這種體式規範下的遞相祖習之風不以爲然,正反映了這時所重視的主體表現與客觀體製的仿習之間的衝突,因爲這時每一作品的"所表現"已不是單一的情感了,它是許多情感經驗的完整統合,因此它也不能直接地判給任何單一體式,而寫作方法的操作實踐也必須與客觀體製論下的"因性以練才,摹體以定習"有所不同了。③

　　和古文創作一樣,詩歌也有逐漸符號化的傾向,在"道—主體—文"模式下,視作品爲人文符號的象徵表現。將作品視爲人文符號,則較不在乎它傳情達意、抒情表現的功能,反而其形式能否完美地表現才是攸關成敗的。現在,詩話裏對於表現能力的討論,比起以往(在抒情傳統下較強調情感強度、情感性質)要豐富得多了。在符號意識下,作品不爲溝通交流而存在,藝術作品是一個"表現形式"與"所表現"所成的自足的世界,一個提供欣賞的完整的幻象形式④。這個完整的表現形式提供欣賞却不作爲情感交流或傾吐的媒介,它是一面反身觀照的鏡子,却不是一扇通向交流的窗子。

　　在唐人故事裏,詩歌是傳情達意最好的媒介,它是信息交流的

---

① 葉夢得《石林詩話》卷下,《歷代詩話》本,頁 433。
② 這種體式摹習的學習方式,發揮了文學史上的"漣漪效用"與"鍊接效用",其內涵詳見顏崑陽《論"典範模習"在文學史建構上的"漣漪效用"與"鍊接效用"》,《建構與反思——中國文學史的探索學術研討會論文集》(下),頁 787—833。
③ 這種方法實踐的差異,參見本書卷貳第三章。
④ 此處採用蘇珊・朗格"幻象模式"的説法,見《情感與形式》。

關鍵橋樑;但在宋人軼事裏,詩歌却是一個人心性的反影,透過它,偶然照見了一個人的性格與命運。

在脱離了交流的目的之後,詩歌更能夠發揮它模糊多義的象徵作用。這種符號性與象徵性,是如此看待作品:

> 所謂藝術的世界……是我們人類在真實世界以外所建立的一種秩序,是人類所創造的一個符號,但這一符號是完完全全獨立存在的,不是用以代替或代表任何事物,更不依附任何事物而存在。它是人類的情感和意念的綜合體,是人類的精神或心靈的化身,因此它是多義的或曖昧的,從而可以容納各色各樣的解釋……這一藝術的世界亦即我所謂的象徵的世界。它的獨立性與多義性是構成象徵的世界的兩個基本的條件。①

它逐漸脱離了詩歌興觀羣怨、賦詩明志、周旋應對等抒情交流的作用,逐漸地成爲一種自我滿足的符號。不再重視一時一境的心情、感受,而是詩人心性的全幅大用,像古文終究要作爲“成體之文”,宋詩也成了“成體之詩”了。

古文運動凝聚了文化與寫作的共識,建立了一個成功的操作模式,吸收了古文運動所開出的成果,這些特徵逐漸注入到詩學裏,“成體之詩”與符號意識也成了宋詩學的基底。作爲“成體之詩”,詩歌因此也要求重視“意”,認識到這主體心靈抽象是統攝作品的樞紐;要求能夠直樹道本、表現人文自覺的主體表現;要求創

---

① 姚一葦《藝術的奧秘》,頁130—131。

造完整的符號形式以表徵這無所不包的情感價值。以自身的歷史
條件爲基礎,在這些思考下,詩學也朝著"道—創作主體"的"所表
現",以及"創作主體—文"的表現能力這兩個面向,分別形成了"符
號表現"應有的"主體表現"以及"形式表現"的實質内涵。

　　到了黃庭堅,更完整地融合這二者,融合爲一套以藝術形式象
徵人文内涵的詩學,完成了自身"道"、"意"、"文"之間融貫的表現
模式,才完整地回應了時代條件,奠定了符號辯證的完整型態。

　　以下二節,説明先"江西詩派"時期的宋代詩學,在承接了古文
運動的典範效應之後,如何實質地深化"主體表現"與"形式表
現"——這兩個充分代表符號象徵型態的規定性,爲黃庭堅的詩學
整合預作了歷史準備。

第三節　"道—創作主體"與詩歌"所表現"的 反思——"主體表現"性格

　　古文運動凝聚了文化與寫作的共識,建立了一個成功的操作
模式,這個操作模式,引起了詩學在"道—主體"與"主體—文"兩個
面向的反思。前者改變了詩歌作品"所表現"的認知,後者則使得
作品"能表現"的表現形式更具符號象徵的特質。

　　循著"道—主體"這一面向,在古文運動的典範效應下,詩歌也
充滿濃厚的"人文制作"的意味,要求表現高度人文自覺的"意",要
求表現作者的文化理解,要求表現主體的態度價值。在這過程中,
詩歌以自身的歷史條件(言志緣情的抒情主體,六朝以來的客觀體
製規範,以及格律化以後專技之學的技術理性)爲基礎,吸收古文

運動的典範效應,使得詩學對於創作的“所表現”形成一些不同於往昔的規定性,這些性格,本書稱之爲“主體表現”。

由於這種“所表現”,要表現的是人類情感價值的反思,是一切情感經驗的綜合理解,而不是情感自身。因此,它的創作主體不再定位爲抒情主體,而是宋人心性意蘊下的人文主體、人格主體。同時,由於這樣主體本位的反思,是一種對寫作活動“價值理性”式的思考,因而它也對純粹形式規範的制約,產生了一些抗衡與辯證。這兩者,使得詩學,既非“抒情表現”,也不落於“客觀體製論”,而呈現了一種全人格式的“主體表現”的立場。而這樣的“所表現”,是更近似於符號論美學所謂的“情感概念”了。

古文運動的典範效應,逐漸發酵,在文化趨向下,在古文運動人文書寫的氛圍下,詩歌也產生了“道—創作主體”的省思,詩學在自身情境與典範作用交互反饋的過程中,詩歌對於應有的“所表現”,有了一些特別的認定,最顯著的就是“格”高“格”卑的批判;在“成體之詩”的認知下,重視人文主體的心靈抽象的“意”,因而具有人文符號偏重“指符—意符”的傾向;以及把詩歌視爲“解脫心境”的表現,乃至於產生了創作論中“工夫”、“境界”的觀念。

這種種,形成了宋人對詩歌的“所表現”一些特別的規定性,本書稱之爲“主體表現”。

一、“格高”、“格卑”的批判

相較於以往詩歌“言志”、“緣情”等“所表現”,宋代詩歌更加凸顯人文主體性,這首先便反映在“格”力的講求。

詩歌帶著自身的歷史條件融入文化典範的過程,首先遭遇到的是:格律化成熟之後,詩歌創作在更爲明確的客觀規範下必然有著"技術理性"式的寫作效益的追求,然而這時從文化反省裏來的對寫作"價值理性"的要求也抬頭了,要求詩歌須表現人文價值。代表專技認知的寫作之功,與文化中"道—創作主體"而來的人文主體性的思維,產生了緊張,這也就是"技"、"道"對諍的問題。①

　　詩歌試圖以表現主體價值與文化理解這樣的"價值理性",抗衡形式專技的"技術理性",具體地反映於"格"高"格"卑這個課題:

　　　　許氏世工詩,渾、棠格力微。②
　　　　鄭谷詩名盛於唐末……其詩極有意思,亦多佳句,但其格不甚高。③
　　　　晚唐詩失之太巧,只務外華,而氣格卑弱,流爲詞體耳。④
　　　　唐詩外物長,内性弱,故格卑氣弱。⑤
　　　　唐王建《牡丹》詩云"可憐零落蕊,收取作香燒",雖工而格卑。⑥
　　　　鄭谷"亂飄僧舍茶煙濕,密灑歌樓酒力微",非不去體物語,而氣格如此之卑。
　　　　蘇子瞻"凍合玉樓寒起粟,光摇銀海眩生花",超然飛動,何害其言玉樓銀海。⑦

　　詩話中這類的論調,隨處可見。誠如學者所説:"宋詩學的標

---

　　①　這整個問題及"技""道"對諍到"技進於道"的理論發展,詳見本書卷貳第三章。
　　②　《許仲途屯田以新詩見訪》,梅堯臣《宛陵先生集》卷五五,頁451。
　　③　歐陽修《六一詩話》,《歷代詩話》本,頁265。
　　④　吳可《藏海詩話》,《歷代詩話續編》本,頁331。
　　⑤　葉適《習學記言序目》,頁2。
　　⑥　陸游《老學庵筆記》卷十,頁130。
　　⑦　《石林詩話》卷下,《歷代詩話》本,頁436。

舉氣格,乃是出於創造一種根本區別於晚唐詩的宋詩特質的自覺
要求。”①這種自覺要求,便是從文化氛圍而來的高自標舉創作主
體的意識,這類批評格卑的論調,都與(晚唐)詩歌縱任巧華、遷於
外境而缺乏主體價值表現有關。它們所反映出的問題,就是代表
技術理性的詩歌專業之工——“技”,與代表實質理性的主體表現,
兩者的反省與對諍。

　　如上章“形式覺知”所述,詩文求“工”成為宋人的基本共識之
後,詩歌作為一藝術門類,已進入技術理性的要求。詩歌聲韻格律
的觀念,到這時已是完全成熟,至工、精巧,已是這時詩歌創作的基
本意識。所謂“唐末人詩,雖格致卑淺,然謂其非詩則不可”②。宋
詩確實是在這種專門之學的基本意識下展開創作及反思,但基本
意識並不代表其完整或最高的理想,相反的,他們以這基本意識為
憑藉,尋求突破。於是展開了對形式探索的肯定與反省,而主宰這
辯證的兩面性的,是詩人自覺的主體表現意識。在詩歌格律化的
技術理性的成熟之後,要以主體表現對治異化的問題,在詩歌求
“工”已成當然的條件下,找回詩歌有所“表現”的價值。

　　這就是為何最稱整練修飾的王安石詩,在宋代却常被認為
“格”不高或乏“風骨”③的原因。典型如方回評荆公詩為“步驟老
杜,有工致無悲壯,讀之令人筆拘而格退”④。荆公詩之所以“筆拘

---

　　①　周裕鍇《宋代詩學通論》,頁 291。
　　②　《詩人玉屑》卷一六引《室中語》,頁 359。
　　③　蔡絛語,錄自《苕溪漁隱叢話》後集卷三三。宋人普遍有拘於聲調則氣格靡弱
的共識,如王觀國《四聲譜》(《學林》卷八,見《宋人詩話外編》頁 491)所論,是“技”掩蓋
了主體表現性,並不是注重形式(“文”)就忽略內容(“質”)的問題,不是“文”“質”孰輕
孰重的問題。
　　④　《瀛奎律髓匯評》卷十六,《紀批瀛奎律髓》(二),頁 501。

格退”，在於過於講求形式謹嚴，却受限於技術理性的格局，而淹没了主體價值態度的表現，難稱宋人高雅大體的理想。①

　　就像《蔡寬夫詩話》所謂的：“蓋鍊句勝則意必不足，語工而意不足，則格力必弱。”②技術理性的問題就在於：一意求工，追求形式經營，却往往逐物而不反，忘了創作“表現”的目的，忽略了統攝創作活動的價值理性——主體表現。技巧的熟習固可以滿足於文本自身的工致精巧，但那是從文本中心來看，對深具主體意識要求有所價值表現的詩人而言，不能滿足於在精細的形式構作中心靈表現却相對平庸荏弱。如葉夢得所説：“‘開簾風動竹，疑是故人來’，與‘徘徊花上月，空度可憐宵’，此兩聯雖唐人小説，其實佳句也。鄭谷詩：‘睡輕可忍風敲竹，飲散那堪月在花’，蓋與此同。然論其格力，適堪揭酒家壁，與爲市人書扇耳。天下事每患自以爲工處著力太過，何但詩也。”③技術理性凌駕了主體表現的價值理性，使得作品在“失我”之下，體物切近却黏皮帶骨，精細工巧而趣味俗下，這便是追逐工具理性所造成的異化，便是格力卑弱。在這種“技”的反省下，在絕對作者中心的態度下，甚至出現了“詩到無人愛處工”的想法：“蘇子瞻嘗稱陳師道詩云：‘凡詩，須做到衆人不愛，可惡處方爲工。……’”④

　　這種對抗律詩技術理性的主體意識，是由歐陽修重“氣格”帶起來的：“（歐公）始矯崑體，專以氣格爲主，故其言多平易舒暢，律

----

　　①　“魯直謂：‘荆公之詩，暮年方妙，然格高而體下。如云……雖前人亦未易道也。然學二謝，失於巧爾。’”（《後山詩話》，《歷代詩話》本，頁 306）在山谷這裏，“格”指的却是工致，“體”反而才是一般人用的“格”等價值理性的意思，雖然用法不同，但對王安石詩工致有餘却凌駕主體價值表現的批評却是一致的。

　　②　《宋詩話輯佚》本，頁 385。

　　③　《石林詩話》卷上，《歷代詩話》頁 410。

　　④　《石林燕語》卷八，頁 117。

詩意所到處,雖語有不倫,亦不復問。"①崑體之精工,就是宋人心中這類技術理性的代表,它反映了詩歌進入大量寫作,講求藝術之精的普遍意識,這一點,基本上是受到宋代詩壇以"語工"來尊重的。然而,這種工具式的手段最終當服從於宋人心中寫作的實質理性——主體之"意"的表現。這是"技"、"道"(主體之"意")辯證的開端,是以主體之"意"對聲律文字之技的克服爲解答②。歐陽修稱晚唐鄭谷詩"極有意思,亦多佳句",但"格"不高,也是這個意思。"格"或"氣格"是時人據以對抗文字之工的觀念,代表著詩歌應有足以凸顯主體價值態度的"所表現"。

與纖細工巧的佳句相對的,能否表現主體豐富獨到的情感價值,所謂"高雅大體"、"體大思精",便是詩人偉大與否的判準:

> 山谷常言,少時曾誦薛能詩云:"青春背我堂堂去,白髮欺人故故生。"孫莘老問云:"此何人詩?"對曰:"老杜。"莘老云:"杜詩不如此。"後山谷語傳師云:"庭堅因莘老之言,遂曉老杜詩高雅大體。"③

"技"、"道"之間此消彼長的緊張,最具代表性的就是東坡這段歷史感慨:"書之美者,莫如顏魯公,然書法之壞自魯公始;詩之美

---

① 《石林詩話》卷上,《歷代詩話》頁 407。
② 有趣的是,在這種"主體表現"典範以外的詩人,對此往往是不以爲然的,如明代胡應麟所説:"六一雖洗削西崑,然體尚平正,特不甚當行耳。"(《詩藪·外編》卷五,頁 613)這正如嚴羽用"本色"、"當行"的觀念批評蘇、黃一樣,在在顯示出這種"主體表現"與"客觀體製論"的衝突。
③ 《潛溪詩眼》,《杜甫卷》頁 209。

者,莫如韓退之,然詩格之變自退之始。"①在顏真卿、韓愈等愈益
自覺的形式探求之後,藝術形式的把握登峰造極,然而同時也把詩
人的注意力移到形式中心、文本中心的技術理性,而失去了從前主
體價值表現高風遠韻般的書"格"、詩"格"。

在專技之學與表現價值的辯證之間,宋人的抉擇,就像葉夢得
所説:"自唐以後,既變以律體,固不能無拘窘,然苟大手筆,亦自不
妨削鐻於神志之間,斲輪於甘苦之外也"②,最終是以"主體表現"
爲指歸。強調"格高\格卑"的分辨,正是宋詩"主體表現"性格成
形的標誌之一。

二、偏重"指符—意符"的人文書寫——強調主體心靈抽象的能力

從"格高\格卑"、"韻"、"格韻高絶"等議題所揭示的主體表現,
是一種創作精神上的絶對獨立自主,不物化、不依附(任何客體)的
態度,這也就是宋人所謂的"奇特"、"奇氣":"老杜句語穩順而奇
特,至唐末人,雖穩順,而奇特處甚少,蓋有衰陋之氣。"③這"奇
特",在於傲岸不羣而自得於己的主體(創作)個性。用今人的話來
講,是不"媚俗"。

詩人要求以表現主體價值的"意"統攝書寫的"技"(各種工具
理性的資源,包括書寫的材料與對象),逐漸地形成一種不逐求外
物的書寫品格,嗣後由這種四無依傍的精神,遂發展出不重物色,
不重自然對象("參符"),惟以"指符—意符"爲重的,表現人文理解

① 《書黄子思詩集後》,《蘇軾文集》,頁2124。
② 《石林詩話》卷中,《歷代詩話》本,頁426。
③ 吳可《藏海詩話》,《歷代詩話續編》本,頁330。

的書寫型態。

現在,在這種“成體之詩”的理想下,就比形式規範的摹習,更要挑戰著主體抽象統整的心智能力;而要能夠完整、渾成地綜合雜多,整合衆多情感經驗,也更依賴主體内在心智抽象的“意”。這於是讓詩歌寫作的重心從重“境”(“參符”)而轉向重“意”的“指符—意符”關係的書寫。

這種視作品爲人文符號的書寫,最典型的便是以内心意象的抒寫,取代一般自然對象。周裕鍇在《宋代詩學通論》裏,舉了種種題材的唐宋詩爲例,説明從“應物斯感”,到“心”對“物”的超越,内在生命體會始終是宋詩描寫的焦點:

> 宋詩表現的重心顯然由物質世界的美感經驗轉到内心世界的心理經驗上來。典型的“宋調”常常是情(意識)壓倒景(物象)成爲詩歌的主要成分。在宋詩中,人生的各種經驗和意志被揭示得纖毫畢現。……這些心理經驗的描寫有時甚至完全不借助於客觀物象。特別是在江西詩派詩中,頗有“四十字(五律)無一字風花雪月”(方回《瀛奎律髓》卷二四陳師道《別劉郎》評語)“四十字(五律)無一字帶景者”(同上卷二五黃庭堅《次韻高子勉》評語)。①

這種表現也與當時文化思潮逐漸朝向“内聖”的傾向相契,佛學心性論與時局在文人心中引發内在“心”、“性”的關心,在“文以載道”的理想下,文學創作也參與了這“外王”到“内聖”的轉化,詩

_____

① 周裕鍇《宋代詩學通論》,頁 87—88。

歌也是主體理想人格的客觀化,主體文化理解的符號表現。

如是,主體心性的强調、語言表徵主體之"意"的省思,造成了新的"言"\"意"觀念,而這些都加重了參符的退位和"意符—指符"這一傾向。所謂宋人較爲内省内斂,指的便是這重視"意符—指符"更甚於"參符—指符"的表現。關注作品中的"意符—指符"關係,强調主體性,强調"心"性的積極作用,這便是所謂唐詩重"境",宋詩重"意"的内涵。

這正如陳師道所説:

> 萬物者,才之助,有助而無才,雖久且近,不能得其情狀。使才者遇之,則幽奇偉麗,無不爲用者。才而無助,則不能盡其才。然則待萬物而後才者,猶常才也;若其自得於心,不借美於外,無視聽之助,而盡萬物之變者,其天下之奇才乎。[①]

此時的"才",已不只是連綴篇什、書寫成章的能力,更重要的是"自得於心",也就是主體心靈抽象的能力。這也表明了,創作已逐漸擺脱對物象("參符")的依賴,擺脱對客觀真實的依賴,而更把注意力放在主體思意的自我掌握上。

重視"意符—指符"的書寫型態,反映了宋詩學"主體表現"的又一性格。比起唐詩始終聯繫著物色與感情互相生發的關係,宋詩却常是借題發揮主體價值意識。唐人詩思常在"灞橋風雪中驢子上"[②],江西論詩却不甚倚重物色之助,好言"意"、好言主體價值等"悟"性。這也讓宋詩逐漸脱離了自然世界,脱離了客觀物理世

---

① 《顏長道詩序》,《後山居士文集》卷一六,引自《宋詩話全編》本,頁 1031。
② 孫光憲《北夢瑣言》卷七引鄭綮語,《宋人詩話外編》本,頁 7。

界的觀照,而更加專注於人文經驗的抒寫。宋詩之得意處在此,但它"文人之詩"的封閉性也出現了,後來四靈、江湖詩派的反擊,即是由此而來。

三、表現"解脱心境"——表現情感價值、心性人格等綜合理解

無論是"格高"、無論是"成體之詩",這些觀念本身就意味著視寫作爲主體人文再創造的實踐,由於肯認這種主體價值再創造的"所表現",於是更進一步產生了詩爲"解脱心境"之表現的説法。

宋代從蘇軾開始的崇陶之風,同時也是這等"解脱心境"之説的濫觴。宋人在崇陶論述中,闡發了更抽象、更純粹的主體審美層次,在"奇趣"、"物外意"的强調中,凸顯了主體美感體驗,①而蘇門把它們歸之於創作者的"解脱心境"之後,更帶著宋詩走出言志緣情等情感表現的傳統,開拓詩歌所能"表現"的另一種可能——經過内化的人格修養的境界。

本來在"韻"、"餘意"、"味外之味"的議題中,宋人已發展出具有讀者中心、主觀論色彩的美感體驗,取代了抒情表現等情志主體,成爲創作的標的。② 在這之中,詩人所關注的,不再是内容所表達的情志,或文字風格所代表的某種情思情味,而是由此孳生的不可名狀的美感體會。這種美感價值中所蘊藏的超脱文字、意象甚至具體情感反應的精神,原就與宋人"不以物喜,不爲己悲"的胸懷相契,在蘇軾的引申下,又與宋人"道"論中的解脱心境結合,把

---

① 參見本書"附録一"《蘇黄詩學本體論之比較——文學的"意"與"道"等價值中心之比較》。

② 參見筆者《禪宗與宋代詩學理論》第三章。

它歸於一種臻至解脫境界的生命情態之表現,它便轉移到作者中心,並且扣緊了主體表現,形成宋人在其陶詩典範裏代表性的論述:"詩以寄其意",寄其"悠然自得之趣"。宋人開始討論陶詩的"意",討論其"胸中之妙","解脫心境",形成了一套"物外意"、"興致高遠"、"奇趣"等解脫心境的論述。

> 魯直於治心養氣,能爲人所不爲,故用於讀書爲文字,致思高遠,亦似其爲人。陶淵明泊然物外,故其語言多物外意。而世之學陶淵明者,處喧爲淡,例作一種不工無謂之辭,曰"吾似淵明",其質非也。①

將詩歌"物外意"等超脫文字意象的美感價值,歸諸黃庭堅這類"不爲物役"的人格表現,於是宋人"不爲物役"的主體意識,便從一種人格實踐轉化爲美感實踐,並因此貫通了心性涵養與創作的關係。

自從蘇門將美感價值轉爲解脫心境的論述之後,宋人多有以這種眼光論詩的例子:

> (東坡)《次韻江晦叔》詩云:……,語意高妙,如參禪悟道之人,吐露胸襟,無一毫窒礙也。②
> 杜云:……其寄傲疏放,擺脫世網,所謂兩忘而化其道

---

① 《書魯直題高求父揚清亭詩後》,晁補之《雞肋集》卷三三,《雞肋集》卷三十三,《四庫叢刊》本,頁 223。
② 《苕溪漁隱叢話》後集卷二六,《叢書集成》本,頁 605。

者也。①

　　韋應物詩擬陶淵明而作者甚多,然終不近也。《答長安丞
裴稅》詩云:……蓋效淵明"采菊東籬下,悠然見南山"、"此間
有真意,欲辯已忘言"之句也。然淵明擺落世紛,深入理窟,但
見萬象森羅,莫非真境,故因見南山而真意具焉。應物乃因意
淒而采菊,因見秋山而遺萬事,其與陶所得異矣。②

　　特別是上述葛立方的説法,更可看出這種"解脱境界"的主張,
已遠較傳統的"物感"説,更凸顯了主體的積極意義。創作主體,不
是被動地承受外境,不是直接反應物性的刺激,而具有主動感知及
再創造的能力,自能容受萬象而創造融會豐富意義整體理解的
"真意"。

　　文學中的"道"與"文",到了韓柳,雖以表現力彌合了二者,但
古文運動時的"道"仍有其偏屬於儒學意義的内涵;在以表現力爲
宗的"文以明道"下,歐蘇的"文",已開啟了容納三教的空間,現在
蘇軾之後,"道"更成了意義更爲普遍的、創作者以作品實踐示現的
"解脱心境"的問題。③

　　在此之後,"道"不只不限於儒學經典的意義内容,更可以指涉
任何主體内在心性的實踐境界,作爲詩歌"所表現"的本體,也就是
作爲創作目的的"價值理性"。於是,像莊子斲輪老人那種實踐性
的、只可意致不可言會的"道"的内涵便開始進入實際的寫作體驗

────────────

①　《碧溪詩話》卷五,頁82。
②　葛立方《韻語陽秋》卷四,《歷代詩話》本,頁515。
③　"道",在宋人創作上的意義,亦詳參龔鵬程"轉識成智"的説法,《詩史本色與
妙悟》"第四章　論妙悟"。

中。在這之前，文人雖已有"此中有真意，欲辯已忘言"的言意認
知，或如劉禹錫"片言可以明百意，坐馳可以役萬里"[①]那樣對創作
神思的理解，然而，它們都尚未涉及能夠經由文字工夫實現的形上
或心性境界。

正因爲這種物外"意"已超出創作的構思或美感體驗，而是一
種綜合生命經驗的心靈抽象，因此，透過它詩歌寫作才能融入心性
工夫、境界等理念，成就一套獨特的方法意識，日後"技進於道"的
認知也是在這個基礎上發展起來的。[②] 後來江西詩學所謂的"工
夫"、"境界"、"雄渾"等觀念，無不是在這以寫作實踐主體價值的思
維下成立的。[③]

如是，詩學也吸收了"道"的客觀化的成果："道"實存於人格主
體的"意"，"文"則爲"意"的符號，作品是完整表現"意"的藝術形
式，也就是"道"的表徵。和韓柳古文一樣，這種詩學裏所謂的涵養
工夫，便是透過創作主體的轉化（"道"的內化成爲主體的"意"），把
"道"的"表達"變爲"意"的"表現"。創作一事既是"道"的人格內
化，又是這人格主體"意"的客觀化、符號化。

在詩歌表現"解脫心境"的觀念裏，意味著：詩歌所表現的，是
能夠把握、能夠反思、能夠理解而具有實踐性的"情感價值"，而不
是莫名的、不可認知的情感本身。這使得詩學對於詩歌"所表現"

---

①　《董氏武陵集記》，《劉禹錫集箋證》卷十九，頁 516。

②　詳見本書卷貳第三章。

③　蘇軾雖然提出了"物外意"，凸顯了主體的價值意識，然而在蘇軾的"道"的觀
念裏，所涵蓋的不僅是人文意義的"道"，更是萬物自然之理。也因此其"物外意"，更主
要的是對於這自然之理"無物不真"的會心領悟。然而在宋人的文化環境裏，如上一章
所述，"道"主要還是以人文創制爲其實存內涵，因此，必須要到黃庭堅更具人文意義的
"道"，才會衍生出"工夫"這等修養歷程的觀念，才會有必須經一番融貫工夫的"心法"
觀念，而詩歌的"境界"也才能從"自然天成"進到"山高水深"的圓滿實踐的觀念。

的認識，由綜合一切情感經驗的人格表現、心性表現取代了抒情表現，由更具人文主動創造的“心性主體”，取代了“抒情主體”。

> 東坡《祭柳子玉文》：“郊寒島瘦，元輕白俗。”此語具眼。客見詰曰：“子盛稱白樂天、孟東野詩，又愛元微之詩，而取此語，何也？”僕曰：“論道當嚴，取人當恕。此八字，東坡論道之語也。”①

蘇軾這兩種不同的評價，全是就詩而言。只不過從一般不同情志“文各有體”的風格意義來講，元白郊島各有所長，如人各從其才而表現，各成其美；然而當高踞主體“境界”的價值觀俯瞰衆作時，一覽羣山小，“郊寒島瘦，元輕白俗”以是昭然，這是論詩，也是論道。故許顗謂之“論道當嚴，取人當恕”，已反映了此時論詩如論道的意義。② 到了這時，詩歌成爲完整的人格理想的實現，而不僅僅是一種個別情志的表現。③

傳統詩歌抒情主體源自於詩人面對人生情境，感於現實生命哀樂無端，遣情以求自我安頓的情懷，是故這詩歌傳統的“抒情自

---

① 許顗（約 1111 年前後在世）《彥周詩話》，《歷代詩話》本，頁 384。

② 按：東坡欣賞樂天，乃在於其閑適的生活態度，然而較之於淵明閑澹曠遠的心境涵養時，則樂天此種順任物情的生活態度尚有不足，不如陶詩更能體現一種經過價值創造後的心性修養的自得自足。

③ 蘇軾這裏其實開出了兩條路：一條是與“道”結合的人格境界的表現，一條則是純粹而深刻的審美價值；前者被黃庭堅等江西詩論所吸收，由“涵養”寖假而爲“工夫”之說，成爲江西詩論中代表性的人格胸次、解脫心境等說法；後者則在江西詩風下潛伏多時，直到嚴羽再度予以闡發，並以其純粹的審美價值，成爲“興趣”之說，對抗江西異化之後重視形式而失去表現活力的作法。而嚴羽的對抗其實也是爲了表現力而來，可以說，他與江西同樣，還是置身於宋詩力求“表現力”的這個大脈絡中。“表現力”，始終是宋代詩學的中心課題。

我",其實是環繞著個體情感經驗或情感興發而展開的,是以發抒個人主觀情意爲主的。在抒情傳統中,詩歌所表現的主體,就是這源自於有情生命之自覺的存在感,即"以情感爲生命內容與特質的自我主體"①。

但到了宋代,詩人的存在感又不一樣了。宋人從"道"的客觀化而來的主體意識,是一種包含著文化、歷史、社會之總體脈絡的自我存在感,這使得他們對寫作主體的認知,不同於抒情表現那樣的情感主體,而更近於一整合總體存在意識、綜合生命經驗的心性主體、人格主體。他們冀望於詩歌"所表現"的,不只是情感狀態,不是私密不可把握的情感本身,而是感知、情感、回憶、認知種種生命經驗的綜合抽象,像符號論美學所謂的"人類生命的情感理解"。

當詩歌成了一種人格表現,於是便有了"學"與"養"的問題。

在抒情表現下,由於認爲情感是自然流露的,故"養"的問題,主要是強化某類情感經驗,如"言志"説常要求的社會體驗,或是如"江山之助",諸如此類有助於激發情感的作法;又由於情感本是直接而不可掌握的,因此,"學"的對象,也只能指向文本,即同類情志所對應的形式體製的模擬。

然而現在詩歌的"所表現",已不是私密而不能把握的情感本身,而是滿含人文理解的情感態度。因此,綜合生命經驗的能力,以及心性人格的豐富與否,決定了這創作的本體,決定了作品。前者涉及心靈抽象的"意"的統合,後者則是情感價值涵養轉化的工作。於是攸關人格統合及心性涵養的"工夫"、"境界"等觀念就在

---

① 參見蔡英俊《比興物色與情景交融》第一章第二節"'抒情自我'的發現與情景要素的確立"。

創作論裏出現了。①

　　從佛學到理學主體，無論是"衆生皆可成佛"或"人皆可以爲堯舜"，都肯認主體之內在質性能夠經由實踐過程而轉化，這是"工夫"與"境界"觀念的前提，也就是認爲理想的道體可以在人格主體身上體現而實存。"境界"，是理想"道"體的人性位格化，也就是某種形式的示現；而"工夫"，則是以這理想道體爲蘄向，經驗主體（面對實存經驗的主體）在教義內在軌約性的引導下，在內在質性上整體地轉化爲超越主體的實踐進程。當它們引進詩學的創作論時，意味著詩歌的寫作本身，也是這樣的主體實踐、主體創造、主體轉化；意味著創作就是一種體"道"的、價值再創造的工作；意味著創作對創作主體總體心性、總體生命理解的反饋。這同時代表著創作的"意"，是一種全人格的、充滿情感反思的心靈抽象；是詩人綜合融貫一切心性經驗而使之明晰呈現，而得以被把握的情感抽象。作爲詩歌的"所表現"，在這意義上，這種認識近於符號論美學所謂的作品所表徵的"情感概念"。②

　　這些觀念開啟了後來江西詩學中"句法"、"工夫"、"境界"的深刻涵義。在這意義下，詩歌的"所表現"並不是道德本位的，也不是與"情"相對的"理"本位的。一來，"主體表現"並不是道德人格的直接反映。"道德我"也只是人格整體的一個面向，完整的主體至少還包含"情意我"、"認知我"、"形軀我"等等。"意"即便是"道"的內化與實踐，也不限定在道德一隅。"工夫"、"境界"所指涉的心性

---

　　①　這種"學"與"養"的型態，參見本書卷貳第三章。

　　②　雖然，由於來自不同的歷史、文化脈絡，"意"與"情感概念"並不盡是全然等同的，然而就主張作品所表現的是生命經驗的總體理解、情感態度而非情感狀態，它們則是一致的。

範疇,並不限於狹義的道德修養,特別是"道"的意涵,如上所述,早已涵蓋了三教,涵蓋了社會、文化、自我的存在感等等。

　　二來這主體的"表現"型態也不是"流出"或"反映"等直接的方式,而是"象徵"與"直覺"(綜合抽象的能力),"符號"(作品)與"本體"(主體)的關係,是經過象徵作用統合過的,因此它不會與道德人格作直接而單一的對應。"文"所象徵的是創作主體,是創作者當時當下搏塑這作品時的人生理解,是他對自己心性的反思觀照,而不是客觀的反映,更不是某一特定的倫理價值或情感的具體對應。

　　不能如此理解,便會出現元好問"心聲心畫總失真,文章寧復見爲人"[①]這般的質疑,就符號表現論來看,這種質疑失之片面,正如所畫墨竹已不是那實際之竹,作品所作之"情"也並不直接而特定地對應某種思想、情感或道德人格。詩文作爲心聲心畫並不失"真",關鍵就在於對"真"的認定,要用美學人格(形式與象徵的概括對應)來看,而不是道德人格。

　　理學家的貫道之文始終沒有通透:文學在內容表達之上,還有一個位格表現的層次。"道",不僅可以作爲一種對象表達,它還可以通透於一個人的人格意態而成爲支撐詩文符號表徵的本體。在這"主體表現"的認知下,各個作品所代表的,不只是體式風格的差異,還是總體心性的反照,"道"的實踐化身;作品形式象徵著作者體道的境界與工夫,如此而形成了各各作品不同的表現,如是,宋人詩文須"自成一家"的強烈主張便由此產生了。[②]

————————

　　①　《論詩三十首》之六,《遺山先生文集》卷十一,頁 122。
　　②　關於宋人"自成一家"的觀念和表現,詳見張高評《自成一家與宋詩特色》,《宋詩之新變與代雄》頁 67—156。

四、小結

宋人詩歌“所表現”，由傳統的“抒情主體”轉變爲近似符號論美學所謂“情感概念”的“心性主體”，便闡明在上述“格高”\“格卑”的分辨、偏重“指符—意符”關係的書寫，以及“解脫心境”等課題中。它們是詩歌處身於自身的歷史條件（專技之學與抒情傳統），因應文化環境“道—文”的思考（要求表現人文主體，要求表現價值態度）而産生的。

這種“主體表現”的意識，正如符號論美學所説的：作品所表現的，是作者的“情感想像”，而不是情感狀態，是作者主動創造出的一種綜合雜多的生命經驗，充滿情感與想像的理解。

這“主體表現”的規定性，已經揭示了宋詩不同於客觀體製論的立場。客觀體製論較强調各種情志表現有其應有的範式，這包括了某些特定的表達方式、歷史傳統所積澱的風格樣貌，因此，表現載體的合宜與否是作品能否被接受的首要關卡。然而，對表現論者而言，更加重視在具體作品中主體情感、經驗、理解等的成功表現，在這種典範之下，看待詩歌的標準，便超出體式規範而以主體有所表現爲重。[1] 宋人“以文爲詩”課題中“像詩”、“不像詩”的爭議，正是這種客觀體製論和表現論立場的糾結。

表現論的立場，使得宋人從來不喜歡被烙記在某一個框架下，即使是學古，學的也是一種經驗價值，而非體式。被列名“江西詩派”的徐師川不喜入派而説“我自學古人”，不僅是不好攀附，更是

---

[1]　其實這兩者的齟齬，六朝人在處理陶淵明詩時就已遇到這個困難。蕭統不收《飲酒》等詩，鍾嶸置陶詩於中品，多少都與客觀體製立場下的視界有關。必須要到宋人從“主體表現”的眼光來評價，陶詩獨出於時代的特質才獲得彰顯。

凸顯表現主體的鮮明立場。

第四節　"創作主體—文"與"表現力"的反思——"形式表現"的性格

不只是"所表現",在代表"能表現"的表現形式上,宋詩也產生了一些特別的思考。詩學背負自身歷史條件融入文化典範的歷程,除了上節循著"道—創作主體"的思考,使得詩學在作品"所表現"上,呈現了"主體表現"的性格之外;另一方面,在"創作主體—文"的面向,在詩歌"能表現"這一面,也形成了"形式表現"的確定內涵,繼續地深化宋詩學符號象徵的認識。

自從格律成熟以來,詩歌便以專技之學的態勢,積極展開各種形式成素的探索,而古文運動,在"文""道"的交互表現中,也肯定了寫作形式的能動性,正視作品形式與作者之間的反饋關係。這兩者,都鼓勵了詩歌"表現力"之能,鼓勵了詩人從作者與作品的表現關係深入把握表現形式。

一、"形式覺知"之後

這一切,從看重形式、正視形式能動性開始。

詩學接續形式覺知的藝術成果,這時更加特別敏於觀察聲律、文字等形式構作的作用,不僅肯定工巧是詩歌的基本條件,還進一步要探索形式構作可能的邊界。

唐人的詩歌就像宋人的詞一樣,是用來表情達意,是可以情感交流的。而宋人的詩歌則已被自覺地加上了一副藝術作品的表框,把它與一般情感生活的實際區隔開來,它是藝術,不是具體情感,不是實際經驗本身,是生命知情意的符號象徵。而這個把它與實際經驗隔離的藝術表框就是"技",就是詩之爲詩的"別是一家"的意識,從肯定晚唐之工、歐、蘇的"白戰"、"破體"等以文爲戲,到欣賞杜詩的"思深緒密",藝術形式規律始終是詩歌的必要條件。

寫作的挑戰,專門之學的認知,首要釐清文本體製規範,這使得詩話中一時也充滿了各種客觀風格體式"必也正名"的探討,擘析每一種體製之"名"與應有之"實":

> 方其意有所可,浩然發於句之長短、聲之高下,則爲"歌";欲有所達,而意未能見,必遵而引之,以致其所欲達,則爲"行";⋯⋯近體見於唐初,賦平聲爲韻,而平側協其律,亦曰律詩。由有近體,遂分往體⋯⋯①
>
> 刺美風化,緩而不迫,謂之"風";采摭事物,摛華布體謂之"賦";⋯⋯猗遷抑揚,永言謂之"歌";非鼓非鐘,徒歌謂之"謠";⋯⋯吟詠情性,總合而言志謂之詩。蘇李而上,高簡古澹謂之古;沈宋而下,法律精切謂之律,此詩之語衆體也。⋯⋯記者,記其事也;紀者,紀其實也;纂者,纘而述焉者;策者,條而對焉者也;⋯⋯青黃黼黻,經緯以相成者,總謂之文也,此文之異名也。②

這種體式風格的辨析,屢見於詩話,如此"辨章學術,考鏡源

---

① 李之儀《謝人寄詩并問詩中格目小紙》,《姑溪居士全集》卷一六,引自《宋詩話全編》本,頁886—887。
② 張表臣《珊瑚鉤詩話》卷三,《歷代詩話》本,頁475—476。

流"的工作,奠定了往後詩人掌握各種形式成素的能力,成爲寫作的基礎認知。

因專業之學而來的對形式規範的尊重,以及作爲文化符號但求得體而"不必巧且華"的觀念,甚至產生了"先體製而後工拙"的主張,要求文章必先符合體式方能論斷表現,這就是王安石、陳師道"本色"、"當行"等尊體的觀念。①

但詩學並不滿足於此,而是在這能夠掌控形式質性的基礎上,探索其表徵能力的極限,進而據此提出種種形式創構的理念。宋人雖常稱道"文備眾體"的能力,却是處處破體,創作上常常以主體表現突破了體製規範。以下將看到,宋人大部分的形式鑽研,無論是"鍊句"、"鍊字",往往是著眼於"作者—作品"間的表現功能,而不是出自以作品爲中心的藝術規律或傳統成規的要求。

從歐陽修《六一詩話》開始,"詩話"這一著作體例,擺脱了詩本事"論詩及事"的成習,更能夠就個別而具體的詩歌本身的文本脈絡説詩,由詩歌"意"與"言"交互關係的討論開始,循著作品自身内在文理的一致和完整,探討個別文本具體的形式與藝術特質,評析其"句"、"辭"、"意"的關係②。"意新語工",凸顯了形式成素與作者之"意"間交互反饋而一體的作用。

這使得宋代詩話自一開始,就試圖把詩歌文本的"言"與作者的"意"放在一個整體而具有内在辯證性的目的中來把握,認識到兩者在象徵功能中非指實非對應却能融貫一致的關係。宋詩"意"與"言"形式表現的觀念在此已逐漸成形。

---

① 關於"本色"、"當行"等客觀體製論在宋代"江西詩派"這個典範中的定位,本書在卷肆有比較詳細的討論。

② 參見本書"附錄二"《前"江西詩派"詩論中"道""文"關係的發展》。

"意"在宋人文論中的重要地位,不僅由於它是文道論述裏的重要關節,更因爲它在宋人形式表現認知裏所擔任的角色:"意",一方面扣緊了文本"所表現",一方面依於主體"能表現",貫穿主體與文本的内外表現關係;"意",使創作主體與文本成爲一體之兩面,在發展主體性文藝理論的同時,也能夠正視文本與作者的表現關係,承接以往客觀文體論在形式探索上的成果。

"言"、"意"關係的傳統,從哲學上王弼、郭象的方法問題,到六朝文學上言語成規與縹緲神思的困境,向來都是二元關係的思考,到現在發展爲兩者功能性一致的互爲表現的關係,"言"與"意",開始被放在一種視作品爲一整體的目的結構中,來照察它們的關係,而逐漸發展出詩歌"符號"與"本體"的相關認知。

《六一詩話》建立了説詩的操作典範,這些認知被詩話的操作實踐確定了下來。歐陽修之後,劉攽、沈括、蔡寬夫、葉夢得等人,都是透過個別而具體的文本("能表現"),考論詩歌之"意"("所表現"),這樣的説詩模式,建立了整個宋人詩話裏的"意"論述。

如東坡分辨世傳《悲憤詩》非蔡琰所作,不僅就文本内容,更能針對文本之形式表現的效果來辨識論斷作品作者的同一性,"其詞明白感慨,類世所傳《木蘭詩》,東京無此格也。建安七子,猶含養圭角,不盡發見,況伯喈女乎"[1],更明確地揭示了文本的符號形式與表現主體間一致而融貫的整體關係。

詩人開始更細膩地考察"意"與"言"之間互相包容的關係,進一步注意到符號形式裏内蘊的表現特質,或特殊的表現力:

---

① 《苕溪漁隱叢話》卷一,頁 3。

熙寧初,魏公(韓琦)罷相……嘗爲詩云:"花去曉叢蜂蝶亂,雨匀春圃桔槔閑。"時人稱其微婉。

效杜子美作詩,其勁峭嚴密,指事泛情,時時敻至絶處。①

陶淵明詩:"採菊東籬下,悠然見南山。"採菊之際,無意於山,而景與意會,此淵明得意處也。而老杜亦曰:"夜闌接偃語,落日如金盆。"予愛其意度閑雅,不減淵明,而語句雄健過之。②

這些説法,開始凸顯:詩歌的表現形式與"意"之間,不是形式與内容直接對應的關係;而詩人也更著意於兩者間辯證而象徵的性質,以及由此呈現出什麼樣的表現效果、表現力。這種形式表現的敏鋭觀照,逐漸地建立作品作爲表徵符號的種種實質内涵。

這種形式設計與表現效應的交互關係,引起了宋人的注意,詩論中更加留意如何的手法會産生何等的文氣、風格的美感效果,如范晞文"五言律詩……於第三字中下一拗字,則妥貼中隱然有峻直之氣"③,但同樣的,也就是當這種意識普遍之後,當這些形式設計與表現效應的關係被指實、被僵化了之後,主體領會的"句法"成了文本歸納的"句"法,如陳巖肖所謂學詩者"每有所作,必使聲韻拗捩,詞語艱澀,曰'江西格'也"④,江西詩學也就走向了異化之路。

---

① 《大理評事杜君墓志》,《蘇舜欽集》卷十五,頁 224。
② 陳善《捫虱新話》下集卷三,《宋人詩話外編》頁 434。
③ 《對床夜語》卷二,頁 11。
④ 《庚溪詩話》卷下,《歷代詩話續編》本,頁 182。

二、"用意精深"與"警拔"、"隱括"——詩歌是"充滿意味的形式"

在開始關注於"表現力"的這些詩說中,出現了一些強調詩句應"用意精深"或包含"許多意"的要求:

> 李義山錦瑟詩云:……一篇之中曲盡其意,史稱其瑰邁奇古,信然。①
>
> 山谷最愛舒王"扶輿度陽焰,窈窕一川花",謂包含數個意。②

強調作品中要飽藏許多"意",反映了詩人認識到詩歌形式不是別的,它完全是"意"的表徵,詩歌形式能夠概括何等深厚而豐富的"意",決定了它的存在價值。宋人常比較一首詩句中能包含多少個"意",在這許多個"意"的激盪相生下,"意"與"文"的關係,更爲複雜而不定,也更加肯定了這種關係是非明示、非對應的象徵,而不是思想情感直接的流露或反映。

在這些説法中,已含蘊著對詩歌是"有意味的形式"的認識。認識到形式的創造,也就是"意"的創造;"意"的深刻,也離不開形式刻畫之功,也就是"思之愈精,則造語愈深"③。詩人更加認識到形式講求與意思深刻豐富之間是同構共生的關係,因此出現了"警拔"、"隱括"的觀念,也就是要追求意蘊飽滿、表現豐富的符號形

---

① 《緗素雜記》,引自《李商隱資料彙編》,頁 31。
② 《王直方詩話》引陳師道語,《宋詩話輯佚》本,頁 48。
③ 魏泰《臨漢隱居詩話》語,《歷代詩話》本,頁 328。

式,充滿情感的、有意味的形式。就如李文叔所説:"(今本之之詩)以警拔之意,而寓之以檃括之妙⋯⋯其於江西之宗,殆入而能出者邪!"①

"警拔"、"檃括",表明了:詩歌應善用各種形式成素,以盡其最大的符號容納,追求"包蘊密致"、"寓意深遠"。强調"警拔"、"檃括"之能,反映了詩歌更爲明確的符號意識:詩歌(形式)是作者情感價值的表徵符號,詩歌創作,便是在創造這樣一種盡可能表徵豐富的"符號"。

這種"有意味的形式",可能要歸功於王安石對於詩歌"思深緒密"的敏鋭觀察。在這之前,雖然詩人在形式創造的挑戰中已認識到"語工"如何創造"意新",却還没有注意到表現形式能夠蘊藏多麼豐富,西崑詩人雖然注意到李商隱詩歌的才藻優裕、格韻精拔,但在其使事用典還没有突破性的發展前,並没能彰顯義山詩密織於形式中的"高情遠意"。直到王安石欣賞李商隱詩,宋人隨後才發抉義山詩歌"字字鍛鍊,用事婉約"裏的"不盡之意"的好處。

在晚唐、西崑之後,雖然詩人在"刻意求工"的寫作裏,不忘追求"意"的表現,然而在這前典範的過渡時期,形式經營與主體表現常常還是分裂的,還不能全然像後來符號化意識成熟後,把作品看作是藝術形式與主體人格的象徵關係所自成的符號世界。詩人常常還是無法擺脱傳統以來抒情表現的觀念,認爲詩歌是情感的自然再現。如歐陽修論李杜詩歌:"杜甫於白,得其一節,而精强過之;至於天才自放,非甫可到也。"②不愛杜詩之"精强",而愛太白

---

① 劉壎《隱居通議》卷六《評本之詩》引李文叔評本之詩語,引自《江西詩社宗派卷》,頁454。

② 《李白杜甫詩優劣説》,《歐陽文忠公集》卷一二九,《杜甫卷》頁71。

之"天才自放"，這和他詩論對於"語工"的重視，還是有些不一致，包括歐陽修自己的詩歌創作，也是如此。

到了王安石，對於形式經營就有了更細膩而敏銳的觀察：

> 至於甫，則悲歡窮泰，發斂抑揚，疾徐縱横，無施不可。故其詩有平淡簡易者，綺麗精确者，有嚴重威武若三軍之帥者，有奮迅馳驟若泛駕之馬者，有淡泊閑静若山谷隱士者，有風流蘊藉如貴介公子者。蓋其詩緒密而思深，觀者苟不能臻其閫奧，未易識其妙處。①

王安石才開始進入到杜詩慘澹經營的紋路肌理裏，在其中體會到：杜詩思深緒密的内在閫奧，在且只在其奇外出奇的形式刻畫。

王安石認識到杜詩"悲歡窮泰，發斂抑揚，疾徐縱横，無施不可"的陶鈞萬物之"能"，成爲宋人崇杜的大功臣，而他本身的創作也是在"精嚴深刻，皆步驟老杜"②這樣精意求工的基礎上，成就起來的。荊公詩從早年的"以意氣自許"到晚年的"精嚴深刻"，代表了從"直書胸臆"的"抒情表現"，到重視形式經營的"符號表現"的轉變。

西崑但知學義山，却看不出包蘊密致的義山詩與思深緒密的杜詩在言意間的幽邃相通處，荊公見識所在，便在於對形式與"意"的表現關係的準確把握，洞穿文字符號與情感本體表徵的關鍵。

---

① 胡仔《苕溪漁隱叢話》前集卷六引《遯齋閑覽》，頁 37。
② 《宋詩鈔·臨川集》，頁 105。

王荆公晚年詩律尤精嚴,造語用字,間不容髮,然意與境
會,言隨意遣,渾然天成,殆不見有牽率排比處。……但見舒
閑容與之態耳。而細細考之,若經隱括權衡者,其用意亦深
刻矣。①

從"技"與"意"的融貫工夫來考察,荆公詩已經開出了宋人形
式表現的先路。在言意的細密隱括中,已逐漸凸顯詩歌造語非指
示非比喻的象徵表現,而這種象徵表現又意味了詩歌作品的"符
號"性質。王安石的兼挑李、杜②,是符號象徵意識已趨成熟的一
個標記,他接引宋人開始進入藝術"符號"與"本體"("道"或主體之
"意")間象徵關係的深思。

這種"工於命意",把寫作之"工"與"意"連結起來,聯繫了形
式與本體不可分的辯證,在這之中,"意"與"境"、"言"與"意"的
關係,不是自然流露,而是藝術創發而成,必得透過隱括權衡的
符號塑造,是主體寫作能力的渾然圓成,不是情感興發的自然
天成。

在有意的形式表現下,詩歌作為一種象徵符號的意義更為凸
顯。如蘇珊·朗格所說的"藝術是象徵性的表現,而不是情感的摹
本"③。在形式表現的意識下,感性理解是被創造出來的,是人為
也是自然,是主體對己身實存經驗的反身照察,是創作當下的
真實。

──────────

① 葉夢得《石林詩話》卷上,《歷代詩話》本,頁 406。
② 《蔡寬夫詩話》:"王荆公晚年亦喜稱義山詩,以為唐人知學老杜而得其藩籬
者,唯義山一人而已。每誦其'雪嶺未歸天外使,松州猶駐殿前軍'……之類,雖老杜無
以過也。"引自《杜甫卷》,頁 176—177。
③ 《情感與形式》,頁 432。

這種"隱括權衡"、"用意深刻",表明了:"意",不僅是主體的心靈抽象,它同時也是也是形式刻畫的結果,是在符號創造中完成的。没有全然先在的"意",所表現的本體("意")與能表現的形式,是一體反饋而綜合的創造。這就是"符號表現"的精神。在這種意義下,作品就是每一個個別而獨特的符號創造,離開形式没有作品。

在藝術符號即是一切情感經驗之表徵的意義下,依循前人的體式風格就等於是依循前人的情感與理解。因此,每一個獨特的詩人必有他獨特的表現方式,所以説:"凡造語,貴成就;成就則方能自名一家。"①這不僅僅是題材、體貌或視野的問題,而是詩人用什麼方式來統整這一切的問題,藝術表現就是作者如何統整自己情感經驗的方法。宋人言意觀真正的貢獻就在這個層次,作者要創造獨特的符號表現自己情感生命的理解。

三、"寫物之功"與"圓成"、"渾然"——"明晰生動"與"完整而單一"的符號創造

以上"用意精深",詩人説出了詩歌形式的根本内涵——"充滿意味的形式",而現在,宋人的"寫物之功"、"渾然"、"圓成"等觀念,則指出了形式表現的另一個要求——表現形式如何成功地呈現,即如何成功"表象"的問題。

如上所述,既然形式是爲表現情感價值而存在,一切雕章琢句、一切形式經營皆授命於"意",授命於欲表現的内涵,但它如何把這内涵表現出來,如何成功地呈現出來,這就是如何"表象"——

---

①　李之儀引蘇軾語,《跋吳思道詩》,《姑溪居士全集》卷四十,引自《宋詩話全編》本,頁887。

創造可感知可把握的形式的問題。對這表象的問題,詩話反映在
"寫物之功"、"渾然"、"圓成"等觀念裏。

最早認識到"表象"問題的,應該是繪畫、書法,所謂"氣韻生
動"、"神韻"等等都是關於藝術形式如何成功地呈現的說法。一向
以抒情表現爲主的詩歌,在符號意識萌發之前,並不太注意到這個
問題。

"寫物之功"的"表象"和"體物精微"等形似或仿真是全然不同
的觀念。"表象"還是站在形式表現的立場,是這充滿情感的形式
如何成功地自我呈現的問題;它基本上還是屬於"指符—意符"的
關係。但"體物精微"則不是,它是"指符—參符"的關係,是如何把
物象形象地再現的問題。也因此,"寫物之功"的問題必涉及內在
情感價值的呈現,而"體物精微"則不必①。所謂"唐詩重境,宋詩
重意"的分別就在這裏。

"表象"的問題,宋人應該也是先從繪畫開始的,最有名的就是
蘇軾"傳神"的觀念。蘇軾如此說文同的墨竹:

> ……然與可獨能得君之深,而知君之所以賢。雍容談笑,
> 揮洒奮迅,而盡君之德,稚壯枯老之容,披折偃仰之勢。風雪
> 凌厲,以觀其操;崖石犖确,以致其節。得志遂茂而不驕;不得
> 志,瘁瘠而不辱。羣居不倚,獨立不懼。與可之於君,可謂得
> 其情而盡其性矣。②

---

① "四靈"就是一個典型的例子。他們爲抗衡江西詩派,因此刻意用不帶絲毫主
體介入的白描精細刻畫,如事物或物象的客觀再現。正是用體物精微來扳回江西詩派
以來陷溺於"指符—意符"人文世界的偏弊。
② 《墨君堂記》,《蘇軾文集》卷十一,頁 356。

"合於天造，厭於人意"的表象關鍵，不在於擬人化的作用，而是得力於如何在作者這價值主體的凝視下對所觀照對象生命態勢的形象創造。

藝術創作是一種對象化的過程，透過符號形式的塑造，表象主體抽象的經驗、情感、想像、態度等等，但這些抽象的情感要能夠被表象、被把握，就必須得力於明晰生動的形式。優秀的作品，之所以能夠成功地呈現其内在情感，之所以能夠撼動讀者的心靈，就在它與生命同構的力量。如文同之竹，之所以能"得其情而盡其性"，這畫中之竹，之所以能讓人感到"得志遂茂而不驕；不得志，瘁瘐而不辱。羣居不倚，獨立不懼"之"情"與"性"，在於文同之畫能夠掌握足以説服觀者的生命動態："如是而生，如是而死，如是而攣拳瘠蹙，如是而條達遂茂，根莖節葉，牙角脈絡，千變萬化，未始相襲，而各當其處，合於天造，厭於人意。"①藝術作品感人的力量來自作品形式與生命動態同構的創造，是生命動勢的形象塑造。

蘇軾所謂"蓋達士之所寓也歟"，正説明了"傳神"的成功，並不來自狀物之似或與自然情態的相仿，而是洞達與生命聲息同構的抽象。藝術形式所藉以把握的，往往不是具象，而是一些感覺、一些氛圍，不是關於"參符"等客觀事物形象之真實的，而是藝術抽象形式所傳達的這感覺、這氛圍與生命聲息相通的真實。透過作品創造明晰生動能被具體感知的形式，傳達這種充滿情感價值的感覺、的氛圍。

詩歌也是如此，所以"寫物之功"等形式表象的問題，也是命意

---

① 《凈因院畫記》，《蘇軾文集》卷十一，頁367。

造語的一環,而不僅是詠物、詠景之工而已:

　　　　詩下雙字極難……精神興致,全見於兩言,方爲工妙。唐人
記"水田飛白鷺,夏木囀黄鸝"爲李嘉祐詩,王摩詰竊取之,非也。
此兩句好處,正好添"漠漠"、"陰陰"四字,此乃摩詰爲嘉祐點化,
以自見其妙,如李光弼將郭子儀軍,一號令之,精彩數倍。不然,
如嘉祐本句,但是詠景耳,人皆可到,要之當令如老杜"無邊落木
蕭蕭下,不盡長江滾滾來",與"江天漠漠鳥雙去,風雨時時龍一吟"
等,乃爲超絶。近世王荆公"新秋浦溆綿綿静,薄晚園林往往青",與
蘇子瞻"浥浥爐香初泛夜,離離花影欲摇春",皆可以追配前作也。①

　　李嘉祐詩,自有其自然情態、詠景之好,但宋人意不在景物的
再現,更要求所謂的"精神興致",這是把詩句當作是符號塑造,要
求創造更爲明晰動人的形式,才會有所謂的"點化"或兩言之妙的
問題,這是命意造語的層次了。就因爲是這個層次,所以宋詩的
"寫物之功",才能與其"寫意"精神相契。

　　因爲詩歌的抽象形式模擬的是生命的態勢而非物象的實際樣
貌,是"指符—意符"層次的"表現",而非"指符—參符"層次的"再
現",因此更能容得下詩人的"妙觀逸想":

　　　　詩者,妙觀逸相之所寓也,豈限繩墨哉?②

---

　　① 《石林詩話》卷上,《歷代詩話》本,頁411。
　　② 《冷齋夜話》卷四,《仇池筆記》(外十八種)《四庫筆記小説叢書》本,頁255。這
種"妙觀逸想"的創作態度,在同時期的書畫理論中也很普遍,共同形成了當時文藝上
"寫意"的風氣。

“因爲，儘管一件藝術品表現了主體的特性，它本身畢竟還是客觀的，它的目的就是使充滿情感的人生對象化。作爲一個抽象形式，即使完全脫離其原形，仍然可以被人們掌握，而且能獲得許多令藝術家感到驚奇的、能動的模式。”①

詩話裏是早有歐梅所謂的“狀難寫之景”，“如在目前”，不過那還是“指符—參符”層次的“再現”，詩話開始重視形式表象，應該是像這樣的“寫物之功”開始的：

> 詩人有寫物之功，“桑之未落，其葉沃若”，他木殆不可以當此。林逋梅花詩云“疏影橫斜水清淺，暗香浮動月黃昏”，絕非桃李詩。皮日休白蓮詩云“無情有恨何人見，月曉風清欲墮時”，絕非紅蓮詩。此乃寫物之功。②

“他木殆不可以當此”，意味著表現符號的呈現，須有其無可取代的生動明晰。這三首詩句的寫物之功，絕不僅僅是詠物的巧構形似而已，無論白蓮，無論梅花，詩人都寫出了某種充滿情感價值的“性格”，以文字抽象形式呈現出某種令人能夠明晰掌握的性格，呈現出某種再的當不過的生命意態，足以攫取讀者的感知。“寫物之功”，事實上關係著“意”與“言”的精到，是“指符—意符”關係最恰當的呈現。

> 如石曼卿詩云“意中流水遠，愁外舊山青”，膾炙天下久矣。然有山水處便可用，不必籌筆驛也。殷潛之與小杜詩甚

---

① 《情感與形式》，頁433。
② 《評詩人寫物》，《蘇軾文集》卷六八，頁2143。

健麗,亦無高意,惟義山詩云:"魚鳥猶疑畏簡書,風雲長爲護
儲胥"……誦此兩句,使人凜然復見孔明風烈。……義山云
"海外徒聞更九州,他生未卜此生休",語既親切高雅,故不用
愁怨墮淚等字,而聞者爲之深悲。"空聞虎旅鳴宵柝,無復雞
人報曉籌",如親扈明皇,寫出當時物色意味也。①

詩歌形式的抽象表現,是這樣一種"性格"的表象,而不只是形象的
描繪,所以它是一個有待主體創造形構的"符號",而不是物象的形
式載體,不只是客觀意象的營造。

　　宋人常講的"一字之工"、"點化",就是如此,追求如何以"言"
形構"意"的性格,使這抽象形式具有鼓動人生共感的生命動勢,創
造一個最生動明晰的符號:

　　　　詩句以一字爲工,自然穎異不凡,如靈丹一粒,點鐵成金
也。……陳舍人從易偶得杜集舊本,文多脱誤,至送蔡都尉云
"身輕一鳥",其下脱一字。陳公因與數客各用一字補之,或云
"疾",或云"落",或云"起",或云"下",莫能定。其後得一善
本,乃是"身輕一鳥過",陳公嘆服。②

　　　　東坡作病鶴詩,嘗寫"三尺長脛□瘦軀",闕其一字,使任
德翁輩下之,凡數字。東坡徐出其稿,蓋"閣"字也。此字出,
儼然如見病鶴矣。東坡詩,敘事言簡而意盡。③

　　　　詩人以一字爲工,世固知之,惟老杜變化開闔,出奇無窮,

----

① 范温《潛溪詩眼》,《宋詩話輯佚》頁 329。
② 魏慶之《詩人玉屑》卷六引胡仔《苕溪漁隱叢話》,頁 141。
③ 魏慶之《詩人玉屑》卷六引《唐子西語録》,頁 142。

殆不可以形跡捕。如"江山有巴蜀，棟宇自齊梁"，遠近數千里，上下數百年，只在"有"與"自"兩字間，而吞納山川之氣，俯仰古今之懷，皆見於言外。《滕王亭子》"粉墙猶竹色，虚閣自松聲"，若不用"猶"與"自"兩字，則餘八言凡亭子皆可用，不必滕王也。①

從具象的書畫之"傳神"到詩歌文字抽象的"寫物之功"，又推進了詩歌符號創造的能力，打開了詩歌更深一層的"表象"觀念，而表象之能，是從人工到天巧的關鍵之一，符號創造能否成功的基礎。

此外，作品的抽象形式之所以能夠明晰生動，它還必須是一個完整而單一的符號。藝術形式因爲能模擬生命動勢，呈現一生動的"性格"，因而能夠被吾人明晰把握，而生命的首要原則便是有機統一，對作品而言，就是種種内在成素的有機統一。特別是，在宋人有意地追求"多個意"的象徵表現中，如何完整統攝這"多個意"的充滿意藴的符號，這便是詩歌"渾然"、"圓成"的要求：

> 然緣情體物，自有天然工巧，而不見其刻削之痕。老杜"細雨魚兒出，微風燕子斜"，此十字殆無一字虚設。……至"穿花蛺蝶深深見，點水蜻蜓款款飛"，"深深字"若無"穿"字，"款款"字若無"點"字，皆無以見其精微如此。然讀之渾然，全似未嘗用力。此所以不礙其氣格超勝。唐末諸子爲之，便當入"魚躍練江抛玉尺，鶯穿絲柳織金梭"體矣。②

---

① 《石林詩話》卷中，引自《杜甫卷》頁229。
② 《石林詩話》卷下，引自《杜甫卷》頁230。

“渾然”、“圓成”，是包括意象、包括文字聲韻等一切形式成素的整合融貫。抽象形式由於其内部成素的有機調和，使它富於生命動態，足以呈現、象徵豐富的人類情感。這種與生命同構的有機統一，以其完美的生命力，感動吾人的知覺。正是因爲意識到作品是符號創造，不是情感本身，因此它必須在形式創造的同時，創造出這抽象形式的生命力，由其内部種種成素融貫協調而成的，無論節奏、力度、形相都與生命動態合拍的，有機的生命力。

不只是有機的調和，它還必須是單一而完整的。詩歌，如果它是一個非指示、非推論的象徵符號，它就必須被完整而整體地感知。[1]

抽象形式要能夠被感知、被理解，被視爲一個完整的作品，首先它須得成形而具有邊界，無論它的形式如何奇特多變，它都必須是一個能夠被整體地感知把握的完整表象。完整而單一，是吾人之所以能夠掌握形式，視之爲完整作品的必要邊界。蘇軾評柳宗元漁翁詩很清楚地指出了這個表象的邊界[2]，“漁翁夜傍西巖宿，曉汲清湘燃楚竹。煙消日出人不見，欸乃一聲山水緑”既已完整表象；“回看天際下中流，巖上無心雲相逐”雖好，亦不需添足。單一而完整的表象，建立了宋詩“意足不求顔色似，平生相馬九方皋”的符號精神。

“寫物之功”與“渾然”“圓成”的觀念，規定了詩歌必須有“明晰生動”與“完整而單一”的表象能力，這類表象的課題，意味著詩人

---

① 這種象徵與形式直覺的必要，參見本書卷貳第二章。

② 《詩人玉屑》卷十：“柳子厚詩曰：‘漁翁夜傍西巖宿，曉汲清湘燃楚竹。煙消日出人不見，欸乃一聲山水緑。回看天際下中流，巖上無心雲相逐。’東坡云：‘以奇趣爲宗，反常合道爲趣，熟味之，此詩有奇趣。其尾兩句，雖不必亦可。’”頁212。

更加明確的“符號”意識，意識到詩歌作品是某種以形式表象來把握内在意味的符號。

這些表象的觀念，到了黄庭堅整合了“道—主體”、“創作主體—文”這兩個面向，形成“道—創作主體—文”詩學型態之後，在句法的默會之學的實踐架構裏，有了更深刻的發展，成爲“平淡而山高水深”、“渾然天成無斧鑿”等理念的一環，在“工夫”“境界”等觀念脈絡裏，“渾然”、“圓成”有了文化與心理架構上更深厚的内涵，超出表象的美學意涵，而成爲人文符號的重要觀念。

與這種整一的表象觀念相應的，也就産生了强調直覺把握的方法論、鑑賞論，作品只能透過形式直覺整體地把握，不能從細部質素一一解析組合而成：“彼喜穿鑿者，棄其大旨，取其發興，與所遇林泉人物草木魚蟲，以爲物物皆有所託，如世間商度隱語者，則子美之詩委地矣。”①在“渾然”、“圓成”成爲詩歌詩歌創作的基本觀念後，形式直覺、抽象統合的觀念也相應地産生了。宋代詩學常講的“悟”，都離不開這種直覺和統合的能力，它們在江西詩學典範網絡的操作下，把詩歌創作與欣賞的實踐方法，發展成爲一套“默會致知”的心法之學。②

四、“以俗爲雅”、“以故爲新”——表現力的突破

宋人詩學對於表現形式另一個突破性的發展，是無施不可的表現手段，“以俗爲雅”、“以故爲新”是其代表。

綜合上述從“檃括”到“圓成”等觀念，可知這時詩歌雕章琢句、謹於佈置等寫作經營，主要是出自這樣的“表現力”的目的：如何

---

① 黄庭堅《大雅堂記》，《黄庭堅全集·正集》卷第十六，頁437—438。
② 詳見本書卷貳第三章。

掌握各種形式成素的質性，以創造最明晰生動的表徵符號，表現主體豐富的情感價值。

這種"形式表現"比之"抒情表現"不同的是：對於表現力、表現效應的關注更重於情感質性；這時的詩話中，對文字表現能力的討論，比起"言志"説等情感質性的問題，要顯得更加突出。①

在這種個別而獨特的表現觀念下，創作的重心就不在激發情感或尋求適當的載體（適當的體式風格），或由此而來的形式規範的熟諳運用；而在於如何掌握各種形式成素的質性，以創造飽含意味的詩歌符號，這就是"表現力"。作品的成功與否，就取決於表現力。

創造富含表現力的符號，要從掌握各種形式特性來，這些形式成素包括聲韻、格律、典故、文字等等。黃庭堅格外意識到操作這種種形式成素的重要性，"黃魯直自黔南歸，詩變前體，且云：'須要唐律中作活計，乃可以言詩。以少陵淵蓄雲萃，變態百出，雖數十百韻，格律益嚴。蓋操制詩家法度如此'"②。同樣是在格律中作活計，杜甫的"別裁僞體親風雅"，是詩歌格律成熟的標誌，在杜甫的時代它凸顯了精鍊形式規範、奠立藝術規律的歷史意義；但符號表現的精神讓黃庭堅轉化了杜詩變態百出的內涵，在唐律中作活計的目的是爲了表現詩人獨特的感知與理解，是爲了完成主體創造力，創造完美的人文符號，而致力於形式創構的突破。

表現力的突破，早埋在韓愈"君子之於文，不自於循常之徒也"的説法裏：

---

① 純就"量"而言，當然對杜詩思想內容"一飯不忘君"這類的論述泛泛皆是，然而比較起來，對於表現能力的討論在這時是更加具體而自覺。

② 李頎《古今詩話》引《名賢詩話》語，《黃庭堅和江西詩派卷》，頁 38—39。

　　夫百物朝夕所見者，人皆不注視也；及睹其異者，則共觀而言之。夫文豈異於是乎？漢朝人莫不能爲文，獨司馬相如、太史公、劉向、揚雄爲之最。然則用功深者，其收名也遠；若皆與世沈浮，不自樹立，雖不爲當時所怪，亦必無後世之傳也。足下家中百物皆賴而用也，然其所珍愛者，必非常物。夫君子之於文，豈異於是乎？今後進之爲文，能深探而力取之，以古聖賢人爲法者，雖未必皆是；要若有司馬相如、太史公、劉向、揚雄之徒出，必自於此，不自於循常之徒也。若聖人之道，不用文則已，用則必尚其能者，能者非他，能自樹立，不因循者是也。有文字來，誰不爲文，然其存於今者，必其能者也。①

韓愈把孔子"言之不文，則行而不遠"的説法講得更明白，傳道之文自有其非常的表徵形式，不與世浮沈，而有能自樹立的創造性，主體非常的表現力。

　　這也表明了：文章成敗的評價，是以個別作品或創作者個人爲中心，不同的主體、不同的作品，各應有其獨特的文字表現。在此之下，文字的創新，往往也意味著主體獨特的内涵，所以他力求"陳言務去"。

　　韓愈講"陳言務去"，王安石却講"力去陳言誇末俗，可憐無補費精神"，到了王安石，在宋人對詩文之"工"、文字之"能"的薰陶下，在視作品爲單一而完整的符號認知下，對於語言文字又有更深一層的思考了。

　　宋人用古人之"陳言"，無論是爲翻案、點化、用典，到這時已經

---

① 《答劉正夫書》，《韓昌黎集・韓昌黎文集》卷三，頁121。

成了一種“無施不可”的挑戰,語言成爲手上任意捏塑的素材,不僅能夠創生新的材料,對於舊成品也能打破其定型,賦予新生命,這又是一種主體的表現能力。這當中逐漸有一種語言和作品(符號)功能辯證的意識在發展著。

在視作品爲單一符號的眼光下,個別的語言詞彙本身並不就是可以充作作品的“符號”,語言只是符號的材料,它尚有待作者將其“符號化”,將這些材料統合成一“完整單一的符號”(作品)。因此,無論是使事用典、無論是語言聲韻,是什麽樣的材料並不重要,重要的是作者統合“言”“意”,將其符號化的能力,這就是“表現力”。所以在這種符號認知下,更能夠擺脫了用語的拘限,無施不可,如“以俗爲雅”、“以故爲新”這種語言運用的解放。

> 自西崑集出,時人爭效之,詩體一變;而老先生輩,患其多用故事,至於語僻難曉。殊不知自是學者之弊。如子儀《新蟬》云:“風來玉宇烏先轉,露下金莖鶴未知。”雖用故事,何害爲佳句也。又如“峭帆橫渡官橋柳,疊鼓驚飛海岸鷗”,其不用故事,又豈不佳乎? 蓋其雄文博學,筆力有餘,故無施而不可。①

> 閩士有好詩者,不用陳語常談。寫投梅聖俞,答書曰:“子詩誠工,但未能以故爲新,以俗爲雅爾。”②

> 詩須要有爲而爲,用事當以故爲新,以俗爲雅。好奇務新,乃詩之病。③

---

① 司馬光《歸田錄》,《詩人玉屑》卷十七引,頁 362—363。
② 《後山詩話》,《歷代詩話》頁 314。
③ 《題柳子厚詩》之二,《蘇軾文集》卷六七,頁 2109。

　　山谷嘗與楊明叔論詩,謂以俗爲雅,以故爲新,百戰百勝,如孫吳之兵;棘端可以破鏃,如甘蠅飛衛之射。捏聚放開,在我掌握。①

　　在這種精神下,詩人驅遣文字的心態更爲靈活開放,包括自來最稱羈束的使事用典。"詩家病使事太多,蓋皆取其與題合者類之,如此乃是編事,雖工何益! 若能自出己意,借事以相發明,變態錯出,則用事雖多,亦何所妨。"②關鍵在於能否"自出己意,借事以相發明",如何事爲我使,而增益全體的象徵功能,使符號更加明晰,象徵含蘊更爲豐富。

　　因此,即使如"白戰"等詩藝的競技,在表現力的目標下,也有它不可爲定式的意義:

　　　　詩禁體物語,此學詩者類能言之也。歐陽文忠公守汝陰,嘗與客賦雪於聚星堂,舉此令,往往皆閣筆不能下。然此亦定法,若能者,則出入縱橫,何可拘礙!③

　　在這種符號精神下,詩歌的詞彙也跳出六經典籍之外,以"無一書不讀"、"無一理不識"自許。"以俗爲雅"、"以故爲新"所意味的,不只是詩材的開發,它們更代表著在更成熟的符號意識下,詩歌無所不至的形式之"能"。

　　以上這些主張,表明了詩歌是"有意味的形式",這形式是單一

---

① 葛勝仲《丹陽集》卷三。
② 《蔡寬夫詩話》引王安石語,《詩人玉屑》卷七,頁147。
③ 葉夢得《石林詩話》卷下,《詩人玉屑》引,頁205—206。

而完整的表現符號，並且，在這些認知下，宋詩的表現力取得突破性的發展。

第五節　結語——在黃庭堅詩學之前

如上所述，宋人因應"人文反省"與"形式覺知"兩大歷史條件，豐富了詩學對於"所表現"及"表現"形式的探索。在人文主體的自覺下，作爲詩歌之"所表現"，心靈抽象的"意"，其内涵，是一種反思性的心性人格，已具有符號論美學所謂"情感概念"這樣的人類普遍情感之理解的意味；而在正視文本、正視寫作專門之"技"的形式探索中，出自"創作主體—文"的思考，對於表現形式的創造，也蘊含著"象徵"、"直覺"、"單一而完整"等等的符號性格，充滿了作品是"有意味的形式"這樣的藝術認知。

在黃庭堅詩學之前，這些"符號表現"的相關理解都已經準備好了。與之相應的，在具體創作上，從杜甫以來，韓柳、李商隱、晚唐詩人、西崑詩人、以至於歐陽修、王安石、蘇軾一直交錯深化這樣的特質。無論是表現豐富的人文自覺，或是形式上充滿意味的、凝鍊完整而概括閎深的創作傾向，他們的作品都堪稱是成熟之作。

然而，這兩個面向並不是一致而融貫的，這時在"所表現"與"表現"能力的認知之間，還是有著實踐上的隔閡的，例如"韻"\"才"、"才"\"學"之争的課題。

　　退之於詩，本無解處，以才高而好爾；淵明不爲詩，寫其胸中之妙爾。學杜不成，不失爲工；無韓之才與陶之妙，而學其詩,終爲樂天爾。①

　　子瞻謂孟浩然之詩,韻高而才短,如造內法酒手,而無材料耳。②

　　"韓之才"\"陶之妙",蘇軾所謂"韻"\"才",這類的對比,也就是"能表現"與"所表現",形式把握與"情感概念"的對比。所謂"韻高而才短",或退之只是"才高而好",淵明但有"胸中之妙",都顯示了兩者間的落差,這並且隨著詩學的認知愈深,差異愈清楚。如范溫講"工於命意",講"古人用意處",然而他論"句法",却是可以"專論句法不論義理"③。這都表明了"主體表現"與"形式表現"還是分裂的。這種分裂,就與范溫自己講"自古詩人巧即不壯,壯即不巧"的情形是一樣的。從詩人作品中,他們意識到,這兩者,往往未能一致而融貫。這代表了創作的"道—主體"、"主體—文"兩個面向尚未統合,代表了宋人最在乎的文道議題還蘊藏著某種不一致,這其實也預伏了後來"學者之詩"\"風人之詩"的分野。

　　這也表明了,雖然已經走出了傳統的陰影,雖然已經具有藝術符號的性格,雖然已經肯定了情感價值的"所表現",然而統合的工作尚未完成,這不只是美學上"所表現"與"能表現"要求融貫一致,還代表著歷史挑戰中的"人文反省"與"形式覺知"的對諍未了。這個任務,便留待黃庭堅來解決了。

---

① 《後山詩話》,《歷代詩話》本,頁 304。
② 《後山詩話》,《歷代詩話》本,頁 308。
③ 《潛溪詩眼》,《宋詩話輯佚》本,頁 330。

第四章 黃庭堅詩學

——一個"符號表現"的理想典範

儒學的"客觀化"促成了"道"的人格内化,使得文化語境裏的"道"落實於人格主體。作爲"道"的人格内化,宋人的心性主體是一種包含著社會認同、文化使命及歷史感受的存在,以及由此而來的價值意識與自我反思等等的人文自覺。在創作中,這些被期待的"所表現",也就是上節所謂的"主體表現"。它們不同於傳統"言志""緣情"所代表的"抒情表現",也與"客觀體製論"的立場迥異。

另一方面,從形式探索與"自鑄偉辭"而來的,宋人對於"表現"有了一些新的理解,更敏鋭地探察形式創造與主體("意")的微妙關係,更積極地把握形式概括的能力,逐步地深化本書稱之爲"形式表現"的認識。

黃庭堅適逢其會地將這兩者辯證地結合起來,形成了"道—主體—文"的表現型態,統合了"所表現"與如何"表現"的詩學要求,更圓滿地回應了"人文反省"與"形式覺知"的歷史挑戰。

在這樣的關係中,詩人常用"意"來指稱的"所表現",遂更明確地代表了文化本體;"文",也確立了它表徵主體心性人格的符號性格。

由於這種詩學型態相當契合符號論美學所謂"作品是表現'情感概念'(人類的情感理解)的符號",本書因此以"符號表現"指稱

黄庭堅所奠定的這一套成熟的詩學,在符號論美學的觀照下,這套
詩學型態的特徵,其歷史定位,以及"江西詩派"的典範意義,將更
爲顯豁。

第一節 "符號表現"——"作品—(表現)—人文價值"

如上所述,歐蘇以來,"符號"意識已經出現了,要"有意味的形
式",要作品是"單一而完整"的形式,這其實已經是藝術"符號"的觀
念了。但符號是有所表徵的。它們該表徵什麽,該表現什麽"所表
現",在這一面,宋人也發展出類似"情感概念"的主體價值意識。這
兩個面向,其實就代表著宋人在實際的歷史情境下"文""道"實質的
内涵("道"是落實於人格主體的"道",在詩歌裹"所表現"的人文自覺;
"文"是表現主體價值創造的符號形式,詩歌"能表現"的符號形式)。

但這兩個面向,到黄庭堅之前,一直是分立的。它們的分别論
述,就意味著"文""道"尚未整合成功。直到黄庭堅,以"形式表現"
與"主體表現"兩者對諍而辯證的表述方式,確立了詩學裏的"道—
主體—文"模式,確立了"a(符號、作品)R(象徵表現)A(文化主
體)"的詩學型態,規定了"道(文化本體)—意(全人格的、心性意味
的心靈抽象)—文(人文符號)"的内涵,這才完整地整合了"能表
現"與"所表現",使兩者成爲融貫而一致的創作實踐。

一、黄庭堅"道""文"的辯證縮合

上一章提到,宋人論"道",主要傾向於人事法制所象徵的内

涵,在山谷之前,詩歌的"所表現",雖然已充滿心性涵養等主體自覺,然而歐陽修詩論仍存在著分歧,而蘇軾的"道"觀又偏向萬物自然之理,皆未能與時代氛圍諧和浹洽。黃庭堅的文道觀,較諸歐蘇,更明確地與此潮流契合。黃庭堅視文章如同典章制度等人文制作一般,將詩文納入廣泛的人文文本的觀念中,而他所論"道"的內涵,又深具文化傳統的意義,透過對舉和辯證的論述,"文"與"道",形成一種"作品——(表現)——人文傳統"的關係。而在他這統合成熟的"道—主體—文"的模式下,既強調文與道之間形式表現的象徵關係,又更能彰顯宋人之"道"與人文文本之間這種內在又超越的內涵,以致於更能鳴應於時代心理,席捲宋代詩壇。①

　　黃庭堅基本上仍是站在道術"表現"關係的基礎上,但內在地運用辯證的方法統一二者。這種辯證造於二端:首先是以學問充實了"道"的文化內涵,並將此種內涵內化於人格中;以及由此具體化爲人格胸次與詩歌技法的辯證融合,在體道"工夫"的意義上使兩者達到一致。② 並因此而將這表現型態轉化爲更具有"符號"表現的意義,透過這層符號表現的意義,肯定了詩歌技法與人文創造的關係。在一種較明確的符號表現的詩論型態之下,統合了"主體表現"與"形式表現"歷史發展的成果。以下這樣對舉而辯證的論述,是他這種思維的代表:

　　　　文章瑞世驚人,學行刻心潤身。③

————————

　　① 詳見本書"附錄二"《前"江西詩派"觀念期"道""文"關係之發展》。
　　② 這一部分,附錄"一"《蘇黃詩學本體論之比較》有詳細說明。本書則集中討論黃庭堅詩論中符號表現的內涵,以及這種詩論型態如何完成了宋人主體表現與形式表現辯證融貫的挑戰。
　　③ 《贈高子勉四首》其一,《黃庭堅全集·正集》卷第八,頁201。

妙在和光同塵,事須鉤深入神。①

拾遺句中有眼,彭澤意在無絃。②

行要争光日月,詩須皆可絃歌。③

句法俊逸清新,詞源廣大精神。④

句中稍覺道戰勝,胸次不使俗塵生。⑤

道機禪觀轉萬物,文彩風流被諸生。⑥

在這種辯證的意味之下,詩歌的藝術形式與内在人格中的文化涵養,有一種特殊的表現關係。"文"與"道"的縮合,藉由"損而又損"的剚心工夫,達到"技"與"道"、詩法和人品、文學内涵和人文内涵的辯證統一。而這種工夫,是把文章技法的表現等同於人格修養的冶鍊的。⑦

黃庭堅論詩,認爲一切爲文工夫,皆須自根本中來,而這根本,不外就是讀書、治經和人格修養這三件事⑧,包括文學,其實也是同一件事。然而讀書治經,並不就直接進入詩文中,這當中還有個重要的曲折,關涉到句法的根本精神,那就是以人格涵養爲關鍵,在主體表現的意義上,貫穿了詩文創作和文化傳統。

---

① 《贈高子勉四首》其三,《黃庭堅全集·正集》卷第八,頁 201。
② 《贈高子勉四首》其四,《黃庭堅全集·正集》卷第八,頁 201。
③ 《再用前韻贈子勉四首》其二,《黃庭堅全集·正集》卷第八,頁 202。
④ 《再用前韻贈子勉四首》其三,《黃庭堅全集·正集》卷第八,頁 202。
⑤ 《再次韻兼簡履中南玉三首》,《黃庭堅全集·正集》卷第七,頁 173。
⑥ 《再次韻兼簡履中南玉三首》,《黃庭堅全集·正集》卷第七,頁 173。
⑦ 關於句法理論如何辯證地統合"文"、"道",承接詩歌語言探索的成果,並回應人文之"道"的價值,詳見本書卷貳第三章。
⑧ 見於黃庭堅《與洪甥駒父》,《黃庭堅全集·外集》卷第二十一,頁 1336;《與洪甥駒父四首》,《黃庭堅全集·續集》卷第二,頁 1934;《與秦少章覯帖》,《黃庭堅全集·別集》卷第十八,頁 1866;《與王觀復書》,《黃庭堅全集·正集》卷第十八,頁 470。

　　詩歌不是越過創作主體的"文——道"直接關係下的"言道"的產物,在黃庭堅的詩論中,是"'道'(文化傳統)——創作主體——文(詩歌形式)"這樣的關係。在這個意義下,治經讀書、立身行己以及創作的"宗趣",是互相貫通的。在這"句法"工夫裏,"所表現"的"道—主體"面向,與表現形式的"主體—文"面向,是融貫而一致地實現的。① 這個詩學體系是這樣的:

致遠千里的文化內涵
↓
內化到人格中("學行刳心潤身")
↓
自然地表現在詩文上("文章瑞世驚人")
↓
呈現人格價值

將文化內涵,內化到人格中,再透過形式創造的工夫,表現在詩文上。文學就是在呈現這種人格價值。這種詩歌創作的立場,不妨把它化約爲這樣一種架構:

詩歌 —表現→ 人格中的文化涵養

　　在以創作主體爲關鍵的雙向整合下,"道"的文化內涵更成

---

　　① 關於"句法"之學的認知架構,以及此種認知架構如何能夠內斂地整合心性、學問與寫作,成爲一體的實踐,詳見本書卷貳第三章。

就了"文"成爲人文符號,而"文"的符號功能,也更具體化"道"的
文化實現、文化創造。上章所謂的"主體表現"與"形式表現",
在此成爲融貫而一致的創作型態,同時,在這種型態中,更明確
地規定了以文化主體爲"所表現",以符號形式爲表現形式的
性格。

以下藉由當代符號美學理論①的對照,這種文道關係的意義
將更顯豁。在這個基礎下,我們將更能把握"江西詩派"這個典範
網絡的美學性格,理解在這網絡的合理發展中詩學與歷史互動的
具體內涵。

二、符號表現的詩學型態

蘇珊·朗格的符號論美學主張藝術作品即是人類情感符號的
創造,認爲所謂藝術創作,就是藝術家創造了一個完整而統一的藝
術符號,表現其情感概念。② 黃庭堅詩學便是以類似於這樣的架
構,以"作品—(表現)—人文價值"的模式,確立了詩歌是表現人文
主體的藝術符號,統合了"主體表現"與"形式表現"的要求,統合了
宋初以來詩歌"道—主體"與"主體—文"兩個面向的要求,因而滿
足了美學及文化上的歷史條件,成就一代典範。

(一)詩歌即藝術符號的創造——"符號"表現

符號美學最基本的主張便是視作品爲一整體的藝術符號,
而這符號以象徵而非指實的方式"表現"創作者所理解的內在生
命的情感。"符號"在這裏,也就是透過形式將內在情感生命客

①　本書所謂"符號美學",採用的是卡希勒——蘇珊·朗格一派的立場,特別是
蘇珊·朗格《情感與形式》書中的觀點。

②　見本書卷壹第二章。

觀化、對象化的作用,以使得主體能夠感知、把握它。主體創作符號,透過其形式的表現力,把握人類情感的內涵,因此符號也就是一種"有意味的形式"。在黃庭堅的詩論中,詩歌形式已然不是一種客觀形式的討論,它扣緊了主體價值如何表現的問題,主體如何藉由作品觀照與創造心性人格的問題,在這個意義上,賦予了作品濃厚的"符號"意味。這個詩學架構意味著:作品形式——詩歌藝術"符號"的創造,同時也是主體人格價值的創造,無論這個人格價值是解脫心境或文化涵養。在黃庭堅的詩學論述中,透過詩歌形式,創作者的"意"可以理解,可以評斷;同樣地,也必須透過形式創造,創作者得以其"輝光照本心",創造自身的人格價值。

　　在這種表現關係中,"符號"和所要表現的內涵——"情感概念"(對黃庭堅而言,是"人文涵養"),有著功能性的一致。也就是説,作品內涵離不開符號形式。不僅是讀者透過形式瞭解作品內涵,創作者本身也是在符號的創造中創造了情感生命。亦即,作品的內涵"在且只在"符號形式中,脫離了符號將情感客觀化表現的功能,將無法進行任何作品的創作或欣賞。

　　這也是它有別於表現主義之處。表現主義者如克羅齊等,常常主張"直覺即表現"①,從符號表現的立場看來,這是忽略了藝術創造的實踐性的問題,忽略了人類創造符號的能力,忽略了將複雜、非理性而不可捉摸的情感客觀化而成爲可把握的過程。黃庭堅詩學也正是這樣一種正視符號性的詩學。在黃庭堅和蘇軾重美感直觀的立場的歧異下,正顯出了黃庭堅對這符號化

---

　　①　有趣的是,後來對抗江西詩學的嚴羽,也有這樣的傾向。詳見卷下第四章。

過程的正視：

> 詩以一字論工拙，如"身輕一鳥過"、"身輕一鳥下"，
> "過"與"下"與"疾"與"落"，每變而每不及，易較也。如魯直
> 之言，猶砥硃之於美玉是已。然此猶在工拙精觕之間，其致
> 思未白也。記在廣陵日，見東坡云："陶淵明意不在詩，詩以
> 寄其意耳。'採菊東籬下，悠然望南山'，則既採菊，又望山，
> 意盡於此，無餘韻矣。非淵明意也。'採菊東籬下，悠然見
> 南山'，則本自採菊，無意望山，適舉首而見之，故悠然忘情，
> 趣閑而心遠。"此未可於文字精觕間求之，以比砥硃美玉，
> 不類。①

句法之學形式辯證的方式，和蘇門直覺而超越地觀照詩歌整體之
美感與神思，的確是很根本的分歧。從蘇門的立場來看，此種細部
分解的方式，怎能目無全牛地神遇於詩人高遠之思。此所以晁補
之認爲黃庭堅所論，"其致思未白也"。這和後來江西詩人的看法，
可以明顯對照。

這個差異正是黃庭堅的特殊處。同樣要達到對詩歌所表現的
整體內涵的掌握，在蘇門，有一種超越形式的傾向，而黃庭堅則必
得透過藝術形式所謂工拙精觕的分析來把握。晁補之所謂的"不
類"，正是山谷詩學符號表現的特色。藝術作品的創作過程被正
視，成爲一個可把握的實踐過程，詩歌的神、理、氣、味，不再玄妙難
辨，句法的關鍵意義就在這裏。透過符號的功能，才能具體論斷詩

---

① 《題陶淵明詩後》，《雞肋集》卷三三，《雞肋集》卷三十三，《四庫叢刊》本，
頁 218。

歌的表現力。

對山谷詩學而言，所表現的內涵就在符號中，因此所運用的形式相對的也牽動著所表現的內涵。表現不能離開符號，意義就在形式當中。在這種符號意義下，以俗爲雅、以故爲新，仍能"點鐵成金"，因爲符號稍有變動，表現力就有不同，整個作品的藝術性就完全改易。所以"見南山"和"望南山"，雖在一般語言推論式的"傳達"的效果上是一樣的，但以一整體的藝術符號來看它，則有天壤之別。

肯定詩歌藝術形式和情感概念的一致，才能透過表現形式的淬鍊與講求，將作品創造的價值抉而愈出。因爲正視符號表現的功能，詩歌作品的析賞品評，才有可以勘驗的憑據，對於指點後人，才有法度可循。蘇黃符號認知有如此的差異，此所以，江西後人有所謂"臨濟雲門之分"，可以說是其來有自①。

黃庭堅詩學的美學意義，便在於揭示：詩歌是人類情感概念（"人文涵養"）的符號創造，詩歌是人文主體的表現符號。

認識到詩歌"在且只在"符號形式中，不能離開符號，架空地談情感本體，包括形上之"道"，也是一樣。這種表現的意義，就在"借外而發其中"這種象徵關係之妙用。② 如真德秀所謂："三百五篇

---

① 擁護江西的吳坰，不能理解蘇門之渾同，謂其不能"腳跟點地"，不似江西"棒喝分明、勘辯極峻"，能指點後學，於是有臨濟雲門之分（吳坰《五總志》，引自《宋詩話全編》，頁 2422—2423）。

② 《韻語陽秋》裏說酒與酒器相得而能成就其獨特的氣韻："大抵醪醴之妙，借外而發其中，則格高而味可，……皆借他物以成者。"（卷十九，《歷代詩話》頁 640）這不僅僅是酒與酒器兩者相得益彰的關係，其實，這種"借他物以成"的觀念，也是一直以來宋人"道"、"器"觀念的重要組成，是本書所謂古文運動以來"文"、"道"（"符號"與"本體"）關係的代表觀念，葛立方的話正反映了這種"本體"與"能表現"之間相互表徵的觀念。

之詩,其正言義理者蓋無幾,而諷詠之間,悠然得其性情之正,即所謂義理也。後世之作,雖未可同日而語,然其間興寄高遠,讀之使人忘寵辱,却鄙吝,翛然有自得之趣……其爲性情心術之助,反有過於他文者,蓋不必專言性命,而後爲有關義理也。"①正説明了這種人格胸次的"表現",不是"正言義理",不是詩文內容的表達問題,這種表現,是"諷詠之間"的形式表現的問題,詩文的藝術形式是"性情"的符號象徵,這才是所謂"興寄高遠";而讀者亦不是直接由內容認知而明白義理,而是透過詩文這藝術符號而感知,直覺地把握理解其形式所含蘊的象徵旨趣("性情心術"),此所謂"自得之趣",所以説"不必專言性命",一切義理,全在符號表徵裏了。這就是形式表現、符號表現的旨趣。

和符號論美學一樣,在山谷詩學中的符號表現與主題內容也不是以直接的方式對應的。上文已提到,它與自我表現是不同的。詩歌內涵不是內容中情志的意向性直接指示的,而是透過符號形式"象徵"的;不是一一指實的,而是符號象徵的可能的多重意旨在整體作品完整的形式下統合了起來。

黃庭堅的"法",要求立足於結構形相的基礎上,獲致綜合一切形式成素的抽象的理解力。"句法不光指語詞的排列組合,而是相當於詩歌中一切具有美學效果因素的結構(structure),是一種有意味的形式(signaficant)。……這種結構原型更典型的是詩句之間節奏律動和語序意脈的共通性。"②

詩文雖然是由語言所構成,但詩文並不僅是語言,語言作爲一個符號羣或記號系統,可以分解分析,然而一篇詩文作爲一完成的

---

① 《文章正宗綱目·詩賦》,頁8—9。
② 周裕鍇《宋代詩學通論》,頁192。

藝術作品,是一個基本符號。① 作品是一個完整單一的藝術符號,不是由部分合成全體的,是不可分解的。脫離了完整的藝術形式,這些個別成素就毫無意義了。因此一切對作品的認知或解析,都必須在這整一的象徵形式的前提下進行。後來江西詩派常說的"活",無論是"活句"、"活字",都必須以作品完整統一的形式表現爲前提;"活句"之"活",也就是透徹掌握造語形式與主體意識之微妙辯證,所創造出的明晰生動的符號象徵。因此尋找詩中主題個別的"寄託"未必是有用的。所以他批評那些拘守著"喜穿鑿者,棄其大旨,取其發興,於所遇林泉人物草木魚蟲,以爲物物皆有所託,如世間商度隱語者,則子美之詩委地矣"②。

在山谷之前,這種完整性本來只指形式一端,現在由於它是人格心性的象徵符號,因此,符號是否完整統一也表徵了個人心性綜合統整的能力。"成體之詩",由形式表現的整一,更進入人格工夫的完整性、個人知情意的完整統覺。於是符號創造,也就是心性創造,也就是美學人格的創造。

這樣的詩學,也就呈現了與"不平則鳴"等抒情表現不同的內涵:

_____

① 蘇珊·朗格:"語言,無論是書面語或口頭語,都是一個符號羣,是一種符號體系;而一件藝術品,往往是一個基本符號。誠然,藝術品也可以分解,通過分解可以發現它的細膩之處,可以發現它所包含的各種因素,但絕不能通過把這些因素合成的方法創造藝術品。因爲脫離了藝術品,這樣的因素就不存在了。"(《情感與形式》,頁 427)

這也可以說明,爲何宋人詩話中對於詩歌的成素作了那麼多的解析甚至細部探討,又基於對詩歌形式的好奇,提出種種個別因素的觀察,卻仍然處處強調詩文那種"一月普現一切月"的完整性。這也就是本書所要說的,他們有同於符號論美學這樣的"符號象徵"、"符號表現"的認知。

② 《大雅堂記》,《黃庭堅全集·正集》卷第十六,頁 437—438。

> 詩者人之情性也,非强諫争於庭,怨詈於道,怒鄰詈座之
> 所爲也。其人忠信篤敬,抱道而居,與時乖逢,遇物悲喜,同床
> 而不察,並世而不聞,情之所不能堪,因發於呻吟調笑之聲,胸
> 次釋然,而聞者亦有所勸勉,比律呂而可歌,列干羽而可舞,是
> 詩之美也。①

這種作品象徵地表現的本體,所謂的"情性",和一般言志説自然流露的"性情"是不同的,它不是抒情感性的自然表現,而是經過自我觀照與淬鍊,而能透過符號表徵客觀化把握的"情感概念"(在黃庭堅就是"胸次"、人格)。這意味著將主體情性客觀化的詩歌創作實踐,同時也是淬鍊性情、涵養胸襟的工夫,也就是"句法"之學。因此這種詩歌的表現標的,迥異於"不平則鳴"的抒情自我,而是已經綜合了種種自然感知、人生的多樣經驗、認知與想像,而成爲一整體的理解,形成可以直覺感知的詩歌的形式表現。

所以在黃庭堅這樣的觀念中,詩歌代表著完整的人格,不是一時的、片面的情緒或經驗,而是寄寓全幅人格的"情感概念"。在這當中,同樣的,評斷的標準既不在"所表現"情感的强度,也不在聯文綴篇的體式合不合宜,而在於符號完整的"表現力"。

(二)詩歌是表現人文主體的藝術符號

如上所述,山谷詩學這套價值信念,使得"詩"與"人"的關係更是不可分割,形式探索、符號創造的同時,也是主體精神層次的積極開拓,生命視野的擴展;雖然如此,然而符號與所表現的內涵却又是"不即"的。也就是説,符號形式"不即是"所表現的內涵,它們

---

① 《書王知載朐山雜詠後》,《黃庭堅全集·正集》卷第二十五,頁666。

雖然是融貫一致地實現，却並不全然等同。這是它有別於形式主義之處。形式主義者主張作品內涵就在形式中，並且形式就是內容，這之間是等同的，而沒有形式之外的本質性的、本體性的內涵存在。這就形同形式對內容的制約。

符號美學則不是如此，之所以將藝術形式稱之爲“符號”，就指出了表現者與被表現者的非同一。在藝術符號之後，是有著一個本質的、本體的存在——人類普遍情感的理解，雖然它只能透過符號被把握。比起形式主義，創作主體在其間的地位更爲顯著，創作活動的實質意義更爲凸顯，這就是它“表現”情感概念的涵義。符號不是被當作一個客觀獨立的形式來看待的。

當我們將“句法”看作是一種派生於表現目的的“方法”，而非文本獨立的“技術”法則時，將會認識到，“句法”理論也具有這種符號內涵。“句法”，在黃庭堅的用法中，講的是一種主體的表現能力，而不是文本具體的客觀法則。試看他講陳師道的這一段：

> 讀書如禹之治水，知天下之絡脈，有開有塞，而至於九川滌源，四海會同者也。其作詩淵源，得老杜句法，今之詩人，不能當也。至於作文，深知古人之關鍵，其論事救首救尾，如常山之蛇，時輩未見其比。①

與“老杜句法”比並的是：“讀書”能“知天下之絡脈，有開有塞，而至於九川滌源，四海會同者也”；“作文”能“深知古人之關鍵，其論事救首救尾，如常山之蛇”。和他稱讚子姪作詩清麗“有句法”一樣，

---

① 《答王子飛書》，《黃庭堅全集·正集》卷第十八，頁 467。

都是一種能力的描述,而不是某些具體的法則,不牽涉體式風格。①"老杜句法",指的不是杜詩有某種特殊的"法"則,這和辨體製或法式、格式的觀念很不相同。他講的是一種不定的方法,指向人人各異,甚至每一部作品都不同的"表現的方法"。② 所以熟讀《禮記·檀弓》、司馬遷、韓愈文章,都可理解這種方法。句法的方法論意義,和符號創造一樣,指的是"表現"的方法,指向主體表現情感價值的能力。

如上所述,山谷詩論中,貫穿了文化傳統和詩文創作的,是自我表現的旨趣。強調"自見其性"、"自求己事",都是以主體的價值體系去涵攝一切學問。凸顯了詩歌的文道關係中創作主體的角色。

歐、梅本有以詩歌爲自我實現的意味③,蘇軾也强調主體的解脱心境在創作及欣賞中的地位,但在直接關涉到詩歌創作論時,他們都還不甚凸顯創作主體的作爲,特別是在"無意爲文"的觀念之下。而黄庭堅更能夠從主體治心養性這一工夫,凸顯文道關係中,

---

① 黄庭堅"句法"的觀念,使得"法"正式進入個別而緊扣目的的"方法"的層次。他這"法",不同於前人格式、法則意義的"法",詳見下節。

② 如果這樣理解的話,那麼黄庭堅多次講"老杜句法",實指杜詩突出的表現能力,是以杜詩爲最高理想的意思,不僅是與其他詩人並列的一種法則而已。江西詩派推尊老杜爲宗祖,是從這個意思擴充出來的,但黄庭堅並没有特定的風格範式等門派的觀念,而這種句法的意思,也和後人(如嚴羽)所辨認的"家數",或所謂的某某詩法"出自"某某等説法不同。

③ 歐陽修《薛簡肅公文集序》:"君子之學,或施之事業,或見於文章……失志之人,窮居隱約,苦心危慮,而極於精思,與其有所感激發憤,唯無所施於世者,皆一寓於文辭,故窮者之言易工也。"(《歐陽修全集·居士集》卷四十四,頁 305)而綜合梅堯臣的創作情況,這又具有視詩歌爲人生價值所寄的意味,"在當時廣大士人仕途進取多有名位,政治之外又留意學術著述、立言傳道的情況下,梅堯臣把詩歌當作追隨時代潮流,實現自我價值的領域。"(參見程杰《北宋詩文革新研究》,頁 153—154)在這種意義下,歐陽修推重梅堯臣詩"窮(者)而後工",也具有肯定詩歌創作具有自我實現的意義。

創作主體的積極性,這也使得他的詩學比較具有有意而爲的色彩。
但也因此而更符合創作實際,正如陳師道所説:"黄詩韓文,有意故
有工,左杜則無工矣。然學者先黄後韓,不由黄、韓而爲左杜,則失
之拙易矣。"①在形式表現的覺知下,有意求工是作詩必經的法門,
黄詩韓文,引領學者更爲坦誠地面對詩歌的現實成素。江西詩學
所以橫亘兩宋,形成莫大勢力,與黄庭堅能夠"腳跟點地"地正視詩
歌人爲的本質,不無關連。

　　關於詩歌中的"道",東坡近莊禪,比較强調主體的容受性,重
視純粹無關心、無功利、倫理判斷的旨趣;山谷則更爲强調文化涵
養的表現,以及這種文化涵養"如何"表現②,比較凸顯"胸中涇渭
分"③,凸顯創作主體有意識的自我人格的觀照。論文章法度,論
句法,都强調"不隨世許可,取明於己者而論古人",重視創作與自
我表現的關係,使得創作成爲自我人格的觀照與再現。④

　　"句法"之學,全然不同於形式主義。形式主義者主張"形式
即内容",没有所謂形式之外的内涵存在,形式與内涵的關係是
同一的。而這樣的觀點,在這時的文學環境中,没有存在的空
間。在句法"表現"的意義之下,形式是一種符號,是一種功能,

----

① 　《後山詩話》,《歷代詩話》本,頁 305。
② 　探討蘇黄詩文與禪宗關係的學者,常常會注意到:蘇軾近於前期禪宗,追求
無念無住的頓悟心境;而黄庭堅則是有得於後期禪宗或文字禪的精神,傾向於隨機運
用的接引方式。如張毅《宋代文學思想史》(北京:中華書局,1995.04)這種分别,恐怕
也肇因於此。
③ 　《次韻答王慎中》,《黄庭堅全集・正集》卷第一,頁 11。
④ 　這裏所謂歐陽修詩論的"自我實現"的意味,與黄庭堅以詩歌作爲"自我人格
之再現與觀照",兩者是不同的。"自我實現",指的是詩"窮而後工"説裏主張以詩歌創
作爲個人自我價值或社會價值實現的方式;而詩歌作爲"自我人格之再現與觀照",則
是從符號象徵的立場,認爲藝術活動同時也是内在情感概念的符號化、客觀化的過程,
因而透過這創作形式,可以把握及觀照在這意義下創作者的人格内涵。

"所表現"的内涵才是本體,並不是如形式主義者所主張的那樣,以爲形式即是"所表現"。黃庭堅警示後學不可專學文詞,而要有厚積薄發之功,就是很明白的把符號的創造與形式對内容的制約分開的。創作與欣賞,之所以要深於"尋其用意",就在發掘這符號所表現的情感價值。顯然他並不把句法形式和表現内涵直接地混同。其次,不同於形式主義的,符號表現還有一個更積極的意義:透過符號的創造,主體也創造了新的生命體驗,更深刻的情感覺知。也就是説,藉著符號的探索和創造,藝術創作,可以開拓主體的生命層次。

朗格認爲,透過藝術符號形式化的作用,生命中種種交織的情感和豐富的經驗,能夠客觀化、對象化而被掌握。而在這種符號表現的觀念下,更進一步認爲,恰恰不只是藝術家以藝術形式來表現他所曾經經歷的情感體驗,而更是藝術家借著熟練的符號運用,表現一種新的情感的可能性。藝術家"在進行創作時,在塑造人類感情符號時,他從自己面前可感的現實中認識到主觀經驗的前景,這是藝術家在日常生活中未曾認識到的。因此,藝術家的精神視野,以及本人個性的成長和發展,是與他的藝術密切相關的"①。詩人對世界的認知,對自身人格的觀照,就在這符號形式中,甚至可以透過符號形式的揣摩與創造,探索他所未曾經歷的新視野,推進所未曾達到過的更深刻的理解。

卡希勒—蘇珊·朗格的符號論美學②,主張藝術是人類情感符號的創造。在符號創造的人文活動的意義下,對作品的形式直覺不單是被動地接受,還是主動地賦予意義的行動。因爲這種形

---

① 蘇珊·朗格《情感與形式》,頁452。
② 以下詳見蘇珊·朗格《情感與形式》一書。

式特徵,這種情感符號的構成力量,使得藝術中所表現的情感不是創作者獨有的,透過形式的動態組構的力量,欣賞者也透過形式的直覺因此"發現"了世界。通過作品,超越既定存在,打開未來之路。作品不是靜態地反映(既定的、被傳統、正統詮釋所限定的)"道",而更是處於獨特存在境域的每一個獨特個體,不斷創生著、展開著"道"(也是"人")的實存的可能。因此它不可取代、不可比擬,除了創作,別無其他。

　　黃庭堅辯證地綰合了詩歌中的"主體表現"與"形式表現",將詩歌表現等同於人格的淬煉、治心養性的工夫。於是,詩歌的境界,也就是人格的境界;句法的講求,也就與自我生命的開拓息息相關。對作者而言,藝術符號也是他觀照自我,把握自我,甚至於創造自我的媒介。"所寄詩,醇淡而有句法,所論史事,不隨世許可,取明於己者而論古人,語約而意深。文章之法度蓋當如此。如足下之所已得者,而能充其所未至,生乎千載之下,可以見千載之人也。"①黃庭堅的句法,"是認為語言形式即作者全幅人格、整體生命力的朗現"②。而更進一步,句法汰渣存液的冶煉之功,作為一種人格的陶鑄和文化涵養的工夫,在這個意義下,更接近朗格所謂人類情感與理解力的創造。此所以黃庭堅視句法之學為一種人格修練,強調句法是一種心性上息妄修心的工夫,於是,詩歌的表現,不是對情感的刺激,而是對理解力的喚起,詩歌的形式創造所代表的是人類精神所能達到的深度。

　　所以黃庭堅說詩是"人之情性",指的是這種人格涵養的表現,而這又不同於一般"表現"說所謂的自我表現或情感發洩。這當中

---

①　《答何靜翁書》,《黃庭堅全集·正集》卷第十八,頁464。
②　龔鵬程《文學批評的視野》,頁460。

有一種清楚的自我認知、自我覺察的能力,是一種情感的客觀化。和言志、緣情或其他前人説法比較不同的是,詩歌所表現的不再强調非智性的情感因素,在人格意義的擴大下,它推及形上的、人文的等等超越情理對立的感知。在他的涵義中,在這種情感客觀化的意義中,對自我生命人格的照察,亦就是對人類情感的洞察。這是他和"不平則鳴"、"詩窮後工"等自我表現説的不同之處。①

在黄庭堅的詩學裏,所要表現的就是這樣一種充滿主動創造的人文主體,經由句法工夫的反饋,生生不息地將内在生命客觀化、對象化,不斷地成就更豐富的情感價值,彰顯"人"無限的創造力。作爲情感"符號化"、内在生命"客觀化"以自我把握的結果,"詩"是人類自我觀照、自我覺知而能夠與生命進境交互反饋的明鏡,是超越情理、統攝生命知情意的直覺的綜合表現。

基本上,句法工夫所藴含的人格涵養的意味,和朗格所謂"情感概念"性質是相近的。不過,它們也有特殊的差異,這就是:黄庭堅所指的人格涵養中,文化統緒的意義相當濃厚,這也是他在特殊的文化氛圍中形成的特色。對於歷史感受特別敏鋭的宋人而言,黄庭堅充滿文化期待的符號表現詩學,更符合其歷史發展的合理性和適用性。

然而如此强調文學個體的主體性,又如何與羣體文化的展現共侔? 這種主體表現如何滿足宋人充滿文化承擔的羣體存在感?

---

① 可以説從他這種情感客觀化的符號表現的立場,是不會同意"不平則鳴"式的自我情感表現。因此,看待他對蘇詩"好罵"的批評(《答洪駒父書》,《黄庭堅全集·正集》卷第十八,頁 474),對照他在《書王知載胸山雜詠後》(《黄庭堅全集·正集》卷第二十五,頁 666)中"詩之旨"與"詩之禍"的説法,與其從規避詩案來看,倒不如從這條詩論自身的脈絡來看要適當。這也就是他對洪龜父論詩文,要其盡心於克己,不見人物臧否,"全用其輝光以照本心"之意。

　　如上所述,情感概念既非形式,然而它也不是情感本身。它是內在種種交織錯雜的情感經符號統合而客觀化的結果。這所謂的"情感概念",指的不是一般所謂的情感,而是一種包容生命內在種種經驗,並將其客觀化而能夠被感知、被理解的人類的普遍情感。因此,作品所表現的這"情感概念",就是創作者透過作品這個符號形式的創造以表現他對人類情感與精神動向的理解,就是創作者所認識到的人類普遍情感,也就是一種關於情感的"概念"。亦即創作者對人類生命的理解。

　　同一個文化羣體,在相似的社會條件,共通的思想傾向中,自然易於形成它們特別的共同表現模態。對敏於人文感知的宋人而言,文化的存在感,歷史的存在感,就是他們這共通的文化模態。這就是他們所表現的情感價值特別飽含文化內涵的緣故。而現在,黃庭堅便是比較自覺地以這種人文存在的自我解釋作爲所表現的情感價值。這種自覺,讓他的詩學,投入文化哲學,投入體"道"文化的創造。

　　他像卡希勒的文化哲學一樣,意味著:藝術作品不僅是作者與讀者既有的情感理解的成果,它和科學、神話、歷史、語言一樣,是人類建構認知、成就意義體系,解釋羣體存在的符號活動的一個面向,只不過它是用一種"表達之感知"的方式來表現。[1] 這就是藝術作爲一種文化符號的積極意義,文學中的文化內涵,彰顯了人的主動創造力[2]。文學透過文化創造的功能,決定它的歷史存在。

―――――――――

　　[1]　卡希勒《人文科學的邏輯》"第二章 事物之感知與表達之感知",頁 57—96;《人論》"第九章 藝術",頁 201—248。
　　[2]　在這種觀念之下,對於傳統"文以載道"的主張,也才能做到歷史研究的同情與瞭解。

　　山谷詩學的歷史意義,在於詩人自覺地以詩歌作爲人類自我
解釋的"文化符號",自覺地認爲詩歌和其他正統學術一樣,參與了
文化的創造,人類生命的解釋。詩歌如禮樂典章,是人文的創造,
正如古文運動創造了表現人文主體的"成體之文",現在黃庭堅也
創造出表現人文主體的"成體之詩"。

　　黃庭堅指導後學作詩,要他們熟讀司馬遷、韓愈文章,"凡作一
文,皆須有宗有趣,始終關鍵,有開有闔,如四瀆雖納百川,或匯而
爲廣澤,汪洋千里,要自發源注海耳"。作詩和文章一樣,也要"有
宗有趣,始終關鍵"有其發源注海的内在驅力,直樹道本的體現,强
調無論讀書、治經、作詩文,都需先識其"關捩"、得其"宗趣",而後
"不隨世許可,取明於己者而論古人",以致於"語約而意深"①,這
種種,豈不是韓愈"深探本元,卓然樹立,成一家言"②的宋詩翻版?

　　因此任淵註解山谷詩説:"山谷詩律妙一世,用意高遠,未易窺
測,然置字下語,皆有所從來。"③"置字下語,皆有所從來",它的淵
源,就來自山谷意識中一種整體文化傳統繫聯的關係。而詩歌在
表現人文主體的前提下,自然更爲突出"前文性"④的共識。本來,
人文素養愈高的作者,"前文性"的意識愈强,現在,山谷詩學又自
覺地以詩歌表現詩人的文化内蘊,整個詩歌形式都意味著從文化
中喚起的意義迴響,交織著傳統與當代的共鳴,以及由此衍生出的
解釋張力,這便是"無一字無來處"的力量。

　　這也呼應了詩歌向前人作品學習,甚至從中推陳出新的意義。

---

　　① 《答何静翁四首》之一,《黃庭堅全集·正集》卷第十八,頁464。
　　② 《新唐書·韓愈傳》,頁1347。
　　③ 《山谷内集詩注》卷一,頁1。
　　④ 關於"前文性",詳見本卷第一章第一節。

因此，"奪胎換骨"、"點鐵成金"，正應從這個角度重估其價值①。
所謂"奪胎換骨"、"點鐵成金"的工夫也就意味著：往昔的作品意
涵經由文化價值的選擇和詮釋之後，經過文字工夫的冶煉之功，在
詩歌整體的形式脈絡中賦以新意，因而呈現了詩人深厚的人格涵
養。透過前人既有的作品，創造更深刻的體會；也就是，透過形式
的揣摩，喚起更高的文化生命的理解力。

　　山谷詩學彰顯了一種詩人以詩歌作爲自我實現的使命，並在
這自我實現中，主動地創造"道"，創造文化實現，更深刻地回應了
傳統"詩"、"史"不分的內涵。詩歌，於是也和其他自覺的學術傳統
一樣，也是中國體"道"語言與文化詮釋的一條大道。

　　因此，宋人是這樣看黃庭堅的："柳展如，東坡甥也，不問道於
東坡而問道於山谷。山谷作八詩贈之，其間有'寢興與時俱，由我
屈伸肘。飯羹自知味，如此是道否'之句，是告知以佛理也。其曰：
'咸池浴日月，深宅養靈根。胸中浩然氣，一家同化元'，是告之以
道教也。'聖學魯東家，恭惟同出自。乘流去本遠，遂有作書肆'，
是告之以儒道也。"②在宋人眼裏，山谷詩學之"道"也就是統合了
三教的"道"，也就是文化的表現。

　　（三）小結：以"表現力"爲宗旨的詩學

　　其實，詩論中這種符號表現的傾向，並不是自黃庭堅才開始。
歐陽修、蘇軾詩論已見端倪。歐陽修重視作品內在文理，就"語工"
探求"意新"；蘇軾重視主體美感的表現力，這些都部分地接近了符

----

①　例如任淵説山谷《睡鴨詩》，乃點竄南朝徐陵《鴛鴦賦》及唐人吳融《池上雙鳧》
二文所成。二人原文語弱，經山谷點化後，去其孤陋，"氣色益精明"（任淵《山谷内集詩
注》卷七，《山谷詩注》頁130）。這裏所謂"氣色精明"或語弱孤陋之別，當然不只是文
字巧拙，而是在其含蘊的內涵深度，並且也反映了詩人氣格。
②　葛立方《韻語陽秋》卷十二，《歷代詩話》本，頁577。

號表現,只是到了黄庭堅,這種符號表現的型態更爲完備而明確。

雖然沒有明確的論證,然而,藉由詩學論述中主體表現與形式表現不即不離的對舉與辯證,黄庭堅句法之學,已蘊含著這種詩歌作品與表現内涵的符號表現關係,蘊含著如上述符號美學的觀點,認爲内容既非形式,却又必須完全透過藝術形式來傳達;而這又不是一般信息的傳達,而是主體整體情感生命的感知或人生的理解力的"表現"。在符號表徵的意義下,詩歌是主體生命理解内在自發的符號創造,而不是任由情感的直接流露。作品的内涵,也就是符號所表徵的世界;"意新"和"語工"是融貫而一致地實現的。所以"鍊字"、"鍊句"、"鍊意",對黄庭堅來講,是一致的,而不是像後來的人所説的有本末先後的分别的。

在這種立場下,所關心的,是"表現"的效果及其與所創造的符號的關係,而不是客觀論所要求的格式體製規矩準繩自身的完整性、文本先在的藝術規律。所以説他"破棄聲律"(張耒),説他"格律謹嚴"(蔡絛),都是一樣的;説他體製新巧,説他大巧不工,也是一樣的;都只是他在表現的目的下,"覆却萬方無準,安排一字有神"的結果。

在此立場下,要把握作品的内在世界,也就是把握符號的象徵内涵。不只是讀者的領會,包括作者本人創造作品,都不是先在的情感或意念的問題,根本上,"意"就在符號形式裏,符號的創造,就是内涵的創造,所謂作品的内在世界,就是透過符號創造出來的。

就像符號美學所説的:理解一部作品,不是作品所説的"内容",也不止於"形式",而是在整體形式所表現的内涵下,各個部分因素綜合的生命含義,唤起了什麽樣的理解力。因此,在這意義之下,"炎天梅蕊"、"雪中芭蕉"等異於常理或"遺其牝牡驪黄"的創作，其表現的内涵，也可以得到理解；而黃庭堅那麼多充滿"以真實相出遊戲法"①趣味的創作，亦可爲佐證。

由於黃庭堅所賦予的工夫論的色彩，使得這種最高表現效果也充滿著"道"的價值理想，成爲這種表現型態最高的境界。"平淡而山高水深"、"不煩繩削而自合"，並不與這符號表現重視形式的立場相悖，它們恰正是這種主體表現型態必然的判準。② 順著這種符號表現的邏輯，評價作品的標準，就在於作品形式是否展現完整的表現力③，換成黃庭堅的話，就是"有味"、"用意"、"詞意高勝"、"詞意相得"④。這種有所表現的能力，必須要具體從作品中相關因素如何被創造和經營來分析，符號形式的處理，不在使用什麼奇方異術，或展現了多少種的技巧，它們只視符號形式所能達到的表現效果而定。

綜合這些表現的特徵，句法之學就清楚了：在這種"道"、"器"的表現關係裏，語言因此乃是"方法"價值，而非僅是"工具"價值。也就是説，語言不僅是作爲透明的傳達媒介，語言型態作爲一種（表現的）方法，它和所欲表徵的目的之間是分不開的，是一種整體特徵下的聲氣相通，而非一一對應；不是普遍的結構形式的對應關係（所謂客觀體製與主題、情志的對應），而是意義形式的對應⑤，是個別作品的節奏、强度、範圍、視野、基調等形式因素與訴

---

① 《跋魯直爲王晉卿小書爾雅》，《蘇軾文集》卷六九，頁 2195。
② 參見本書卷貳第三章。
③ 參考蘇珊・朗格《情感與形式》頁 460、472、327—328、263。
④ 這種胸中高境的表現，其實本也是蘇門的理想，只是黃庭堅更落實到留意符號形式如何具體呈現的問題。
⑤ 此處"結構形式"與"意義形式"的分別，爲龔鵬程所提出，參見氏著《文學散步》"文學的形式"，頁 79—87。

諸作品理解與洞察的情感的相應。①

句法的精神,其實也就是這種在作品整體特徵下的主體表現力的精神。句法批評,也沒有設立任何客觀而能普遍適用的批評標準。所以"以俗爲雅"、"以故爲新",無所不可,都是一種表現力的挑戰,所謂的"詩人之奇"②。詩歌語言,不是依客觀體製而定,而是在所欲表現的整體特徵之下被決定,所以他"好奇"與"戒奇"的辯證,就在這裏。説他"破棄聲律","渾然有律吕外意",或有意出奇,都是出自這種表現力的目的,因而呈現了這種種貌似矛盾的現象。在此之下,如"悟入"、工拙、風格的辯證等,也需以此種符號表現爲前提,才能成立。在山谷詩學符號表現型態的内在邏輯中,隱含了後來江西詩派的發展性質,以及其中藴含的可能異化的種種問題。

第二節 "句法"是一種"心法"

在人文反省與形式覺知的意識下,宋詩一步一步走向符號(形式)與情感概念(主體意識)的辯證,黄庭堅"道—主體—文"的詩學型態整合了這個辯證的觀念基礎、價值信念,而"句法"的方法意識便提供了獲致這個辯證所需的直覺統合的心理認知。

一、"句法"是詩人默會之學的自覺

黄庭堅的"句法",不同於前人格式、法則意義的"法",而是:

---

① 借蘇珊·朗格符號美學的用語來講,就是"形式直覺"。
② 《再次韻楊明叔並序》,《黄庭堅全集·正集》卷第六,頁 126。

1. 每一作品個別的,聯繫著作品個別表現目的的方法;而非一體適用的普遍格式,或歸納某些前人風格所得的法則、典型。

2. 因此它是是否到達某一能力的問題,不是一種技術性的、普遍性的指導;"法"聯繫著作品自身特定的表現價值,追問如何完美表現的問題,因而必須就個別作品論成敗。

3. "句法"的討論不是完全以文本爲中心的客觀的觀照,而是以創作主體爲中心的表現能力的問題。因此,這套理論,也就沒有一個客觀的批評標準的問題。

這種種,使得"句法"不只是客觀技術法則,而正式進入聯繫著價值方向的方法自覺的層次。①

關於江西"詩法",學者有很精確的認識:"'詩法'的出發點和實際的著眼點其實都在'詩意'。……黃庭堅的'精品'意識似較蘇軾爲強,他期求對'詩意'一種高水準的藝術表述。……這裏所謂的'詩法'已突破了傳統的格式、方法之義,重點落在'詩意'的領會和把握上。"②此一"詩意",本書謂之爲主體表現。宋人以主體心靈抽象之"意",超越了客觀形製之"法",以主體表現意識突破了客觀體製、格式的界限。

黃庭堅的"句法",改變了"法"的觀念,使詩歌真正成爲個別而殊異的主體創造。在黃庭堅之前,無論是所謂"文成法立"、劉勰所説的"控引情源"的"術"、或晚唐詩格詩式等等,這類的"法",都指謂客觀普遍、經驗歸納等以文本爲中心的知識指導;相對於此,黃庭堅的"句

---

① 關於黃庭堅詩學見解,筆者曾有兩篇論文詳加探討(見本書"附錄"一、二),卷貳第三章並解釋"心法"與"默會之學"的内涵,本節所謂"'句法'是詩人默會之學的自覺",大致是根據這幾篇論文的結果而進一部探討其歷史意義。

② 程杰《北宋詩文革新研究》,頁550。

法",則指向主體自身,指向主體與個別作品間表現與反饋的關係。

　　一般體製、格式等技巧性、操作性的"法",雖然熟習度不同,但都是人人可學,沒有所謂"獨創性"可言的法;而"句法"則不是這樣技術意義的"法",句法是作爲方法反省意識的"法",是方法論的層次。

　　這種創作實踐,與一般技術規範所依賴的明示推論或記問之知不同,它有賴於"默會之學"的心理架構。

　　伯藍尼在《意義》一書中提出了一種"默會致知"的知識架構,認爲一項認知或行動的完成,是主體("致知者")轉悟融貫地整合了支援項目與焦點目標的結果。① "句法"觀念也是如此,對黃庭堅而言,詩歌作品也可以説是創作主體成功地整合了支援知識(讀書、治經、修身等人文素養)和目標知識(詩歌寫作的形式規律、表現認知)的結果。

　　在黃庭堅關於"句法"的論述中,隱含了宛如這般的認知架構:

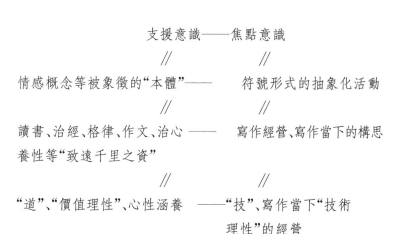

支援意識──焦點意識

情感概念等被象徵的"本體"──　　符號形式的抽象化活動

讀書、治經、格律、作文、治心 ──　寫作經營、寫作當下的構思
養性等"致遠千里之資"

"道"、"價值理性"、心性涵養　──"技"、寫作當下"技術
　　　　　　　　　　　　　　　　理性"的經營

---

①　關於江西詩學的"心法",以及這默會之學的運作和理論内涵,詳見本書卷貳第三章。

```
              //                    //
能將一切"事"圓融消化於胸中的        創作當下意識裏
    "和光同塵"的素養  ──   "鈎深入神"的專注
              //            //
        主體生命視域、創作的──表現形式等意義結構的講求
            "前理解"
```

讀書、治經等等宏富的學問，以及心性涵養與其他詩文寫作的知
識，共同形成創作的"前理解"，也就是行動中內斂於其中的"支援
知識"，在"焦點知識"（當下的形式創構）的提撕下，將兩者轉悟而
融會爲一整體的領悟力。這就是"句法"工夫。

　　原來分屬於"技"（技術理性）"道"（價值理性）的形式表現和主
體表現，可以經過這樣的工夫辯證，成爲必須也能夠一體踐行、彼
此成就之事。而最後的作品表現，也就取決於這極爲個別性的內
斂而轉悟的過程。就創作同時也是一種自我整合而言，這便是人
格工夫的涵義所在；另一方面，擴大生命視域，等於也是推拓更豐
富的支援意識，就這個面向來講，人格工夫亦助成"句法"，深化創
作的可能。

　　任何信念都會產生社會性的回饋。① 因爲相信"句法"這套心
法式的操作心理，於是詩人把文化涵養與詩文創作視爲一事，也致
力於原屬學者之事，雖然這種心理運作是不自覺的，然而置身於這
套典範操作實踐下的詩人，比起（典範外的）其他詩人，由於其豐富
的學識格局與人文自覺，對於文化涵養與作品的表現關係，有更多

---

　　① 　這種社會性的回饋，從唐宋兩代詩人文人的"理想型"可爲佐證，見本卷第
一章。

正向的回饋。

由於這套操作心理能夠合理地支持符號表現等價值信念,足以作爲行動的心理根基,使得這些社會回饋成爲典範運作極爲"有效"的内驅力,在這種種"共識"之下,整個詩學網絡(包括價值信念、原理原則、理論範疇、技術指導……)於是能夠融貫地運作,"典範"才算是成形了。這就是"句法"在整個典範網絡中所扮演的操作基質的角色。

在這種認知心理下,它重要的影響層面倒未必直接是作品本身,而更是,整個文化社會如何看待作品、評斷作品、解釋作品。要瞭解這樣的典範下的宋代詩話、江西詩學,就須得趨近這樣的認知心理。

正是因爲這種認知架構,所以詩歌作不好,黄庭堅不是教你去摹習同類體製之作,不是教你去習格律、記典故,而是:

> 所寄詩文……但其波瀾枝葉不若古人耳。意亦是讀建安作者之詩與淵明、子美所作未入神爾。①
>
> 予友王觀復作詩,有古人態度……但未能從容中玉佩之音,左準繩、右規矩爾。意者讀書未破萬卷,觀古人之文章,未能盡得其規摹,及所總覽籠絡,但知玩其山龍黼黻成章耶?②

"入神",意味著工夫所至,能夠成功地獲致主體自身的轉悟内化。"波瀾枝葉不若古人",意味著文化素養等支援知識不夠,所以還要"讀書破萬卷"。所謂"盡得古人規摹",便是要透過玩賞作品形

---

① 《與王庠周彦書》,《黄庭堅全集·正集》卷第十八,頁467。
② 《跋書柳子厚詩》,《黄庭堅全集·正集》卷第二十五,頁656。

式（"玩其山龍黼黻成章"）這"焦點知識"的提撕，能夠轉悟融貫（"總覽籠絡""盡得其規摹"），成爲完整的表現力（"從容中玉佩之音"）。因此，要能夠"入神"，能夠創作成功，便在合其兩端（"讀書破萬卷"與"玩其山龍黼黻成章"）完整而融貫的"悟"的工夫。

　　無論是作詩或作畫，黃庭堅對於形式構作，都力求謹嚴精切，所謂"功刮造化骨"①，所以詠物要"曲當其理"；也因爲這形式有意的鑽研，"欲命物之意審"②，他的詩歌，也有過處，有"太尖新、太巧處"③。這是屬於他"形式表現"的一面、"技術理性"的一面，所謂"拗體"、"作意好奇"，就是這一面向的成果。

　　但這同時，在相對於形式表現的另一面，他又是以重"韻"著稱的：

　　　　陳元達，千載人也，惜乎創業作畫者，胸中無千載韻耳。④

　　　　論人物要是韻勝爲猶難得，蓄書者能以韻觀之，當得彷彿。⑤

　　　　東坡簡札，字形溫潤，無一點俗氣，今世號能書者數家，雖規摹古人自有長處，至於天然自工，筆圓而韻勝，所謂兼四子之有以易之，不與也。⑥

　　　　季海長處正是用筆逕正而心圓，若論工不論韻，則王著優

---

　　①　《題文湖州竹上鸜鵒》，《黃庭堅全集・正集》卷第二十七，頁 734。
　　②　晁補之《跋魯直所書崔白竹後贈漢舉》引山谷之言，《雞肋集》卷三十三，《四庫叢刊》本，頁 227。
　　③　《呂氏童蒙訓》引自《黃庭堅和江西詩派卷》頁 44。
　　④　《題羣鎖諫圖》，《黃庭堅全集・正集》卷第二十七，頁 728。
　　⑤　《題絳本法帖》，《黃庭堅全集・正集》卷第二十八，頁 746。
　　⑥　《題東坡字後》，《黃庭堅全集・正集》卷第二十八，頁 771。

於季海,季海不下子敬,若論韻勝,則右軍、大令之門,誰不服膺![1]

黃庭堅所說的“韻”,不同於蘇軾等人“味外之味”的“韻”,他這“韻”,是作者中心的,是類似於“情感概念”的,包含主體整體理解的、心性人格的主體意識,這和上一章的“格”是一樣的。這“格”、“韻”與“工”、“巧”等“技”的觀念是對立的,如他所謂的:“(曹希蘊詩)雖格韻不高,然時有巧語。”[2]“故人物雖有佳處,而行布無韻,此畫之沈痾也。”[3]

以“工”與“韻”對舉,正是技術理性的“技”與代表實質理性的主體表現兩者之間的對諍,而黃庭堅認爲主體表現要優位於技術理性。“技”之工,可以從規摹古人而來,然韻之勝,則有其不可比擬、不可取代的價值。山谷的“韻”和書畫裏的“寫意”是一致的,都強調主體獨特的表現力。

這兩個面向,終究都融入了黃庭堅句法的實踐中,在心法的轉悟下,融貫二端,成就了完整的主體表現力。這主體表現力,便是張耒所說的“一掃古今,出胸臆”(主體表現),“破棄聲律”(“拗體”等形式巧構),以至於能“渾然有律呂外意”(完整的主體表現力)。這種融貫一體的轉悟,正如他所謂的:“筆與心機,釋冰爲水”[4],讓“技”與“道”在具體實踐操作下,不斷反饋積累,實現永無止境的“技進於道”的理想。“句法”以價值理性抗衡且辯證地吸收了詩歌

---

① 《書徐浩題經後》,《黃庭堅全集・正集》卷第二十八,頁 759。
② 《書曹希蘊詩》,《蘇軾文集》卷六八,頁 2130。
③ 《題明皇真妃圖》,《黃庭堅全集・正集》卷第二十七,頁 729。
④ 《東坡墨戲賦》,《黃庭堅全集・正集》卷第十二,頁 299。

作爲一專門之學必有的技術理性,詩人在句法等"心法"的自覺實踐下,統合技道兩端,黃庭堅與江西詩學,便是以這"技進於道"的進程回應了歷史的挑戰。

"句法"比起一般明示之知、體式之學雖顯得主觀而抽象,[①]然而它却也是有著具體的依恃的。内斂統整的領會必須透過專注於焦點知識的操作而凝聚起來,這個焦點知識便是形式表現的探索:"魯直之詩,雖間出險絶句,而法度森嚴,卒造平淡,學者罕能到。傳法者必於心地法門有見,乃可參焉。"[②]"卒造平淡"之功,必有賴於詩歌法度技巧的提撕,然而這些形式講求又不是一切,它必須在轉悟消化等"心地法門"的主導下,内斂整合而完成完整的創作實踐。在符號表現下,山谷詩法"有法,故可學"的意義,是因爲它必離不開形式體製,必須以形式專技之學作爲焦點知識,才能完成這轉悟融會的目標。這就是以文明道不能空談心性、空談"道"的道理,必須以具體的形式講求作爲轉悟行動中專注的目標。

但此法並不停留在形式構作的焦點目標上,不是焦點意識上能明確習之而運用之"法";和西崑學義山等風格範式之學不同,在"句法"架構裏,風格範式等形式之學僅是"焦點知識"一端,並不是這整個"法"的實現,黃庭堅所學是杜詩發揮表現力的作法,而非體製之法,非專學某種杜詩的風格範式之意,此所以陳師道説:"豫章之學博矣,而得法於少陵,其學少陵而不爲者也。"[③]

---

① "默會致知"作爲一普遍的知識架構,在一般的記問之學、體式之學當中,當然也有著這默會之知的成分,然而過去的詩學並没有"自覺"地彰顯這一種認知,也没有相關的價值信念,使其成爲一種"有效的"的實踐,因此其寫作的規範性格、作品回饋、社會回饋,也就不同,詩學呈現的型態也就不同了。

② 王庭珪《跋劉伯山詩》,《盧溪集》卷四八,引自《宋詩話全編》本,頁 2779。

③ 《答秦觀書》,《後山居士文集》卷十,引自《宋詩話全編》本,頁 1029。

這也是它與"辨體"之學等客觀體製論者的分歧。句法由於內斂轉悟的行動,而使得它強調絕對個別性、主體性的實踐,這與客觀體製的效習爲某種意義上的文本中心的、普遍明示之"法",有明確的分野。

在山谷之學中,一直有這樣的意識:無論閱讀或創作,要尋求那超越文本、超越文本自身格式、體製、風格之上的,使這作品之所以成爲這作品的"宗趣"所在;並且,正是這"宗趣"主導著作品的風格、體製、結構等等形式構作。① 這"宗趣",也就是"句法"的目標——形式表現與主體表現的完整領悟。

所謂的"句中眼"也是如此,句中有眼,指最能夠畫龍點睛涵蓋作品整體旨趣的象徵形式,而不是個別的佳句、"活字":"用筆不知擒縱,故字中無筆耳;字中有筆,如禪家句中有眼,非深解宗趣,豈易言哉?"②在創作中,主體專注於形式創造,因而內斂轉悟獲致完整的表現,成就了精神性的美感,就如同禪宗處處以機鋒妙語,整體地形式表徵其"宗趣",這便是禪家所謂"句中有眼"。而不是認定了話中哪一句、哪一字爲其句中之眼,指實爲宗趣所在。這才是"心法",才是"活法",後來把"句法"說成某些規則或技術規範的說法,就像禪宗末造"死於句下"的變質一樣,是"死法"。

因此,在創作的初期,固然不得不有"寧律不諧,而不使句弱;用字不工,不使語俗"③的顧忌,時時提醒主體表現的目的,方不至於因格局拘限於焦點目標,爲之("境"、"技"等)心遷意移,

---

① 如果站在客觀體製論的立場,如"本色"、"當行"等,那麼,作品的風格、體式、特別是結構形式如聲律者,幾乎是一種創作上先天的決定,它們反而才應該是創作的前提,如王安石之"先體製後工拙"的論調便是。

② 《自評元祐間字》,《黃庭堅全集·正集》卷第二十六頁 677。

③ 《題意可詩後》,《黃庭堅全集·正集》卷第二十五頁 665。

因此停滯於其細部分解而造成意義剝奪，因此才强調“寧拙毋巧，寧樸毋華，寧粗毋弱，寧僻毋俗”①，這就是後人認爲江西風格“瘦硬生新”的緣由；然而它們最終的目的，則是在轉悟融會的表現力下，消泯種種形式的界限，如陶淵明越過文字“斧斤”、“檢括”、“拙”、“放”等形跡，達到技道兼融，超越一切對立的“不煩繩削而自合”的境界。

“句法”把創作與學習的關鍵，從外在的形式規範，轉移到主體諧和融洽整體文化之學的轉悟能力，這樣的“句法”是强調獨創性的，完全訴諸創作主體的創造。黃庭堅要人無論治經、讀書、作詩，都必須要“求諸己”、“自見其性”、“自求己事”、“自出己意”，豈非韓愈“能自樹立，不因循者”的聲口？這“取明於己者而論古人”的精神，所謂“包括衆作，本以新意”（呂本中）者，令心學大師陸九淵稱之爲“植立不凡”、“能自表見於世”者，便是“支援知識—焦點知識”轉悟之後，產生一種全新的、完全屬於作者自己的表現力，這個轉悟的關鍵，沒有任何可供模擬依循的規製法則。

所以，“學老杜詩……要須讀得通貫，因人講之”②。句法是人人各別領會的心法，不是客觀規則，是個體性的，不可一體適用，只能“因人講之”，關鍵唯有在個人轉悟的“自得”。

簡言之，“句法”是一種對詩歌理解的綜合抽象的能力。是知識綜合的結果，所以不能被枝枝節節地分解；是消化了技巧與主體文化涵養、人文自覺等“前理解”之後的抽象的符號直覺，所以不應被指實爲任何固定的法則；所以這樣的“句法”，應是像黃徹那樣，舉了韓柳、歐陽修、王安石、及蘇黃等人的詩句，以他們語工意至的

---

① 陳師道《後山詩話》，《歷代詩話》本，頁 311。
② 《與趙伯充》，《黃庭堅全集·外集》卷第二十一頁 1371。

表現旨趣探討句法的不謀而合①，而不是像後來所謂"某某詩句出此"、"此乃某某法"這類片面以內容或文字樣式所指實的句法。正是此種不可指實難以言傳的"心法"，所以自認從學於黃庭堅的陳師道才會說："雖然，僕所聞於豫章，願言其詳，豫章不以語僕，僕亦不能爲足下道也。"②

在"心法"意識下，才能腳跟點地地在形式創造中進入"無所用智"的境界。這種"無所用智"，不是詩歌能夠抽象而不憑依人爲智思地挽髮飛升，不是簡單地回歸古人"在心爲志，發言爲詩"的渾沌世界了，而是正視詩之所以爲詩的實存條件。"句法"所面對的，是詩歌格律成熟後的詩歌領域，以聲律爲詩已是不可避免的趨向，詩人必須重新思考如何消化這些"技"的問題，以實現歷史的辯證與超越，真誠回應現實的文化情境。③

因此，如王若虛這樣的批評，就過於簡單而失之天真了：

> 古之詩人，雖趣尚不同，體制不一，要皆出於自得，至其詞達理順，皆足以名家，何嘗有以句法繩人者？魯直開口論句法，此便是不及古人處；而門徒親黨以衣鉢相傳，號稱法嗣，豈詩之真理也哉？④

對黃庭堅而言，正視歷史條件，將專技之學的形式探求，與人文制作的文化理想融貫而具體地實現出來，才真是千古不移的"詩之真理"。

---

① 《苕溪詩話》卷五，頁 79。
② 《答秦覯書》，《後山居士文集》卷十，引自《宋詩話全編》本，頁 1029。
③ 參見本書卷貳第三章。
④ 《滹南詩話》卷三，引自《黃庭堅和江西詩派卷》，頁 188—189。

二、"句法"與心性工夫

在山谷詩學中,相對於"道",主體不再是一被動的分受者,"道"要求"内化"於創作主體成爲符號表現,不是自然"再現"或"流出"①,而是一種整合與再創造的結果。

正如學者朱剛研究唐宋四大家(韓、柳、歐、蘇)道論時,認爲:"他們講'文'與'道'的關係時,總是通過作家主體爲其間的中介的。……就這個'道'的最高境界而言,它是一切人類的精神文化的共同理想,但若就每個個人而言,則其所謂'道'當然是指他自己的對'道'的認識,即其獨立的見解。"②這就是主體的再創造。

在主體再創造的意義下,作品作爲一種(創作者總體情感概念的)符號象徵,創作不僅是作者先在人格的表現,同時它更可以是作者拓展或深化新自我的積極路徑,這也意味著在寫作活動中存在著一種自我轉化的歷程,一種符號創構與個人心性融貫的歷程,而句法這種内斂之學的心理架構,適足以提供這種情性淬鍊與形式表現異質轉化的實踐。因此,詩人所謂"無意爲文",並非純任天真,而是指這種直覺綜合過程的非推論、非明示的默會領悟的特質。

---

①　這種"文"爲"道"的"再現"或"流出"的觀念,可以劉勰的"原道"觀爲代表。劉勰所謂"言之文也,天地之心哉","道沿聖以垂文,聖因文而明道",雖貌似宋人道文的密切聯繫,然而實質精神却大不相同。在劉勰這種與宇宙自然類比的"道"的"流出"觀中,"道→聖→文"的關係是直接的,而不強調"聖"以人的地位在這之間的主體轉化或作用。對劉勰而言,"聖"好比是"道"的一條中立的通路,並不凸顯其自我創造、能自樹立的意義,他所謂"道沿聖以垂文,聖因文而明道"是"道"直接分受予寫作者的直接關係。正因爲這種文與道的關係,並不是扣緊形式表現的象徵關係,因此在講完"原道"、"徵聖"、"宗經"之後,他便脫離了這天地之道,而就文類本身的種種客觀體式,大談特談爲文的規範了。

②　《唐宋四大家的道論與文論》,頁 183。

這内化的活動歷程,實踐與實踐者互爲作用的歷程,也就是"工夫"。"句法"的心理架構提供了符號形式與本體(情感概念、主體意識)的辯證中必要的直覺統合;"工夫"就在符號形式與主體意識的辯證轉悟過程,在無所不在的"支援知識"與"焦點知識"交互爲用,重重反饋與積累的過程。

朱熹説佛學自禪宗六祖始教人存養工夫,儒學亦自伊川方教人就身上做工夫①,這是儒學從禪學中學到的心性工夫;而現在,把心性工夫運用在詩學上的,黃庭堅則是第一人。

這種心性工夫的最高蕲向就是"平淡而山高水深":

> 但熟觀杜子美夔州後古律詩,便得句法簡易而大巧出焉。平淡而山高水深,似欲不可企及,文章成就更無斧鑿痕,乃爲佳作耳。②

任何"心法",它的最高境界就是"平淡"。老莊、禪宗、理學以至於詩學,無不如是。這是主體刳骨損心之工夫必然的歸趨③。"句法"的精神,本就源於對"技"的包容與超越,在兩端轉悟中,唤起完整的理解與表現,彰顯真正主體價值的創造。這樣的工夫,自然也就不依恃於任何外在的、有形名相的評價,它只有層層工夫反饋積累而來的醇厚質性,而無任何有形而可指陳的足跡,此所以謂

---

① 《語類》卷一二六《釋氏》:"但當初佛學只是説,無存養的工夫,至唐六祖始教人存養工夫。當初學者亦只是説,不曾就身上作工夫,至伊川方教人就身上作工夫。所以謂伊川偷佛説爲己用。"而余英時也於此下一定論:"謝良佐是程門高弟,既坦承其事於其師生前,朱熹是程學的完成者,復重認於百年之後,則道學家的修養工夫頗有得於禪宗,其案已定。"(《朱熹的歷史世界》頁 147)

② 《與王觀復書》,《黃庭堅全集·正集》卷第十八頁 470。

③ 參考筆者《禪宗與宋代詩學理論》第五章。

“繁華（“技”）落盡見真淳（“道”、“主體價值”）”。在此，“平淡”已不是一種風格範疇，而更是一種“道徵”，一種不可循名辨相的理想表徵。

成功的轉悟意味著完整地内斂於“支援意識”之中，一旦停滯於外在形貌，反而打斷轉悟必要的專注内斂，造成“意義剥奪”。①完整的表現力也是如此，它已不能就外貌論成敗。成功的作品導引著讀者進入完整而融貫的理解，内斂於作者山高水深的主體價值中，也就是由明晰生動的形式表現，喚起豐富的人文感受，完成形式直覺的領悟。作爲表現符號的詩歌，它所謂的“渾然”、“平淡”的境界便是在此。而這種直覺過程的完整，與沈浸其中的心靈内斂，也造就了宋人“不煩繩削而自合”、“文章成就更無斧鑿痕”的説法。

“平淡而山高水深”，就是符號表現的操作到極致成熟的地步。由於它是一種人文工夫層層而上的修養，已經不是天生而成的自然性氣，不是抒情表現那樣的自然情感，因而是壯而始成，老而彌堅。如劉克莊所説，“詩必窮始工，必老始就，必思索始高深，必鍛鍊使精粹”②，必待相當的磨礪而後始成。此所以“杜詩夔州後”、“韓文潮州後”、“柳宗元永州後”，“歐陽修夷陵後”、“蘇軾海南後”、“黃庭堅黔州後”的認知，取代了蘇軾“高風絶塵”或“自然成文”等文章自然天成的思考，幾欲成爲宋人詩文最高理想的共識。

到後來詩論也好講這從人格修養借來的“境界”，“雄渾”、“渾然”，都是由這種工夫極致而融貫完整的意義開展出來的。

---

① “意義剥奪”，詳見本書卷貳第三章。
② 《趙孟俁詩題跋》，《後村先生大全集》卷一〇六，《宋詩話全編》本，頁 8606。

　　"句法"的認識，還有助於釐清關於山谷"學杜"的說法，以及江西"宗杜"觀念的形成。

　　依山谷"心法"的精神，本無特定學杜的必然性，與他同時期或稍後的詩人多數的看法如："以聲律作詩，其末流也，而唐至今謹守之。獨魯直一掃古今，(直)出胸臆，破棄聲律……渾然有律呂外意。近來作詩者頗有此體，然自吾魯直始也。"（張耒），"抑揚反覆，兼備衆體"（呂本中），"包括衆作，本以新意"、"惟豫章一人"（呂本中），"包含欲無外，搜抉欲無秘，體制通古今，思致極幽渺"（陸九淵），"會粹百家句律之長，究極歷代體製之變……自成一家……遂爲本朝詩家宗祖，在禪學中比得達摩"（劉克莊）……①即使如陳師道曾稱道山谷"得法於杜少陵，其學少陵而不爲者也"，但這畢竟也沒有專意學杜的意思。當時並沒有直接認爲山谷專學杜的說法，反倒重視他兼備衆體，自成一家的工夫。②

　　黃庭堅兼備衆體，自成一家，並沒有刻意以杜詩爲典型範式之意。如上節所述，山谷雖然常以杜詩爲句法的理想境界，但那指的是杜詩完整無憾的表現力，並非杜詩特定的風格體式。山谷所謂的"學杜"，學的是表現之能，是杜詩心法之學。杜詩在山谷詩學裏的角色，是作爲理想的詮釋對象而被選擇的，但這卻在累積了大量的詮釋說法之後，反客爲主，逆轉了原來的角色，到後來竟成了山谷本學於老杜、江西詩派元應宗杜之說。③

　　江西"宗杜"的說法是南宋以後逐漸渲染而成的，如胡仔便接著上述張耒的話，說"老杜自有此體"，牽合杜詩與黃詩，認爲"魯直

----

①　以上均見於《黃庭堅和江西詩派卷》。
②　《從杜甫、韓愈到宋詩的形成》，《宋代文學研究叢刊》第三期。
③　詳見本書卷下第三章。

詩本得法於杜少陵"①；又反駁惠洪説山谷詩("換字對句法")"前此未有人作此體，獨魯質變之"之説，認爲此種拗句之體亦出自老杜。② 或如張戒"魯直自以爲入子美之室"③，或許尹説山谷和後山，"二公之詩，皆本於老杜而不爲者也。"④王十朋説黄庭堅"詩鳴配子美"⑤，皆此種種渲染所致。⑥

"宗杜"觀念誤導了江西詩學，使"江西詩派"被理解爲一風格範式之學，後來江西詩派的異化與此不無關連。

第三節 "典範"成形：山谷詩—— 示範性的成就

在價值信念、實現原則完備而能解答歷史挑戰、凝聚時代共識的同時，黄庭堅也以他自身成熟的創作，提供了典範網絡中最重要的角色——示範性的成就，於是，典範有了明確的學習標的。整個典範網絡至此才算是奠定了，也打開了詩學的新局。

在這套詩學體系的支持下，在符號表現的前提下，黄庭堅的詩歌創作造就了一些突破，爲他的詩學，建立了寫作實踐的典型。

---

① 《苕溪漁隱叢話》前集卷四七，引自《杜甫卷》頁 586。
② 《苕溪漁隱叢話》前集卷四七，引自《杜甫卷》頁 585。
③ 《歲寒堂詩話》卷上，引自《杜甫卷》頁 313。
④ 《黄陳詩註序》，任淵《山谷内集詩註》卷首。
⑤ 《夔路十賢續訪得七人——黄太史》，《梅溪王先生文集》後集卷十四，《黄庭堅和江西詩派卷》頁 84。
⑥ 詳見龔鵬程《從杜甫、韓愈到宋詩的形成》，《宋代文學研究叢刊》第三期。

一、多重用典

在以詩歌爲人文符號的“成體之詩”中，“用典”是表現文化理解很重要的一環。宋詩從西崑體開始，便極爲講求典故的運用。不過宋初西崑詩人對典故的用法，多還在類比、借喻、明喻，以達映襯、烘托等“信號”的作用①，“由外鑠我”的痕跡猶重，還未達宋人“成體之詩”所要求的局部與全體“理事相即”的“表現”效果。西崑之用典，基本上是出自於作品本身辭采篇章的考量，聯綴篇章，結撰佳句，作爲修辭之用。主要在徵引故事爲偶對，借歷史掌故佐助事義，大致不出劉勰所謂“據事以類義，援古以證今”②的範圍；又由於其用典特色在淵博奧雅，表現文章典雅的風度，故也有幾分炫學的意味在。

這種用典與所喻之間，是直接的一對一的比喻關係，③它所引起的想像是有限的，未能激發更豐富的意義效果。這樣的典故一多，反而使文章顯得板實冗重，如魏泰所謂：“作詩務故實，而語意輕淺。”④在後人所開發出的“表現”格局之下，便顯得只是“記問之學”，故有“穿蠹經傳，移此儷彼”之譏。

到了歐陽修，則進一步使用典與史識結合，議論宏深，抒發價值評斷。如葉夢得說他《崇徽公主手痕詩》“玉顏自昔爲身累，肉食何人與國謀”一聯直是“兩段大議論，抑揚曲折，發見於七字之中，

---

① “符號”\“信號”之別，參見本書卷貳第二章。
② 《文心雕龍·事類》，頁 593。
③ 這種一事一義的比喻，大致如此：A“好比是”A′，A 與 A′之間是一定的指示對應的關係，所指示的事整 A′大致是可確定的，所衍生的意義範圍是有限的。
④ 《詩人玉屑》卷十七引《臨漢隱居詩話》語，頁 361。

婉麗雄勝,字字不失相對"①。典故的使用,已經超出修辭上"明理徵義"的作用,積極地轉向發抉運用典故所可能闡明的"理",抒發作者的智慧與見識,擴散了典故中更多可能的意義。② 詩人開始發現典故可以有其更爲活潑豐富的作用,使它成爲充實表現力的重要成素。③

　　從王安石以來,在義山詩中也發現了這樣的"高情遠意"。范溫説義山詩"屬對親切,又自有議論"④,就源於義山詩善於汲引典故,表現精微的歷史見識,使内蘊深刻而饒富意味。

　　詩歌像駢文一樣,頻繁綿密的用典可顯得含蓄典雅,如若典故的使用是出以象徵,而不是鋪排、比喻等能指與所指一一相應的指示作用。這時,這些故實已不是用以取代或指稱某類特定情態,而是非實指地喚起某種氛圍,匯聚整體不可名狀的感受,以"符號"代替"信號"的作用⑤,以至於更能含蘊豐富的情思,充實文字的密度。李商隱詩之耐人尋味也常在此。

　　山谷能夠"用西崑工夫,達老杜渾成之境"的訣竅也是如此。如詠猩猩毛筆,種種巧喻整體聯繫成一體完整的人文内涵,在這些比喻和典故中,因歷史積澱而醇厚的人情練達、生命感懷,油然而生,這不僅發揮了傳統用典涉獵之廣,更豐富了書寫的厚度。

　　在山谷詩中,大量的故實,編織成象徵性的人文符號,不爲鋪

---

　　① 《詩人玉屑》卷十七引《石林詩話》,頁362。
　　② 這時的典故(A)與所指(A′)的關係,是在A"所有意義可能指涉下"的A′,A′所指涉的範圍是不定的,端看整體文本表現的脈絡而定。
　　③ 從歐陽修對西崑詩的評價:"'風來玉宇烏先轉,露下金莖鶴未知',雖用故事,何害爲佳句也! 又如'峭帆橫渡官橋柳,疊鼓驚非海岸鷗',其不用故事,又豈不佳乎?"《六一詩話》),可知用不用典,全取決於其表現力。
　　④ 《潛溪詩眼》,《宋詩話輯佚》本,頁329。
　　⑤ "符號"\"信號"之别,參見本書卷貳第二章。

排、不爲取代、轉喻之用，不爲“輯事比類”、“博物可嘉”，使用典故而超出原故實所代表的一事一意，一事可以激發層層相依的多義脈絡，用以開展全詩的氛圍，産生全新的想像，全新的理解，全新的感情與意念，語言形式的運用，已經鎔鑄成一個全新而完整的象徵符號，原有的故實在這之中，如鹽入水，溶化於無形。也因此相較之下，西崑“非不佳也，而弄斤操斧太甚，所謂七日而混沌死也”①，就在於黄庭堅更能在“理事相即”的表現力下，讓典故融入整體藝術表現的完整性。

例如山谷《次韻劉景文登鄴王臺見思》詩“西風一横笛，金氣與高明”②一聯，句意取自杜牧“深秋簾幕千家雨，落日樓臺一笛風”，相較之下，杜詩以景寫情，著落在“指符—參符”關係的描寫；而山谷用此句意，却著力於“指符—意符”的意義表現，高秋的悲涼精爽成爲作者對於鄴王臺人文理解的“非如此不可”的有力象徵。山谷在一首詩裏藏了許多典故，但這些故實的用法不在於比喻或取代使辭句雅化，每一詞彙都包藏許多的歷史因緣，而不止於任何一事一意，它更積極地藉其文化意涵帶出更多重抽象的想像，收攝更複雜豐厚的歷史感受，這便是宋代詩家好講的“包含多個意”，在這些多重的“指符—意符”密切交織下，完成整體的象徵。這就是宋人以“成體之詩”要“能説得許多事”的理想。

用典的必要，也和寫作氛圍的“前文性”有關。③ 作爲意義的實踐活動，任何閲讀與寫作，都必然包含了言語上的透明與不透明兩個部分。透明的是言語中所謂人盡皆知的部分，不透明的也就

---

① 張表臣《珊瑚鉤詩話》卷一，《歷代詩話》本，頁 455。
② 《山谷内集詩注》卷一，頁 19—20。
③ 參見本卷第一章第一節引趙毅衡“前文性”的説法。

是語言所擁有的"密碼"的作用,也就是意義的遮蔽的部分。同一段語言文字,它所擁有的透明與不透明的範圍因人而異。端視語言的寫作和閱讀者之間"前文性"的共同經驗之多寡及理解之層面。任何閱讀與寫作,都必然預設了某種程度、某種理解層面上的"前文性",用典的旨趣,就在於挑戰這個前文性的空間,這個開放讀者意會勾索的廣大空間,與典故及文理本身限制的相關範圍,形成意義的內在張力。黃庭堅能"包含多個意"的多重用典,顯然的,對於宋代博學深思的理想讀者,更能夠挑戰這種意義的張力,激發閱讀的想像與懸念。

前文性,既來自"這文類歷史上形成的積累(詞語、借用、通用象徵、仿作、戲仿)",也包括"整個文化中其他表意方式(哲學、倫理、歷史)積累的材料"①在著重客觀文藝理論的時期,作者取法的對象自然多是同一文類的歷史成規,就像《文心雕龍》所做的"沿波以觀瀾,振葉以尋根"的工作,詩人也多透過文類範式的模擬,熟習不同文類不同的"前文性",以爲寫作之"本色"、"當行"。②

這種鍊結效果,締固了以文類歷史積累爲中心的"前文性"。於是它的用典,便更加受到文類慣習的限制,對於這個意義空間所允許的挑戰性,相對地較爲有限。如用典的方式,作爲"經籍之通矩",也就不出文類既成範式修辭慣性的思考。如《文心‧事類》所說,運用故實旨在"據事以類義,援古以證今",故要求"君子以多識前言往行",以具體的事例支援所講的道理,並未深思用典可能帶來的意義的疊加與衍生、文化透視與概括的效果。

然而,宋人在內省的主體美學型態下,卻更傾向發抉個別對象

---

① 參見本卷第一章第一節引趙毅衡"前文性"的說法。
② 參考顏崑陽《論"典範模習"在文學史建構上的"漣漪效用"與"鍊接效用"》。

的經驗感受與意義表現，在人文反省思潮下，重視"意"的抉發、重視文的"表現"關係的詩人，更加將"意"的探索的觸角伸向文化中的其他領域，拓展其獨特的表意空間。"前文性"，於是更多地存在於對文化中種種表意方式的獨特理會。

從杜甫到李商隱，包蘊密致的用典，更爲彰顯"事"中藏"義"的能力，也更善於挑戰"前文性"中不透明的那一部分，更善於運用"前文性"這個密碼效果，開啟了"鍛鍊"文字的新層次，也使得文化解碼程度高的讀者，更有多重領會的樂趣。宋人詩歌用典的内涵就存在這種氛圍中。在這個意義下，這就是爲何會以楊億博學式的用典爲不足。

宋人理解杜詩的過程，也就如此從"善陳時事"等廣博富贍的表達，逐漸進入他"思深緒密"的藝術設計的世界；而從黄庭堅之後，在"句法"模範的意義下，詩話裏大量討論詩歌獨到之深"意"，或特殊表現之"句法"，皆以杜詩爲楷模，全面地關注他爐鍊詩歌的成就。杜詩的"好"，是這樣逐漸地闡發出來的，這漸進的歷史過程，這意義與表現再創造的過程，代表了宋詩在文化性與符號表現的辯證中，形成人文符號表現的典範網絡的過程。

說黄庭堅的詩學是一種象徵表現，是一種形式表現，在於他無論是典故的使用，無論是聲律的運作，他都有意藉此營造一種特別的形式，這個形式令人產生了特別的感覺，立體而重重延展的感覺，而這種感覺的重要性又遠大於它能夠平面地具體表達的意思，遠多於它能夠用常理來解釋的任何部分。產生了宋人樂稱的"包含多個意"，"不在一事一意"。

詩的語言最可貴的是總體概括的能力、象徵，而不是指示，能夠如此營造一個完整的藝術符號來總體地概括那包含情感、想像、

感知、記憶與理解。這在宋人口中就像這樣："杜詩妙處……一句
能說得三件、四件、五件。……常人作詩,但說得眼前,……杜詩一
句能說數百里,能說兩州軍,能說半天下,能說滿天下。此其所以
爲妙。"①

也就是這種象徵的模糊性和多義性,使得黃庭堅詩學要求以
充滿"心法"意味、不可指實的"句法"自覺作爲實踐操作的根本意
識,才能融通、消化這包含多重異質成素的形式直覺。

在這種多重用典下,"奪胎換骨"才會有積極的意義,奠定"作
品—(符號地象徵)—人文傳統"豐沛的創造力:

> 詩家用古人語,而不用其意,最爲妙法。如山谷《猩猩毛
> 筆》是也。猩猩喜著屐,故用阮孚事;其毛作筆,用之抄書,故
> 用惠施事。二事皆借人事以詠物,初非猩猩毛筆事也。《左
> 傳》云:"深山大澤,實生龍蛇。"而山谷《中秋月》詩云:"寒藤老
> 木披光景,深山大澤皆龍蛇。"《周禮·考工記》云:"車人蓋圓
> 以象天,軫方以象地。"而山谷云:"大夫要宏毅,天地爲蓋軫。"
> 《孟子》云:"《武成》取二三策。"而山谷稱東坡云:"平生五車
> 書,未吐二三策。"②

沿用典故或古人文辭,有利於在"前文性"的氛圍中,接上文化
傳統,賦予作品不斷綿延的人文厚度,然文化價值之所以不會僵化
死去,乃在於每一次的運用中,新的詮釋、新的認知、感受與理解等
人文選擇、情意價值也隨之產生。在運用前人故事或文字的同時

---

① 吳沆《環溪詩話》卷上載,引自《杜甫卷》頁 874。
② 《誠齋詩話》,《歷代詩話續編》本,頁 141。

能夠創造新的文化價值，這就是“用古人語，而不用其意”最重要的内涵。對於山谷作品中“奪胎換骨”、“點鐵成金”等手法的詮釋，應該在這樣的意義下才能相應。在新的語言構作中，轉化“陳言”原有的歷史内涵，在此歷史基礎上意義輾轉相生，愈演愈奇。①

二、即“古雅”即“精純”——鍛鍊精深就是人文創造

從王安石開始，宋人對杜詩的推崇，就從“傳神”這一客觀描繪能力的課題，轉向“思深緒密”這一路，較之敘事及寫實的精確，更加關注形式質素與詩人之“思”、“意”的關係，把形式刻畫的重心，轉移到“指符—意符”的一端，對杜詩的吸收，更著重在其凝鍊感情的手法，致力於如何將深厚的思意精密地熔煉在形式中，在文字的有形天地裏，醖釀無限的想像空間。

這就是黃庭堅所說“詩人句律之深意”②，屬於形式的“句律”

---

① 關於山谷詩歌這“多重用典”的功力，再舉一例説明：《題落星寺》四首之三：“落星開士深結屋，龍閣老翁來賦詩。小雨藏山客坐久，長江接天帆到遲。燕寢清香與世隔，畫圖妙絶無人知。蜂房各自開户牖，處處煮茶藤一枝。”（《山谷外集詩註》卷八）“藏山”一語，一般多以爲用《莊子·大宗師》“藏舟於壑，藏山於澤”，而錢鍾書《談藝録補訂》：“青神（史容）註引《莊子》‘藏山於澤’，按僅標來歷，未識手眼。勝處在雨之能藏，而不在山之可藏。賈浪仙《晚晴見終南諸峰》云：‘半旬藏雨裏，今日到窗中’，庶可以註矣。坐久者，待雨晴而山得見……”（參見黃寶華《黃庭堅選集》，頁 303）解釋此語有“藏雨”之趣。但這又不僅是如此，按《肇論·物不遷論》有“然則莊生之所以藏山，仲尼之所以臨川，斯皆感往者之難留，豈曰排今而可往”云云，此詩實亦藉助了《肇論》這“談真導俗”的辯證旨趣。“小雨藏山客坐久，長江接天帆到遲”，含蘊著肇論“若動而静，似去而留”“雖往而常静”、“雖静而常往”等時光“不住不遷”的思維，如此之“藏山”，既與前之“落星開士”、“龍閣老翁”呼應，“燕寢清香與世隔”又恍然所謂“吾猶昔人，非昔人也”（《物不遷論》）的意味，結合待雨晴而山得見的情致，在静態的行動中，這些用典，隱含著、反襯著時光流動的辯證，倍見其末聯以更爲活潑而律動的“蜂房各自開户牖，處處煮茶藤一枝”作結之深趣。

此亦是其“多重用典”，在前人用事、用意上再創新意的一例。

② 《王直方詩話》：“洪龜父言山谷於退之詩少所許可，最愛《南溪始泛》，以爲有詩人句律之深意。”《詩人玉屑》卷十五引，頁 321。

與詩人之"深意"是一體的,形式的每一質素都牽動著内在的情感價值,"在一個富於表現力的符號中,符號意義瀰漫於整個結構之間,因爲那種結構的每一鏈結都是它所傳達的思想的鏈結。而這一意義(更確切地説,是非推理性符號的意義,即有生命力的内含)則是這一符號形式的内容,可以説它與符號形式一起訴諸知覺"①。對於聲律、音韻、用字效果的講求,正是因爲"那種結構的每一鏈結都是它所傳達的思想的鏈結",無論思想或情感都只存在詩歌的意義形式中。

黃庭堅讓詩歌成爲一種人文符號的創造,從舊言意傳統中的"意符指揮指符",轉爲"指符決定意符"這種新的文學言意觀。

和蘇軾相較,黃庭堅一些名句的貢獻都不在提出前人未有的新情感、新觀念或新事物,而在於詩句表現能以"詩"的形式"中的"、突出地呈現某種"人情""事理","表現"特殊的領會。一些對黃詩正面或負面的評語都顯示了這一點,蘇軾説他"託物引類,真得古詩人之風"②;魏泰則説:"黃庭堅……好用南朝人語,專求古人未使之事,又一二奇字,綴葺而成詩……故句雖新奇,而氣乏渾厚。"③都共同地指出黃詩這種特點。

黃庭堅的作品表明了創造語言就是創造新情感;符號創造同時就是思想的創造,情感理解的創造。從人文覺知這一點來看,山谷詩的功勳主要在語言的創造性。他讓人文傳統的舊價值在宋人詩歌語言中復活了,詩歌寫作就是一種積極的文化創造,形式的

---

①　蘇珊・朗格《情感與形式》,頁 63。

②　蘇軾説黃庭堅詩似江瑤柱,指的也是他這種蘊藏濃厚之"味"於形式巧構的特質。

③　《臨漢隱居詩話》,《詩人玉屑》卷十八引,頁 395。

"精純"就是人文的"古雅"。

元好問説後來的江西詩人"古雅難將子美親,精純全失義山真"①,杜詩的"古雅"、李商隱的"精純",正是山谷句法意圖融鍊深厚的歷史判斷歷史情感於凝練的形式中的最好典範,這也印證了朱弁所謂山谷以"崑體工夫"而造老杜渾成之境的説法。

杜甫之後,黃庭堅之前,有意識地運用這種"思"、"意"表現與象徵關係,使作品深刻表現凝練風格的,最稱李商隱和王安石。如宋人這類的説法:"耳目所接,犁然有當於心,則賦詩以自見,詞嚴義密,句法深刻,類李商隱"②,像李商隱這樣詞嚴義密的形式刻畫,表現主體情志之精審,足以稱爲"句法"深刻;或者像許顗這樣將山谷和義山相比擬:"作詩淺易鄙陋之氣不除,大可惡。客問何從去之,僕曰:'熟讀唐李義山詩與本朝黃魯直詩而深思焉,則去也。'"③諸如此類,都是有見於兩者鍛鍊精深的形式,與某種精神上杜絶俗濫的情感創造相接。

在這種意義之下,意味著主體表現力就代表了人文創造的淵博淳雅。在這種保證之下,在主體價值與形式覺知兩者綜攝融貫之下的表現形式,已超越了詞彙、聲律、風格、體製、技巧、結構等等文本形式樣貌的分別,而一切以主體表現力爲判準,保證了在這主

---

① 元好問這首詩,龔鵬程有較爲精確的解釋,認爲此詩旨在批評江西詩派後人,學山谷之詩猶如世間學杜學義山者,皆未能得其精髓。參見《論元遺山與黃山谷》,載《紀念元好問八百年誕辰學術研討會論文集》,頁459—460。但爲何元好問會將老杜、義山、和山谷並舉? 朱弁《風月堂詩話》之説有其道理,義山詩之鍛鍊,頗能發揮杜詩含蘊史法史識而情韻悠長的特點,"古雅"與"精純"正是江西寓議論精深於藝術創造中的同一標的。趙汝回有"江西起於變崑"的説法(《黃庭堅和江西詩派卷》頁453),佐證宋人眼裏江西與李商隱式的形式講求不可分的關係。

② 《宋故樂安先生墓表》,孫覿《鴻慶居士文集》卷四一,《宋詩話全編》本,頁2818。

③ 《彥周詩話》,《詩人玉屑》卷五,頁116—117。

體表現力之下，一切形式運作的正當性。

　　於是老杜"親朋無一字，老病有孤舟"不覺衰敗①；山谷"聞道狸
奴將數子，買魚穿柳聘銜蟬"不嫌粗鄙②。陽春白雪、下里巴人，全可
鎔鑄一體，只爲展示胸襟器識無限的爐鍊能力，所謂"棘端可以破鏃，
如甘蠅飛衛之射。捏聚放開，在我掌握"③。以無厚入有間的表現
力，凌駕工拙之辨，凌駕新故之辨，凌駕一切有形有相的客觀畛域，成
爲唯一的判準。這便是宋人好爲稱道的點化工夫："世間故實小説，
有可以入詩者，有不可以入詩者，惟東坡全不揀擇，入手便用，如街談
巷説，鄙俚之言，一經坡手，似神仙點瓦礫爲黃金，自有妙處。"④

　　到了黃庭堅，這種形式講求，最特別的地方是：不只是突破詩
歌風格體式等形製，甚至連詩歌"結構形式"這樣基本的客觀規範，
都可以拿來作爲一種表現的手段。張末説："以聲律作詩，其末流
也，而唐至今謹守之。獨魯直一掃古今，（直）出胸臆，破棄聲
律……渾然有律呂外意。近來作詩者頗有此體，然自吾魯直始
也。"⑤或如惠洪所説："其法於當下平字處，以仄字易之，欲其氣挺
然不羣。前此未有人作此體，獨魯直變之。"⑥爲了表現拗峭不齊
之氣以表不俗，甚至可以打破聲律等結構形式的界限⑦，這也是黃

---

① 見范温《潛溪詩眼》裏的評論，《杜甫卷》頁 206。
② 黃庭堅《乞貓》詩，陳師道稱此詩："雖滑稽而可喜，千載之下，讀者如新。"（《後山
詩話》，《詩人玉屑》頁 392）
③ 《丹陽集》卷三。
④ 朱弁《風月堂詩話》卷中，頁 26。
⑤ 《王直方詩話》，《宋詩話輯佚》本，頁 101。
⑥ 《天廚禁臠》，見《黃庭堅和江西詩派卷》頁 57。惠洪對句法的理解雖然太過
膠固，然而這裏也指出了黃庭堅改動聲律成規，乃出之於主體表現的意圖。
⑦ 此處依據龔鵬程《文學散步》一書中將文學形式區分爲"結構形式"與"意義形式"
兩種："結構形式"指作品可以脱離意義内容而討論的語言組織形式；相對的，那與意義内容
緊密聯繫，不可分別探討的，便是形構此意義内容的"意義形式"。詳見該書頁 83—87。

庭堅作意表現（甚至超出蘇軾之作）的精采所在。

　　一切文類，都有其客觀形式規範，然而這些規範，基本上有兩種對象：一種是針對結構形式的，如平仄、對仗、韻腳等規定；一種是針對意義形式的，如所謂"辨體"、"本色"、"當行"等，指這些文類所應有的意義表現範式。

　　後者須根據文類經驗法則、歷史成習而定，這在古文運動以來"成體之文"、"成體之詩"等表現意識下，已有很大的突破。相較之下，前者通常是作爲寫作的基本規範，先天的條件，幾乎是不可動搖的。詩歌的格律、用韻，像音符一樣，是最抽象也最純粹的形式，可算是典型的結構形式。在近體詩成熟之後，音韻格律可以説是詩歌最基本的客觀體製。其他欲藉以辨體的風格、法式等等，皆必須先建立在這共同的規範上。它就好比戲劇演出的舞台規範，有其特定的程式，提供演出者與觀衆對演出的基本共識。①

　　相對於抽象而純粹的結構形式，意義形式的操弄空間原本就彈性得多。以漢字表意文字的性格，文字本身即能產生意義效應，就能影響美學效果，因此，文字本身，都能夠是意義形式魚龍百變的成素。《冷齋夜話》云：

　　　　對句法，詩人窮盡其變，不過以事以意以出處具備謂之妙。如荆公曰：……乃不過東坡微意特奇，如曰："見説騎鯨遊汗漫，也曾捫虱話酸辛。"又曰："龍驤萬斛不敢過，漁舟一葉

────────

① 這類基本程式，比如國劇裏藉著馬鞭的動作，就可以代表了上馬、下馬，或風塵僕僕日行千里的過程，雖然抽象，但對國劇演員及觀衆而言，如缺乏此種基本共識，則無從欣賞演出，故是一種基本程式；或如西方戲劇傳統舞台"第四面牆"的共識，亦屬於這類基本程式。

從掀舞。"以"鯨"爲"虱"對，以"龍驤"爲"漁舟"對，大小氣焰之不等，其意若玩世……

　　像宋詩的白戰體、回文體，甚至押險韻等等，無不運用到文字本身表意的特質，展現詩人因難見巧的本事。意義形式的突破，從歐蘇以來，無論是以文爲詩、以詩爲詞，破體出位①，已臻高境，而詩歌上，也已窮盡其變了。詩歌之"技"的操練，這在山谷的觀念裏，本就是詩人寫作的基本條件："至於遇變而出奇，因難而見巧，則又似予所論詩人之態也。"②如上章所述，在"表現"的目的下，詩歌"檃括"、"圓成"、"一字之工"、"以故爲新"等手法促成了形式構作的突破，但這些幾乎都還是屬於"意義形式"的範圍。真正對格律聲韻等結構形式具有創造性的挑戰的並不多。

　　歐蘇的"破體"、"出位"，仍還是在"結構形式"的基本界線下，變化了"意義形式"，如學者所說："韓孟詩派醫治大曆律詩的平庸，歐、蘇等人對抗西崑律詩的整麗，都主要以古體詩作武器，對律詩本身並未作多少改造。"③"結構形式"畢竟是詩歌基本的程式，從韓愈到蘇軾，雖然也有挑戰使字用韻的功力，却未刻意突破律詩基本的格律，他們"因難見巧"的寫作，基本上還是屬於"斡旋其語，使就音律"的嘗試。例如蘇軾詩詞之"不諧音律"，是因爲他的才氣文字是"曲子縛不住"，是不願被聲律所羈束，索性不顧聲律；而黃庭堅不只是不被聲律所限，更還倒過來，教聲律

────────────

反爲已用。使結構形式不只是寫作的憑藉與界限,還進一步成
爲表現的運作成素,也才真正是一種"以人爲的聲律設計來解構
唐詩聲律系統"①。

　　韓孟歐蘇的表現力如何出奇制勝,終究尚未跨越聲律這道
結構形式的底線,"結構形式"仍被視爲基本表現媒介,而這基本
的表現媒介也就代表了一種必要的預設"程式"。正如同舞台規
定(例如國劇舞台的基本程式)之於"演出"一樣,聲律,代表了詩
歌基本的"程式",無論演出的背景、舞台再如何變化,這些基本
程式、基本界限,作爲演出的基本規範,原則上是不可移易的。
在演出者與觀衆對這基本程式的共識之下,演出得以進行。現
在,就像戲劇史上的布萊希特,他把舞台的界線("第四面牆")都
拿來當作表現的手段。"演出"的界線竟也變成了一種表現的資
藉,運用這種突破所造成的張力,獲取新奇動人的表現效果,黄
庭堅也是如此。

　　直到黄庭堅,才完全突破了客觀形制先天的框架,以之爲主體
隨心所欲的表現手段,②這雖不算是"解構",然而,當先天條件也
能轉化成創作的資材,則已是主體表現力出神入化的演出了。

　　杜甫的"拗體"之作,可以算是這較早的嘗試。然而,以詩歌發

----

　　①　周裕鍇《宋代詩歌通論》,頁 547。
　　②　從六朝、唐詩到宋詩對聲律關注點的轉變,如周裕鍇所説:"六朝唐的聲律説
只討論詩歌的純形式問題,而宋人却注意到聲律與詩格的關係,意識到聲律裏面包含
著的價值内涵。六朝唐的聲律説提倡音韻的和諧協調,而宋人却有意識破壞這種和諧
協調,下拗字,押險韻,力圖超越唐詩完美的聲律系統,以拗撨生澀的聲韻來體現一種
奇峭勁健的風格。"(《宋代詩學通論》,頁 543。)本書在此即意在説明這種聲律運用的
轉變與成熟,是黄庭堅的一大功績。他站在主體表現的立場,突破了從六朝到唐建立
起來的詩歌最基本的客觀體製的共識。這也就是爲何日本中會説,從李杜之後,元和
到宋,詩歌作者多"依效舊文,未盡所趣",而跳過蘇、王等人,認爲"惟豫章始大出而力
振之"。

展的眼光來看,杜詩的拗體,可以説是近體詩(尤其是七律)的探索階段,是近體詩朝向發展成熟的階段產物,其基本意義在"發展"、拓展近體詩的表現力,而不在"變革",這也是爲何杜詩主要的詩學意義在總結近體詩的發展,是以"集大成"者的角色,更重於"開新"的地位。① 而黃庭堅的搏塑聲律,則是在七律早已成熟,規矩已成習套之後,是結構形式力求突破的時候了。

山谷以"自出己意"而"破棄聲律",前者,以主體表現的價值意識爲他取得了符合文化價值的正當性;後者,挑戰格律之學的作法則是形式意識的有效作爲,同時滿足了詩歌藝術史上創新的需求,成就了詩學歷史意義的獨創性。

此劉克莊(1187—1269)所以説:"至六一、坡公,巍然爲大家數,學者宗焉。然二公亦各極其天才筆力之所至而已,非必鍛鍊勤苦而成也。豫章稍後出,會粹百家句律之長,究極歷代體製之變,搜獵奇書,穿穴異聞,作爲古律,自成一家;雖隻字半句不輕出,遂爲本朝詩家宗祖,在禪學中比得達摩。"② 這種形式表現力的突破,正是黃庭堅所以超越歐蘇等大家,取得典範地位的關鍵。

三、"詩"與"史"的辯證——議論精深與歷史的存在感

黃庭堅的創作,還有一個部分,那就是透過謀篇佈局的能力,

---

① 周裕鍇説:"杜甫律詩,原有正體、變體之分。正體終篇聲韻和諧,平仄合律,是其'晚節漸於詩律細'的結晶;變體即所謂'拗體',不拘聲律,是其'老去詩篇渾漫與'的產物。在杜甫的時代,七言律剛剛定型,盛唐諸家之作,時有失黏失對者,因此,杜甫對七律的貢獻,主要在於聲律精嚴的正體,而非聲律拗捩的變體。換言之,杜甫七律的意義,在於聲律的建構,而非解構。所以在唐代,杜甫的拗律並未引起人們的重視。唐代近體詩的聲律,基本上是和諧圓美的。"(《宋代詩歌通論》,頁544)

② 《江西詩派·黃山谷》,《後村先生大全集》卷九十五,《黃庭堅和江西詩派卷》頁159—160。

把杜詩宛轉曲折的寫實功力轉化爲敘述與議論的表現力。

宋人對杜詩具體以"詩史"指稱的,主要在其能長篇敘事,委曲詳盡,宛轉刻畫,達到因事見義之功,所謂"唐之治亂,備見於此"(謝逸語),乃依託於鎔裁史事的功力,能將價值評斷、感慨託諷,一概隱括於精微宛轉的情狀的描述之中。所謂"能書一代史事",就在於寓一代史實於社會情境的精微寫真之中。

黄庭堅的七古,也吸收了杜詩謀篇佈局的能力,但他更把杜詩委曲詳盡的敘述與寫實,轉爲更深廣的概括,概括一種歷史的洞見與理解。這使得他的議論更爲精深,格局更爲恢闊。曾季貍説"山谷《浯溪碑》詩有‘史法’"①,這"史法"也就是敘述與議論史事的能力。

杜詩的表現是由史事的鎔裁而來,黄詩的表現則是透過"識見"的形式概括而來,把杜詩寫實的力度轉化爲歷史識見的深度。杜詩長於事態精微的描繪,鋪敘"借物傷感"的情懷②;黄庭堅把杜詩詠史敘事的"傳神",轉化爲價值判斷的"寫意",把杜詩寫實中對生命動勢的客觀模擬,轉化爲寫作主體對人文情態的洞察,把杜詩躍然紙上的生命力轉化爲人文理解的表現,更顯得器識閎深。劉壎《隱居通義》稱其:"精深有議論,嚴整有格律",連素來反對山谷詩歌的張戒都認爲此詩可"入子美之室"③。

黄詩具有全面概括歷史、議論歷史的格局,這一點李商隱已見端倪,《行次西郊作一百韻》等詩歌已表現出這種詩歌中鎔冶敘事

① 《艇齋詩話》,《歷代詩話續編》本,頁296。
② 如王安石所謂:"‘映階碧草自春色,隔葉黄鸝空好音’,此正詠武侯之廟,而託意在其中矣。"(《諸家老杜詩評》卷一引《鍾山語録》,《杜甫卷》頁81)託意於精微的物象描繪而感慨自出,正是杜詩所長。
③ 《歲寒堂詩話》,《歷代詩話續編》本,頁463。

與議論的能力，故後人甚至認爲李商隱"詩史"有出於老杜之上者。①

杜甫本人是很重視傳"神"的能力的，對他而言，無論是事件論述或外物描繪，都著力於一種透過傳達客觀之史實與情實以表深心之感慨的手法。我們比較李商隱的一些也被稱爲"詩史"的詩作，便會發現這種立場已經有些不同了，在義山的詩作中，更加強調創作者對史事之源流本末、歷史批判等識見，更加表現作者的"思"、"意"與感慨的綜合（較不囿於"言志"等倫理關懷），而更有一種曠遠宏觀的襟懷，同樣是精確的表現力，義山詩在拉開了歷史場景之後顯得更爲喟嘆深沈。杜詩的"傳神"，在於作品中所透顯的一種自然生命之體勢，一種由藝術形式之韻律、節奏等態勢所展現的生命力，杜甫就是循此而加意講求形式刻畫的能力，所謂的"下筆如有神"。

藉用義山詩"天荒地變心雖折，若比傷春意未多"（《曲江》）一聯來比喻：老杜之議論如上句，杜詩擅長於鋪陳情狀、因事見義，每每在鋪敘天荒地變的歷史事件中，抒發摧折人心的强烈感懷，是敘事中見抒情；義山詩則如下一句，更著眼於一種徵兆，它的議論深刻處在對一種歷史趨勢的見識，他的感情深沈處也在於這種"一葉知秋"的對於徵兆的善感心靈，葉變説義山詩"長處在議論感

----

① 劉學鍇、余恕誠《李商隱詩歌集解》："此詩係借述論史事表現政見之政治詩，非單純敘述唐王朝衰亂歷史之敘事詩。……此義山刻意學杜之作。以單篇作品概括一代歷史，其内容之豐富，規模之宏大，爲杜詩所未見；而其思想之深刻，識見之卓越，亦可與杜詩相頡頏。'史詩'之性質，似較杜詩更爲突出。……作者之視野已由局部之事變（甘露之變）、局部之問題（宦官擅權亂政），進而擴展至對唐代開國以來盛衰歷史以及社會政治、經濟、軍事諸方面問題之系統全面考察與思索，帶有總結歷史經驗之性質……"見是書頁256—258。

慨"，是議論中見感慨。較諸杜詩，義山詩進一步扣緊議論的精髓，
敏銳地抓住歷史趨勢轉折處一種徵兆的意味。"徵兆"，或者說是
對於歷史之"變"的敏銳感知，是晚唐詩人的過人之處，深廣的見識
與敏銳的洞察，賦予了歷史的深度感。而這需要以犀利通透的歷
史識見和層層轉進的議論能力爲後援，所以治經讀史和謀篇佈局
都是必要的。

　　這種預見和感知，形之於巧意構作的藝術形式，這是李商隱
過於老杜之處，同時這種歷史識見和形式安排間的表現關係，也
開出了黃庭堅詩歌的議論精深。"詩史"的"史"，從"史實"到"史
義"到"史識"，從事件描述到歷史因果的洞察；"詩史"觀念，從善
陳時事的寫實能力，到議論精深，到價值理解的表現。歷史存在
感，一層深似一層，從杜甫，李商隱，到黃庭堅，建立了成熟的
譜系。

　　蘇軾，也是一個歷史評斷的能手，然而他常不脫縱橫家面
目，借史事抒發自己的縱橫博辯，他的歷史興味，常止於歷史的
滄桑之前，緬懷、感慨人生普遍的存在感受。不比黃庭堅更能刻
意地運用謀篇佈局，在縝密的形式佈置下，更能理事相即地直面
史實的内在紋理，更能穿透歷史縱深，表現"當此情境之下"的歷
史存在感。

　　相較於蘇軾"在萬物自然中"的語言，黃庭堅的詩歌語言，更像
是一種"在文化傳統中"的語言。這種文化語言，透過他陳言故語
的運用，在以表現力爲宗的精神下，一來語言與題材的"前文性"，
喚起了文化共同記憶；二來形式的創新帶來相契於創作主體時代
意義的全新的理解。這樣的詩材與史識，像劉克莊所說，能"以胸
中萬卷，融化爲詩，於古今治亂，南北離合，世道否泰，君子小人勝

負之際,皆考驗而施袞斧焉"①。詩歌也是主體把握歷史,把握文化,將史料客觀化、對象化以理解的符號。歷史的奧妙與真實就藏在作品形式中,歷史揭諦的關鍵也在這文化符號裏。透過詩歌符號的創造,揭示人文主體文化面向的内涵,展現人類歷史存在的真實。

所謂山谷"用西崑工夫,而造老杜境界"的説法,從用典與詩史這兩方面可以看出,就是在這種形式感知與人文理解的表現關係下形成的。

在這種深具人文内涵的符號表現中,即使有重視文本本身藝術形式的取向,然而終不會向形式主義者那樣,著重於藝術形式自身。不僅是在創作上,密切聯繫著主體人格修養的"意",而且在欣賞評鑑上,也是以"價值閱讀"取代"品質閱讀"②,此所以許多詩話不斷在字字句句中討論個別作品中蘊含的文化意義,而不僅滿足於作品本身肌理意象的完整。這就是黃庭堅的文化詩學所奠定的成果。

第四節　結　　語

思想或價值在歷史中的生命,是要透過各個時代的語言詮釋來敞開的。歷史思想之所以保有永續的生命力,之所以不止息地

---

① 《聽蛙詩序》,《後村先生大全集》卷九七,《宋詩話全編》本,頁 8582—8583。
② "價值閱讀"和"品質閱讀",是英國霍格特(Richard Hoggart)所提出,主張文學評論應設法找出文學作品中的文化意義,即所謂"價值閱讀",並以此與新批評等強調作品語言要素、意象等内在肌理爲滿足的"品質閱讀"相抗衡。參見蔡源煌《文化研究的演進》,載《當代文化理論與實踐》頁 5。

發生作用、産生影響，所謂“所過者化，所存者神”，是因爲它們一直能夠存在於與後人生命情境的交互詮釋中，不斷地啟發創造性的思維，創造新價值。而價值的開創與語言的創新是不能二分的，新的情感、新的理解必然伴隨著新的心靈抽象（“意”），不同的心靈抽象也必然有其不同的表現符號。

在語言創造與文化環境的激盪下，古文運動開始意識到一個時代的活語言的創造。一個時代要有一個時代自己的語言。只有能用這個時代語言表達或表現的價值或情感，才能在這個時代存活了下來，才能穿透歷史之網而傳遞下去。怎麼創造語言來容受它們？

文以明道未必是二分而單方面的“文”隨著“道”走，在“表現”的關係中，二者是互動地影響著彼此。事實上，語言就是思想，一代的活語言往往也帶著“道”走。“文”被“道”所激發，“道”被“文”所創生。

要維持一個時代語言的活力，要擴充語言文字的容量，便在創作主體實存的情境中創造新的表達。“倘若我們不希望見到一種語言慢慢枯死的話……一種出於内部的革新更替需求如要臻於其全面的力量與强度的話，語言便不能單單只被圍於作爲某一套文化遺産溝通與傳貽的工具，相反地，語言必須成爲一正在新興茁壯中的個體生命感受的一種表達（Ausdruck）。當這樣的一些生命感受在朝著語言激盪的時候，語言裏的許多不爲人所知的潛能，都將會於沈睡中被喚醒。在這一種情況下一般日常表達方式中的單純的歪離（Abweichung）將會一變而爲一些形式上的嶄新建構（Neugestaltung），這一種形式上的嶄新建構之發展，可以發展至於一非常極端的程度，使得整個語言的軀幹，亦即是説使得此一語言之詞彙、語法、和風格都顯得經歷了一脫胎換骨的改變。"①

　　韓愈"惟陳言之務去",歐陽修之排斥太學體,就是這樣的使命。語言的套用就是文化生機的萎弱,看似堂而皇之的一味崇古,却是迴避自身文化與歷史條件下生存處境的挑戰,這是從韓愈以來就思考著的問題。

　　古文運動的文以"貫道"、"明道"、"載道"等等,並不是簡單的文學應表達什麼的問題,這個道文關係裏,蘊藏著文化期待下的位格表現與正視形式自發意義下的表現形式兩者之間的辯證,在古文運動裏,對應這樣的意識,它發展出了一種"道—主體—文"符號象徵的典範模式。

　　宋文已經接上韓柳的成就,產生了自己的語言。宋詩呢? 詩歌在等什麼? 詩比文更早已有成熟的抒情表現,詩到宋代,主要的問題是什麼? 是在文化的壓力下,面對從杜甫以來專門之學的形式覺知。

　　這種種問題,形成"人文反省"與"形式覺知"的意識與對諍,這兩種意識間的對立和緊張,具現於詩學的文道之爭:應表現在詩歌中的是什麼樣的"道"及如何表現?

　　歐、梅、蘇、黃,也正是在這種氛圍之下,逐步地在因應時代挑戰的意味下,朝向"表現"型態發展,朝向於以作者爲中心、以創作論爲主軸的詩學型態,而最終發展出滿足二者的"符號表現"型態詩學。

　　歐陽修在評價韓詩及晚唐詩人時把"文道"精神帶進來了。透過詩話著作實現具體的討論與評價,使詩歌寫作接上了古文運動

----

① 卡希勒《人文科學的邏輯》,頁 192。

的精神。歐陽修論詩"窮而後工"説與韓愈"不平則鳴"的論點,同是出自於詩人生平遭際不得意而有所感懷,然而歐陽論梅詩的"窮而後工"却更能接壤於"道"的理想。蘇軾接踵而至,更明白具體地實踐"文與道俱",然而蘇軾萬物自然之理的"道",却跨越了宋人論道不離文化内涵的主流觀念,脱離了宋人所重視的人文表現,遂不及黄庭堅符號表現的句法之學來得影響廣大。

歐梅發掘審美體驗,蘇軾重視藝術規律,雖然都尚未完整回應"道"的挑戰,但這時宋人"道"的意涵在博學與會通的精神下,也已發展得極爲豐富,甚至不限於儒者的人文意義。在他們逐漸形成的"成體之詩"的趨勢下,黄庭堅水到渠成地奠定詩歌"道—主體—文"的符號表現典範,完整地回應歷史的挑戰。

從唐宋古文"成體之文"到宋人"成體之詩"的特殊篇製,引出了如何以"意"攝之的關鍵課題。"意",也就是創作時主體自我對象化、自我把握的心理抽象。"文"的形式表現,"道"的人間實存,它的動力樞紐便是這個人文主體的心理抽象。

拉出了"意"這個層次之後,更凸顯了,"文"的符號性格,以及,這符號與"道"這本體之間,透過主體所產生的複雜微妙的辯證。

一方面,作爲"道"的實存,"意"充滿著人文自覺、主體價值意識,由於統攝作品的關鍵在主體心性等内在涵養而非外在客觀規範,慢慢地,"胸中所養"的需要開始出現了,詩歌之"學"的課題被翻新了——宋人所討論的"學",離不開内斂整合的主體之學。

另一方面,"意"的完整抽象與形式感知、形式把握的能力,則創新了"才"的課題——"符號創造"。"才"指的不只是構象取意、鎔裁形製、連結篇章的爲文之能,在"意"與"文"的交涉下,它又要求整全而深刻的自我表現,鍊字鍊句鍊意均關係著完整地藉形式創造情感價值的過程。

這種複雜而豐富的辯證，催化了創作的（以心性涵養爲代表的）美學人格，取代了（以"言志"說爲代表的）道德人格，取代了（以"緣情"說爲代表的）抒情主體，主體表現、符號表現，取代了六朝以來主流的客觀體製論。

這種符號辯證更積極地促成了"文"參與文化價值的創造，詩歌積極而自覺地參與了主流文化的詮釋權。中國體"道"的語言，從先秦諸子開創了富麗豐沛的泉源之後，又有佛典翻譯與傳播消化所激起的浪濤，而現在，文學的語言開始要自覺地挑戰思想的承載，自覺地擴充文字的生命力，文學也要投入這片文化語言浩瀚的汪洋。這挑戰便是來自上文所說的"人文反省"與"形式覺知"，文學的語言也是體道的語言。

一個有意識的文化承傳，它會鑄就某種位格主體的期待，並以此主導了作品"位格表現"的可能，也就是"所表現"的理想型態；這也就是文化所期待的美學內涵。相對於這"所表現"，在"能表現"的形式這一方面，它也有著自身的自發性，形式本身也自有它自我揭示的內涵，作者創造形式的同時也在創造那獨屬於他自己的某種位格表現。這種符號的獨創性，決定了作品的表現力，從符號表現的立場來講，它就是作品成功與否的關鍵。

但這代表藝術認知的表現形式與文化期待的"所表現"並非先天的一致，在宋人"人文反省"及"形式覺知"的理想下，文化中的美學內涵與形式表現的自我揭示，歷經了一段對立而辯證的歷史過程。因此在這個時代裏，所期許的作者的創造性來自形式創造與位格表現辯證綜合的成功，創作者如何在詩歌藝術性的覺知下，同時滿足強烈的人文意識所要求的社會存在感及歷史存在感。

　　在歐陽修主“意”而重氣格的創作中,已凸顯了主體價值意識,然而這主體意識與他同樣推崇的“極天下之工”的“技”,却是“兩行”,在他的創作中並不統合,所以他固然也有《崇徽公主手痕詩》這樣“雖崑體之工者,亦未易比”的佳品,但基本上是“意所到處,雖語有不倫,亦不復問”的。王安石則反之,他是宋代第一個對詩歌“意”與“言”有深刻覺知的詩人,却又由於部分過於深密謹嚴的形式設計,蓋過主體表現,而有“格卑”之弊。

　　黃庭堅的創作,則更能在人文符號與藝術符號間取得融貫,主體的精神面貌,主體的創見與洞識,全在明晰生動的形式創造裏表現出來。句法,以主體表現力超克了“技”、“道”的緊張,整合了“技”、“道”所代表的詩學技術理性與價值理性之争。以詩歌形式創造人文價值遂具有了實踐的心理根柢。

　　在“文—(表現)—人文價值”的寫作意識下,“無一字無來處”、“奪胎換骨”、“點鐵成金”等觀念所蘊含的古今之辯,反映了這個深具歷史感的人文實踐。透過奇巧的用典、比喻、用字、聲律、拗體,種種形式技巧的運用,創造詩歌的新語言,並且要在這新語言中,蘊含更豐富的文化情感。在此創造中,“現在”貫穿了“過去”,創造一套足以穿透歷史的新的詩歌語言。

　　宛如卡希勒所説的:“歌德逝世時的德國語文顯然與歌德出生時的德語比較起來已再不是同一個模樣了!……它涵攝了許多在一個世紀之前還是不爲人所知曉的於表達方式上的嶄新可能性。”①現在,古文運動之後的文學語言,也不同於韓愈出生時的文學語言;黃庭堅之後的詩歌語言,也不同於宋初的詩歌語言了,他

————————————

　　①　卡希勒《人文科學的邏輯》,頁193。

們都創造了一套具有時代性的嶄新的語言表現。此後，詩學辨識、探討、評斷詩歌的方法和眼光反映了這個歷史里程。黃庭堅的貢獻，不僅僅是把文化意象承襲了下來，正如他"以故爲新"的表現力，不僅是得力於"博"學之功，更是善用"前文性"的意義空間，創造了無論是個人或時代的獨特的表現。這便是宋詩成功的歷史表現。

　　正如宋人常常批評的，唐詩所表現的場景雖然動人，然而往往是隨處可用，不像杜甫、李商隱、蘇黃等人的詩句，能夠極其精確地非此時此地不可套用。唐人詩歌是共時性的，可以擺脫時空之軸，超出任一時空而獨立欣賞的（唐人的精神場域是"超"時空的）；宋人詩歌是歷時性的，是要在當下貫穿過去種種所累積的時空痕跡下的情感（宋人的精神場域是"即"時空的，歲月的痕跡歷歷在目，歷史感特深），處處是作者生命情境的理解與回應："藝術的一種最大的成就乃是：藝術能夠甚至自特殊之處感受到和認識到那客觀普遍的，而自另一方面説，藝術又復能夠把它的所有客觀普遍的結構具體地和特殊地展示於吾人面前，從而用最强烈最壯闊的生命去浸潤這些客觀普遍的結構。"①

---

　　①　卡希勒《人文科學的邏輯》，頁 48。

卷 肆

"江西詩社宗派圖"與後
"江西詩派"時期

——"典範"的成形、固著與異化

黃庭堅詩學已回應歷史條件，創造了一個新的時代典範，但直到呂本中“江西詩社宗派圖”的賦名，才使得江西詩學成爲實存的文化網絡，成爲文學社羣共享的典範。

　　呂本中以“江西詩社宗派圖”指出此一詩歌專業社羣，同時藉由“工夫”、“悟入”、“活法”等論述，凸顯山谷詩學裏形式造語與主體意識間的符號辯證，標示此詩學內斂整合的方法意識，因而鞏固了江西詩學“符號表現”及心法之學的精神，典範網絡因此成形。

　　經由呂本中的賦名、精錬與廓清，江西詩學成爲詩論繁衍、附著、批評與反省的標的，伴隨著這標題化而來的抽離與扭曲，成爲典範隱含的危機，但直到嚴羽和方回，才徹底動搖典範的根基。

第一章　呂本中"江西詩社宗派圖"
——"典範"的賦名、精鍊與廓清

　　直到呂本中"江西詩社宗派"的"賦名"①,典範才真正成立。
宗派圖建立了"江西詩社宗派"專業社羣的觀念,一個以黃庭堅爲
"典範"的專業社羣,並且藉著相關的論述,呂本中廓清了山谷詩學
的種種義涵,確立符號表現的方向。

　　這之中,特別是"活法"、"悟入"等觀念,釐清了典範的操作基
質,申明了江西詩學是一套"作者—作品"中心的符號詩學,使得江
西"句法"明確地與辨析風格範式等客觀體製之學區隔開來,將它
們劃出了典範的義界之外,延緩了典範異化的危機。

　　決定社羣關注的問題及思維是"典範"重要的功能。"江西詩
社宗派圖"是典範"標題化"的開始,此後,在典範專業趨同的作用
下,詩歌寫作的理解、實踐、表述,甚至詩學的批評與反省,便以江
西詩學爲認知基礎,在典範網絡共通的思考方式下,在社羣共享的
議題下,逐漸展開。

---

　　①　雖然"典範"是個無法指實、沒有絕對本質性的定義、沒有明白邊界的功能網
絡,然而,"名"的作用,讓它可以與其他"非我"的質素區隔開;成爲可以指稱的對象,才
能夠掌握其輪廓、發揮其功能。定名一出現,"江西詩派"便浮出於作爲它背景的宋代
詩學之上,成爲學習、解釋甚至詩學批評反思的標的,匯聚了詩人共享的議題及有效的
思考方式。到這時,"典範",這個功能性的網絡,才真正地存在。

第一節　"命名"——"江西詩社宗派圖"
　　　與詩學典範網絡的成形

　　呂本中"江西詩社宗派"①的命名,指出了一個專業社羣的存在,賦予了典範實存的條件。② 更重要的是,在這前提之下,以詩人們共享的專業觀念爲基礎,呂本中的詩學論述,有機地匯聚了山谷詩學最能滿足歷史條件的部分,更完備了這個符號表現型態的詩學。這些觀念與價值與其說是一詩派爲自我區隔而標榜的主張,倒不如說它們只是藉一個專業社羣的觀念,凝聚且凸顯了一個時期詩學領域被認可而具有影響力的見解,具象地釋放了這些走在時代先端的思考,使其得以普遍地爲不限於此中成員的詩壇所運用、所共享。

　　這使得"江西詩派"一開始便具有一種開放性質,與後來以詩派指稱封閉性社羣的觀念不同,它更像是開顯了一個共享信念、價值、技術等知識整體的無邊際的網絡式組成——一個"典範"。

　　"江西詩社宗派圖"③的賦名,提供了江西詩學成爲一代詩學典範的歷史要件。

---

　　① 關於宗派圖及其相關詩學和社會觀念的詳情,參見龔鵬程《江西詩社宗派研究》。
　　② "典範"的原義即是某些專業社羣所共享的價值、信念、原則、技術實踐等等的整體網絡。
　　③ 宗派圖裏的二十五位成員,基本上是作爲一個專業的指稱而存在,在呂本中與江西詩學相關的論述中,他的表述對象顯得相當寬泛,也不特別强調成員相互的隸屬性與社羣的內在性,或判斷的絕對標準,展現了一種相當開放的意涵。

一、詩歌專業典範的定位

宋人詩話中經常可以看到"得詩人之句法"、"得詩人諷諫之體"、"得詩人……"之類的説法，處處凸顯詩歌自爲一家之學的專業意識。然而，"詩人"的辨識，又是來自於什麽樣的專業標記？

藉由宗派的觀念，呂本中以一個專業典範的標示，奠定了江西詩學的正統地位。

作爲呂本中詩學觀念具象的投射，"江西詩社宗派圖"，以文化意識中的宗族世系關係，指出了一個詩歌專業的社羣。專業社羣的出現，是典範真正成立的標誌。"江西詩社宗派"，這一個社羣的指稱，以專業聚焦的作用，引出了詩歌價值信念的共同參與，引出了方法意識等等社會性的實質交流，因而在文化羣體中展開了典範網絡。[①] 黃庭堅詩學雖然已經建構了典範的基質，但只有當實際應用典範的專業社羣出現之後，典範才算是真正的存在，才能發揮它運作一代專門之學的角色。如葉適所謂"天下盡宗太史詩，外夷殊域皆稱江西"[②]的盛況，實奠基於社羣專業意識共享與傳播的結果。

其次，"江西詩社宗派"，是一個以黃庭堅爲示範成就的開放性的社羣。他們共享著"格高"、"法度謹嚴"、"無一字無來處"等等價值信念，彼此模範，又參與相同的操作基質（——"心法"），但就是不以特定風格體式爲準繩，所謂"雖體製或異，要皆所傳者一"。

由於江西詩派是由各種層次聚合而成的詩學典範，除了"活法"這類作爲實踐方法的操作基質之外，任何準則、任何風格體製、

①　當然，這當中宋代詩話特殊的體例，也發揮了推波助瀾的作用。
②　《黃子耕墓誌銘》，《水心先生文集》卷十七，頁 199。

任何理論主張,都只是可以從這典範當中抽離出的一部分,却不盡
然是其必要條件。正是"典範",正是一個具體運作而無固定規則
無明顯邊界的實踐網絡,才會形成這樣的面貌:"高子勉不似二謝,
二謝不似三洪,三洪不似徐師川,師川不似陳後山,而況似山
谷乎?"①

　　所以我們可以在"江西詩派"的觀念範圍裏看到這樣的情形:
"以居仁詩似老杜、山谷,非也。杜詩自是杜詩,黃詩自是黃詩,居
仁詩自是居仁詩也。"②而四庫館臣評論呂本中自己的《紫微詩話》
時也説:"然本中雖得法於豫章,而是編稱述庭堅者……皆因他人
而及之;其專論庭堅詩者,惟歐陽季默一條而已。……實不專於一
家……亦不主於一格。"③

　　此中杜、黃詩歌作爲示範性的過去成就,只是提供學者思繹揣
摩以把握心法的有效對象,並不是用以框定風格範式、區別寫作體
製的邊界,黃庭堅詩歌只是以其典型的表現,最能夠提點學習者領
會符號表現,最具有(融貫人文傳統的符號表現的)代表性的示範
成就,能夠讓詩人藉由他所代表的詩學思考和應對情境,領悟到符
號表現的創作。

　　這樣的典範學習,就如同陳師道説黃庭堅"得法於杜少陵,其
學少陵而不爲者也"。這種模習,正如山谷用心揣摩杜詩形式經營
與主體內蘊的生命涵養(心性)間相互表現的關係,這種關係是不
特定的、無邊際的,具有無限可能的。以這種精神可以同時理解任
何詩人任何詩歌的創作表現,它只是一種理解的進路,只是以一種

---

① 《江西宗派詩序》,《誠齋集》卷七十九,《黃庭堅和江西詩派卷》頁 447。
② 《東萊呂紫微師友雜記》引謝逸語,《杜甫卷》頁 281。
③ 《四庫全書總目》卷一九五,《黃庭堅和江西詩派卷》頁 787。

深度理解寫作形式與表現關係的意識,撐起了整個典範的運作。
這典範中的詩人總是在人文象徵的認知下,追求最完美的形式表
現。因此江西詩人所謂句法"安壯",①所謂"筆力挾雷霆,句法佩
瓊玖"②,"句法窺李杜"③等等,講的都是詩人優越的表現能力,並
不是詩歌特定的範式。

　　江西詩學,就是這樣一個符號表現的"觀念箱子"。"江西詩
派",指的是這個以心法爲方法的符號表現詩學,而不是一個時代
"觀念箱子"中的一個門派。所以當四庫館臣説:"(吕本中)嘗作
《江西詩社宗派圖》……宋詩之分門別户,實自是始。"④這是以明
清詩派分門别户的觀念框架江西,並不確切,也低估了這個"觀念
箱子"的位階。

　　吕本中之宗派圖,旨在宣説一代不可實指的詩家典範,所以
"連書諸人姓字"、"本無詮次",⑤它是以黄庭堅爲效習核心的網絡
參與,是一個包含了衆多層次的網絡羣組,而不止於特定文本、特
定對象的學習。江西詩學所指出的種種學習對象,涵蓋經史及各
類詩文作品,泛指籠統的人文表現,而不是特定文本權威的"正
典"⑥學習。所以像徐俯所批判的"近世人學詩,止於蘇黄,又其上
則有及老杜者,至六朝詩人,皆無人窺見"⑦,便反映了時人對於江

---

①　吕本中《童蒙詩訓》引徐俯:"作詩回頭一句最爲難道,如山谷詩所謂'忽思鍾
陵江十里'之類是也。他人豈如此,尤見句法安壯。"《黄庭堅和江西詩派卷》頁 44。
②　《送謝無逸還臨州》,洪朋《洪龜父集》卷上,《黄庭堅和江西詩派卷》頁 684。
③　《寄饒次守》,謝薖《竹友集》卷四。
④　《四庫全書總目提要》卷一五九,《黄庭堅和江西詩派卷》頁 787。
⑤　見范季隨《陵陽先生室中語》與曾季貍《艇齋詩話》,《黄庭堅和江西詩派卷》
頁 444、446。
⑥　"正典"(canon),詳見下章。
⑦　曾季貍《艇齋詩話》引徐俯的話,《杜甫卷》頁 420。

西詩學的誤解。

正是世人這種誤解，使得徐俯、韓駒等人不樂入派，然而恰恰是他們那種"斯道之大域中，我獨知之濠上"、"我自學古人"的精神，才暗合了江西符號詩學內在運作的宗旨。所以，像陳巖肖說呂本中、謝逸之"善學"，其實也就是如此："呂居仁作《江西詩社宗派圖》，以山谷爲祖，宜其規行矩步，必踵其跡。今觀東萊詩，多深厚平夷，時出雄渾，不見斧鑿痕。社中如謝無逸之徒亦然。正如魯國男子，善學柳下惠者也。"①這個典範所揭櫫的理想是表現力的"雄渾"、"不見斧鑿痕"等轉悟融貫的自覺，而不是風格體製的相似。

而專業社羣的實際運作，也形成了對於議題選擇及思考模式的默契，一些（典範內）詩學專業的探討型態於焉形成。這類常見的討論模式，比如在融貫"波瀾"（主體表現）與"冶擇"（形式表現）的前提下，擷取一段詩句，細考詩歌之造語、用韻，以探求其中象徵豐富的"意"；或考索字句之來歷，尋繹其"思致"何在或創作之"胸襟"等等。諸如下列吳可《藏海詩話》這樣的探討模式，成爲這時詩話中相當普遍的批評方式：

> 余題黃節夫所臨唐元度《十體詩》卷末云：……當改"游"爲"漫"，改"傳"爲"追"，以"縱橫"爲"真成"，便覺兩句有氣骨，而又意脈聯貫。
>
> "山月入松金破碎"，亦荆公詩。此句造作，所以不入七言體格。如柳子厚"清風一披拂，林影久參差"，能形容出體態，而又省力。②

---

① 《庚溪詩話》卷下，《歷代詩話續編》本，頁 182。
② 吳可《藏海詩話》，《歷代詩話續編》本，頁 329—330。

這種思維趨同的傾向,儼然如專業的默契,這便是社羣實際運作所造成的典範内專業的討論模式。這種專業性的趨同,使得詩歌的批評與解釋方式,顯得更爲一致而有效率。也因爲這種共識,使得詩話在專業討論的默契中,形成與專著不同的彼此對話與傳播的趣味。

二、典範的學習核心——黄庭堅作爲"示範性的過去成就"

吕本中爲江西詩派定名,以黄庭堅爲宗主,也確立了典範的首要條件——示範性的過去成就。

> 元和以後至國朝,歌詩之作或傳者,多依效舊文,未盡所趣。惟豫章始大出而力振之,抑揚反覆,盡兼衆體,而後學者同作並和,雖體制或異,要皆所傳者一。①
> ……至六一、坡公,巍然爲大家數,學者宗焉。然二公亦各極其天才筆力所至而已,非必鍛鍊勤苦而成也。豫章稍後出,會粹百家句律之長,究極歷代體製之變,搜獵奇書,穿穴異聞,作爲古律,自成一家。②
> 後世詩文選集,《詩》通爲一家,陶潛、杜甫、李白、韋應物、韓愈、歐陽修、王安石、蘇軾各自爲家,唐詩通爲一家,黄庭堅及江西詩通爲一家。③
> 我生所敬涪江翁,知翁不獨哦詩工。消遥頗學漆園吏,下

---

① 胡仔《苕溪漁隱叢話》前集卷四十八引吕本中《宗派圖序》,《叢書集成》本(五),頁326。
② 《江西詩派·黄山谷》,劉克莊《後村先生大全集》卷九十五,《宋詩話全編》本,頁8570。
③ 葉適《習學記言》卷四十七,《黄庭堅和江西詩派卷》頁134。

筆縱橫法略同。……冥搜所到真奇絕。頡頏韓柳追莊騷……
當時姓名比明月，文莫如蘇詩則黃。①

　　宋人的人文自覺，凸顯了一切作品在經驗價值之上的另兩種
更具人文意義的價值：“創造價值”與“態度價值”。② 黃庭堅詩學
在這個意義上滿足了文化與詩歌藝術的要求，也奠定了江西詩學
的根本內涵。江西詩學便是在這種基本態度上，以黃庭堅詩學作
爲詩歌學習的基礎，以黃庭堅詩學的思考，作爲詩人寫作或批評所
擬設的具體情境，黃庭堅詩歌型態，成爲詩人創作與批評的重要
“前見”。上述詩人專業的批評方式，便是在黃庭堅詩學（縮合主體
表現、形式表現）的前提下，在社羣觀念所引出的專業意識下實踐
出來的。

　　這類思考模式，又例如在山谷詩學文化主體的強調下，詩話相
當重視言意之間“指符—意符”關係的討論，創作上充滿“無一字無
來處”式的歷史溯源、自出機杼的人文見識，即使偶有涉及自然對
象，也多是爲了強調“寫物之功”這樣的“表象”能力，而不甚在意
“江山之助”或“巧構形似”之能，“參符”的地位相對地寥落。這些
情況早就出現在黃庭堅以前，但是以黃庭堅爲示範性成就的詩歌
“正統”觀念形成後，這些議題與思考更加集中，更加一致，更明顯
地呈現專業化以後思維的慣性。

　　而像以下例子裏，“奪胎換骨”、“點鐵成金”的作法，或承“句

----

①　林希逸《讀黃詩》，《竹溪十一稿》，《黃庭堅和江西詩派卷》頁 164。
②　可以說，到後來宋詩特別推崇的陶杜詩歌，陶詩所代表的正是“態度價值”（主
體價值意識的表現），杜詩所代表的則是“創造價值”（符號創造）。這兩者，一個實現了
創作中的主體價值意識，另一則以形式表現力展現了符號創造的可能。

法”而來的“活法”以至發展爲“學詩如參禪”等等論述，又更加反映
了從黃庭堅而來的這一時普遍又慣性的詩學認知：

> 　　山谷詩：“近人積水無鷗鷺，時有歸牛浮鼻過。”陳詠詩：
> “隔岸水牛浮鼻渡，傍溪沙鳥點頭行。”此本陋句，一經妙手，神
> 彩頓異。①
>
> 　　項斯未聞達時，因以卷謁江西楊敬之。楊苦愛之，贈詩
> 曰：“幾度見詩詩盡好，及觀標格過於詩。平生不解藏人善，到
> 處逢人説項斯。”陳無己見曾子開詩云：“今朝有客傳何尹，到
> 處逢人説項斯。”雖全用古人兩句，而屬詞切當，上下意混成，
> 真脱胎法也。②
>
> 　　韓文杜詩，號不蹈襲者，然無一字無來處。……大抵文字
> 中，自立語最難；用古人語又難於不露筋骨……③

江西詩派便是如此“宗黃”，在以山谷詩學爲“前見”的認知下，帶起
詩壇共同參與這套符號表現的典範網絡。

三、廓清江西詩學義界並凝聚山谷詩學信念

　　伴隨宗派圖的賦名，呂本中有“波瀾”與“冶擇”之説彰顯山谷
“符號表現”的特質，而“活法”説也更綿密完備地擴充了山谷融貫
轉悟的“句法”之學（詳下節）。透過這兩者，中唐以來詩學在歷史
挑戰下，因應危機與變革的成果，到此被匯聚於“江西詩派”這一時

---

① 　任淵註山谷《病起荆江亭即事十首之一》，《山谷内集詩註》卷十四，頁264。
② 　吳坰《五總志》，《仇池筆記》（外十八種），頁808。
③ 　陳善《捫虱新話》上集卷三，《宋人詩話外編》本，頁424。

代表徵中。後來詩話所呈現的趨同的慣性，便是詩壇循此繼續操作並精鍊典範的過程。

典範的界定，同時也意味著某種排他與犧牲。如以下將説明的，這個以人文主體爲重的符號表現網絡，由於基本立場的相悖，一時曾把客觀體製之學邊緣化；又如何排除了"參符"的角色，疏離了清新萬象，引發後來詩人捐書爲詩、寄妍於物的反彈。

這種典範的廓清與排他性，亦可以部分解釋後人對於宗派圖的疑惑：例如，惠洪、范温等人爲何没有列名派中？

范温爲吕本中表叔，吕本中在《童蒙詩話》裏提及范温曾從山谷學詩，"要字字有來處"，而范温作詩主張亦講求"句法"、"句中眼"，爲何吕本中未將他列入江西詩派？惠洪更不用説，在創作觀念上不時地標榜山谷，而後人所謂的"奪胎换骨"、"點鐵成金"之説，更是從他口中傳出來的。

根據學者考證，原出自《冷齋夜話》裏的"奪胎换骨"（"奪胎法"、"换骨法"），既"與黄庭堅無關"，也"與'江西詩派'無關"，而是惠洪自己歸納的詩法中之兩種①。這一文獻比對的結果，恰可佐證本書的觀點：喜云"某某法"、"某某句"等定式的惠洪②，或"只論句法，不問義理"的范温，被排除於吕本中的"江西詩派"成員之外是合理的，因爲他們句式效習及文本化的傾向，相對於吕本中所廓清的江西詩學的義界，有著明顯地悖離。

例如，范温《潛溪詩眼》裏所謂的"點鐵成金"與黄庭堅自己的

---

① 周裕鍇《惠洪與奪胎换骨法》，《文學遺産》2003 年第六期，頁 81—97。
② 除此之外，惠洪曾説："詩至李義山，爲文章一厄"（見許顗《彦周詩話》），其對義山詩的理解，較諸山谷"用西崑工夫，造老杜渾涵境界"（朱弁《風月堂詩話》），實在相去甚遠。也可佐證惠洪詩論與典範符號表現之本懷有相當差距。

完整説法,各是這樣的:

> 句法以一字爲工,自然穎異不凡,如靈丹一粒,點鐵成金也。……余因此識作詩句法,不可重疊也。[①]
>
> 自作語最難,老杜作詩,退之作文,無一字無來處。蓋後人讀書少,故謂韓、杜自作此語耳。古之能爲文章者,真能陶冶萬物。雖取古人之陳言,入於翰墨,如靈丹一粒,點鐵成金也。[②]

黄庭堅講"點鐵成金"離不開作者本人的文化蘊蓄,厚積薄發之功;而范温"識"得的重點却盡是著眼於文本或形式技術上"作詩句法,不可重疊也",意義參差有如天壤。當吕本中用"波瀾"與"冶擇",更明確地表明了"作者—作品"中心的符號表現立場;以"活法"、"悟入"、"工夫"之説,更强調心法融貫轉悟的主體性(相較於經驗歸納和單方面的技術模擬)之時,他同時也畫出了這個不可指實的網絡所容許的邊界,無怪乎惠洪、范温被排除於宗派圖之外。

四、"賦名"也是"標題化"的開始

吕本中的"命名",清楚地指認出一個詩學的標的,讓它與"非我"有了區隔,典範的面目更加清晰;其次,也使得衆人討論的目標更加明確,成爲議論附著與繁衍的依據,這便是"標題化"的作用。上述專業的趨同與集中,便是"標題化"的功能之一。

標題化同時也意味著固著化,某些內涵沈澱了下來、確定了下

[①]　范温《潛溪詩眼》,《宋詩話輯佚》本,頁 333—334。
[②]　《與洪甥駒父》,《黄庭堅全集‧正集》卷第十八,頁 475。

來，相關的解釋、批評與認知，於是以它爲對象而展開。但標題化往往也同時是典範被抽離、被固著而逐漸異化的源由。正如黃宗羲所説："豫章詩派，乃宋詩之淵藪，號爲獨盛。"①這淵藪，是宋詩一代之學衆善歸之、衆惡亦歸之的標的。

例如，原來宗派圖是一個以成員關係爲條件的集合，當中列名的二十五人幾乎都是曾從黃庭堅學詩或得到其指導認可的晚輩，亦即曾與黃庭堅以師友相交游者。其中陳師道與山谷雖同在蘇門，然在作詩一途，他曾明確表明"及一見黃豫章，盡焚其稿而學焉"，故也不爲例外。

在這時的江西詩派，並未與杜甫有明確的祖習關係。如陳師道所説："僕之詩，豫章之詩也。豫章之學博矣，而得法于杜少陵，其學少陵而不爲者也。"②表明了黃庭堅才是這詩學的靈魂，杜詩只是典範中理想的模範之一。反倒與吕本中同時有一些公認學杜的詩人，在這時並未被牽扯上江西詩派，例如：晁説之（1059—1129），或者後來被奉爲"三宗"之一的陳與義（1090—1148）。

然而，在標題化的固著與蔓衍之下，到後來"江西詩派"也成了一類風格範式的認知，成了"宗杜"、"學杜"的盟會，特定成員因此被追認入派，如陳與義，如楊萬里，甚至如曾幾等。如陳振孫《直齋書録解題》著録江西詩派一百三十七卷《續派》十三卷，"黃山谷而下，三十五家"③。（詳見下章）

從典範網絡以及"標題化"的作用來看江西詩派，更可以明瞭歷來如何會産生諸多對宗派圖"選擇弗精，議論不公"的質疑，它們

---

① 《姜山啟彭山詩稿序》，《黃梨洲文集》，《黃庭堅和江西詩派卷》頁 458。
② 《答秦覯書》，《後山居士文集》卷十，引自《宋詩話全編》本，頁 1029。
③ 《黃庭堅和江西詩派卷》，頁 451。

反映了歷史觀念在流變中的曲解與誤解,而追究這些曲解與誤解,更關係到如何全體透視地把握此課題的歷史詮釋。

第二節　典範的精鍊與廓清(一)──融會 "波瀾"與"冶擇"的符號表現

在呂本中的論述中,代表詩歌專業的江西詩學,是一個可以溯及古文運動的文學典範:

> 學退之不至,李翱、皇甫湜。然翱、湜之文足以窺測作文用方處。近世欲學詩,則莫若先考江西諸派。①

江西詩派與黃庭堅的角色,好比是古文運動裏的李翱、皇甫湜與韓愈。韓、李等開啟了"作文之用方處",黃庭堅與江西詩派則是開啟了"作詩之用方處"。

> 歌詩至於豫章始大出而力振之,後學者同作並和,盡發千古之秘,亡餘蘊矣。②

呂本中眼裏這"千古之秘",實就是江西真正一脈相承的"符號表現"的心法。江西詩派和古文運動,同處於一個"符號表現"的典範網絡中。

---

① 《童蒙詩訓》,《宋詩話輯佚》本,頁597。
② 趙彥衛《雲麓漫鈔》卷十四引述呂本中語,頁244。

　　如上卷所述,古文運動在文學意義而言,深化了"文"、"道"表現關係中的主體意識,建立了一種"道—創作主體—文"表現關係的典範。因此,在吕本中這"定名"過程中,爲江西詩派與古文運動拉上的這關連,除了確立以"江西詩派"爲宋詩"道統"外,也同時規範了這詩學活動的義界,確立了融貫"主體表現"與"形式表現"的詩歌型態,確立了典範"符號表現"的發展方向。

> 　　元和以後至國朝,歌詩之作或傳者,多依效舊文,未盡所趣。惟豫章始大出而力振之,抑揚反覆,盡兼衆體,而後學者同作並和,雖體制或異,要皆所傳者一。①

這段話裏,從"元和以後至國朝",其實包含了蘇軾、王安石等吕本中亦相當推崇的詩人,一直到吕本中之前,他們在宋代詩壇還相當有影響力,然而吕本中獨獨認爲要到黄庭堅才真正建立起一代詩風,這關鍵就在於由黄庭堅符號表現詩學而來的"抑揚反覆,盡兼衆體"的表現力。説蘇、王等人還是"依效舊文,未盡所趣",更凸顯了吕本中認爲只有黄庭堅這樣的主體表現力才是江西詩學的關鍵,這就是宗派圖首要確立的創作宗旨。

　　雖然吕本中曾經説過蘇軾"廣被衆體,出奇無窮",黄庭堅"包括衆作,本以新意",認爲此二人"當永以爲法"。但在吕本中的眼裏,蘇軾雖能寫作衆體,作意無窮,不過那基本上仍是在原有體製成規下因難見巧的創作,還不算是突破各種體製的畛域;必須像黄庭堅那樣,消化一切體式而能"本以新意",以表現力爲主導,連詩

---

　　①　胡仔《苕溪漁隱叢話》前集卷四十八載吕本中《江西宗派圖序》言,《叢書集成》本(五),頁 326。

歌結構形式等都能拿來當作表現的手段(蘇軾的作意無窮,主要是在風格以及"意義形式"上面別出心裁,除少數遊戲之作外,基本上不刻意牽動聲律等"結構形式"的基本規範①),廣泛地突破各種詩歌體製成規,才是宋人一代之學的代表價值。

這也是胡仔《豫章先生傳贊》所說:"山谷自黔州以後,句法猶高,筆勢放縱,實天下之奇作。自宋興以來,一人而已矣。"或後來劉克莊"豫章稍後出,會粹百家句律之長,究極歷代體製之變,搜獵奇書,穿穴異聞,作爲古律,自成一家"②等等說法所本。突破了體製界限的"句法","筆勢放縱"的主體表現力,就是呂本中確立下來的核心價值,江西詩學的首要條件。

呂本中用"波瀾"與"冶擇"的涵養工夫,具體地標舉出這一道從古文運動推進到山谷詩學的符號表現的精神:

> 冶擇功夫已勝,而波瀾尚未闊,欲波瀾之闊去,須於規模令大,涵養吾氣而後可。規模既大,波瀾自闊,少加冶擇,已倍於古矣。……若未如此,而事冶擇,恐易就而難遠也。退之云:"氣,水也;言,浮物也;水大,則物之浮者,大小畢浮。氣之與言,猶是也。氣盛,則言之長短,與聲之高下皆宜。"如此,則知所以爲文矣。……近世江西之學者,雖左規右矩,不遺餘力,而往往不知出此,故百尺竿頭,不能更進一步,亦失山谷之旨也。③

---

① 參見上卷第四章。

② 《江西詩派·黃山谷》,《後村先生大全集》(一)卷九十五,《四庫叢刊》本,頁821。

③ 《苕溪漁隱叢話》前集卷四九引《與曾吉甫論詩第二帖》,《宋詩話全編》本,頁2908—2909。

"波瀾"，即黃庭堅所强調的從讀書、涵養中擴充的主體表現，"冶
擇"，則是詩歌專業之學而來的形式表現。"波瀾"與"冶擇"，和呂
本中"筆頭似有千年韻，胸次猶須萬斛寬"①、"腕中有萬斛力，胸次
乃千頃陂"②等表述一樣，都來自山谷詩學以主體表現與形式表現
對舉辯證以融貫轉悟的思維模式：

> 　　學文須熟看韓、柳、歐、蘇，先見文字體式，然後更考古人
> 用意下句處。學詩須熟看老杜、蘇、黃，亦先見體式，然後遍考
> 他詩，自然工夫度越過人。③

> 　　作文不可强爲，要須遇事乃作，須是發於既溢之餘，流於已
> 足之後，方是極頭，所謂既溢已足者，必從學問該博中來也。④

> 　　韓退之文渾大廣遠難窺測，柳子厚文分明見規模次第，初
> 學者當先學柳文，後熟讀韓文，則工夫自見。⑤

要"考古人用意下句處"、講"規模次第"，且這與"學問該博"是兩不
可分的，這都是奉行山谷"道—主體—文"的模式，融貫主體表現和
形式表現的典型講法。

　　這種波瀾與冶擇的融貫工夫，也就和山谷"句中眼"、"宗趣"一
樣，指向"成體之詩"完整的符號表現：

> 　　詩詞高深要從學問中來，後來學詩者雖時有妙句，譬如合

① 《題張君墨竹》，《東萊詩集》卷一，《宋詩話全編》頁 2904。
② 《奉懷張公潛舍人》，《東萊詩集》卷二，《宋詩話全編》頁 2905。
③ 《童蒙詩訓》，《宋詩話輯佚》本，頁 603。
④ 同上。
⑤ 同上書，頁 602。

眼摸象,隨手觸體,得一處,非不即似,要且不足,若開眼,全體也,其合古人處,不待取證也。①

這也是呂本中講"飽參"所依據的全體之悟。在全體之悟下講"筆頭傳活法,胸次即圓成。"胸次的圓成也就是作品的圓成,把作品與主體視爲一整體的創作工夫,符號表現的整體才能呈現爲作品的圓成,而不是節節而長的句式堆砌。"潘邠老言:'七言詩第五字要響……所謂響者,致力處也。'余竊以爲字字當活,活則字字自響。"活法是詩歌整體格局的"活",在以作品爲一整體符號的觀照下,"活則字字自響",而不是個別因素——一的營造,後來的"活字"之説著實誤人。

江西詩派也從這符號表現裏萃取了一以主體表現力爲判準的創作標的:

老杜詩云:'詩清立意新。'最是作詩用力處,蓋不可循習陳言,只規摹舊作也。魯直云'隨人作詩終後人',又云'文章切忌隨人後',此自魯直見處也。……魯直下語,未嘗似前人而卒與之合,此爲善學。如陳無己力盡規摹,已少變化。②

老杜有自然不作底語到極至處者,有雕琢語到極至處者。③

呂本中之後,江西詩派所以形成了心法相傳的共識,詩人所謂"傳法不傳衣",皆來自於這一以主體表現力爲宗旨,要求"自出機

① 《童蒙詩訓》,《宋詩話輯佚》本,頁595—596。
② 同上書,頁596。
③ 《童蒙詩訓》引謝無逸語,《宋詩話輯佚》本,頁586。

杼"的心地法門:

> 詩仙句法能換骨,……要自胸中出機杼,不須剽掠傍
> 人門。①
> 誰作江西宗派詩,如今傳法不傳衣。②
> 魯直之詩,雖間出險絶句,而法度森嚴,卒造平淡,學者罕
> 能到。傳法者必於心地法門有見,乃可參焉。③

　　呂本中把山谷詩學最基本的符號表現型態,秉"江西詩社宗派"之名,完整地延續下來,有機地凝聚起來,透過宗派圖建立的專業趨同與論述權威,這一套辯證綜合的詩學型態,在詩人社羣裏,愈益鞏固,成爲學者共同依循的創作模式。

第三節　典範的精鍊與廓清(二)——
"活法"是心法

　　符號表現的宗旨,在黃庭堅縮合"道—主體—文"的論述,以及他自身融會人格與作品的呈現中,早已形成較明確的典型。然而,支援這套信念的方法意識,決定典範實踐基質的"句法",却一直模糊不定,留下許多揣測與扭曲的空間。黃庭堅說:"無人知句法,秋月自沈江",不僅是一時之慨,事實上,如無呂本中"活法"說再度張

---

① 王庭珪《次韻向文剛三絶》之三,《盧溪集》卷二十,《宋詩話全編》頁 2778。
② 王庭珪《贈別黃超然》,《盧溪集》卷一,《宋詩話全編》頁 2777。
③ 王庭珪《跋劉伯山詩》,《盧溪集》卷四十八,《宋詩話全編》頁 2779。

揚其精神,則"句法"終將埋没於泥途。[1]

相對於黄庭堅本人對於句法寥寥可數的表述,吕本中"活法"說及其引起的迴響,才算是開通了江西詩學的工夫竅門;同時,這個操作基質明確地廓清了江西詩學作爲默會之學的定位,清楚地區隔出可能與之混淆的客觀體製之學及歸納、模擬句式的法則,建立一套真正能以主體工夫融會心性人格與文字創作的知識架構,提供江西詩學相應的方法基礎。

> 學詩當識活法。所謂活法者,規矩備具而能出於規矩之外;變化不測而亦不背於規矩也。是道也,蓋有定法而無定法,無定法而有定法,知是者,則可以與語活法矣。謝元暉有言"好詩(流)轉圓美如彈丸",此真活法也。近世惟豫章黄公,首變前作之弊,而後學者知所趣向,畢精盡知,左規右矩,庶幾至於變化不測。……然余區區淺末之論,皆漢魏以來有意於文者之法,而非無意於文者之法也。[2]

比這更早,《王直方詩話》記載:

> 謝朓嘗語沈約曰:"好詩圓美流轉如彈丸。"故東坡《答王鞏》云《新詩如彈丸》,及《送歐陽弼》云"中有清圓句,銅丸飛柘彈"。蓋謂詩貴圓熟也。余以謂圓熟多失之平易,老硬多失之乾枯。不失於二者之間,可與古之作者並驅矣。

---

①　關於"句法"扭曲與異化的狀況,參見下節。

②　吕本中《夏均父集序》,《後村先生大全集》(一)卷九十五引録,《四部叢刊》本,頁824。

　　對王直方來講，"圓熟"或"老硬"，指的是某些特定的作品風格，風格類型是個別殊異而不必力分高下的，所以會有"謂圓熟多失之平易，老硬多失之乾枯"的情況。因此，他可以尋求在兩者之間的折衷；相較之下，可知呂本中所指"流轉圓美如彈丸"並不是風格類型，而是任一類創作的最高典範，是創作工夫的極致。呂本中的彈丸之喻，指的是工夫爐鍊已極所獲致的圓熟自在的表現力，能於恢恢法度中游刃有餘，變化不測。

　　山谷"句法"講求的是如何實踐詩歌的形式象徵，它的關鍵在主體默會轉悟的"自得"之法，這種"法"，只能是一種個體境界與工夫的祖尚，而不在於文本能夠客觀認定的風格範式。山谷講作詩"淵源"、講"句法"，都是如此。"潘邠老蚤得詩律於東坡，蓋天下奇才也。予因邠老故識二何，二何嘗從吾友陳無己學問，此其淵源深遠矣。"①"陳履常正字……其作詩淵源，得老杜句法，今之詩人，不能當也。"②作詩"淵源"不是體式風格的遵循，而是主體融貫學識心法的源頭活水，所謂"心源"，正是此意。

　　北宋末年許顗《彥周詩話》開宗明義提到"辨句法"，在他觀念裏，這類創作方法尚未被指實爲種種定式：

　　　　季父仲山在揚州時，事東坡先生。聞其教人作詩曰："熟讀《毛詩·國風》與《離騷》，曲折盡在是矣。"僕嘗以謂此語太高，後年齒益長，乃知東坡先生之善誘也。③

---

① 《書偍㲉軒詩後》，《黃庭堅全集·正集》卷第十八，頁 742。
② 《答王子飛書》，《黃庭堅全集·正集》卷第十八，頁 467。
③ 《彥周詩話》，《歷代詩話》本，頁 386。

但後來,"句法"却逐漸被斷章取義,追逐作品片面格式,淪失主體表現精神,這些正是呂本中所批評的:

> 近世江西之學者,雖左規右矩,不遺餘力,而往往不知出此,故百尺竿頭,不能更進一步,亦失山谷之旨也。①

陳巖肖這段話説明了呂本中如何重新喚起山谷詩學主體表現力的精神:

> 本朝詩人與唐世相亢,其所得各不同,而俱有妙處,不必相蹈襲也。至山谷之詩,清新奇峭,頗造前人未嘗道處,自爲一家,此其妙也。至古體詩,不拘聲律,間有歇後語,亦清新奇峭之極也。然近時學其詩者,或未得其妙處,每有所作,必使聲韻拗捩,詞語艱澀,曰"江西格"也。此何爲哉?呂居仁作"江西詩社宗派圖",以山谷爲祖,宜其規行矩步,必踵其跡。今觀東萊詩,多渾厚平夷,時出雄偉,不見斧鑿痕,社中如謝無逸之徒亦然,正如魯國男子善學柳下惠者也。②

可見得黃庭堅之後,很多人已將山谷的這套詩學視爲一類特定的風格——如王直方所説的"老硬",或者是寫作的範式——講求聲韻拗峭、詞意新奇。"江西格"的問題已經出現了。透過呂本中宗派圖及其論述,則能藉著"活法"等工夫境界之説,深化黃庭堅

---

① 《與曾吉甫論詩第二帖》,《苕溪漁隱叢話》前集卷四九引,《叢書集成》本(六),頁 332。

② 《庚溪詩話》卷下,《歷代詩話續編》本,頁 182。

句法的"心法"精神,扭轉學者支解句式片段摹習之弊,再回歸山谷"覆却萬方無準"的主體表現力。

這些精鍊與廓清的工作,就是"悟入"、"自得"等具體的實踐工夫之説:

> 若言靈均自得之,忽然有入,然後惟意所在,萬變不窮,是名活法。①
>
> 作文必要悟入處,悟入必自工夫中來。②
>
> 要之,此事(作詩)須令有所悟入,則自然度越諸子。悟入之理,正在工夫勤惰間耳。如張長史見公孫大娘舞劍,頓悟筆法。如張者,專意此事,未嘗少忘胸中,故能遇事有得,遂造神妙。……近世次韻之妙,無出蘇、黃,雖失古人唱酬之本意,然用韻之工,使事之精,有不可及者。③

他以張旭見公孫大娘舞劍而頓悟書法爲例,更具體地以異質轉化的特質闡釋了黃庭堅句法的關鍵,這便是"支援意識—焦點意識"的認識架構。"專意此事,未嘗少忘胸中",是這套方法意識中的"支援意識";"見公孫大娘舞劍",則是其"焦點意識","專意此事,未嘗少忘胸中,故能遇事有得,遂造神妙",便是由胸中的支援意識和遇事專注的焦點意識兩者轉悟整合而達到的領會。

創作的"支援知識"必須充盈,而"焦點知識"亦不可或缺,故亦

---

① 南宋俞成《螢雪叢説》卷一"文章活法"條引吕本中語,《黃庭堅和江西詩派卷》頁449。

② 《童蒙詩訓》,《宋詩話輯佚》頁594。

③ 《與曾吉甫論詩第一帖》,《苕溪漁隱叢話》前集卷四九引,《叢書集成》本(六),頁331—332。

不可忽略語言形式"符號化"這一面的精鍊。從書家的張旭，到詩家的蘇、黃，都因"自得"而能自創符號，因此不受創作媒介的限制。在一種符號論美學的意義上，更加完備了山谷詩論。從符號形式的內部析解與玩賞，熟習其具體操作的原理，而獲致抽象直覺，把握符號象徵的能力，①這種辯證轉悟以達到符號象徵的領悟，呂本中以"悟入"稱之，而"活法"就是這整個從具體、分析的摹習到綜合總體的直覺把握的整個過程。

　　句法，本就是當下行動與無所不在的支援意識不斷地相互反饋，時時提撕以獲致完整洞察的工夫；強調在一切知識間從不間斷的辯證綜合與異質轉化。這內斂之學的實踐積累，不僅是一切專業之學具相地演練，同時也是一種把心胸開放而貫通於任何當下的行動。"專意此事，未嘗少忘胸中"，指的是能夠因專注當下行動而內斂沈潛於這類統合知識的狀態中，並不是時時不忘明示記問式的創作知識。它之所以也意味著心性工夫的勤惰，就是因爲這種知識架構是放在一總體融貫的心識格局下，廣泛而專注地吸納一切行動與智識，一種不斷澄澈心源、自我統合的活動。②

　　這樣由多方學習到主體辯證轉悟的過程，後來演變成詩人樂道的"遍參"、"熟參"、"飽參"到"悟入"、"妙悟"：

　　　　學詩當如初學禪，未悟且遍參諸方。一朝悟罷正法眼，信手拈出皆成章。③

---

①　關於這種符號論美學意義的"直覺"，詳見本書卷貳。
②　詳見本書卷貳第三章論此種默會之學的心理架構。
③　《贈趙伯魚》，韓駒《陵陽先生詩》卷一。

這樣的"遍參",也就不僅是遍考諸作的意思了,它是必須帶有生命領會的"參",在"技"的實踐中揣摩實質的價值內涵的綜合領悟,它們的關鍵就在於這從具體到抽象,從技術性的、分解式的演練到主體知情意完整的綜合轉悟,這就是詩人在此時對句法的共識,所以曾季貍才說:"後山論詩說換骨,東湖論詩說中的,東萊論詩說活法,子蒼論詩說飽參,入處雖不同,其實皆同一關捩,要知非悟不可。"①"悟入"、"熟參"等工夫課題的風行,代表著呂本中成功地匯聚了這符號表現典範之所以運作最關鍵的心理基礎。

"活法"說的規範作用,在於讓創作重新回到作者主體性的關注,回到人人不同,離不開主體表現意向的"意",重回主體轉化的作用。詩人胸中豐富的蘊藏,作爲支援知識,在創作中並不是胸中書本的直接作用,而是在當下行動的凝聚下,時時進行的主體轉化,如樓鑰所謂"非積學不可爲,而又非積學所能到"②。

這關鍵就在當下主體心性的融貫轉悟,所謂"飽參"、"熟參",工夫的樞紐就在既內斂蘊蓄又應機無窮的"養":

> 文章須要說盡事情,如《韓非》諸書大略可見,至一唱三嘆有遺音者,則非有所養不能也。
>
> 韓退之《答李翊書》,老泉《上歐陽公書》,最見爲文養氣之妙。

---

① 《艇齋詩話》,《歷代詩話續編》頁296。此處所謂"入處不同",如"中的"著眼於焦點知識,"飽參"則意在支援知識的豐富,但其實關鍵都在於兩者的融貫轉悟。
② "詩之衆體,惟大篇爲難,非積學不可爲,而又非積學所能到。必其胸中浩浩,包括千載,筆力宏放,間見層出,如淮陰用兵,多多益辦,變化舒卷,不可端倪,而後爲不可及。"《雪巢詩集序》,《攻媿集》卷五二,頁487。

作文不可强爲，要須遇事乃作……必從學問該博中
來也。①

學問功夫全在浹洽涵養，蘊蓄久之……②

既重涵養工夫，而涵養工夫又與學問該博幾同一事，這似曾相識的
口吻，正是黃庭堅合讀書窮理、治心養氣、詩文創作三者爲一，透過
人格修養將人文傳統挹注於詩文表現的説法③。

　　內斂轉悟的主體涵養工夫，就是江西詩學的根本，這就是呂本
中所認知的"山谷之旨"，爲江西詩學的心理共識。就是這種主體
的精神內化與符號化的轉化工夫，能夠映照出這時江西後學的弊
端，江西後學的異化。無論是流於客觀體製之學，或是執持句式修
辭等語言結構以爲"法"，都是源於忽略符號本體的"波瀾"；而專事
形式上的"冶擇"，也就是都忽略了山谷這"道—創作主體—詩歌作
品"詩學中最重要的主體自我創造的工夫。

　　這就是爲何強調這種胸次之"養"是刻骨損心的工夫："衣冠瞻
視有法則，何獨文章要編剗，譬如逆風曳長艦，竭力正在千夫挽。
君行念此須飽參，即是黏堂句中眼。"④強調句法之學不是有形明
示的積累，不再停留在表面的、有意經營刻畫的焦點知識，要經由
實際寫作的焦點活動而提撕凝聚，時時喚起主體創造力的覺醒。
這才是"飽參"、"養"等內化工夫的目的。

_____

① 以上見《童蒙詩訓》，《宋詩話輯佚》本，頁 603。
② 《紫微雜説》，《宋詩話全編》頁 2904。
③ 有關黃庭堅以人文價值涵攝詩文藝術性的創作主張，參見筆者"附錄一"《蘇
黃詩學本體論之比較》，《宋代文學研究叢刊》第七期，頁 161—189。
④ 《臨川王坦夫，故從黏堂先生謝無逸學，北行過廣陵見余，意甚勤。其行也，作
詩送之》，《東萊詩集》卷六，《宋詩話全編》本，頁 2907。

　　所以在上述有名的"活法"説裏,呂本中在提出江西典範實踐的關鍵之餘,又説明了這一切可指實的,包括活法的論述,都還只是"有意於文者之法,而非無意於文者之法也"。只要是創作時意識表層還存留著"有定法而無定法,無定法而有定法",只要"心法"還停留在可以言説的"主張"的層次時,都還只是停留在"焦點意識"的層面,只有當它已内化到意識深層,成爲主體時時内斂於其中的"支援意識",才是"無所用意"的真工夫所到,才是這套心法,所謂"無意於文者之法"。

　　放到寫作的"文道"關係中來看,"飽參"、"悟入"等内化工夫,它們不斷使工具理性與價值理性交互轉化與反饋的精神,使得呂本中更明確地把黄庭堅"不煩繩削而自合"的工夫推進到"技""道"辯證的課題①,這就是被元好問(1190—1257)稱之爲"技進於道"的"學至於無學"的精神②:

　　　　雖然方外之學,有"爲道日損"之説,又有"學至於無學"之説。詩家亦有之,子美夔州以後,樂天香山以後,東坡海南以後,皆不煩繩削而自合,非技進於道者能之乎? 詩家所以異於方外者,渠輩談道不在文字,不離文字。詩家聖處不離文字,不在文字。唐賢所謂情性之外,不知有文字云耳。……萬慮洗然,深入空寂,溢元氣於筆端,寄妙理於言外……③

在"心法"内斂整合的"技"、"道"意識下,工夫代表的不是技巧的熟

---

①　詳見本書卷貳第三章。
②　《杜詩學引》,《遺山先生文集》卷三六,頁371。
③　元好問《陶然集詩引》,《遺山先生文集》卷三七,頁371。

練,而是在實踐過程中信念開展(形式象徵)的程度。這種涵養工夫,與抒情表現所需的豐沛的感性志氣不同,恰恰不因老之將至而衰墮;在人格境界的理想下,年歲的醞釀,更能使這種"融貫的辨識力"醇厚精粹。宋人好談杜詩夔州後,韓詩潮州後等等"老造平淡"的說法,正肯定了磨礪工夫已深,"支援意識"與"焦點意識"間轉悟關係的掌控能力已熟極而流,在心無旁鶩的專注中,擺脫客觀規制或有形的境、相的顧慮,而更能精粹地表現:

> 山谷論老杜詩,必斷自夔州以後。試取其庚子至乙巳六年之詩觀之,秦、隴、劍門,行旅跋涉,浣花草堂,居處嘯詠,所以然之故,如繡如畫。又取其丙午至辛亥六年詩觀之,則繡與畫之跡俱泯。赤甲白鹽之間,以至巴峽、洞庭、湘潭,莫不頓挫悲壯,剝浮落華。今之詩人,未嘗深考及此。善爲詩者,由至工而入於不工,工則麤,不工則細,工則生,不工則熟。①

第四節　典範的精鍊與廓清(三)——
　　　　區隔客觀體製之學並
　　　　延緩句法的異化

呂本中用"波瀾"、"冶擇"、"活法"、"悟入"等等論述,精鍊了黃庭堅詩學中的諸多觀念,使得符號表現的內涵更爲明確,方法意識更加清楚。而此舉亦同時"廓清"了典範的義界,延緩句法的異化。

---

① 《程斗山吟稿序》,《桐江集》卷二,頁279。

這是由於：黃庭堅之後，"句法"説已出現了許多誤解，加上句法容易與客觀體製之學混淆，出現了句式歸納等文本化的傾向；對江西詩學而言，吕本中的"活法"説，完整地匯聚山谷詩學的有機脈絡（"詞源久矣多歧路，句法相傳共一家"①），補救"奪胎換骨"、"點鐵成金"等從典範脈絡抽離出來的片面性之規則，廓清了典範可能的邊界，劃出典範具體的輪廓。

"句法"的異化，有兩種情形：一種是内容取向，也就是"意"的穿鑿附會，如吴开《優古堂詩話》的思維；另一則是形式取向，專意於技巧表現的歸納。兩者同樣都是只取黃庭堅"符號表現"之一隅而造成的偏蔽，同樣都肇因於文本中心立場下的附會和歸納，而略過了創作主體性這個重要的環節。

一、對抗"意"的窄化

詩歌作爲人文創作的符號，黃庭堅的創作論成功地呼應了文化期待，在這種意義下，黃庭堅所謂的"無一處無來歷"的意義不斷被複製，形成許多"某某詩句乃用某某語"或"與某某詩意同"、"某某語本出此"（吴开、黄徹、陳巌肖等）之説，竟與惠洪"奪胎換骨"之説合流。

這種句意模擬之所以被普遍接受，是因爲詩人總在山谷詩學人文傳承的意義之下理解它，在一種傳承文化統緒的認知下，個別的詩句被定位爲置身在這整體文化傳統中的某一環節，而發揮它的意義擴增的功能，所謂"意皆相沿以生也"（吴开《優古堂詩話》語）。

---

① 吕本中《次韻曾吉甫見寄新句》，《東萊先生詩集》卷十三，頁188。

> 詩家用古人意造語,謂之脱胎,著書作文亦有之。⋯⋯①
> 陳無己見曾子開詩云:⋯⋯雖全用古人兩句,而屬詞切當,上下意混成,真脱胎法也。②

這是把前人和自己視爲文化羣體中一種"意"的接力,冀圖一層翻上一層地,豐富文本的意義内容。但是,單單這樣的視野也是相當片面的,像吳幵《優古堂詩話》那樣,整個地致力於尋撦文本之間"意"相沿而生的關係,窄化在文化承接的功能裹,而縮減了符號再生的意義,也錯會了人文符號的價值。

倒不如王銍的體會來得恰當:

> 賀方回遍讀唐人遺集,取其意以爲詩詞,然所得在善取唐人遺意也;不如晏叔原盡見昇平氣象,所得者人情物態。叔原妙在得人,方回妙在得詞人遺意。③

晏幾道妙在"得人",也就是前人的詩"意"已經過主體經驗的消納與周旋,是一種經過主體轉化之後完整地表現在作品裹的辯證關係;而賀鑄則是循著作品與作品之間的學習途徑,再度賦形的結果。前者更能妙契於主體表現的心法。無怪乎山谷跋晏幾道詞集時,稱道其詞法"寓以詩人句法,精壯頓挫,能動摇人心"④。

這種典範内的誤解,最是根纏締固,它們更容易在同一典範氛

---

① 《荀卿、史遷作文之體》,李如篪《東園叢説》卷下,《宋詩話全編》本,頁 2265。
② 吳坰《五總志》,《仇池筆記》(外十八種),頁 808。
③ 王銍《默記》卷下,《宋詩話全編》本,頁 2255。
④ 《小山集序》,《黃庭堅全集・正集》卷第十五頁 413。

圍裏附會滋生,在典範約定性、趨同性的作用下更加牢結。①

　　呂本中的貢獻是,要在典範這個"觀念箱子"内打開文本"意相沿以生"的内在循環。匯聚典範内"波瀾"、"冶擇"、"活法"等"正見",凸顯這些最具有符號表現及主體默會之學的"正見",能夠在同一個"觀念箱子"裏,在同樣的實踐氛圍裏被理解、被接受,自然地產生典範内的價值取代,以灌注舊説之不足,補救學者之偏蔽。

　　例如,在"波瀾"與"冶擇"的架構裏,呂本中不斷强調拓展文本認知、作品學習的視野,要涵養浹洽,要讀《莊子》、讀東坡詩而令人敢言:

> 讀《莊子》令人意寬思大敢作,讀《左傳》令人入法度,不敢容易,此二書不可偏廢也。近世讀東坡、魯直詩亦類此。②
>
> 文章須要説盡事情,如《韓非》諸書大略可見,至一唱三歎有遺音者,則非有所養不能也。③
>
> 學問工夫全在浹洽涵養,蘊蓄久之,左右採擇,一旦冰釋理順,自然逢原矣。非如世人强襲取之,揠苗助長,苦心極力,卒無所得也。④
>
> 讀《古詩十九首》及曹子建諸詩,如"明月入我牖,流光正徘徊"之類,詩皆思深遠而有餘意,言有盡而意無窮也。學者當以此等詩常自涵養,自然下筆高妙。⑤

---

①　從後來王若虛推原江西之過,直指黄庭堅爲"剽竊之黠",反映了這些扭曲如何蠹蝕了典範内詩人的思考與實踐,又反映了這其中典範約定性的力量之大。
②　《童蒙詩訓》,《宋詩話輯佚》本,頁592。
③　同上書,頁602。
④　《紫微雜説》,《仇池筆記》(外十八種),頁832。
⑤　《童蒙詩訓》,《宋詩話輯佚》本,頁585。

重視多方浹洽涵養以充實支援知識,這種挾典範内在架構擴充詩人思意的作法,更能夠因勢利導地取代"意相沿以生"等句意因襲的認知,疏通、强化了典範的意義脈絡。

二、對治形式化、文本化

除了内容之"意"的穿鑿外,江西詩學也遭遇到形式化的問題,就是把句法誤解爲句式歸納等經驗法則。"句法"之所以流於句式的片段歸納的原因,一方面源自晚唐詩格詩式的遺風,一方面是因爲這種文本性的規範與宋人形式覺知以來的體製辨析之學易於混同糾結,因而也乘著辨體之風而坐大。

吕本中以活法説重振句法默會之學的精神,凸顯作者中心的立場,讓典範之學明顯地與體式風格之學區隔開來,讓體製辨析的方法暫時地邊緣化,同時也延緩了句法形式化、文本化的趨勢。

(一)"活法"明確區隔出客觀體製之學

六朝以來,作品風格體製的規範,是寫作重要的依據:

> 魏晉間人詩,大抵專工一體,如侍宴從軍之類,故後來相與祖習者,亦但因其所長取之耳。謝靈運《擬鄴中七子》與江淹《雜擬》是也。梁鍾嶸作《詩品》,皆云某人詩出於某人,亦以此。[1]

> 常怪兩漢間所做騷文,未嘗有新語,直是句句規模屈、宋,但換字不同耳。至晉宋以後,詩人之辭,其敝亦然。若是雖工,亦何足道! 蓋當時祖習共以爲然,故未有譏之者耳。[2]

---

[1] 葉夢得《石林詩話》卷下,《歷代詩話》本,頁 433。
[2] 同上書,頁 434。

葉夢得這段話,正指出了六朝體製之學又是一個"觀念箱子"。而在宋代,也有許多重視文各有"體"的説法,認爲形式能夠律定其自身相應的表現内涵,特定的文類文體便約制了特定的風格。雖然這些表現内涵與風格形製的對應,是源自於文學的歷史成規、經驗法則,然而在一個以文本爲中心的寫作傳統中,這些準繩、這些疆界被視爲任何寫作先天而普遍的認知,決定了作品如何被接受、被評價。

對於詩歌專門之學的認知,使得宋人相當尊重藝術自身的形式規範,也因此掀起一陣"尊體"的風尚,王安石論文章"先體製後工拙"與陳師道"當行"、"本色"説特別具有代表性:

> 黄魯直云:"杜之詩法出審言,句法出庾信,但過之爾。杜之詩法,韓之文法也。詩文各有體,韓以文爲詩,杜以詩爲文,故不工爾。"

> 退之以文爲詩,子瞻以詩爲詞,如教坊雷大使之舞,雖極天下之工,要非本色。

> 蘇子瞻云:"子美之詩,退之之文,魯公之書,皆集大成者也。學詩當以子美爲師,有規矩,故可學。退之於詩本無解處,以才高而好爾。淵明不爲詩,寫其胸中之妙爾。學杜不成,不失爲工;無韓之才與陶之妙而學其詩,終爲樂天爾。"

> 黄詩韓文,有意故有工,老杜則無工矣。然學者先黄後韓,不由黄、韓而由老杜,則失之拙易矣。

> 韓退之作記,記其事耳,今之記乃論也。少游謂《醉翁亭記》亦用賦體。

> 國初士大夫例能四六,然用散語與故事爾。楊文公刀筆

豪贍,體亦多變,而不脱唐末與五代之氣,又喜用古語,以切對
爲工,乃進士賦體爾。歐陽少師始以文體爲對屬,又善敘事,
不用故事陳言而文益高,次退之云。

　　范文正公爲《岳陽樓記》,用對語説時景,世以爲奇。尹師
魯讀之曰'傳奇體爾'。①

　　古人濡筆弄翰者……必先識題,則可議當否。知此乃
可(究)工拙,不然,破的者鮮矣。常侍魯公燕居,顧爲某曰:
"汝學詩,能知歌、行、吟、謠之别乎? 近人昧此作歌而爲行、製
謠而爲曲者多矣。且雖有名章秀句,若不得體,如人眉目娟好
而顛倒位置,可乎?"②

《後山詩話》所記,雖多引自他人説法,不過也可見出陳師道本人對
"體"式有格外的關注。凡此等等,客觀體製之學,出自於對各類文
體寫作體式的堅持,以及文體、文類等體製範式名實相符之講求,
因而也包含了"正體"的觀念,才會有上述陳師道説東坡"雖極天下
之工,要非本色"的判斷。也就是在這種客觀相應之"體"的觀念
下,他對時人甚爲推重的陶詩才會説:"切於事情,但不文耳"③。
或許就因爲執著於"本色"、"當行"這樣的客觀規範,陳師道才會把
黄庭堅的"句法"觀念給指實了:"杜之詩法出審言,句法出
庾信。"④

　　這種體式之學的觀念,上至於説《詩》"風"、"雅"、"頌",是"各

①　以上諸引文見《後山詩話》,《歷代詩話》本,頁 303、304、305、309、310。
②　蔡絛《西清詩話》卷上,《稀見本宋人詩話四種》本,頁 182。
③　《後山詩話》,《歷代詩話》,頁 313。
④　《後山詩話》引山谷語,《歷代詩話》,頁 303。

從其體,而類聚之"①,下至於"就其己分言之,少陵不合以文章似
吟詩樣吟,退之不合以詩句似作文樣作"②。在這觀念下的詩歌寫
作,首先就必須以風格範式的辨析爲門檻。

　　"本色"、"當行"的觀念一方面是反映了上卷所説的宋人對於
藝術形式的深刻反思,認爲寫作的形式不僅僅是一種負載意義的
工具,形式本身就具有自我揭示的某些内涵。因此,詩歌"所表現"
必須與這形式内涵相一致,否則便有違整體風格的一致性。這也
是宋人形式覺知合理的趨向。③

　　另一方面,這種持客觀論立場者視文章體製如創作本體,把創
作標的放在作品本身,視文本爲一獨立自存的客體,有其自身必然
的趨勢、自然的規律,可以無涉於創作者個人因素,在其自身結構
中,便決定了其勢與能,依其經驗法則自發地產生相應的美感,如
《文心雕龍‧定勢》篇所講:"圓者規體,其勢也自轉;方者矩形,其
勢也自安"。也因爲這些因形定勢所對應的美感效果,規範了詩人
的接受心理,而成爲作品先在的繩尺,決定了寫作與評價的判準。
此後作者便必須"因情立體,即體成勢",才能"循體而成勢,隨變而
立功"。這更强化了各個文類特有的風格範式,原來只是相沿成習
的風格範式,更具有普遍性及强制力,設下了各種文本絕對的典
型,儼然成爲寫作的先天規範,也形成長期摹習仿擬的寫作傳統。

　　從六朝體製之學到宋人的"辨體"、"尊體",在這强大文本傳統
的對照下,更能夠看出從古文運動到江西詩學這個新典範,它的歷

史内涵與價值創新。

"因情立體"的客觀體製論，基本上作者與"文"的關係（或稱"意"與"文"的關係），是可分的，作者之"情性"與文章之"體性"，像兩個集合間不同元素的配屬關係，由於這種配屬關係是約定俗成的，是經驗慣性的，文本是可以因勢利導，獨立操控的，因此劉勰才能架構起他一整套的"以術御思"、"控引情源"的文體論。

然而山谷詩學所代表的主體表現論則不然，這典範關注的是"作品—作者"間的關係，以及作者作爲作品之"動力因"的積極意義。文章所表現的形式或内容都在主體完整的情思意態中被決定了，形式的成形同時也是主體情思意態的成形。這當中，寫作形式與所表現内涵是互爲決定，不可拆解的。藝術符號就是與所象徵内涵分不開的"有意味的形式"，不是有了一個寫作的"情性"，才找一個可以相對應的文體來配對。這種符號表現下的言意關係，就像劉克莊説的"言意深淺，存人胸懷，不繫體格"①。如姜夔："始於意格，成於句、字。句意欲深、欲遠，句調欲清、欲古、欲和，是爲作者。"②形式與所表現的"意"始終是一致的。

以蘇黃主體表現的立場來看，所謂的"自成一家"，這"家"的觀念和後來嚴羽體製辨析之學的辨"家數"大有差異。宋人所謂大家、名家，必須像黃庭堅所説，讀書治經能得其"宗趣"所在，治其"關捩"，作詩文能自得己性，能自樹立，在揮灑自如的形式表現中，凸顯主體生命情態的獨特與卓越，如羅大經、陸九淵等説黃庭堅所成就的"植立不凡"的風範才是。

吕本中舉"老杜句法"、"東坡句法"、"魯直句法"爲例，説明"前

①　范晞文《對床夜語》卷二引劉克莊語，《歷代詩話續編》本，頁 420。
②　姜夔《白石道人詩説》，《歷代詩話》本，頁 682。

人文章各有一種句法”，要“學者若能遍考前作，自然度越流輩”；
“淵明、退之詩，句法分明，卓然異衆，惟魯直爲能深識之。學者若
能識此等語，自然過人”①；這裏所謂各人分明而“卓然異衆”的句
法，並不是純就文本技法句式安排而言，而是因個別的主體性格與
語言創造的關係所呈現出的個別作品的特殊性。他要學者“遍考
前作”或“識”鑒文章的方法，不是某類體製本末次第的仿效摹習，
而是博覽種種的作品獲致其中抽象表現力的心領神會。

　　從“句法”到“活法”，都是“心法”，都是一種主體融貫的辨識力
之學，這種辨識力的下手處，在形式造語與主體意識之間微妙的辯
證關係，在如何把這種（符號象徵的）辯證知識完整地內斂於寫作
心識中，這種心法，如對作品而言，則作品的良窳，便訴諸於是否能
充分表現主體自身的能力，“不主故常”的表現力。江西詩論中，經
常不斷地探索前人作品“用意深遠，有曲折處”，究其本懷，它絕不
是文本中心的，因此，後來許多講“活句”、“活法”却致力於文章“紙
上活法”的探討，均是不了義②。

　　固然吕本中論詩也常有類似風格效習的主張，如要人學《三
百篇》、《楚辭》及漢、魏間人詩”，而去“齊梁間綺靡氣味”③，但那只
是主體表現中把握形式質性的必要過程，是必須以“冶擇”工夫與
“波瀾”壯闊的融會爲前提的，在他詩論中真正具有關鍵地位的，是
“活法”所展現的主體表現力。

----

①　《童蒙詩訓》，《宋詩話輯佚》頁588。
②　如俞成就是一例：“文章一技，要自有活法。……死法專祖蹈襲，則不能生於
吾言之外；活法奪胎換骨，則不能斃於吾言之內。斃吾言者，故爲死法，生吾言者，故爲
活法。……有胸中之活法，蒙於伊川之説得之；有紙上之活法，蒙於處厚、居仁、萬里之
説得之。”（《螢雪叢説》卷一《文章活法》，《黄庭堅和江西詩派卷》頁449）專在文章言外
言内談“活法”，實未得其要領。
③　《童蒙詩訓》，《宋詩話輯佚》本，頁593。

　　所以像潘邠老這類指實的説法"七言詩第五字要響,如……'翻'字'失'字是響字也;五言詩第三字要響,如……'浮'字'落'字是響字也。所謂響者,致力處也",他則不以爲然地説"字字當活,活則字字自響"①。句法不是文本中心可指實的法則,而是出於主體領會,"活法"的彈丸之喻,更具體地凸顯山谷"平淡而山高水深"、"不煩繩削而自合"的境界之説,更凸顯因整體超越而更能控御形式表現的特質。

　　"江西詩派"的"定名",把一時詩學的議題聚焦於此,藉此區隔了江西詩學與體製之學的不同,②以主體意識鞏固典範文化主流的正當性,完備了這個有別於傳統的新的典範網絡。當然,一個新的典範網絡,未必得把舊典範的觀念排除盡浄,但新舊典範之間思維的主軸與問題的方向,都已轉變了。

　　(二)對治扭曲而片面的句式法則

　　但"活法"説的提出,除了適時地把盤據已久的體式之學邊緣化,凸顯主體性,延緩文本化的趨勢之外,接著便是能夠面對另一項更直接的問題:句法實踐已開始背離了黄庭堅主體表現的精神而出現異化的危機。

　　黄庭堅的句法之學,雖然關注各個作品獨特的語言韻律、形勢力度等等形式質素,意圖透過藝術特徵的揣摩,理解主體精神韻度

---

　　①　《童蒙詩訓》,《宋詩話輯佚》本,頁587。
　　②　吕本中雖也説過爲文要先見"文字體式"的話:"學文需熟看韓柳歐蘇,先見文字體式,然後更考古人用意下句處。學詩須熟看老杜蘇黄,亦先見體式,然後遍考他詩,自然工夫度越人。"(《童蒙詩訓》,《宋詩話輯佚》本,頁603)然而這種先見文字體式,與辨體等因爲"文各有體"的學習意識而區別詩風格體式的作法並不相侔,原則上還是爲了要"考古人用意下句處",其目的應是要"包括衆作,本以新意"(《童蒙詩訓》,《宋詩話輯佚》本,頁604),這"工夫"還是不出主體表現的"悟入"工夫,因此本書並不把它看作是與本色當行同一類的客觀體製論。

如何象徵地表現,然而並沒有尋求歸納種種定式的意圖,也未曾指向某些特定的美感定式的規範。①

　　也就是説,黃庭堅的"句法",是一個"進路",而不是某些具體範式或技術;創作的"關捩"所在,是扣緊主體意向的個別作品獨特的表現力。所謂的"法度謹嚴",是指格律韻度的考量與講求,而非前人程式的摹習,並沒有特定的法式規範或客觀歸納的意思。因爲是領略前人如何表現,所以是"覆却萬方無準",只爲"安排一字有神"。因此,效習前人之"法",在於法"意",不在法式,才會產生體製之學所没有的主體"工夫"與"境界"的課題。

　　然而這種"曲折三致"費心安排的"法",又不可脱離形式表現。主體微妙精深的内涵,必須且只能透過具象的格律、音韻、力度、謀篇、佈局等"姿態語言"來表現;主體人格、精神意度之修養要經由這"法"(形式表現)的工夫來象徵。正如黃庭堅"句法俊逸清新"的韻度,一定要跟"詞源廣大精神"②的修養合勘,是一體不分的,絶不是先後兩個階段的問題。真正"字中有筆"或"句中有眼"的形式講求,與"意在無弦"的精神内涵是一體的(因此,不是像一般學者所理解的,以杜陶爲不同的階段),朱弁説他用西崑工夫造就老杜渾成之境,正揭示了這種符號表現關係。"法"須時時有個貫穿全體的"意"在其後主導,失去這種眼界格局,而戮力於形式擘劃,將失之毫釐,謬以千里。如何"自胸中流出",同時必須"得句律妙

---

① 黃庭堅"句法"的要義,詳見本書卷叁第四章第二節。
② 黃庭堅給高荷的幾首詩中,用了許多像這樣句法和人格修養並舉的辯證,正意味著兩者是一體的工夫。參見本書"附錄一"《蘇黃詩學本體論之比較》。山谷這幾首並舉辯證,幾乎都是用互文見義的方式來表達句法工夫"即"修養的一體,而不是一般所説的兩種層次。

處”①以表現，這主體性與符號表現之間辯證綜合的融貫能力，才是江西詩學真正的挑戰。

　　但後來句法的實踐，從山谷這種抽象表現能力的領略，被指實了，演變成某些定式的歸納與摹習。在山谷，句法指的是透過語言結構形式表現主體，他所强調的命“意”，是離不開主體性格的整體意向的，以及由此而來的充分的表現力。然而詩人在追尋詩“意”的過程中，各自有其領會，到後來，韻律、定勢、力道、字眼等形式特質，被具體化爲某些法則規範，語言結構脱離了個別創作意向，遂因此衍生出“某（句法）出於某”這樣的説法，成爲詩句詩意的摹習法則。

　　例如“奪胎換骨”、“點鐵成金”等觀念，黄庭堅本人從未指實爲何種定式或典則，後來的人却爲之聚訟紛紛：②

　　　　不易其意而造其語，謂之換骨法；窺入其意而形容之，謂

---

①　吴坰《五總志》語，《仇池筆記》（外十八種），頁811。

②　其中，特別是“奪胎換骨”的觀念，已開始被學者們質疑。周裕鍇《惠洪與奪胎換骨法》一文，就透過文獻比對，一反過去的習見，論證了所謂“奪胎換骨”並非黄庭堅的主張，而是惠洪本人的説法。在這篇論文中，他也具體説明了：“黄庭堅的詩文中雖經常以‘句法’論詩，但從來没有總結過一條具體的名目，即使是其‘點鐵成金’之喻，也未標榜爲‘點鐵成金法’。其他江西詩派的詩論著作中，也没有轉引過任何一條由黄氏命名的詩法。相反，設置各種名目的句法，這是自晚唐五代到北宋詩格詩法類著作的傳統，特別是唐宋詩僧論詩的一大癖好。”而“‘換骨法’和‘奪胎法’，不過是惠洪總結的若干種詩法中的兩種”。特別是，“這種‘謂之某某法’的論詩句型，在山谷全集中未見一例。”（《文學遺産》2003年6期，頁88、87）。藉傅偉勳先生提出的中國學術的現代化詮釋的詮釋位階來看，這個結論，可以算是“實謂”層次的探討，而筆者在此由理論相關脈絡内涵所推論的，則屬於“意味”層次的思考。兩種層次並無高下之分，却可相互印證。以本書典範之“心法”的觀照，無論“奪胎換骨”是否黄庭堅親口所傳，惠洪對詩歌詩“法”的理解確實和黄庭堅句法之學有很根本的牴牾。

之奪胎法。①

　　潘邠老云：陳三所謂"學詩如學仙，時至骨自換"，此語爲
得。如"不知眼界開多少，白雲去盡青天回"，凡此之類，皆換
骨法也。顧況詩曰：……舒王《與故人詩》曰：……樂天
曰：……東坡南中詩曰……凡此皆奪胎法也。舒王詩：……
東坡海棠詩：……又曰……山谷曰："此皆謂之句中眼。"②

　　奪胎者，因人之意，觸類而長之。換骨者，意同而語
異也。③

　　又如：曾季貍認爲山谷《詠明皇時事》一詩"全用樂天詩意"，
"此所謂奪胎換骨者是也"；"荆公《畫虎行》用老杜《畫鶻行》，奪胎
換骨"④。陳巖肖舉秦觀及參寥詩句，認爲其源乃出於晉宋間道猷
詩句，"而更加鍛鍊，亦可謂善奪胎者"⑤。或如馬永卿認爲王禹玉
詩句有白樂天詩意，謂"古人作詩，必有所擬，謂之神仙換骨法"⑥，
諸如此等。

　　於是又進一步把這類例子定式化成了"格"，成了"點化"的作
法：如徐師川言："作詩回頭一句最爲難道，如山谷詩所謂'忽思鍾
陵江十里'之類是也。……山谷平日詩多用此格。"⑦許顗指張先
詞和蘇軾詩句，皆"遠紹"《詩經》"燕燕于飛"詩意⑧；葛立方説山谷

①　《冷齋夜話》，《仇池筆記》（外十八種），頁243。
②　《王直方詩話》，《宋詩話輯佚》本，頁102。
③　佚名《詩憲》，《宋詩話輯佚》本，頁534。
④　《艇齋詩話》引徐俯言，《歷代詩話續編》本，頁283、314—315。
⑤　《庚溪詩話》卷下，《歷代詩話續編》本，頁176。
⑥　《嬾真子》卷二〈作詩換骨法〉，《仇池筆記》（外十八種），頁412。
⑦　吕本中《童蒙詩訓》引徐師川言，《宋詩話輯佚》本，頁597。
⑧　《彥周詩話》，《歷代詩話》本，頁378。

"可惜不當湖水面,銀山堆裏看青山",是"點化"自劉禹錫詩句①……北宋阮閱的《詩話總龜》,後集裏比起前集,增加了"句法"一門②,條目雖不多,却也反映了這類就文本論詩之"法"的普遍現象。

　　像這樣的"法",便不再是藝術表現方法的綜合領會,而成了以片段語法或修辭爲對象的規則解析,遠離了句法"象徵"與"直覺"的精神。

　　這個時期,便是這樣一種對錯混雜的局面。舉例來講,同樣是作品比較,范晞文(1279年前後在世)《對床夜語》裏這段話,較之以上範例,更能呈現作品美感形式的抽象領會:

　　　　"風定花猶落,鳥鳴山更幽",前輩謂上句置靜意於動中,下句置動意於靜中,是猶作意爲之也。劉長卿"片雲生斷壁,萬壑遍疏鐘",其體與前同,然初無所覺,咀嚼既久,乃得其意。

他所謂的"其體與前同",就不像上述那些例子裏比附語法、意象或内容意旨、修辭等表面結構的手法,而能夠揣摩意義形式與美感態勢相生的關係。畢竟形式内在而深層的意味,是没辦法歸納起任何可以具體指稱的特定準則的。藝術形式不是因果秩序的聚合,不是外在實物的呈現,而完全是作者的想像的創造,是一個"僅有直觀屬性與關聯的統一整體"③,思想、情感都是它的構成因素,在

---

　　①　《韻語陽秋》卷二,《歷代詩話》本,頁495。
　　②　《詩話總龜》後集疑似書賈雜鈔而成(《宋詩話全編》本,頁1435),但不影響本書此處的判斷。
　　③　《情感與形式》,頁58。

符號創造活動中統合成了一個完整單一的格式塔。“活法”所説的
流轉圓美如彈丸，正是在完整單一的符號象徵下，强調其不可分
解、直下圓成的整體性。

　　相較之下，前述例子還停留在語言語法層次的解析，眛於個別
詩歌曖昧難言的表現差異，使得它們可以逕自作一體平鋪的規則
歸納與類比。這便是將作品片段詩句與前人曾有的詩句或表面意
思(所謂意義的“表層結構”)相聯繫，謂之“此格出自……”或“此體
出自……”。後人盛稱江西“奪胎換骨”、“點鐵成金”的印象泰半是
出自此類論述。

　　這其中特別是與黃庭堅直接交遊的惠洪和范溫，影響最大。

　　惠洪論詩，特別喜歡指稱“某某句”、“某某法”①。惠洪透過
“言用不言名”等等手法所包裝的，只是語言意思或所指概念的
“意”，是與個別的“指符”對應的“所指”。這種語言用法裏的“意”、
修辭上的“意”，是可以離開主體來討論的，就像范溫所謂的，“此專
論句法，不問義理”，句法從原來個別作品美感形式、表現能力的揣
摩意會，異化爲某些結構、定勢的定性描述，這已經不再是什麼只
能心領神會的“心法”了。

　　或如范溫，他對山谷作詩之“命意曲折”，是這樣理解的：

　　　　山谷言文章必謹布置；每見後學，多告以《原道》命意曲
　　折。後予以此概考古人法度……布置最得正體，如官府甲第

---

① 　參見本卷頁 363 註②。另周裕鍇這篇論文中也列舉了惠洪在《天府禁臠》和
《冷齋夜話》書中曾指稱的詩法詩例，可見其論詩習癖之一般。也許就是因爲這樣的創
作觀念，惠洪自己所作的詩歌，也曾被時人批評是“步步踏古人陳跡”(吳坰《五總志》，
《仇池筆記》[外十八種]，頁 811)。

廳堂房室,各有定處,不可亂也。……其他皆謂之變體可也。
蓋變體如行雲流水,……然要之以正體爲本,自然法度行乎
其間。①

所以黃庭堅所謂的"行布佺期近",才會被范溫解釋爲:

老杜律詩布置法度,全學沈佺期,更推廣集大成耳。②

又像是這樣:

唐諸詩人,高者學陶謝,下者學徐庾。惟老杜李太白韓退
之早年皆學建安,晚乃各自變成一家耳。如老杜……,皆全體
作建安語。……韓退之……並亦皆此體,但頗自加新奇。李
太白亦多建安句法,而罕全篇,多雜以鮑明遠體。東坡稱蔡琰
詩筆勢似建安諸子。前輩皆留意於此,近來學者遂不講爾。③

這裏所講的,無論是"句法"或"體"、"筆勢",指的皆純是客觀文字
風格體式。所以他才會單就作品去討論詩歌句中的命意用事,去
判斷篇中風格的"工拙相半",去考究"古人法度"。以致於如整部
《潛溪詩眼》,雖然標榜"句法"爲"一家工夫",高談"命意"、"悟入",
但大半都是在作品中心的立場下,探討諸如"句中無虛字"、"句法
不當重疊"等句式結構上的技術規則,或進行作品間鍊字鍊意之

---

① 《潛溪詩眼》,《宋詩話輯佚》本,頁 323—324。
② 同上書,頁 318。
③ 同上書,頁 315。

比較。

　　脫離了主體性，被對象化、法則化，取作品的片段而客觀抽繹爲某種定式，成爲可以脫離個別主體而作普遍觀察和比較的，被指實爲一些能夠摹習和沿用的法則，這種學習，是一種客觀法則的歸納與演示，是一種以文本爲對象而能普遍運用的明示推論之學，是由部分逐步推論至全體，所以范溫的"悟"是：

　　　　夫法門百千，差別要須自一轉語悟入。如古人文章，直須
　　先悟得一處，乃可通其他妙處。①

　　這顯然與黃庭堅"句法"到呂本中"活法"所求的全體之悟，是不同的。他們與視作品爲單一完整的符號，尋求個別作品作者的表現力，主體默會整合獲致整體的理解，是全然不同的寫作實踐。在這些例子中，只看到對片段語意或詩句如何操作的説法，了不見詩人渾然整體而主導這些文字安排的"意"之所在。句法精神，果如黃庭堅所預見，"秋月自沈江"了。徐俯不樂意人説他學自山谷，或是韓駒"我自學古人"的態度，都是出自創作者主體的自覺，因而反抗這類局部而對象化的比附。

　　況且，這種句中定式的應用，與客觀論者體製的講求與摹習，也是不同的。從王安石、陳師道，直到嚴羽的"辨體"、"本色"、"當行"之説，這類客觀體製之學雖有別於主體表現，但基於文本藝術規律的統一，客觀論者亦自有其風格範式完整性的要求，因此也反對逐字或摘句式的仿習。

―――――――――

　　①　《潛溪詩眼》，《宋詩話輯佚》本，頁 328。

例如葉夢得膾炙人口的"意與境會"、"渾然天成"之說：

> 詩人以一字爲工，世固知之，惟老杜變化開闔，出奇無窮，殆不可以形跡捕。如"江山有巴蜀，棟宇自齊梁"，遠近數千里，上下數百年，只在"有"與"自"兩字間，而吞納山川之氣，俯仰古今之懷，皆見於言外。《滕王亭子》"粉牆猶竹色，虛閣自松聲"，若不用"猶"與"自"兩字，則餘八言凡亭子皆可用，不必滕王也。此皆工妙至到，人力不可及，而此老獨雍容閑肆，出於自然，略不見其用力處。今人多取其已用字模放用之，偃蹇狹陋，盡成死法。不知意與境會，言中其節，凡字皆可用也。①
> "池塘生春草，園柳變鳴禽"，世多不解此語爲工，蓋欲以奇求之耳。此語之工，正在無所用意，猝然與景相遇，借以成章，不假繩削，故非常情所能到。詩家妙處，當須以此爲根本。②

相較之下，惠洪等人所謂的句法，既缺乏主體表現意識，又無見於作品藝術規律與風格範式的完整統一，在作品字字句句的片段講求中，流於支離，成了葉夢得所說的"以形跡捕"，"偃蹇狹陋，盡成死法"。

況且，就算是文本中心的歸納與摹習，一直到六朝，文本作爲情感的載體，作品體製風格的要求都是和（言志緣情等）抒情表現相配合的，也就是說，每一類體製風格與某些特定的情感情志是相

---

① 葉夢得《石林詩話》卷中，《歷代詩話》頁 420。
② 同上書，頁 426。

對應的①。然而，晚唐以後，寫作法則却總是脫離了寫作者的情感經驗，成爲文本自行其事的類比歸納，脫離了詩歌"表現"的價值理性，成爲純技術性的操作。

這種異化，其實也反映著：從"詩格"、"詩式"以來，詩歌寫作中"工具理性"的要求；要求如何更"有效地"學習及寫作，如何建立技巧純熟的途徑。惠洪、范溫這種鍊句鍊意和詩格詩式一樣，都是節選詩歌片段，與前人既有的節奏、韻律、語法、語氣擬並，以尋求效率更高的經驗法則。由於缺乏"表現"的價值目標，缺乏整體之"意"的統貫，"喜歡在小結裏上作文章"②，片面地好奇務新，反而是學古而至於"腐"，"鍛鍊精而情性遠"。

同樣是透過熟讀前人作品來學習創作，呂本中與上述體製之學或好道"句式"、"某某法"、"某某格"的論述最大的不同在於：後者直接向作品摹習，直接從作品中摘取佳句、格式，或其整體風格要素，以之作爲自己作品的形式體製的規範；而呂本中在此的"常自涵養"，則凸顯了主體在創作中的地位，超越具象摹習的層次，詩歌的整體價值內化到人格性情之中，把技巧提升到有如工夫的層次。

尤其是它又與傳統"有德者必有言"的修養論極爲不同，"有德

---

① "本色"、"當行"、"辨體"等以特定家數或理想文類的體式爲標準的摹習，本書謂之客觀體製的摹習，筆者認爲這類的摹習與成效，和顏崑陽《論"典範模習"在文學史建構上的"漣漪效用"與"鍊接效用"》一文所説的"揚雄擬式司馬相如賦"、明前後七子"文必秦漢、詩必盛唐"的摹習模式相近，都是以作品整體風格體式爲摹習對象，並有意尋求這類體式在作品的歷史社羣中的客觀定位（與本書所謂"主體表現力"成對比），所以謂之客觀體製的摹習。它們的摹習模式，以及它們在文學史上的作用，可參考顏文（收入《建構與反思——中國文學史的探索學術研討會論文集》）。相對於這類作品整體的摹習模式，宋人"句法"異化之後的種種摹習前人之法，就顯得大異其趣。

② 劉學鍇、余恕誠《李商隱資料彙編》"前言"，頁 3。

者必有言”，雖然看似也把重心放在作者修養上，却没有强調工夫論所必須的主體意識和内化的意涵，而是把作者看成是道德事件的載體，作者是依附在道德意義下才有地位，而作品的價值也是如此斷定，是以（道德意義的）“道”爲中心的。而所用以表達的形式也只是“道”（道德本體）的附庸而已。但“句法”之所以是一種内化“工夫”，而不僅是一般修養，道理就在於表徵形式與主體之間的辯證，這種關係就是内化工夫最重要的内涵。

從黄庭堅到吕本中，“句法”或“活法”的精神是一致的，主體意識都得透過形式的創造來表現，因此必然要透過“思深遠而有餘意，言有盡而意無窮”這等形式表現與表現效果來涵養自我，而不是從形式或内容直接擷取經驗法則。

和“句法”觀念被片面抽離以致扭曲一樣，典範在賦名標題化之後，仍然免不了異化的命運。後人繼續從吕本中廣義的“典範”網絡中，抽離出某些風格規定或讀書治經的原則，僵化了江西詩派的實踐，把江西句法揣摩形式表現，力求足以融會、足以拓展人文涵養的最佳的表現力的精神，囿限於特定的形式關係中。當這種關係被簡單化，被化約爲某些原則或風格的時候，典範内外的危機就出現了。

於是，如此等不了義的説法遂成爲尋常：“文章要須於題外立意，不可以尋常格律自窘束”，或如所謂“旁入他意”①，“一句在天，一句在地”②，“偏枯對”③，“言其用不言其名”④等等僵化的手法，

---

①　陳長方（1108—1148）《步里客談》卷下，《宋詩話全編》本，頁4290。
②　吴沆《環溪詩話》卷上，《杜甫卷》，頁876。
③　孫奕《履齋示兒編》卷九，《杜甫卷》，頁754。
④　惠洪《冷齋夜話》卷四，《仇池筆記》（外十八種），頁255。

或以詩中哪一兩字爲“句中眼”，諸如此類以文本爲目標所歸納出
的成法，不再像前江西詩派時期，詩人强調的是胸中爐鍊的能力，
是以貫穿整體的“意”爲出發點，來講求形式設計的；現在這些斷章
取義的説法，則把眼光放在文本具象的對應上，放在“辭”、“句”、
“意”（內容表達之“意”）、“用事琢句”等個別而細部的分析上，因而
對作品的討論，便失之於片面斷裂。

　　他們和范温、惠洪所犯的錯誤一樣，無法領會創作是主體與作
品完整的表徵關係，作品成敗端在透徹的表現力而不可於文本中
指實；當詩人把注意力轉移到一些從網絡中被抽離出來的具體“程
式”時，都犯了“意義剥奪”的錯誤。① 黃庭堅本作爲比喻的“常山
之蛇”，現在被詩人當作具體的原則，拿來“死蛇活弄”了。

　　這些後江西時期的偏離，便是南宋之後江西典範異化，以及招
致典範危機和批判的原因。

　　到後來的江西詩派，已經讓一些具原創性的詩人感到不耐，
“古雅難將子美親，精純全失義山真，作詩寧向涪翁拜，不作江西社
裏人”②。杜詩之“古雅”、義山詩之“精純”，本是江西“以西崑工
夫，造老杜渾然之境”這法門的理想，代表了融貫人文素養而以明
晰的表現力化爲藝術符號的能力，此爲“古雅”，此爲“精純”，而今

---

　　① 　這些錯誤，甚至連呂本中本人也曾經犯過：“‘雕蟲蒙記憶，烹鯉問沈綿’，不説
作賦，而説‘雕蟲’；不説寄書，而説‘烹鯉’；不説疾病，而説‘沈綿’……亦文章之妙
也。”（《苕溪漁隱叢話》前集卷一二引《呂氏童蒙訓》，《叢書集成》本（二）頁79）。但詩人
本就不在發展一套系統明確的詩論，因此這類悖離的情形，在典範網絡的實際運作中，
是不可避免的。只有當這種異化或悖離已達到相當的影響，才會造成典範的危機、反
省、修正或革命。這種歷史的實際，也是本書採“典範”的立場而非“系統”觀照江西詩
學的緣故。
　　② 　《論詩三十首》之二十八，元好問《遺山先生文集》卷十一，《黃庭堅和江西詩派
卷》頁454。

詩人却與這理想疏離,失去江西詩派所追求的清晰通透的表現力,資書雖多却缺乏蘊藉雋永之古雅生氣,冶煉雖勤却迂拙而失其精真性情了。

第五節　結　　語

黃庭堅詩學奠定了典範的基礎,而呂本中"江西詩社宗派圖"則使之具體實存,並透過其詩學論述,"精鍊"及"廓清"了典範的義界,擴大典範的影響力。

"精鍊"是指呂本中透過"江西詩派"這樣的專業社羣的指稱,"波瀾"、"冶擇"、"活法"等相關的詩學論述,確立典範符號表現的理想,以及"心法"的方法共識。而"廓清"則是透過賦名後詩人的共同參與及專業趨同,使典範發揮了深化、集中與同化的作用,把江西詩學聚焦到"活法"、"悟入"等主體性的論述,因此將客觀體製之學邊緣化,釜底抽薪地延緩了摘字覓句式的句法異化的蔓延。

然而,與此同時,典範一經"標題化",便很容易産生詮釋上的固著與附會的作用,江西詩學也因此成爲了宋詩反省、批評、以及觀念附和的主要對象,隨之而來的理論抽離與扭曲,遂成爲典範內部隱藏的危機。

第二章　後"江西詩派"時期

——典範内部的活動與變異

　　經過呂本中的精鍊，"江西詩派"典範正式成形，典範形成後，便佔據了詩學主流價值的地位，一切附和、誤解或批評，都對著它展開。

　　典範成形後，詩學論述更有了針對性，從典範内部更加抽離出種種主張（如"無一字無來歷"）、種種觀念（如"點鐵成金"），種種理論（如"自成一家"），種種風格形相（如"生硬拗峭"），成爲這個典範的鮮明旗幟，成爲一切論述依歸或批判的對象。

　　典範内部，開始產生了變異、抽離，甚至反撥和抗衡，這就是"江西體"與"晚唐"所代表的問題。而典範本身，也據此展開了扭曲、轉化、修正的歷程，直到根本危機的出現。

第一節　"典範"内部的變異——從"宗黄"變成"學杜"以及從"杜—黃"詮釋方向中抽離出的"江西體"

　　呂本中確立了一個以山谷詩學爲學習核心，以符號表現與"心法"爲寫作基質的典範網絡，然而在寫作實際與觀念流變的激盪中,典範內部開始出現了一些變異。

　　當"江西詩派"成了一穩固的觀念標誌後,便產生了一些"標籤"的作用,要求更旗幟鮮明,能夠指認、能夠清楚與其他詩學內容相區隔的界線,要求明確穩固的規範。

　　典範內部開始抽離出某些具象的風格或特質,特別是爲凸顯有別於唐詩的時代標幟,以彰顯江西詩學的創造價值,於是形成了"江西體"對比於"唐詩"(特別是"晚唐")的風格對峙的態勢。

　　在明確的參照物"晚唐"的對照下,"江西詩派"種種具相的特徵浮現了出來,原來寫作上"自成一家"①的觀念,逐漸成了具有自我體式風貌(如"本朝詩")而能夠與其他體式(如唐詩)相抗衡的意思。

　　但也因此,在這種對峙的態勢中,"江西詩派"與"晚唐"被視爲兩種風格範式的區別,"江西詩派",逐漸被定型爲某種風格範式,即所謂"江西體"、"江西格"。

　　與此同時,作爲過去示範性成就的山谷詩,也逐漸被杜詩所取代,江西詩派從"宗黃"成了"學杜","杜甫—黃庭堅"這條路線成了江西詩派傳承的新指標,並開始據此追認江西道統的成員。這於是,原來"宗黃"而無所不學的心法,成了"杜甫—黃庭堅"這條路線的文本句律的學習;而"雄渾"的理想風格則取代了"渾成"的工夫論。"江西詩派"的位階,從原來爲時代共同參與的"典範",轉變爲一個分門別戶的詩歌體製傳承。

一、從"宗黃"到"宗杜"

　　江西詩派典範網絡第一個質變的指標是"示範性的過去成就"

---

　　①　原來在黃庭堅、呂本中觀念裏的"自成一家",並不是體式風貌的"家",而是境界工夫圓熟造極才能自成大"家"的意思。

由黄庭堅變成了杜甫：

> 近時學詩者率宗江西，然殊不知江西本亦學少陵者也。
> 故陳無己曰："豫章之學博矣，而得法於少陵，故其詩近
> 之。"……江西平日語學者爲詩旨趣，亦獨宗少陵一人而已。
> 余爲是説，蓋欲學詩者師少陵而友江西，則兩得之矣。①

> 元祐後詩人迭起，一種則波瀾富而句律疏，煅鍊精而情性
> 遠，要之不出蘇、黄二體而已。及簡齋出，始以老杜爲
> 師。……造次不忘憂愛，以簡潔掃繁縟，以雄渾代尖巧，第其
> 品格，當在諸家之上。②

> 詩至老杜極矣……東坡賦才也大，故解縱繩墨之外而用
> 之不窮；山谷措意也深，故游詠玩味之餘而索之愈遠。大抵同
> 出老杜，而自成一家。……要必識蘇黄之所不爲，然後可以涉
> 老杜之涯涘。③

杜詩本是黄庭堅建構完整詩學所選擇的理想範例，是適合用符號
表現的觀念來詮解的範例，元不是這套詩學網絡的具體"典範"、操
作模擬的基礎模型。在呂本中看來，"江西詩派"的"典範"，"示範
性的過去成就"，還是黄庭堅。

杜詩原是以其"閎深博達"④、"思深緒密"見重於宋人，繼而是
"集大成"——在江西"成體之詩"的型態下，展現了表現力的極致，

----

① 胡仔《苕溪漁隱叢話》前集卷四十九，《叢書集成》本（六），頁 331。
② 《後村詩話》前集卷二，《後村先生大全集》（二），《四部叢刊》本，頁 1548。
③ 晦齋《簡齋詩集引》引陳與義語，《簡齋詩外集》卷首，《黄庭堅與江西詩派卷》
頁 90—91。
④ 華鎮《上蔡僕射書》，《雲溪居士集》卷二十四，《杜甫卷》頁 242。

而普遍地被詩人引爲"句法"探討的理想對象。直到呂本中，還是這麼説的："前人文章，各自一種句法"①，"杜詩自是杜詩，黃詩自是黃詩，居仁詩自是居仁詩也"②。詩人各自有其"自得"處，也有其各自的"短處"，"如杜子美詩，頗有近質野處"③。許尹也説："宋興二百年，文章之盛，追還三代，而以詩名世者，豫章黃庭堅魯直，其後學黃而不至者，後山陳師道無己。二公之詩，皆本於老杜而不爲者也。"④都還沒有獨尊杜詩的想法。

　　然而，自從胡仔説"魯直詩本得法杜少陵"，南宋以來便繪聲繪影地造出"工部百世祖，涪翁一燈傳"⑤，種種説法，如以上引文。後來學者更在強分蘇、黃二體的需求下，以杜詩作爲整合主體表現與形式表現的最佳範式，更坐實了江西詩派非尊杜甫爲宗祖不可。

　　如上章所述，呂本中"江西詩派"的理想本是融貫"波瀾"與"冶擇"的專注轉悟，如黃庭堅所代表的主體表現與形式表現的統整綜合，然而後起詩人並非皆有此種慧根，主體表現與形式表現竟又分途而治，並把它們二分地分判給"黃門"及"蘇門"，此即劉克莊所謂"波瀾富而句律疏"及"鍛鍊精而情性遠"這兩路之分別，此後，只好在這之上，搬出老杜來，作爲統合兩者的典範。吳可甚至就説："學詩當以杜爲體，以蘇、黃爲用。"⑥這就像陳與義説的："東坡賦才也大"，"山谷措意也深"，而兩者終須統合於杜

---

① 《童蒙詩訓》，《宋詩話輯佚》本，頁586。
② 《東萊呂紫微師友雜志》，《杜甫卷》頁281。
③ 《童蒙詩訓》，《宋詩話輯佚》頁591。
④ 《黃陳詩註原序》，任淵《山谷內集詩注》，頁三。
⑤ 曾幾《茶山集》卷七，《杜甫卷》頁290。
⑥ 《藏海詩話》，《杜甫卷》頁385。

詩之下："大抵同出老杜，而自成一家"。於是老杜之"兼備眾體"，就這樣地被詮釋出來。

依據這樣的思維，江西詩派於是以杜詩之學識精微（主體表現）與筆力遒勁（形式表現）爲理想模範，後來，在詩人們的口碑相傳中，逐漸地，諸如此類的論調漸盛：

> 子美深於經術，其言多止於禮義。①

> 六經已後，便有司馬遷；三百五篇之後，便有杜子美。……故作文當學司馬遷，作詩當學杜子美。……所謂"不可一日無此君"也。②

> （老杜）善陳時事，句律精深超古，作者忠義之氣感然而發。③

> 過岳陽樓觀杜子美詩……氣象閎放，涵蓄深遠……太白、退之輩，率爲大篇，極其筆力，終不逮也。

> （老杜"穿花蛺蝶深深見，點水蜻蜓款款飛"）……其精微如此，然讀之渾然，全似未嘗用力，此所以不礙其氣格超勝。……七言難於氣象雄渾，句中有力而紆餘，不失言外之意。自老杜……等句之後，常恨無復繼者。④

> 杜子美詩格力自大，雄跨百代，爲古今詩人之冠。⑤

> 老杜於詩學，世以謂前無古人，後無來者。……語至老

---

① 李復《與侯謨秀才書》，《潏水集》卷五，《杜甫卷》頁 160。
② 强行父《文錄》，《杜甫卷》頁 202。
③ 《潘子真詩話》引山谷言，《苕溪漁隱叢話》前集卷十五引，《杜甫卷》頁 168。
④ 葉夢得《石林詩話》卷下，《杜甫卷》頁 230。
⑤ 孫覿《浮溪集序》，《鴻慶居士集》卷三十，《杜甫卷》頁 260。

杜,體格無所不備,斯周詩以來,老杜所以爲獨步也。①

杜詩或因"深於經術"等文化表現而見重,或因筆力雄渾、"格高思深"②受畏服,衆善歸之的結果,到後來被加冕爲"古今詩人之冠","獨杜子美上薄風騷,盡得古今體勢"③,"後之議者至謂,⋯⋯詩至於甫極矣"④。以至於老杜詩竟如詩中之六經,而他人詩則如諸子,⑤又秉持"無一字無來處"的信念,好爲杜詩作解,因此衍生出極多的解釋,猶如解經一般,遂爲杜詩建立一套詮釋系統。

　　而在註杜解杜的風氣中,因追尋杜詩字字來歷而助長了"文本化"的趨向⑥,在這套杜詩詮釋學的支持下,逐漸浮現出以杜詩作爲江西傳承統緒之"正典"⑦的地位。江西之學遂因此而由沒有規定正典的心法揣摩,進入到文本正典的研習。如此種種,江西詩派竟爾成了:"慶曆嘉祐以來,天下以杜甫爲詩,始黜唐人之學而江西宗派章焉。"⑧

　　如此遷變流轉下,"學杜"竟取代了"宗黄",杜詩取代山谷詩,成爲社羣的操作"典範",成爲"江西詩派"的必要條件。前段引文

─────────

①　郭思《瑶溪集》,《苕溪漁隱叢話》前集卷九引,《杜甫卷》頁 158。
②　蔡傳《歷代吟譜》引尹師魯言,《吟窗雜録》卷二十三,《杜甫卷》頁 214。
③　李彌遜《舍人林公時敷集句後序》,《筠溪集》卷二十二,《杜甫卷》頁 294。
④　胡銓《僧祖信詩序》,《胡澹庵先生文集》卷十三,《杜甫卷》頁 329。
⑤　陳善"老杜詩當是詩中六經,他人詩乃諸子之流也。"《捫蝨新話》下集卷一,《杜甫卷》頁 334。
⑥　這種詩人間專業趨同和文本化的傾向,可以以吳沆這些話爲代表:"環溪既見諸公信杜愈篤,因取所選,晝夜熟讀,愈久愈深,所見諸人說不到處。或問杜之妙,環溪云'⋯⋯如⋯⋯即一句在地;⋯⋯即一句在天'"。或所謂"險字"、"險語"等等,均在文本字意上用工夫。(《環溪詩話》卷上,《杜甫卷》頁 876)
⑦　關於"正典"的觀念,詳見下節。
⑧　葉適《徐斯遠文集序》,《水心集》卷十二,《宋詩話全編》本,頁 7396。

中胡仔引了陳師道"豫章之學得法於少陵"的話,後山原文在"得法
於少陵"之後,還强調了是"學少陵而不爲";然而流傳到後來,當方
回説:"自山谷始學老杜,而後山從之,'山谷學老杜而不爲',此後
山之言也,未知不爲如何?"①竟連江西"學老杜而不爲"的本衷都
不能理解了。

二、"杜甫—黃庭堅"的詮釋路線與"江西體"

> 老杜詩家宗祖,涪翁句法曹溪。尚論淵源師友,他時派列
> 江西。②

曾幾這個説法,代表著詩人已指實了山谷與老杜一脈相承的淵源。
從此,在"宗杜"的前提下,在杜詩"兼備衆體"的前提下,黃庭堅被
置之於杜詩座下之一"體",並指陳兩者之傳承關係:

> 老杜之詩,備於衆體,是爲詩史。近世所論,東坡長於古
> 韻,豪逸大度;魯直長於律詩,老健超邁;荆公長於絕句,閑暇
> 清矓,其各一家也。③
> 《禁臠》:"魯直換字對句法……其法於當下平字處以仄字
> 易之,欲其氣挺然不羣,前此未有人作此體,獨魯質變之。"苕
> 溪漁隱曰:此體本出於老杜……今俗謂之拗句者是也。④

---

① 方回評杜甫《春日江村》詩,《紀批瀛奎律髓》卷十,頁 266。
② 《李商叟秀才求齋名於王元渤以養源名之求詩》,《茶山集》卷七,《杜甫卷》
頁 290。
③ 釋普聞《詩論》,《黃庭堅和江西詩派卷》頁 56。
④ 胡仔《苕溪漁隱叢話》前集卷四十七,《叢書集成》本(五),頁 317—318。

張文潛曰："以聲律作詩，其末流也，而唐至今詩人謹守之。獨魯直一掃古今，(直)出胸臆，破棄聲律……渾然有律呂外意。近來作詩者頗有此體，然自吾魯直始也。"苕溪漁隱曰：……老杜自有此體，如《絕句漫興》……皆不拘聲律，渾然成章，新奇可愛，故魯直效之作《病起荊州江亭即事》……之類是也。……魯直詩本得法於杜少陵……①

少陵在大曆，涪翁在元祐，相去幾百年載，合若出一手。②

詩家初祖杜少陵，涪翁再續江西燈。陳潘徐洪不可作，閫奧晚許東萊登。③

少陵衣缽在涪翁，傳述東萊得正宗。④

山谷却得工部之雄而渾處……⑤

近世惟山谷最知子美……山谷之不注杜詩，試取《大雅堂記》讀之，則知此公注杜詩已竟。⑥

老杜鈞樂天籟，不可與諸子並，惟山谷絕近之。⑦

山谷跂子美而加嚴。……⑧

這種種説法，先高尊杜詩備於眾體統覽一切的地位，繼而置東坡、山谷等各居一家，在這套詮釋建構下，杜詩終於取山谷而代之，成

---

① 《苕溪漁隱叢話》前集卷四十七，《叢書集成》本(五)，頁 318。
② 趙蕃《挽宋柳州授》，《淳熙稿》卷一，《黃庭堅和江西詩派卷》頁 132。
③ 趙蕃《章泉稿》卷一《書紫微集後》，《杜甫卷》頁 724。
④ 趙蕃《淳熙稿》卷二十《寄劉凝遠巒四首》(其三)，《杜甫卷》頁 724。
⑤ 陳模《懷古錄》卷上。
⑥ 元好問《杜詩學引》，《遺山先生文集》卷三十六，《黃庭堅和江西詩派卷》頁 191—192。
⑦ 劉壎《蒼山序唐絕句》，《隱居通議》卷六，《黃庭堅和江西詩派卷》頁 193。
⑧ 劉壎《劉五淵評論》，《隱居通議》卷十，《黃庭堅和江西詩派卷》頁 195。

爲“江西詩派”的宗祖，而山谷詩則成了杜詩項下的一家一體了。

　　“江西詩派”，在“宗杜”的前提下，肯定山谷的地位，在固定了這兩個端點之後，一條新的詮釋直線便被割出來了。“江西詩派”，被定位爲：在杜詩無所不備的衆體中，由山谷所傳下的某類特別的體式。後來被目爲“江西格”、“江西體”的種種規範，它們就是在這個詮釋定位下，在這條路線下，從原來活潑不定的典範網絡中被抽離了出來，成爲吾人對“江西詩派”逐漸固著的定見。

　　“江西詩派”，本來是以黃庭堅爲實踐中心的輻射式的不特定的典範網絡；現在，則成了“杜詩—山谷詩”這條直線方向的文本範式的傳承。接下來的發展，便是詩人從這條傳承方向中，找出特定的文本特徵，作爲“江西詩派”觀念的依託，並以之進行江西詩派統緒的建構。

　　雖然呂本中提出“江西詩社宗派圖”，首倡詩歌“宗派”觀念，然而他的宗派圖序及相關論述，並沒有具體的“正統”或“正典”的建構。在這個輻射式的典範網絡中，讀書、涵養人格與創作的三位一體中，並沒有提出特定的詩歌文本作爲這個價值正統的代表。他所提到的二十五人，都與黃庭堅有師友問學的關係，其中勉強除陳師道外，其他人並沒有能力撐起“正典”的創作地位。此所以，當時及後來者，多有種種“選擇弗精”、“議論不公”的批評。

　　江西正統，是在這“杜詩—山谷詩”路線確立之後，從典範網絡中抽取出特定的風格範式、理論原則之後，才逐漸浮現出來的。後來被追認的江西詩人，就是在這個方向上找出來的；而江西詩派於是逐漸與唐詩區分出此疆彼界，使彼此輪廓更加清晰，以至於江西成爲“本朝詩”的代表，形成“江西”\“晚唐”（或所謂“本朝詩”\“唐詩”）面目分明的對立風格，這些都是在這個基礎上產生的。

陳與義,他被追認入社,就是這個過程的産物。

> 自陳、黄之後,詩人無逾陳簡齋。其詩繇簡古而發穠纖,
> 值靖康之亂,崎嶇流落,感時恨別,頗有一飯不忘君之意。①

陳與義被追認入社,與其後期詩歌類似老杜"感時恨別,頗有一飯不忘君之意"有關。由於這時"學杜"已經取代"宗黄",成爲一代詩學的"典範",並且傳承的依據也由人的共同參與變成了文本特徵,於是陳與義能夠因其肖似杜詩,而列名江西詩人。當力主"辨體"的嚴羽説"(簡齋)亦江西之派而小異"②時,這個意義就很清楚了。於是,在這個肖似杜詩的前提下,又因爲他"氣勢渾雄,規模廣大"的成就,堪稱是"自陳、黄之後"的第一人,便直接接上江西嫡裔,被推上"三宗"之列,與黄陳齊名。③

這些轉變同時也改變了整個社羣成員的資格,文本範式的摹習取代了詩學共同參與的默契,"江西詩派"至此才算是真正門派觀念的"詩派"。"江西體"遂成爲某種風格範式之稱謂,並同時與"唐詩"形成顯著的對比:

> 近世論詩,有《選》體,有唐體,唐之晚爲崑體,本朝有江西體,江西起於變崑。④

---

① 《簡齋詩》,羅大經《鶴林玉露》甲編卷六,頁105—106。

② 《滄浪詩話‧詩體》,郭紹虞《滄浪詩話校釋》,頁59。

③ 詹杭倫:"《瀛奎律髓》中有關'一祖三宗'的數則評語,全都置於陳與義詩下,用意十分明顯。……其一,陳與義登老杜之壇。……其二,陳與義推重黄陳。……其三,簡齋詩骨格風味可入江西派。……其四,簡齋詩自成一家。"(《方回的唐宋律詩學》,頁120)

④ 趙汝回《雲泉詩序》,《南宋羣賢小集》薛嵎《雲泉詩》卷首。

　　　　竊怪夫今之言詩者，江西、晚唐之交相詆也。……今之習
　　江西、晚唐者，謂拘一耳，究江西、晚唐，亦未始拘也。①

　　　　晚唐學杜不至，則曰詠情性、寫生態足矣，戀事適自縛，説
　　理適自障。江西學山谷不至，則曰理路何可差，學力何可諉，
　　寧拙毋弱，寧核毋疏，茲非一偏之論歟？……山谷負脩能，倡
　　古律，事寧核毋疏，意寧苦毋俗，句寧拙毋弱，一時號江西
　　宗派。②

　　　　余嘗病世之爲唐律者，膠攣淺易，窘局才思，千篇一體；而
　　爲派家者，則又馳騖廣遠，蕩棄幅尺，一噢味盡。③

“江西體”、“派家”的觀念逐漸浮顯了出來，特別是在“唐律”、“晚
唐”的鮮明對照下，江西詩學逐漸從典範中抽離出某些風格特徵，
如“寧拙毋弱”、“寧核毋疏”、重學力、好説理；這些特質，再沾附上
已經異化的“句法”、“點鐵成金”、“奪胎換骨”等等，遂聚集爲“江西
詩派”典型的法則信念。“江西詩派”，於是從原來的共享典範網絡
的社羣，在這些抽離的原則下，窄化爲具相的風格範式，形成與“晚
唐體”等相對的風格稱謂。

　　在“杜詩—山谷詩”的路線下，在文本化的趨向下，諸如這些觀
念：“重‘意’不重‘境’”、“重視聲律”、“句中眼”、“拗句”、“多讀書、
重性理”、“格力雄渾”等等，都已經成了文本風格的觀念，逸離了原
來表現力的宗旨，而不同於典範原來的思考了。

　　“江西詩派”從一種整體的詩學的特殊型態，一種實質運作却

　①　趙孟堅《孫雪窗詩序》，《彝齋文編》卷三，《宋詩話全編》本，頁8800。
　②　劉壎《劉五淵評論》，《隱居通議》卷十，《黄庭堅和江西詩派卷》頁454—455。
　③　劉克莊《劉圻父詩》，《後村先生大全集》卷九四，《宋詩話全編》頁8562。

不可指實的作用典範,轉變爲特定風格的觀念,一種從典範脈絡中
抽離出來的風格認知。後來的“江西詩派”指的是一種風格的稱
謂,一種能與唐音抗衡的宋詩風格的代表。文本化的結果,使原爲
“心法”的“活法”更趨於異化,現在的“活法”,已成爲“紙上之活法”
了;在風格範式的學習中,詩歌寫作轉向更重視文本的摹習,更加
刺激了“正典”的需求,而這些問題,最先是由“四靈”反映出來。

第二節　“四靈”的反撥——“正典”的
需求和“指符—參符”的取向

在“江西詩派”逐漸固著爲“江西體”的同時,一個標舉唐風的
文學團體也興起了,這便是主張詩學晚唐的永嘉四靈。

江西詩派符號表現的取向,本就容易耽溺於主體“指符—意
符”的表現世界而忽略了“指符—參符”的廣大天地;而“江西體”,
更因爲抽離了典範而愈益窄化,加上文本化而更爲倚賴書本材料,
陷入“資書以爲詩”的窘境。

現在,四靈則意圖從人文傳統返回自然物理世界,藉著“寄妍
於物”、“涵受萬象”之能(著重“指符—參符”關係),對治江西偏重
主體表現(“指符—意符”)之失。同時,在詩學晚唐的創作標的中,
也刺激詩學提出具體而明確的效習“正典”,回歸詩歌寫作的藝術
思考。

一、詩學“晚唐”——要求文學的“正典”

對學習者而言,江西詩派的問題,首先就與“正典”的缺乏

有關。

"正典"(canon)，指的是在一個文學批評傳統内，最能代表其正統價值的具體作品。① "正典"是一個價值傳統中支持後學者所以學習、所以解釋評價文本、所以批判或超越的基礎。正典在一個價值傳統中具有相當程度的權威性，相當於一種"文成法立"的地位，成爲一種寫作先天的指導，足以解釋或評斷其他作品的是非優劣。②

比如《文選》，在唐代就具有這種詩歌"正典"的地位。但唐人拘執於文學正典的學習如何導致文人的偏蔽，正如本書卷叁第一章所説"作詩之外，它無所知"的情況，此所以李德裕有激而發地説"家不蓄《文選》"。宋代詩學就是在這種背景下長成的。這也使得很長的一段時間裏，這一套文化符號型態的詩學，一直没有也不需要特定的文本"正典"，所以造成宋詩各具姿態、自成一家的榮景。

正典的缺如，這在才雄力厚的詩人固然不成問題。然而，對一般學者而言，缺乏具體矩繩，就不免如劉克莊批評江西"派家"所謂的"馳騖廣遠，蕩棄幅尺"之過。

江西詩派的困境，首先出於形式表現能力與高亢的主體意識之間的落差。

縱然詩歌所表現的内涵可以容納豐富的學識、判斷和態度，然而詩歌和一切藝術作品一樣，是一種情感符號的創造，是必須訴諸感官知覺的形象表現。因此，儘管有"意在無弦"的玄妙心境，亦必

---

① 讀者可參考布魯姆(Harold Bloom)《西方正典》(*The Western Canon*)，高志仁譯；彼得·布魯克《文化理論詞彙》，頁 34—35。
② 很明顯地，在黃庭堅、吕本中時代，杜詩或山谷詩雖然是這個社羣中"示範性的過去成就"，但他們在這套以主體表現力爲宗的詩學氛圍中，却並未具有這種文本的權威性。

須講求“句中有眼”的創作工夫來表現，這是江西宗祖黃庭堅詩學獨特的創獲，也是江西精神既有別於理學家的詩論，却又能爲理學家接受所在。這種表現力的成功，就端看有没有能力將學識與理解内化爲感性形式的“詩家工夫”。黃庭堅本身是意識到這一點的，所以他成功了。

江西詩派作爲心法的典範網絡，涵蓋如此之廣，也意味著實無一有限而確切的學習“正典”。没有定於一的“正典”，所以就連吕本中本人的《紫微詩話》也被認爲稱述山谷者極少，“實不專於一家”、“亦不主於一格”①。

以博覽經史作爲詩人必要的知識素養，對於形式感知比較敏鋭的詩人如黃庭堅，讀書能得其“關捩”，治經能把握“宗趣”，善於運用文章形勢、力度等感性結構②，創造無施不可的抽象表徵，固然是源頭活水；但對於大部分抽象感知及形式辯證並不如此敏鋭的學者而言，缺乏明確的正典，對於往往須經具體摹習的感知形式的創造是一大缺憾，“藝”的訓練與陶冶，非經具體的形式模擬這關不可，缺乏直接的文學“正典”的學習，仗恃富盛的學力，却未有相稱的藝術形式的表現，是後來江西詩派僅能“以力勝，少涵詠之旨”③的原因。

更何況强調“指符—意符”等主體價值與理解勝過客觀事實的書寫，本身需仰賴相當宏博獨到的見識、情理相即的深刻理解並將

---

① 《四庫全書總目》卷一九五，《黃庭堅和江西詩派卷》頁 787。

② 這樣的能力可能與他本身是一位多方面的藝術家有關。書法、繪畫，比起詩文這種文字創作，更倚賴形勢力度等抽象形式的感知，後來的詩人没有他這多面的才學，學識侷限於文本之中，理解落於文字世界的邏輯之中（語言符號自有其不同於藝術符號的認知邏輯），形式感知能力的侷限，或許是江西遭遇到的最大問題。

③ 趙汝回《雲泉詩序》，《南宋羣賢小集》薛嶼《雲泉詩》卷首。

其統合抽象的能力，這並不是人人可爲，江西之學也就難在這兒：

> 慶曆、嘉祐以來，天下以杜甫爲師，始黜唐人之學，而江西
> 宗派章焉。然而格有高下，技有工拙，趣有淺深，材有大小。
> 以夫汗漫廣漠，徒枵然從之，而不足以充其所求，曾不如腒鳴
> 吻決，出毫芒之奇，可以運轉而無極也。故近歲學者已復稍趨
> 於唐，而有獲焉。①

"以夫汗漫廣漠，徒枵然從之，而不足以充其所求"，正是江西無所
憑依之難。因此詩人寧可選擇恢復晚唐，有正典可擬式，有源源不
絕的物色之奇可供摹繪，即使情思並不閎深，格韻並不高絕。然
而，據此寫作之要津，"出毫芒之奇，可以運轉而無極也"。

從蘇軾開始，詩人們就已認識到，任何一門"藝"的學習，有其
常數，需得透過這些規矩具體把握必要的藝術規律，不能"一以意
造"，這也就是體製範式之學的必要；蘇軾所講的"出新意於法度之
外"，也要這樣去理解。文學"正典"的功能，牽涉到客觀藝術規律
的熟習，以及在詩歌傳統中接受心理所設下的門檻。

然而自從黃庭堅把"法"的意涵全然地轉向主體表現力之後，
江西詩派一直到呂本中，也都沒有正視這個具體的文學正典的問
題。江西詩派雖然公認以杜詩爲最高楷模，然而這個模範和"江西
詩派"一樣，是在時間中被逐漸建構出來的，黃庭堅一開始並沒有
以杜詩爲具體"正典"的意思，他所要人熟讀的，原包括了一切經
史，甚至以《檀弓》《原道》爲作詩之方，就像陳善引東坡所説的："但

---

① 《徐斯遠文集序》，葉適《水心文集》卷一二，《宋詩話全編》本，頁 7396。

熟讀《毛詩·國風》與《離騷》,曲折盡在是矣。"①這種種,比起韓愈
"上規姚姒,渾渾無涯。周誥殷盤,詰屈聱牙。《春秋》謹嚴,《左氏》
浮誇。《易》奇而法,《詩》正而葩。下逮莊騷,太史所録,子雲相如,
同工異曲"②、柳宗元"本之書以求其質,本之《詩》以求其恒……參
之穀梁氏以厲其氣,參之《孟》《荀》以暢其支"③等等浩瀚的學文之
方,具體的文學正典的意義又更模糊了。

　　江西詩派轉爲學杜,並且愈益把杜詩文本化、法則化,在這個
意義上,也具有鞏固詩歌正典的意味。但直到四靈,明白提出以唐
詩爲圭臬,才真正刺激了江西詩派面對正典的問題。在能夠具體
"揣其句語之工拙,格律之高下"、"月木風雲,花木蟲魚形狀"的晚
唐故轍中,從肯定"以浮聲切響、單字隻句計巧拙,蓋風騷之至精
也"④出發,四靈要重新找回詩歌形式組構的技能⑤。

　　到了嚴羽,詩歌正典更明確了,就是"先須熟讀楚詞,朝夕諷詠
以爲之本;及讀古詩十九首,樂府四篇,李陵蘇武漢魏五言皆須熟
讀,即以李杜二集枕藉觀之,如今人之治經,然後博取盛唐名家,醞
釀胸中,久之自然悟入"⑥。"楚辭—古詩十九首—樂府——……"這
些詩歌作品,明明白白就是學習的標的。他的"遍參",就是很明確
地以詩歌"正典"爲對象之"參",是相應於文本之"悟",而不同於江
西詩派強調的主體之"參"、主體之"悟"。

---

　①　《論蘇黃文字》,《捫虱新話》上集卷三,《宋詩話全編》頁 5564。
　②　《進學解》,《韓昌黎集》卷十二,頁 212。
　③　《答韋中立論師道書》,《柳河東集》卷三十四,頁 543。
　④　《徐文淵墓誌銘》,葉適《水心先生集》卷二一,頁 239。
　⑤　關於四靈標舉晚唐,在宋末掀起唐風,以及四靈之創作與學習晚唐的情形,請
參考黃奕珍《宋代詩學中的晚唐觀》"第四章'晚唐'詩風的實踐與變化"。
　⑥　《滄浪詩話·詩辨》,《滄浪詩話校釋》頁 1。

二、"捐書以爲詩"的客觀化傾向——從人文傳統到自然物理的存在

　　江西與晚唐的對峙,可以追溯到蘇、黃以後詩人"晚唐"觀念的操作[1]。蘇、黃以後,詩歌論述中經常藉著"模範組"(陶、杜、韋、柳、韓)與"對照組"(晚唐)的比較,一方面肯定唐詩深於形式鍛鍊的才能("精工"),另一方面否定其沉溺於工具理性、缺乏主體意識("鄙陋"、"格卑"),以強化主體表現的價值信念,深化"技\道"的反省,逐漸凸顯"道—主體—文"的具體型態,完成一套典範網絡的建構。

　　在"晚唐"之工成爲宋人詩歌觀念的底本的同時,宋人詩話也已經對晚唐重"境"而汩没主體表現的問題展開批評。劉攽:"人多取佳句以爲圖,特小巧美麗可喜,皆指詠風景,影似百物者爾,不得見雄材遠思之人也。"[2]主體的格局、器識的表現等等"雄材遠思"率皆缺如,在重視人文主體的宋人看來,這便是役於外物的結果,創作思維爲外境所遷。如葉適所謂"唐詩外物長,內性弱,故格卑氣弱"[3],"夫爭妍鬥巧,極外物之變態,唐人所長也;反求於內,不足以定其志之所止,唐人所短也"[4]。因此,宋人要把詩歌的"所表現"貫注於主體心靈抽象綜合的"意"上面,以對治晚唐"體物精微"、"驗物切近"等過於對象化的問題。相較於唐詩之重"境",兼重語言關係中"參符—指符"的營造,"反求於內","定其志之所

---

①　"晚唐"觀念在此中的作用,參考黃奕珍《宋代詩學中的晚唐觀》頁 423、424。
②　《中山詩話》,《宋詩話全編》頁 442。
③　葉適《習學記言序目》,頁 2。
④　《王木叔詩序》,《水心文集》卷一二,《宋詩話全編》本,頁 7397。

止",正是關注"指符—意符"内在關係,以主體意識爲重的江西詩派所代表的宋詩之所長。這就是唐人重"境"的缺失與宋人重"意"的傾向,也就是創作偏好取徑"指符—參符"或"指符—意符"的分歧,這種分歧,一直與"晚唐\江西"的對立發展相始終。

　　江西偏重"指符—意符"關係而輕"參符",多用人文意象,意象所指也多充滿觀念内容,意在形塑、包容更豐富的文化意蘊、價值判斷,陳師道這個説法可謂典型:"魯直謂孟浩然'氣蒸雲夢澤,波動岳陽城',不如九僧'雲間下蔡邑,林際春申君'也。"①蔡絛《西清詩話》裏説"乃知作詩者,徒言其景,不若盡其情",正是這類主體表現勝過客觀境象描繪的心態。

　　晚唐與江西,一則偏重"指符—參符",一則偏重"指符—意符"的書寫,兩者之不同,就像學者分析唐宋詩的藝術手法:"唐詩人也深諳藝術辯證法,但多用於意象選擇,在對立中求和諧;而宋詩人則多用於語言結構的安排,在對立中求緊張。"②"唐詩人比較注重意象的排列組合······全用意象(即名詞)組成的詩句並不少見。······宋詩人······力圖利用結構的變換來改變意象的組合方式······把創新的重點從意象本身的選用轉移到非意象語詞的鍛鍊上來。"③

　　江西詩學到了吕本中之後,可以説一個"典範"羣體的意識已經成形。這個典範羣體在言意關係中的"指符"、"意符"、"參符"三者中,本就較爲關注"指符—意符"的關係,在這典範之下,到了南宋詩人的論述中,又産生了變異,發展出與"晚唐"體式風格相對峙

① 　《後山詩話》,《歷代詩話》頁303。
② 　周裕鍇《宋代詩學通論》,頁481。
③ 　同上書,頁514。

的"江西格"的觀念。作爲從典範本體被抽離出的局部特徵,"江西格"與"四靈"的對抗意識,更加凸顯兩者各據一端的偏蔽。如同劉五淵所説:"晚唐學杜不至,則曰詠情性、寫生態足矣。戀事適自縛,説理適自障。江西學山谷不至,則曰理路何可差,學力何可諉,寧拙毋弱,寧核無疏。兹非一偏之論歟。"①

　　江西重視意符的表現,強調詩歌符號與概念間明晰精審的象徵關係,所以"寧拙毋弱,寧核無疏"。然而偏重"指符—意符",常由於書寫意向性的意圖太過,窄化了藝術概括的能力,或甚至缺乏獨到而明晰的表象能力,而成爲知識的展示,則難免露出説理、搬弄學問等板滯生硬痕跡。這句話就成了爲理所障的自我開脱,把有待涵詠内斂的文化素養搬上焦點意識,窄化爲書寫内容,成爲"以書爲本,以事爲料"的"經義策論之有韻者"②,寫作成了炫學而非表現。後來劉克莊提出"學者之詩"\"風人之詩"的分野,正是要重新思考"詩"與"非詩"等詩歌本質的問題。

　　詩與非詩的問題,在宋初,它的代表是韓詩"押韻之文"或"天下之至工"的爭議,反映了一個剛從抒情表現的傳統到符號表現的典範初建立的過渡時期;而到了南宋,這個"風人之詩"與"學者之詩"的問題,則是針對於江西典範鞏固後,隨著"意"的論述氾濫,在心靈苑囿打轉的詩人過於僵固心法,窄化"指符—意符"的言意關係,於今到了反省的時候。

　　四靈推宗晚唐,並且刻意標舉"唐詩"③,這意味著它有意地對

<hr/>

① 《劉五淵評論》,劉壎《隱居通議》卷十,《黄庭堅和江西詩派卷》頁 195。
② 劉克莊《後村先生大全集》卷一〇六《跋何謙詩》、卷九十四《竹溪詩序》,《宋詩話全編》本,頁 8603、8565。
③ 葉適所謂"發今人未悟之機,回百年已廢之學,使後復言唐詩自君始"(《徐道暉墓誌銘》,《水心先生集》卷十七,頁 196)。

立於宋人所謂的"本朝詩"。四靈以"晚唐"代表唐詩，重新强調感性形式的講求是詩歌的必要條件。晚唐之弊，用宋人的話來講，是"氣格"卑弱，缺乏主體價值。① 它的氣格卑弱，正是由於工具理性的"技"掩蓋過價值理性（詩歌應表現的主體價值意識）的緣故。雖然如此，但晚唐詩正是在技之精"工"的一面充分發揮了詩爲一專業之學的特質，使得它無論是作爲宋初詩人學習的底本或批評的對象，都有不可忽視的地位，"唐末人詩，雖格致卑淺，然謂其非詩則不可"② 。江西末學的問題，就在於失去感性特質的"非詩"的問題，劉克莊"風人之詩"\"文人之詩"的分别，嚴羽説江西以文爲詩"失詩之旨"，都是從感性特質這一點出發。

因此，這時期"江西"與"晚唐"觀念的對峙，也就凸顯了江西詩派這個主流典範的特質，以及它在整個宋代詩學的發展中呈顯的問題。但不同於它在宋初前典範時期所呈顯出的"技"\"道"辯證的脈絡。在南宋典範成熟後，這問題成了如何重新唤起詩歌的感性特質，在"四靈"風潮裹反映出來的，是意圖以景物的客觀描摹取代主體意向性的表現，是意圖透過"重意"（主體表現、人文取向）與"重境"（客觀反映、自然取向）的對壘，找回詩歌美感本質的一種努力。

爲了對抗江西末學陳腐氾濫的"意"，四靈和部分江湖詩人選擇以"晚唐"爲正典，取法其長於山程水驛的寫作，以"境"的書寫，取代"意"的表述。因此他們的"苦吟"工夫和江西詩人是不相上下的，然而在精意刻琢中，他們却有意摒除主體性，刻意忽略形式表

---

① "晚唐詩失之太巧，只務外華，而氣格卑弱，流爲詞體耳。"（吴可《藏海詩話》，《歷代詩話續編》頁 331）

② 《詩人玉屑》卷一六引《室中語》，頁 359。

現主體的功能，而更傾注於外境的客觀觀察，以"呈現"來取代"表現"，以客觀物理來取代人文傳統，更加著力於感知對象的開發。

例如宋人詠物，常喜歡把佳景比喻成人爲的圖畫，以人文想像取代自然意象，也就是所謂的"以真爲畫"，這正是意圖以"意符"取代"參符"的作法；而現在四靈則反其道而行，回到景物本身，力求親切刻畫，不帶絲毫主觀意見。"在題材的選取上，不同於江西，而以山水景物的精細白描與性情之抒發爲主。四靈對景物的描寫承繼了晚唐詩的傳統，但採取一種更疏離的立場來觀察與描繪，他們嘗試不帶私人感情客觀地以文字來記錄景物，放下主觀的愛憎惡欲。"①

事實上，四靈所標舉的"晚唐"觀念，與歷史上的晚唐表現是有差異的，特別是在"心"的態度上。晚唐的重"境"重"象"，正是江西重視主體表現，偏重"指符—意符"的言意關係的對立面。然而或許是對於主體意識的反撥，這時的"晚唐"觀念所好描寫之境，更偏向於自然的、非主觀心象的外境，如四靈以純樸直接的白描來"呈現"景物，刻意排除任何主觀成分，所謂"以體物切近爲工，以寄興高遠爲忌"②。然而這與晚唐詩人"取成於心，寄妍於物"③的心態，又有所不同了。晚唐時期正是詩人開始重視"心"能攝取外物的主動性而深化了詩歌"表現"意識的時期，就是在這個基礎上，發展出宋人成熟的符號表現。

晚唐詩歌多有"象"與"境"的探討，如王昌齡《詩格》"搜求於

---

① 黃奕珍《宋代詩學中的晚唐觀》，頁 426。
② 陳元晉（1184—?）《漁墅類稿》卷五《跋楊伯傅詩後》，《宋詩話全編》本，頁 7581。
③ 《徐道暉墓誌銘》，葉適《水心先生集》卷十七，頁 196。

象,心入於境,神會於物,因心而得",虛中《流類手鑑》"善詩之人,心含造化,言合萬象"之類。但這些有形有相的"象"或"境",本就不專指客觀自然,有些也有主觀心象的意涵,明顯的如劉禹錫所謂"境生於象外"、"片言可以明百意,坐馳可以役萬里"①,王昌齡《詩格》"放安神思,心偶照鏡,率然而生",梁肅"心遷境遷,心曠境曠"②等等。當四靈刻意篩揀其中客觀物象的描繪,強調不帶情感的冷靜觀照,略去了晚唐詩歌詭麗多奇的主觀心象的表現,更彰顯了他們有意與江西分庭抗禮的強烈意圖,以獨立於主體之"心"的"指符—參符"的客觀性,對治江西"指符—意符"的主體性。

"四靈鎖定的'物象'與'性情',基本上根源於個人的耳目覺感與可觸發個人情緒的日常事件"③,這樣的"斂情約性",使詩人的感知活動止於外境以及與外境的第一度接受,中止了"心"的主動作用。詩人中止了"心"的活動,純任感官與景物交接的那第一度發現,不只中止思辨,也中止了感情與想像,這再也不是晚唐皎然所說的"處心於境"了。這樣的詩歌,縱然也是字字推敲,但其實是出自於率直的"反映"或"呈現"的意圖,就這一點而言,它已有意地遠離中晚唐以來以詩歌作爲詩人内心之外化的主觀意向的"表現"立場。

四靈現在專意於耳目所接,專意於對外境的凝視,打開了一道客觀化的門户,主體退位,打開了自然的觀照。在原來表現關係中所看重的"指符—意符"關係,現在被"指符—參符"的關係給取代了。同樣是苦心經營,江西詩派所經營的"指符—意符"關係,四靈

①　《董氏武陵集記》,《劉賓客文集》卷一九,《劉禹錫集箋證》頁 516。
②　《心印銘》,《全唐文》(十一)卷五二〇,頁 6699。
③　黃奕珍《宋代詩學中的晚唐觀》,頁 204。

所經營的是"指符—參符"的關係。他們拒絕了主體表現的深度，而致力於外境反映的細緻精巧。

在當時(主體表現)的典範觀念下，他們被稱爲"短近"、"專固狹陋"，然而正是在這充滿了陳詞濫句，了無新意的氛圍中，這種細微率真的刻畫格外顯得清新，爲沈悶的詩歌園地迎來了自然的光照。

從黃庭堅"無一字無來處"之後，對於詩歌批評，詩人總將注意力放在"用前人某某詩句"等人文範疇內。例如曾季貍説"東坡'纖纖入麥黃花亂'，用司空圖'綠樹連村暗，黃花入麥稀'之句"，"山谷'堂前水竹湛清華'用選詩謝叔源'水木湛清華'"；"歐公詞'杏花紅處青山缺'本樂天詩'花枝缺處青樓開'"①，類似這樣的説法俯拾即是，所謂"世間佳語，未有無來歷也"②。詩人習於探索作品間"意"的關連性，卻未意識到，詩人當下所觀照的意象，此情此景與整篇作品完整融貫的情感脈絡，才是賦予這個詩句獨立生命的靈魂，而不是來自於攀附前人的思意。到了文本化之後，這前人思意又更加化約爲詩中的一字一句，拘限在觀念思路裏的句意關係。

比較以下葉夢得和范晞文這兩個解釋杜詩的例子，可以看出高下：

> 詩人以一字爲工，世固知之，惟老杜變化開闔，出奇無窮，殆不可以形跡捕。如"江山有巴蜀，棟宇自齊梁"，遠近數千里，上下數百年，只在"有"與"自"兩字間，而吞納山川之氣，俯仰古今之懷，皆見於言外。《滕王亭子》"粉墻猶竹色，虛閣自

---

① 《艇齋詩話》，《歷代詩話續編》本，頁 310、314。
② 同上書，頁 326。

松聲"，若不用"猶"與"自"兩字，則餘八言凡亭子皆可用，不必
滕王也。①

　　虛活字極難下，虛死字尤不易，蓋雖是死字，欲使之活，此
所以爲難。老杜"粉墻猶竹色，虛閣自松聲"及"江山有巴蜀，
棟宇自齊梁"，人到於今誦之。予近讀其《瞿塘兩崖》詩云："入
天猶石色，穿水忽雲根。""猶"、"忽"二字如浮雲著風，閃爍無
定，誰能跡其妙處？他如"江山且相見，戎馬未安居"，"故國猶
兵馬，他鄉亦鼓鼙"，"地偏初衣裌，山擁更登危"，"詩書遂墻
壁，奴僕且旌旄"，皆用力於一字。②

同是老杜詩，葉夢得就其表現的明晰圓成來談這"一字之工"，由這
一字的領會打開了心靈天地之廣大，到了范晞文，就針對這"一字"
按納了"虛活字"、"虛死字"等等區別，想像力拘泥於觀念或文本的
字句關係，到最後的結論，甚至是"皆用力於一字"。

　　葉夢得面對當時已趨狹陋的江西"句法"，意圖透過"境"與
"意"會，扭轉死法之弊，不再侷限於指符世界裏"意"的陳陳相因。
他近於蘇軾"風水相生，自然成文"的一路，重視創作中主客觀條件
的相遇相成，關注文本與外境的對應，只是這在強調主體意識的
"江西"氛圍中並未形成氣候。

　　現在四靈又要從外在對象著手，藉由自然物理的觀察，打開感
知能力的門戶。在江西以後，暌違已久的"參符"又回來了，"景"、
"境"的問題，又重新被重視。在環繞著主體的"意"與"言"的關係
許久之後，眾人的眼光又回到了從前葉夢得"意與境會"這類的觀

────────

① 《石林詩話》卷中，《歷代詩話》本，頁420。
② 《對床夜語》卷二，《歷代詩話續編》本，頁418。

照,如姜夔所説的,要"意中有景,景中有意"①。

第三節 陸游和楊萬里——出入 於江西詩派的反省

對於江西囿限於意識世界以及文本化所造成的陳腐狹隘,已有其他詩人意圖打開新局面,如藉助豐富生命的閲歷或"江山之助",拓展"詩材",最典型的就是陸游。

四靈雖然以客觀景物取代書本資材,雖然以物性精細的描繪取代人文意象,然而如上文所説,由於是出自客觀地"呈現"自然意象,或"反映"物色所激起的第一度反應,意圖冷静觀照對象,刻意中止自我情感或主體之"心"的作用;因此,它的創作宗旨既非江西這等濃厚的人文意識、自我情性的完整表現,也不同於"言志"説等抒情表現在乎"所"表現的情感品質、經驗内涵。

這也是爲何反對江西之偓促的陸游也反對四靈所標舉的晚唐之風,對强調"所"表現、强調情感表現的陸游而言,這股晚唐之風仍不脱離秋蟲草螢式的狹仄的經驗世界。陸游主張"工夫在詩外",强調只有豐富的生命體驗與經歷,才能提供"天機雲錦"般的"所"表現:

> 我昔學詩未有得,殘餘未免從人乞,力屏氣餒心自知……
> 四十從戎駐南鄭,酣宴軍中夜連日。打毬築場一千步,閲馬列

---

① 《白石道人詩説》,《歷代詩話》本,頁682。

馼三萬匹。華燈縱博聲滿樓,寶釵豔舞光照席。琵琶弦急冰
雹亂,羯鼓手勻風雨疾。詩家三昧忽現前,屈賈在眼元歷歷。
天機雲錦用在我,剪裁妙處非刀尺。①

在江西自限於"指符—意符"的意想世界,顯現了過於關注人
文意識、文本形式的拘囿之後,確實有很多詩人像陸游這樣,主張
應藉由厚實人生經歷來拓展詩材,把"詩外工夫"指向閱歷豐富或
"江山之助",如周必大的看法:

> 杜少陵、劉夢得詩自夔州後頓異前作……巫峽峻峰激流
> 之勢,有以助之也。山谷自戎徙黔,身行夔路,故詞章翰墨日
> 益超妙。②

或如戴復古的身體力行:

> 所搜獵點勘,自周漢至今大編短什、詭刻密文、遺事廋說,
> 凡可資以爲詩者,何啻數百千家。所遊歷登覽,東吳浙,西襄
> 漢,北淮南越,凡喬岳巨浸、靈洞珍苑、空迴絕特之觀,荒怪古
> 僻之蹤,可以拓詩之景,助詩之奇者,周遭何啻數千萬
> 里。……是故其詩清苦而不困於瘦,豐融而不縶於俗,豪健而
> 不役於粗,閒放而不流於漫,古淡而不死於枯,工巧而不露於

---

① 《九月一日也讀詩稿有感走筆作歌》,《劍南詩稿》卷二五,《宋詩話全編》本,
頁5848。

② 《跋黃魯直蜀中詩詞》,《廬陵周益國文忠公集·省齋文稿》卷一七,《宋詩話全
編》本,頁5921。

斫。……豈非其搜攬於古今者博耶？豈非其陶寫於山水者
奇耶？①

這些詩人冀望重新回到抒情表現，從"所表現"入手，更關注"山程
水驛"所提供的心靈活泉。

　　由於重視"所"表現而非"能"表現，因此對於同時崛起的晚唐
之風，他們也都同樣不表贊成。對於陸游、戴復古等豐富詩材的理
想，四靈的作品仍難免於秋蟲草螢之譏（見戴復古"論詩十絕"）。

　　相對於此，楊萬里却真正看出了江西與晚唐在宋詩觀念中的
這兩面意義。相對於陸游既批評江西、又反對晚唐之風，剛好可見
出楊萬里既肯定江西，又欣賞晚唐的別有會心。

　　如上所説，陸游基本上是站在"言志"這情感表現的立場，重視
詩歌"所"表現的情感或經驗本身的價值，較不關切文本自身"藝"
的成分。然而，楊萬里則説："詩至唐而盛，至晚唐而工。……詩非
文比也，必詩人爲之"②"其清麗奔絶處已優入江西宗派；至於慘澹
深長處則浸淫乎唐人矣。近世此道之盛者，莫盛於江西。然知有
江西者不知有唐人，或者左唐人以右江西，是不惟不知唐人，亦不
可謂知江西者。"③認識到晚唐之工是詩歌專門之學不可缺的質
素，也能理解江西詩學在文化中的地位，深知完整的創作需結合江
西（從南宋以來逐漸固著的"杜—黄"路線）所代表的"主體表現"，
與晚唐所代表的"形式表現"，而這兩者本應是交互反饋而不可分
割的。

---

① 吳子良《石屏詩後集序》，明刊本《石屏詩集》卷首。
② 《黄御史集序》，《誠齋集》卷七九，《宋詩話全編》本，頁5968。
③ 《雙桂老人詩集後序》，《誠齋集》卷七八，《宋詩話全編》本，頁5967。

　　楊萬里也因爲透過這層反省(始學“江西→後山五律→半山七絶→唐人絶句”)，掌握了“透過(精工)形式以表現(“味”)”的能力，掌握了符號表現的精神。相對於典範抽離後的“派家”觀念，楊萬里則是另一種典型。他恰恰得了江西那框限於規範化之外活潑的表現力的部分，並以之綜合晚唐之精細白描，形成他獨特的詩風。在他身上所反映出的江西詩派，是“符號化”中萬變不窮的形式造作。

第四節　結　　語

　　基本上，無論是“江西體”的變異，還是“四靈”的反撥，還是屬於典範内部的活動，大體上它們都還未超出典範網絡的範圍。

　　“江西體”雖然是從典範中抽離出來，失去其總體性，然而它還是重視主體表現，重視符號形式的經營，只是在方法上，由於文本化，它已經做不到融貫轉悟的目標，因而逐漸造成方法的異化，摘字覓句凌駕了主體表現。

　　而“四靈”也沒有脱離符號性。四靈的崛起，反映了江西詩派的問題——缺乏權威正典及囿限於人文傳統。四靈雖然改變了學習的標的，改變了符號表現的對象，但也只是凸顯了“能表現”中“正典”的功能，把“所表現”從“意符”轉移到“參符”上。它其實只是以另一種表現之“能”取代江西的表現方式，而並沒有造成從“能”表現的關注轉移到“所”表現的大改變，或者從符號性轉爲文本性(如嚴羽)的重大革命。整體説來，這股晚唐之風還是在這(“古文運動”到“江西詩派”的)“符號表現”的典範網絡中，還是以符號關係的經營爲重,而只是有意去除"主體表現"的意圖,拉回了現實景物的"參符",並較强調形式感知能力的一端。

這些刺激和變異,還在典範内部可容受的範圍内,尚未引發典範整體性的質疑與質變。因此,這些詩人,無論是異化或是出入於江西,包括對四靈(晚唐)抱持同情的葉適、楊萬里等等,一直到屬性未定的江湖詩人戴復古、劉克莊等人,都算是長養自江西詩學的土壤中。

典範真正的危機,是嚴羽的《滄浪詩話》。

第三章 "典範"的危機與轉化

——嚴羽與方回

　　從北宋晚期開始,江西典範開始出現了變異和定型的趨向,固著了"杜甫—黃庭堅"的路線,並逐漸從典範中抽離出某些特定的原則和規範,形成一些風格範式的限定,同時也從中產生了與"唐詩"相頡頏的"本朝詩"的意識,在與"晚唐"分庭抗禮的氣氛中,強化了與之對立的體式特徵。

　　與此同時,四靈有鑑於江西詩派過於強調主體意識與文化表現,以致膠固於"意符"世界而流於陳腐粗率,提倡晚唐體物精微的創作與之抗衡。由於四靈明確地標舉晚唐,提供了具體的"正典"學習,並打開了"參符"這個清新的自然世界,對治江西的資書之腐,一時形成風氣,也對典範造成壓力。

　　然而,無論是典範的變異與抽離,或是四靈"正典"、"參符"的刺激,都還在典範內部可吸納的範圍內,並沒有取代"符號性",造成全面的衝擊,也沒有足夠的正當性反對"主體表現",造成典範根本性的危機。

　　真正撼動典範根基,使典範網絡出現致命縫隙的是嚴羽。嚴羽以美感價值作爲詩歌本質,加上文本中心的客觀體製辨析,徹底挑戰了江西詩學以符號創造爲宗旨的、"作者—作品"中心的立場。在明清詩論對《滄浪詩話》不斷引起的迴響中,可以看到在這根本的挑戰下,典範如何又經歷了一場革命。不過在嚴羽這時,這個裂縫尚未匯聚足夠的共識與相關的觀念脈絡,並沒有顛覆典範的力量,而把問題丟給了他後續的影響力。[①]

實際瓦解了典範根本質性的是將江西詩派定於一尊的方回。在對抗晚唐及嚴羽的同時,他也淪入了文本中心與體製風格的陣地了。當文本中心的體式規範取代了非常個體性的作者中心的"心法"時,聯繫整個典範網絡的操作基質全被抽換於無形了,作爲典範最後的詮釋者,方回確立了後人心中的"江西詩派"——一個以講求"詩法"、以"江西體"的體式風格來辨識的詩歌門派。

第一節　嚴羽:"典範"的根本決裂

如上卷所述,江西詩派事實上代表了一套主導宋代詩壇的典範網絡。嚴羽之所以能自詡他的識見是"自家實證實悟","非傍人籬壁"的"驚世絕俗"之談。就在於從詩學典範的意義來講,從黃庭堅到呂本中以來發展而確立的這套包含了詩歌本質、價值信念、技術實踐、理想範式而主導宋代詩壇的系統,從他開始才真正出現了根本的對立。

在嚴羽前後,雖有張戒或四靈等對江西的反對與反撲,然而他

[①]　這就是他之所以並未因這種突破而達到典範"革命"的原因。如孔恩所説,在典範的革命之前,必早已產生了一些在原有典範內無法解釋或解答的顯著問題,然而這些問題並不能立即令原有典範崩潰,須待這些顛覆性的問題能夠匯聚了相關的議題,由邊緣發展到中心,才能擁有主導的地位,完成典範的易位。嚴羽的質疑就好比這種典範革命前先行的顛覆者一樣,在這時的氛圍之下,尚未進入議論的中心,因此才有後來江湖詩人以及方回繼續鋪展江西典範的空間。

們的主張,都只是就某些面向或江西流弊作片面的否定,還没有凸顯與江西這套主體符號表現在根本立場上截然對立的價值與信念。而嚴羽所凸顯的根本立場上的對立,也就是以美感價值爲詩歌本質,以及後來影響明清詩學最顯著的客觀體製的立場。

一、詩歌本質——美感價值與客觀體製

嚴羽認爲:詩歌作品的本質,不是符號,而是美感體驗。嚴羽從詩歌本質這一點開始,直接挑戰典範的界限。

> 詩者,吟詠情性也。盛唐諸人惟在興趣,羚羊掛角,無跡可求。故其妙處透徹玲瓏,不可湊泊。如空中之音,相中之色,水中之月,鏡中之象,言有盡而意無窮。近代諸公……蓋於一唱三歎之音,有所歉焉。①

對嚴羽而言,“興趣”、“興致”、“言有盡而意無窮”、“一唱三歎”等美感體驗,才是詩歌本質。相對於山谷詩學以符號創造、符號表現爲詩歌本質,嚴羽移除了江西詩學裏不可或缺的符號性,真正衝擊了典範的基礎。

嚴羽又把情感表現等同於美感,認爲“吟詠情性”是詩歌能夠“一唱三歎”的原因,否定符號性,忽略了從情感表現到美感呈現,這中間還有一層作品創造(符號創造)的空間。無怪乎有學者認爲嚴羽和克羅齊的直覺美學有近似之處,確實他們都有著幾乎把表現與作品混同的“表現即作品”的傾向。而這一點真正劃開了嚴羽

---

① 《滄浪詩話·詩辨》,《滄浪詩話校釋》頁26。

詩學與江西典範不可跨越的疆界。可以説,在嚴羽眼中的"詩"和黄庭間心目中的"詩"根本是兩回事。

嚴羽以讀者取向的審美性取代了江西"作者—作品"的符號性。

對審美價值的重視,從歐蘇以來就没斷過,"韻"、"餘意"、"味外之味"一直是宋人很有創發性的議題。在宋人形式覺知的探索中,發展出兩個面向:一個是傾向鑑賞者立場的"味外之味"、"餘意"、"餘韻"等超越文字意象外的美感體驗的自覺;一個則是關於文字、聲律、語法結構等種種技巧與表現内容("意")互爲辯證的形式表現意識。① 前者以蘇軾爲代表,後者則是黄庭堅之後江西詩派的宗旨。無論是餘意餘味、高風遠韻或一唱三歎、味外之味,從歐蘇以來,審美感受就常被認爲是詩歌的極致價值之一。因而,他們也常把詩之"道"的境界主張與這種審美感受結合在一起,成爲宋人詩歌境界論的重要成素。只是在自黄庭堅以降的江西傳統中,這種讀者取向並不居於主導的地位,蘇軾之後,一直到嚴羽之前,在江西詩風的籠罩下,對於詩歌藝術特質的關注,多半偏重於形式表現,也就是創作者立場的符號表現意識要濃厚一些。

在江西詩學,根本的立場是人文主體如何透過形式表現的問

---

① 魏泰《臨漢隱居詩話》記載了一段他和王安石評詩的分歧,有趣地反映了這兩種不同的批評向度:"頃年嘗與王荆公評詩,予謂:'凡爲詩,當使挹之而源不窮,咀之而味愈長。至如永叔之詩,才力敏邁,句亦清健,但恨其少餘味爾。'荆公曰:'不然,如"行人仰頭飛鳥驚"之句,亦可謂有味矣。'然余至今思之,不見此句之佳,竟亦莫原荆公之意。信乎,所見之殊,不可強同也。"(《歷代詩話》頁 323—324)在所舉例的詩句中,可看出,對王安石的"有味"而言,指的仍是句式的精確鍛鍊,或句意的清切新警所造成耐人深思的趣味;而這和魏泰理想中的言已盡而意義無窮的,超越文字句意之上的"餘味"的美感體驗是有所區別的。王安石的詩"意",是作者與作品關係中精意鍛鍊的文"意"、句"意";魏泰的詩"意",則是在鑑賞者立場所須有的超然文字之外的美感體驗,屬於詩歌對讀者所能引起或激發的獨特的體會。

題,特別是吕本中伴隨“江西宗派”正名的“活法”、“悟入”之説,更確立了江西詩學主體性的意識。這裏所關注的主體性,是以創作者爲中心的主體性。至於美感體驗等詩歌接受主體的感性特質,在蘇軾、范温之後,就沒有更具創獲性的説法了。一直到嚴羽,才又以種種“以禪喻詩”的方式,闡發了這特殊的藝術思維,並且把它提升到詩歌本質的根本思考。①

在嚴羽前後,在“晚唐\江西”的對峙中,楊萬里的“晚唐風味”,戴復古的“妙處不由文字傳”②,或者是劉克莊的反省:“本朝則文人多詩人少,……要皆經義策論之有韻者耳,非詩也”。③ 可以説是嚴羽“惟在興趣”的呼應。這些與江西詩派對立的觀念,再次回到“是詩\非詩”的詩歌本質問題。

詩歌本質問題,在宋初曾以韓詩的爭議爲代表出現過,它反映了一個從抒情表現到符號表現的過渡(見卷叁),在這個爭議中,爲詩人之“工”、文化價值、曲盡其妙的表現力以及美感體驗提供了辯證的場域,直到消化了這些辯證,鞏固了江西詩派詩歌作爲“符號表現”的典範型態,建立了主體表現力的共識而大勢底定:符號表現是詩歌的本質,詩歌的美感就來自於成功的表現力。然而典範僵固之後,後人資書爲詩,心法實踐不當,造成“意義剥奪”,導致直覺綜合失敗,形式感知鈍化,無法再創造明晰生動的符號形式,創造具表現力的作品,因而引起了南宋詩壇一連串的反省。這些反省,從四靈的“捐書爲詩”,重視客觀描繪勝於主體表現,以物象感

---

① 　“以禪喻詩”本就是宋人常用以揭示這二度超越的美感體驗的表述方式,就這一點而言,嚴羽確實不完全是孤明先發,毫無依傍的。這種二度超越的思維,彰顯了宋人另一種不遜於江西詩學的詩學創見。參見筆者《禪宗與宋代詩學理論》一書。
② 　《論詩十絶》之七,《石屏詩集》卷七,《宋詩話全編》本,頁7600。
③ 　《竹溪詩序》,《後村先生大全集》卷九四,《宋詩話全編》本,頁8565。

知取代主觀意識,以至於楊萬里發展出快鏡般的形式攝取能力,陸游要增廣閱歷、擴充詩材,都是爲了重新找回詩歌活潑的生命力。到了劉克莊和嚴羽,則從這些寫作規範更進一層,徹底的從詩歌本質談起。以致於嚴羽建立了更爲全面的反省,根本地挑戰江西典範。

在這詩歌本質的思考裏,從劉克莊"風人之詩\學者之詩"①的分別,到嚴羽"吟詠情性"、"興趣"之説,"一唱三歎"的美感效果取代了主體表現力,成爲詩歌不可或缺的條件。終於造成典範的決裂。

撤銷了符號性之後,嚴羽必須重新面對在江西詩學以符號表現統合前,作品的主體性與形式性這兩個面向如何定位的問題。嚴羽把作者與作品這兩面向間原已被江西詩學建立的鏈結打斷,爲之分開處理了。

在主體性這一面,嚴羽用美感體驗取代了主體價值表現;而屬於作品文本性、形式性這一面,他則訴諸體製風格的客觀規範,也就是由"辨盡諸家體製"("熟參")而來的形塑作品的工夫。

由於他取消了符號性,把美感體驗直接歸之於情感抒發("吟詠情性"),因此,這玄妙縹緲的"興趣"、"一唱三歎"之致,要如何使之賦形以呈現,只好越過符號創造,直接落於文本,尋求一適當載體,來承載相應的情感,來具相呈現此美感價值。這就是他詩學的另一支柱——"辨家數如辨蒼白"的客觀體製性格。

從人文反省與形式覺知的對靜開始,宋人一直很有意識地面對詩歌藝術主體性(作者)與形式性(作品)這兩面的存在,宋詩裏"言意"、"文道"的議題,莫不是爲了辯證而完整地處理這兩者。從宋初以來,它們主要以"表現"的關係而共存,發展爲"主體表現"與

---

①　見《跋何謙詩》,《後村先生大全集》卷一〇六,《宋詩話全編》本,頁8603。

"形式表現"的講求。

　　"形式表現"與"主體表現"的對諍,這就是宋人才學之爭的内涵:一個天才所擁有的往往就是——明快的直覺,善於明敏地掌握形式以處理内在情感的能力,如蘇軾所謂"韻"、陳師道所謂"才"、劉克莊所謂"風人之詩"、嚴羽所謂"別材別趣";而一個憑藉學力或"思深緒密"的寫作者,所擁有的則是——豐富而深刻的情感概念的反思能力,如蘇軾所謂"才"、陳師道所謂"學"、劉克莊所謂"學者之詩"、嚴羽所謂"讀書窮理":這兩者,被山谷詩學以"作品—(符號表現)—人文主體"的架構統合起來。

　　在成熟的符號表現的立場看來,這兩者是不可分且融貫一致地實踐的,這類"才"、"學"對舉的問題代表了辯證地發展到符號表現必經的思路。嚴羽並非不知江西符號表現的内涵,他所爲人爭訟不已的"詩有別材,非關書也;詩有別趣,非關理也。然非多讀書,多窮理,則不能極其至"①,就很吻合江西融貫主體表現與形式表現的心法精神。此處必須要多讀書窮理才能"極其至",卻又"不涉理路,不落言筌"的,便是那必須透過藝術形式而默會的抽象的詩歌之"表現";而"讀書"、"窮理"與"別材"、"別趣"的統合超越,目的也略同於江西心法中支援知識、焦點知識交互融貫的旨趣,②就是在於成功的"表現"。

　　用嚴羽自己的話來講:"詩有詞理意興,南朝人尚詞而病於理;本朝人尚理而病於意興;唐人尚意興而理在其中,漢魏之詩,詞理

---

①　《滄浪詩話・詩辨》,《滄浪詩話校釋》頁 26。
②　請注意,嚴羽在此以"二道相因"的表述表達了一種二度超越的思維,亦即要超越二者之上,直覺地獲致其美感本質。參考筆者《禪宗與宋代詩學理論》對此種思維的分析。可以看出,它和江西心法的辯證綜合,有一種思維上的根本差異,心法的辯證綜合必建立在支援意識、焦點意識二者的吸收消納上,才能獲致融貫轉悟;而嚴羽的直覺之悟更有截斷衆流、遣蕩二者以獲致直覺之悟,兩種思維之不同,決定了兩種詩學對符號性之取捨不同。

意興，無跡可求。"①這不管是"尚意興而理在其中"，或"詞理意興，無跡可求"，都意味著表現能力之完善，②也就是嚴羽言之闇闇的能夠表現"興致"、"吟詠情性"的情感表現。

江西之病，一言以蔽之，就是表現能力之衰陋。强烈的文化使命，使他們好議論、好説理、好使事用典，而專意於具體表達內容的刻苦經營，對於"理"的表達層次功不可没，但過度的主體表現，反而造成意義剥奪③，截斷了與形式表現間的融貫轉悟，統合失敗而無法成就一明晰完整的表現符號，自然無以呈現美感價值，這對於以"興趣"、"一唱三歎之音"等美感經驗爲詩歌本質的嚴羽而言，便是"失詩之旨"了。

嚴羽也知道詩歌存在這兩個面向，對此他取消了縮合兩者的符號性，撤銷了作品與作者間融貫轉悟的關係，江西詩學裏符號表現不成功的問題也因此撤銷了，而代之以兩行的處理，把作品形式性與主體性分開處理。前者就是他詩"法"、詩"體"等"本色""當行"的規範性格，後者則是"惟在興趣"等美感價值的存在。那麽，在他極爲主體取向的美感體驗與客觀體製辨析之間的思維罅隙，他以"妙悟"來昇華超越之。

對嚴羽而言，詩歌本質上同時爲兩種性質的存在，一是"興趣"、"一唱三歎"等美感價值；一是由詩法詩體等文本規範所構成的客觀體製的存在。而他用直覺("妙悟")取代符號創造，作爲縹

---

① 《滄浪詩話・詩評》，《滄浪詩話校釋》頁 148。
② 藉助卷三所引卡希勒指出的任何藝術創作存在的三種層次："物理存在"之層次，"對象表達"之層次，以及"位格表現"，嚴羽這裏所謂的"詞"，大概可以類同於"物理存在"這一作品構成的具體質料成素；"理"，則是"對象表達"這種作品意味內容的層次；"意興"，就是透過前二者表現却不可實指的"位格表現"的層次了。
③ "意義剥奪"，見本書卷貳第三章。

緲抽象的美感價值與作品文本性的形構質素之間的橋樑。

相對於黃庭堅“詩歌作品—(符號表現)—人文理解等情感概念”的模式,嚴羽則是“本色當行的體製—(負載、呈現)—美感價值”。江西詩學的心法是:專注於讀書治經寫作自樹立等無所不在的工夫,而喚起主體內斂理解,獲致融貫形式表現與主體表現的洞察力。相對於此,嚴羽的實踐方法則是:透過參學各家體製、選擇正典的學習,以期超越地達到“妙悟”——美感價值的直覺把握。

對嚴羽來講,美感價值就存在於完美的體製形式中。在這模式下,爲能夠承載“透徹玲瓏不可湊泊”的美感價值,要求文本形式須具有完美的“道徵”,就是他所謂的“氣象渾厚”:

> 漢魏古詩,氣象混沌,難以句摘。①
> 建安之作,全在氣象,不可尋枝摘葉②
> 盛唐諸公之詩,如顏魯公書,既筆力雄壯,又氣象渾厚。③

這些“渾厚”、“混沌”的氣象,和江西“平淡而山高水深”的“渾然”、“圓成”,是不太一樣的。嚴羽之“渾厚”,乃著眼於文本整體的完整性,指最恰當、最能負載美感的體式;江西講的則是象徵符號、藝術表現的圓熟明晰,是“技”與“道”已經主體涵養內化,而能抽象化爲明晰藝術符號以完整象徵,江西的“渾然”、“圓成”,雖一樣用以指稱作品,但那是在“象徵”(創作者的)意義上的“渾厚”、“雄渾”,(因此也有著心性質地的“渾厚”之意),而非文本自身的渾成。

---

① 《滄浪詩話·詩評》,《滄浪詩話校釋》頁 151。
② 《滄浪詩話·詩評》,《滄浪詩話校釋》頁 158。
③ 《答出繼叔臨安吳景仙書》,《滄浪詩話校釋》“附錄”頁 252—253。

　　嚴羽認爲詩歌本質是脈脈涵泳的雋永情味,這就是宋人常講的"餘韻"、"味外之味"等,這就是他所同於東坡的強調美感價值之處①。他所謂的氣象"渾厚",是種讀者中心的美感體驗,要求超越文字,超越意象、意念,要求純粹無關心、無判斷的直覺感知,因此認爲過於顯露的主體意識將反而轉移焦點,喧奪了嚴羽等讀者立場所欲獲致的脈脈無言的審美感受。特別是江西所強調的主體意識,總關係著濃厚的人文内涵,由於經常要指向倫理的、事理的關懷,也就是有所判斷。這種思理表現的"健",易令讀者駐足於作者特殊的洞察,而難以二度超越地進入無相、無判斷的美感層次。但宋人詩許多的"苦中真味",正賴於斯。這兩者顯然是不同的立場。

　　嚴羽認爲"雄深雅健"的評價只能用於文章,"於詩則用健字不得,不若詩辨雄渾悲壯之語,爲得詩之體也"②。"健"是文脈呈顯的力度,與主體的意向性密切聯繫,江西佳處往往就在於其主體反思意識的呈現,亦即詩中"有我"③。在江西的主體表現立場下,該渾然無跡的是"工夫",是將一切學識涵養完整内化爲無處不在的支援意識,泯没了任何有意經營的痕跡。這種工夫與境界並不限於什麼樣的題材或表現方式,並不需要消減主體意識,因此能允許"作判斷語"。江西所講的"雄渾",是如何把這主體價值判斷,以圓

---

　　① "柳子厚'漁翁夜傍西巖宿'之詩,東坡删去後二句,使子厚復生,亦必心服。謝朓'洞庭張樂地……'予謂'廣平聽方籍,茂陵將見求'一聯删去,只用八句,方爲渾然。"(《滄浪詩話·考證》,《滄浪詩話校釋》頁 249)很有意思的是,東坡要删的"回看天際下中流,巖上無心雲相逐"兩句,和嚴羽要删的"廣平聽方籍,茂陵將見求"兩句,卻正是作者的"心事"所在,也就是主體意識較強的部分;而删去了這兩句之後,也就是删去了一切判斷與"有我",而得以圓成一無關心、無價值指涉而自足的渾然境界。
　　② 《答出繼叔臨安吳景仙書》,《滄浪詩話校釋》"附錄"頁 252—253。
　　③ 這種"有我"的主體意識特徵,參考龔鵬程《知性的反省——宋詩的基本風貌》,載《中國文化新論——文學篇二　意象的流變》頁 263—268 對唐宋詩性格的説明。

熟明晰的符號象徵的方式,在"位格表現"的層次上表現出來。就像葉夢得所説的:"七言難於氣象雄渾,句中有力,而紆徐不失言外之意。"①這樣的主體意識,自然與嚴羽無關心、無判斷等美感優位的立場相悖。嚴羽"無跡可求"的詩歌本體論,因此也成了本質上就與江西符號詩學決裂的新思維。

在這種詩歌本質論的基礎下,嚴羽進而發展出詩歌寫作的規範與方法學——客觀體製辨析。

二、"不可共量性"——由"熟參"到"妙悟"(從辨識各家體製到把握美感價值)

在嚴羽以美感價值與文本體製並爲詩歌本體的模式下,這套詩學的價值信念及操作方法也不同於江西典範了。

首先他的價值譜系和"正典"是明確的。與江西詩學訴諸於個別主體表現力的"自得"不同,在客觀體製立場下,作品是可以依其體製放在歷時性的文本傳統中作比較的。在這個歷時性的傳統中,嚴羽判定它們優劣高下的排次是:

> 漢魏晉與盛唐之詩,則第一義也;大曆以還之詩,則小乘禪也,已落第二義矣;晚唐之詩,則聲聞辟支果也。②

嚴羽不僅提出了明確的效習譜系,也據此揭示了具體的實踐入手:由辨盡各家體製,以達到本色當行的"透徹之悟",由辨識文本體製風格而躍升到美感價值的把握。而權威性的學習"正典"也

---

① 《石林詩話》卷下,《歷代詩話》頁 432。
② 《滄浪詩話·詩辨》,《滄浪詩話校釋》頁 11—12。

因此確立:

> 先須熟讀楚辭……及讀《古詩》十九首,樂府四篇,李陵蘇
> 武漢魏五言皆須熟讀,即以李杜二集枕藉觀之,如今人之治
> 經,然後博取盛唐名家,醞釀胸中,久之自然悟入。①

以下表列了典範裏的價值、信念、理論原則、技術作法與具體學習模範等等,比較江西詩學的典範網絡與嚴羽之間的區別:

	江西典範網絡	嚴 羽 詩 學
詩歌本質	人文的符號表現	"一唱三歎"的美感體驗
價值信念	自出機杼的主體表現力	透徹玲瓏、不可湊泊的美感呈現
理論主張	從融貫讀書治經寫作與心性涵養以達到"大巧不工"的表現力	從"辨家數如辨蒼白"以達到作品的"氣象渾厚"
理想模範	黃庭堅、杜甫("平淡而山高水深")	以盛唐爲法,李杜("入神")
正統與正典(canon)(學詩應"參"的對象)	文化統緒與博覽經史杜詩(中唐觀念後的杜詩)韓文等"參"、"句法"②	漢魏晉盛唐詩(其中杜詩是盛唐觀念下的杜詩③)"熟參"前人"體式"("辨家數如辨蒼白")

---

① 《滄浪詩話‧詩辨》,《滄浪詩話校釋》頁 1。

② 江西之"參",需與個人主體領會相結合,從參"句法"到參"活法",都强調主體表現力。

③ 嚴羽看杜詩,看到的是氣象雄渾等風格範式和美感特質,相對於此,從黃庭堅以來所看的杜詩往往著眼於他"不煩繩削而自合","平淡而山高水深"的文字表現力。

續　表

	江西典範網絡	嚴　羽　詩　學
操作實踐	“波瀾”與“冶擇”辯證轉悟的“入神”、“悟入”_{．．．}	辨盡各家體製以致直覺超越地把握美感價值（“妙悟”）_．
規範法則	“包括眾作，本以新意”“以俗爲雅”、“以故爲新”	在羣作比較等普遍意義下的起結、句法（組織成句的下字之法）、字眼等體式規則
評斷標準	“入神”、“自得”等主體表現力	“本色”、“當行”等“合於古人”的體式風範

　　在嚴羽的表述系統裏，雖然也共用了種種江西詩學典型的語彙，然而這兩者已經有了釋義上的“不可共量性”。

　　例如在黃庭堅，所謂的“入神”、所謂的“韻”，就像沈括稱王維《袁安臥雪圖》“造理入神，迴得天意”的“入神”，他們指的都是依於形式創造的主體表現力，具有某種“指符—意符”妙契而神會的“寫意”意味①；而嚴羽謂李杜詩作的“入神”，却是指其文本渾厚的體式風格所呈現的美感價值，指其因此帶給讀者一唱三歎的藝術感染力。

―――――――――――――――

　　①　黃庭堅《題摹燕郭尚父圖》：“凡書畫當觀韻。往時李伯時爲余作李廣奪胡兒馬，挾兒南馳。取胡兒弓引滿，以擬追騎。觀箭鋒所直，發之，人馬皆應弦也。伯時笑曰：‘使俗子爲之，當作中箭追騎矣。’余因此深悟畫格。此與文章同一關紐，但難得人入神會耳。”（《黃庭堅全集·正集》卷第二十七，頁729）沈括《書畫》：“書畫之妙，當以神會，難以形器求也。世之觀畫者，多能指摘其間形象、位置、彩色、瑕疵而已，至於奧理冥造者，罕見其人。如彥遠《畫評》言王維畫物，多不問四時，如畫花往往以桃、杏、芙蓉、蓮花同畫一景。予家所藏摩詰畫《袁安臥雪圖》，有雪中芭蕉。此乃得心應手，意到便成，故造理入神，迴得天意，此難可與俗人論也。”（《夢溪筆談》卷七，《宋人詩話外編》頁91）

　　於是,理所應然的,他所謂的"悟",也就和江西詩派的"悟"全然不同了。他説"惟悟乃爲當行,乃爲本色"①,是客觀體製意義的"本色"、"當行"的"悟";江西強調主體表現的"悟",是"心法"意識下創作心性融貫統合的"悟"。嚴羽的"悟",雖然也有著某種程度的直覺感知,但它和黃、呂必須吸納沉潛於主體表現與形式表現辯證思維的内斂轉化之"悟"是不同的,也不是對於主體表現力的"悟";嚴羽的"悟",是透過風格體式的熟習,而遷躍地超越於文字思理之上,直覺地把握無關心無判斷的美感經驗。②

　　前面所説,從黃庭堅奠基,到呂本中確立了典範的江西詩學,始終離不開主體與形式交互辯證等作者中心的内斂思維;而嚴羽的"妙悟"、"入神",都要直接從"辨體製"這種客觀論的立場來學習,所謂以"盛唐"爲法,他的入手處在以文本爲中心的辨家數、辨體製之學。

　　因此,同是比喻參詩如參禪,嚴羽的"熟參"之學與韓駒等所講的"飽參"、"遍參"字面雖似而意義便有不同。在江西"心法"的意義下,"飽參"、"遍參"的重點實不在"參",雖然要廣納各種學思,但目的實不在經驗的積累或知識、記憶的匯聚,而在内斂於"參"的行動中,達到"悟"的直覺統合。但是嚴羽的"熟參",確有個可指實可明示推論的知識性的目標,即"試取漢魏之詩而熟參之,次取晉宋之詩而熟參之,次取南北朝之詩而熟參之,次取沈宋王楊盧駱陳拾遺之詩而熟參之,次取開元天寶諸家之詩而熟參之,次獨取李杜二公之詩而熟參之,又取大曆十才子之詩而熟參之,又取元和之詩而

――――――――――――

　　①　《滄浪詩話・詩辯》,《滄浪詩話校釋》頁12。
　　②　嚴羽"妙悟"所指的美感體驗,及其直覺超越的二度思維,詳見筆者《禪宗與宋代詩學理論》。

熟參之，又盡取晚唐諸家之詩而熟參之，又取本朝蘇黃以下諸家之詩而熟參之"①，以達到"辨家數如辨蒼白"。同時，這也有著循序漸進的程序，即他所謂"從上做下"的工夫："先須熟讀楚辭，朝夕諷詠以爲之本；及讀古詩十九首，樂府四篇，李陵蘇武漢魏五言皆須熟讀，即以李杜二集枕藉觀之，如今人之治經，然後博取盛唐名家，醞釀胸中，久之自然悟入。"②

這就是很典型的客觀體製之學的立場——摹習前人成功的作品。這些參學的對象，無一不是詩歌專門之作，它的學習方法，也必屬詩歌專業的效習，而不會瀰漫到其他文化典籍各方面。把他以下的"詩體"、"詩法"、"詩評"、"考證"繼續讀下去，便很清楚了。他就是要把詩學扳回到專業脈絡上，也就是客觀體製的規範傳統中。這也是《滄浪詩話》和宋人一般詩話發凡體例的大不同。嚴羽所偏重的，是詩歌藝術性（在江西典範所代表的符號性）的另一面向——文本中心的客觀體製論。

客觀體製之學的眼光，主要落在專業作品所形成的形式規範傳統，"文成法立"的"法"，也就是這些已普遍化的規範之法。在北宋，雖已有王安石、陳師道等客觀體製的傾向，但這時期的詩話，論詩大多還是模糊各體的界線，而著眼於詩句的字句文詞等如何表現"意"；到了南宋，以"五古"應如何如何、"七律"又是如何如何等認知爲前提的表述方式，頻繁出現，格式體製的觀念又抬頭了。嚴羽這時期正是主體表現與客觀體製混戰的時候，這正是上文所謂江西詩學被文本化、被固著化以來的混亂局面。

就在嚴羽之前不久，陸游還說："文章要法，在得古作者之

---

① 《滄浪詩話·詩辨》，《滄浪詩話校釋》頁 12。
② 《滄浪詩話·詩辨》，《滄浪詩話校釋》頁 1。

意⋯⋯前輩於《左氏傳》、《太史公書》、韓文、杜詩，皆熟讀暗
誦⋯⋯久之，乃能超然自得。"①與他同時的戴復古詩也是："所搜
獵點勘，自周漢至今大編短什、詭刻密文、遺事廋説，凡可資以爲
詩者，何啻數百千家。"②他們都還置身於詩外工夫、廣博參學的
天地裏。此所以嚴羽必須反駁吳景仙"不喜分諸體製之説"，反
駁江西以來的風氣，要求建立詩歌專門之學的專業規範："作詩
正須辨盡諸家體製，然後不爲旁門所惑。今人作詩，差入門户
者，正以體製莫辨也。世之技藝，猶各有家數。"③《滄浪詩話》"詩
體"一章，正是典型的客觀體製立場下之"辨體"；"詩法"一章，則
是就文本論文章法度規範，"僕於作詩，不敢自負，至識則自謂有
一日之長，於古今體製，若辨蒼素"④。從辨體製做起，嚴羽在文
本化的趨勢中，著手建立了代表詩學專業權威的正典。比較起
來，王安石、陳師道等文體規範還只是屬於創作論層次的法度規
矩，而嚴羽所提正典的權威性，使他的"當行"、"本色"更根本地
觸及詩歌專業本質的問題。

　　雖然四靈已有建立文學正典的意圖，然而站在最高境界的立
場，嚴羽仍不滿意四靈所提出的晚唐正典。從一種體製上"集大
成"的觀念，嚴羽把標的指向盛唐。同樣是"集大成"的主張，從蘇
軾、秦觀、黄庭堅以來，指的都是表現力的"集大成"，是突破各種體
製界限意義上的集大成。秦觀推崇韓愈的"成體之文"，就是韓愈
以其獨特的表現能力突破各種文體既成風格的成就；而嚴羽之"集

---

①　《楊夢錫集句杜詩序》，《渭南文集》卷一五，《宋詩話全編》頁5755—5756。
②　吳子良《石屏詩後集序》，明刊本《石屏詩集》卷首。
③　《答出繼叔臨安吳景仙書》，《滄浪詩話校釋》頁252。
④　同上。

大成"，則是指杜詩集各種體製最高之成就，在各種體製上有最好
的呈現。

　　他所講的"識"，也是如此。這"識"是分別客觀文本體製的
"識"。在這之前，也有范溫提過："識文章者，當如禪家有悟門。夫
法門百千差別，要須自一轉語悟入。如古人文章直須先悟得一處，
乃可通其他妙處。"①而范溫已經是"只論句法，不論義理"的了。
嚴羽的"識"，也是如此。不論主體表現性，而就文本間風格體式之
差異從事藝術形式上的辨析，這種辨析評斷的方法，就是嚴羽不同
於江西之"識"。

　　對宋人之"學古"，也應如此分別。江西詩學的學古，應當放在
創作主體力求表現力的突破，包容衆製而自成一家的心法領會來
看；相對於此，嚴羽的復古，在文本中心的立場下，却真的是一種體
式的回歸。從後來明人以體製學古的風氣，足以深刻回溯嚴羽詩
學的意義。

三、小結

　　在嚴羽之前，縱使已出現那麼多的異見，然而這些批評，却像
戴復古所説的，都成了"蟬噪鳴晚風"②。由於他們皆未能突出於
江西詩學既成的"典範"思考之外，批評雖成風氣，却未開出足以撼
動現狀的新格局。

　　嚴羽勾勒了一個與江西詩學"符號表現"對立的"美感價值"
與"客觀體製"並立的詩學型態，形成一套真正衝擊典範的論述。
雖然嚴羽的主張，並不完全是空無依傍的原創，如前文所言，"美

---

①　《潛溪詩眼》，《宋詩話輯佚》頁 328。
②　《論詩十絶》，《石屏詩集》卷七，《宋詩話全編》頁 7600。

感體驗"、"客觀體製"之學也曾在宋代詩壇閃現過熠熠光輝,但很久以來它們都在"江西詩派"這典範下被邊緣化了。直到嚴羽,才透過與江西詩學完全不同的觀念構築,掀起舊典範的危機。

在嚴羽與江西詩學諸多名同實異之處,諸多"以禪喻詩"之處,充滿了"不可共量性",這之間真正的"異",正是嚴羽所謂不傍他人籬壁,説江西詩病如"取心肝劊子手"的貢獻。

在嚴羽詩學與江西典範的決裂處,是詩歌發展史上的一大徵候。嚴羽説"以漢魏盛唐爲師,不作開元天寶以下人物",開元天寶以後,正是詩歌開始出現強烈的自我表現、主體表現意識的時候。正是這種表現意識,逐漸地打破了六朝體製之學的氛圍,突破了抒情表現的模式,促成了符號觀念的成熟,成就了宋詩一代的典範。嚴羽在對立的立場下,主張"不作開元天寶以下人物",正凸顯了這一詩學史的意義。在符號性與文本性的對照下,從中晚唐、江西、嚴羽到明清,浮現了詩學史一道清楚的脈絡。

此外,嚴羽與江西典範的對立,也揭示了詩學上一個重要的問題。嚴羽認爲是本色當行的美感價值,與江西作爲詩歌本質的符號表現,丟給了學者一個重大的抉擇:詩歌是美的? 還是獨創的? 詩歌該爲作者表情達意,引領讀者進入純粹的美的心靈境界,還是表現創作者深刻的洞察力? 是拓展人類理解的精神領域,透過作品,無論是形式或内涵,啓發人類更豐富的知情意,以真誠的存在表徵,鼓舞後來者開疆拓土,開發人類不斷超越的心智? 還是在作品中取得永恒的寧静,美感的觀照,作爲心靈交流與休憩的樂土,超越時空地駐足於人類經驗與情意的内在欣賞?

在江西詩學與嚴羽之後，任何有關中國詩學的思考，不能擺脱這種兩面性。

第二節　方回："典範"最後的詮釋者

宋末江西詩學，首先遭受到四靈所掀起的晚唐風潮的挑戰，繼而是劉克莊、嚴羽等更大的衝擊——與唐詩對比之下藝術特質的反省。兩者的層次不同，然而同樣都刺激了建構詩歌"正典"的要求；同時，在江西詩派日益文本化及嚴羽辨析體製之學的建構下，江西詩學的鑄鼎之作，終於也淪爲文本中心的批評者了。

回應四靈和嚴羽所提出的晚唐或盛唐等正典，方回建構了"一祖三宗"的江西正統，建構了江西的學習正典；並進一步，透過《瀛奎律髓》的寫作，將江西規範具體化爲可形之文本的寫作指導。《瀛奎律髓》以文本爲中心的分析方法，爲江西詩學歸納出種種典型與範式，如"宗杜"、善用"虚字"、"拗字詩"、"闔辟頓挫"等等，此後，這些觀念遂成爲"江西詩派"的定論，而"江西詩派"也因此而被定位爲一特定體製風格之指謂。

一、"一祖三宗"：詩歌正統與正典的建構

四靈、嚴羽等江西詩派的反對者，他們都建立了具體的"正典"論述，在價值信念清楚，仿習對象明確的學習下，並依據客觀的文本體製作爲評價判斷的準繩，開展詩學的眼界。"一祖三宗"的建構首先便回應了明確的"正典"的需求：

　　　　江西詩派非江西,實皆學老杜耳。①

　　　　宋詩有數體:……惟山谷法老杜,後山棄其舊而學焉,遂名"黃陳",號江西派,非自爲一家也,老杜實初祖也。②

　　　　古今詩人當以老杜、山谷、後山、簡齋四家爲一祖三宗,餘可預備餉者有數焉。③

　　　　以老杜爲祖,老杜同時諸人皆可伯仲。宋以後山谷一也,後山二也,簡齋爲三,吕居仁爲四,曾茶山爲五,其他與茶山伯仲亦有之,此詩之正派也。餘者皆傍支別流,得斯文之一體者也。④

　　　　老杜詩爲唐詩之冠,黃陳詩爲宋詩之冠,黃陳學老杜者也;嗣黃陳而恢張悲壯者,陳簡齋也;流動圓活者,吕居仁也;清勁潔雅者,曾茶山也。七言律,他人皆不敢望此六工矣。⑤

在方回眼中的"江西詩派",實爲一以學杜爲宗旨,"文備衆體"的詩歌門派。原來江西精神强調"集大成",强調"成體之詩"渾涵大道的表現觀念,現在則强調江西詩派發源於杜詩的"文備衆體",因此能夠包含各種風格:"老杜所以獨雄百世者,其意趣全古之六義,而其格律又備後世之衆體。晚唐者,特老杜之一端。"⑥這種意義,使得"杜詩——黃庭堅、陳師道、陳與義"這條路線,成了以格律體式畫出的路線,"江西詩派",成了以風格範式區分的門派。這道統緒,

————————————

　　① 《瀛奎律髓》卷二十五評杜甫《題省中院壁》,《紀批瀛奎律髓》頁1013。
　　② 《瀛奎律髓》卷一評《甘露寺》語,《紀批瀛奎律髓》頁12。
　　③ 《瀛奎律髓》卷二十六變體類陳與義《清明》詩評語,《紀批瀛奎律髓》頁1041。
　　④ 《瀛奎律髓》卷十六節序類陳與義《道中寒食二首》評語,《紀批瀛奎律髓》頁502。
　　⑤ 《瀛奎律髓》卷一評陳與義《與大光同登封州小閣》,《紀批瀛奎律髓》頁28。
　　⑥ 《跋許萬松詩》,《桐江集》卷二,頁251。

確定了最後的詮釋定位,確定了“杜詩—黃庭堅、陳師道、陳與義”的路線,明確地把江西定位爲一分門別户的詩歌宗派,分割了江西詩派與宋代詩壇渾沌的共享關係。到此,“江西詩派”,可以稱爲宋詩的“代表”,但却不是一個時代共同參與的“典範”了。

　　相較於吕本中宗派圖雖稱“宗派”而實爲鬆散的社羣觀念,在方回這些表述裏的“一祖三宗”,却帶有相當嚴格的分門別派及傳承配饗的規定。“一祖三宗”比起“江西詩社宗派圖”,有了更具體的傳承,後來方回也藉由《瀛奎律髓》的文本展示,律定了傳承之“法”。比起吕本中説黄陳乃“學老杜而不爲”,已不知走了多遠。

　　對方回而言,唐\宋詩之分只是時代之别(老杜詩爲唐詩之冠,黄陳詩爲宋詩之冠),“江西詩派”,則爲橫亘這兩代的詩學宗派,是杜詩所開啓的體格範式的傳承。

　　由於方回訂下“一祖三宗”的譜系,這道譜系,又是以律詩爲代表,於是,江西詩派這“一祖三宗”之學,具體而言,實又是律詩一代之學了。

　　　　大概律詩當專師老杜、黄、陳、簡齋,稍寬則梅聖俞,又寬則張文潛,此皆詩之正派也。[1]

　　這就是方回寫作《瀛奎律髓》所本的觀念,透過《瀛奎律髓》實際的評選、解析,落實了“江西詩派”的文本權威及維繫這權威之“法”。但就是沿著這個路數走下來,“格律”、“體式”於是取代了心

---

[1]　《送俞唯道序》,《桐江集》卷三,頁 312—313。

法,取代了宗趣、自得,"江西詩派"成了一個以學杜的文本體式風格爲條件的集合,決定了後人心目中"江西詩派"的定位。

二、《瀛奎律髓》: 奠定"江西格"、"江西體"

方回以"一祖三宗",建構了江西詩派的正統與正典,同時他也透過《瀛奎律髓》的寫作,回應了嚴羽等客觀體製之學的挑戰。

嚴羽,能夠根據具體的文本,"辨家數如辨蒼白",始能建構一套於理有據的寫作指導,以及具有歷史基礎的詩歌理論系統;四靈,則因有具體的正典提供寫作實踐的入手,故也能掀起一陣風潮。後來江湖詩派能踵繼四靈,延續晚唐風味,未始不是得力於此。

唯有江西詩派,雖講"意",講"立格命意用字",講"句法",講"活法",講"無一字無來處",然而從黃庭堅、呂本中以來,從未提出確定的、可供客觀摹習的文本憑藉,由於高置理論,這套"以心傳心"重視主體個別領會的典範,遂和禪宗一樣,要依賴學者不可捉摸的悟性;同樣地,也和禪宗末學流於呵佛罵祖的表面皮相一樣,江西詩派也因缺乏可爲定式的準繩,任由悟性不高的詩人捕風捉影,以致流於粗率淺陋或資書成腐。

現在,透過《瀛奎律髓》具體的選註評析,方回要明示學者如何"以萬鈞九鼎之功","束於八句四十字之內"①,以此具體講明"派家詩"的寫作規範。所謂"江西格"、"江西體",於茲確立。在選詩、圈點、評註的實際指點中,"如與作者面稽印可,能使其精神眉目軒豁呈露於行墨之間……學者且當從此領會參入,而後漸次展拓,即

---

① 《瀛奎律髓》卷三十四評陳師道《鉅野》詩,《紀批瀛奎律髓》頁 261。

古人全體之妙，不難盡得"①。以當面指引般的圈點評註，落實了江西渺無涯岸的空頭心法。這一部合"詩選、詩注、詩評"的"新型文學批評樣式"②，藉著對唐宋兩代近體詩歌實際的評點解析，江西之"格"、之"意"、之"法"、之"鍊字"、"鍊句"，總算有了明白的演示。如吳之振所説："標點眼目，辨別體製，使風雅之軌，後學可尋。固詩林之指南，而藝圃之侯鯖也。"③學者不再虛無縹緲，於書海茫茫中妄自揣測，確立了何謂"格高意奇律熟句妥"，確立了江西詩派的文本規範。

當然這也因此付出了窄化典範完整脈絡、矮化江西詩學層級的代價。他這"標點眼目，辨別體製，使風雅之軌，後學可尋"的用心，也使得江西之學，從原來"悟入"、"飽參"等主體心法之學，以"作者—作品"（"主體—文"）爲中心的符號表現詩學，真正地轉入文本中心的體製範式之一類，成爲一種可藉文本體式風格予以評價辨析的特定學派。這也因此把原爲一整個時代典範網絡的江西詩派，轉化爲以風格範式分門別派的江西詩派，奠定了後人對"江西詩派"的詮釋定位。方回藉《瀛奎律髓》所律定的種種體製風格，遂成爲江西之學的定論，這些從典範整體網絡中抽離出的原則、法式，遂成爲後人所以認知、辨識"江西詩派"所根據的規範。這些規範，就彙整於"格高、律熟、意奇、句妥"的寫作門路中：

　　格高、律熟、意奇、句妥，若造化生成。爲此等詩者，非真

---

①　吳寶芝《重刻律隨記言》，《紀批瀛奎律髓》頁32—33。
②　詹杭倫《方回的唐宋律詩學》頁180。
③　吳之振《瀛奎律髓》序，《紀批瀛奎律髓》頁13。

積力久不能到也。①

“格高”、“意奇”，源自宋人主體表現的精神，“律熟”、“句妥”則是江西形式表現的要件。它們原來在山谷詩學中，以“道—主體—文”的模式，以內斂轉悟的句法一致地實踐；“格高、律熟、意奇、句妥”，須是一氣呵成，真積力久融貫轉悟的工夫所致。

然而現在在方回文本中心的分析方法下，它們已經失去了主體融貫表現的內涵，因此也不再以抽象的表現力、“自得”等信念爲指歸，而另行造就出一套具相的“江西體”、“江西格”的文本特徵了。這套特徵，就是“格高”、“意奇”所代表的情志性理，“律熟”、“句妥”所意味的文字聲律等形式佈置。

江西詩學到“江西體”，已不再是不限所表現內容，不限“能表現”形式，一以主體表現力爲宗的“符號表現”了，而是要求內容需合乎道學的性理情志，形式要聲律圓熟、文字妥順的特定體製之學了。

（一）“格高”“意奇”的性理表現

　　詩以格高爲第一。三百五篇，聖人所定，不敢以格目之，然風雅頌體三，比興賦體三，一體自有一格，觀者當自得之於心。②

　　詩先看格高。③

　　黃陳特以詩格高爲宋第一。④

---

① 《瀛奎律髓》卷二十三杜甫《狂夫》詩評語，《紀批瀛奎律髓》頁 894。
② 《學藝圃小集序》，《桐江集》卷三，頁 386。
③ 《瀛奎律髓》卷二十一曾幾《上元日大雪》詩評語，《紀批瀛奎律髓》頁 803。
④ 《瀛奎律髓》卷二十二評《和永叔中秋月夜會不見月酬王舍人》詩評語，《紀批瀛奎律髓》頁 833。

　　善學老杜而才格特高,則當屬之山谷、後山、簡齋。①

　　黃、陳皆宗老杜,然未嘗依本畫葫蘆依老杜詩。黃專用經
史雅言、晉宋清談、《世説》中不緊要字,融液爲詩,而格極天下
之高。陳又與黃不同。許渾詩到後山面前一句説不行,故曰:
"後世無高學,舉俗愛許渾。"所以譏晚輩委靡衰陋,可謂
直矣。②

相對於"格高",則是如許渾、劉克莊等"對偶太切"的"格卑",以
陳師道與許渾之"委靡衰陋"對比以顯其格高,可知方回所謂的
"格",仍是宋人論"格高"、"格卑"的主體價值表現。所謂格高,
仍是不因工巧等技術理性湮没詩歌價值理性之意。③ 所以他論
"意新",認爲"必出於己而得於天"④,這同樣也是山谷"能自樹
立"的本懷。

　　對方回而言,這主體表現,一樣是在於胸中丘壑,"格高"、"意
奇"離不開胸中所貯之"心胸氣力":

　　　　惟山谷、後山、簡齋得此活法,又各以其數萬卷之心胸氣
　　力鼓舞跳蕩。⑤

────────

　　① 《瀛奎律髓》卷二十四評梅堯臣《送徐君章秘丞知梁山軍》詩,《紀批瀛奎律髓》
頁959。
　　② 《評劉元輝問田夫詩》,《瀛奎律髓》卷五。
　　③ 如"劉蘊靈……所以高於許渾者,無他,渾太工而貪對偶,劉却自然頓挫
耳。"(《瀛奎律髓》卷三十七評劉滄《長洲懷古》詩,《紀批瀛奎律髓》頁83),或如《瀛奎
律髓》卷二十七評劉克莊《老將》詩、《瀛奎律髓》卷十四評許渾《曉發鄞江北渡寄崔韓
二先輩》詩,可以爲"格卑"的佐證。
　　④ 《跋俞仲疇詩》,《桐江集》卷三,頁298。
　　⑤ 《讀張功父南湖集序》,《桐江續集》(三)卷八,頁2。

　　　　學老杜詩,當學山谷詩,又當知山谷所以處遷謫而浩然於
　　去來者,非但學詩而已。①

　　　　但貯胸無奇書,落筆無活法,則不能耳。②

這胸中所貯之"意",又同樣地是以"指符—意符"的關係為重:

　　　　看前輩詩,不專於景上觀,當於無景言情處觀。③

極力對抗晚唐的方回甚至特別稱許山谷詩:"四十字(五律)無一字
帶景者"④,後山詩"四十字(五律)無一字風花雪月"⑤,把江西詩學
偏重人文意象的傳統發揮到極點。重意符而輕參符,是故作詩主
張治"境"不如治"心":

　　　　吾嘗即其詩而味之:東籬之下,南山之前……人何以異
　　於我,而我何以異於人哉?"盥濯息簷下,斗酒散襟顏",人有
　　是我亦有是也。"相見無雜言,但道桑麻長",我有是而人亦有
　　是也。……顧我之境與人同,而我之所以為境,則存乎方寸之
　　間,與人有不同焉耳者。⑥

---

　　①　《瀛奎律髓》卷四十三山谷《戲題巫山縣用子美韻》詩評語,《紀批瀛奎律髓》
頁1416。
　　②　《瀛奎律髓》卷四十四評曾幾《次韻王元勃問予齒脫》詩,《紀批瀛奎律髓》
頁1466。
　　③　《瀛奎律髓》卷四十七評杜甫《因許八奉寄江寧旻上人》詩,《紀批瀛奎律髓》
頁1597。
　　④　《瀛奎律髓》卷二十五評黃庭堅《次韻高子勉》語,《紀批瀛奎律髓》頁1011。
　　⑤　《瀛奎律髓》卷二十四評陳師道《別劉郎》語,《紀批瀛奎律髓》頁962。
　　⑥　《心境記》,《桐江集》卷一,頁87—88。

　　由"格高""意奇"所代表的主體心性表現的堅持,正是方回所以維持江西詩學之"大判斷",這個江西詩學一以貫之的大判斷,正是方回在回應四靈、嚴羽等挑戰中仍能與之截然有別之處。①

　　雖仍是一貫地強調主體表現、文化表現,然而在這時,對於詩歌"所表現"的"情性",在方回的定義裏更偏向道學家的"性理之情"了:

　　　　古之學者出於一,曰義理之學。……伏羲、堯……孟子所傳,其言具在。《易》以陰陽言義理,《書》以政事言義理,《詩》以吟詠情性言義理,《春秋》以明辨名分言義理…………而義愈明理愈精矣。②

方回此處的"詩",雖指的是《詩經》,不過從上引文知他有以《詩經》爲詩歌本源的意思,説"《詩》以吟詠情性言義理",等於是以義理規定詩歌應表現的内涵,這便涉及了江西詩學的關鍵課題。作爲表現人文内涵的詩學,山谷詩學原是以此共赴北宋"人文秩序之重建"的時代使命。北宋諸子在推明治道的理想下,在儒釋的談辯論域中,找尋"外王"的精神依據——"内聖"的基礎,於是把六經轉換成"義理之學",形成北宋的"道學"傳統③。山谷充滿人文内涵的詩學,正是在此時代氛圍中,以詩歌共赴"人文秩序之重建"的實

---

　　①　方回評姚合《遊春》詩並與杜詩作比較:"其病在乎矜誇無感慨……予謂詩家有大判斷,有小結裏,姚之詩專在小結裏,故四靈學之……又所用料不過花竹鶴僧琴藥茶酒,於此幾物,一步不可離,而氣象小矣。是故學詩者,必以老杜爲祖,乃無偏僻之病云。"(《瀛奎律髓》卷十,《紀批瀛奎律髓》頁280)
　　②　《吳雲龍詩集序》,《桐江續集》(十六)卷三十二,頁23—24。
　　③　余英時《朱熹的歷史世界》"緒説"。

踐。方回此處説"《詩》以吟詠情性言義理"、"接孔子之儒者曰周(敦頤)、二程(顥、頤)、張子(載)以及朱子(熹)",表明了方回心目中山谷詩學與此儒學傳統的關係,指出江西與義理之學的聯繫。

"格高"、"意奇"所强調的"心胸氣力",就像山谷論詩"有道"、"有根本"一樣,要從厚實的文化涵養來。然而,方回已經把黃庭堅活潑開闊、廣及三教的"多讀書",更窄化爲六經之學、義理之學,使得原來具有"情感概念"意味的"性情",變成了道學意味濃厚的"性理之情"了。

(二)"律熟""句妥"的形式準則

在這類論述當中,不只原來山谷涵養三教的文化内涵,逐漸被窄化爲理學家的義理之學;同時,符號表現中,形式表現與主體表現的融貫轉悟,也逐漸敧斜於文本中心而失去了互爲表現的轉悟關係了。

相較於四靈的精細白描、嚴羽"從上做下"的工夫,江西詩派一直苦無具體入手的指導,成了如嚴羽所説的興致全無、叫噪怒張之作,方回講"律熟""句妥"的目的,就在展示如何以藝術規律拯救江西末學粗率滑脱之弊。

方回雖然力主表現性理之情,然而在詩歌藝術的立場,他也反對直接"以詩言理學"[1],表明了江西詩與理學詩之分際。江西詩歌雖是以心性存養爲内涵,但不是直接爲義理喉舌,而必須透過詩歌藝術符號的形式表現。這之間存在著藝術形式的轉化,"吾儒之學,上窮性理,下綴詩文,必得活法"[2]。詩歌要表現性理之情一定要透過合宜的形式。他所謂"律熟""句妥",講的就是這詩歌藝術

---

① 《七十翁吟五言古體十首》之七,《桐江續集》(十)卷二十二,頁8—9。
② 《景疏庵記》,《桐江集》卷一,頁108。

規範,將這性理之情形之於客觀文本之"法":

> 善詩者,用字如柱之立礎,用事如射之中的,布置如八陣
> 之奇正,對偶如六子之偶奇。至於剔奇抉怪,如在太空中本無
> 一物,雲霞雷電、雨露霜雪,屢變而不窮。鍛一字者,一句之
> 始,字字穩則句成而無鍛跡;鑄一句者,一篇之始,句句圓則篇
> 成而無鑄痕。其初運思,旋轉如游絲之漾天;其終成章,妥貼
> 如磐石之鎮地。①

作詩須有具體的入手,這入手即是種種形式規則所成的"法
度"。如他説東坡詩不可學,正是因爲蘇軾恃其天才奔放,"波瀾闊
而句律疏,詩律寬而用事博"②。律詩法度是詩歌專門之學最好的
繩尺,③方回正欲以聲韻格律與鍊句鍊字的形式規範,建立江西技
法的實際入手。

他特別拈出幾個"律熟""句妥"的形式原則供學者留意,如"虛
字"、"拗字詩":

> 凡爲詩,非五字七字皆實之爲難,全不必實,而虛字有力
> 之爲難。……所以詩家不專用實句實字,而或以虛爲句,句之
> 中以虛字爲工,天下之至難也。④

------

① 《送俞唯道序》,《桐江集》卷三,頁 313—314。
② 《劉元輝詩評》,《桐江集》卷五。
③ 近體詩的結構規範,如何促成了詩歌專門之學的自覺,以及如何因之意識到
詩之"技"是專門之學必要的工具理性的追求,詳見本書卷貳第三章。
④ 《瀛奎律髓》卷四十三評山谷詩《十二月十九日夜中發鄂渚曉泊漢陽親舊載酒
追送聊爲短句》,《紀批瀛奎律髓》頁 1417。

　　　　拗字詩在老杜集七言律詩中謂之吳體。老杜七言律一百
　　五十九首，而此體凡十九出。不只句中拗一字，往往神出鬼
　　沒，雖拗字甚多而體骼愈峻峭。……唐詩多此類……五言律
　　亦有拗者，止爲語句要渾成、氣勢要頓挫，則換易一兩字平仄，
　　無害也。但不如七言吳體全拗爾。①

他所留意的，無論是"虛字"、"拗字詩"，或是，幾乎全是從文本著
眼，所謂"吳體"、"體格"，也均是就文本體式而言，與山谷詩學爲主
體表現而變弄聲律的精神大異其趣。

　　方回的"格高、律熟、意奇、句妥"，表面上是包含了山谷詩學裏
必要的主體表現與形式表現的講求。然而在山谷詩學裏，由於"句
法"的心法意識融貫了"道—主體—文"一體的精神，作品作爲主體
創造的表徵符號，在形式的探索中總能夠凸顯著主體"表現"的實
踐。但現在在文本取向下，方回的"律熟"、"句妥"，卻明顯地脫離
了"表現"的精神，而有就文本論文本的客觀體製的色彩。以"律
熟""句妥"所應表現的"意"而言，在他具體的評註選析中，在文本
釋義中解析出來的"意"，已經把"意"的内涵，從"作者—作品"總體
抽象關係的"意"，轉爲文本脈絡裏的"意"了。"格高"、"意奇"的性
情表現，遂與"律熟"、"句妥"的形式規範，裂解爲二了。

　　又如江西所講的"句中眼"、"活法"，在他文本化的眼中也是
如此：

　　　　（"紅入桃花嫩，春歸柳葉新"）"桃花"對"柳葉"，人人能

———————————

①　《瀛奎律髓》卷二十五"拗字類"下評語，《紀批瀛奎律髓》頁 1005—1006。

之;惟"紅"下著一"入"字,"春"下著一"歸"字,乃是兩句字眼是也。①

以予觀之,詩必有頓挫起伏。……以"自"對"君"亦是對句,殊不知"强自"二字與"盡君"二字正是著力下此,以爲詩句之骨之眼也。但低聲抑之讀五字,却高聲揚之讀二字,則見意矣。②

方回説的没錯,依山谷詩學,在詩歌句律之中,確實藏有表現之深意,確實必須透過形式結構的探索,方能把握作品所表徵之"意"。然而,在山谷詩學中作爲整首詩之"宗趣",完成符號表徵之關鍵的,是主體抽象領會的能力,這種如禪家心領神會的"句中眼",在方回"未有名爲好詩而句中無眼者"③的眼中,却被指實爲句中最有影響力的用字。

同樣的,從黄庭堅"句法"以來一貫的"心法",現在,也全指實成了具形具相的"句中折旋法"④、"輕重各對之法"⑤:

又當截上二字下三字分爲兩段而觀,方見深味。……老杜有此句法。⑥

三四用一事貫串,老杜有此體,"嘉樹傳"、"角弓詩"是也。⑦

---

① 《瀛奎律髓》卷十評杜詩《奉酬李都督表丈早春作》,《紀批瀛奎律髓》頁267—268。
② 《瀛奎律髓》卷十六評杜詩《九日藍田崔氏莊》,《紀批瀛奎律髓》頁544。
③ 《瀛奎律髓》卷十評王安石《宿雨》詩,《紀批瀛奎律髓》頁286。
④ 《瀛奎律髓》卷二十八評杜詩《閬州別房太尉墓》,《紀批瀛奎律髓》頁1104。
⑤ 《瀛奎律髓》卷二十六評杜詩《屛跡》,《紀批瀛奎律髓》頁1025。
⑥ 《瀛奎律髓》卷二十六評賈島詩《寄宋州田中丞》,《紀批瀛奎律髓》頁1028。
⑦ 《瀛奎律髓》卷三十評李羣玉詩《經費拾遺所居呈封員外》。

　　甚至連呂本中指表現力達到極致而流轉圓美的"活法",也被説成:
"(居仁)其詩宗江西而主於自然,號彈丸法。"①因此,當他説:"居
仁詩專主乎活。"②這個"活",已不再是工夫意義的心法,而是指文
本技巧上的善爲變化了。透過這些"不工不麗"的法式的解析,方
回確是重新樹立了江西"瘦硬生新"的體格,然而原來山谷、東萊以
表現力爲宗的"活",現在在具體文本體式的拘牽下,真成了紙上之
法了;"活法",再也不那麼的活潑富贍了。

　　而原來在"活法"説中,"句法簡易而大巧出焉"的境界,也不再
指融貫轉悟的洞察力、表現力之圓熟了;在文本化之下,它們用以
指稱愈老愈精進的體式之圓熟:

　　　　大抵老杜集,成都時詩勝似關輔時,夔州時詩勝似成都
　　時,而湖南時詩又勝似夔州時,一節高一節,愈老愈剥落也。③
　　　　老筆愈勝少作,中年亦未若晚年。④
　　　　天寶未亂之前,老杜在長安猶是中年,其詩大概富麗,至
　　晚年則尤高古奇瘦也。⑤

　　方回以江西"皮毛剥落盡"的説法,結合"老造平淡"的義理性
格,遂有"愈老愈剥落"的理念,並以此來評價杜詩漸變的風格。
"平淡而山高水深",本出自於專注精勤的轉悟工夫,指稱完整豐厚

---

　　①　《瀛奎律髓》卷四評呂本中《海陵雜興》詩,《紀批瀛奎律髓》頁136。
　　②　《瀛奎律髓》卷二十評呂本中《江梅》,《紀批瀛奎律髓》頁736。
　　③　《瀛奎律髓》卷十杜甫《春遠》詩評語,《紀批瀛奎律髓》頁267。
　　④　《瀛奎律髓》卷十六蘇軾《庚辰歲人日作》詩評語,《紀批瀛奎律髓》頁525。
　　⑤　《瀛奎律髓》卷十一杜甫《陪廣文游何將軍山林》詩評語,《紀批瀛奎律髓》
頁324。

的表現力,現在,在方回的論述下,逐漸轉變成"老有所成"的體式圓熟,繼而又慢慢地被轉化成爲"老健"、"瘦硬"的風格樣態,也把江西詩派的風格定了型。

作爲江西詩派的殿軍,方回以"一祖三宗"爲江西烙下正統的印記,總結了"杜甫—黄庭堅"這一路線的成果,並層層漸進地把江西詩學抽離出的規範定型化,形成江西律熟句妥之"法",江西格高意奇之"體"。於是,具有"瘦硬生新"、"高古奇瘦"的典型風格,以"一祖三宗"爲寫作正典的"江西詩派",終究成爲了一種體製範式的指稱,一以特定創作理念爲依歸的詩歌門派。

三、小結

南宋四靈的晚唐風潮,以及嚴羽之標舉盛唐,都衝擊了江西没有具體文學正典的問題。方回"一祖三宗"之説,不只是典範内部的調整,也提出江西詩派具體的傳承與正典。在回應正典需求的同時,作爲江西詩學最後詮釋者的方回,以風格論的論述律定了"一祖三宗"的傳承,於是"江西詩派",真正成了分門別派的詩歌羣體。當此之時,《瀛奎律髓》以律詩爲重心,以具體註釋評點的演示,規範了江西詩派的風格體式,也正面回應了當時客觀體製風氣的要求。然而,在回應的同時,他自己也逐漸陷落於文本中心的立場了,在極力對抗反江西的勢力中,却逐步淪入文本化的陣地。作爲江西詩派最後的解釋權威,體製格式之學,遂成了"江西詩派"最後的詮釋定論。

結　語

　　從本書的研究中，或許還有一些新問題，值得我們再繼續想下去，那就是宋代之後詩話材料的特殊性。這裏所謂的詩話材料，指的是以詩話著作爲主，廣泛及於筆記、隨筆、題跋等各種筆記體式的詩歌論述之作。

　　本題的研究，除了詩歌作品之外，主要的材料，就是這類論述更具開放性的著作。在我們的詩學史上，宋代詩話，像第一個資訊迅速膨脹的時代，噴發出的議論急流，幾乎掩蓋過創作實踐的光芒。作爲宋代詩學重要的研究資源，這羣龐大的詩話材料，對習於研究專著、在其內容中找尋重要論點的讀者而言，往往被它鬆散隨意的面貌給唬弄過去了。

　　相對於《文心雕龍》《詩品》等個人專著的經驗的封閉性，詩話是一種在經驗開放的立場下的寫作。它的思維慣性、表述模式、羣衆趨向、預設情境、交互影響，都更爲動態而複雜。對於這種文化意見式的"厄言"，閱讀上的篩選與判斷成了一種挑戰。它和輿論一樣，要求以更不同於專著的方式來應對，特別是其中隱藏著傳播的陷阱、語言的落差、交流的趣味、"文化空間"的聚合、議題的曼衍、玩味文辭的修養、文化解碼的競技，甚至還有一些文人街談巷議、口耳相傳的詭譎，這當中所反映的文化涵義往往更甚於其論述內容，"怎麼說"更甚於"説了什麼"。

　　另一方面,這些論述活動也帶來了重要的反饋:文學論述和創作一同成爲文學實踐的要角,打破了直接從(《詩經》和選詩)作品中學習的傳統,打破了附屬於作品的論述傳統;這些詩話材料同時也能獨立發展其論述空間,成爲學習與傳播的重要場域。當文學論述不再是附屬於作品的第二序的活動,這些詩話材料的所挾帶的社會作用與文學生態的變化,也與創作實踐産生交互的影響,①給我們的文學活動提供了一個不同的歷史示範。

　　這種種,"江西詩社宗派"這課題所帶來的反思,也許是詩學研究可以再繼續瞻望的新視野。

---

　　①　目前至少已有兩篇論文注意到這些問題,張寅彭《從〈漁洋詩話〉觀清人分辯"詩話"與"詩説"兩種體例的意識》;蔣寅《從寫作方式看清詩話的社會功能》,"第四屆國際東方詩話學術研討會",2005.06。

附録一　蘇黄詩學本體論之比較

——文學的"意"與"道"等價值中心之比較

一、前言

宋人對自己的創作是比較有自覺的,從詩話中可以看出,他們對"本朝詩"與唐詩的異同,對前人或自己詩歌的定位,創作的理想與品評的標準,詩歌的神思與法度,詩病的原因,等等課題,都具有較明確的意識,確實呈現了知性反省的時代特色。

不過,自覺雖是有,但程度不一,加上反省的層次不同,使得詩歌詩學中就有種種不一致的表現,宋詩的豐富性就在這些輝光交攝的萬千現象中展現。但也因此,問題間雜錯綜,挑戰著研究者的方法和進路,單線的思考或現象的歸納已嫌不足,必須透過宏觀的透視,建立問題層次的架構,才能掌握宋詩研究的關鍵。從宋人説文道詩的共通模式開始,是本書要作的一種嘗試。

宋人詩學中的種種概念,如"文""道""意"等等,在詩人不同的理解下,幾乎都有著好幾個不同的意涵。所幸相同的是,他們幾乎都有"文""道"的觀念,以及尚"意"的思考。也就是説,共同遵循著"以'意'以'道'爲主導,如本體衍生萬象"這樣的思考模式①。因

---

① 雖然這當中"意"與"道"的内涵又有種種不同,但基本上"以(各人不同的)'意'與'道'來主導創作與欣賞,如本體對萬象的決定",這樣的思考模式是一致的。

此可以預期他們在價值追求與實際創作之間，雖不見得同步，但也
應有比較一致或合理的趨向。掌握宋人詩學本體的這一部份，也
就比較能夠對宋代詩學進行透視，對其體系有整體的觀照，得到多
層次而可統一的詮釋。順著宋人的本/末思考，吾人可以崇本舉末
地作出較具體系性的研究。

　　本書在藉由蘇黃詩歌詩論中的實際表現，分析兩人言意觀及
文道觀，以構設他們詩學體系的價值中心，以及“道”的實際內
涵——而這就是詩人創作的基本立場。一切的蘇黃比較之說，無
論是創作型態、創作風格，甚至對宋詩影響的評定，都必須從這
裏——創作本體的理解開始。

　　“意”，作爲創作本體，從歐梅“意新語工”的理想以來，受到宋
人的尊尚，主導了宋人的創作型態。宋人好言“詩中深意”，在創作
或欣賞中，都致力於“意”的鍛鍊與探索。然而在宋人豐富的詩學
觀念裏，對主導詩歌價值的“意”的概念，却也呈現不同的理解。這
些不同的理解，透過他們詩歌詩論中“意”與“道”的內涵分析，可以
明瞭詩人們具有哪些不同的“意”的概念，它們又如何地決定了詩
歌的價值追求，它們反映了詩人的文道觀是什麽，這些等等，從詩
學的基本立場說起，是一切創作與欣賞的本原。以下就從蘇黃詩
歌詩論中言意的概念開始。

二、蘇軾詩學中的言意關係與文道觀

(一)“達意”與“寄意”的美感價值

　　蘇軾詩文中所關切的“意”，有兩種概念：一種是宋人常說的
東坡善於“命意”的“意”，如范温《潛溪詩眼》謂“東坡作文工於命
意”有所“發明”，或“達意”說之類的“意”；另一種則是所謂的“物外

意"，"餘意"不盡的"意"，這在東坡，就是他所揭示的"遠韻""味外之味""奇趣""天趣"或"詩以寄意"的"意"等觀念。此一意涵，在蘇軾，僅見於詩論中。這兩重"意"，造成蘇軾詩論兩種不同的層次。

1. "達意"說的"意"

東坡説："某平生無快意事，惟作文章，'意'之所到，則筆力曲折，無不盡意。自謂世間樂事無逾此者。"①這種以暢情盡意爲目的的創作，可與他的"辭達"、"達意"説相輝映：

> ……如行雲流水，初無定質，但常行於所當行，常止於不可不止。文理自然，姿態橫生。……夫言止於達意，即疑若不文，是大不然。求物之妙，如繫風捕影，能使是物了然於心者，蓋千萬人而不一遇也，而况能使了然於口與手者乎？是之謂辭達。辭至於能達，則文不可勝用矣。②
>
> 孔子曰："辭達而已矣。"物固有是理，患不知之，知之患不能達之於口與手。所謂文者，能達是而已。③

作爲蘇軾"至文"的標準，這兩段文章，所强調的是達"意"的"能力"，主張"物固有是理"，爲文者僅在知這個"理"，並將之了然於口與手而已。在此，"意"本身並不限定特定的内容或規範，不過，"文理自然，姿態橫生"，也使得"意"指向順任客觀自然之物理，這種創作型態，因此凸顯了對自然之"理"的重視，以及對它的掌握能力的

---

① 蘇籀《欒城遺言》所載蘇軾對劉景文和蘇轍所説的話，見何薳《春渚紀聞》卷六，北京：中華書局，1997.12，頁 84。

② 《與謝民師推官書》，《蘇軾文集》卷四九，頁 1418。

③ 《答虔倅俞括一首》，《蘇軾文集》卷五九，頁 1793。

要求。

　　他自己的文章就是這客觀之理的自然流露：

　　　　吾文如萬斛泉源，不擇地皆可出。在平地滔滔汩汩，雖一
　　　日千里無難。及其與山石曲折，隨物賦形，而不可知也。所可
　　　知者，常行於所當行，常止於不可不止，如是而已矣。其他雖
　　　吾亦不能知也。①

這種客觀自然之"理"，自在於萬物之中，呼之欲出，只待主觀因素
與之會合，如風水之相生。故是應物滔滔，行於所當行的，此即所
謂"文理自然，姿態橫生"。達"意"的內涵，指的應是這萬物自在的
本然之"理"，雖然這"理"或有普遍或個別的不同，但其同爲"物理
之自然"，則應無異議。

　　又因爲這種萬物自然規律的"理""勢"，是客觀自在的，有其常
理與"度數"，不是主體可以"一以意造"②的，因此"達"的能力又與
藝術客觀規律的把握有關。因此要表現它必須要藉由"藝"的技巧
訓練③，要"了然於口與手"，"即數以得其妙"，才能達人情，盡物
態。這與他在藝術上講"常理""常形"、"形理兩全"、"有道有藝"是
一致的。而這種文藝觀念的一致，乃出自蘇軾的"道"觀。

　　蘇軾"通萬物之理"的"道"，本具有重視客觀自然物理的精神，
在蘇軾易論中，他認爲"道"是"易"未具形前的抽象的概念，"道"是

---

　　①　《自評文》，《蘇軾文集》卷六十六，頁 2069。
　　②　《鹽官大悲閣記》，《蘇軾文集》卷十二，頁 386—387。
　　③　在蘇軾文藝理論中的"藝"，基本上是專門技術訓練，以精確表現物態自然之
"理"的意思，與黃庭堅以"技"爲人格工夫的訓練不同，此須細加辨別。

不落形體的自然總體之"理",是萬物渾沌,未加限定的先天之理。① 正如他在《上曾丞相書》中所説的,他要"幽居默處而觀萬物之變,盡其自然之理,而斷之於中",他的"道",是能夠會通萬物的自然之理。"道",是會通萬物的自然之理,是不落形質的形上本體,在這種立場下,"文"又是居於什麼地位呢?

蘇軾之"文",是會通自然之理所成的"天下之至文"。"風水相生,自然成文"説,雖是由蘇洵所提出,但明確地重視主客觀交互作用,實現"文理自然"的,還是蘇軾"隨物賦形"的創作。"文"是主客觀條件交會之具形,在蘇軾之"道"的脈絡中,一切主客觀條件盡歸之於那統攝萬物之理的"道",因此,順著這會通一切物理的常理常勢,即爲天下之"至文"。

"辭達"與"隨物賦形"説,再三地被蘇軾在自評文或指點後學中提及,甚至認爲"辭至於達,止矣,不可以有加矣"②,可以説是蘇軾文學的基本主張。而"辭達"之所以爲文章之極致,是因爲"物固有是理",有其客觀自然之理,文者能夠知此"常理",經由"藝"的訓練,達於手與口,順著這理勢之自然,能知之,能達之,所以能與萬象曲折,隨物賦形,行於所當行,止於所不可不止。而成就"達意"的表現型態。

於是,屬於自然之呈現的"文",和會通萬物的自然之理的"道",便有了這樣的關係:

---

① 《蘇氏易傳》卷七:"聖人知道之難言也,故藉陰陽以言之,曰一陰一陽之謂道。一陰一陽者,陰陽未交而物未生之謂也。""相因而有,謂之生生。夫苟無生,則無得無喪,無吉無凶,方是之時,易存乎其中而人莫見,故謂之道,而不謂之易。有生有物……道行乎其間而人不知,故謂之易,而不謂之道。"關於蘇軾論"道"之内涵的解説,參見朱剛《唐宋四大家的道論與文學》"第五章　蘇學:自由與審美的道",頁120—122。

② 《與王庠書》,《蘇軾文集》卷四九,頁1422。

聰若得道,琴與書皆與有力,詩其尤也。聰能如水鏡以
一含萬,則書與詩當益奇。吾將觀焉,以爲聰得道淺深
之候。①

物的會通均是"理之所出也",至理與自然全體皆可會通。這"萬物
之理",當然也包括(藝術意義的)文學。由於視詩文表現爲自然之
理的發揮,故"詩"亦爲達"道"(認知、掌握"道")之一物,由"道"的
觀點得出對詩歌創作的肯定。由於這"以一含萬"的觀照,不僅詩
可進於"道",而且"道"又可反饋於詩,此其所謂"有道有藝"。所以
學者要"致"此種自然之"道",一方面要由"藝"進"道",因爲"道"
"無自虛空入者";另一方面,百工技藝,均是"道"之一環,均能展現
萬物自然之理,所以"苟可以發其巧智,物無陋者"②,得以"藝"之
進展,觀得道淺深之候。

這樣的"文",因爲是全體之"道"的一環,是事物客觀之一
"理",因此它與"道"有同等的地位。所以屈原《離騷》,"雖與日月
爭光可也",使賈誼見孔子,"升堂有餘矣"③。又因爲代表著客觀
之理,因此文章的評價也應有著客觀的標準,"如精金美玉,市有定
價"④,而不隨人輕重。在"通萬物之理"的整全道術之下,無論是
藝術性,或宋人所重視的羣體關懷、本體探索,都是其中之一環。
文學同是這"天理之自然"、"情性之道"的自然發越⑤,有道者,"英

---

① 《送錢塘僧思聰歸孤山敘》,《蘇軾文集》卷十,頁 326。
② 同上。
③ 《與謝民師推官書》,《蘇軾文集》卷四十九,頁 1418。
④ 同上。
⑤ 《賀方回樂府序》,張耒《張右史文集》卷五一,《宋詩話全編》,頁 1061。

奇秀發之氣發爲文字,言語超然自放於塵垢之外"①。元祐諸君子
道藝並稱,雖不偏重於文學性,却也不以羣體或形上的關懷凌越藝
術的内涵。因此,蘇門的文學觀基本上便是這整全的自然之理的
發揮,藝術性與人文性,皆統合於自然之理之下。在對萬象的照察
中,會通物理,遣其畛域之别,上升到萬物之"道"的層次來看待創
作,如此,蘇門可以説是從一個更高的觀照上,對於文道關係中向
來對立的兩種傾向,文化性和藝術性,不加分别,同治一爐;這就是
"道藝並進"的態度。如同他在《自評文》中對自己文章的認知,單
就創作來講,無疑這才是蘇軾詩文的基本面。可以説,這類"意"的
概念下的創作典範,就是蘇軾自己的作品。

　　這類"意"的概念,確實符合了一些學者對蘇軾之道的理會:
客觀自然的物理、宇宙之本體。② 不過,就詩學而言,這也只是蘇
軾之道的一部份,還有另一部份,另外一種"意"的涵義,恐怕是蘇
軾詩學更有啟發性及影響力的一部份。③

　　2. "詩以寄意"等"不盡之意"的"意"

　　蘇軾的言意觀,除了上述重視客觀自在之理、虚心待物的"達
意"層次外,還有另一層,偏向以主體體驗爲創作主導,那就是"詩

---

① 《許大方詩集序》,《宋詩話全編》,頁1061。
② 見朱剛《唐宋四大家的道論與文學》,頁113—145。
③ 作爲創作本體,在宋人的討論中,詩文之"命意"的"意"固是一種,其次還有那
"兩重意以上"的"意";前者固然遍及詩論文論,後者却具有宋人特有的審美的深刻性
和特殊性。蘇軾固然如宋人之常論,也講"命意",但更特殊的是,他在這個"不盡之意"
上的抉發。這又與他對詩歌的整全性的、直觀的觀照有關,而與"命意"之説的分析的、
認知的傾向不同,具有獨創性,因此也成爲他和黄庭堅在詩歌思考上的重大分别,並成
爲後來反江西的詩人之利器,所以本書探討蘇軾之言意觀側重在此。
　　另外,關於這種"意"的特質,請參見筆者《禪宗與宋代詩學理論》"第三章　二、禪
宗與詩歌極致價值——'味外之味'的審美意識",有詳細論説。

以寄意"的層次。

蘇軾論詩,曾經創立幾個影響深遠的見解①,如:

> 蘇、李之天成,曹、劉之自得,陶、謝之超然,蓋亦至矣。而李太白、杜子美以英瑋絕世之姿,凌跨百代,古今詩人盡廢,然魏晉以來高風絕塵,亦少衰矣。李、杜之後,詩人繼作,雖間有遠韻,而才不逮意。獨韋應物、柳宗元發纖穠於簡古,寄至味於澹泊,非餘子所及也。唐末司空圖⋯⋯其論詩曰:"⋯⋯其美常在鹹酸之外。"⋯⋯②

> 詩以奇趣爲宗,反常合道爲趣。熟味此詩有奇趣⋯⋯③

> 東坡曰:淵明詩初看若散緩,熟讀有奇趣⋯⋯④

> "採菊東籬下,悠然見南山。"因採菊而見山,境與意會,此句最有妙處。近歲俗本皆作"望南山",則此一篇神氣都索然矣。古人用意深微⋯⋯⑤

> 柳子厚詩在陶淵明下,韋蘇州上。退之豪放奇險則過之,而溫麗靖深不及也。所貴乎枯澹者,謂其外枯而中膏,似澹而實美,淵明、子厚之流是也。若中邊皆枯澹,亦何足道。⋯⋯能分別其中邊者,百無一二也。⑥

> 陶淵明意不在詩,詩以寄其意耳。"採菊東籬下,悠然望南山",則既採菊又望山,意盡於此,無餘蘊矣,非淵明意也。

---

① 以下這些例子的詳細解說,請參見筆者《禪宗與宋代詩學理論》"第參章 二、禪宗與詩歌極致價值——'味外之味'的審美意識"。

② 《書黃子思詩集後》,《蘇軾文集》卷六七,頁2124—2125。

③ 《書柳子厚漁翁詩》,《蘇軾佚文彙編》卷五,《蘇軾文集》"附錄"頁2552。

④ 《詩人玉屑》卷十,頁211。

⑤ 《題陶淵明飲酒詩後》,《蘇軾文集》卷六七,頁2092。

⑥ 《評韓柳詩》,《蘇軾文集》卷六七,頁2109—2110。

“採菊東籬下，悠然見南山”，則本自採菊，無意望山，適舉首而
見之，故悠然忘情，趣閑而景遠，此未可於文字精粗間求之。①

這幾個例子，不獨在它們首度發揚陶、韋、柳詩歌的地位，更重
要的是，它們以典範串連了宋人“趣”、“韻”、“味外之味”、“至味”、
“餘意”等概念，奠定了“兩重意以上”的美感價值。那種對“質而實
綺”、“臞而實腴”的美感辯證的體會，開發了更深一層的言意關係；
有待“熟味之”的二度超越，更將欣賞和創作，導向對主體審美體驗
的關注。

上節“辭達”説也包含有嗒然物化的凝神狀態，不過那講的是
主客交會、身與物化的神思作用，是一種專注於技藝之純熟的“忘
我”，這種技藝之精熟，蘇軾常以莊子承蜩意鈎的精神，來説明神思
專注的狀態是創作時高度澄明的神思狀態。這種由藝術規律所導
入的創作體驗，可以不涉及任何特定的心靈境界而存在。在“達
意”的命題下，也不能免除概念思維或價值判斷，在順著客觀自然
之理的創作中，主體也不需要在意象或意念的層次之上有所超越。

然而“韻”與“趣”却不同。它們類似審美知覺的狀態，如范溫
論“韻”所謂“暗然心服，油然神會。測之而益深，究之而益來……
如禪宗之悟入也……自有超然神會，冥然吻合者”②，是必須排除
一切功利思考、價值判斷以及概念思維的，並且也不是對外物第一
度的反應，而是二度的超越，所以才會有反常合道之趣。它們必須
從一種超越內外“境”的體驗而來。無論就蘇軾對陶詩“意與境會”
的解釋，或這幾組相對風格的辯證，要“熟味”它們，主體終究必須

---

① 晁補之《雞肋集》卷三三引東坡語，《宋詩話全編》頁 1042。
② 《潛溪詩眼》，《宋詩話全編》頁 1259—1261。

指向一種寧靜悠遠、超然物外的心境。

　　蘇軾如此論李杜之後的詩人才不逮"意"，求高風遠韻於鹹酸之外的味外之味，自與宋人常見的析論詩中"深意"不同。又如上述引文論陶淵明"詩以寄其意"的"意"，絕非所謂詩文中可以分析的"命意"之意。對一切概念和價值判斷的排除，使得這類型的作品，不僅在欣賞上是直觀整全的觀照，在推求創作之理時，也是以整全的心境看待之。

　　這種美感體驗的超越和整全性，也使得詩人在文道一致的立場下，將這種體會歸因於對"道"的體驗的境界：

　　　　欲令詩語妙，無厭空且靜。靜故了羣動，空故納萬境。閱世走人間，觀身臥雲嶺。鹹酸雜眾好，中有至味永。詩法不相妨，此語當更請。[1]

將這種鹹酸眾好之中的"至味"，歸因於"空"且"靜"的體道境界。在整全直觀之道的立場下，在"道"與"至文"一致的立場下，引入"空"且"靜"的心靈體驗，把入"道"的解脫體驗，帶入美感體會之中，使得他所講求的"意"，結合了一唱三嘆的美學效果與解脫境界的價值。

　　作爲陶詩學典範的建構者，蘇軾把藝術性向形上的境界開展，統合了人文意義與審美意義，開出宋人以整全直觀的解脫心境論詩之風尚，如陳師道及陳模等說淵明"寫其胸中之妙耳"，以超然解脫之心境評斷詩歌，論詩始有這樣一路。陶詩所代表的典範意義，

　　　① 《送參寥師》，《蘇軾詩集》卷十七，頁 905—907。

證明了他獨到的創獲。

　　這種"意"，一方面指向藝術性的心靈體驗(天趣)，一方面指向體"道"的境界，形上存有(解脱心境)。如果説，蘇軾第一層的"意"，指的是藝術的和諧，它的創作目標在"察物之情"、"寓物以發其辯"，表現型態是藉"一點紅"的刻畫，寄寓"無邊春"的客觀理境；那麼，第二層"意"，指的便是心境的、形上的和諧，它的創作標的在超脱的心境，而藉"詩以寄其意"，其表現型態則是："質而實綺，癯而實腴，初若散緩不收，反覆觀之，乃得其奇處。"①

　　蘇軾這兩層"意"的内涵，符合了他所謂"精能之至，反造疏淡"②的發展歷程。從應物滔滔的客觀之理的"意"，到超然物外的解脱心境的"意"，這樣的發展與思路，正如同他的由少至老，從絢爛終歸於平淡之説。少時的絢爛，如龍蛇般捕捉不住，代表一種對藝術理勢的掌握與發揮；老來歸於平淡，是從長年沈潛於"藝"所累積的體會，能夠敏鋭地感知詩歌的審美内涵，並在"通萬物一理"的立場下，以體道的心境來理解它。在由少至老的過程中，如捕蜩老人由技進道，經由客觀事理的揣摩，而進入"天理"的體會。蘇軾所不同於莊子的，便是他在這"嗒然忘其身"的藝術神思之上，以解脱心境來理解這種審美内涵。使得"技"所進之"道"，不僅僅是自然之道，還具有禪宗心性論中主體離境觀照的色彩。

　　由藝術的統一，到形上的整合，詩歌的藝術之美和入"道"的解脱體驗合轍，這樣的發展，完備了蘇門整全道術之下的文道觀。

---

　　①　范温論韻，《潛溪詩眼》，《宋詩話全編》頁 1259—1261。
　　②　見蘇軾《書唐氏六家書後》，講永禪師的書法"體兼衆妙，精能之至，反造疏淡"，如陶詩"初若散緩不收，反覆不已，乃識其奇趣"。《蘇軾文集》卷六九，頁 2206—2207。

（二）以整全道術統合人文性和藝術性

學者説蘇軾是"以宇宙本體的'道'來完全地取代了韓愈那種以文化價值爲內涵的'道'"①。承上節所述，蘇軾之"道"，雖不盡然能以這所謂"宇宙本體"來概括，然而他的確與韓愈那種文化意義的"道"有所不同。也因此，在這種"道"的意義下，蘇軾詩文觀也就與韓愈以來"文以貫道"之説有了不同的內涵。

1. 蘇門以整全道術的眼光，正視詩歌的美學性質

蘇軾一方面以客觀自然之"常理"爲文藝之"道"，在"形理兩全"的要求下，強調不能"舍其度數"、"一以意造"②。講"理"、講"藝"、講"數"，講"辭達"，都具有重視藝術規律的色彩。③ 另一方面，蘇軾所講的整全而直觀的"物外意"，"静"與"空"的心靈狀態，"味外之味"等餘意不盡的美感體驗，又接近於美感知覺的立場。這兩者，都帶有豐富的藝術性傾向。

但同時，這兩種"意"，無論是主體超脱之"意"，或是著重客觀自然之"理"，無論是"有道有藝"或是陶詩"入道"之説，對詩歌的藝術性及審美性，都是以一種"道"中之一環的態度來觀照與接納。特別是後者，由美感經驗向形上世界延伸，把審美狀態歸之於體道心靈，更使這種藝術性，不僅具有實現"道"的意味，詩歌的創作心靈，更可等同於"道"的理想境界。

這都是在整全的道術下，對詩文作宏觀的、整體的、綜合的觀

---

① 朱剛《唐宋四大家的道論與文學》，頁 146。
② 《鹽官大悲閣記》，《蘇軾文集》卷十二，頁 387。
③ 李栖比較蘇軾與黃庭堅的畫論，也發現蘇軾很重視寫生的技巧，黃庭堅則否；而黃庭堅更接近於後來的文人畫"寫意"的觀點。參照下節黃庭堅所論之"意"，可以發現畫論中的這些特色，與他們的言意觀的傾向不謀而合。參考李栖《宋題畫詩研究》"第六章　宋題畫詩巨擘——蘇軾與黃庭堅的題畫詩"（東吳大學中國文學研究所博士論文，1991.05）。

照。這種宏觀而渾沌的態度,是元祐詩學的基本立場。中唐以來文道意識下,人文性與藝術性的兩種分裂,也在這種整全道術的態度下,渾然不分,因而能夠正視美學性,開拓詩文整體的美學内涵。①

2. 對詩歌作整全而綜合的把握

除了在會通萬物之"理"的層次上,對萬事萬物作整體地觀照,蘇軾詩學中,無論是創作神思或是體道心境,都具有一種直觀把握的精神。這兩者都强調一種整全而渾沌的態度。如晁補之對黃庭堅的批評,正反映出蘇門重視創作神思中的直觀和整全,這與後來黃庭堅句法中的那種分析方式大爲"不類":

> 詩以一字論工拙,如"身輕一鳥過"、"身輕一鳥下","過"與"下"與"疾"與"落",每變而每不及,易較也。如魯直之言,猶碔砆之於美玉是已。然此猶在工拙精觕之間,其致思未白也。記在廣陵日,見東坡云:"陶淵明意不在詩,詩以寄其意耳。'採菊東籬下,悠然望南山',則既採菊,又望山,意盡於此,無餘韻矣。非淵明意也。'採菊東籬下,悠然見南山',則本自採菊,無意望山,適舉首而見之,故悠然忘情,趣閑而心遠。此未可於文字精觕間求之,以比碔砆美玉,不類。"②

對"悠然見南山"的體會,並不是在乎字句之斟酌,而是著眼於全篇之神氣。來自不可分解的整體審美心境的把握,而非人文經驗上技巧法則可以探求的。句法分析的方式,和蘇門綜合地觀照

---

①　後來宋人在這個詩歌美學的議題上續有開拓,"味外之味"、"韻"、"趣"等範疇,成爲宋代詩學最具創獲性的主張。

②　《題陶淵明詩後》,《雞肋集》卷三三,《宋詩話全編》本,頁 1042。

詩歌整體之美感與神思,的確是很基本的分歧。從蘇門的立場來看,此種細部分解的方式,怎能目無全牛地神遇於詩人高遠之思。此所以晁補之認爲黃庭堅所論,"其致思未白也"。這和後來江西詩人的看法,可以明顯對照①。

　　蘇門這樣的立場,好比是立足於道術未分的自然本體,以渾沌整全的態度來看待文學:

　　　　臣聞先王之時,一道德同風俗,士大夫無意於文,故六藝之文,事詞相稱,始終本末如出一人之手。後世道術爲天下裂,士大夫始有意爲文。②

專技於文學,"有意爲文",不管是著眼於人文性或藝術性,都是一種分解的眼光,是"道術爲天下裂"以後的事。蘇門的理想可說是在於道術未分的整全的境界的。

三、黃庭堅詩學中的言意關係與文道觀

(一)"用意精深"的人文意涵

　　山谷好言"詩中用意",在詩論中言"語意"、"詞意"、"義味"甚多。如:

　　　　如老杜詩,字字有出處,熟讀三五十遍,尋其用意處,則所

---

　　①　相對於此,句法分析用於析賞品評,有其精確的效果,對於指點後人,極有法度可循。此所以,擁護江西的吳炯,不能理解蘇門之渾同,謂其不能"腳跟點地",不似江西"棒喝分明、勘辯極峻",能指點後學,如臨濟雲門之分(《五總志》,《宋詩話全編》本,頁2422—2423)。這種分歧,觀諸蘇黃所講求的"意"及其文道關係,可看出其來有自。
　　②　《韓愈論》,秦觀《淮海集》卷二二,《宋詩話全編》本,頁998—999。

得多矣。①

　　陳無己云:"山谷最愛舒王'扶輿度陽焰,窈窕一川花',謂
　　包含數個意。"②

就像宋人常説的"句中命意"、"一篇命意"等等,這些"意"的内涵,
屬於一種"文外曲致"的"言外意"的講求,如"兩字一意"、"十字一
意",或賞重一句之中"包含數個意",均是就"言"當中所能傳達或
包蘊的意義内容而言,與上述等同於"餘韻"、"餘意"等"物外意"的
言意關係自是不同。

　　相較於上述蘇軾整全直觀的觀照,黃庭堅論詩,更近於分析
的、認知的立場,講"語約而意深"、"文章之法度"。學者説宋人論
詩不失解經旨趣③,這種説詩態度,正是黃庭堅論詩的立場。因爲
他這"意",是要從學問中來的:

　　奉爲道之"詞意高勝",要從學問中來爾。後來學詩者,時
　　有妙句。……始學詩,要須每作一篇,輒須立一大意,長篇須
　　曲折三致焉,乃爲成章耳。讀書要精深,患在雜博。因按所
　　聞,動静念之,觸事輒有得意處,乃爲問學之功……④

讀書精深,問學有得,方能"詞意高勝"。這種精神,使得他對詩中
"意"的講求與探索,充滿文化内涵的意味。

_____

① 《論作詩文》,《宋黃文節公全集》别集卷第十一,頁 1685。
② 《詩人玉屑》卷六引《王直方詩話》,頁 131。
③ 龔鵬程《江西詩社宗派研究》,頁 210。
④ 《論作詩文》,《宋黃文節公全集》别集卷第十一,頁 1684。

　　有名的"無一字無來處"之説，其實就是他這種創作態度的典
型發展，不過後人却常脱離了他詩論的整體脈絡，忽略他以詩文從
事人文創造的用意，誤解爲在書中作蠹賊：

> 　　所寄《釋權》一篇，詞筆縱橫，極見日新之效。更須治經，深
> 其淵源，乃可到古人耳。《青瑣祭文》，語意甚工，但用字時有未
> 安處。自作語最難，老杜作詩，退之作文，無一字無來處。蓋後
> 人讀書少，故謂韓、杜自作此語耳。古之能爲文章者，真能陶冶
> 萬物。雖取古人之陳言，入於翰墨，如靈丹一粒，點鐵成金也。
> 文章最爲儒者末事，然既學之，又不可不知其曲折。幸熟思之。
> 至於推之使高，如泰山之崇崛，如垂天之雲；作之使雄壯，如滄
> 江八月之濤，海運吞舟之魚，又不可守繩墨令儉陋也。①

黃庭堅勉勵洪駒父以學問治經爲方，向文化内涵索求，厚植詩文的
根源，強調要索求詩文文化内涵的包蘊，而非執求前人句式定法。
他所要人"熟思"的，是神理意味的探索，而非形式規範的遵守。吾
人應在這樣的語意脈絡中理解其所謂"無一字無來處"之説。聯繫
其前後語意，主要指的是：如何在詩文中，熔煉入豐富的文化内
涵。這還是屬於"意"的問題，而不應被誤解爲一般所謂的對學古
或用典的重視。任淵説山谷後山之詩，皆本於老杜而不爲，讀者當
得之於味外，即是爲此。山谷所以説杜詩韓文之"無一字無來處"，
也是著眼於他們詩文中富厚的文化内涵。因此，所謂"靈丹一粒，
點鐵成金"，乃是舊典故的意涵經由文化價值的選擇和詮釋之後，

---

① 《與洪甥駒父》，《宋黃文節公全集·正集》卷第十八，頁 475。

經過文字工夫的冶煉之功，在詩歌整體的形式脈絡中賦以新意，因而呈現了詩人深厚的人格涵養。① 這其中有著在傳統的"大美"觀念之下，文化的蘊蓄和反省的努力；加上内化爲人格的工夫，展現在詩文上，因而豐富了詩文的内涵，這就是"句法"精神所在。細味山谷創作，其"包容衆製"、"自出新意"的成功之處就在這裏，山谷"用意精深"的方向就在這樣的人文創造。② 忽略詩人"陶冶萬物"之前提，而責以"剽竊"或"以文字爲詩"，實犯了望文生義之謬。

　　而這種"言外意"的用意精深，自然首推杜甫。自王安石指出杜詩"思深緒密"③的創作成就後，經過黄庭堅、陳師道等"句法"主張的推闡④，"包蘊密緻"即成爲宋人所推許的創作之方，宋人以杜

---

　　① 　例如任淵説山谷《睡鴨詩》，乃點竄南朝徐陵《鴛鴦賦》及唐人吴融《池上雙鳧》二文所成。二人原文語弱，經山谷點化後，去其孤陋，"氣色益精明"。（《山谷内集詩注》卷七，《宋詩話全編》頁 2296）這裏所謂"氣色精明"或語弱孤陋之别，當然不只是文字巧拙，而是在其含蘊的内涵深度，並且也反映了詩人氣格。

　　② 　龔鵬程講韓愈、黄庭堅等人皆是"就古人詩文中揀擇一二合乎自我價值判斷者而用之"，乃與古爲新："……謂愈彙百家之美，而自爲時法……。夫自爲時法，實由權衡百家而來；亦唯彙粹衆美，始足以自樹立，二者寔相表裏，劉禹錫無一字無來歷之説，與韓愈不蹈襲前人一言一句，不煩繩削而自合之談，其所以並行而不廢者，亦正坐此。之二義，與江西詩社宗派關係特深，而亦本諸中唐，既爲學古，亦屬創新。"（《江西詩社宗派研究》頁 120）正能彰明此義。

　　③ 　《苕溪漁隱叢話》前集卷六，《宋詩話全編》頁 3556。

　　④ 　黄、陳論詩雖不專宗杜，但論及句法創作的指導時，均舉杜詩爲理想典範。黄庭堅與杜甫的關係，並不全然是江西後人塑造出來的，山谷本人確實常有學習老杜之意，且常與句法理論有關，如："作文字須摹古人，百工之技，亦無有不法而成者也。……如老杜詩，字字有出處，熟讀三五十遍，尋其用意處，則所得多矣。"（《論作詩文》，《宋黄文節公全集》别集卷第十一，頁 1684—1685）又如《跋高子勉詩》："高子勉作詩以杜子美爲標準，用一事如軍中之令，置一字如關門之鍵，而充之以博學，行之以温恭……"（《宋黄文節公全集》正集卷第二十五，頁 669）"所寄詩多佳句，猶恨雕琢功多耳！但熟觀杜子美到夔州後古律詩，便得句法簡易而大巧出焉，平淡而山高水深，似欲不可企及。文章成就，更無斧鑿痕，乃爲佳耳。"（《與王觀復書五首》之三，《宋黄文節公全集》正集卷第十八，頁 471）"陳履常正字，天下士也。讀書如禹之治水，知天下之絡脈，有開有塞，而至於九川滌源，四海會同者也。其作詩淵源，得老杜句法，今之詩人，不能當也。至於作文，深知古人之關鍵，其論事救首救尾，如常山之蛇，時（轉下頁）

詩"用意深刻"爲理想典範,並進一步開拓了"意"的人文內涵。①

就連書畫的"觀韻",也異於東坡所謂之"韻":

> 凡書畫當觀韻。往時李伯時爲余作李廣奪胡兒馬,挾兒
> 南馳,取胡兒弓,引滿以擬追騎,觀箭鋒所直,發之人馬,皆應
> 弦也。伯時笑曰:"使俗子爲之,當作中箭追騎矣。"余因此深
> 悟畫格。此與文章同一關紐,但難得人入神會耳。②

此種"韻",等於是畫中"意",必須蘊蓄在佈局、構作中,使人尋索方
出,可堪玩味,與詩中謀求言外之"深意"略同。

在詩文中,他這"韻"是要連著語言工夫一起講的。如所謂"有
遠韻而語平易"③之類,而"以身爲度,以聲爲律"④就是用來呈現這
種人文內涵的語言工夫。

比起蘇軾,主導黃庭堅的詩文之"道",更接近韓愈"文以貫道"
那種以文化價值爲內涵的"道"。不過,作爲對詩歌形式與內容之
關係更有意識的詩人⑤,黃庭堅的御詩之"道",在"文與道俱"的前

(接上頁)董未見其比。"(《答王雲子飛十七首》之三,《宋黃文節公全集》正集卷第十八,
頁 467)又陳師道謂杜詩"語少而意廣"(《後山詩話》),也是著眼於杜詩之涵"意"豐富。

　①　在這種"無一字無來處"的立場下,常見的表現是,從杜詩的下語工妙處,推見
其用"意"所蘊蓄的人文意義。如葉夢得說杜詩一字之工,能在工妙至到的渾然詩意
中,寄寓"吞納山川之氣,俯仰古今之懷"(《石林詩話》,《宋詩話全編》頁 2699),正是
典型。

　②　《題摹燕郭尚父圖》,《宋黃文節公全集・正集》卷第二十七,頁 729。

　③　《與党伯舟帖八》,《宋黃文節公全集・別集》卷第十六,頁 1805。

　④　《答秦少章帖六》,《宋黃文節公全集・正集》卷第十八,頁 1867。

　⑤　如龔鵬程所說,宋人在創作意識的不斷沈潛中,反省于"作者內在經驗和符示
工具、形式和內容之間複雜的關係。因爲詩雖以性情之感動爲其內在精神,最後仍須
以語言文字的組合構造來完成。""宋人認爲一位作者或讀者,對詩的結構,形式及創作
過程都應有相當的自覺,應清晰地明瞭一首詩如何構成,細究其命意、布局、(轉下頁)

提下，不管是在"文""道"内涵上，或是在主導詩歌的方式上，都有了很深刻的開拓。他對形式表現内容這層關係的深刻反省，使得他在實際創作或冶練文章的態度上，對於詩歌表現方法的藝術形式，有更多的包容，甚至發揮。

（二）以"道"的人文内涵統攝藝術性

宋人"意"的内涵，離不開"道"的理想。如上所述，作爲"文與道俱"的實踐者，蘇軾是在整全之道的立場下，以綜合渾沌的觀照，以道藝並進的態度，統合了詩歌創作和欣賞中的審美性和文化性的對立。相對的，黃庭堅，在他"意"的講求中，更凸顯了他的人文立場，並在以詩歌表現這人文内涵時，展現深刻的文學藝術的覺知。在他的分析方法中顯露出來的，是一種以人文性統攝藝術性的立場，也就是，把文化價值和文學表現認爲是人文創造的一致發展。相較於蘇軾，他可以説是：立足於道術已爲天下裂的人文情境下，藉由人巧上達天工的努力。這就是他以人文内涵統攝藝術性的文道觀，以下論述之。

1. 黃庭堅的"文"，是人文情境中的"文"，要求豐富的文化内涵。

相較於蘇軾站在道術整體的觀點，認爲文學可與日月争光；

（接上頁）搏字、鑄句、敷采及效果，所以他們除了對詩所欲表達的内容嚴格要求之外，形式本身也是他們所關注的目標。"（《知性的反省——宋詩的基本風貌》，《中國文化新論　文學篇二　意象的流變》，頁 299）。在黃庭堅的創作中，明顯可以看出這種創作意識，這也是他常被人誤解爲"好奇尚新"的形式傾向的原因。而就對形式的敏鋭覺知而言，這點也可説明黃庭堅不喜歡韓詩的原因，他説："韓以文爲詩……故不工爾"（《後山詩話》引黃庭堅語）。"以文爲詩"，是宋人"本色"觀念興起後重視詩文體製的説法，正表現了宋人對形式的成熟認識，而黃陳以此種觀念加諸韓詩，正表示他們對詩歌藝術形式有更爲詩歌本位的講求。

黃庭堅則是站在以人文性統攝藝術性的立場,視文章如"太倉之稊米"①,但是又要求將它"推之使高"、"作之使雄壯"、"不令儉陋"②。

　　身爲元祐君子之一的黃庭堅,基本上也有著達到"道"的境界而無意於文的理想。③ 只是,相對於蘇軾統合於整全的自然之道下的詩文觀,黃庭堅則是立足於道術已爲天下裂的人文世界,以文化性統合藝術性,而將自然的理想付諸於工夫達到的境界。④

　　黃庭堅一直是以文化價值和人文意義來看待詩文的。在他指點子姪及後學的書信中,有三件最重要的事,那就是:治經、讀書和人格修養。黃庭堅的文學,都必須和它們合而觀之:

　　　　所寄詩,每開卷,嘆息彌日。若齋心服形之功,亦至於此,老舅以爲白首之託也。……爲學工夫,以多讀書貫穿,自當造平淡。⑤

　　　　頗得暇治經否? 此乃文章之根,治心養性之鑒。⑥

　　　　前得所惠書,展讀頗有家法。此事要須從治心養性中來,濟以學古之功。……有人問老杜詩如何是好處,但云直須有

---

　　① 《與洪駒父》,《宋黃文節公全集·外集》卷第二十一,頁1367。
　　② 《答洪駒父書》,《宋黃文節公全集·正集》卷第十八,頁475。
　　③ 本書主要論蘇黃詩學之歧異,以作爲江西詩派與元祐詩學分途的前奏;至於蘇黃所同的部分,以黃庭堅作爲元祐詩學主要人物之一的角色,當然也具有相當的意義,這一部份則在筆者另一篇論文《從元祐詩學到江西詩派》("第二屆宋代文學國際學術研討會",2002.08,南京)中詳述。
　　④ 與理學家不同的,黃庭堅是以文化內涵充實藝術形式,也就是在形式的講求中,容納最豐富的文化意義,是出自人文的立場來詮釋藝術性,這就是句法中心性工夫的意義。而不是要以人文價值來取代藝術價值。
　　⑤ 《與洪蒭駒父》,《宋黃文節公全集·外集》卷第二十一,頁1366。
　　⑥ 《與洪蒭駒父》,《宋黃文節公全集·續集》卷第二,頁1934。

孔竅使得。①

　　所作新詩皆興寄高遠,但語生硬,不諧律呂,或詞氣不逮初造意時,此病亦只是讀書未精博耳。"長袖善舞,多錢善賈",不虛語也。②

一切爲文工夫,皆須自根本中來,而這根本,不外就是治經、讀書和人格修養這三件事,不過,包括文學,其實也是同一件事。創作與爲學,是同一件事。詩歌要有妙手,要從治心養氣中來,要從學古中來,也就是説,他是以人文價值來涵蓋詩文藝術性的。

　　讀書是根本,然而文章雖爲末事,並不意味著要像理學家一樣,將其捐棄。對黄庭堅來講,這是如何統合的問題,不是兩者取捨的問題。所以他認爲,文章也要令其有曲折,要推之使高,作之使雄壯,要不使儉陋。

　　統合之法,就要進入到他的句法理論。不過在這之前,我們得先探討讀書治經的本根意義何在。讀書治經作爲他所要建立的文化系統,句法理論就是他要藉著心性工夫,將這套系統包蘊、表現在詩文中的方法。在這合讀書、治經、人格修養與文學爲一體的理想中,讀書治經是致遠千里的方向和輿圖:

　　　　致遠者不可以無資,故適千里者,三月聚糧。又當知所向,問其道里之曲折,然後行而無悔。鉤深而索隱,温故而知新,此治經之術也;經術者,所以使人知所向也。博學而詳説

---

① 《與秦少章帖》,《宋黄文節公全集·別集》卷第十八,頁 1866。
② 《與王觀復書》,《宋黄文節公全集·正集》卷第十八,頁 470。

之，極支離以趨簡易，此觀書之術也；博學者，所以使人知
道（里）之曲折也夫。然後載司南以適四方而不迷，懷道鑒以
對萬物而不惑……齋心服形，靜而後求諸己……①

治經術以定方向，博學以知萬象之曲折；治經之要在“鉤深而索隱，
溫故而知新”，讀書之方在“博學而詳說之，極支離以趨簡易”。這
樣的精神，乍看之下，幾乎就是他作詩的精神。沒錯，這種治經觀
書的“宗趣”，同時也貫穿他立身行己的工夫，一直到他創作的旨
趣。②所謂：

　　　甥讀書益有味否？須精治一經，知古人關捩子，然後所見
　書傳，知其旨趣，觀世故在吾術內。③

讀書求其貫通義理，此所謂“關捩子”，然後知有“術”；如同作詩能
觀“句眼”，然後知“句法”之所在。這皆關係到文字與神理旨趣一
體的建構關係，不能僅僅由文字運用或修辭上的技法觀之，而學問
之所以爲詩文之本根的意義也在此。

　　黃庭堅有以治經爲本的主張。但除了治經，還要博學、知義理。
治經觀書的前提是要“致遠”，其目的在“適四方而不迷，對萬物而不
惑”，也就是說，經史是方向、是輿圖，而不是文化內涵的總體。讀經

---

　　① 《與潘子真書》，《宋黃文節公全集・正集》卷第十九，頁 481—482。
　　② 他的立身行己：“行止語默，一一規模古人，至於口無擇言，身無擇行，乃可師
心自行耳”（《與徐師川書》，《宋黃文節公全集・別集》卷第十八，頁 1869）；創作上的“不
隨世許可，取明於己者而論古人，語約而意深”（《答何靜翁書》，《宋黃文節公全集・正
集》卷第十八，頁 464）；確實與讀書的“須一言一句，自求己事，方見古人用心處。”（《與
徐甥師川》，《宋黃文節公全集・正集》卷第十九，頁 485），有互相貫通的宗趣。
　　③ 《與徐甥師川》，《宋黃文節公全集・正集》卷第十九，頁 486。

治史的宗趣、方法,之所以成爲詩文制作的關鍵,是一種方法的意義,並不能涵蓋整個詩文的內容。也因此,他這套文化價值系統,也就不偏限於經史,而能夠廣及一切學問。經史是照察文化內涵、抽繹神理旨趣之方,而不是全部內容。統攝這一切學問和創作的,是"求諸己","齋心服形","治心養性",將一切學問與創作,納入主體人格之中。這也是統整他一切學問、創作、立身行事的總會歸——能自立一世,成就自我的大成君子。若是從他的詩學體系來講,這個架構就是:

2. 在這架構中,就是要將文化內涵,內化到人格中,再透過句法的工夫,表現在詩文上。文學就是在呈現這種人格價值。

將文化傳統涵泳於個人心性中,透過主體價值予以賦形的整個過程與結果,這就是詩歌文字所要呈顯的人文旨趣;這裏任何一步過程,都是有意義而不能跳躍過去的。①

---

①　忽略了這種人格內化中的人文旨趣,便容易將他這"從學問中來"的詩文創作誤爲"以學問爲詩";忽略了他視詩文如同禮樂等文化創造活動,忽略了在這種立場下,學問是通古今之變的文化蘊蓄,是節文人性的創作活動所必須要有的,便易將他"尋其用意"、"字字有出處"等說法誤爲"剽竊之黠"。

　　這就是他所謂詩文之孔竅要從"治心養性中來,濟以學古之功"①的道理。從博學到人格的内化中,建立主體的價值體系②,這種情性的修養,經過句法工夫的表現,呈現在詩文中,就突顯出以人格價值爲主導的人文内涵。而作爲藝術表現的句法工夫,就是在這種人文意義的涵攝下,取得其合法性。

　　以學問爲本、文章爲表,這種本末、體用的觀點是一直以來許多文人、文論家的文學觀。中唐以來文以"載道"、"明道"、"貫道"種種"道"、"器"之説,基本上都帶有内容優位的色彩。無論如何,對詩歌創作,總難免出現像程頤"如此閒言語,道出做甚?"③這樣的責難。蘇門學術,視文學爲整全道術之一環,擺脱了内容的限制,呈現渾沌未鑿的應物滔滔的創作力,但他的"文""道"關係,由於未明顯地突出人文優位的立場,却始終是衛道君子責難的焦點。

　　相對於此,重視人文意義的山谷,則轉化爲以術御技的工夫,成了不是詩文應"説什麽"的問題,而是應"怎麽説"的問題。如此一來,"道"對文的有意箝制被轉移了,轉移到"術"的運用的問題,轉移到心性人格表現在文字工夫上,所造成的自然的情感淬鍊的問題。"文""道"的對立變成了"人巧"("人文")與"天工"("道")的工夫辯證,成爲"理"在"事"中且"事"即"理"的呈現。

　　相較於蘇軾渾然天成的創作之道,黄庭堅更像是立足於道術

---

　　①　《與秦少章帖》,《宋黄文公全集·別集》卷十八,頁 1866。
　　②　如他説:"學問之本,以自見其性爲難。"(《與秦少章書》,《宋黄文節公全集》正集卷第十九,頁 483)"然學有要道,讀書須一言一句,自求己事,方見古人用心處。"(《答何静翁書》,《宋黄文節公全集·正集》卷十八,頁 464)"自見其性",在回復本心,在建立主體的價值體系;而讀書要"自求己事",以見古人用心處,便是以主體的價值體系去涵攝一切學問。
　　③　《河南程氏遺書》卷十八伊川語四,《宋詩話全編》本,頁 533。

已裂的人文情境中，尋求自我的樹立。而這也使得他的創作，呈現很明確的主體性格。

3. 强調人文規範及主體意志，詩文重視主體風範的展現。

黄庭堅的詩文，不僅能符合歷來載道說、明道說等所要求的文化價值，並且更具有人文創造的意義，就在於他更强調：文章法度，是在文化理想及"不俗"的追求中，彰顯不隨世許可的主體價值：

> 所寄詩，醇淡而有句法；所論史事，不隨世許可，取明於己者而論古人，語約而意深，文章之法度，蓋當如此。①

雖然他也講"理得而辭順"，但他所講求的"理"，和蘇軾及其他門人所講的客觀自然的物理不同；他所謂的"理"，往往是出之以人文意義的立場，是必須下落在人倫事理中索求的"理"，更近於"事"中求"理"，"理"不離"事"的理事觀。故是百轉千迴地蘊蓄在一切文化的載體中的，是抉而愈出的。如他所謂的那蘊藏在"禮樂節文"這種文化載體中的，是關乎人之本根的，是務必以"心術"求之的"理"，所以是强烈地要求著閱讀者的用心的，是以（具有文化意涵的）"心術"相呼應的。所以必須訴諸作者與讀者的治心養性的工夫。而這一切，可以説是以樹立主體自我爲中心的人文制作，相對於蘇軾順任渾沌自然的創作，黄庭堅可説是有意於道術爲天下裂之後的人文樹立。

比較黄庭堅須出之以創作主體深厚的人文修養，以鉤深索隱、

---

① 《答何静翁書》，《宋黄文節公全集·正集》卷十八，頁464。

發而愈出的"意",蘇軾之"意",是順著理勢之自然,滔滔汩汩、千里無
難的順取之路;而黃庭堅之"意",則是逆溯主體人格之應然,刳骨損
心、鉤抉深致的逆向之路。蘇軾從黃庭堅詩文看出他"輕外物而自
重","超逸絕塵,獨立萬物之表,馭風騎氣,以與造物者游",注意到了
黃庭堅詩歌創作中以主體人格爲主導的傾向。對黃庭堅而言,外物
只是一種寄託,寄託以表達主體人格之"意"。相對於蘇軾的虛心待
物,所謂"輕外物而自重",正是一種以主體價值爲主導的傾向。

以上是黃庭堅文道關係中人文内涵的本質,宋人,特別是理學
家對他的推崇,往往也是著眼於他這種人文傾向:

> 象山云:"豫章之詩,包含欲無外,搜抉欲無秘,體制通古
> 今,思致極幽眇,貫穿馳騁,工夫精到。雖未極古之源委,而其
> 植立不凡,斯亦宇宙之奇詭也。開闢以來,能自表見於世若此
> 者,如優缽曇華,時一現耳。"楊東山嘗謂余云:"丈夫自有沖天
> 志,莫向如來行處行。"豈惟制行,作文亦然。如歐公之文,山
> 谷之詩,皆所謂"不向如來行處行"者也。①

透過詩歌創作被肯定"植立不凡"的人格價值,可以説,這是山谷之
"道"的定論。在此種人文之"道"下的藝術性,表現於黃庭堅在詩
歌中從事一種人文的統整,也就是以文化意義爲方向,整合起詩歌
種種意象所象徵或比喻的内涵。

以治經博學爲綱領,"須識古人關捩",意味著向人文經驗法則
學習。一切法度的精神,就在於經驗法則的學習,此所以治經觀史

---

① 羅大經《鶴林玉露》卷三,《宋詩話全編》本,頁 7616—7617。

的"宗趣"成爲詩文"關鍵"所在。① 而如何在法度的體會和運用中("體制通古今"),有所自得而出新意("思致極幽眇"),就是人文價值的創造所在("自表見於世")。這就是重視主體性的陸象山能稱譽山谷"植立不凡"的原因。

他的"道"的理想,是經由人文努力向自然天工的追求。以人文創造的極致,達到渾樸自然的理想。是立足於理事分裂的人世,在雕琢復樸的目標下,息妄修心、淬鍊情性的努力。這樣的努力,本身就蘊藏著豐富的人文意義。句法工夫是這整體的過程,這工夫的内涵所要呈顯的是主體的人格價值,而工夫本身基本上是損而又損的心性工夫。因此,工夫圓熟,繁華落盡,自然達到"拾遺句中有眼,彭澤意在無弦"的真實境地,而其中又呈現著胸次高遠、規模遠大的山高水深。因此,句法工夫,是人文意義的句法,不是藝術或形式意義的句法。一切用"好奇"或其他形式意義來看待山谷詩作的説法,都是誤解。

表面上,蘇黄兩人雖然都强調"無意於文",但此"無意於文"的内涵却有很大差異。蘇軾之"無意",在於此自然之理非人爲所能意造,故當虚心待物,順其理勢之必然,"莫之求而自致",不能自已而作。黄庭堅的"無意",則是人文價值徹底涵泳内化之後,人格修養已臻化境,不經刻意爲之的自然態度的發抒。相對於蘇軾,以"空"且"静"的體道心境來攝取萬物自在之"理";黄庭堅的創作,則是要從息妄修心的工夫入"道"。

---

① "凡作一文,皆須有宗有趣,終始關鍵,有開有闔"(《答洪駒父書》,《宋黄文節公全集・正集》卷第十八,頁 474)。"陳履常正字,天下士也。讀書如禹之治水,知天下之絡脈,有開有塞,而至於九川滌源,四海會同者也。其作詩淵源,得老杜句法,今之詩人,不能當也。至於作文,深知古人之關鍵,其論事救首救尾,如常山之蛇,時輩未見其比。"(《答王雲子飛書》,《宋黄文節公全集・正集卷第十八》,頁 467)

　　這是道術爲天下裂以後的"文"，所以要建構"集大成"的價值
系統，要以道術已裂後"集大成"的杜詩韓文爲典範。所以有意爲
文，有"體製"觀念，認爲韓"以文爲詩"、杜"以詩爲文"故不工。①

　　在這種人文意義下的形式覺知，便表現在他創作方法上的精
思細審，用心於運用音聲色相表現人文內涵。單以內容的講求來
傳達文化價值，是一種"意"，但這種"意"限制了創作的內容，如理
學家的創作，未免狹隘褊淺。山谷的"言外意"，則是以藝術性的講
求來表現這個"意"，就不需要限制藉以表現的內容，不僅更爲開
闊，且有抉而愈出的知性深度。

　　如張耒説黃庭堅"一掃古今，出胸臆，破棄聲律"②；如釋惠洪
説山谷詩"於當下平字處，以仄字易之，欲其氣挺然不羣"③；如方
東樹謂山谷古詩"於音節尤別創一種兀傲奇崛之響，其神氣即隨此
以見"④；皆能體會山谷之用心，乃是藉"言"出"意"，選擇最切中的
音聲意象，表現其文化價值中的主體風範。如惠洪論"句中眼"所
謂"語言者，蓋其德之侯也"，其用心初不在文字聲律本身⑤。應知
山谷獨應胸次所至，本與任何體式風格無關，所以能該備衆體者，
一以展現心性修養爲環中。種種分辨，在工夫精到處，自是渾然無
分；在平凡人的眼中，則但知其好奇尚新。這就是以俗眼觀之，"無
真不俗"；如以法眼觀之，則衆體無不是應其人格之發揮，"無俗不
真"。葉適所謂"黃庭堅欲兼用二體，擅其所長"，仍未見得樞紐所

---

①　《後山詩話》引黃庭堅語，《宋詩話全編》本，頁 1017。
②　《苕溪漁隱叢話》前集卷四七，《宋詩話全編》本，頁 3841。
③　同上註引《天廚禁臠》。
④　《昭昧詹言》卷十二，《黃庭堅與江西詩派卷》頁 317。
⑤　這豈不是山谷之異於杜甫"晚年漸於詩律細"、"語不驚人死不休"？ 山谷句法
的精神與杜甫對句律法式的興趣大不相同，杜詩實是山谷寄託主體價值下所選擇的典
型，所謂山谷學杜之説，需要進一步揀別釐清。

在，後來以風格來論斷江西者，無論是瘦硬生新，或流轉圓美，都是得其一偏，無見於是。①

這也是他所以勝於西崑之處。所以能夠用老杜（句律）工夫，而造渾成之境，工夫就在這種人文意義的整合。在淬鍊的工夫中，純化了情感，涵蘊了最豐富的文化內涵。庭堅之“法”，是主張以深厚的人文素養來統合這一切的。這是他的優越性。當然，反面的缺點，就和過份強調人文意義一樣，容易與自然性靈疏離，或因爲能力不足造成詩材的窄化、意象意念的陳腐，以致於味同嚼臘，這正是江西末流資書爲詩的毛病。

後來反對江西的四靈或江湖詩派，刻意捐書爲詩，師法晚唐，擅長白描與細微意象之描述，正是一種從藝術性的立場對文人之詩的反彈②。掃除一切概念或價值判斷本爲審美體驗之必要，但掃除之後，必須對這美感有一整體性的整合（此宋人常藉助於禪學觀念以比喻者③），否則在缺乏意象和情感整體性下，便會呈現氣格卑弱、意象破碎的毛病。

由此看來，黃庭堅以人文內涵統御藝術表現，確有著文學創作上的深刻見識。

四、結語

審美或人文傾向的差異和激盪，錯綜而辯證地發展了宋代詩

---

①　這也涉及是否適宜以風格來認定江西詩派之詩人的問題，否則如何看待黃庭堅之“苦澀慘澹”（方東樹語）、“兀傲奇倔”，與陳師道之“樸質白道”。

②　劉克莊“風人之詩”、“文人之詩”之分確實有相當的代表性。但“風人之詩”、“文人之詩”只能算是一種典型的差異，是創作旨趣、創作傾向的差異，不應是價值的高下，如下文所説，是各有其利便和短長的。

③　禪學與宋詩學種種特殊觀念極爲呼應，禪宗與宋人文學觀念、審美理想的關係，請詳見筆者《禪宗與宋代詩學理論》“第肆章　禪宗與詩歌分論（一）——創作論”。

學的內涵,互爲顯隱地出現在宋代詩學材料中,表現了宋人的接受和深刻的思考。蘇黃典型地代表了這種差異的理型。而宋代詩壇對兩人接受程度的爭議,恰也反映了宋代文化在審美和人文辯證發展上的省思和取向。

蘇黃的基本立場,表現爲:在詩學本體上,有著眼於道術未分與道術爲天下裂之別,故表現在詩歌及詩論上,其言意觀、形上或人文(審美或文化)的思考、"法"度與神思的種種課題,均有不同的偏向,決定了江西詩風與元祐詩學的大分歧。①

在詩歌理論和創作指導上,這些重要課題的歧異,在具有領導地位的典型大家的體現下,必然會造成詩學整體的不同路數。看看兩人作"文"態度上的差異:蘇軾以作"文"爲快意事,爲"適意"而創作,充滿情意我的旨趣;而黃庭堅則充滿了立身行道的氣節,是以詩文作爲德性自我的發揚。這些後人所見的性份與人格、天才與學問、神思與工夫的種種現象差異,無不可以就其"意"的内涵與文道觀獲得整體性的理解。

---

① 作爲蘇門弟子之一員,黃庭堅與蘇軾詩論不可能是全然此疆彼界的不同,本書意在析論其詩論主要架構的差異,以作爲一般所見的蘇黃異同現象的解釋基礎。而這個架構,也是蘇黃之後宋代詩學激盪發展的内在主因,江西詩派的成形,反江西者的持論,均與宋代文化中對這兩個架構的價值接受與美學覺知有關。蘇黃的文道觀,實立下了一個影響重大的典型。

附録二　前"江西詩派"詩論中
"道""文"關係的發展

一、前言——詩論中的人文反省與形式覺知

宋代的文學氛圍,承接著中晚唐的"文""道"觀而來。從中晚唐以來的"道"與"文"的關係,在詩歌的歷史發展中,呈現爲"人文反省"與"形式覺知"①的對諍。

宋代詩學的内部型態中,這兩道脈絡,架構起一些宋詩中的基本問題。本書擬順著這兩道脈絡,一探江西詩派發展前期,隱含在宋詩中的文學型態以及發展傾向。

"文\質"、"情\理"的對峙,或者是形式與内容的爭議,一直是歷來文學改革者或文論家注目的焦點。但在中晚唐時期,這種對峙,有了一些特殊的内涵。首先當然是韓柳古文運動的成功,它的重點不僅是文體的改革或"文以載道"的確認,而是這個發展過程和成功的關鍵,同時也是(文學中)"道"與"文"實際内涵轉變的標誌,而這種轉變才是真正對文學具有實質意義的。②

---

① 這兩個觀念借用自龔鵬程《江西詩社宗派研究》,指稱中唐以降詩風整體特徵中並存之兩種表現。筆者以爲這兩個觀念足以代表這時期詩歌中文道糾結對立的典型意義,故用以概括這時詩歌發展的主要問題。

② 傳統上認爲是文道關係的問題,實質上是文學内涵論述角度的分歧。幾乎没有一個宋代詩人會不認爲自己是以道爲優位的,然而宋人觀念中的"道",意 (轉下頁)

以下透過"人文反省"及"形式覺知"這兩條線索,考察筆者所謂"前江西詩派觀念期"的三個代表人物歐陽修、蘇軾、黃庭堅,在這兩條脈絡的對諍和交錯中,如何曲折地走向表現型態,在這異同之間,隱然可見後來江西詩派發展出來的内外在的問題。

二、歐陽修"道""文"分立的論述

歐陽修的詩論,有幾個值得注意的地方:一是他著有《詩本義》,歷來被認爲是他的經學成就。另一個就是體例上與之截然不同的,他説是爲了"以資閒談"而首創的《六一詩話》。這兩部著作,不僅是著作目的上有天壤之别,所論述的對象,所指陳的("詩"的)特質,都有明顯的畛界。前者論詩三百,作爲詩之源,以諷喻美刺爲主;後者則以唐人與近人詩爲對象,揭示其"得於心會以意"的藝術特質。

這兩個不同的領域,前者所謂的諷喻美刺,正也是韓柳古文運動以來,"文"所以"明道"的典型看法①。後者則可以説是對唐人(特别是以"唐之晚年"爲主)和宋初以來的詩歌成就,作一番藝術知性的探索。

這兩者分别符合著詩歌從中晚唐以來"人文的反省"和"形式

(接上頁) 義是很分歧的。它們有時指的是道德意涵的"道",有時是審美意涵的"道",有時是形上本體的"道",有時或混雜在一起;且同一位詩人可能在不同論述脈絡中也有不同所指。在這種情況下,討論詩人們文道關係的分别,無論是"載道"、"貫道"、"明道"……差别都極爲有限,且對於各人"(詩)文"觀念並没有明確意義。本書認爲這衆多概念當中,真正發生對諍的就是這"人文反省"與"形式覺知"兩個概念,這才是宋人文道關係真正處理的問題,希望藉此釐清衆多詩論詩話所面對的文學問題。

① 葛曉音認爲韓柳古文運動將文章"明道"的功用,由傳統以來的雅頌之音轉向諷喻美刺。參見氏著《論唐代的古文革新與儒道演變的關係》,載《漢唐文學的嬗變》,北京:北京大學出版社,1990.11,頁156—179。

的覺知"兩條發展脈絡。這種論述上截然的分界代表著什麼？而其中的主張也有所異同，這種異同是否有什麼意義？

　　先説這樣的分立①。除了歐陽修外，宋代詩人論詩，也常常會有意識地分開這兩種論述的視角：一種暫且稱之爲文化内涵的論述：以詩經爲代表的，視"詩"爲六經以來的，具有羣體關係和倫理關懷的視角，以及此種社會性所衍生出的君國之思或本體意涵；一種則偏向審美内涵的論述：以詩歌發展（特別是唐詩）成就爲代表的，著重於主觀審美的、藝術特徵的，也就是通常所謂緣情體物的論述角度。

　　重視羣體關懷的文化性論述，和強調主觀審美的美學性論述，把詩經和唐詩成果作不同處理的這種傾向，在宋人詩論中經常出現。② 這也代表了詩人本身某種程度的意識和分裂，歐陽修就是一個典型。《詩本義》異於經學詮釋傳統，就文意説詩三百，説諷喻美刺是詩歌的本質，可以説是一種詩歌之"道"的代表性論述。而《六一詩話》，對詩歌都不作追根溯源的論述，專意於詩歌藝術論述③。表明了在其意識中，詩之"道"和詩之"文"的領域是分開的，

---

　　① 這種領域的界線，當然也有可能是經學詮釋的體例的關係。不過，歐陽修自認《詩本義》是用來糾正毛鄭之非的，而採用了異於傳統的"以意逆志"的方法來説詩（裴普賢《歐陽修詩本義研究》，頁99—101、123—126）。因此這種著作上的差異不能全歸之於因襲經學傳統的問題。此外，《六一詩話》閒談隨筆式的論詩體例，別無所承，他爲何又使用了這樣的方式來論述這類的詩歌特質？

　　② 例如梅堯臣，一方面説"因事有所激，因物興以通"的聖人之志；一方面又讚許林和靖詩"順物玩情"之思。而歐陽修更爲明顯（下詳）。

　　③ 這可能也和他著書的目的（以資閒談）有關，但兩者之間這麼明顯的界線，以他明道復古的身份，是有特殊意義的。比起歐陽修，後來者如蘇、黄，在論述中已没有如此明顯的區隔，是一個值得注意的對照，這一部分也代表著後者對詩學中的"文""道"關係更能進一步融洽地結合一致，這也是筆者在以下兩節有意要討論的。

也就是説詩歌本體的論述和美學特徵是不在一起談的。①

可以説，歐陽修是把"《詩》(三百)"和"詩"分別看待的，並且幾乎沒有把論"《詩》(三百)"的觀點帶進"詩"中。這和韓愈以來強調"文以明道"與六經的密切關係，是有所背離的。② 以歐陽修的特殊的身份，在這種氛圍下，詩話開出了一個重視詩歌藝術內涵的脈絡。對於主張"道勝者文不難而自至"③的歐陽修而言，這種情況其實代表了在"文與道俱"之下，文學獨立的藝術價值的意識，以及這種意識之下所顯的矛盾。"道"的優位，和藝術認知的抬頭，有了矛盾。這種矛盾，就像當他讚嘆梅堯臣詩能得之於《詩》三百之精粹，強調其"感人之至"時，他所問詩於聖俞的却是："其聲律之高下，文語之疵病"，以及那不可以言的"心得意會"。④

這種意識和分裂，其實就是中唐以來詩歌發展的實際現象。即使籠罩在社會政教、復古明道的呼聲下，這個時期，無論是創作或理論，對於詩歌的形式特徵和藝術特質，都有著更多於以往的探索和關注。元、白、韓、歐，甚至推到杜甫，都是這樣的典型。

歐陽修的分開論述代表他對這兩條脈絡的意識和處理。然而，顯然地，在這個問題上，他事實上還沒有達到"文與道俱"的理想。雖然沒有，但是他在説經所提出的"意"和詩話所説的"意"，有些相關連的地方。

《詩本義》的説詩方法有一個特色，《四庫全書總目》説他是"文士之説詩，多求其意"，這個求其"意"的方法，就是他不謹守經學傳

---

① 這點值得注意當然是因爲他是"文與道俱"的典型。
② 或者説，是文學中的"文與道俱"尚未影響到詩歌這個文類來。
③ 《答祖擇之書》，《歐陽修全集·居士外集》卷第十八，頁499。
④ 《書梅聖俞稿後》，《歐陽修全集·居士集》卷七三，頁532。

統,不像前賢依據一個先在的六經的傳統,而是依文本説詩。在《詩本義》中,他認爲説《詩》之本在求"聖人之志",求"詩人之意"。在這裏他把韓愈以來復古明道所要師法的聖人之意,化約爲"詩人之意",而且這詩人之意是直接從文本中探求的。擺脱六經等儒家典籍互爲詮釋的傳統,擺脱一個在詮釋之前先在的"聖人之志"的本體觀念;轉向從獨立的文本求詩人之意,也就有著"道"就在文本中的意味①。這意味著探求"道",等於探求詩歌意旨,並且必須就文本來探求。這時"道"和作品是功能性的一致,不可分離。《詩本義》中,處處以作品内在文理的一致和完整,反駁傳統的毛鄭之説。歐陽修口中所説的"理",或事理、或文理,其實也就是作品的意義形式。因此,不僅詩歌之"道"在文本中,更具體一點説,就是在作品的意義形式中。

再看《六一詩話》,它的論詩也有幾個特色:一是就個别的作品議論得失,甚至進入其中的"句"、"辭"、"意"進行評析。在這個既爲開創又是過渡的時期,正好有一些著作可以明顯對照。梅堯臣《續金針詩格》,當然也是以評析詩歌形式爲主,不過,它是一種客觀普遍的格式分析與歸納,迥異於《六一詩話》從事個别的、具體的作品形式的探討,以及審美主觀的色彩。歐陽修之後,劉邠、沈括、葉夢得論詩,都有這種透過"語工",叩問個别作品其"意"的傾向。對作品個别、具體的形式討論,使得創作的規範扣緊了作品形式的"表現"。

由此,詩論中更進一步地重視形式表現的具體效果,在能"惟

① 歐陽修本人雖未明言,但從他《詩本義》中具體實踐的説《詩》原則和用以批駁毛鄭的説法,以及後來這些方法啟發了朱子以玩味詩經本書的路線來説詩等等(參見裴普賢《歐陽修詩本義研究》),可以佐證。

意所之”，無施不可的表現前提下，歐陽修肯定韓詩工於用韻、“因難見巧，愈險愈奇”的技巧；肯定楊劉用不用典皆宜的雄才筆力；也包括對梅詩精意刻琢，以語工求意新的推重。這些皆是就“意”的表現效果來評析技巧優劣，而不僅是客觀的技巧歸納。

　　“意”同樣也是《六一詩話》品評的標準，不過，在其探求中，透過形式分析，歐陽修揭示了更多的詩歌藝術特徵，包括“意”本身的特質，包括形式技巧與“意”的關係。因此要瞭解他所謂的“忘形得意”，必須先放在“意新語工”的脈絡中來談。《盤車圖》中所謂的“忘形得意”，還是在“梅詩詠物無隱情”的對照下成立的；就好比“含不盡之意，見於言外”，必須以“狀難寫之景，如在目前”的能力爲前提。“意”與“言”透過表現關係，達到功能性的一致，没有外於“語工”之外的“意新”，不能越過作品文理形式評斷其“意”，不能脱離作品表現“意”的效果談技巧，“意”在“言”外（就實體性言），又不外於“言”（就功能性言）。這種透過（個別、具體作品中的）“言”論斷“意”（以“意”爲作品主體）的論詩方法，普見於在劉邠、沈括、蔡寬夫、葉夢得等人的詩話或詩論中。①　只不過他們都同樣的還没有與詩歌之“道”完整地結合起來。

　　回到上文所述，《詩本義》和《六一詩話》這兩個“意”，分別代表了詩之“道”和詩之“文”，在方法上，它們都是就文本自身的文理自成詮釋和評斷的基礎。這是説，“道”也在文本中，“文”也在文本中，探求詩意，必須透過作品內在的形式；而不是越過作品（個別的、殊異的）形式，直接討論主體情志或是客觀格式的問題。這是宋人“言意”觀中異於前人的一種特殊內涵。這時候的“言意”關

────────────

　　①　他們都有著以作品爲主體的傾向，而不是像“言志”或“緣情”説傾向於自我表現的型態，以作者的情性主體爲主。

係,已經足以構成表現“方法”論的問題,而不只是情志主體與技術的、工具的“法式”之間的層次了。

在此,“意”與“言”的關係,由形式表現聯繫起來了,但這時由詩之“道”和詩之“文”所代表的文與本體的關係則還沒有確立。

以歐陽修作爲一個起點,我們可以看出,宋詩在這時文道觀的大氛圍下,存在這樣一種挑戰,也就是:在這時期的詩學意識中,雖然承接了中晚唐以來人文反省及形式覺知的認識,然而在詩論中的這兩種論述是分裂而有區隔的,於是這就存在著在“文以載道”或是“文與道俱”的理想下,兩者必須統合的時代課題。吾人透過歐陽修、蘇軾門下,及黃庭堅對此課題的處理方式,可以觀察這個文學環境的挑戰,在相繼的歷史關係中,經歷了什麼樣的處理歷程,形成什麼樣的基本型態,以作爲江西詩派研究的基點。

三、蘇軾“文”與“道”俱的一致

恰與理學家的批評相反,蘇軾論“文”論“藝”,才是真正不離“道”的,只是他這詩文之“道”的内涵,恐怕不會符合理學家的要求。

相對於歐陽修“道”與“文”的分述,蘇軾則是以本體和表現的關係,把這二者結合起來了。蘇軾的“道”,有兩種不同的内涵,因此也指向兩種不同的“意”與“文”(“言”)的關係:一是客觀的自然事理之“道”,另一是心性本體之“道”。前者多在文論、書論與畫論中出現,而後者必及於詩論。

1. 客觀的自然事理之“道”

蘇軾揭示了很多藝術規律,他之所以讓人認爲過於傾向藝術性而缺乏“道”的内涵,便是因爲這些規律往往是可以就藝術品本身客觀獨立討論，可以就"藝"論"藝"而不必然依於"道"的。然而，在蘇軾的具體論述當中，無論是"文理自然，姿態橫生"，或是所謂的"常理"、"常形"、"常數"，或論文章的"理"與"勢"，"隨物賦形"等等觀點，這些"藝"的論述，都指向某種"天機"，是"其神與萬物交，其知與百工通"①的產物。必須是"有道有藝"的。在這當中，"文理"和一切事物一樣，有其自身的"理"與"勢"，所謂"物固有是理"；然而這種事物固有之"理"與"勢"，同時也是在他"通萬物之理"的"道"下的事物當然之理。

　　例如"常形"、"常理"之説。"常形"、"常理"雖是事物本身固有之理，然而在提出這藝術規律之後，蘇軾説明文同於竹石枯木能夠"得其理"的情狀："如是而生，如是而死……千變萬化，未始相襲，而各當其處，合於天造，厭於人意"，因而得到的結論是"蓋達士之所寓也歟"。② 他説畫作可以得其"常理"的原因，是能夠"合於天造，厭於人意"，這就指向了創作背後的一層宇宙本體的意義，如徐復觀所説的，這"常理"是出於莊子"依乎天理"的理③。這就是他説"（文同）之託於斯竹也，而予以爲有道者"④。

　　東坡論書畫所出之"新意"，多指這技巧能力而言，是這種"智者創物，能者述焉"的能力。因此他所謂寄於法度之中，出於豪放之外的"新意"與"妙理"，也都是會通宇宙自然之理，萬物存在自在之規律。這些有關文藝客觀規律的理論，通通都指向了由"道"而來。像他常舉的輪扁、庖丁之喻，都是"自技而進乎道"，是"游於物

---

① 《書李伯時〈山莊圖〉後》，《蘇軾文集》卷七十，頁 2211。
② 《净因院畫記》，《蘇軾文集》卷十一，頁 367。
③ 徐復觀《中國藝術精神》，臺北：學生書局，1992.07，頁 359。
④ 《文與可畫篔簹谷偃竹記》，《蘇軾文集》卷十一，頁 365—366。

之表”，而“觀物之極”①。

蘇軾之“道”，本有“通萬物之理”，重視客觀自然物理的精神。他認爲“道”是不落形體的自然總體之“理”，是萬物渾沌，未加限定的先天之理。② 這種會通萬物的自然之理，當然也包含了文藝之理。他其實就是用這個涵攝物理之自然的“道”來涵蓋文藝的。

由於這種萬物自然規律的“理”“勢”，是客觀自在的，有其常理與“度數”，不是主體可以“一以意造”③的。這個“道”的内涵，是一個必須透過“理”、“勢”、“藝”等客觀規律的掌握，才能達到的境界。所謂“道無自虚空入者”。“技與道相半，習與空相會”④，是“由技與習而進於忘其爲技與習”⑤。透過藝術上客觀的“理”與“勢”（“稚壯枯老之容，披折偃仰之勢，風雪凌屬以觀其操，崖石犖確以致其節”），而所以能超軼象外，達到對對象本質的掌握（“得志遂茂而不驕，不得志瘁瘠而不辱，羣居不倚，獨立不懼。與可之於君，可謂得其情而盡其性矣”）⑥。

而在這一個宇宙整全之理的“道”之下，對於文道關係中向來對立的兩種傾向，文化性和藝術性，是渾沌而不加分別的態度。此外，在這個“文”“道”的内涵中，這時主體只是一種客觀自然的投

---

①　《書黄道輔品茶要録後》，《蘇軾文集》卷六六，頁2067。
②　《蘇氏易傳》卷七：“聖人知道之難言也，故藉陰陽以言之，曰一陰一陽之謂道。一陰一陽者，陰陽未交而物未生之謂也。”“相因而有，謂之生生。夫苟不生，則無得無喪，無吉無凶，方是之時，易存乎其中而人莫見，故謂之道，而不謂之易。有生有物，……，道行乎其間而人不知，故謂之易，而不謂之道。”關於蘇軾“道”論内涵的解説，參見朱剛《唐宋四大家的道論與文學》“第五章　蘇學：自由與審美的道”，頁120—122。
③　《鹽官大悲閣記》，《蘇軾文集》卷十二，頁387。
④　《衆妙堂記》，《蘇軾文集》卷十一，頁362。
⑤　徐復觀《中國藝術精神》，頁365。
⑥　《墨君堂記》，《蘇軾文集》卷十一，頁356。

射,所謂虛靜之心,"非爲主觀地主體"①。放在這個脈絡中,主體作爲自然之道的内蘊,須"不存成心"隨機應物,以期"身與物化",達到莊子所謂"凝神"的狀態,方能映現這自然天機,隨順理勢之自然,所以能與萬象曲折,隨物賦形,行於所當行,止於所不可不止。

在這種"道"的内涵下,本應有重視形式表現的傾向,然而,在蘇軾詩論中,他最理想的"道",却不是這個自然之理的"道"。

2. 心性本體之"道"

在前一種宇宙客觀之"道"的内涵下,蘇軾所揭示的是藝術創作的客觀規律;然而蘇軾還揭示了另一種"道"的内涵,它所關注的,主要是藝術主觀的審美體驗。

和前一類文藝理論常站在創作的立場,關注藝術之"技"與"習"、"理"與"勢"等客觀規律不同,這類詩論多爲玩賞風格風味,熟識"奇趣",傾向於從主體審美體驗討論欣賞和創作。

在他比較吳道子和王維兩人的畫中,凸顯了這個分別②。我們一般只注意到比較的結果是"吳生雖妙絶,猶以畫工論",而於"維也斂衽無間言",而其實這是兩個不同層次的問題,關係到理論立場的不同。

他素來欣賞吳畫的是技能傳神,畫法"神妙獨到秋毫顛"③,他對吳道子的讚譽,和文同畫竹一般,是在作品客觀形式的層次上,欣賞其"妙算毫釐得天契"的能力,能盡"真放本精微"④的"畫工"之妙。而這種創作的評斷標準是:是否能"曲盡真態","形理兩

---

① 徐復觀語,《中國藝術精神》頁 362。
② 《王維吳道子畫》,《蘇軾詩集》卷三,頁 108—110。
③ 《僕嘗昔於長安陳漢卿家,見吳道子畫佛……》,《蘇軾詩集》卷十六,頁 830。
④ 《子由新修汝州龍興寺吳畫壁》,《蘇軾詩集》卷三七,頁 2027。

全"地展現(事物客觀存在的)"天機"。並在這個意義上,肯定了藝術形式有其自身發展的價值:"詩至於杜子美,文至於韓退之,書至於顏魯公,畫至於吳道子,而古今之變,天下之能事畢矣。"肯定創作者窮盡藝術形式之美的價值。

另一方面,欣賞王維的是,"亦若其詩清且敦"的"得之於象外"的情感價值。其評斷標準則是在於:這種情感價值所意味的主體體道境界的高下(下詳)。也只有在欣賞王維畫這種"得之於象外"的情感價值的層次上,詩與畫才能相比擬。

不像繪畫與書法,對於詩歌,蘇軾似乎比較偏向於主體審美的立場,論詩還是要以"鹹酸之外"的高風遠韻爲主,在"詩以奇趣爲宗"的前提下,蘇軾以陶、韋、柳等詩歌典範串起了宋人"趣"、"韻"、"味外之味"、"至味"、"餘意"等概念,奠定了"兩重意以上"的美感價值,那種對"質而實綺"、"臞而實腴"的美感辯證的體會,開發了更深一層的言意關係。"奇趣"、"味外之味",都是超乎作品本身意象、文辭,而繫於主體感受與心境,有待"熟味之"的二度超越,因此詩歌表現的重點,導向對主體審美體驗的關注①,轉向作品"所表現"的情感價值,不強調詩歌語言形式,不重"法",而重在掌握其整體特徵。

詩歌創作主體,便從過去強調以情性主體爲主,轉而進入到心性本體的修養。在"言志"或"緣情"說等偏重情性主體的觀念中,所強調的是創作者本身的情感性質與"强度",如讚揚杜甫"未嘗一飯不思君"等;然而在蘇軾這種體道內涵中的心性本體,強調的却是某種情感"深度"的價值。這也是爲何它濃厚的解脱論色彩總與

---

①　參見筆者《禪宗與宋代詩學理論》"第三章　詩禪關係的内因",關於"味外之味"的説明。

禪宗相比附的原因。在這種意義之下,重視的並不是什麼特定性質或多麼豐富的情感,而是所表現出的人格修養的深厚,也就是所謂的"境界"。又這種被表現的情感價值,被看成是一種"道相",主體體"道"的境界的問題。陶詩所以被他推爲典範,就因爲符合這種情感價值,這種具有心性修養境界的情感價值。

作爲陶詩學典範的建構者,蘇軾使得主觀審美性向形上的境界開展,統合了人文意義與審美意義,開出宋人以整全直觀的解脫心境論詩之風尚,如陳師道及陳模等說淵明"寫其胸中之妙耳"①,以超然解脫之心境評斷詩歌,論詩始有這樣一路。

在這主體"表現"的精神下,也因此才能夠容納各種相異風格的交會錯綜。如果以上一節蘇軾論文藝之"道"所偏重的藝術理勢等規律來看,就客觀文本而言,一篇完整而統一的作品只能有一作爲主導的風格範式,在這客觀形式層次下也可以容許多種風格,可以"變法出新意",可以"短長肥瘦各有態",但不是把這些相異風格集中在同一部作品裏,否則就違背了藝術作品自身"理""勢"等形式上的統一性,根本不是完整的作品。很明顯的,他所討論的"外枯而中膏,似澹而實美"、"其美常在鹹酸之外"、"發纖穠於簡古,寄至味於澹泊"等等詩論,並不是指謂這種客觀文本的形式風格,而是這客觀形式所表現的背後的東西。那這背後的東西是什麼呢?就是情感價值,被所謂"詩以寄其意"的"餘蘊"、"至味"、"用意深微"等等所代表的情感價值。是這個"至味",容納了"鹹酸衆好"等多種情感,而所謂"端莊雜流麗,剛健含婀娜",是被整體的"餘蘊"、"至味"等所包蘊了的種種內在情感,嚴格說來,它們不是一般客觀

---

①　見陳師道《後山詩話》、陳模《懷古錄》。

論所謂風格的意思。

因此所謂"精能之至,反造疏淡",或"初若散緩不收,反覆不已,乃識奇趣"的"反常合道",這種種内在本質與外在形式之間的貌似矛盾,正是出自於上一"精能之至"的客觀形式層次和此一主體境界表現之間的對諍:

> 予嘗論書,以謂鍾、王之跡,蕭散簡遠,妙在筆畫之外。至唐顔、柳,始集古今筆法而盡發之,極書之變,天下翕然以爲宗師,而鍾、王之法亦微。至於詩亦然。蘇、李之天成,曹、劉之自得,陶、謝之超然,蓋亦至矣。而李太白、杜子美以英瑋絕世之姿,凌跨百代,古今詩人盡廢,然魏晉以來高風絶塵,亦少衰矣。李、杜之後,詩人繼作,雖間有遠韻,而才不逮意。獨韋應物、柳宗元發纖穠於簡古,寄至味於澹泊,非餘子所及也。唐末司空圖……其論詩曰:"……其美常在鹹酸之外。"①

"書"與"詩"都一樣,有此"妙在筆畫之外"與"集古今筆法而盡發之"的對諍。一個追求的是主體審美體驗,聯繫著精神境界而言;一個則就藝術自身客觀法則而論,具有著形式自身獨立發展的價值。在蘇軾看來,這兩者之間有著此消彼長的緊張關係,也等於指出了文藝問題有這兩種立場的歧異。

蘇軾是在這兩種"道"的内涵,兩種文藝立場之下,聯繫了各自的"文"與"道",更接近"文與道俱"的理想。然而就"人文反省"與"形式覺知"在宋人觀念裏的對立而言,他是否成功地縮和了二者?

① 《書黄子思詩集後》,《蘇軾文集》卷六七,頁2124。

　　基本上，他的“道”與“文”的關係是較爲一致的，可以説，他是以主體體“道”的境界涵蓋了詩歌的人文性和藝術性，並且凸顯了詩歌的審美性質，進一步推展了歐梅“不盡之意”的内涵。也由於他賦予了藝術此種性形上的意義，而達到“文”“道”的一致。

　　然而，這兩種“道”與“文”的關係，却有著彼此對諍的緊張性。上述（客觀形式和主體審美）兩種層次的對諍，凸顯了“所表現”的創作主體與客觀作品的形式表現之間的異質性。在蘇軾詩論中所推崇的“反常合道”和“鹹酸之外”的高風遠韻，傾向於超出形式而致意於審美體驗，具有直觀和自得的玄妙色彩。歐陽修的“意”，本已比較傾向於作品形式，關注作品“如何”表現；然而蘇軾無論是“達意”、“寫意”或“寄意”，都更爲接近主體，關注作品“所表現”。因此，歐梅所謂的“得於心而會以意”，被進一步地往更超越形式的純粹的審美感受發展。

　　學者説蘇軾是“以宇宙本體的‘道’來完全地取代了韓愈那種以文化價值爲内涵的‘道’”①。承上節所述，蘇軾之“道”，雖不盡然能以這所謂“宇宙本體”來概括，然而他的確與韓愈那種人文創造活動意義的“道”有所不同。也因此，在這種“道”的意義下，蘇軾詩文觀也就與韓愈以來“文以貫道”之説有了不同的内涵。這種解脱自在的心性本體，所代表的情感價值，與復古明道所代表的人文覺知確有差異；另一方面，超脱形式，求於味外，對於詩歌形式歷史發展的成果，也顯得没有直接的回應。蘇軾的“道藝並進”雖然成功地聯繫了“文”與“道”，却没有具體回應“人文反省”與“形式覺知”的時代挑戰。

---

　　① 朱剛《唐宋四大家的道論與文學》，頁146。

四、黄庭堅"道""文"的辯證綰合與符號表現的型態

在蘇門體道境界的觀照下,詩歌的人文内涵和審美内涵被渾沌視之,但對於文化意義和藝術形式的價值却没有正面的回應。黄庭堅則更爲凸顯人文創造的立場,並在以詩歌表現這人文内涵時,展現深刻的文學藝術的覺知。在他的分析方法中顯露出來的,是一種以人文性統攝藝術性的立場,也就是,把文化價值和文學表現認爲是人文創造的一致發展。這就是他以人文内涵統攝藝術性的文道觀。

黄庭堅基本上仍是站在道術"表現"關係的基礎上,但内在地運用辯證的方法統一二者。這種辯證造於二端:首先是以學問充實了"道"的文化内涵,並將此種内涵内化於人格中;以及由此具體化爲人格胸次與詩歌技法的辯證融合,在體道"工夫"的意義上使兩者達到一致。[①] 並因此而將這表現型態轉變爲更具有"符號"表現的意義,透過這層符號表現的意義,肯定了詩歌技法與人文創造的關係。在一種較明確的符號表現的詩論型態成形之下,統合了"人文反省"與"形式覺知"的歷史發展的成果。

(一)"道""文"的辯證綰合

黄庭堅比較傾向於從文化的面向來看待詩文。在他詩歌之"道"的内涵中,有更明顯的人文創制和文化傳統的意味

歐陽修的詩論,是將"道""文"分述,在屬於詩歌之"道"的這部分,還是比較傾向於美刺諷喻,作爲文化傳統承載者的意味並不

---

① 這一部分,筆者另文《蘇黄詩學本體論之比較》有詳細説明。本書則集中討論黄庭堅詩論中符號表現的内涵,以及這種詩論型態如何滿足了中晚唐以來"人文的反省"和"形式的覺知"兩者之間相互對诤的問題。

濃;而蘇軾,無論是統攝文理事理的宇宙自然之"道",還是心性本體的"道",不是近於莊老,就是近於佛禪,也與復古革新運動以來"載道"的人文化成的氛圍不相契。相對於此,黃庭堅藉著博學好古的文化涵養作爲詩歌致遠之資,創造一種人文情境中的詩歌型態,視詩歌如禮樂一般具有人文創造的意義,和諸般學問一樣,也是一種文化統緒的成果,將詩歌藝術性統攝在人文價值中,更爲契合文學的社會環境中"人文反省"的傾向。

　　以下這樣對舉而辯證的論述,是他這種思維的代表:

　　　　文章瑞世驚人,學行刳心潤身。……①
　　　　妙在和光同塵,事須鉤深入神。……②
　　　　拾遺句中有眼,彭澤意在無絃。……③
　　　　行要爭光日月,詩須皆可絃歌。……④
　　　　句法俊逸清新,詞源廣大精神。……⑤
　　　　……句中稍覺道戰勝,胸次不使俗塵生。⑥
　　　　……道機禪觀轉萬物,文彩風流被諸生。⑦

　　"文"與"道"的縮和,藉由"損而又損"的刳心工夫,達到"技"與"道"、詩法和人品、文學内涵和人文内涵的辯證統一。而這種工

---

①　《贈高子勉四首》其一,《黃庭堅全集》正集卷第八,成都:四川大學,2001.05,頁201。
②　《贈高子勉四首》其三,《黃庭堅全集》正集卷第八,頁201。
③　《贈高子勉四首》其四,《黃庭堅全集》正集卷第八,頁201。
④　《再用前韻贈子勉四首》其二,《黃庭堅全集》正集卷第八,頁202。
⑤　《再用前韻贈子勉四首》其三,《黃庭堅全集》正集卷第八,頁202。
⑥　《再次韻兼簡履中南玉三首》,《黃庭堅全集》正集卷第七,頁173。
⑦　同上。

夫,是把文章技法的表現等同於人格修養的冶鍊的。①

　　在這種辯證的意味之下,詩歌的藝術形式與内在人格中的文化涵養,有一種特殊的表現關係。在這種表現關係中,詩歌與"道"的内涵和價值,也都有著不同的意義。

　　黄庭堅論詩,認爲一切爲文工夫,皆須自根本中來,而這根本,不外就是治經、讀書和人格修養這三件事②,包括文學,其實也是同一件事。然而讀書治經,並不就直接進入詩文中,這當中還有個重要的曲折,關涉到句法的根本精神,那就是以人格涵養爲關鍵,在主體表現的意義上,貫穿了詩文創作和文化傳統。

　　詩歌不是越過創作主體的"文——道"直接關係下的"言道"的產物,在黄庭堅的詩論中,是"'道'(文化系統)——創作主體——文(詩歌句法)"這樣的關係,讀書治經作爲詩文中文化系統的建構,句法理論就是他透過主體的心性工夫含蘊這系統,在詩歌表現創作主體這層意義下,詩文的表現方法。③ 在這個意義下,治經讀書、立身行己以及創作的"宗趣",是互相貫通的。

　　而統攝這文化系統和創作的,是"求諸己","齋心服形","治心養性",將一切學問與創作,納入主體人格之中。這也是統整他一

---

①　關於句法理論如何辯證地統合"文""道",承接詩歌語言探索的成果,並回應人文之"道"的價值,請參見筆者《禪宗與宋代詩學理論》"第五章　禪宗與詩歌分論(二)——風格論"頁163—172,論"'平淡'與'繁華落盡'的解脱工夫"一節。

②　《與洪芻駒父》,《黄庭堅全集·外集》卷第二十一,頁1336;《與洪芻駒父四首》,《黄庭堅全集·續集》卷第二,頁1934;《與秦少章覿帖》,《黄庭堅全集》别集卷第十八,頁1866;《與王觀復書》,《黄庭堅全集·正集》卷第十八,頁470。

③　從韓歐在復古革新中的角色和其創作表現來看,似乎已有這樣的意識:"文""道"關係不是"作品——宇宙本體(道)"這樣的直接關係,也就是説,不是文以"言"道的。逐漸有表現主體的意味,形成"作品——創作主體——宇宙本體(道)"這樣的關係。這到了蘇軾重視主體審美體驗更爲明確。

切學問、創作、立身行事的總會歸——能自立一世,成就自我的大成君子。這個詩學體系是這樣的:

致遠千里的文化內涵
↓
內化到人格中("學行刳心潤身")
↓
自然地表現在詩文上("文章瑞世驚人")
↓
呈現人格價值

　　將文化內涵,內化到人格中,再透過句法的工夫,表現在詩文上。文學就是在呈現這種人格價值。

　　這種詩歌創作的立場,不妨把它化約爲這樣一種架構:

"句法" ————表現————→ 人格中的文化涵養

　　以下藉由當代符號美學理論①的對照,這種文道關係的意義將更顯豁。

　　(二) 符號表現的型態

　　蘇珊·朗格符號論美學主張藝術作品即是人類情感符號的創造,所謂藝術創作,就是藝術家創造了一個完整而統一的藝術符

---

　　① 本書所謂"符號美學",採用的是卡希勒——蘇珊·朗格一派的立場,特別是蘇珊·朗格《情感與形式》書中的觀點。

號,表現其情感概念①:

$$藝術符號 \xrightarrow{\text{表現}} 情感概念$$

這其中最基本的有兩個概念,一是"情感概念",即作品的"所表現";另一則是"符號",也就是"表現"關係,以下分述之。

1. "表現"關係——"符號"表現與"句法"表現("文")

符號美學最基本的主張便是視作品爲一整體的藝術符號,而這符號以象徵而非指實的作用"表現"創作者所理解的内在生命的情感。"符號"在這裏,也就是透過形式將内在情感生命客觀化、對象化的作用,以使得主體能夠感知、把握它。主體創作符號,透過其形式的表現力,把握人類情感的内涵,因此朗格認爲符號就是一種"有意味的形式"。

在黄庭堅的詩論中,"句法"已然不是一種客觀形式的討論,它扣緊了主體價值如何表現的"方法"的問題(下詳),在這個意義上,它其實就是一種"有意味的形式"。透過"句法"——詩歌藝術"符號"的運用,表現了主體的人格價值,無論這個人格價值是解脱心境或文化涵養。透過"句法",創作者的"意"可以理解,可以評斷;同樣地,也必須透過句法,創作者呈現自身的人格價值,得以其"輝光照本心"。

在這種表現關係中,"符號"和所要表現的内涵——"情感概

① 朗格説:"藝術,是人類情感的符號形式的創造。"(《情感與形式》,頁51)並且自述她是以這個定義爲基礎展開其符號論美學的論述。關於她這符號表現的完整論述,參見《情感與形式》第3、4、20、21四章。本書以下有關朗格符號論美學的説明,亦詳見這四章。

念",有著功能性的一致。也就是説,作品内涵離不開符號形式。不僅是讀者透過形式瞭解作品内涵,創作者本身也是在符號的創造中創造了情感生命。亦即,作品的内涵"在且只在"符號形式中,脱離了符號將情感客觀化表現的功能,將無法進行任何作品的創作或欣賞。

這也是它有別於表現主義之處。表現主義者如克羅齊等,常常主張"直覺即表現",在朗格看來,是忽略了藝術創造的實踐性的問題,忽略了人類創造符號的能力,忽略了將複雜、非理性而不可捉摸的情感客觀化而成爲可把握的過程。

在黃庭堅和蘇軾重美感直觀的立場的歧異下,正顯出了黃庭堅對這符號化過程的正視:

> 詩以一字論工拙,如"身輕一鳥過"、"身輕一鳥下","過"與"下"與"疾"與"落",每變而每不及,易較也。如魯直之言,猶砥砆之於美玉是已。然此猶在工拙精觕之間,其致思未白也。記在廣陵日,見東坡云:"陶淵明意不在詩,詩以寄其意耳。'採菊東籬下,悠然望南山',則既採菊,又望山,意盡於此,無餘韻矣。非淵明意也。'採菊東籬下,悠然見南山',則本自採菊,無意望山,適舉首而見之,故悠然忘情,趣閑而心遠。此未可於文字精觕間求之,以比砥砆美玉,不類。"①

句法分析的方式,和蘇門直覺而綜合地觀照詩歌整體之美感與神思,的確是很基本的分歧。從蘇門的立場來看,此種細部分解

---

① 《題陶淵明詩後》,《雞肋集》卷三三,《宋詩話全編》本,頁 1042。

的方式,怎能目無全牛地神遇於詩人高遠之思。此所以晁補之認
爲黄庭堅所論,"其致思未白也"。這和後來江西詩人的看法,可以
明顯對照。

這個差異正是黄庭堅的特殊處。同樣要達到對詩歌所表現的
整體内涵的掌握,在蘇門,有一種超越形式的傾向①,而黄庭堅則
必得透過藝術形式所謂工拙精觕的分析來把握。晁補之所謂的
"不類",正是句法理論符號表現的特色。藝術作品的創作過程被
正視,成爲一個可把握的實踐過程,詩歌的神、理、氣、味,不再玄妙
難辨,句法的關鍵意義就在這裏。透過符號的功能,才能具體論斷
詩歌的表現力。

所表現的内涵就在符號中,因此所運用的形式相對的也牽動
著所表現的内涵。表現不能離開符號,意義就在形式當中。在這
種符號意義下,以俗爲雅、以故爲新,仍能"點鐵成金",因爲符號稍
有變動,表現力就有不同,整個作品的藝術性完全不同。所以"見
南山"和"望南山",雖在一般語言推論式的"傳達"的效果上是一樣
的,但以一整體的藝術符號來看它,則有天壤之别。

承認詩歌藝術形式和情感概念的一致,才能透過句法的淬鍊,
將作品内涵的價值抉而愈出。因爲正視符號表現的功能,句法分
析用於析賞品評,才有可以勘驗的憑據,對於指點後人,才有法度
可循。此所以,江西後人有所謂"臨濟雲門之分",可以説是其來
有自②。

---

① 參見上節。
② 擁護江西的吳坰,不能理解蘇門之渾同,謂其不能"腳跟點地",不似江西"棒
喝分明、勘辯極峻",能指點後學,於是有臨濟雲門之分(吳坰《五總志》,《宋詩話全編》
本,頁2422—2423)。

和符號論美學立場一樣,在句法理論中的符號表現與主題內容也不是以直接的方式對應的。上文已提到,它與自我表現是不同的。"道"不是藉著內容中情志的意向性來指示的,而是透過符號形式"象徵"的;不是一一指實的,而是符號象徵的可能的多重意旨在整體作品完整的形式下統合了起來。因此尋找詩中主題個別的"寄託"未必是有用的。所以他批評那些拘守著"喜穿鑿者,棄其大旨,取其發興,於所遇林泉人物草木魚蟲,以爲物物皆有所託,如世間商度隱語者,則子美之詩委地矣"①。

它其實也強調整體的藝術特徵——把作品視爲一個整體的句法的有機組成來看待。"平淡而山高水深"、"不煩繩削而自合"的理想,指的就是在這整體藝術形式下豐富的表現力。

2. "所表現"——"情感概念"與人格涵養("道")

雖然如此,然而符號與所表現的內涵卻又是"不即"的。也就是説,符號形式"不即是"所表現的內涵,它們不是同一個實體。這是它有別於形式主義之處。形式主義者主張作品內涵就在形式中,並且形式就是內容,這之間是等同的,而沒有形式之外的本質性的、本體性的內涵存在。這就形同形式對內容的制約。

符號美學則不是如此,之所以將藝術形式稱之爲"符號",就指出了表現者與被表現者的非同一。在藝術符號之後,是有著一個本質的、本體的存在——人類普遍情感的理解,雖然它只能透過符號被把握。比起形式主義,創作主體在其間的地位更爲顯著,創作活動的實質意義更爲凸顯,這就是它"表現"情感概念的涵義。符

---

① 《大雅堂記》,《黃庭堅全集·正集》卷第十六,頁 437—438。

號不是被當作一個客觀獨立的形式來看待的。

當我們將"句法"看作是一種"方法"而非"技術"時，將會認識到，"句法"理論也具有這種内涵。

"句法"，在黄庭堅的用法中，講的是一種方法的表現能力，而不是具體的客觀法則。試看他講陳師道的這一段：

> 讀書如禹之治水，知天下之絡脈，有開有塞，而至於九川滌源，四海會同者也。其作詩淵源，得老杜句法，今之詩人，不能當也。至於作文，深知古人之關鍵，其論事救首救尾，如常山之蛇，時輩未見其比。①

與"老杜句法"比並的是："讀書"能"知天下之絡脈，有開有塞，而至於九川滌源，四海會同者也"；"作文"能"深知古人之關鍵，其論事救首救尾，如常山之蛇"。和他稱讚子姪作詩清麗"有句法"一樣，都是一種能力的描述，而不是某些具體的法則，不牽涉風格。②"老杜句法"，指的不是杜詩有某種特殊的"法"則，這和辨體製或法式、格式的觀念很不相同。他講的是一種不定的方法，指向人人各

---

① 《答王子飛書》，《黄庭堅全集·正集》卷第十八，頁 467。

② 黄庭堅"句法"的觀念，使得"法"正式進入"方法"的層次。他這"法"，不同於前人格式、法則意義的"法"，是：

(1) 每一作品個別的、聯繫著作品個別表現目的的方法；而非一體適用的普遍格式，或歸納某些前人風格所得的法則、典型。

(2) 因此它是否到達某一能力的問題，不是一種技術性的、普遍性的指導；"法"聯繫著作品自身特定的表現價值，追問如何完美表現的問題，因而必須就個別作品論成敗。

(3) "句法"的討論不是完全以文本爲中心的客觀的觀照，而是以創作主體爲中心的表現能力的問題。

因此，這套理論，也就沒有一個客觀的批評標準的問題。

異,甚至每一部作品都不同的"表現的方法"。① 所以熟讀《禮記‧
檀弓》、司馬遷、韓愈文章,都可理解這種方法。句法的方法論意
義,和符號創造一樣,指的是"表現"的方法,指向主體表現情感價
值的能力。

如上所述,山谷詩論中,貫穿了文化傳統和詩文創作的,是自
我表現的旨趣,強調"自見其性"、"自求己事",都是以主體的價值
體系去涵攝一切學問,凸顯了詩歌的文道關係中創作主體的角色。

歐梅本有以詩歌爲自我實現的意味②,蘇軾也強調主體的解脫
心境在創作及欣賞中的地位,但在直接關涉到詩歌創作論時,並不
凸顯創作主體的作爲,特別是在"無意爲文"觀念的相形之下。而黃
庭堅更從主體治心養性這一工夫,凸顯文道關係中,創作主體的積
極性,比較具有有意而爲的色彩。關於詩歌中的"道",東坡近莊禪,
比較強調主體的容受性,重視純粹無關心、無功利、倫理判斷的旨趣;
山谷更爲強調文化涵養的表現,以及這種文化涵養"如何"表現③,比

---

① 如果這樣理解的話,那麼,黃庭堅多次講"老杜句法",實指杜詩的"表現型
態",指杜詩突出的表現力,而有以杜詩爲最高理想的意思,而不僅是與其他詩人並列
的一種法則而已。江西詩派推尊老杜爲宗祖,早已在黃庭堅的句法之説中被決定了。
而這種句法的意思,也和後人(如嚴羽)所辨認的"家數",或所謂的某某詩法"出自"某
某等説法不同。

② 歐陽修《薛簡肅公文集序》:"君子之學,或施之事業,或見於文章……失志之
人,窮居隱約,苦心危慮,而極於精思,與其有所感激發憤,唯無所施於世者,皆一寓於
文辭,故窮者之言易工也。"(《歐陽修全集‧居士集》卷四十四,頁 305)而綜合梅堯臣
的創作情況,視爲人生價值所寄"在當時廣大士人仕途進取多有名位,政治之外又留意
學術著述、立言傳道的情況下,梅堯臣把詩歌當作追隨時代潮流,實現自我價值的領
域。"(參見程杰《北宋詩文革新研究》,頁 153—154)在這種意義下,歐陽修推重梅堯臣
詩"窮(者)而後工",也具有肯定詩歌創作具有自我實現的意義。

③ 探討蘇黃詩文與禪宗關係的學者,常常會注意到:蘇軾近於前期禪宗,追求
無念無住的頓悟心境;而黃庭堅則是有得於後期禪宗或文字禪的精神,傾向於隨機運
用的接引方式。如張毅《宋代文學思想史》(北京:中華書局,1995.04)這種分別,恐怕
也肇因於此。

較凸顯"胸中涇渭分"①,凸顯創作主體有意識的自我人格的觀照。論文章法度,論句法,都强調"不隨世許可,取明於己者而論古人",重視創作與自我表現的關係,使得創作成爲自我人格的觀照與再現。②

形式主義者主張"形式即内容",没有所謂形式之外的内涵存在,形式與内涵的關係是即而不離的。而這樣的觀點,在這時的文學環境中,没有存在的空間。在句法"表現"的意義之下,形式是一種符號,是一種功能,"所表現"的内涵才是實體,並不是如形式主義者所主張的那樣,以爲形式即是"所表現"。黄庭堅警示後學不可專學文詞,而要有厚積薄發之功,是很明白的把符號的創造與形式對内容的制約分開的。創作與欣賞,之所以要深於"尋其用意",就在發掘這符號所表現的情感價值。顯然他並不把句法形式和表現内涵視爲一事。

其次,不同於形式主義的,符號表現還有一個更積極的意義:透過符號的創造,主體也創造了新的生命體驗,更深刻的情感覺知。也就是説,藉著符號的探索和創造,藝術創作,可以開拓主體的生命層次。

朗格認爲,透過藝術符號形式化的作用,生命中種種交織的情感和豐富的經驗,能夠客觀化、對象化而被掌握。而在這種符號表現的觀念下,更進一步認爲,恰恰不只是藝術家以藝術形式來表現他所曾經經歷的情感體驗,而更是藝術家借著熟練的符號運用,表現一種新的情感的可能性。藝術家"在進行創作時,在塑造人類感

---

①　《次韻答王慎中》,《黄庭堅全集·正集》卷第一,頁11。
②　這裏所謂歐陽修詩論的"自我實現"的意味,與黄庭堅以詩歌作爲"自我人格之再現與觀照",兩者是不同的。"自我實現",指的是詩"窮而後工"説裏主張以詩歌創作爲個人自我價值或社會價值實現的方式;而詩歌作爲"自我人格之再現與觀照",則是從符號象徵的立場,認爲藝術活動同時也是内在情感概念的符號化、客觀化的過程,因而透過這創作形式,可以把握及觀照在這意義下創作者的人格内涵。

情符號時，他從自己面前可感的現實中認識到主觀經驗的前景，這是藝術家在日常生活中未曾認識到的。因此，藝術家的精神視野，以及本人個性的成長和發展，是與他的藝術密切相關的”①。

黃庭堅辯證地縮和了詩歌中的“文”與“道”，將詩歌表現等同於人格的淬煉，治心養性的工夫，詩歌的境界，也就是人格的境界，句法的講求，也就與文化生命的開拓息息相關。依黃庭堅作品與人格的關係，藝術符號也是他觀照自我，把握自我，甚至創造自我的媒介。龔鵬程曾經提到，黃庭堅的句法，“是認爲語言形式即作者全幅人格、整體生命力的朗現”②。而更進一步，句法汰渣存液的冶煉之功，作爲一種人格的陶鑄和文化的涵養，在這個意義下，是很接近朗格所謂作品表現創作者的生命、人類情感的理解力。藝術的表現，不是對情感的刺激，而是對理解力的喚起，審美體驗所代表的是人類精神所能達到的深度。

詩人對世界的認知，對自身人格的觀照，就在這符號形式中，甚至可以透過符號形式的揣摩與創造，探索他所未曾經歷的新視野，推進所未曾達到過的更深刻的理解。黃庭堅視句法爲一種人格修練，強調句法是一種心性上息妄修心的工夫，正有這種意味。這也呼應了詩歌向前人作品學習，甚至從中推陳出新的意義。因此，“奪胎換骨”、“點鐵成金”，正應從這個角度重估其價值③。透

---

①　蘇珊·朗格《情感與形式》，頁 452。

②　《文學批評的視野》，頁 460。

③　因此，所謂“奪胎換骨”、“點鐵成金”的工夫也意味著：舊的意涵經由文化價值的選擇和詮釋之後，經過文字工夫的冶煉之功，在詩歌整體的形式脈絡中賦以新意，因而呈現了詩人深厚的人格涵養。例如任淵説山谷《睡鴨詩》，乃點竄南朝徐陵《鴛鴦賦》及唐人吳融《池上雙鳧》二文所成。二人原文語弱，經山谷點化後，去其孤陋，“氣色益精明”。(任淵《山谷內集詩注》卷七，《山谷詩注》，頁 130)這裏所謂“氣色精明”或語弱孤陋之別，當然不只是文字巧拙，而是在其含蘊的內涵深度，並且也反映了詩人氣格。

過前人既有的作品,創造更深刻的體會;也就是,透過形式的揣摩,喚起更高的生命的理解力。

如上所述,情感概念既非形式,然而它也不是情感本身。它是内在種種交織錯雜的情感經符號統合而客觀化的結果。這所謂的"情感概念",指的不是一般所謂的情感,而是一種包容生命内在種種經驗,並將其客觀化而能夠被感知、被理解的人類的普遍情感。因此,作品所表現的這"情感概念",就是創作者所認識到的人類普遍情感,也就是一種關於情感的"概念"。亦即創作者對人類生命的理解。

在黄庭堅詩論中,所要表現的這樣一種蘊藏文化涵養的自我人格,作爲工夫的對象,能夠覺知、照察,甚至成爲句法工夫反饋的對象,就有這種將内在生命客觀化、對象化,成就一種情感價值的意味。

所以他説詩是"人之情性",指的是這種人格涵養的表現,而這又不同於一般"表現"説所謂的自我表現或情感發洩。這當中有一種清楚的自我認知、自我覺察的能力,是一種情感的客觀化。和言志、緣情或其他前人説法比較不同的是,詩歌所表現的不再強調非智性的情感因素,在人格意義的擴大下,它推及形上的、人文的等等超越情理對立的感知。在他的涵義中,在這種情感客觀化的意義中,對自我生命人格的照察,亦就是對人類情感的洞察。這是他和"不平則鳴"、"詩窮後工"等自我表現説的不同之處。①

①　可以説從他這種情感客觀化的符號表現的立場,是不會同意"不平則鳴"式的自我情感表現。因此,看待他對蘇詩"好罵"的批評(《答洪芻駒父書》,《黄庭堅全集》正集卷第十八,頁474),對照他在《書王知載朐山雜詠後》(《黄庭堅全集》正集卷第二十五,頁666)中"詩之旨"與"詩之禍"的説法,與其從規避詩案來看,倒不如從這條詩論自身的脈絡來看要適當。這也就是他對洪龜父論詩文,要其盡心於克己,不見人物臧否,"全用其輝光以照本心"之意。

基本上,句法工夫所蘊含的人格涵養的意味,和朗格所謂"情感概念",性質是相近的。不過,它們也有特殊的差異,這就是:黃庭堅所指的人格涵養中,文化統緒的意義相當濃厚,這也是他在特殊的文化氛圍中形成的特色,而使得這種符號表現型態的詩論,更符合其歷史發展的合理性和適用性。

五、結語

其實,詩論中這種符號表現的傾向,也並不是自黃庭堅才開始。歐陽修、蘇軾詩論已見端倪。歐陽修重視作品内在文理,就"語工"探求"意新";蘇軾重視主體美感的表現力,都部分地接近了符號表現,只是到了黃庭堅,這種符號表現的型態更爲完備而明確。

雖然沒有明說,然而,藉由内涵與技巧不即不離的對舉與辯證,黃庭堅句法理論,已蘊含著這種符號與表現内涵的關係,蘊含著如上述符號美學的觀點,認爲内容既非形式,却又必須完全透過藝術形式來傳達;這又不是一般信息的傳達,而是主體整體情感生命的感知或人生的理解力的"表現"。在符號表徵的意義下,詩歌形式是主體在整體的理解力下,内在自發的符號創造,而不是任由情感的直接流露。"意新"和"語工"是自發而一致地發生的。作品的内涵,也就是符號所表徵的世界。

不僅是對詩歌内涵的理解,包括創作,也必須透過符號的創造。所以"鍊字"、"鍊句"、"鍊意",對黃庭堅來講,是一致的,而不是像後來的人所説的有本末先後的分别的。

在這種立場下,吾人所應關心的是著眼於"表現"的效果與所創的符號的關係,而不會致力於客觀論所在意的格式規矩準繩自身的完整性,藝術規律本有的美感。所以説他"破棄聲律"(張末),説他"格律謹嚴"(蔡條),都是一樣的;説他體製新巧,説他大巧不工,也是一樣的;都只是他在表現的目的下,"覆却萬方無準,安排一字有神"的結果。

在此立場下,要把握作品的内在世界,就必須透過符號象徵意義的理解。不只是讀者,包括作者本人,創造作品,不僅是"意"的問題,根本上,"意"就在符號形式裏,符號的創造,就是内涵的創造,所謂作品的内在世界,就是透過符號創造出來的。

綜合這些表現的特徵,句法理論就清楚了:在"道""器"的這種表現關係,語言因此乃是"方法"價值,而非僅是"工具"價值。也就是説,語言不僅是作爲透明的傳達媒介,語言型態作爲一種(表現的)方法,它和所欲表徵的目的之間是分不開的,是一種整體特徵下的聲氣相通,而非一一對應;不是普遍的結構形式的對應關係(所謂客觀體製與主題的對應),而是意義形式的對應①,是個別作品的强度、範圍、視野、基調等形式因素與所要訴諸理解與洞察的概念的相應。②

這就像符號美學認爲:理解一部作品,不是作品所説的"内容",也不止於"形式",而是在整體形式所表現的内涵下,各個部分因素綜合的生命含義,唤起了什麽樣的理解力。因此,在這意義之下,"炎天梅蕊"、"雪中芭蕉"等異於常理或"遺其牝牡驪黃"的創作,其表現的内涵,也可以得到理解。而黄庭堅那麽多充滿"以真

---

①　此處"結構形式"與"意義形式"的涵義,請參見龔鵬程《文學散步》"文學的形式",頁 79—87。
②　借蘇珊·朗格符號美學的用語來講,就是"形式直覺"。

實相出遊戲法”①趣味的創作，亦可爲佐證。

　　由於黃庭堅所賦予的工夫論的色彩，使得這種最高表現效果也充滿著“道”的價值理想，成爲這種表現型態最高的境界。“平淡而山高水深”、“不煩繩削而自合”，並不與這符號表現重視形式的立場相悖，而恰正是這種主體表現理論型態必然的判準。順著這種符號表現理論的邏輯，評價作品的標準，就在於作品形式所具有的表現力②，換成黃庭堅的話，就是“有味”、“用意”、“詞意高勝”、“詞意相得”③。這種有所表現的能力，必須要具體從作品中相關因素如何被創造和經營來分析。符號形式的處理，不在使用什麼特殊奇技，或運用了多少種的技巧，而端在於符號形式所能達到的表現效果。

　　句法的精神，其實也就是這種在作品整體特徵下的主體表現力的精神。句法批評，也没有設立任何客觀而能普遍適用的批評標準。所以“以俗爲雅”、“以故爲新”，無所不可，而正是一種表現力的挑戰，所謂“詩人之奇”④。詩歌語言，不是依客觀體製而定，而是在所欲表現的整體特徵之下被決定，所以他的“好奇”與“戒奇”的辯證，就出在這裏。説他“破棄聲律”，“渾然有律吕外意”，或有意出奇，都是出自這種表現力的目的，因而呈現了這些看似矛盾的現象。在此之下，如“悟入”、工拙、風格的辯證等，也需以此種符號表現爲前提，才能成立。在符號表現型態的内在邏輯中，隱含了後來江西詩派的發展性質，以及其中蘊含的可能異化的種種問題。

---

①　《跋魯直爲王晉卿小書爾雅》，《蘇軾文集》卷六九，頁 2195。
②　參考蘇珊・朗格《情感與形式》頁 460、472、327—328、263。
③　這種胸中高境的表現，其實本也是蘇門的理想，只是黃庭堅更落實到留意符號形式如何具體呈現的問題。
④　《再次韻楊明叔並序》，《黃庭堅全集》正集卷第六，頁 126。

這整個論述所要指出的是，從中唐以來到北宋的發展，“道”與“文”的關係已經改變了，這當中當然包括“道”的内涵，“文”的觀念，也都有所不同了。“人文反省”和“形式覺知”，同是中晚唐以來，文學歷史發展的結果。然而長期以來，總是將“文”的形式講求的這部分，視爲與“道”是相對立的。本書順著這兩條脈絡的關係，就它們在歐、蘇、黄三位具有代表性的詩論家手中的處理，梳理出其内在隱然發展的基本型態，而一向被籠統地稱爲表現型態的宋代詩學，在三人的詩論中各有不同的發展和其代表意義。

宋詩發展到黄庭堅，在這整個漸次的發展中，透過表現，文與道達到功能性的一致，也就等於“文”的内涵把“道”吸納了，也就等於把“載道”的問題消解了，而把這些問題涵攝在詩歌形式表現的討論中。這種符號表現的型態，爲詩歌形式技巧的發揮，取得合理而正當的價值。在這個架構中，作爲一種人格工夫的展現，講求詩文“瑞世驚人”的炫世奇技亦能夠受到肯定。同時，“道”已内化在人格中，詩文作爲人格的表現，自然也是“道”的體現。如此，“文”“道”透過人格中的文化涵養和符號表現型態聯繫了起來，因而也正面地回應了長期以來詩學中“人文反省”和“形式覺知”對静的挑戰。在文學意義上，完成了某種階段性的挑戰與回應，詩歌中的文道關係，有了一個比較確定的型態。從元祐詩學到江西詩派，這種符號表現型態的成形是重要關鍵。

蘇軾論詩重視超然象外的情感價值，而有賴於整體、直觀的把握，黄庭堅則將辯證的、分析的方法帶進了其中，特別是經過了陳師道的轉折，詩論的核心有了質變，句法的分析取代了詩文整體的、綜合的觀照，江西宗派於是脱離了元祐詩學而發展。

參 考 文 獻

一、專書部分

（一）宋人詩話、筆記、詩論、文論資料

吳文治主編：《宋詩話全編》，南京：江蘇古籍，1998。

甲、鼓吹或傾向江西詩論之詩話：蘇軾詩話、謝薖詩話、黃庭堅詩話、陳師道詩話、洪朋詩話、謝逸詩話、王直方詩話、范溫詩話、洪芻詩話、許顗詩話、李錞詩話、吳詩話、惠洪詩話、張表臣詩話、曾季貍詩話、王庭珪詩話、陳巖肖詩話、周紫芝詩話、呂本中詩話、張戒詩話、吳可詩話、楊萬里詩話、葛立方詩話、劉克莊詩話

乙、反對或批評江西詩論之詩話：魏泰詩話、唐庚詩話、黃徹詩話、葉夢得詩話、朱弁詩話、張戒詩話、陸游詩話、姜夔詩話、戴復古詩話、嚴羽詩話、范晞文詩話

（宋）蘇軾等：《仇池筆記》（外十八種），上海：上海古籍出版社，1992。

（宋）胡仔：《苕溪漁隱叢話》，臺北：長安出版社，1978。

（宋）洪邁：《容齋隨筆》，長春：吉林文史出版社，1996。

（宋）魏慶之：《詩人玉屑》，臺北：世界書局，1992。

（宋）方回選評，李慶甲集評校點：《瀛奎律髓彙評》，上海：上海古籍出版社，1986。

（明）陶宗儀《說郛三種》，上海：上海古籍出版社，1989。

郭紹虞校釋：《滄浪詩話校釋》，臺北：里仁書局，1987。

郭紹虞：《宋詩話輯佚》，臺北：華正書局，1981。

郭紹虞：《宋詩話考》，臺北：漢京文化，1983。

（清）何文煥輯：《歷代詩話》，臺北：漢京文化，1983。

丁福保輯：《歷代詩話續編（上）》，臺北：木鐸出版社，1983。

程毅中主編：《宋人詩話外編》，北京：國際文化出版公司，1996。

黃啟方編輯：《北宋文學批評資料彙編》，臺北：成文出版社，1978。

張　健編輯：《南宋文學批評資料彙編》，臺北：成文出版社，1978。

林明德編輯：《金代文學批評資料彙編》，臺北：成文出版社，1979。

傅璇琮：《黃庭堅和江西詩派卷》，高雄：麗文文化公司，1993。

孔凡禮、齊治平：《古典文學研究資料‧陸游卷》，北京：中華書局，
　　1962。

湛之（傅璇琮）：《古典文學研究資料‧楊萬里范成大卷》，北京：中
　　華書局，1965。

屠友祥校註：《東坡題跋》，上海：遠東出版社，1996。

屠友祥校註：《山谷題跋》，上海：遠東出版社，1999。

華文軒編：《古典文學研究資料彙編‧杜甫卷（上編唐宋之部）》，
　　北京：中華書局 1982。

四川大學中文系唐宋文學研究室：《蘇軾資料彙編》，北京：中華書
　　局，1994。

（二）相關詩集、文集、年譜

孔凡禮點校：《蘇軾文集》，北京：中華書局，1986。

（宋）任淵：《山谷詩內外集注》，臺北：學海出版社，1979。

鄭永曉：《黃庭堅年譜新編》，北京：社會科學文獻出版社，1997。

白敦仁校箋：《陳與義集校箋》，上海：上海古籍出版社，1990。

陳定玉輯校：《嚴羽集》，鄭州：中州古籍出版社，1997。

仇正偉等編：《唐宋十大家書信全集》，濟南：山東友誼出版，1997。

（三）其他詩論、文論、文學資料

周振甫：《文心雕龍註釋》，臺北：里仁書局，1984。

徐中玉：《通變編》，北京：中國社會科學，1992。

徐中玉：《藝術辯證法編》，北京：中國社會科學出版社，1993。

徐中玉：《神思‧文質編》，北京：中國社會科學出版社，1995。

徐中玉：《本原‧教化編》，北京：中國社會科學出版社，1997。

徐中玉：《文氣‧風骨編》，北京：中國社會科學出版社，1997。

徐中玉：《才性編》，北京：中國社會科學出版社，1999。

張惠民輯：《宋代詞學資料彙編》，汕頭：汕頭大學出版社，1993。

（四）宋代文學研究專著或論文集

龔鵬程：《江西詩社宗派研究》，臺北：文史哲出版社，1983。

黃景進：《嚴羽及其詩論之研究》，臺北：文史哲出版社，1986。

莫礪鋒：《江西詩派研究》，濟南：齊魯書社，1986。

張健：《滄浪詩話研究》，臺北：五南出版社，1989。

馬積高：《宋明理學與文學》，長沙：湖南師範大學出版社，1989。

張高評：《宋詩之傳承與開拓》，臺北：文史哲出版社，1990。

胡明：《南宋詩人論》，臺北：學生書局，1990。

錢鍾書：《宋詩選註》，臺北：書林出版社，1990。

曾棗莊：《論西崑體》，高雄：麗文文化，1993。

張高評編：《宋詩綜論叢編》，高雄：麗文文化，1993。

胡雲翼：《宋詩研究》，成都：巴蜀書社，1993。

程千帆、吳新雷：《兩宋文學史》，高雄：麗文文化，1993。

趙齊平：《宋詩臆說》，北京：北京大學出版社，1993。

趙仁珪：《宋詩縱橫》，北京：中華書局，1994。

張高評主編：《宋代文學研究叢刊（一—五）》，高雄：麗文文化，1995—2000。

張毅：《宋代文學思想史》，北京：中華書局，1995。

莫礪鋒：《推陳出新的宋詩》，瀋陽：遼海出版社，1995。

《第一屆宋代文學研討會論文集》，成功大學中文系所主編，1995。

張宏生：《江湖詩派研究》，北京：中華書局，1995。

曾棗莊：《三蘇文藝思想》，臺北：學海出版，1995。

張高評：《宋詩之新變與代雄》，臺北：洪葉文化，1995。

韓經太：《宋代詩歌史論》，長春：吉林教育出版社，1995。

顧易生等著：《宋金元文學批評史》，上海：上海古籍出版社，1996。

程杰：《北宋詩文革新研究》，臺北：文津出版社，1996。

周裕鍇：《宋代詩學通論》，成都：巴蜀書社，1997。

周裕鍇：《文字禪與宋代詩學》，四川大學博士論文，1997。

王水照主編：《宋代文學通論》，開封：河南大學出版社，1997。

張福勛：《宋詩論集》，呼和浩特：內蒙古人民出版社，1997。

黃奕珍：《宋代詩學中的晚唐觀》，臺北：文津出版社，1998。

吳晟：《黃庭堅詩歌創作論》，南昌：江西人民出版社，1998。

黃寶華：《黃庭堅評傳》，南京：南京大學出版社，1998。

詹杭倫：《方回的唐宋律詩學》，北京：中華書局，2002。

歐陽光：《宋元詩社研究叢稿》，廣州：廣東高等教育，1996。

朱剛：《唐宋四大家的道論與文學》，北京：東方出版社，1997。

葛曉音：《漢唐文學的嬗變》，北京：北京大學出版社，1995。

莫礪鋒等：《神女之探尋》，上海：上海古籍出版社，1994。

（五）文學、文學理論專著或論文集

徐復觀：《中國藝術精神》，臺北：學生書局，1966。

曾祖蔭：《中國古代美學範疇》，臺北：丹青圖書，1987。

蔡鎮楚：《中國詩話史》，長沙：湖南文藝出版社，1988。

錢鍾書：《談藝錄》，臺北：書林出版社，1988。

龔鵬程：《文學批評的視野》，臺北：大安出版社，1990。

劉德重．張寅彭：《詩話概説》，北京：中華書局，1990。

張葆全：《詩話和詞話》，臺北：國文天地，1991。

鍾優民：《陶學史話》，臺北：允晨叢刊，1991。

王夢鷗：《古典文學論探索》，臺北：正中書局，1991。

蔡鎮楚：《詩話學》，長沙：湖南教育出版社，1992。

龔鵬程：《詩史本色與妙悟》，臺北：學生書局，1993。

莫礪鋒：《杜甫評傳》，南京：南京大學出版社，1993。

黃保真等：《中國文學理論史》，臺北：洪葉文化，1993。

童慶炳：《中國古代心理詩學與美學》，臺北：萬卷樓圖書股份有限
　公司，1994。

袁行霈等：《中國詩學通論》，合肥：安徽教育出版社，1994。

張伯偉：《禪與詩學》，臺北：揚智文化，1995。

陳良運：《中國詩學批評史》，南昌：江西人民出版社，1995。

郭英德等：《中國古典文學研究史》，北京：中華書局，1995。

王向峰：《中國美學論稿》，北京：中國社會科學出版社，1996。

蕭華榮：《中國詩學思想史》，上海：華東師大出版社，1996。

張少康等：《中國文學理論批評發展史》，北京：北京大學出版社，
　1996。

韓經太：《理學文化與文學思潮》，北京：中華書局，1997。

蔡鎮楚：《中國古代文學批評史》，長沙：岳麓書社，1999。

許總：《宋明理學與中國文學》，南昌：百花洲文藝出版社，1999。

曾棗莊：《唐宋文學研究》，成都：巴蜀書社，1999。

韓經太：《詩學美論與詩詞美境》，北京：語言文化大學出版社，
　　2000。

（六）研究方法參考資料

傅偉勳：《從創造的詮釋學到大乘佛學》，臺北：東大圖書股份有限
　　公司，1990。

Max Weber 著，黃振華．張與健譯：《社會科學方法論》臺北：時報
　　出版社，1991。

加達默爾著，洪漢鼎譯：《真理與方法（第一卷）》臺北：時報出版
　　社，1993。

劉若愚：《中國文學理論》，臺北：聯經出版，1993。

傅偉勳：《學問的生命與生命的學問》，臺北：正中書局，1994。

海德格：《林中路（孫周興譯）》，臺北：時報出版，1994。

王夢鷗：《文學概論》，臺北：藝文印書館，1994。

加達默爾著，洪漢鼎．夏鎮平譯：《真理與方法（第二卷）》，臺北：時
　　報出版社，1995。

張燦輝：《海德格與胡塞爾現象學》，臺北：東大圖書股份有限公
　　司，1996。

余英時：《論戴震與章學誠》，臺北：東大圖書股份有限公司，1996。

蘇珊·朗格著，劉大基譯：《情感與形式》，臺北：商鼎文化出版社，
　　1991。

龔鵬程：《文學散步》，臺北：漢光出版社，1997。

孔恩著，王道還等譯：《科學革命的結構》，臺北：遠流出版社1998。

陳榮華：《葛達瑪詮釋學與中國哲學的詮釋》，臺北：明文書局，
　　1998。

勞思光：《思想方法五講（新編）》，香港：中文大學，1998。

金元浦：《接受反應文論》，濟南：山東教育出版社，1998。

王岳川：《現象學與解釋學文論》，濟南：山東教育出版社，1999。

二、單篇論文

龔鵬程《知性的反省——宋詩的基本面貌》，收入《中國文化新論
　文學篇二　意象的流變》頁 261—316，聯經出版公司，1982。

沈清松《解釋、理解、批判——詮釋學方法的原理及其運用》，《當代
　西方哲學與方法論》頁 19—42。

陳莊、周裕鍇《語言的張力——論宋詩話的語言結構批評》，《四川
　大學學報》頁 59—65，1989。

柯慶明《中國古典詩的美學性格》，收入《中國美學論集》頁
　187—257，南天書局，1989。

張晶《宋詩的"活法"與禪宗的思維方式》，《文學遺產》1989。

王琦珍《論禪學對誠齋詩歌理論的影響》，《遼寧大學學報》頁
　3—7，1992 年第 5 期。

張伯偉《禪學與宋代詩學》，《禪學研究》第一輯。江蘇古籍出版社，
　1992。

廖棟梁《滋味：以味論詩說初探》，收入《中國文學批評》第一集，學
　生書局，1992。

程杰《宋詩類型特徵、詩意本質及其歷史內涵》，《中國首屆唐宋詩
　詞國際學術討論會論文集》，江蘇教育出版社，1994。

孫昌武《黃庭堅的詩與禪》，《社會科學戰線》，1995。

凌佐義《黃庭堅詩學體系論》，《中國古代、近代文學研究》頁
　274—285，1998。

黃啟方《"和光同塵"或"壁立千仞"——黃庭堅的人生抉擇》,《世新
　　大學人文社會學報》第一期頁 1—20。

劉文剛《一則關於"江西詩派"的新材料》,《文學遺產》1998：3 期,
　　1998.06。

黃寶華《〈江西詩社宗派圖〉的寫定與"江西詩派"總集的刊行》,《文
　　學遺産》1999：6 期,1999。

圖書在版編目(CIP)數據

中國詩學的關鍵流變：宋代"江西詩派" / 林湘華
著. —上海：上海古籍出版社，2022.9
ISBN 978-7-5732-0414-1

Ⅰ.①中… Ⅱ.①林… Ⅲ.①宋詩－文學流派研究－
江西 Ⅳ.①I207.22

中國版本圖書館 CIP 數據核字(2022)第 150927 號

中國詩學的關鍵流變——宋代"江西詩派"

林湘華 著
上海古籍出版社出版發行
(上海市閔行區號景路 159 弄 1-5 號 A 座 5F 郵政編碼 201101)
(1) 網址：www.guji.com.cn
(2) E-mail：guji1@guji.com.cn
(3) 易文網網址：www.ewen.co
啓東市人民印刷有限公司印刷
開本 890×1240 1/32 印張 16.25 插頁 2 字數 364,000
2022 年 9 月第 1 版 2022 年 9 月第 1 次印刷
ISBN 978-7-5732-0414-1
I·3642 定價：78.00 元
如有質量問題，請與承印公司聯繫